Das Buch

Im Revolutionsjahr 1905 erhält der deutschstämmige Rittmeister Graf Ovelacker den Befehl, mit seiner russischen Ulanen-Schwadron die deutschen Grundbesitzer in Livland gegen die aufständische estnische Bevölkerung zu schützen. Für den Freiherrn von Gilsen und seine Familie kommt jedoch der Einsatz zu spät. Den Ulanen gelingt es lediglich, mehrere der Rebellen festzunehmen, unter ihnen die drei Söhne des alten Hofbauern Koiri, bei denen Schmuckstücke der Ermordeten gefunden werden. Als Vorsitzender eines Kriegsgerichts muß Graf Ovelacker das Todesurteil gegen zwei der Söhne aussprechen. Aufgrund einer weitläufigen Verwandtschaft mit dem ermordeten Freiherrn fällt dessen Besitz an Ovelacker, der daraufhin den militärischen Dienst quittiert. Er ist fest entschlossen, das Gut allen neuerlichen Bedrohungen zum Trotz wieder aufzubauen. Aber die Schatten der Vergangenheit lassen sich nicht abschütteln. Für die estnische Bevölkerung, die ihm persönliche Rachemotive unterstellt, bleibt er der „Henker“ . . .

Der Autor

Edzard Schaper, geboren am 30. 9. 1908 in Ostrowo/Provinz Posen, studierte an der Musikhochschule in Hannover, war Regieassistent, Schauspieler, zeitweilig Gärtner und fuhr ein Jahr als Matrose zur See. Ab 1930 freier Schriftsteller und Korrespondent in Estland. Von den Sowjets und vom Deutschen Volksgerichtshof in Abwesenheit zum Tode verurteilt, floh er 1940 nach Finnland, 1944 nach Schweden. Seit 1947 lebt Schaper in der Schweiz. Er schrieb zahlreiche Romane und Erzählungen, auch Hör- und Fernsehspiele und übersetzte Werke skandinavischer Autoren.

Edzard Schaper:
Der Henker
Roman

Deutscher
Taschenbuch
Verlag

Von Edzard Schaper
ist im Deutschen Taschenbuch Verlag erschienen:
Der Gouverneur (1307)

Ungekürzte Ausgabe
März 1979
Deutscher Taschenbuch Verlag GmbH & Co. KG,
München

ISBN 3-760-80492-6
Umschlaggestaltung: Celestino Piatti
Gesamtherstellung: C. H. Beck'sche Buchdruckerei,
Nördlingen
Printed in Germany : ISBN 3-423-01424-5

Vieles zwar und Ruhmreiches hat sich begeben in Lyvland, was nicht allzumal aufgeschrieben oder wieder in Erinnerung gebracht werden kann . . . Nichts anderes aber ist hier hinzugetan, als das, was wir sahen mit unseren Augen, fast alles; und was wir nicht sahen mit eigenen Augen, erfuhren wir von denen, die es sahen und dabeiwaren. Und dieses haben wir nicht um Schmeichelei oder zeitlichen Gewinstes willen aufgeschrieben, sondern vielmehr zur Vergebung unserer Sünden, zum Lobe dieses unseres Herrn Jesu Christi . . .

(Heinrich von Lettlands Livländische Chronik)

Erstes Buch

1

Dem Detachement des Rittmeisters Grafen Ovelacker, das aus einer Schwadron Leibgarde-Ulanen Ihrer Majestät der Kaiserin-Mutter bestand und während der Unruhen in den baltischen Ostseeprovinzen in einem unbedeutenden, nunmehr zur Stadt erhobenen Flecken des nördlichsten Livlands im Quartier lag, ward an einem Tag um die Mitte des Dezembermonats im Jahre 1905 der Befehl, sofort zu satteln und abzureiten. Woher der Befehl gekommen war, wurde bis zu dem Augenblick, da der Reitertrupp in scharfem Trab den Ort verließ, nicht bekannt. Nicht unter den verstörten Einwohnern des Fleckens (die aber immer verstört waren, ob nun Truppen einrückten oder abmarschierten, weil sich mit ihrem Einmarsch die Angst vor kommenden Standgerichten einschlich und mit dem Abzug das Gefühl der Unsicherheit, wenn nicht gar Angst vor der Rückkehr geflohener Aufrührer und ihrer Rache für die häufigen Angebereien) – nicht unter den abreitenden Soldaten selber. Die hatten danach nicht weiter zu fragen und taten das auch gar nicht, denn ob nun diesen Befehl der Kommandeur ihres Regimentes gegeben hatte, der Graf Orlow, der mit der Hauptmacht der ihm unterstellten Truppen in der Gegend von Wolmar stand, oder ob den Befehl ihr Rittmeister von sich aus erteilt, wenn nicht gar die Polizei ihn um Hilfe angegangen hatte – sie hatten gesattelt und ritten jetzt auf der nach Nordwesten aus dem Flecken hinausführenden Landstraße, weil irgendwo ihre neue Pflicht begann, die sie erst vor wenigen Tagen gegen die alte – die Wache bei den kaiserlichen Schlössern in Zarskoje Sjelo – hatten eintauschen müssen, als man sie eilig verladen und in diese Provinz gebracht hatte: den Aufstand, der schon seit Monaten tobte, endlich niederzuwerfen.
Nun herrschte Aufruhr beinahe im ganzen Reiche, seitdem die Regimenter aus dem unglücklichen japanischen Feldzug zurückgekehrt waren, ohne den Sieg heimzubringen; doch dieser Aufruhr hier war ein neuer Krieg. Ein Krieg gegen fremde Völker, die sich wider Rußland und seinen erhabenen Herrscher auflehnten – so tükkisch auch viele unter ihnen sein Loblied sangen –, ein Krieg in Wäldern und in Städten, ein Krieg mit offenen Feldschlachten und Straßenkämpfen, ein Krieg in Häusern, über Dachböden und Dächer, ein Krieg, in dem ungleiche Kampfregeln schon allzu vielen ihrer Kameraden von den Dragonern das Leben gekostet hatten, als es noch die Erwartung der Minister gewesen war, daß der Soldat sich Gewehr bei Fuß aus den Hinterhalten abschießen lassen würde. Es

war ein Krieg, bei dem sie anfangs nicht gewußt hatten, wer sich nun eigentlich bekämpfte; ein Krieg, den es anscheinend schon viele Menschenalter, bevor man sie gerufen, gegeben hatte, der aber jetzt anders ausgetragen wurde als früher. In der vordersten Stellung standen alle Völker, die hier lebten, ob es nun Esten oder Letten oder Gott weiß was waren, gegen die einen: die Deutschen; doch wenn den Ulanen die Kugeln um die Köpfe schwirrten, hatten sie – und vor ihnen schon andere Truppen – deutlich zu merken bekommen, daß man auch gegen sie kämpfte, die Soldaten der Majestät. Und endlich standen Letten gegen Letten, Esten gegen Esten, alle gegen alle. Irgendwo von dort her, wo die Schlachtfelder, auf denen sie zu kämpfen verstanden, zu Ende waren, von dort her stritten noch Juden und Sozialdemokraten aller Welt. Von dort her kamen die rothaarigen Aufwiegler und die deutschen Militärgewehre, das Geld und die Flugblätter. – Gegen solche Feinde konnte eine Schwadron auf dieser Welt nicht kämpfen. Gegen solche Teufel mußte man Erzengel aufbieten. Daß aber solche Teufel dennoch zu schlagen waren, wenn sie das Volk verführen wollten und sich leibhaftig zeigten, das hatten ihre Kameraden von der Garde vor dem Winterpalais bewiesen, als sie in die Herde des Antichrists feuerten. Und daß niemand in Rußland die Bilder des Herrscherpaares in den Gemeindestuben ungestraft besudeln, den kaiserlichen Gerichtsspiegel zertrümmern, die Kronämter brandschatzen, die Untertanen ermorden und ihr Gut rauben durfte, gleichviel ob er ein estnischer oder ein lettischer Teufel war, ein Sozialdemokrat oder ein patriotischer Aufwiegler, das zeigten die Strafexpeditionen der hohen Generale, allen voran ihr Regimentskommandeur, der Graf Orlow.
Wie diese Teufel gehaust, hatten sie in den wenigen Tagen, die sie im Lande weilten, noch nicht allzuoft mit eigenen Augen gesehen, doch waren der Erzählungen genug. Keine Schandtat in des Bösen Register, die sie ausgelassen hatten, vor allem gegen die Deutschen; aber ihnen, den Leibgarde-Ulanden Ihrer Majestät der Kaiserin-Mutter, wog doch am schwersten das schimpfliche Ende, das ihre Kameraden vom 4. Pleskauschen Dragonerregiment unter den Kugeln und Messern der Banden in Tuckum gefunden.
So hielten sie Vorsicht, die von ihren Vorgesetzten auch ihnen gegenüber geübt ward, wenn man sie über Ziel und Zweck der einzelnen Unternehmungen so lange wie möglich im ungewissen ließ, für überflüssig, wenn nicht gar kränkend; denn erstens gehörten sie dem Leibgarde-Ulanenregiment Ihrer Majestät der Kaiserin-Mutter an und wußten, was sie der Ehre dieses Regiments schuldig waren – so viele Linienregimenter auch solch eine Schuld nach dem unglückli-

chen Kriege nicht eingelöst hatten –, und zum anderen galt es, die Kameraden zu rächen. Davon die hohen Offiziere durch Eifer im Dienst zu überzeugen, war eines jeden Ulanen geheimer Vorsatz. – Wohin es heute ging und was es galt, stand fürs erste ganz allein bei dem Herrn Rittmeister, dem seine Schwadron unbedingt ergeben war.

Es lag indessen nicht am Mißtrauen gegen die Mannschaft, daß der Rittmeister nach dem Eintreffen des Marschbefehls völliges Stillschweigen über Ziel und Zweck der Unternehmung beobachtet und auch mit seinen Offizieren nur das Nötigste besprochen hatte. Verschwiegenheit im Quartier war geboten durch frühere Erfahrungen anderer Truppenteile, daß die Aufständischen immer irgendeine unbedachte Bemerkung auffangen konnten, weil sie über ein Nachrichtenwesen verfügten, gegen das nicht anzukommen war. Warnungen, Gerüchte, Angaben über marschierende und nahende Truppen hatten sich wie durch einen unsichtbaren Stafettendienst von einem der verstreut und einsam gelegenen Gehöfte zum anderen in kaum glaubhaft kurzer Zeit verbreitet, bis zu dem jeweiligen Ort oder dem Menschen, den sie angingen, hatten zuweilen alle Pläne vereitelt und manchmal Schlimmeres geschehen lassen, als sonst vielleicht geschehen wäre. Schlimm genug, daß eine Nachricht dem Telefon (soweit es benutzbar war) oder dem Telegrafen anzuvertrauen einsbedeutend damit war, sie den Aufständischen zukommen zu lassen; denn die Mehrzahl der im Staatsdienst beschäftigten Letten und Esten war unzuverlässig, sei es nun, daß die Aufständischen sie durch Drohungen eingeschüchtert hatten oder daß sie als heimliche Patrioten die Sache ihres Volkes förderten.

Auch jetzt, nachdem über Ziel und Zweck des eiligen Aufbruchs aus dem Quartier nicht das geringste verlautet war und die zurückgebliebenen Einwohner des Fleckens über das Ziel nur Vermutungen anstellen konnten aus der Richtung, in die der Reiterzug sich bewegte, galt es, die Gerüchte einzuholen und zu überholen, die aus dem Ort doch gewiß in alle vier Winde ausgesprengt wurden, damit die Schwadron an ihrem Ziel früher eintraf als die Warnung, sie käme, Tod und Verderben für den Bauersmann! . . . Sie käme, vielleicht heute, vielleicht hier, vielleicht dort! Hinter diesem Haus oder hinter jenem Busch, die ‚Schwarze Sotnja', die ‚Schwarze Rotte', das Revolutionsgespenst der schlechten Gewissen!

Es ging auf den Mittag zu, als die Schwadron, die in kriegsmäßiger Stärke über hundert Pferde zählte und unter dem Rittmeister als Schwadronschef von vier Offizieren befehligt ward, die letzten

Häuser des Fleckens hinter sich ließ. Das Wetter war trübe und unwinterlich mild, noch war kein Schnee gefallen und ein leichter Westwind blähte den Regendunst unter dem niedrigen Himmel. Die abgeernteten Felder gähnten menschenleer; nur auf den zusammengestellten Heu- und Kornreutern hockten krächzend und flügelschlagend die Krähen; zwischen den von Bäumen und Buschwerk durchwirkten Weiden schienen Dunstfetzen selbst den Mittag überdauern zu wollen, um mit dem sinkenden Tage in tiefe, graue Dunkelheit über das ganze Land verwoben zu werden. Nichts regte sich bei den einsamen Gehöften. Es war kein Vieh mehr auf den Feldern, und der Balken der Ziehbrunnen bei den großen Tränken zeigte, nie gebeugt, in den Himmel. Die Äcker lagen unberührt in der Brache. Kein Pflug ging durch die Erde, weit und breit. Zuweilen schien diese mühsam gefaßte Welt in einen dünnen Regen ausbrechen zu wollen, aber der Wind ließ den Wolken keine Zeit. Wie er mit einem Hauch Seegeruch in sich den Reitern ins Gesicht blies, war er selber feucht genug, als ein Regen gelten zu können, und dazu voll von dem bitteren, an Gerberlohe erinnernden Ruch faulender Blätter und feuchten Kartoffelkrauts. Dieser Geruch mochte aber auch aus den über hundert Sätteln aufsteigen, die über die prallen, warmen Pferdeleiber gespannt waren, von all dem Leder, das die Reiter an sich und bei sich trugen.

Bald nachdem der Ort außer Sicht gekommen war und das vielhundertfältige Hufgetrappel der Schwadron durch die totenähnliche Stille des Landes dröhnte, die Reiter sich in eine so verlassene Gegend vordringen gewahrten, daß sich in ihnen allen der Gedanke einschlich, keine Gegend könnte in Wirklichkeit so verlassen sein, wie diese hier gelten wollte, und also auch andere Gefahren bergen, als die einsamste Einsamkeit sie einem Reiter vorbehält, befand der Rittmeister es für nötig, die ersten Vorsichtsmaßregeln zu treffen. Die Schwadron bot ein zu gutes Ziel für einen Feuerüberfall, als daß er die Gelegenheit dazu gewähren wollte. Also ließ er die Straße von einer Vorhut sichern und gab den Befehl, daß die Reiter im Verbande selber sorgsam Ausschau halten und auf verdächtige Fußgänger, Reiter oder Fuhrwerke achten sollten, desgleichen, ob an den oder bei den Gehöften, zu denen Feldwege von der Landstraße führten, Ungewöhnliches zu bemerken sei. Bei Rauchzeichen, weithin sichtbar aufgehängter Wäsche, wenn sie erst mit dem Auftauchen der Schwadron erschien, und ähnlichem sollte sofort Meldung erstattet werden. Und weil, um die Pferde zu schonen, die heute noch viel zu leisten haben konnten, alsbald das Signal kam, in Schritt zu fallen, ergab sich für die Offiziere Gelegenheit, die im Quartier versäumte

Beratung über den Zweck der Unternehmung und wie er am besten zu erreichen wäre, nachzuholen.
Diese, die zweite Schwadron der Leibgarde-Ulanen Ihrer Majestät der Kaiserin-Mutter befehligte der Rittmeister Nikolai Graf von Ovelacker, und es war sein erstes Kommando als Rittmeister, was bei seinem Alter nicht zu verwundern war; denn der Graf hatte nach den sieben Jahren der Ausbildung im Pagenkorps Seiner Majestät bis zum siebzehnten Jahr, der darauf folgenden Ausbildungszeit bei der Truppe und der daran sich anschließenden Lehrzeit in der Offiziersschule die Laufbahn bis zum Rittmeister als Sekondeleutnant, Leutnant und Oberleutnant so schnell durchmessen, wie es in Friedenszeiten nur möglich war. Zwar hatte es inzwischen Kriege gegeben, doch hatte er an diesen nicht teilgenommen, sosehr dies auch bei dem japanischen sein Wunsch gewesen war. Daß er bei einer Friedenslaufbahn schon mit zweiunddreißig Jahren eine Schwadron befehligte, konnte man als eine schnelle Karriere ansehen, diese allerdings auch seinem guten Namen zuschreiben, der bei Hofe durchaus bekannt war und, wie etliche wissen wollten, auch bei dem Regimentskommandeur oder, richtiger gesagt, bei dessen einziger Tochter. Nun waren der Name des Grafen und seine verwandtschaftlichen Beziehungen damals nichts, was einem jener Russen, die sich mit Emphase an die Brust zu schlagen und sich einen ‚echten, wahren Russen‘ zu nennen beliebten, viel Freude bereiten konnte. Indessen war dem Grafen nie anzumerken gewesen, daß er seinen sehr deutschen Namen, wie russisch man ihn auch aussprach, und seine verwandtschaftlichen Beziehungen, die allesamt Menschen deutschen Namens und deutscher Adelsgeschlechter in der estländischen oder livländischen deutschen Ritterschaft galten, als etwas Problematisches empfand, das seinen Dienst in der kaiserlichen Armee hätte fragwürdig machen können. Manche seiner Kameraden von der Offiziersschule oder aus den Zeiten des Pagenkorps hätten zu sagen gewußt, daß ihnen nie der Gedanke gekommen wäre, der Graf von Ovelacker sei ein Deutscher, so lebhaft das Empfinden dafür gerade in jenen Zeiten geschärft war. Die letzten beiden Jahrzehnte des verflossenen Jahrhunderts hatten eine Welle nationaler Unduldsamkeit gegen alles Nichtrussische, vornehmlich aber Deutschbaltische anbranden sehen, und die deutschen und die russischen Zöglinge des Pagenkorps jener Jahre wußten von tobenden Schlachten in den Schlafsälen des Korps zu berichten, bei denen das Bettgestänge oder die Namentafel am Bett die Waffen geliefert hatten zu blutigen Kämpfen zwischen patriotisch verwilderten russischen Zöglingen und sich grimmig verteidigenden deutschen.

Nein, der Graf von Ovelacker hatte es durch irgend etwas fertiggebracht, nicht als Deutscher zu gelten, vor allem nicht als Balte, der er doch ursprünglich war. Er wurde, wenn auch nicht als ‚echter, wahrer Russe', eher als ein Nachfahr von einem jener vielen Deutschen aus dem Reiche betrachtet, die zu Zeiten Katharinas oder noch später Dienste in der russischen Armee genommen hatten und, ganz anders als die seit Anbeginn in den Ostseeprovinzen beheimateten deutschen Balten, im Laufe eines Menschenalters schon etwas anderes als Deutsche, etwas Unbestimmbares geworden waren. Ihre Nachkommen, die jetzt noch einen beachtlichen Teil des Offizierskorps stellten, wollten als Russen gelten, so viel Mühe ihnen dabei auch ihre Namen bereiteten, die bald dem Schwäbischen, bald dem Sächsischen entstammten. Aber schließlich gab es ja noch die ‚verrussten' baltischen Adelsgeschlechter oder einige Zweige von denen, welche die Antipathie gegen das Deutschbaltische mit einem Rang bei Hofe, einem Dienstgrad bei irgendeinem Ministerium, Verdiensten um die Armee oder ganz einfach mit einer unverhohlen bezeugten Abneigung gegen die Art und das Wesen ihrer Herkunft abzufangen wußten. Man hatte im übrigen den Grafen von Ovelacker niemals um seine Ansicht über diese heiklen Dinge befragt. Die Stellung seines Vaters, eines hohen Beamten im Hofministerium seiner Majestät, mochte dazu beigetragen haben.
Als nun die vier Offiziere der Schwadron auf das Ersuchen des Rittmeisters zu ihm herantrabten, wären keinem einzigen von ihnen auch nur die geringsten Zweifel an ihrem Vorgesetzten gekommen, weder an seiner Zuverlässigkeit als Führer des Detachements aus irgendwelchen nationalen Bedenken noch aus sonst irgendeinem Grunde. Ovelacker, der eine sehr schöne fuchsfarbene Stute ritt, sah in der dunkelgrünen Uniform und dem Reitpelz, mit der umgehängten Kartentasche, mit Feldstecher und Pistolen genauso aus, wie ein Rittmeister auszusehen hatte, und für die Beurteilung seines sonstigen Äußeren, des wie gemeißelt ebenmäßigen Gesichts, der etwas tief, unter kräftigen Jochbeinen liegenden blauen Augen, des brünetten Schnurrbarts, dessen seidige Enden erst ahnen ließen, wie weich und fein das Haar, auch das Kopfhaar, war – kurz, für die männlichen und offenen Züge mochte eher die sagenhafte Tochter des Regimentskommandeurs zuständig sein, deren Huld man ihm aber vielleicht bloß andichtete, denn schließlich heiratete er wohl nur eine Deutsche. Doch nein – er war schwer unterzubringen! –, eine Erinnerung, wäre sie den vier Herren nach solch einer Vermutung wie der mit der Heirat gekommen, hätte für sie eigentlich das Gegenteil besagen müssen. Als nämlich nach eingehenden Erwä-

gungen zwischen der ritterschaftlichen Landesvertretung und dem Oberkommandierenden der Truppen, ob den Detachements der Strafexpeditionen deutschbaltische Reserveoffiziere als Orts- und Sprachkundige zugeteilt werden sollten, endgültig entschieden worden war, daß diese Herren nicht erwünscht und nicht vonnöten seien, war Ovelacker, der anscheinend gefürchtet hatte, gemeinsam mit irgendeinem Reserveleutnant den eisernen Besen über den ihm zugeteilten Abschnitt ziehen zu müssen, ein ziemlich unverblümtes Gott sei Dank! entschlüpft.

Die vier Offiziere, die nun zu seiten des Rittmeisters ihre Pferde lenkten und unverwandt dem Vorgesetzten zuhörten, waren der Oberleutnant Pjotr Sergejewitsch Charusin, der den ersten Zug der Schwadron führte, die beiden Leutnants Eustachius Alexandrowitsch Maklakow und Wladimir Karlowitsch Möller und der Kornett Kosljaninow, ein junger Mensch, der, wie in der Armee üblich, vollen Offiziersrang besaß und dem Detachement dazu verhalf, als vollzählig zu gelten. Der Kornett war ein etwas leichtfertiger, stutzerhafter Mensch, klein von Wuchs, dunkel und lebhaft, trotz seiner jungen Jahre schon im Besitz von einem Paar rotgeäderter Bäckchen, die den Trinker verrieten, auf den ersten Blick hin keine besondere Zierde seiner Schwadron, aber ungewöhnlich verwegen, als handele er immer im Rausch. Sein Blick war stechend und mitunter unangenehm; für sein Temperament waren Kriege unerläßlich, damit ihm nicht zuviel Schwierigkeiten im Garnisonleben erwuchsen. Daß er die Schwadron vollzählig machte, ‚komplettierte', wie sein Ausdruck hieß, war eine Erfindung von ihm. Und er hatte insoweit recht, als keiner der Offiziere zu entbehren war, wenn unter dem Vorsitz des Rittmeisters Standgerichte abgehalten werden sollten. Dazu waren nach den Bestimmungen des Kriegsrechts, das über die Provinzen verhängt worden war, vier Offiziere der Landarmee oder der Marine unter einem fünften als Vorsitzendem nötig. Die von einem fast quälend zudringlichen Humor getragenen Reden des Kornetts über seine Unentbehrlichkeit hörte sich der Leutnant Wladimir Karlowitsch Möller mit willentlich gelangweilter Miene an, oder er wandte sich ab. Der Leutnant schien seine Pflichten sehr gewissenhaft aufzufassen. Wenn der Kornett betrunken war, brachte er Bemerkungen zustande, in denen von Leutnants die Rede war, die, wie diese unausstehlichen deutschen Handwerker, so täten, als hätten sie den Affen erfunden, und nicht die Spur von dem besäßen, was als eine ‚breite Natur' jeden richtigen russischen Ulanen auszeichnete. Aber bei solchen Bemerkungen war der blonde, vierschrötige Möller nicht zugegen, wie er denn überhaupt ungern mehr als nötig trank und, was er beim Gelage fehlen ließ, durch Verläßlichkeit und Ausdauer im Dienst ersetzte.

. . . Und dann brach die Verbindung ab? fragte in diesen Augenblicken der Kornett, ungewöhnlich fröhlich und wie von einem Abenteuer gespannt, seinen Vorgesetzten. Sein Gebaren stach ab gegen die nachdenklich dreinschauenden Gesichter der anderen Offiziere. Der Oberleutnant Pjotr Sergejewitsch Charusin zwirbelte seinen Bart mit geöffneten Lippen, als murmelte er ein zweiflerisches Teufel, Teufel! vor sich hin, und der Rittmeister sah in die Ferne, so lange, bis Möller das gleiche tat, ungewiß, ob aus Diensteifer oder selber auch von irgend etwas dort angezogen.

Da brach sie ab! wiederholte Ovelacker unvermittelt laut zu dem Kornett gewandt, als wären der und seine Frage, die eigentlich keiner Bestätigung bedurft hatte, ihm wieder eingefallen. Auch Möller weilte nun mit seinen Blicken in der Nähe. Und Ovelacker fuhr fort: Dem Bericht zufolge spielte sich das ganze folgendermaßen ab. Sie wissen, wenn wir die Hauptstraße erreicht haben, sind es noch vierzig Werst von dort bis zur Kreisstadt, die schon an der See liegt. Und von dort, wo wir die große Landstraße erreichen, bis zum nächstgelegenen Strandabschnitt, dessen Küste genau nördlich verläuft, werden es ungefähr sechs Werst sein. Die Küste aber biegt zwischen diesen beiden Punkten, der Kreisstadt und dem Strandabschnitt, in dessen Höhe wir auf die Straße kommen, mit zahllosen langen Halbinseln und Buchten, vor denen abermals Inseln liegen, beinahe mit einem vollen Halbrund aus. Dort sind große Waldungen, Weiden und Felder. Sehen Sie sich das auf der Karte an. Die ganze Gegend rechts von der Landstraße bis zur Küste, aber auch noch etliche Inseln vor den Buchten – das alles gehört zu den beiden Gütern, von denen ich erzählte. Das erste, uns nähere, ist das Rittergut Drostenholm, auf dem, wie es scheint, die Herrschaft noch nicht geflohen oder schon wieder zurückgekehrt ist, weil man das Ärgste überstanden glaubte. Das zweite, das nur zwölf Werst von der Stadt entfernt liegt, ist ein kleines Waldgut, Wargel, sehr nahe der Küste, an der dort auch ein kleines Dorf dieses Namens liegt. Es wird wohl eine Ansiedlung sein, die ursprünglich für die Holzfäller und die Arbeiter eines Sägewerks geschaffen worden ist, und die sind jetzt verbauert und besitzen daneben ein paar Segelschiffe. Auf diesem Waldgut haben sich etliche Herren von dem deutschen Selbstschutz, den die Gutsbesitzer gegründet haben, und ein paar Förster und zuverlässige Waldhüter verbarrikadiert. Der Meldung nach ist nun von irgendwoher, wahrscheinlich aus der Stadt, eine Bande von Aufrührern aufs Land gezogen, wie die Kerle das immer tun, um die Güter zu überfallen.

Es müssen mehrere hundert Leute sein, sehr gut bewaffnet und angriffslustig, die von überall her Verstärkung bekommen haben, vornehmlich Arbeiter, denn die Wollkratzerei, das Sägewerk und eine kleine Fabrik für Eisenwaren nahe der Kreisstadt liegen still. Vermutlich sind auch ein paar Burschen von der Waggonfabrik in Reval oder aus den Werften in Riga unter den Aufrührern. Dazu die Knechte, die ihren Herren weggelaufen sind, Tagelöhner, ehrgeizige Söhne von Gesindewirten in der Gegend hier – was da so alles zusammenkommt.
Wargel haben sie eingeschlossen und belagern es, wollen die Waffen und Geld haben, den Förster an den Galgen, weil der ihnen das Wildern übelgenommen hat; aber bevor sie Wargel einschlossen, konnte die Besatzung dort noch Drostenholm telefonisch erreichen und warnen. Die Telefonlinie führt schnurgerade durch den Wald. Die Leute aus Wargel baten Drostenholm, das die gleiche Herrschaft hat, um Hilfe, jedenfalls um Weitergabe der Meldung vom Überfall in die Kreisstadt oder zu uns ins Quartier. Das tat man sofort, aber kaum hatten die aus Drostenholm die ersten Sätze gesagt, da wurde die Verbindung gestört, wahrscheinlich die Leitung zerrissen. Die Belagerer von Wargel hatten sich also geteilt und eine Streitmacht nach Drostenholm geschickt, das völlig ohne Schutz ist. Das erste, was die Leute dort taten, war, die telefonische Verbindung des Gutes mit der Umgebung zu zerstören. Das alles muß heute in den Morgenstunden geschehen sein. Wie es jetzt dort aussieht . . .? Ovelacker zuckte die Achseln. Übrigens hat Drostenholm eine Brennerei, fügte er hinzu, und mit einem: Bis nachher! ohne besondere Betonung, wie aus ganz anderen Gedanken, und einem: Antraben, meine Herren! entließ er die Offiziere von seiner Seite.
Die vier ritten zu ihren Zügen heran und gaben den Befehl zum Traben. Ein merkliches Straffen ging durch die Schwadron, ein kaum hörbares Schnalzen kam aus den Reihen, und dann dröhnte der Boden, die Hufe setzten sich härter in die gilbenden, naßglänzenden Blätter, die auf der Straße lagen, die Schwadron kam schnell außer Sicht. Aber hier war niemand, der sie hätte beobachten können. Alles war still, alles lag leer. Der Wind wurde stärker, die Wolken schoben sich höher, als sollte es, kaum Mittag geworden, bald dunkel werden. Von der Stelle, bei der die Offiziere sich voneinander getrennt und den Befehl zum Antraben gegeben, hätte man das Dröhnen der Hufe noch gehört, als die Schwadron schon mehr als zwei Werst entfernt war.
Dann ging mit einem Mal ein feiner Regen nieder, nur etliche Minuten lang, aber nach ihm schien es nie mehr mittaghell werden zu wol-

len. Immer verhangener, immer dämmeriger. Nun ruderten Krähen von weit her ihren Schlafbäumen zu, an einem fernen Waldrand, von hier aus nur ein Saum am Horizont. Das einzige Hörbare war ab und zu ein ferner heiserer Ruf von hoch oben her, aus den Schwärmen der Vögel, über dem leisen Gelispel, mit dem der Wind trockenes Laub vor sich her trieb.

Kurz nach zwei Uhr mittags erreichte die Schwadron die große, genau von Osten nach Westen führende Landstraße, an deren Ende die Kreisstadt lag. Unter ein paar großen alten Linden traten die Pferde der Spitze auf den neuen Weg. Und weil die niedergefallenen Blätter hier unter den Bäumen alle wie nach einer geheimen Ordnung mit der gilbenden Unterseite zuoberst lagen und die fahlgrüne Oberseite sich an die klebrige Straßendecke angeheftet hatte, daß kein Wind sie zu lösen vermochte, bevor der Boden ganz trocken geworden war, meinte einer der Ulanen, dies wäre kein gutes Vorzeichen für die Unternehmung, solch gelbe Teppiche versprächen nur Schlechtes, zumal auf dem Wege zum Streit.

Die Teufel werden eben bluten müssen! bemerkte verbissen ein Kamerad, und dann trabte die Schwadron, die nun vollzählig auf die neue Straße eingeschwenkt war, wieder an, die Vorhut zur Rechten und zur Linken der Straßenbreite vom Verband aus eben noch sichtbar voraus. Die Gesichter der Reiter waren jetzt ein wenig gespannter.

In dem dämmernden Tage schien Ovelacker eine Mahnung zu liegen, das Ziel so schnell wie möglich zu erreichen und das Schicksal der Eingeschlossenen zu entscheiden. Es war, als zöge der Ort, an den die Schwadron gerufen worden war, über das Faßbare hinaus zu sich, denn Ungeduld bemächtigte sich der Offiziere und der Mannschaft, endlich den langen Anmarsch hinter sich zu bringen, und selbst die Pferde schienen über ein Gewohntes hinaus willig, denn wie sehr auch der Ritt beschleunigt wurde, zeigten sich keine Merkmale der Ermüdung bei ihnen. Als nach einer knappen Stunde ein Kirchturm auftauchte und der Rittmeister sich nach der Karte darüber vergewissert hatte, daß es sich bei dieser Kirche und den rundherum gelegenen Häusern um die auf der Karte kurz als Pastorat Drostenholm verzeichnete Ansiedlung handeln müßte, beschloß er, ohne anzuhalten hindurchzureiten. Der Pastor, den es dort gab, und ein Arzt, ein Apotheker, vielleicht auch ein Molkereischweizer und ein Krüger – diese Leute würden wohl nichts sonderlich Aufschlußreiches zu sagen haben. Und so kam es auch, daß man – kaum war die Schwadron eingeritten – im Pastoratsflecken nicht wußte, ob hier wirklich Reiter durchgezogen waren, so schnell hatte die Schwadron wieder die offene Landstraße erreicht. Der Pastor, der Arzt und der Apotheker konnten bis zum Abend ihre Meinungen austauschen. Nicht ohne Erleichterung bei dem Pastor und dem Apotheker, denen durch Boten und Gerüchte so viel zu Ohren gekommen war, daß sie bereits die äußersten Vorsichtsmaßregeln für die Nacht getroffen und einer Belagerung im Arzthaus entgegengesehen hatten. Frauen und Kinder waren nicht mehr bei ihnen. Die hatten sie, als am frühen Morgen Gerüchte von der Belagerung des Waldgutes und des Rittergutes Drostenholm zu ihnen drangen und die Marschrichtung der Banden bereits deutlich vorauszusehen war, eiligst weggeschickt. Zwei verläßliche Knechte vom Pastorat hatten die Frauen und Kinder in zwei Wagen zum nächsten Flecken gebracht, in dem die Ulanenschwadron Schutz verhieß, und daß die anreitende Schwadron den Fuhrwerken nicht begegnet war, denen sie doch hätte begegnen müssen, war der Vorsicht der Knechte zuzuschreiben. Die hatten trotz des schlechten Wetters Feld- und Richtwege benutzt, so weit ab von der Landstraße, daß die Gefährte von ihr aus nicht hatten entdeckt werden können, denn man hatte eher befürchtet, Aufrührern in die Hände zu fallen, als in den Ulanen der Rettung zu begegnen. Danach hatte der Doktor, der unbeweibt war und, wie er dem Pastor und dem Apotheker erklärte, nichts zu verlieren hatte als die Langeweile mit ihnen, sein Pferd satteln lassen wollen und jetzt erst bemerkt, daß ihm in der Nacht sein kürzlich angenommener Knecht davongelaufen war. Also hatte er seinen Gaul selbst gesattelt und war davongetrabt, lang wie ein Hecht, kahlschädelig, den roten Hühnerhund, den er sich hielt und der mit gesenktem Kopf vor ihm her durch die Gegend schweifte, dann und wann zurückpfeifend. Vielleicht kann man für den alten Gilsen doch etwas tun! hatte er beim Abschied geknurrt und mit dem alten Gilsen den Herrn auf Drostenholm gemeint. Für alle Fälle hatte er den Revolver geladen und gesichert in der Tasche, und sosehr er auch harmlos auszusehen bemüht war, als gelte es eine Kartenpartie auf Drostenholm, schweifte sein Blick scharf und unruhig über die Büsche, denen er sich näherte, dem Gut entgegen, das der ansetzende und sich immer höher staffelnde Baumbestand in der Ferne verbarg.

Nach zwei Stunden etwa war er zum Pastorat zurückgekehrt, sehr schweigsam und seine Unruhe und Sorge kaum mehr verhehlend. Er berichtete kurz, die Canaillen säßen wie die Wanzen in der ganzen Gegend. Etwa drei Werst vor dem Gute schon hätte er die ersten zu Gesicht bekommen und gleich Bekanntschaft mit ihnen geschlossen.

Das heißt, sie hätten geschossen, und er hätte schleunigst aus dem Sattel und verschwinden müssen. Doch hätte ihm geschienen, als zöge sich alles Gesindel zum Gute hin – Gott sollte dem alten Gilsen gnädig sein! Vielleicht aber wäre es dem schon gelungen, am Morgen strandwärts zu verschwinden, und dann mußte er bei den Strandgendarmen, die etliche Werst von dem Gute entfernt im Dorfe zu dritt hausten, fürs erste sicher untergekommen sein. Nur wollte er einen solchen Rückzug durch die Küchentür jedem anderen eher zutrauen als dem alten Freiherrn.
Als der Pastor den lieben Gott, den der Arzt schon mit einem kurzen Anruf bedacht, etwas ausführlicher in die besorgniserregende Lage verwickelte und ihn geläufiger als der andere, aber ungekünstelt und ohne kanzelhafte Vertraulichkeiten erwähnte, machte der Doktor ein verkniffenes Gesicht und ging. Zu Hause angekommen, lockerte er seinem Pferd nur den Sattelgurt und gab ihm zu fressen. Für alle Fälle sollte der Gaul bereit dastehen. Im Laufe des Tages war er noch einmal, auf einem anderen Wege, ausgeritten und hatte auf das Gut zu gelangen versucht, aber von dem zweiten Ausritt kehrte er schon mit einer zerschossenen Pelzmütze heim, und das Pferd hatte einen Streifschuß am Halse. Zwischendurch hatte er rastlos telefoniert; mit allen Gütern, die er sonst erreichen konnte, aber deren waren heute nicht viele, denn die Leitungen waren meistens zerstört; mit dem Flecken, aus dem er den Bescheid erhielt, die Ulanen wären, unbekannt wohin, ausgeritten; und endlich mit der Kreisstadt. Doch wo sonst die Kreisstadt sich gemeldet hatte, tönte jetzt auch nur ein leeres Summen. Der dünne Strang, der das einsame Doktorat sonst mit der Welt, mit den kleinen Städten, mit den Gütern verbunden hatte, endete irgendwo in einem Straßengraben, im Nichts. Der feine Strom, der früher alle Beziehungen mit Menschen und Menschlichkeiten im Unsichtbaren wenigstens bis zur Hörbarkeit gespeist hatte, versickerte in einer schauerlichen, eiskalten und einsamen, von aller Welt aufgegebenen Leere. Der Pastor hatte den lieben Gott, der Arzt hatte die Menschen, und die waren jetzt nicht mehr da. Der alte Freiherr von Gilsen zum Beispiel . . .
Da kam die Schwadron.
Und da war sie auch schon wieder weg. Aber der Doktor zog seinem Gaul den Sattelgurt stramm. Mochte der Pastor den lieben Gott behalten, diesen lieben Gott für den Hausgebrauch in allen Ehren, wie eine Hausapotheke, ein so freundlicher Mann der gute Oerthen auch war – er, der Doktor Riesbiter oder eigentlich von Riesbiter, hielt es weiter mit den Menschen, vornehmlich wenn das Soldaten waren. Das ganze Deutschtum war ihm längst zu zivil geworden, und das

war ein Fehler gewesen, nie kam das mehr an den Tag als jetzt, da man wie die ersten Landnehmer gewappnet seine Saat hätte hüten müssen. Aber aus den Standarten der Fähnlein von reisigen Mannschaften, wie sie einst alle Stände und Zünfte gegen die Feinde aus Osten und Westen gestellt, waren Tischfahnen in gut bürgerlichen Vereinen geworden. Schließlich hatte man nicht allein die Schuld daran. Der besitzliche Adel hatte jetzt den Selbstschutz, aber der war zu wenig gegen so viele. Und endlich – war er selber nicht auch etwas zivil geworden? Über seinen Lebenslauf schwieg der Doktor sich aus. Doch man wußte ja nun einmal: der widerborstige Junggeselle von heute, der Einzelgänger, der am Kartentisch eine kräftige Sprache führte, hatte als Theologe im alten Dorpat begonnen, war von der Gottesgelahrtheit in die Kavallerie abgeschwenkt und hatte etliche Jahre als Offizier in einem Kosakenregiment gedient, hatte dann von neuem studiert mit dem Ziel, ein tüchtiger Chirurgus zu werden – wie der türkische Krieg es ihm hatte vonnöten erscheinen lassen –, bis ihn mit einem Mal Ekel vor Blut überkommen und er das Fach abermals gewechselt hatte zugunsten der inneren Leiden. Und so zerklüftet wie in seinem Lebenslauf sah es wohl auch in ihm selber aus. Jedenfalls war er mit all der verbitterten Spottlust, die ihn aufspaltete, und mit den Wochen und Monaten tiefer Melancholie, die ihn überfallen konnte, recht zivil geworden. Reitender Kavallerie sah er mit einem trüben Lächeln nach, als ritte sie mit irgend etwas, was tiefinnerst ihm gehörte, davon, strich sich dann den blanken Schädel, duckte seinen schmalen, langen Rücken und ließ die Unterlippe hängen. Kurz darauf konnte er wieder sehr laut sein und Geschichten erzählen, in denen er selber nur sehr gut abschnitt. Mit Wöchnerinnen ging er unbegreiflich zart um; er fürchtete sich vor Feuer. Die Äpfel in seinem Garten, die über die Straße hinaushingen, hatte er, als sie ihm Jahr für Jahr gestohlen wurden, heimlich mit kleinen Gaben irgendeines harmlosen, kaum schmeckbaren Giftes bedacht, wenn die Zeit der Reife und des Diebstahls nahte. Nach etlichen Tagen oder Nächten waren diese Seiten der Bäume geplündert wie immer – kurz danach stak aber auch das Wartezimmer voll von halbwüchsigen Jungen, die allesamt auf sein Befragen über die gleichen Beschwerden jammerten: Übelkeit, Kopfschmerz, ein Würgen und Brennen im Halse. Der Doktor hatte sie nicht untersucht. Grimmig lächelnd hatte er die ganze Leidensschar durchgeprügelt, Mann für Mann. Zu dem Pastor sagte er bald danach, man sollte über das Menschengeschlecht weniger Aufsicht mit dem lieben Gott, mit Engeln und Himmel und Hölle führen und mehr mit solchen einfachen Mitteln wie Rizinus, Teufelsdreck und dergleichen.

Der liebe Gott würde zu profan durch den Ammenschreck der Pastoren. Solche Bemerkungen tat er auf eine Weise, daß man förmlich merkte, er hoffte auf eine Widerlegung; der milde Pastor Oerthen jedoch lächelte nur voller Nachsicht. In Fällen, da er bis zum äußersten aufgebracht war, schlug der Doktor dem Pastor vor, der ganze deutsche Adel zum mindesten müßte wieder katholisch werden. Das würde ihm wieder Abstand von diesem Volk der Protestanten schaffen. Aber auch auf solche Äußerungen des Doktors ging der Pastor nur mit einem Vortrag ein, wie wohltuend sich das Luthertum vom Katholizismus unterschiede und wie innig verwachsen die baltische Ritterschaft gerade mit der protestantischen Sache wäre.

So innig, daß sie das Land der Jungfrau Maria zu eigen gab! warf der Doktor ein, aber der Pastor blickte milde und fuhr fort in seiner Theorie. Die kannte der Doktor, und die langweilte ihn. Deshalb schwieg er oder erzählte Witze, so daß dem Pastor, wenn er geendet, eine Lachsalve entgegendröhnte. Die aber galt dem Witz des Doktors, den er unauffällig nach rechts oder nach links erzählt hatte, in keinem Falle so, daß es den Pastor hätte kränken können, und der Pastor, dem immer etliche andere zugehört hatten, lächelte mit den Lachenden. Daß er den Pastor zuweilen ‚schinden' mußte, wie er selbst eingestand, machte der Doktor vielfältig wieder gut. Ohne das Pastorat wäre er nicht mehr am Leben, gestand er offen ein, und zu dem Pastor, mit dem zusammen er in der Nacht nach der Gesellschaft heimwärts fuhr, sagte er nach langem, schläfrigem Schweigen unvermittelt ganz wach und ernst: Wenn man nur auf eine anständige, begreifliche und doch nicht aufdringliche Art sein Dasein so führen könnte, daß das Nichtsein, das darunter gähnt, etwas Gott Untertäniges bliebe! Alles, was da ist, ist ferne und sehr tief! fiel dem Pastor aus dem Buch des Predigers ein, und er zitierte es dem Arzte ohne eine eigene Auslegung.

Der Doktor hörte sich das schweigend an. Mit einem Mal blickte er nach links zum Straßenrand, wo sich trotz der Dunkelheit deutlich drei große steinerne Kreuze gegen den Nachthimmel abhoben, die über der Grabstätte dreier schwedischer Offiziere von den estnischen Bauern hatten errichtet werden müssen, denn an dieser Stelle waren die Offiziere, die versprengt von der geschlagenen Armee Karls des Zwölften nach dem Nordischen Kriege aus Osten heimkehrten, von halbverhungerten marodierenden estnischen Bauern beraubt und nach kurzer Gegenwehr erschlagen worden. Der damalige Pastor loci hatte sich der Toten angenommen. Nun schien der Doktor die drei Kreuze mit einer kaum merklichen Neigung des Kopfes zu grüßen.

Mit ihrem Kalkstein grau wie aus verwittertem Gebein ragten die drei Kreuze an diesem Dezembertag in die Dämmerung. Neben ihnen hielt die Schwadron. Der Rittmeister hatte befohlen, abzusitzen. Die Reiter standen an ihre Pferde gelehnt oder wischten ihnen die dampfenden Flanken; sie trocken zu reiben war keine Zeit. Es galt einen sehr kurzen Aufenthalt. Die Offiziere, bis auf den Kornett Kosljaninow, waren bis zu der Vorhut weitergetrabt und beredeten, wie man verfahren sollte. Man mußte jetzt sehr schnell handeln, bevor die Nacht völlig hereinbrach, und man konnte handeln, denn das Ziel lag dicht vor der Schwadron.
Der Rittmeister hatte bei den drei Kreuzen Befehl zum Halten und Absitzen gegeben, weil hier die Straße gegen Sicht von Westen und Nordwesten her geschützt war. Das sonst ebene Land begann nun, je näher der Küste die Straße führte, zu sanften Wellen aufzugehen, als wären riesige flache Dünen mit der Zeit unbeweglich und fruchtbar geworden. Schon im Anritt hatte man etliche solcher Bodenerhebungen überwunden. Eine letzte Welle, die bei den Kreuzen begann, schien noch flacher und weiträumiger anzusteigen und sich dann etliche Werst weit eben zu halten, die Straße wie auf eine Hochfläche entführend. Der auf der Karte beim sechsunddreißigsten Werstpfosten von der Kreisstadt entfernt eingezeichnete Weg zum Gute fiel jedenfalls auf einer Strecke von zwei Werst um etwa zwanzig Meter ab. Bevor dieser Weg etwa eine Werst vom Gute entfernt zur angepflanzten Allee wurde, war einmal eine sehr deutliche Bodenwelle in Betracht zu ziehen. Das Vorland zwischen der Landstraße und diesem Abhang auf halbem Wege bestand aus buschbewachsenen mageren Weiden mit vielen Wacholdern und Findlingsblöcken darin. Dann kam ein aus Feldsteinen errichteter Wall. Hinter ihm ging der Abhang nieder, beinahe acht Meter tief, und unter ihm führte ein Bach, hinter dem die Weiden sich fortsetzten, doch nun morastig und mit dichterem Bestand von Ellern, der nach dem Gute zu immer höher wurde und in den Park überging. Abgesehen von Pfaden, die sich die Hütejungen getreten, führte nur ein Weg zum Gute: vom sechsunddreißigsten Werstpfosten aus. Es gab zwar noch einen zweiten Weg, und die Schwadron war kurz vor den drei Kreuzen an ihm vorbeigeritten, aber dieser Weg, der dem Anschein nach gern benutzt wurde, weil er den Weg zur Kirche um ein nicht geringes abkürzte, führte anfangs durch eine ganz ähnliche Landschaft wie die erste, bis ihn nach einem rechtwinkligen Schwung auf das Gut zu der dichteste Buschwald zu beiden Seiten wie eine Mauer einfaßte. Zu der rechtwinkligen Biegung zwang ihn das Quellgebiet eben jenes Baches, den auch die Hauptstraße überbrücken mußte.

Die Quellen lagen in sehr sumpfigen Wiesen. Auf diesem Wege war der Abfall des Geländes, der für die Hauptstraße bei dem Abhang einmal ungestaffelt auf ganz geringe Entfernung etwa acht Meter betrug, kaum zu spüren. Allmählich abfallend und in dem Buschwald künstlich gefestigt, schwang er auf das Gut zu. Vermutlich wurde er viel zur Anfuhr von Reisigholz aus dem Walde in die Brennerei des Gutes benutzt, denn er umging noch die Wirtschaftsgebäude des Gutes in etlicher Entfernung und kehrte von Norden her zwischen die Häuser ein. Das erste Gebäude dort war die große Brennerei. Ihr zur Seite befand sich ein Teich, den ein zweiter Bach speiste. Den Abfluß des Teiches überbrückte die Straße. Zur Rechten stieß der Park des Herrenhauses an sie heran. Der Bach, der aus dem Teiche abfloß, führte sein Wasser in vielen Windungen und oft in neuen künstlichen Teichen gesammelt durch den ganzen Park.
Auch die Vorhutposten waren abgesessen und betrachteten aus einiger Entfernung ihre Offiziere. Die saßen im Sattel, das Fernglas vor den Augen, und suchten die Gegend ab. Der Wind ließ die Zipfel der schweren Reitmäntel schwappen.
Das klingt nach Räderrollen! bemerkte Ovelacker mit einem Mal lauschend. Die anderen setzten die Gläser ab und horchten in den Wind, der etwas von fern aus den Wäldern herübertrug. Abgerissen, aus tiefer Stille blaffte ein Hund. Dann aber, daß die Reiter im Sattel zusammenzuckten, knallten sehr weit in der Ferne etliche Schüsse. Und danach hörte man ganz deutlich das Rumpeln eines oder gar mehrerer Wagen.
Ovelacker, der gespannt, man hätte meinen können: von Sekunde zu Sekunde blässer werdend, gelauscht hatte, gab den Posten einen Wink, aufzusitzen.
Also, folgendermaßen . . . sagte er gedehnt, und mit einer Eintönigkeit in der Stimme, die geistesabwesend wirkte, auch weil er so schnell sprach, gab er seine Befehle: Drei Züge nehmen den Abweg vor den Kreuzen, an dem wir schon vorbei sind. Sie, Wladimir Karlowitsch, wandte er sich an Möller, nehmen Ihren Zug und reiten im Galopp zum sechsunddreißigsten Werstpfosten, von dort den Hauptweg zum Gut bis an den Steinwall, lassen absitzen und Schützenkette hinter der Mauer bilden. Alles, was Sie überholen, vielleicht von jenen Wagen – und er zeigte in die Ferne –, muß gesichert hinter Ihnen bleiben. Sie lassen sofort Feuer eröffnen, aufs Ende der Allee. Inzwischen müssen wir mit den anderen Zügen auf dem Feldweg von Norden her das Gut umzingelt haben. Sobald Sie unsere Schüsse hören, stellen Sie das Feuer ein und lassen Ihre Leute in so weit wie möglich auseinandergezogener Kette abgesessen vor-

dringen, auf das Gut zu. Weit auseinandergezogen, möglichst viel Gelände auch nach den Flanken zu umfassend, aber daß die Leute nicht die Fühlung miteinander verlieren! Was Ihnen vom Gute her entgegenkommt, muß beim ersten Anruf stehen. Bei dem Schützenfeuer lassen Sie tief zielen, damit nicht wir, wenn wir von hinten her herankommen, in Ihr Feuer geraten. Alles klar, Wladimir Karlowitsch? Sie werden, nachdem wir uns getrennt haben, etwa acht Minuten bis zu Ihrer Feuerstellung brauchen, wir durch den längeren Anritt etwas mehr. Falls Sie uns in ein Gefecht verwickelt glauben, kommen Sie uns über das Gut zu Hilfe.
Möller grüßte. Er habe verstanden. Mitsamt den folgenden Posten trabten die Offiziere zu der rastenden Schwadron zurück.
In diesem Augenblick, kaum daß die Reiter ihre Pferde gewandt hatten, spielte über die graue, verwitterte Rückseite der drei Kreuze ein heller Schein. Und indes die Schwadron beim Nahen der Offiziere sich in die Sättel schwang, hechelte aus den Wäldern im Norden, wo das Gut lag, eine Flammenzunge in den Himmel empor. Drüben brennt es schon! sagten die Reiter fast gleichzeitig. Sie hatten inzwischen von dem Kornett erfahren, was sich während des Anmarsches ereignet hatte. Der Rittmeister rief Kosljaninow heran, dessen erstes es war, mit weit ausgestreckter Hand auf den jetzt wieder in eine ungewisse Glut hinuntergesunkenen Flammenschein zu zeigen.
Ovelacker blickte sich um und schien seine Ungeduld jetzt nur noch mühsam zu beherrschen.
Instruieren Sie einen halben Zug: Vor dem Einreiten in das Gut von Norden her haben diese Leute zurückzubleiben und in Fühlung miteinander weit ausgeschwärmt den ganzen nördlichen Abschnitt hinter dem Gut zu bewachen. Alles, was hinaus will, ist festzunehmen, keiner darf durch, denn in dem Strandwald bekommen wir ihn nie wieder. Sie selbst und die andere Hälfte Ihres Zuges reiten mit uns ein. Ihr Zug reitet zweckmäßig am Ende des Verbandes. Dann lösen die Wachen sich reibungslos von dem Gros. Verstanden? Kosljaninow grüßte. Er sah aus, als würde er kein Erbarmen kennen.
Reiten Sie bis zur Höhe Schritt und dann Galopp, so gewinnen wir etwas Zeit! war noch Ovelackers Anweisung an Möller, der seinen Zug schon marschfertig mit der Front nach Westen aufgestellt hatte, während das Gros sich entgegengesetzt aufstellte. Es ist jetzt – er mußte sich tief über das Zifferblatt der Uhr beugen, so dunkel war es schon –, es ist drei Uhr zwanzig Minuten. Drei Uhr vierzig können wir da sein. Also! Ohne Pardon! Rache für Tuckum! rief der Rittmeister die beiden Scharen an. Möller ließ die Karabiner entsichern; die Säbel hingen unversorgt, zuweilen gegen einen Stiefel klirrend,

den Reitern an der Linken. Abgerissen, beinahe leise befahlen Charusin, Maklakow und Kosljaninow ein gleiches ihren Zügen. Und dann, indes die Kommandos schon im Lärm untergingen, kaum daß sie erteilt waren, raste die Hauptmacht der Schwadron, voran der Rittmeister und Charusin, die Landstraße zurück; der Boden zitterte und dröhnte in der Dämmerung. Der Zug des Leutnants Möller, der sich im Schritt in Bewegung gesetzt, hatte die Anhöhe noch nicht erreicht, als das Gros schon, nachdem vor der Abzweigung die linke Hand des Rittmeisters mit dem Revolver hochgeschnellt war, den Feldweg entlangpreschte. Ein Ächzen wie von einer rasenden Maschinerie drang aus der Ferne herüber, ein dumpfes Rollen und Prasseln. Die Gestalten der galoppierenden Ulanen verschmolzen mit den Leibern der ausgreifenden Pferde. Indem die Schwadron durch den bald tiefer eingeschnittenen Feldweg zwischen den Büschen und in der Dämmerung allmählich undeutlicher wurde und nur das Getöse von fern ihren Weg verriet, hatte auch der Zug Möllers die Höhe erreicht, und mit dem klaren, ruhigen, wie auf der Reitbahn erteilten Befehl des Leutnants begann sie eine Flucht verwischter rasender Pferdeleiber zu werden, die einem Betrachter aus der Senke, der sie langsam entstiegen waren, wie in das leere Grau des westlichen Himmels zu zerflattern schien. In diesem Augenblick loderten gen Norden helle Flammen aus dem Walde. Der Wind trug ein langes wildes Juchzen und Peitschenknallen herüber. Dann bellten die Hunde wie rasend, und was nicht Pferdegetrappel war, war das verworrene Rumpeln von Wagen. Danach kehrte tiefe Stille ein, tiefe, grundlose Stille. Lange Zeit. Ein Hase kam über die Weiden zur Rechten der Straße, in die vor kurzem die Reiter eingesprengt waren, angesaust, sprang über den Graben und verhoffte mitten auf der Straße. Dann hoppelte er langsam weiter, setzte schon gemächlicher über den Graben zur Linken und verschwand. Ihn hörte man nicht. Es blieb still. Der Westwind ging über die hohen Schafgarbenstauden am Straßenrand. Die wenigen Blätter an ein paar dünnen Ellern, die noch an ihren Zweigen saßen, waren ihm mitteilsam. Er löste das eine oder andere, das locker hing, vollends von seinem Ast, und es fiel nieder. Im Norden über den Wäldern glutete der Feuerschein. Er verkündete ein großes Geschehnis, und es war, als müßte Lärm von ihm ausgehen, wie sonst von den großen Begebenheiten, bei denen die Menschen Urheber sind, aber die Flammen zuckten seltsam unwirklich in ihrer Lautlosigkeit, so, als müßte es ein Nordlicht sein, das da sprang. Es ging etwas Feierliches von ihrem Gluten aus, auch schienen sie mit Verzückung zu flammen, froh, über die Waldgipfel ihr Licht zu verstrahlen. Dann trabte ein Reiter heran. Er lenkte sein Pferd am äußersten Rand der Straße, dort, wo der Boden weich war und nicht viel Geräusch aufkommen ließ. Unverwandt schaute er in den Feuerschein. Das war der Doktor. Einmal verhielt er das Pferd und blickte wie frierend in die wabernde Glut inmitten der Wälder. Dann spitzte das Pferd die Ohren, stellte sie nach vorn und tänzelte; er fand gerade noch Zeit, ihm die Zügel zu strammen. Ein Schreien, ein verworrenes, angstvolles, gellte mit einem Mal aus dem Halbdunkel, dann peitschten etliche Schüsse das Zwielicht im Westen. Danach Stille, tiefe Stille, aus der ein Geräusch anwuchs, das sich am ehesten so vernehmen ließ, als ob irgendwo ein scheuendes Gespann querfeldein durchginge. Und mit einem Schlag brach ein ohrenbetäubendes, lang verrollendes Schützenfeuer los.

Zur Linken vor ihnen die lodernde Brennerei, ein riesiger Scheiterhaufen mit stiebenden Funkenstürmen, glühend, sengende Hitze ausstrahlend und grelles Licht; zur Rechten die dunkle Mauer der Parkbäume. Zwischen Park und Brennerei der Teich, der das Flammengewoge des Brandes spiegelte, so daß die Pferde anfingen zu scheuen, weil sie auf das gespiegelte Bild zulaufen sollten, über die Brücke, dort, wo dann zu ihrer Besänftigung der Brand und sein zuckender Widerschein im Wasser links liegen blieben. Rasenden Laufes, daß die Pferdeleiber sich aneinander drängten und verknäulten und alle Ordnung der Kolonne gesprengt ward, schwenkte die Schwadron, die hart an den Feldern entlang auf dem Weg dahergeritten kam, in das Gut ein. Kosljaninows Leute blieben zurück und schwärmten mit gefällten Lanzen aus. Die Brückenbohlen donnerten ein langanhaltendes Donnern, dann klapperten die Pferdehufe hell und scharf auf der nun gepflasterten Straße, hart und klingend wie Schüsse. Die Schwadron, die auch noch über die Brücke in dichtem Knäuel herübergekommen war, zerstreute sich jetzt und füllte in aufgelöster Ordnung den ganzen benutzbaren Raum. Von links her strahlte der Brand sie an. Die Pferde schnoberten und versuchten den Kopf abzuwenden, die Offiziere schossen blindlings in die Gegend.
Feuer einstellen! befahl in diesem Augenblick der Leutnant Möller seinen hinter dem Steinwall hockenden Leuten. Vorwärts! Die Straße führte leicht bergan aus der Senke mit Teich, Brücke und Bachbett. Die Pferde keuchten, Schaum vor dem Maul, Schaum zwischen den Hinterbacken. Ihre Hufe schlugen Funken aus den Straßensteinen. Die Attacke schmetterte wie ein Blitzeinschlag. Jetzt, an den Park des Gutshauses gelehnt, ein Haus zur Rechten, wohl das Verwalterhaus, die Ecke, mit der die Straße nach rechts

wendend auf den großen Platz vor dem Herrenhaus mündete. Ovelacker sah wie im Traum, als müßte er sich das alles in Bruchteilen von Sekunden für die Ewigkeit einprägen, dort drüben halb links ein massiges Geviert, die Viehburg, hier ein höheres zweistöckiges Haus, dort, langgestreckt, Scheuern und Wagenschauer, vom Feuerschein übergossen.
Jetzt riß er sein Pferd herum, ihm nach tat es die Schwadron, in weniger als einer Sekunde hatte er alles erfaßt, alles . . . Doch von nun an sah er nichts mehr. Wie jeder Soldat dachte er fortan mit einem zweiten Gehirn, das nicht angeboren, das anerzogen worden war; mit einem Gehirn, das unpersönlich dachte für die Welt der Pflicht, der Aufgabe, der Leistung; mit einem Gehirn, das gar nicht bewußt überlegte und für das alles Sichtbare nur so lange vorhanden war, bis er seinen Befehl gegeben hatte, der es auslöschte, bis es keine Reiterpflicht mehr gab. Dieses Gehirn trieb zum Handeln, und dieses Gehirn besaß die Klugheit, nichts übereilen zu wollen, die Klugheit, etwas lassen zu können.
Der Hof, der Rasenplatz vor dem Gutshaus, abgeerntete Blumenrabatten, mit Tannenzweigen verkleidete Rosenstöcke, alles im Feuerschein gespenstisch grell und dunkel zugleich. Und Menschen, und Wagen, die schlagenden Pferde in den Gespannen, ein Laufen, ein Stemmen von Lasten: Schränken, die klirrend von zerspringenden Scheiben und schlagenden Türen aus den Fäusten fallen, die sie eben noch hatten verladen wollen, bei dem Eingang zur Allee kauernde Schützen, die schießen und laden, schießen und laden, ungelenk und verbissen, Gebrüll aus dem Dunkel des Allee-Eingangs, Schüsse, die aus den Winkeln aufblitzen, Knäuel von Menschen, die erst zu flüchten anfangen, brüllend, immerfort brüllend, und dann mit einem Mal niederfallen, die Arme hochwerfen und unter den Hufen bleiben. Und die Schwadron – Ovelacker sieht das, spürt das, weiß das, ohne es bewußt zu sehen und zu registrieren – die Schwadron rast auseinanderstiebend in das alles hinein und schlägt dazwischen, schlägt und schlägt . . . Die große Eingangstür des Herrenhauses ist weit aufgerissen, von drinnen her schallt Gebrüll, Lichter brennen, Lampen, an irgendwelchen Fenstern wird es wie Fackeln vorbeigetragen. Klirrend fällt eine Scheibe heraus, ein Gewehrlauf sticht durch das Loch, und dann dröhnt ein Schuß von oben her, der Papierfetzen aus der Mündung stieben läßt, wie Schneeflocken, viel Feuer und schweren Rauch. Aber schon stehen herrenlose Ulanenpferde vor dem Portal; Reiter, abgesessen, so steif, daß sie nur laufen können, wenn es dergleichen gilt, stürmen schießend ins Innere. Von dort her krachen weiter Schüsse, Lärm durchhallt das Haus,

Splittern mischt sich in Türenschlagen, Brüllen, Jammern, die schrille Kaskade eines gläserbeladenen Tisches, der ins Schwanken gekommen ist und in das Klirren und Klingeln berstenden Glases seinen dumpfen Aufprall als Schlußton setzt. Irgendeine Gestalt torkelt aus der Tiefe eines Kellers neben einem kleinen Seiteneingang des Hauses in die glutverwirrte Nacht, stutzt, lehnt sich dann tappend an eine Säule der Fassade, eine hohe, herrliche Säule, die emporwächst und den Giebel trägt, und erbricht gegen ihr Weiß, das im Flammenschein strahlt. Dann sinkt die Gestalt, von einem Lanzenstoß gefällt, in ihrer eigenen Lache nieder. Wie ein Roß vor einem Streitwagen rast plötzlich ein angeschossenes Bauernpferd quer über den Platz, weiter, an den Gebäuden entlang, so weit es nur kommt, in die finstere Ecke unter den mit den Kronen zusammengewachsenen Bäumen hinein, bei den Fliederbüschen, hinter denen es unaufhörlich aufblitzt. Dorthin rast der Gaul, dort wirft er den Karren hinter sich um, und dort bleibt er mit einem zersplitterten Rade hinter einem Baum hängen. Von dort versuchen ein paar graue Gestalten, deren Rücken der Feuerschein rötet, längs den Wänden der Speicher davonzuschleichen. Dort taumeln noch etliche und werfen sich hin, ein paar anderen gelingt es, in der Nacht und in dem Schatten des Gutshauses, den kein Feuerschein erhellt, zu verschwinden. Und immer wieder Schüsse, knallend wie Peitschenschläge zwischen den Häusern, im Echo hin und her geworfen zwischen den Wänden.

Und dann der Augenblick, da das Rasen anfing, leer zu rasen. Der Augenblick, da die Reiter, mit heiseren Stimmen um sich brüllend, hin und her preschten, die Lanzen gefällt, überall hin, von überall her – und nur sich selber begegneten, sich selber anstarrten im Flammenschein, ihre verzerrten Gesichter, die geblähten Nüstern ihrer Pferde, von denen Schaumflocken spritzten; der Augenblick, da sie Widerstand an sich selbst finden mußten, an einem neuen Befehl.

Ovelacker ließ sammeln. Er war aus dem Sattel gesprungen und stand auf der Freitreppe. Von überall her tauchten Reiter auf; Scharen von grauen Gestalten, deren Zahl sich nicht abschätzen ließ, wurden auf dem Rondell vor dem Gutshaus zusammengetrieben; immer neue wurden herangeführt, hinkende, stöhnende, sich schwer auf einen anderen stützende; manche, so entdeckten die Ulanen, wollten auf allen vieren ins Dunkel kriechen und sich verbergen; die wurden gepackt und zum Rondell geschleppt; andere blieben liegen und liefen nicht weg und krochen nicht weg, die blieben unbefohlen. Von der Allee her näherte sich nun der Zug Wladimir

Karlowitsch Möllers. Er schien wenig Gefangene gemacht zu haben. Mit einem Meldereiter ließ der Rittmeister den halben Zug Kosljaninows heranziehen. Hinter Ovelacker, der immer noch auf der Freitreppe stand, wartete schon seit geraumer Zeit ein Ulan, der aus dem Haus gekommen war und eine Meldung machen wollte. Endlich benutzte er eine Pause zwischen zwei Anweisungen, trat von links an seinen Rittmeister heran und stand stramm.

Ovelacker wandte sich ihm zu und nickte.

Melde gehorsamst Euer Hochwohlgeboren, drinnen im Hause liegen zwei Ermordete.

Der Rittmeister war sofort bei der Tür. Wo? fragte er in den leeren Raum hinein den Soldaten, der hinter ihm her rannte, und eilte weiter. Der Ulan polterte vorwärts, kaum daß sein Rittmeister die Türöffnung freigegeben hatte. Er ließ ihn vorangehen, durch ein Zimmer, durch ein zweites, überall brannten blakende Lampen und Kerzen, weiter, weiter, der Rittmeister ging geheimnisvoll richtig, obwohl er seine Schritte nicht nach denen des Ulanen lenkte; nur sagte der ihm – viel zu früh –: Hier! und blieb vor einer Tür zur Rechten stehen, als der Rittmeister Miene gemacht hatte, weiter geradeaus zu gehen.

Hier, Euer Hochwohlgeboren!

Dieses Zimmer war dunkel.

Hol Licht! befahl Ovelacker dem Reiter leise. Der ging in das angrenzende Zimmer und kam dem Rittmeister, der ihm langsam nachgegangen war, mit einer Petroleumlampe entgegen, deren Lampenglas bis zur Mitte schwarz vom langen Blaken der Flamme geworden war. Mit dieser Lampe kehrten sie wieder zurück.

Leuchte! befahl Ovelacker und ließ den Soldaten vorangehen. Aber kaum war er selber im Zimmer, da nahm er ihm die Lampe aus der Hand. Er wollte selbst beleuchten, was es hier zu finden gab.

Das erste, was er, der seine Augen gegen das Licht beschattete – das erste, was er sah, waren die feierlichen Reihen hoher, gefüllter Bücherborde. Dann eine Lagerstatt im türkischen Stil, ein Schreibtisch, ein Stehpult, ein Sofa, der Rauchtisch . . . eine Hand!

Hinter einem tiefen Sessel lag zusammengekauert ein Toter, so, als hätte er sich in Qualen gekrümmt und wäre langsam verendet. Dieser eine. Doch einer nur!

Ovelacker wandte sich um.

Der Ulan war aus dem Zimmer gegangen und stand an der Schwelle.

Ovelacker blickte ihn an.

Geruhen Euer Hochwohlgeboren . . ., murmelte der Soldat und machte eine Bewegung mit der Linken.

Es war ein seltsamer Augenblick. Dem Soldaten schien es merkwürdig, daß der Rittmeister durch nichts verriet, ob er auch den zweiten Toten sah oder gesehen hatte. Denn er stand ja vor ihm! Der Rittmeister starrte – der Ulan wußte nicht, wohin. Er nahm stramme Haltung an. Er bemerkte, daß der Rittmeister die Rechte, die die Lampe hielt, immer tiefer sinken ließ. Die gläserne Kuppel glitt schon leise kreischend auf dem Halter. Mit einem Mal stellte er die Lampe auf den nächsten Tisch, wandte sich um und machte ein paar Schritte durchs Zimmer.
Ja. Da hinter der geöffneten Tür lag er. Zusammengebrochen, als man sie um einen Spaltbreit geöffnet hatte, zur Seite geschoben von dem wenige Sekunden später durch angestemmte Schultern zum Weichen gebrachten Holz. Auf den Daliegenden mußten Schüsse aus nächster Nähe abgegeben worden sein, blindlings, bis das Magazin leer war. In die Brust, in den Hals, in eine der Wangen . . . in das Gesicht, das dennoch unverzerrt war, friedlich, patriarchalisch mit seinem grauen Bart, so blutbespritzt der war. Die großen blauen Augen waren gebrochen, glanzlos wie tauendes Eis. Wie lange war er wohl schon tot?
Zu spät. Viel zu spät.
Dort lag der Diener.
Alles war durchwühlt, alle Behältnisse aufgerissen. Hinter dem Schreibtisch türmten sich hinuntergefegte Papiere. Nur ein Notizblock, auf einem marmornen Untersatz, hatte sich auf der Platte gehalten. Der Rittmeister starrte vor sich hin. Er wußte gar nicht, daß er den Vermerk auf dem Block las. Unbedingt zu lesen, stand da, zweimal unterstrichen, und ein langes Verzeichnis von Büchern. Mit einem Mal verließ er, an dem grüßenden Ulanen vorbei, das Zimmer.

Er ging, nachdem er alle Zimmer des Rückweges durchquert, sich aber weiter gar nicht umgeschaut hatte, in der großen Halle vor dem Haupteingang etliche Male auf und ab und blieb jedes Mal, bevor er kehrtmachte, vor einem der großen Danziger Schränke, die hier standen, stehen und betrachtete die riesigen Türen, welche die Plünderer halb aufgerissen hatten. Dann erst trat er auf die Freitreppe zurück. Von dort bot sich dem Blick ein unbeschreiblicher Wirrwarr oder etwas, was danach aussah. Irgendeinen Plan vermochte man jedenfalls in dem Hinundherlaufen der vielen Menschen, der Soldaten, die ihre Pferde führten, in dem Gewimmel allenthalben nicht zu erkennen. Einzig und allein die dunkle Rotte der Gefangenen, die das ganze Rondell vor dem Hause einnahm und von einer Kette von

Soldaten bewacht ward, wirkte als ein Gewisses und Festes in dem Rennen und Jagen. Zwischen den Säulen rechts vom Eingang standen die Offiziere und rauchten. Als Ovelacker zu ihnen trat, nahmen sie Haltung ein und berichteten. Kosljaninow: vierzehn Gefangene, darunter allerdings zwei Schwerverletzte oder gar schon Tote, Leute, die nicht hatten stehenbleiben wollen. Möller: vier Gespanne mit ihren Lenkern, die hatte er bei der Windmühle unweit vom Gute am äußersten Flügel seiner Kette abgefangen. Und dann drei junge Burschen, die seinen Leuten kurz nach dem Einstellen des Schützenfeuers durch den Buschwald entgegengekommen waren, bis an die Zähne und bis in die Taschen hinein schwer bewaffnet; sie sahen wie Brüder aus. Der eine hatte ernstlich versucht wegzulaufen, war dann aber stehengeblieben, als er gesehen hatte, wie man seine zwei Kameraden einfing. Burschen mit einer erstaunlichen Mitgift: Er zog einen grauen, schmutzigen Leinenbeutel aus dem Mantel und wikkelte die Schnur davon los. Und was er auf die Handfläche seiner Linken schüttete, waren Geld, Ringe, Medaillons, goldene Ketten. Indem er's wie eine Ware, die zu prüfen wäre, ausschüttete, öffnete sich eins der Medaillons, und eine Locke fiel heraus. Die wieder hineinzutun, mußte Ovelacker ihm beistehen, und dabei fiel sein Blick auf die Miniatur eines jungen Mädchens, nach Art der Florentiner Meister im Profil gemalt. Wladimir Karlowitsch hatte inzwischen den ausgeschütteten Teil der Kleinodien dem Säckchen wieder einverleibt und fügte am Ende das Medaillon hinzu. Dann verwahrte er das beschlagnahmte Gut erneut in seiner Manteltasche.

Ovelacker warf einen Blick über den Hof. Der Feuerschein von der Brennerei hatte nachgelassen, der Hof dunkelte ein, und der Mangel an Licht schien die Unordnung noch zu vergrößern. Überdies wurde es merklich kälter, der Wind nahm zu.

Die Leute brauchen Befehle, meine Herren, meinte Ovelacker, nahm eine Zigarette, die Charusin ihm angeboten, ließ sich Feuer geben und begann: Was für Verluste hat die Schwadron?

Drei ziemlich schwer Verletzte, erwiderte Charusin; der eine wird kaum durchkommen, Dirin, von meinem Zuge. Sonst nur noch Streifschüsse.

Hier im Hause sind zwei Tote, bemerkte Ovelacker, abermals mit der sonderbar geistesabwesenden Art, zu sprechen, der Gutsherr und sein Diener. Wir sind viel zu spät gekommen . . .

Indem er dieses wie mit einem Vorwurf sagte, malte sich in den Gesichtern der vier Offiziere Niedergeschlagenheit oder so etwas wie ein Versuch, sie vorzutäuschen. Kosljaninow sah merkwürdigerweise so aus, als bereitete es ihm keine Mühe, als bedürfte es bei ihm

keiner Verstellung. Er war dem Anschein nach wirklich niedergeschlagen über ihr Zuspätkommen.
Ich meine, fuhr Ovelacker fort, wir sollten es, wenn irgend möglich, vermeiden, auch nach dem anderen Gut zu spät zu kommen. Meinem Gefühl nach haben die Banden sich hier in der Umgegend verstreut, der Schreck hat sie auseinandergejagt; immerhin, der Weg nach Wargel führt durch dichten Wald, es ist also nicht ausgeschlossen, daß unterwegs ein Hinterhalt gelegt wird. Einen Zug könnte ich detachieren. Würde einer von den Herren besonders gern . . .?
Ovelacker sprachs nicht zu Ende. Kosljaninow bat, die Unternehmung führen zu dürfen. Er tat dies jedoch nicht nur aus Mitgefühl mit den in Wargel Belagerten, sondern weil er haßte, was jetzt hier auf dem Gute beginnen mußte: das Ordnungmachen, Aufräumen – bedächtige Arbeit. Also, befahl Ovelacker, rücken Sie sehr vorsichtig an, lassen Sie sich auf keine Gefechte mit großer Übermacht ein, und sichern Sie sich den Rückweg. Ich erwarte Sie morgen in der Frühe zurück. Versuchen Sie herauszufinden, wo die Telefonleitung von Wargel hierher unterbrochen ist, und lassen Sie sie nach Möglichkeit von eigenen oder befohlenen Leuten sofort instand setzen, damit wir uns verständigen können.
Kosljaninow trat weg. Bald hörte man seine Leute, die überall verstreut waren, Verbindung miteinander suchen und die Pferde versorgen. Der Zug, der eine Schwerverletzte ausgenommen, den es auch bei ihm gegeben, machte sich fertig, sofort abzureiten. – Und hier, fügte der Rittmeister, zu den drei Offizieren, die bei ihm geblieben waren, gewendet, hinzu, hier müssen wir jetzt Ordnung schaffen! Ich glaube nicht, daß von der Brennerei noch etwas zu retten sein wird, aber das Feuer darf nicht auf die anderen Gebäude überspringen. Der Wind – er hob den Kopf und vergewisserte sich – ist auch nicht danach, er weht die Funken ab. Also lassen Sie die Brandstätte und alle anderen Gebäude überwachen, Pjotr Sergejewitsch! befahl er Charusin. Und dann versuchen Sie die Dienerschaft zusammenzubekommen. Irgendwohin wird sie ja gelaufen sein, wenn sie sich nicht mit der Bande angefreundet hat. Also die Dienerschaft heran, ins Haus zum Ordnungmachen, und dann die Hofleute, denn das Vieh wird ja wohl versorgt werden müssen. Weiß der Teufel, wo die Leute sind! Vielleicht unter diesem Haufen da? Er zeigte auf die Gefangenen. Lassen Sie fragen und die Leute, die sich melden, verhören, dann unter Bewachung an die Arbeit gehen. Die Gefangenen sind zu untersuchen. Alles wegnehmen, was sie bei sich tragen! Irgendwo einsperren und mit starken Posten bewachen!

Die Hofleute, die sich finden, müssen Quartiere für unsere Leute und die Pferde schaffen, vor allem Futter. Der Kerl, der die Vorräte verwaltet, wird ja wohl da sein, und im übrigen – er lächelte finster –, wird ja alles offen stehen. Die Verwundeten von uns müssen gleich ins Haus, am besten in die Zimmer der Dienerschaft. Die Burschen sollen für sie sorgen und mit dem Personal im Haus Quartier für uns schaffen. Alle verfügbaren Leute, woher Sie die auch bekommen können, müssen versuchen, so schnell wie möglich die Telefonverbindung nach der anderen Seite – wahrscheinlich führt die Linie zur Landstraße – wieder herzustellen. Man muß ja eine Menge Leute benachrichtigen, schon wegen der Toten hier im Haus, vor allem in der Kreisstadt. Vielleicht wäre es ratsam, meine Herren – und fürs erste noch wichtiger: den Arzt! Der muß dann auch die Verletzten bei den Gefangenen vornehmen. Und – ja, das wäre die Hauptsache: wo ist der Verwalter! Der ist mehr als ein Schlüssel für alles!
Er entließ die Offiziere, die sofort an die Ausführung der Befehle gingen.
Ovelacker selbst trat ins Haus, stand dort in der Halle, wo die Lampe, die vorhin noch gebrannt hatte, mittlerweile erloschen war, eine Weile im Finsteren, kehrte dann auf die Treppe zurück, schlug den Kragen hoch und ging die Stufen hinab. Schon hasteten Soldaten an ihm vorbei, denen man anmerken konnte, daß sie einen Befehl bekommen hatten. Eben schickte Kosljaninow mit seinem Zuge sich an, davonzureiten. Seine Ulanen waren aufgesessen, man hörte den Kornett kommandieren. Der Zug war nur als eine dunkle, langgegliederte Masse zwischen den Gebäuden erkennbar. Dann geriet diese Masse in Bewegung, schob sich vor und lockerte sich auf. In einem heller beleuchteten Streifen Weges traten die einzelnen Reihen hervor, die Pferde setzten die Beine mit einem fast graziösen Zögern in den Brandschein hinein und blickten wie nachdenklich zu Boden. Reiter um Reiter, vier, fünf Reihen, jetzt alle im Licht – und dann verschwand die Spitze schon hinter der Hausecke, die Straße hinab über den Bach; hinter der Brücke mußten sie scharf nach links abbiegen, am Rand des Parkes entlang, zur Rechten den Streifen Feld, der an den Strandwald grenzte. Nun dröhnten schon die Brückenbohlen, ein hohles Donnern . . . Hoffentlich kamen wenigstens die nicht zu spät.
Ovelacker stand auf dem mit Kies belegten Platz. Die Menge der Gefangenen im Rondell war wie ein großes dunkles Gebüsch. Er schritt darauf zu.
Herr General, haben Sie Erbarmen . . .! riefen etliche in mühsamem Russisch, unterdrückt, denn schon traten die Wachen näher, die

sonst mit gefälltem Karabiner die Gefangenen umkreisten. Ovelakker winkte den Rufern unwirsch ab. Sie schwiegen still und versuchten, ein paar Schritte weiter zurückzutreten, doch gaben die in der Mitte Stehenden keinen Fußbreit nach; das Rondell war gefüllt. Der Brandschein, so viel schwächer er auch schon geworden war, beleuchtete den Platz vor dem Haus hinlänglich, daß man die Gesichter in dem äußeren Kreis der Gefangenen zu erkennen vermochte. Wenn die Glut noch einmal aufflammte, fiel auch in die inneren Reihen genügend Licht. Ovelacker umschritt langsam das Rasenrund mit dem Menschengebüsch. Auf vier oder fünf Schritt Entfernung von ihm lag dichtgedrängt eine Welt, die er haßte und verachtete, gegen die er vor nicht ganz einer Stunde Attacke geritten hatte, eine dunkle, geschichtslose Welt voller Haß gegen alle Form, eine Welt, mit der die seine nie Frieden schließen würde: die Welt des Bauern, die sich gegen Geschichte sträubt, schon weil die mit nichts achtenden Hufen über seine Felder stampft. Oftmals blieb er stehen und verweilte. Die Gesichter der Gefangenen erhellte der Brandschein; sein Gesicht war ihnen kaum erkennbar, denn er wandte dem Feuer den Rücken zu. Das änderte sich, je weiter er auf seinem Rundgang kam. Am Schluß stand er in der Helle, und die Gefangenen waren nur ein finsterer Umriß gegen den Brandschein. Er starrte in sie hinein, als wollte er sie erforschen. Mit der Zeit zwang er sich beinahe dazu, denn ihn bewegten immer stärker einander ganz widersprechende Empfindungen. Ein zerlumpter, abgerissener Haufen, wie ihn alle Bürgerkriege kennen, stand dort, ohnmächtig in aller Wut darüber, am Pranger zu stehen. Kerle, denen man es ansah, daß die Ulanen sie über den Haufen geritten, als sie nicht schnell genug hatten laden können; Männer, keiner älter als vierzig Jahre, in der Elendsuniform des Proletariats, den abgetragenen dunklen Kleidern von schwarzgrünlicher Farbe, das Hemd ohne Kragen, einen zerbeulten Filzhut auf dem Kopf, mit zerrissenen, kotbesudelten Überziehern, um einen Ärmel noch eine Feldbinde mit dem Stempel irgend eines ländlichen Revolutionsexekutivkomitees oder einer Kirchspielsrepublik darauf, die sie vergessen hatten, sich abzureißen; Kerle, bei denen der Mantel über einer Schulter einen abgewetzten Streifen zeigen mochte, den ihnen der Flintenriemen in diesen Wochen und Monaten getrieben. Gesichter wie aus schmutzigem Asphalt, unsäglich verbittert und hoffnungslos unter der frech aufgesetzten Maske des Revolutionärs, unsäglich schmutzig von dem Schmutz des Vagabundenlebens, das sie seit Monaten in Wäldern und heimlichen Quartieren auf Böden, in Feldscheunen, in Krügen und Kneipen der Städte geführt, schmutzig von dem Kot der

Straße, in den die Ulanen sie gezwungen. Viele bluteten und preßten irgendeinen Lappen gegen eine Wunde, andere hatten verschwollene Gesichter und glichen geträumten fratzenhaften Dämonen. Ovelakker schauderte es. Er ging weiter. Und mit einem Mal wußte er, gleichsam wider seinen Willen, daß er mit den meisten doch noch Mitleid empfand. So viele sich auch schnell abwandten, wenn sie ihn gewahrten – er sah, daß sie unmöglich Mörder sein konnten. Es waren habsüchtige Bauern, Tagelöhner, Kätner, die, angelockt von dem Gerücht, auf Drostenholm könnte man nehmen, was man wollte, hierher geeilt waren, um zu raffen, was es zu raffen gab, und schnell und ungesehen wieder zu verschwinden und das Gestohlene so langsam, daß es nicht auffiel, dem eigenen Besitz einzufügen. Jetzt schämten sie sich, diese behäbigen, in den selbstgesponnenen, redlich erarbeiteten Fries gekleideten bärtigen Männer, und kehrten sich ab. Und wieviel Neugierige hatten wohl die Ulanen hier zusammengetrieben? Man konnte morgen im Verhör ermitteln, woher die Leute stammten. Im Inneren dieser Menge mußte irgend etwas Schlimmes vor sich gehen, denn nach der Mitte des Platzes zu hielten sich alle abgewandt und schienen mit etwas beschäftigt. Wahrscheinlich waren sie aus freien Stücken übereingekommen, die schwerer Verwundeten in die Mitte zu nehmen. Ovelacker glaubte durch das Gemurmel hindurch ein Jammern und Stöhnen zu vernehmen, das von dort innen herkam und allmählich erstarb. An der Peripherie waren die Leute ganz still.
Ganz still standen auch drei junge Burschen, die auf eine unerklärliche Art und Weise zu erkennen gaben, daß sie Brüder waren. Der älteste mochte gegen fünfundzwanzig Jahre alt sein, der mittlere gerade zwanzig geworden, während der jüngste ihm noch gut zwei Jahre vorgegeben hatte. Dieser jüngste sah verweint aus, und dadurch wirkte er noch jünger. Sie waren die saubersten von allen, diese drei, und schienen nie am Boden gelegen zu haben. Irgend etwas Biederes, Rechtschaffenes ging von ihnen aus – Ovelacker wandte sich ab, es ärgerte ihn beinahe, wie sehr er gewillt war, Gutes von ihnen zu glauben. Aus etwas größerer Entfernung sah er sich noch einmal nach ihnen um. Sie standen unbeweglich wie Bildwerke. Erst nach langer Zeit hob der jüngste den Kopf und sagte einem Bruder etwas; der änderte seine Haltung nicht viel und bewegte nur die Lippen. Der älteste blieb die ganze Zeit über unbewegt und stumm. – Von fern her aus den Ställen brüllten Kühe, langgezogen und unruhig. Die Soldaten, die sich auf dem Platz zu schaffen machten, schienen müde geworden, denn sie gingen langsamer. Eben näherte Pjotr Sergejewitsch Charusin sich mit einer Gruppe von Leu-

ten den Gefangenen. Er sprach irgend etwas mit ihnen und den Soldaten. Darauf begann die Menge drängend und zögernd von dem Rondell abzufließen; in Reihen zu fünfen oder sechsen, von Soldaten bewacht, bewegte sich ein Zug quer über den Platz, etliche mußten gestützt, andere getragen werden. Die drei Brüder – das konnte Ovelacker zufällig bemerken – schlossen sich als letzte dem Zuge an; unschlüssig und zögernd machten sie kehrt und schritten aus, hinter ihnen Soldaten. Wohin sie gebracht wurden, wußte Ovelacker nickt. Irgendwo mochte Charusin eine leere Scheune für sie ausfindig gemacht haben.

Er selbst ging weiter, aber schon nach den ersten Schritten wäre er beinahe über ein Gewehr gestürzt, das er im Dunkeln nicht bemerkt hatte. Er hob es auf und betrachtete es. Es war eine alte doppelläufige Jagdflinte von gewaltigem Kaliber, ein Vorderlader. Noch stak der Stock in einem der Läufe, ein Fetzen Papier hing an ihm, den der Schütze nicht mehr hatte verbrauchen können. Das waren nun also die Waffen der Wilderer in der großen Anarchie . . .

Zwischen den Mauern der Viehburg wehte eine ganz andere Luft, eine feuchte, warme, gesättigt vom Brodem der dämmrigen Ställe. Er hörte die Tiere brüllen und stampfen. Ein halboffener Stall, den ein paar Tranfunzeln notdürftig erhellten, wimmelte von Schafen, die sich hin und her schoben und, obzwar sie doch mit dem Raum ganz vertraut sein mußten, anscheinend ohne Unterlaß nach einem Ausgang suchten. Ovelacker ging weiter, immer weiter. Einmal stand er vor dem verglimmenden Feuer, ein andermal im Dunkel vor einer Kleete*, ein nächstes Mal vor der Gartenseite des Herrenhauses. Ihm war, als hätte er hier schon einmal gelebt! Er spürte eine seltsame, lang verschollene Kindschaft an all diesem hier, ja beinahe auch an der Gefahr dieser Stätte, in sich wach und mächtig werden und blickte aus dem Park an dem Haus empor, in dem viele Fenster sich allmählich mit einem sanften, tröstlichen Lichtschein füllten. Mit einem Male hörte er die Bäume im Park rauschen und die Büsche flüstern, mit einem Mal erschauerte er, nicht als rührte ihn nur ein Windstoß an, sondern als stünde er in einer tiefen, unerklärlichen Schuld, und ihm machte irgend etwas Furcht vor dem Haus; so wie ihn etwas in seinem Draußensein beruhigte, in seinem Leben, das sich von diesem Haus und ähnlichen, die weit und breit im Lande standen, geschieden hatte. Es war ein unerklärliches Gefühl. Er ging schnell weiter auf den Platz vor der Front. Er wollte hinein. Indem aber sah er, daß seine Wachen am Eingang der Allee einen Reiter an-

* Kleete (baltisch): Speicher, Vorratskammer.

hielten. Er wurde nüchtern – anders hätte er selbst es nicht nennen wollen –, sah einen Augenblick zu, wie seine Ulanen den Mann vom Pferde nötigten, und ging dann sporenklirrend ins Haus hinein. Drinnen warteten schon seine Offiziere auf ihn.
Was für undeutlichen Eingebungen der Rittmeister bei seinem Gang durch das Gut auch nachgegeben haben mochte – mindestens ebenso willfährig zeigte er sich gleich nach dem Eintritt ins Haus, seine Pflichten zu erfüllen. Es war, als erreichten ihn all die Stimmen der Nacht, für die er eben noch ein offenes Ohr und Herz gehabt hatte, hier nicht mehr. Selbst die Furcht vor dem Haus, vor kurzem noch so mächtig, konnte ihn in eben diesem Haus nicht hindern, geistesgegenwärtig so zu handeln, wie es die beschworene Pflicht ihm befahl.
Die Offiziere, die in der Halle standen, begannen sofort ihren Rapport. Es war gelungen, seine Anweisungen bis auf weniges auszuführen. Immer dringender war die Anwesenheit eines Arztes geboten, und nach dem hatte man schon einen Boten geschickt. Unter den Gefangenen schienen sehr viele unschuldig zu sein. Die Vermutung Ovelackers, daß seine Ulanen auf dem Rondell ebenso viele Gaffer wie Übeltäter zusammengejagt, erwies sich als zutreffend, nur war es noch zu früh, die Schafe von den Böcken zu scheiden. Mit der Zeit, so berichteten die drei, hätte sich auch eine Menge von den Gutsleuten eingefunden. Aus Furcht waren sie beim Eintreffen der Bande in den frühen Morgenstunden in den Wald oder ins Stranddorf hinunter geflohen. Etliche von den Mägden hatten die Soldaten beim Durchsuchen der Scheuern aufgestöbert. Heulend und zitternd, die Röcke übers Gesicht geschlagen, hätten sie dort im Stroh gehockt und Gebete geleiert. Daß sie mit verbrennen könnten, wenn das Feuer in der Brennerei auf andere Gebäude übersprang, daran hatten sie gar nicht gedacht, diese Hühner! Der Verwalter, so hatten die Geflüchteten und nun wieder Aufgetauchten erzählt, mußte am Leben sein. Er war am Morgen frühzeitig auf den Beinen gewesen, weil er mancherlei hatte raunen hören, und zu Pferde gesessen, um die Gegend nach Wargel hin in Augenschein zu nehmen. Kurz vor dem Gute schon war er mit der Vorhut der Bande zusammengestoßen, aufs Gut zurückgesprengt und hatte die Dienerschaft des Herrenhauses geweckt. Sie sollten ihrem Herrn ausrichten, die Banditen kämen! Bis man im Gutshause munter wurde, hatte der Verwalter allein den Hof verteidigt. Die ersten von den Aufrührern hatte er mit etlichen Schüssen zurückgehalten, und wen er gerade von den herbeieilenden Hofleuten erblickte, ins Gutshaus beordert, daß er dort Waffen holte und mitfeuerte, aber vor allem erst einmal dem Frei-

herrn ausrichtete, er, der Verwalter, ließe bitten, sogleich telefonisch um Hilfe zu rufen.
Solche Boten waren gegangen, hatten wohl auch einen Teil ihrer Aufträge ausgeführt, doch sie waren nicht bewaffnet wiedergekommen, wie ihnen der Verwalter befohlen. Der einsame Verteidiger war einsam geblieben, von einer Hausecke zur anderen preschend und so viel Deckung suchend, wie der Ort nur gewährte. Dann, so hatte er gemerkt, waren die Banditen von vielen Seiten zugleich gekommen. Es schien ihm, als hätten sie in der Zwischenzeit das Gut umzingelt und Verstärkung geholt. Wahrscheinlich hatten sie auch die Telefonleitung zerstört, war dem Verwalter eingefallen – völlig zutreffend, wie sich in der Folge erwies. Gegen die sich mehrenden Angreifer hatte er sich noch erstaunlich lange gewehrt. Die Kerle hatten gezögert, zum offenen Angriff überzugehen, offenbar nicht im klaren, wieviel Schützen ihnen denn nun eigentlich gegenüberstanden. Auf jeden, der ihm zu Gesicht kam, hatte der Verwalter gefeuert. Mit der Zeit war ihm die Munition ausgegangen. Ihm waren noch etliche Schuß übrig geblieben, mit denen hatte er haushalten und sich zu guter Letzt noch die Flucht sichern müssen. Lange Zeit hindurch blieb es totenstill auf dem morgengrauen Platz vor dem Gutshaus. Da trat zu seinem Schrecken plötzlich der Gutsherr auf die Treppe, im Schlafrock, offenbar gewillt, mit der Bande zu verhandeln und ihr einen Vergleich anzubieten. Sofort aber hagelte es Schüsse auf ihn und den Diener, der hinter ihm stand, und die Unterhändler verschwanden. Indem aber waren von zwei Seiten her Gestalten auf das Haus zugerannt, die sich in den Büschen und hinter den Ecken zur Rechten und zur Linken verborgen gehalten hatten. Der Verwalter, der sich in diesem Augenblick dem Haupteingang des Gutshauses gegenüber hinter einem Mauervorsprung bei einer der Kleeten aufhielt, hatte auf eine der Gestalten geschossen, aber der Andringenden waren für einen Revolver viel zu viele, und kaum hatten die gemerkt, woher die Schüsse des einzelnen Schützen kamen, da nahmen sie auch schon Deckung hinter den Säulen des Hauses und feuerten hinter die Fliederbüsche auf die Kleete, so daß dem Verwalter nichts anderes übrig blieb, als es mit der Flucht zu versuchen. Er war auf seinen bislang wie durch ein Wunder unverletzten Gaul gesprungen und hatte, hinausfeuernd, was ihm in der Pistole geblieben, den Eingang der Allee zu gewinnen versucht. Dabei hatte er plötzlich einen stechenden Schmerz in seinem rechten Arm verspürt, und auch das Pferd war unter ihm steil aufbäumend in die Höhe gestiegen, nachher allerdings weitergerast, schneller als er's gehofft und angetrieben. So war es ihm gelungen,

den Eingang der Allee zu gewinnen und gleich darauf hinter der Viehburg strandwärts zu sprengen. Ein einziges Mal war er noch beschossen worden – woher, hatte er nicht zu sagen gewußt – und dann im Strandwald untergetaucht. Es hätte keinen Augenblick später sein dürfen, denn kaum unter den Bäumen angelangt, war ihm der Gaul unter dem Leibe zusammengebrochen. Er hatte seinen Weg zu Fuß fortgesetzt und versucht, mit dem stramm um den Arm gezogenen Gürtel das Blut, das ihm unter immer heftigeren Schmerzen aus dem Arm quoll, abzubinden. Nun war es ihm als das Klügste erschienen, ins Dorf zu rennen und die Strandgendarmen zu Hilfe zu holen. Er hatte gehört, daß dreihundert Aufrührer es zuweilen vor drei Soldaten mit der Angst bekommen hatten. Das Dorf hatte er schließlich auch erreicht, aber die Gendarmen hatten sich geweigert, in einem fremden Amtsbereich auch nur das geringste zu tun. Das ginge sie nichts an, hatte der Wachtmeister gesagt, dazu hätten sie keinen Befehl bekommen, sie wären für den Strand da und nicht für die Güter und was dergleichen mehr sein konnte. Die Kerle hatten eine unbeschreibliche Angst gehabt, es mit der Bevölkerung zu verderben. Darauf hatte der Verwalter mit mehr oder weniger Glück anderweitig Hilfe herbeizurufen versucht, von der Gendarmeriewache aus, obzwar man ihm anfangs das Diensttelefon verweigert hatte. Das wäre für die Gendarmerie da, und so weiter, aber da hatte den Verwalter die helle Wut gepackt. Er hatte den Wachtmeister angeschrieen und ihm mit allen höheren Vorgesetzten gedroht, einschließlich seinem Obersten, und das hatte gewirkt. Aber Hilfe war nirgends zu erreichen gewesen. Da hatte er sich erst einmal von dem Wachtmeister den Arm verbinden lassen und ein paar Schnäpse zur Stärkung genommen, denn mit der Zeit war ihm ganz flau und fiebrig geworden. – Nun war er wohl noch im Dorf oder schon auf dem Weg zum Gut.

Diesen Bericht, den sie selber von den Gutsleuten bekommen, wußten die Offiziere dem Rittmeister über den Verwalter zu geben. Was die Wirtschafterin des toten Gutsherrn anbelangte, so schwiegen die Leute. Die müßte sich, als der Überfall geschah, im Haus befunden haben, aber wo sie geblieben war, vermochte niemand zu sagen. Gesehen hatte man sie nicht, die Mamsell. Vielleicht war sie in den Wald gelaufen. Dort gab es Kätner, die der Baron auf Neuland gesetzt hatte, jeweils die bravsten und arbeitsamsten seiner Leute, und die Wirtinnen dort, ehemalige Mägde des Gutes, die nicht selten unter der Mamsell gearbeitet, hielten es noch sehr mit der alten Jungfer. Vielleicht habe sie bei denen Schutz gesucht.

Die Offiziere klagten darüber, wie schwer die Leute auszufragen wären. Sie verstünden schlecht Russisch, namentlich die älteren, und setzten mehr Wissen und Eingeweihtsein in dieser kleinen Welt, die der Gutshof war, voraus, als sie Aufschluß zu geben vermöchten. Inzwischen machten die Mägde, die sich eingefunden hätten, im Hause Ordnung, aber sie täten es schlecht. Anscheinend könnten sie nur arbeiten, wenn die Mamsell es ihnen auf ihre Art befahl, und so scharrten sie jetzt planlos in der Verwüstung herum wie die Hühner. In gewisse Räume wären sie nicht hineinzubekommen: in all die Zimmer, die in der Nachbarschaft der Toten gelegen waren.

Ovelacker hatte unverwandt zugehört. Nun war es, als hätte er ein Versäumnis entdeckt. Die Toten!

Wir brauchen ein paar Leute, meinte er und winkte schon bei diesen Worten den Soldaten, die zu sehen waren, daß sie sich bereithalten sollten. Wladimir Karlowitsch Möller vergewisserte sich, wer die Toten in jenen Zimmern wären. Haben Sie sie wirklich erkennen können? fragte er wie ein Untersuchungsrichter, haben Sie sie denn früher gekannt?

Sie gingen durch die Räume, in denen die Mägde, unterstützt von den Burschen, bei der Arbeit waren. Aber je weiter die Gruppe der Offiziere mit ihrem Gefolge von etlichen Ulanen gelangte, um so leerer wurden die Zimmer, um so stiller die Mädchen, die nun förmlich zusammenzukleben schienen; jedenfalls arbeiteten sie stets in Gruppen, niemals eine allein. Sie sahen ängstlich und verschüchtert aus und senkten beim Nahen der Offiziere die Köpfe noch tiefer, als die Arbeit es manchmal erheischte.

In einem dieser Zimmer hier muß es sein! bemerkte Ovelacker; er fand sich nur ungefähr zurecht. Das Zimmer mußte auf der rechten Seite liegen. Eine Tür dort kam ihm bekannt vor. Es brannte Licht in dem Zimmer, schon als sie die Tür um einen Spalt öffneten, sickerte es ihnen entgegen. Dieselbe halbverrußte Lampe spendete es, die der Ulan seinem Rittmeister gereicht.

Die Luft, die den Eintretenden entgegenschlug, war schal und warm; die Lampe hatte sie verbraucht. In den schwachen Petroleumdunst mischte sich ein anderer – schwer zu sagen, wovon, jedenfalls ein bedrückender, fader, in dem die Pulse schneller schlugen und irgend etwas an den Nerven zerrte. Noch auf der Schwelle, die Tür in der Hand, wandte Ovelacker sich zurück und befahl einem Soldaten, eine von den Mägden zu holen. Die erschien, aufs äußerste erschrocken, ein junges Ding, das sein Kinn förmlich an die Brust zu pressen schien, um einen so gefürchteten Mann nicht anschauen zu müssen. Ovelacker kam sie so verstört vor, daß er daran zweifelte, ob sie ihn überhaupt verstand, als er ihr gebot, seinen Leuten das

Schlafzimmer des Gutsherrn zu zeigen, wo man die Toten angemessener, als sie hier lagen, hinbetten konnte. Ob die Magd etwas erwiderte, hörte er nicht; auch fragte Wladimir Karlowitsch ihn von neuem, ob er denn sicher wäre, daß einer der Toten der Gutsherr sei. Aber ja! erwiderte Ovelacker kurz, dem das Fragen lästig fiel.
Er trat über die Schwelle. Die Offiziere folgten ihm. Die Wände wurden dunkel unter den zahlreichen Schatten. Der Rittmeister schwieg. Die Offiziere sahen sich betreten um. Es herrschte lange Zeit Schweigen. Ob die vielen Blicke die Toten suchten oder ziellos durch den Raum schweiften, war ungewiß.
Kugelspuren, meinte Charusin leise und wies auf die der Tür gegenüberliegende Wand.
Ja, murmelten die anderen tonlos. Ovelacker waren diese Spuren bei seinem ersten Aufenthalt im Zimmer entgangen. Sie rührten von Schüssen her, die durch den Türspalt abgefeuert worden waren. Er trat zur Seite und winkte die Soldaten herein, zeigte auf die zusammengekauerte Gestalt des Dieners hinter dem Sessel, und hieß sie, ihn dorthin zu tragen, wohin die Magd sie führen würde. Indem die Leute den Befehl ausführten, wandten sich die Offiziere ab, wie auf Verabredung. Erst als die polternden Schritte, die dem Hören nach eine viel, viel schwerere Last davonzutragen schienen, als der Leichnam des schmächtigen alten Dieners es sein konnte, in den fernen Zimmern verhallten, kehrten die Offiziere sich wieder wie zufällig um, als wäre ihre Aufmerksamkeit inzwischen von etwas sehr viel Wichtigerem gefangen gewesen.
In Ovelackers Gesicht war ein Zug unsäglich leidender Gespanntheit gekommen. Er gab dem scharfgeschnittenen Antlitz etwas von den Spuren strenger Askese. Die Augenhöhlen unter der vorgewölbten Stirn waren dunkel wie nach langem Fasten und geißlerischer Buße.
Dieses, meine Herren, ist der Gutsherr, sagte er und ließ die daliegende Gestalt durch das Herüberschwenken der Tür zu ihrem Schloß aus dem Schatten gleiten, der bislang über ihr gelegen hatte. Nichts anderes, als daß sie die Arme sinken ließen, deutete die Wirkung an, die das Sichtbarwerden des Toten auf die Offiziere ausübte. Sie standen schweigend. Haben Sie den Toten gekannt? flüsterte Wladimir Karlowitsch Möller kaum hörbar, daß Sie ihn heute wiedererkannten? – Danach war eine beinahe unerträgliche Stille.
Ich bin, sagte Ovelacker mühsam und schien dem Toten ins Gesicht starren zu müssen, ich bin nicht ganz ohne – ja, wenn auch entfernte – Verwandtschaft mit ihm, müssen Sie wissen . . . Er schien erleichtert aufzuatmen, die Offiziere dagegen hielten den Atem an. Vor Ih-

nen liegt der ehemalige Oberst im Jelisawetgradschen Dragonerregiment, der Freiherr Arved von Gilsen, meine Herren . . .
Der Oberleutnant Charusin war der erste, der grüßend seine Hand an die Mütze hob, ihm folgten Möller und Maklakow. Ovelacker stand ein wenig vornübergeneigt mit hängenden Schultern und Armen und grub die Zähne in die Lippen.
Die Stille ward durch die Rückkehr der Ulanen unterbrochen, die den zweiten der Leichname wegtragen wollten. Ovelacker öffnete die Tür; der Tote glitt abermals in den Schatten. Es schien, als wollte der Rittmeister die Ulanen hereinlassen, denn er trat zur Seite. Indem aber beugte Charusin sich vor und bat für sich und seine Kameraden, mit denen er einen Blick getauscht, um die Ehre, selbst den Leichnam des Obersten tragen zu dürfen.
Ovelacker dankte ihnen – und hatte im selben Augenblick das Empfinden, als hätte seine Stellung zu den Offizieren sich von da an, da er sich zu dem Toten bekannt, unziemlich verändert. Er hätte es rundweg abgelehnt, die Ehre und Anteilnahme, die einem Leidtragenden gebührt, anzunehmen. Doch nun konnte er nichts mehr ändern. Das Zimmer verlassend, bemerkte er zu den Ulanen, daß sie nicht mehr gebraucht würden, und stand unschlüssig an der Schwelle. Drinnen – die Tür hatte dazu geschlossen werden müssen – luden die drei Offiziere sich den Leichnam des Freiherrn auf. Sie wickelten den Mantel, den der Tote trug, fester um den Körper, bemüht, ihn nicht allzu entblößt fremden Augen zu zeigen und dem Tod seine Hoheit zu bewahren. Fest hielt Charusin, der den Toten mit einem Arm umspannte, mit dem anderen auch den Kopf in der Waage. Maklakow und Möller gingen hinter ihm und halfen an den Beinen.
Diesem Zug öffnete sich die Tür, er bewegte sich langsam an Ovelacker vorbei, indes aus den ferneren Räumen – so, daß der Zug mit dem Toten ihnen entgegenkam – eine eilige Gruppe heranschritt. Es waren zwei Ulanen, und zwischen sich führten sie einen Fremdling, der Reitstiefel trug. Ovelacker konnte verfolgen, was sich in dem angrenzenden Zimmer, in dem die drei Offiziere mit ihrer Last dem Ankömmling begegneten, zutrug. Seiner achtete niemand. Der Reiter, ein solcher mußte es sein, den Stiefeln nach zu urteilen, blieb bereits stehen, als die Offiziere kaum die Schwelle des Zimmers überschritten hatten, und notgedrungen mußten das auch die ihn führenden Ulanen, die einen Herrn von Stand wohl nicht drängen mochten. Der Fremde stand und starrte dem Leichenzug entgegen. Ovelacker schien es, als richtete er an den vorn gehenden Charusin eine Frage, über eine kleine Entfernung hinweg. Ob der antwortete, vermochte er nicht zu sehen. Jedenfalls trat der Fremde nun zur Seite

und blickte nieder auf den Kopf des Toten, den Charusin mit äußerster Anstrengung auf seiner Hand trug. Er blickte nieder, unverwandt, und blickte ihm nach, sich immer mehr umkehrend, seiner Umgebung gänzlich abhanden. Dann wandte er sich wieder um, machte einen zögernden Schritt vorwärts, schwenkte jedoch vor den verdutzten Ulanen wortlos zur Seite ab und begann, als hätte sich niemand um ihn zu kümmern, am Fenster stehend, auf den Vorhang zu starren. Er bemerkte gar nicht, daß man den zugezogen hatte, und gab sich den Anschein, als blicke er hinaus. Die Ulanen waren zu sehr verdutzt, ihn an das Weitergehen zu mahnen, mochten wohl auch annehmen, es handle sich um einen nahen Angehörigen dessen, den man soeben weggetragen – einen Ausweg zu suchen, traten sie zu ihrem Rittmeister, den sie vorher schon bemerkt, und meldeten ihm diesen Fremden, der sich für einen Freund des Gutsherrn und Arzt ausgegeben. Ovelacker trug ihnen auf, dem Freunde und Arzt zu melden, er möge sich, wann immer es ihm beliebte, zu dem Rittmeister führen lassen, und seine Anwesenheit als Arzt wäre sehr erwünscht. Er hoffte, daß er nicht allzu lange von dem Recht, seiner Trauer nachzuhängen, Gebrauch machen und alsbald seine Kenntnisse der Schwadron und den verletzten Gefangenen zukommen lassen würde. – Als ihm dieser Bescheid überbracht worden war, verließ der Arzt sogleich das Zimmer, nachdem er sich noch den gerade von ihrer Arbeit zurückkehrenden Offizieren vorgestellt und sie gebeten hatte, ihrem Vorgesetzten mitteilen zu wollen, er ließe für die freundliche Bereitwilligkeit, ihn zu empfangen, sehr danken und würde gern das Vergnügen suchen, den Befreier von Drostenholm kennenzulernen, allein nun müßte er zuvor nach Haus reiten und Verbandzeug beschaffen.
Verbandzeug, entgegneten darauf die Offiziere, die von seinem langen Satz nur das allerletzte behalten hatten, Verbandzeug führte die Schwadron ja doch bei sich! Und da alle Reiter damit versehen wären, würde es nicht nur für die wenigen Verletzten in der Schwadron ausreichen, sondern auch für die Gefangenen.
Dies schien dem Arzt sehr ungelegen zu kommen. Sein Gesicht drückte Unentschlossenheit aus. Nach etlichem Zögern jedoch erwiderte er: nun gut, er wäre bereit, sofort mit der Arbeit anzufangen, man möge ihn zu den Verwundeten führen. Dieses fiel dem Leutnant Möller zu, mit dem der Arzt sich entfernte.
Das war der Arzt. Dann kam der Pastor. Er wußte in vieler Hinsicht Auskunft über die Gepflogenheiten des toten Gutsherrn zu geben. Sein Testament hätte dieser, wie er von ihm selber gehört, bei seinem Notar in der Kreisstadt hinterlegt, bei dem alten Mohr, dem hinken-

den, im ganzen Kreis bekannten, überaus beliebten Mann, klein und weise wie ein Märchenzwerg – nun ja, das interessierte den Rittmeister jetzt wohl nicht. Wie gut, daß der alte Freiherr diese Nachricht nicht mehr lebend hatte empfangen müssen, wie barmherzig! Jetzt war er mit seinen Lieben vereint. Aber wie furchtbar, wie furchtbar, daß eine einzige Nacht drei Menschenleben aus dieser Familie gekostet hatte!

Wie der Pastor das meinte: drei Menschen?

Ja, kannte der Rittmeister denn die entsetzlichen Nachrichten nicht, die sich allerdings, weil alle Telefonlinien zerstört waren, nur von Mund zu Mund hatten verbreiten können? In derselben Nacht, die Wargel die Belagerung gebracht und Drostenholm den Anmarsch der Banden und den Überfall – in dieser Nacht war eine Abteilung der Banden vor das Nachbargut, das im Südwesten von der Landstraße, zwanzig Werst von der Kreisstadt entfernte Tidenküll, gezogen, hatte die Wachen dort überrannt und dann, trotz der Zusicherung freien Abzugs, wenn man ihnen Waffen und Geld übergäbe, die Gutsherrin und ihren Sohn, den jungen Herrn von Straßburg, ermordet und das Gutshaus eingeäschert. Bei dem Brandschein, den man von der Stadt aus natürlich gesehen, hatte der zur Unterstützung der Polizei mit einem Zug Infanterie dort untergebrachte junge russische Kornett sich geweigert, einzuschreiten, obschon ihn alle beschworen, das zu tun, angeblich, weil die Lage in der Stadt selbst so unsicher war und die Polizei seiner Soldaten bedürfen konnte. Nun, als der Kornett sich auf nichts eingelassen, hatten die Deutschen, die Kaufleute, Ärzte und dergleichen, selber in aller Eile Fuhrwerke aufgetrieben und waren hinausgefahren, Sechzigjährige und Siebzigjährige unter ihnen, aber sie waren zu spät gekommen, natürlich. Die Mordbrenner hatten längst das Weite gesucht, nur noch plündernder Pöbel war dagewesen, ja, ja. Der arme Herr von Gilsen hatte diese Nachricht nicht mehr zu empfangen brauchen. Nun war er mit seinen Lieben vereint. Der Rittmeister müßte nämlich wissen, daß die Frau von Straßburg eine Schwester der früh verstorbenen Baronin von Gilsen gewesen war. – Ja, aber solch ein lässiges Verhalten, wie es jener Kornett bezeugt, war doch unentschuldbar . . .! Übrigens, ihm selbst, dem Pastor, habe man heute abend ein paar Flintenschüsse in die Fenster gefeuert, zum Glück hatten sie niemand getroffen. Gott sei Lob und Dank!, aber die Gegend war also immer noch – oder jetzt erst recht – ziemlich unsicher. Ob der Rittmeister dagegen etwas zu unternehmen gedächte?

Der Pastor, der sich seinen Kummer über die Geschehnisse von der Seele geredet, hatte eigentlich jetzt erst den Rittmeister angesehen.

Und obwohl die einzelne Petroleumlampe in dem recht großen Zimmer, in dem sie standen, nur ein spärliches Licht verbreitete, war ihm aufgefallen, daß der junge Offizier ungewöhnlich bleich aussah. Ovelacker aber hatte nach einer Pause, die das Überlegen der Sache zu verursachen schien, eifrig versichert, er würde alles Nötige veranlassen und einen oder zwei Züge nach Tidenküll zur Untersuchung und zur Bestrafung der Schuldigen entsenden, freilich erst, wenn er mit seinem nach Wargel entsandten Zug wieder Fühlung bekommen hätte. Vielleicht ritte er auch selber mit der ganzen Schwadron dort vorbei, bestrafte hier nur die geringen Verbrechen und führte die Hauptschuldigen an dem Überfall auf Drostenholm in die Kreisstadt mit. Die standrechtliche Untersuchung müßte, dem Gesetz zufolge, innerhalb von vierundzwanzig Stunden beginnen und spätestens nach zweimal vierundzwanzig Stunden abgeschlossen sein. Die unbeugsame Strenge dieser Bestimmung legte ihm in seinen Entschlüssen einen Zwang auf. Aber er wäre gewillt, alles irgend Mögliche zu tun. Vielleicht entschuldigte der Pastor ihn in diesen Augenblicken, er hätte seinen Leuten noch Befehle zu geben.
Das war der Pastor. Dann kam der Verwalter, der landläufig Thomassohn hieß, und dann die Mamsell, ganz wie man vermutet, aus dem Walde. Diese Leute waren nicht aufgelegt, viel zu reden. Der Verwalter befragte den Arzt, der jetzt bei den Gefangenen zu tun hatte, über seine Wunde; die Mamsell war bei den ersten Eröffnungen völlig aus der Fassung und später nur bemüht, das ‚entweihte' Haus, wie sie sich ausdrückte, mit Besen und Seife energisch neu zu weihen. Der fortschreitende Abend gebot ihr da viel zu früh Halt. Der Verwalter schenkte der Besatzung des Gutes nur flüchtig Beachtung. Stumm, den Arm dick verbunden, und wenn er sprechen mußte, dann mit vielen Flüchen, schritt er durch die Wirtschaftsgebäude und erteilte hin und wieder Befehle an die Leute, die ihm geblieben waren. Ein Teil von ihnen fehlte immer noch. Jetzt, da das Gut seinen Herrn verloren, kannte er seine Verantwortung noch besser, und wie sehr sie ihn in seiner Wut und Trauer auch drückte, er hatte beschlossen, alles so zu versorgen, wie es in der alten Ordnung war, und erst zu weichen, wenn ihn die Schmerzen im Arm, das Wundfieber und seine Erschöpfung auf der Stallstreu umschlagen ließen. Das ereignete sich nun zum Glück doch nicht.
Dann kam der Doktor mit seinem Bericht. Mit diesem Mann hätte Ovelacker gern länger gesprochen, aber der Arzt war von verblüffender Kürze. Kein Wort über die Toten; was er sagte, galt den Lebenden, den Verletzten. Er bezeichnete die Leute, die, wenn es ging, sofort ins Krankenhaus mußten. Zwei von den Ulanen, vier von den

Gefangenen. Ovelacker gab noch in seinem Beisein die nötigen Befehle. Und dann verabschiedete sich der Arzt, fragte, ob er am folgenden Tag gebraucht würde, verhieß sein Kommen, als ihm geantwortet wurde: Ja. Die Nachricht von der Zerstörung Tidenkülls hatte er bestätigt, sehr knapp, so, daß es jede nähere Erörterung abschnitt. Dann kam das erste Telefongespräch mit der Welt. Kosljaninow hatte die Verbindung herzustellen gewußt und berichtete seinem Rittmeister. Vier Werst von Wargel wären ihm, nachdem er bis dahin unbehelligt vorangekommen war, Reiter begegnet, auf dem Wege nach Drostenholm, und in denen hatte er die Besatzung von Wargel getroffen, natürlich nicht die ganze, denn etwa ein Drittel der Schar wäre als Wache auf dem Waldgut geblieben. Er wäre mit ihnen zum Gute zurückgeritten. Die Herren, beinahe ohne Ausnahme baltische Edelleute und dazu drei reichsdeutsche Förster und etliche Waldhüter, die man herangezogen, hätten sich gerade auf dem Wege nach Drostenholm befunden, in der Hoffnung, das Hauptgut entsetzen zu können, obzwar sie den Feuerschein des Brandes dort deutlich gesehen. Sie hätten erzählt, daß ihre Belagerer, die auch etliche kleine Gebäude bei ihnen eingeäschert hatten, im Laufe des Nachmittags von der Belagerung abgestanden und im Walde verschwunden wären. Verfolgung wäre nicht möglich gewesen, auch hätte man ihnen damit einen Vorsprung auf ihrer Flucht gegeben, daß man lange Zeit dem unverhofften Frieden nicht getraut und den Belagerungszustand nur sehr vorsichtig aufgehoben hätte. Jetzt wäre das Gut in weitem Umkreis davor gesichert, ein zweites Mal überrascht zu werden. – Ob er das Angebot der Herren, für die Nacht in Wargel Quartier zu nehmen, ausschlagen und nach Drostenholm zurückkehren sollte? Er bäte um weitere Befehle.
Er sollte in Wargel bleiben und am späteren Abend Befehle für den nächsten Tag erwarten.
Dann kam eine sehr gedämpfte Abendtafel im Speisezimmer des Gutshauses, bei der die verstörten Mägde klirrend, als müßte ihnen alles aus den zitternden Händen fallen, bedienten, dann die Besprechung des Tagesplanes für den nächsten Tag, – alles gedämpft, wie angesteckt von der krampfhaften Lautlosigkeit, mit der die Bediensteten sich bewegten, und gedämpft von dem Bewußtsein, daß einige Zimmer weiter zwei Tote lagen. Ovelacker hatte das deutliche Empfinden, daß seine Offiziere die Eröffnung, die er ihnen vor der Leiche des Gutsherrn gemacht, inzwischen lebhaft besprochen hatten und nicht mehr ganz sicher waren, welche Haltung sie einzunehmen hätten: ob sie in ihm den leidtragenden Angehörigen des Toten oder nur den Vorgesetzten sehen sollten. Er selbst tat, was er

vermochte, um ihnen die Wahl abzunehmen oder zu erleichtern. Bei der Besprechung des Planes für den folgenden Tag tat er der Toten nie anders Erwähnung als mit der Bezeichnung: ‚die Leichen hier', und als er erkannte, daß den Offizieren von irgend jemandem Aufklärung geworden war, die Opfer des Überfalls auf Tidenküll wären Verwandte der ‚Leichen hier' gewesen und folglich auch Verwandte von ihrem Schwadronschef, war es ihm ein Bedürfnis, die notwendig gewordene Unternehmung nach Tidenküll so kühl zu besprechen, wie es bei der Veranlassung nur möglich war. Er sah es als das beste an, wenn morgen in der Frühe Kosljaninows Zug von Wargel her zu ihnen stieß und hier in Anwesenheit von allen Offizieren das Feldgericht zusammentrat. Um der Form zu genügen, sollte die Untersuchung in allen Fällen begonnen werden, doch sollten vorerst nur die leichteren Vergehen zur Aburteilung gelangen. Die meisten Gefangenen würden ja wohl mit einer Züchtigung davonkommen; der Rest von ihnen, die Leute, gegen die ein schwerer Verdacht vorlag, sollten mit in die Stadt genommen und dort verurteilt werden. Gleich nach der Bekanntgabe des Urteils, dem die Vollstreckung im Laufe von vierundzwanzig Stunden folgen mußte, sollten der Zug des Leutnants Möller und der des Kornetts Kosljaninow unter dem Kommando Möllers die Unternehmung gegen Tidenküll antreten, dort die Untersuchung führen und alle, die sie für strafwürdig befänden, in die Kreisstadt bringen. Dorthin würden die verbliebenen Züge des Oberleutnants Charusin und des Leutnants Maklakow, nachdem sie die hier gefällten Urteile vollstreckt, unter dem Kommando des Rittmeisters im Laufe des Mittags aufbrechen. Alle vier Züge der Schwadron vereinigten sich wieder in der Stadt, in der sofort, nachdem der vollzählige Bestand erreicht war, das Feldgericht abermals zusammenzutreten und die schwerverdächtigen Gefangenen von Drostenholm und Tidenküll abzuurteilen hatte. Natürlich lag es näher, Kosljaninow von Wargel her zu Möller stoßen zu lassen, allein die Bestimmungen über die Feldgerichtsbarkeit machten die Anwesenheit des Kornetts zuvor in Drostenholm nötig.

Dies war der Plan. Charusin erlaubte sich einen Änderungsvorschlag: Gut, man fällte morgen vormittag das Urteil über die geringeren Vergehen und ließ es sogleich vollstrecken. Die undeutlicheren Fälle, sagte er, sollte man morgen vormittag gar nicht anfangen zu untersuchen. Das Gesetz schrieb vor, daß die Feldgerichte innerhalb von vierundzwanzig Stunden die Untersuchung aufnehmen, sie nach höchstens zweimal vierundzwanzig Stunden beenden und in keinem Falle später als vierundzwanzig Stunden nach der Bekanntgabe das Urteil vollstrecken lassen müßten. Eröffnete man die Untersuchung der undeutlicheren Fälle hier auf Drostenholm, dann gingen für das Feldgericht die Marschstunden, in denen die Untersuchung ruhte, verloren, und man mußte sich in der Stadt sehr beeilen, um dem Gesetz Genüge zu tun, sehr zum Schaden der Sache, denn es konnte, wenn man Zeit dazu hatte, von großem Wert sein, die hier Gefangenen den Gutsleuten, den Gefangenen und den Zeugen von Tidenküll gegenüberzustellen. Vielleicht erkannten die Zeugen von Tidenküll unter den hier Gefangenen die Brandstifter und Mörder wieder, zumal es doch hieß, die wären nach der Verübung der Untaten dort nach Wargel weitergezogen. – Dieser Vorschlag war einleuchtend, Ovelacker stimmte zu. Der Plan für den nächsten Tag lag fest.

Und dann kam die Nacht.

Nacht war es ja schon gewesen, als die Schwadron das Gut mit der Attacke genommen hatte, in nächtlicher Finsternis hatten sich alle Ereignisse seitdem zugetragen, Nacht nahm um diese Jahreszeit den Tag bereits in der dritten Stunde nach Mittag ein. Als aber Ovelacker sich jetzt von seinen Offizieren verabschiedet hatte, denen wie ihm jeweils eins der Gästezimmer des Gutshauses im zweiten Stockwerk zugewiesen worden war, da war ihm, als läge die Zeit in der äußersten Tiefe des finsteren Weltraumes und als wäre ihre Dunkelheit das völlige Abgeschiedensein vom Licht, das scheinbar nie wieder zu erhoffen sein konnte. Jetzt hatte das Haus und alles, was drinnen noch lebte, jeden Zusammenhang mit der Erde verloren, jetzt schien es wie eine Arche auf den Fluten der Finsternis einsam verschlagen, aller Nachbarschaft bar, ein Genoß der Winde, die um seine Ecken wehten, eine angerissene Saite in dem großen Nachtgesang, der durch die Finsternis ging. Um diese Stunde mochte alles eine gemeinsame Wurzel haben, alles Bestehende einen mütterlichen Grund, daraus es sich nährte; um diese Stunde hob und senkte sich vielleicht der trübe Spiegel des geringsten Weihers noch mit der Brust der Gezeit im Ozean. Um diese Zeit nährten sich vielleicht Wasser der Erdoberfläche, die lange im Verborgenen geronnen waren, um diese Zeit gestand das Herz seine Hoffnungen ein.

Er hatte auf die Nacht gewartet, das wußte er mit einem Mal. Tagsüber hatte er vor anderen so viel verschwiegen, daß es ihn verlangte, dies kaum Empfundene und doch Empfunden-werden-Wollende, dies Uneingestandene und doch gefährlich Drängende, dies Vorhandene und doch immer wieder Verleugnete, dieses eigentlich mehr Geahnte als Gewußte, dieses alles, wogegen er mit tausenderlei Waffen und nicht zuletzt mit seinem Pflichtgefühl stritt, dieses alles . . . Ja, was? Was wollte er damit?

Sein Leben war bis jetzt auf der einen Bahn verlaufen. Gut, sollte es dabei bleiben: auf der alten, obschon die neue, die ihm hier deutlich geworden war, die viel ältere war. Und wie, empfand er das nicht ganz scharf, hatte dieses Wissen ihn nicht schon blitzartig in dem ersten Augenblick des Klarwerdens jener Bahn durchzuckt? Wenn er nicht künftig die beiden Lebensbahnen durch sein Leben und Denken und Handeln vereinen konnte und sich einmal von der einen zugunsten der anderen trennte – dann, dann, ja, er wußte nicht, wie er von diesem Augenblick an alle drohenden Verstrickungen sollte vermeiden können. Ihm war, als müßte er sich unentsühnbar wider die Hoheit des Gewissens, die einzige, die er anzuerkennen bereit war, versündigen.

Das waren nicht Hirngespinste; zu denen hatten die vergangenen Tage ihm keine Zeit gelassen. Das war ein Gesetz, das war die unabänderliche Bestimmtheit einer Naturgewalt. Warum empfand er dies alles, dieses mehr Geahnte als Erkannte, jetzt wie eine Entscheidung? Waren denn die Empfindungen eines einzelnen wirklich so viel wert? – Er verteidigte sich gegen diesen Einwand, die Verteidigung bedurfte nur eines Augenblickes, es war nur ein Satz, ähnlich diesem: In diesem Lande hängt alles von den einzelnen ab! Aber ihn schwindelte beinahe schon vor der Weiträumigkeit, die sich hinter solch einer Verteidigung als ferner Horizont seines Lebens, als Forderung und neue Pflicht auftat. Und dann: stritt er wirklich als einzelner? Nein. Die Berufung auf den Adel, die bei schwächlichen Naturen nur eine unfruchtbare Ferne vom Volk als Standesdünkel war, war in lebendiger Beziehung das Bewußtsein der politischen Aufgabe und der gemeinschaftbildenden Pflichten, die alle Lebensformen und alle Möglichkeiten einer menschlichen Existenz zu betreuen hatten. Er stritt nicht als einzelner. Er stand an der Wende seines Geschlechtes, das sich diesen Pflichten entzogen und einen fremden Dienst angenommen hatte.

Das alles ging so geheimnisvoll in ihm um, das klang so rätselvoll, wie es sich rätselhaft in ihm formte, nicht als eine bewußte Entscheidung, sondern dunkel und groß, gleich einem unermeßlichen Woher und Wohin zwischen den sich türmenden Wolken eines Gewitterhimmels. Osten und Westen und ein Mitteninnesein; Rußland und Deutschland und mitteninne die Balten, Herren über zusammen mehr als zwanzigmal zahlreichere Völker, Herren, deren erste als Knechte der Jungfrau ins Land gekommen waren, als Träger des Kreuzes, des Schwertes und der Waage. Wohin sollten sie schauen: nach Osten oder nach Westen? Wem sollten sie gehorchen: dem Osten oder dem Westen? Als wenn es mit solchen summarischen

Entscheidungen getan gewesen wäre! Sie hatten ihre eigene Geschichte, ihre eigene politische in diesem Land auf der Schwelle vom Osten zum Westen, ihre eigene geistige zwischen zwei geistigen Kontinenten, ihre eigene religiöse zwischen Orient und Okzident, ihre eigene Geschichte in allem, was von der Kraft der Völker zur Geschichte geformt wird, ihre eigene so ruhmreiche wie schmachvolle, so schuldige wie schuldlose, so blutige wie lautere Geschichte. Aus der Geschichte erhielten sie ihren Auftrag für das Geschehen, dem sie alle zu jeder Stunde einmal als Geschichte angehören sollten; aus der Geschichte hatten sie ihr Geschick zu erkennen wie aus dem brennenden Dornbusch. Wer führte sie, wenn nicht, nach dem Gesetz ihrer Geschichte, ihr Adel, ihr Rittertum, das dieses Land in sein Schicksal geleitet? Es konnte nur einen politischen Adel geben – oder es gab viele Edelleute, wie in Rußland. Hatte der Adel dann nicht ein Anrecht auf jedes seiner Glieder, zumal er fortwährend im Kampf für das Land, das er führte, stand? Und gab es dann nicht auch für jeden der Seinen eine Schuld, das Anrecht mit seiner Pflicht zu erwidern, solange er sich zum deutschen Adel zählte? Rief nicht die Aufgabe jeden zurück in das Land, wie einst zu den Zeiten der Landnahme die Ernte jeden, der von dem Lande genommen, in den Harnisch rief, wenn es galt, ‚gewappnet die Saaten zu mähen', um den Nachstellungen der Feinde zu entgehen? Handelte da einer, der auf den Ruf hin kam, nur für sich selber und nicht auch für sein Geschlecht, auf das die Ritterschaft ein Anrecht hatte? War einer da überhaupt allein?

Aber es rief ihn weg von den Fahnen des Kaisers, dem er den Eid geschworen, rief ihn weg gegen sein Reich, das wider die Ritter zu Felde zog mit einem Heer – nicht von Soldaten, sondern von Beamten, mit den Waffen der Ukasse und Senatsbeschlüsse; es rief ihn mit einer neuen Lebensstimme wider die alte. Rußland sollte groß werden, ein Reich und ein Volk mit einem einzigen, selbstherrlichen Zaren, Rußland sollte ein Reich der Russen sein, so wie Deutschland groß geworden war und ein Reich aus vielen kleinen Ländern, ein Volk mit einem Kaiser, der alle Völker in seinen Grenzen, ob sie nun eigentlich Polen oder Franzosen oder Dänen waren, in der Huldigung an Kaiser und Reich als Deutsche wissen wollte. So sollte, ob auch mit Grusiern und Georgiern, mit Ukrainern oder Polen oder – Balten, Rußland ein Reich der Russen sein. Es war, als müßte an der Wiege eines großen Staates, der zur Nation heranwuchs, immer eine schwere Schuld Pate stehen, als müßte ein neues Ideal der Freiheit für alle nicht nur durch die Sklaverei der einzelnen erkauft werden, sondern als würde für die Ideale einer neuen Humanität und einer

neuen Sittlichkeit von dem Staat, der sie verkündet hatte, mit Unmenschlichkeit und Unsittlichkeit gestritten durch ein Heer von Unholden, das der Staat sich als Vollstrecker seines Willens herangezüchtet. Nun konnte man sagen, der Versuch des Russischen Reiches, die baltischen Provinzen trotz den alten Privilegien in Kultur und Recht und Sitte dem russischen Wesen anzugleichen, wäre eine staatspolitische Notwendigkeit auf dem Wege zum nationalen Staat. Dann aber war der erbitterte Kampf der nationalen Führer in den baltischen Provinzen für ihre verbrieften Rechte, für ihre Religion, ihre Sitte und ihre Sprache nichts anderes als eine landespolitische Notwendigkeit. Und dieser Kampf war der gerechtere, denn Kultur und Recht und Sitte hierzulande waren weit fortgeschrittener als im Fernen Osten, der mit diesen Provinzen des Westens auf eine Stufe gestellt werden sollte. Alles hier hatte seine Begründung in der Geschichte und nicht in Regierungsbeschlüssen von gestern, die eine Volkskultur mit einer Staatsform ablösen wollten.
Wie aber, wenn diese Herrschaft der Wenigen über die Vielen, der politisch Mündigen über die Unmündigen gegen das Gesetz der Entwicklung und gegen das Gebot der Humanität verstieß? Wie, wenn es an der Zeit war, der Aufhebung der Leibeigenschaft vor beinahe hundert Jahren die der ebenso willkürlich verhängten Geisteigenschaft folgen zu lassen? Wie, wenn Rußland sich mit den einst schlafenden Völkern der Esten und Letten, die das Rittertum des Westens geschirmt hatte und die unter der Morgenröte westlicher Aufklärung erwacht waren, zu einem gerechten Kampf gegen eine mittelalterliche Feudalherrschaft verbündete? War das nicht die Losung in aller Munde, war das nicht auch das Feldgeschrei der lettischen und estnischen Aufklärer, das ein vielfältiges Echo gefunden hatte im Gebrüll plündernder Horden, welche zu bekämpfen ihm die Pflicht gebot? Der Rittmeister ging auf und ab; mitunter stand er lange vor einem der Fenster des Raumes und blickte in die Nacht hinaus, die keine Ferne und keine Nähe mehr barg, einzig und allein die Finsternis, überall gleich dicht. Vor langer Zeit schon hatte er gehört, wie Maklakow die Posten um das Haus herum revidierte: den Anruf, die Losung, die Schritte auf dem Kies. Dann war es still geworden. Er hatte gedacht, daß der Raum, in dem er die Toten vorgefunden, die Bibliothek des Gutshauses war, aber es war nur das Arbeitszimmer des Hausherrn gewesen; die eigentliche Bibliothek war viel größer, ein geräumiger Saal mit hohen Bücherwänden, zwei großen Tischen dazu und etlichen Sesseln. Dorthin hatte er sich begeben, als die Offiziere zur Ruhe gegangen waren. Eine Leselampe mit einem großen grünen Schirm und schweren Fuß brannte vor ihm

auf dem Tisch. Aus dem Dunkel auch der fernsten Winkel des Raumes schimmerten die langen Reihen der Bücher an den Wänden, Rücken neben Rücken, streng und feierlich, jedes Regal wie eine bald helle, bald dunkle Phalanx, aufrecht und stolz. Mit diesen Schätzen hier hatten die Plünderer nichts anzufangen gewußt. Nur etlichen Bücherreihen sah man an, daß unverständige Hände sie vor kurzem erst wieder zurückgestellt, nachdem die Aufrührer sie, Schätze hinter ihnen vermutend, heruntergerissen hatten.

Ovelacker hatte das Gefühl einer tödlichen Bedrohung. Er ging rastlos hin und her und verweilte geistesabwesend einmal hier, ein andermal dort und betrachtete die Rückenschilder an den Bücherwänden. Einmal stand er vor den Werken des größten Deutschen, der hier in einer Ausgabe des 19. Jahrhunderts Einkehr gehalten, und bemerkte ein Buchzeichen, das aus einem der Bände hervorsah. Er nahm den Band zur Hand und schlug ihn bei der Seite auf, die das Zeichen kenntlich machte. Was mochte hier stehen, das einem unbekannten Leser so wichtig erschienen war, daß er's mit einem Zeichen versah? Er las, was die Seite enthielt. Kein Bleistiftstrich am Rande, der ihm das Finden erleichterte. Da aber – nur diese Zeilen konnten es sein, die der unbekannte Bewunderer gemeint:

> Wer mag auf Nationen trauen,
> Man habe noch soviel für sie getan!

Nachdenklich stellte er den Band zurück.

Wieviel hatte man für sie getan? ‚Noch soviel?' Viel, menschenmöglich viel. Und hatte man ihnen getraut? Am Ende ja. – Er wollte weitergehen, da begegnete ihm ein neues Buchzeichen. Aus der staubgrauen Reihe der Schnitte sah es hervor und machte gespannt. Allem Anschein nach folgten auf die deutschen Klassiker in diesen Regalen die Geschichtsbetrachtungen, allen voran die Darstellungen baltischer Geschichte, eröffnet von Heinrich von Lettlands Chronik. Und dieses Buch trug Bleistiftstriche am Rande der Seiten, dünne, haarfeine Striche. An der Stelle, die das Zeichen hervorgehoben, ward von den Scharmützeln der heidnischen Liven gegen die Streitmacht der rigischen Christen berichtet, von der Eroberung ihrer Burg Thoreida durch die Mannen des Bischofs, an denen sie zuvor wieder einmal Verrat geübt, und wie man das Leben der Verräter noch einmal geschont, um der Taufe willen, die sie vor ihrem Abfall empfangen. Schwer mochte es die Ritter angekommen sein, den Verrat, der so vielen von den Ihren das Leben gekostet, nicht sühnen zu dürfen durch der Verräter Blut. ‚Wegen des Sakramentes der Taufe geschont und ihnen fürder kein Leides getan', hieß es da im-

mer wieder. Um jene Zeit stand das Gebot der Jungfrau, der dieses neue Land geweiht war, über dem Gesetz des Krieges. ‚Alles aber, was sich bishero in Lyffland begeben, hat Gott nicht durch die Streitmacht vieler, sondern durch wenige immer gewirket, darum für vielfältigen Sieg Gott gebenedeit sei in Ewigkeit. – Die Ältesten der holmischen Heiden führte der Bischof hernach mit sich nach Deutschland, damit sie allda sähen und höreten der Christen Gewohnheiten und also lerneten getreu werden, die sie immerdar untreu gewesen.‘ Treue als Pflicht hatten die Ritter erwartet und nicht bedacht, daß Treue nur als Kraft für alle Zeit hält. Wie hätten auch die Besiegten, die nur dem Schall und Namen nach unter der Gottesmutter standen, dem Sieger getreu sein sollen? Wunderlich war auf allen Seiten der Chronik die Enttäuschung der Ritter über das heidnische Volk. Sie hatten ihm die Taufe gebracht, sie hatten den Glanz der jungfräulichen Mutter über seine Wälder und Einöden strahlen lassen, – und jene legten gegen die Beglücker die Armbrust an! Um wieviel hatten die Nachfahren jener Ritter sich von jenen ersten ‚in das Land einkommenden Deutschen‘ entfernt? Noch immer standen sie dort, wo die ersten ihren Fuß hingesetzt, noch immer hatte ihr Dasein die gleiche Einsamkeit, die gleiche Fragwürdigkeit, die jeder Mission von Völkern an anderen Völkern innewohnt, und immer noch hatten sie das Bewußtsein einer Sendung. Mariens Glorie war inzwischen verblaßt. Als sie ihren segnenden Arm von Livland abgezogen, hatte die Göttin der Kultur und des Fortschritts ihre Leuchte über die Arbeit der Eisenmänner aus Westen gehoben, War aber Kultur etwas, wofür Menschen geopfert werden durften? War Kultur eine Mission wert? Eigentlich hätten die Deutschen umkehren müssen aus Livland in ihre Heimat, als der Traum des Gottesstaates seinen Morgen fand, als der Orden, der seinen Arm der Mutter mit dem göttlichen Kinde geweiht hatte, zerbrach und die Reformation die Welt in ihrer Nützlichkeit entdeckte.
Wie lange er das auch überdachte, Ovelacker fühlte, daß es nie zu Ende gedacht werden konnte, denn es war etwas Lebendiges in ihm selber. Und das war das Neue.

Die Vorfahren Ovelackers hatten der Lilie der Gottesmutter und dem Zepter der Majestäten gehorcht, die über Livland herrschten; aber unter der Lilie und unter dem Zepter waren sie Deutsche gewesen – bis vor zwei Generationen. Da waren auch sie untreu geworden. In der Generation seines Großvaters hatten sie Dienste am russischen Hof angenommen und sich dem Lande, aus dem sie stammten, von Jahr zu Jahr mehr entfremdet. Den Ländern eigentlich,

denn als sie aufgehört hatten, zu den Balten zu gehören, hatten sie auch aufgehört, Deutsche zu sein. Sie hatten schon der Regierung Alexanders II. gedient und auch noch Alexander III. nicht den Gehorsam gekündigt, als Marschälle, als Geheime Räte des Hofes, als Feldjäger und Minister, obwohl sie es hätten tun müssen, wenn sie sich dem deutschen Adel zuzählten und sich überhaupt noch als Deutsche empfanden. Denn die Regierung Alexanders III. hatte den baltischen Landen den Ansturm der Russifizierung, den Krieg gegen deutsches Recht, deutsche Sitte und Sprache gebracht. Die Ovelakkers hatten ihn mitgeführt.
Schon waren etliche Zweige des Geschlechts mit russischen Edelleuten verschwägert und verschwistert, ein Teil von ihnen zum russischen Glauben übergetreten aus Rücksicht auf ihr Amt; schon war die Sprache in ihren Häusern russisch geworden mit den Namen der Kinder und den Sitten, nur das Empfinden und Fühlen, das Unbewußte allein mahnte daran, daß sie eigentlich Deutsche waren. Sie waren verläßlich und treu – durch Untreue gegen sich selbst.
Was hatte er davon gewußt, er, der Rittmeister Nikolai Graf von Ovelacker? Alles und nichts. Als er zehn Jahre alt gewesen, war er ins Pagenkorps eingetreten, im Jahre 1882. Die sieben Jahre dort hatte er lebhaft in Erinnerung, die Kämpfe im Schlafsaal: hier Russen, hier Deutsche. Er war nirgends gewesen. Dann die Zeit bei der Truppe, eine belanglose Zeit des Fähnrichslebens. Und dann die Kriegsschule. Der erste Einblick in weitere Bezirke der Politik und der Kriegskunst. Eine gefährliche, von anderen verachtete Liebe für das Genie Moltkes, Clausewitzens, der großen deutschen Feldherren überhaupt, Liebe, die zu äußern er sich verboten, weil ein Ovelacker, so russisch man den Namen aussprechen mochte, nicht durch Bewunderung für Deutsche aufzufallen hatte. Sein Vater wäre entsetzt gewesen, geschweige denn seine Mutter und ihre Anverwandten, die Lansdorffs. Leutnant, Oberleutnant, Kommandos hierhin und dorthin, dann Rittmeister, früh genug, um in den Japanischen Krieg ziehen zu können, vor dem einer seiner Verwandten mütterlicherseits, der kurze Zeit Minister war, mit Entsetzen gewarnt hatte. Nein, sein Regiment bewachte die kaiserlichen Schlösser in dem verschwiegenen Krieg an der zweiten Front gegen das rebellierende Proletariat. Dann brachen, indes sie Gewehr bei Fuß vor den Schlössern standen, die Wirren in den Ostseeprovinzen aus – die Agrarrevolution, wie alle Minister Rußlands und alle Ovelackers und alle Revolutionäre glauben machen wollten: die Empörung der unterdrückten Völker, daß die Erde, zu der sie in grauer Frühzeit gewandert, nicht mehr ihnen gehörte, sondern den Eindringlingen mit den

stärkeren Waffen. Um dieser Erde willen schlachteten sie russische Detachements ab. Und da hatten selbst die Ovelackers nicht mehr zu behaupten vermocht, daß dieser Kampf eine Agrarrevolution sei. Es war eine Revolution! Ein Aufstand der Sozialisten und Kommunisten und der Patrioten unter Letten und Esten. Jedem war gleich, in welchem Zeichen sein Kampf stand, wenn nur der Kampf entbrannte und den Sieg brachte. Monatelang hatte der Aufstand schon gewährt und das Land in die Zerrüttung gerissen, auf die für jeden Einsichtigen die Reformen der Russifizierungszeit hatten zuführen müssen, als man das Recht gebeugt und die Sitte verletzt und das Gefühl für Hoheit und Herrschaft mit der Begünstigung dessen, was deutschfeindlich war, hatte ersterben lassen, – da endlich wurden sie ins Land geschickt. Sie sollten den Aufstand niederwerfen und Rache nehmen für alles, was sich als Verbrechen gegen Rußland und seinen Kaiser enthüllt. Nun waren sie da und ritten, Vollmachten zum Strafen in der Tasche, um die Fehler der Ministerialfedern mit der Klinge wiedergutzumachen. Auch er war da und ritt hier durch das Land seiner Väter und war dem Neuen begegnet, dem Ruf zurück.
Ovelacker stand mitten in dem großen Raum und starrte auf die gegenüberliegende Wand, als ginge sein Blick durch Wände hindurch in das Zimmer mit den beiden Toten. Er entsann sich des einzigen Sommers, in dem er, damals ein kleiner Zögling des Pagenkorps, mit seinen Eltern und einem jüngeren Bruder hier in Livland geweilt. Die Ovelackers waren hier nicht mehr besitzlich, wie man sagte, auch die Herren von Lansdorff nicht mehr, aus deren Geschlecht seine Mutter stammte, doch hatten die beiden Schwestern seiner Mutter im Lande geheiratet, die eine sehr früh – sie war dann im zweiten Jahr ihrer Ehe verstorben – den Freiherrn von Gilsen, der dort in dem dunklen, stillen Zimmer neben seinem Diener lag, und die andere den Herrn von Straßburg, der auf Tidenküll saß und seiner Frau und seinem Sohn, die gestern geendet, schon vor mehr als einem Jahrzehnt voraufgegangen war. Er war zu spät gekommen, den Mord an dreien von den nächsten Verwandten in diesem Lande zu verhindern. Und doch hatte ers nicht sagen dürfen, damit er weiter als Offizier seine Pflicht tun konnte, ohne den Verdacht, bei allem, was er unternahm, als Rächer seiner Familie zu gelten. Das, ja, das war das Schwerste: das Schweigen-Müssen, Nicht-zeugen-Dürfen, Nicht-sagen-Dürfen: nun wäre er zurück, nun wäre er in dem, was er gesucht und immer gewußt, immer gewußt hatte, ja.
Er hatte den Freiherrn von Gilsen und die beiden Schwestern seiner Mutter nur einmal gesehen, aber vor dem einen Toten schon hatte er

es nicht verschweigen können. Gut, daß er Möller mit der Untersuchung in Tidenküll betraut hatte. Ihm war, als hätte er damit noch viel klüger gehandelt, als er es fürs erste wußte. Ein Pedant mochte die Schuldigen finden, nicht der Verwandte.
Seine Gedanken wurden immer verwirrter. Er war müde und hätte dennoch kein Auge zutun können. Was sollte er anfangen? Warten, was weiter geschah? Seinen Abschied nehmen? Aber, um Gottes willen, was sollte er denn danach tun? Warten, auf einen Ruf warten – woher? Einen Ruf hierher zurück. Wer sollte den an ihn ergehen lassen? Von den Menschen hier niemand. Die Ovelackers waren ‚verrusst'. Er hatte mit allen Menschen russisch gesprochen, mit dem Pastor, mit dem Arzt, mit allen, so mühsam sie es auch radebrechten, der Arzt ausgenommen; er hatte nicht sein Deutsch sprechen wollen, das ihm, schon wenn er es nur sich selber vernehmbar vor sich hin sprach, ganz anders klang als das baltische Deutsch.
Seine Pflicht mußte er tun, soviel stand fest, von heute an und fürderhin, morgen, übermorgen, immer, solange ihn der Eid band. Er ging durchs Zimmer, die Sporen an seinen Stiefeln klirrten leise im Schreiten über den Teppich hin. Dieses sonderbare Sich-zu-Haus-Fühlen! träumte er; bewußt wurde es ihm nicht. Er ging nur, so, wie er sonst ritt. Fürchterlich waren die Pflichten, die der nächste Tag brachte. Büttel zu sein – ausgerechnet er! – über dieses Bauernvolk, das ‚immerdar untreu' gewesen. Und sie sahen doch so treuherzig aus, diese bärtigen, patriarchalischen alten Bauern.
Ovelacker sah auf die Uhr. Es ging gegen Mitternacht. Aber auch der Morgen würde ihn, das wußte er, nicht bereit finden, dieses alles zu überlegen, mit diesem seltsamen Lande fertigzuwerden. Wie hätte er das auch gekonnt! Er mußte die Entscheidungen und Möglichkeiten, die es für ihn in diesem Lande gab, *leben*, das wußte er, wußte es so deutlich, wie ihm zu dieser Stunde überhaupt etwas deutlich werden konnte. Er stich sich über die Stirn, über die dunklen gescheitelten Haare, rieb die Augen, die ihm schmerzten, und zog den Bart zur Seite. Ein Fremder, der ihn zum ersten Male sah, hätte sein Gesicht schwer beschreiben können. Es war nicht nur das seine, es war das Gesicht eines Geschlechtes. Eine alte Ordnung lag in den Zügen, die von Geschlecht zu Geschlecht regelmäßiger geworden sein mochten, in jedem Geschlecht von neuem Leben belebt, mit neuem Blute genährt, an neuen Anschauungen über den Erfahrungen in der Vergangenheit gereift. Das Gesicht war schön in seiner Festigkeit und Ruhe, die von den alten Zügen ausgingen und ihre neue, für dieses Glied des Geschlechtes gültige Würde durch den Blick aus den Augen empfingen.

In dieser Stunde kamen die Sammlung und Entschlossenheit seines Blickes aus dem Gefühl tiefer Gewißheit: daß er heimgekehrt sei, und die Entschlossenheit war: Bereitschaft, eine jede Entscheidung, die ihm aus dieser inneren Wende für die Richtung seines künftigen Lebens erwuchs, getreu anzunehmen.
In dieser Nacht wurde es Winter. Der Wind, der am vergangenen Tage aus Nordwesten geweht hatte, nahm in der Nacht an Stärke zu und drehte über Norden nach Nordosten. Von dorther trug er die Kälte ins Land, die die Teiche gefrieren und die aufgeweichten Wege verschorfen ließ. Als der Morgen hereinbrach, war das Gewölk am Himmel seltsam bunt und verhieß mehr Wind, wenn nicht gar Sturm. Schon während der Nacht war etliche Male ein dünner, stäubender Schnee niedergefallen, genug, daß überall auf der Windseite das Land weißlich schimmerte, und auch tagsüber entsandten riesige blauschwarze Wolken, die sich zwischen rotgerandeten und fahlen über den kalten Himmel wälzten, einen feinen, beim Niederfallen zwischen Büschen und welken Gräsern dünn singenden Schnee. Soviel Farben die Landschaft gestern noch mit der Feuchte unter einem grauen Himmel enthalten hatte, so sprachlos und ausgefroren lag sie heute. Selbst Birken und Weiden, die sich sonst immer in einen bläulichen Schimmer hüllten, standen jetzt mit den spröde knackenden Zweigen schwarz. Das Getrappel der Hufe klang knöchern und hohl. Die Pferde schnoben heftig; die kalte, trockene Luft schien ihre Nüstern wie mit Nadeln zu ritzen. Es wurde fast unausgesetzt Trab geritten. Die Wagen mit den Gefangenen, die samt den Gespannen und den Lenkern zur Fahrt in die Stadt requiriert worden waren, damit das Gut nichts zu vermissen brauchte, blieben, nur von der ihnen zugeteilten Eskorte unter dem Leutnant Maklakow bedeckt, streckenweise erheblich zurück und hatten es schwer, den Haupttrupp einzuholen. Auf der unaufhörlich sich windenden Landstraße, die trotz aller neuzeitlichen Festigung und Pflege nicht von der Spur abwich, die in grauer Vorzeit einmal ein Ansiedler auf dem Wege von Osten nach Westen durch die Wildnis hinterlassen hatte, verloren sich das Gros und die Eskorte mit den drei Wagen bald aus der Sicht. Immerhin war der Haupttrupp nahe genug, um bei einem Angriff zur Befreiung der Gefangenen, wenn der Versuch dazu gemacht werden sollte, der Eskorte schnell und erfolgreich zu Hilfe eilen zu können. Solch ein Angriff war aber nicht zu erwarten und wurde auch nicht gemacht, mochten die Gefangenen, zwölf an der Zahl, auch noch so erwartungsvoll um sich blicken, wenn die Straße durch einen dicht herantretenden Buschwald führte. Jeder Fluchtversuch, den sie selber unternahmen, mußte mißlingen. Zum

ersten waren sie zu je vieren auf einem Wagen aneinandergefesselt, und es konnten also nur vier gemeinsam etwas versuchen, und zum anderen säumten die Wagen rechts und links Ulanen, etliche ritten vorn mit dem Leutnant, und andere machten den Schluß. Vierzehn Lanzen konnten sich gegen die zwölfe richten, vierzehn Karabiner und eine Pistole auf sie feuern. Es war völlig aussichtslos. Also schlugen sich die aneinander Gefesselten mit der freien Hand den Mantelkragen hoch, kauerten sich enger zusammen und niedriger, um dem eisigen Wind zu entgehen, und wandten ihr Angesicht ihrem Schicksal zu, fern vor ihnen, dort, wohin der Wagen fuhr, den ein halb sitzender, halb liegender Bauer lenkte. Der stöhnte mitunter, daß sie es im Rütteln und Rumpeln vernehmen konnten, denn ihm brannte der Leib, auf den er am Morgen die Rutenhiebe seiner Strafe empfangen. Wenn er längere Zeit auf einen Ellenbogen gestützt dagehockt hatte und seine Haltung ändern mußte, verzerrte sich sein Gesicht. Er hätte sich am liebsten auf den Bauch werfen und so das Gespann lenken mögen, um nur nicht sitzen zu müssen und nicht zu fühlen, daß ihm das Hemd wie mit glühenden Eisen auf der Haut festklebte. Vor Qual trat ihm das Wasser in die Augen. Und vielleicht fuhr er unachtsam, vielleicht ließ er die Pferde – seine eigenen! – endlich einmal im Schritt gehen, da zog gleich der nächste Ulane seine Peitsche und ließ sie, vom Pferde herabgebeugt, bedrohlich um seinen Kopf schwirren. Willst du wohl fahren, du Teufel! knurrte er ihn an, und der schon Bestrafte riß, sich duckend und aus ängstlichen Augen zur Seite spähend, an den Zügeln, daß die allmählich ihre Kräfte erschöpfenden Pferde doch noch einmal zu traben begannen. Für kurze Zeit; holprig fielen sie bald wieder in Schritt und schienen die Beine nachzuziehen, bis die Knute über ihrem Lenker noch einmal und immer wieder das Unmögliche von ihnen verlangte. Von ihnen, seinen eigenen, seines Hofes Pferden! Hier, hier wurden sie zuschanden getrieben, dachte der Bauer. Daß er selber sie so oft gejagt bei den Fahrten von der Kirche oder vom Jahrmarkt, daran erinnerte er sich jetzt nicht. Auf diesen feuerbrandigen Rücken jetzt noch einen Schlag . . . Nein, lieber die Pferde zuschanden treiben! Er, er ist ja auch schon mit allem fertig; aber die hinter ihm, die drei vom Koiri-Wirt und die beiden Fremden aus der Fabrik, und Ants und Mihkel, die beiden Tagelöhner . . . Lieber noch zwanzig auf den Nackten, als von einem von denen da hinten im Wagen so in die Stadt gefahren zu werden, wie er sie jetzt fährt. Also mögen sich die Pferde die Hufe ablaufen. Neue Pferde kann man immer bekommen, aber ob ein neues Leben, wenn einem das alte erst einmal herausgeschossen ist?

Als hätte ihn der Blitz getroffen – so durchfährt es den Kutscher. Er weiß von gar nichts mehr, er reißt die Zügel an, er möchte schreien und bringt nichts aus der Kehle als ein heiseres Gurgeln, seine Augen quellen ihm aus den Höhlen vor Schreck und vor Angst! Er reißt an den Zügeln, die Pferde rucken an, es wirft ihn beinahe vom Strohsitz nach hinten . . . Warum, zum Teufel, warum hatte es gerade ihn erwischt? Weil es sein Fuhrwerk gewesen, weil er gekommen war, weil er sich den Schrank aufgeladen hatte und all den anderen Kram, den er seiner Tochter hatte mitgeben wollen in die Aussteuer, da sie jetzt den Schreiber heiratete, etwas Besseres, wie sie immer aufgetrumpft . . . Für sie mußte er jetzt das alles ausstehen. Aber er wollte es ihr eintränken, o ja . . . Wenn er nur erst einmal wieder zu Hause war, nur erst wieder zu Haus!
Nur erst wieder zu Haus! Das dachten sie alle auf den Wagen, auch die drei Brüder, die Söhne vom Koiri-Wirt. Und die Tagelöhner und die Arbeiter aus der Stadt und die anderen aus den Waldkaten und der eine, der Illusti-Jüri, der Erbsohn des guten, großen Illustgesindes*, der es sogar zwei Semester lang in Dorpat mit dem Studieren versucht hatte. Der Illust aber dachte noch mehr an den Verwalter, der ausgesagt hatte, er wäre mit unter den ersten gewesen, am Morgen, als sie's dem Alten heimgezahlt hatten und dem Diener. Dem . . ., nein, dem hatten sie ja eigentlich gar nichts antun wollen, aber weil er ein Zeuge gewesen wäre . . . Hätte der Verwalter ihn nicht erkannt und angegeben – die hier, die Soldaten, hätten es nicht herausbekommen! Nun, noch war nicht alles verloren. Vor einem Studierten hatten die ja wohl Achtung. Was der Verwalter ihnen gesagt, konnte er widerlegen. Und den Verwalter, diesen Hund . . .! Ja, wenn er nur erst einmal wieder frei war und ein Gewehr hatte! Dem wollte er's eintränken. Ach, wie vielen noch! Allen, allen! Wie sie sich gegenseitig beschuldigt und angegeben hatten, alle diese armseligen Proleten, diese hergelaufenen Knechte und Tagelöhner. Das war sein Fehler, daß er es überhaupt mit denen gehalten hatte! In die Stadt hätte er gehen sollen, ein Redner werden, einer wie Teemant oder wie Jakobson, wenn der diese Zeit noch hätte erleben können, eine Zeitung hätte er gründen müssen! Das hatte er verspielt, ja, und deshalb hatten sie ihn jetzt auf dem Wagen. Ob sie ihm viel anhaben konnten? Nur keine Prügel! Lieber Sibirien, das war nicht so schlimm wie Prügel . . .
Der Illusti-Jüri verzog seine Miene, als wollte er das froststarre Gesicht bewegen und mehr Blut unter die Haut bringen, aber ihm war

* Gesinde (baltisch): Hof, bäuerliches Anwesen.

es eisig und wurde es noch eisiger. Auf einmal überfiel ihn Angst, entsetzliche Angst. Daß er seinen Beutel verloren hatte, dort auf dem Hof – denn nur dort konnte er ihn verloren haben, auf dem Weg durch den Wald hatte er ihn ja noch gehabt! –, den Beutel mit den Ringen und Ketten und Kostbarkeiten: selbst der Verlust dieses Beutels ging ihm jetzt nicht mehr nah. Und was für Pläne hatte er doch gehabt, was für Pläne hatte dieser Beutel ihm verwirklichen helfen sollen! – Er starrte mit finsteren, böse glimmenden Augen unter dem Mützenrand hervor in die Gegend. Jetzt sah er nicht einmal mehr, was für gute Pferde die Ulanen ritten, er, der früher geprahlt hatte, er verstünde sich auf Pferde wie kein zweiter. Diese Pläne, ja . . . Aha, man war schon beim Karrosilm-Kruge, der vorgestern nacht hatte daran glauben müssen. War der fette Krüger schon in sein Nest zurückgekehrt? Warm mußte das Nestchen, in dem er so viele Rubel ausgebrütet hatte, ja noch gewesen sein, als ers wiederfand, so wie es jetzt dort stand: ausgebrannt bis auf die vier Mauern. Jetzt dauerte es nicht mehr lange bis zur Stadt, und dann . . . Er dachte nicht weiter, er stierte vor sich hin. Als einmal einer der Fremden, an die er gefesselt war, eine Bewegung machte, die ihm seine Hand etwas strammer zum Rücken hinüberzog, riß er sie wütend zurück und knurrte den andern an wie ein tollwütiger Hund. Stierte abermals vor sich hin, lange Zeit . . . Eine Zeitung hätte er gründen sollen, fiel ihm wieder ein, eine Zeitung, ganz ungefährlich, und die anderen, die sie lasen, auf dem Wagen fahren lassen sollen, ja . . .

Die Hauptmacht der Schwadron befand sich um die Zeit, als der junge Illusti-Jüri die Nähe der Stadt bemerkte, schon mehr als drei Werst jenseits des Karrosilm-Kruges. Der eingeäscherte Krug war die Veranlassung zu einer kurzen Rast der Truppe gewesen, denn beim Nahen der Reiter waren etliche von Kohlenstaub geschwärzte Gestalten, die vorher zwischen den Mauern eine ärmliche Nachlese nach den Plünderern gehalten hatten, an den Weg geeilt und zu erbitterten Anklägern wider das Verbrechen, das man an ihnen und ihrer Habe begangen, geworden. Die jammernden Schatzgräber der Verwüstung waren der Krüger selbst und etliche von den Seinen; – die Frau hätte er mit einem Brustkind beim Nachbarn lassen müssen, jammerte der beredte Mann, der zu alten Zeiten des Wohlstands seine Beredsamkeit hinter dem Schanktisch wahrscheinlich auf weniger gerechte Anliegen, als er sie jetzt vorbrachte, verwendet hatte. Jetzt aber bedurfte es ihrer nicht einmal mehr, um sein Unglück zu ermessen. Das Bild, das er und seine Helfer zwischen den brandgeschwärzten Mauern boten, sprach eindringlich genug. – Die Offi-

ziere ließen sich von dem Mann den Hergang der Ereignisse in der Unglücksnacht berichten; seine Leute umstanden ihn in einem Halbkreis und mahnten ihren Wortführer mitunter murmelnd, dieses oder jenes Umstandes Erwähnung zu tun, aber sonst blieben sie stumm, mit grauen, verwachten Gesichtern und starren Unglücksaugen, als wäre der Sprecher die Stimme ihres eigenen Unglücks, ihrer Wut, ihres Verlangens, die Schuldigen erkannt und bestraft zu wissen. Als der Rittmeister dem Krüger gebot, unverzüglich mit den wichtigsten seiner Zeugen in die Stadt zu kommen, wo die Gerichtsverhandlungen heute noch beginnen und er unter den eingebrachten Gefangenen vielleicht die Übeltäter erkennen würde, wußte der Mann seinen Dankesbeteuerungen kein Ende zu machen und wollte immer wieder Nachträge zu seinen Schilderungen geben, allein dazu gewährte man ihm nicht die Zeit. Die Truppe ritt weiter, indes der Krüger mit den Seinen im Windschutz der westlichen Giebelwand zusammentrat und Rat hielt. Bald warfen alle von den Suchern, die ein Gerät zum Stochern und zum Kratzen in der Asche in den Händen gehalten hatten, die alte Schaufel, ein Stück Bandeisen oder dergleichen weg und schickten sich an zum Gang in die Stadt. Alle, denn alle waren dem Krüger gleich wichtig. Schon machte er sich insgeheim Hoffnungen, daß die Gerechtigkeit der Krone ihn mit einem Hof entschädigen würde, dem Hof eines der Mordbrenner, wenn der erst einmal erschossen war. Auch der Illusti-Jüri wäre verhaftet worden, hatte er gehört. Dieser Hof sollte ihm recht sein, wenn man nur erst einmal den alten Illusti-Bauern ausgeschwefelt hatte. Dann konnte sein Zweitältester auf die hohe Schule gehen und Pastor werden, und der dritte wurde Lehrer. Und vor Gericht bekamen alle Schadenrechnungen eine Null ans richtige Ende, jawohl, denn vom Schaden selbst konnte man ja nicht die Provisionen bezahlen, wo blieb sonst der gerechte Verdienst?
In solche Pläne vertieft, stapfte er mit seiner Schar querfeldein auf das Gesinde zu, dessen Bauer ihm Herberge gegeben hatte. Er hörte gar nicht, daß sein kleiner Junge, der neben ihm über das rissige Feld sprang, fortwährend sagte, wäre er erst einmal groß, dann wollte er General werden, solch einer wie der, mit dem der Vater eben gesprochen. Der Krüger rechnete. Schon war er seiner Sache beinahe sicher. Die Bereitwilligkeit des Offiziers, ihm Gehör zu schenken, hatte ihn mit Zuversicht erfüllt. Er konnte auch nicht wissen, daß, während er hier mit den Seinen über die Felder trottete, der Oberleutnant Charusin zu seinem Rittmeister bemerkte, dieser Krüger schiene ihm ein unerfreulicher Mensch zu sein, viel zu beredt und sein Unglück feilbietend wie ein Zigeuner seinen Klepper. Ob es

ihm, dem Grafen, auch so erginge: eine gewisse Art von Unglück, das kleinbürgerliche geschwätzige Unglück, das den Betroffenen nicht bis in die Grundfesten seiner Menschlichkeit erschüttert hatte, stimmte nicht teilnehmend, sondern machte einen ärgerlich, ja, unverhohlen gesagt, noch mehr als das. Man wünschte den Betroffenen noch mehr Unglück, so viel, daß ihre greuliche Rührigkeit endlich einmal stille würde, das Unglück größer als . . . nun, als sie selber. Ovelacker, der ihn hatte ausreden lassen, stimmte zu. Ja, da hätte Charusin ihm aus dem Herzen gesprochen, aber das wäre dem Oberleutnant wohl auch nicht alle Tage gekommen, wahrscheinlich wäre dieser Morgen solchen und ähnlichen Feststellungen günstig. Charusin strich sich den Bart zur Seite, der ihm vom Wind über die Lippen geweht wurde, und lächelte zu einer Erwiderung, die er ungesagt ließ. Nun ja, meinte er schließlich immer noch lächelnd zu dem Grafen, von besonderem Reiz wäre ihm das Handwerk, in das sie hineingeraten seien, ganz offen gestanden, nicht. Vollends als sie noch bei den Wagen ritten, wäre er sich wie ein umherziehender Schlachtviehhändler vorgekommen. Man müßte, wenn man dieses erbärmliche, auf die Wagen verfrachtete Volk anschaute, nur immer bedenken, wieviel Erbärmlicheres es angerichtet, zum Beispiel auf dem Gute, dann könnte man sich damit ja noch abfinden. Ovelacker nickte zur Antwort. Er sah in die Gegend hinaus, streifte mit einem Seitenblick Charusin. Dem spielte ein eigentümliches Lächeln um die Lippen, ein Lächeln, das aussah, als wollte er darüber einen Blutgeschmack im Munde vergessen. Er sah verwacht und müde aus. Aber das hätte Charusin, darüber befragt, auch von seinem Rittmeister behauptet, so wie sie beide und Maklakow dazu sich gewiß einig darüber gewesen wären, daß einzig und allein der Kornett Kosljaninow, der am Morgen mit einer Abteilung des deutschen Selbstschutzes aus Wargel zu ihnen nach Drostenholm gestoßen war, eine Frische wie nach vier Wochen Landurlaub zur Schau trug. An Wladimir Karlowitsch Möller hätte man solche Maße gar nicht anlegen können. Müde oder nicht müde, diese Frage kannte er nicht; in seinem Pflichteifer war er die menschgewordene Tatkraft.
Es konnte wundernehmen, wie sehr diesem Abkömmling vorzeiten eingewanderter Deutscher – mochten die sich inzwischen durch Heiraten auch stark mit russischem Blute vermischt haben – das väterliche Erbteil im Wesen lag. Bestimmt war er der Offizier, der die soldatischen Tugenden, die sich in den Begriffen Ordnungsliebe, Pflichttreue, Diensteifer, Todesverachtung vereinen, am reinsten verkörperte oder aber mit seinem Handeln bewies, daß er nach ihnen strebte. Was die Todesverachtung anbelangte, hätte Kosljaninow es

ihm mindestens gleichgetan, obwohl er den Kameraden noch wenig Gelegenheit gegeben hatte, Beobachtungen darüber anzustellen; nur lag ein tiefer Unterschied darin, daß Möller den Tod grundsätzlich verachtete, mit Überlegung und vielleicht – oder sicher sogar – mit dem Niederkämpfen aufwallender Angst, als die Ausführung eines Befehls, während Kosljaninow wie trunken tollkühn war und den Tod aus Unkenntnis nicht zu fürchten schien. Es gab in der Schwadron auch keinen besseren Organisator als den Leutnant Möller. Das hatte er erst an diesem Morgen bewiesen, der für Soldaten und Offiziere sehr früh begonnen. Möller hatte seinen Ehrgeiz darein gesetzt, seinen Zug und überhaupt die ganze Schwadron marschfertig zu haben, bevor sie mit dem Richten anfingen. Er hatte nach der Vernehmung der Gefangenen, der Urteilsverkündigung und Vollstreckung keine Zeit verlieren, sondern sofort aufbrechen wollen. Davon hatte er auch Kosljaninow unterrichtet, als der angelangt war, und dessen Verblüffung über das Kommando, das der Rittmeister ihm zugeteilt, mit einer Unzahl von Anweisungen und Entschlüssen, die er im voraus gefaßt, zu begegnen gewußt. Doch auch bevor noch jemand recht davon wußte – ausgenommen der Rittmeister, natürlich –, hatte er für die angesichts der großen Zahl von Gefangenen schwierige und, wie zu befürchten stand, zeitraubende Verhandlung eine Ordnung gefunden, den Ort bestimmt, an dem sie stattfinden sollte, eine Liste der Gefangenen herstellen lassen, die Leute schon nach Gruppen geordnet – Gruppen und Ordnungen, von denen er allein wußte, nach welchem Gesetz und Gesichtspunkt sie aufgestellt waren – und die Beweisstücke zusammengetragen, die bei jedem einzelnen die Anklage unterstützten. Natürlich fehlte auch nicht der pralle Beutel mit den Kleinodien, von dem die drei Brüder bekennen mußten: ja, ihnen und niemand anderem hätte man dieses Raubgut abgenommen. Ihre Beteuerung, sie hätten all das, was der Beutel enthielt, nicht gestohlen, sondern nur hier auf dem Hof gefunden – eine Beteuerung, die sie zu dritt und wild durcheinander stammelnd vorbrachten –, diese Beteuerung hatte der Leutnant mit geringschätzigem Ernst überhört.

Wann die Sitzung des Gerichtes begonnen und wann sie geendet, wenn nicht Möller zuvor Ordnung in die vielen Aufgaben gebracht hätte, – wer weiß! Wer auch konnte wissen, wann er dies alles eigentlich erledigt hatte. Geschlafen hatte er auch! Er war eben ein vortrefflicher Organisator, ein Mann der Pflicht, wo andere noch einen Schnaps tranken, und wenn solche Tugenden auf Kosten der menschlichen Liebenswürdigkeit gingen, mit der andere, zum Beispiel Charusin, reich bedacht waren, so mußte man sich sagen, daß es der liebenswürdigen Offiziere viele oder gar allzuviele gab, der Möllers jedoch immer noch zu wenig. Denn den verläßlichen Schneid eines Regimentes machten Offiziere wie Möller, die anderen gaben den Glanz. Der junge Leutnant konnte mit den Jahren einmal ein ganz vortrefflicher Aufmarschstratege werden; wohin zu marschieren war, das mußte ein anderer ihm sagen. Ihm fehlte nur ein Funke, um ein großes Licht in der Armee zu werden, so eins wie sein berühmter Ahn, der General Möller, der sich aus kaiserlicher Gnade nach dem Schlachtfeld, auf dem er gesiegt, Möller-Sakomelski hatte nennen dürfen.

Möller war so besonnen und ein Freund der Bedachtsamkeit, wie Kosljaninow für unbesonnen und beständig zum Übereilen geneigt galt, aber an diesem Morgen hatte auch Möller Lust gehabt, das Verfahren abzukürzen, wo es nur angängig schien. Es fehlte nicht viel, und man hätte auf dreimal mehr Wagen dreimal mehr Gefangene in die Stadt transportieren müssen; denn wollte der Leutnant auch bald nach Tidenküll und mit dem Verurteilen fertig sein – seine Gründlichkeit wehrte ihm, die Fälle vorschnell abzutun und einem Urteil auf Rutenhiebe zuzustimmen, wo ihm das Verbrechen einer härteren Strafe bedürftig schien, zum mindesten einer gründlichen, einer ganz gründlichen Untersuchung.

Um so mehr müßte man hier gründlich verfahren, hatte er in einem Gespräch mit Charusin gesagt, als Fehlurteile fürchterliche Folgen haben würden, gerade hier, in diesem Lande, bei diesem Volke. Die Regierung würde für alle Ewigkeit damit zu tun haben, einen Märtyrerkult zu unterdrücken, wenn die Urteile und Vollstreckungen durch die Truppen jetzt die Märtyrer lieferten. Und dann wollten ihm die Verhältnisse überhaupt zur Besonnenheit mahnend erscheinen. Er könnte nun mal nicht anders, die Dinge sähen doch nicht so aus, wie die Deutschen hierzulande, von denen er glaubte, sie wären im Grunde genommen doch alle recht separatistisch, sie darzustellen beliebten. Natürlich könnte er sich kein abschließendes Urteil erlauben, wer von den Streitenden in diesen verwickelten Fragen der Bodenbewirtschaftung, des Patronats und dergleichen das Recht auf seiner Seite hätte, aber die Deutschen hier überhaupt gefielen ihm nicht. Und schließlich – Charusin würde ihn ja wohl deshalb nicht für einen Milchbruder Gapons halten –, so rückständig könnte man auch nicht sein, daß man sich auf die Privilegien, die einmal deutsche Fürsten oder polnische oder schwedische oder, zu guter Letzt, russische gegeben hatten, zurückzöge und leugnete, die Welt wäre inzwischen um ein paar Jahrhunderte älter geworden und die Zeit gekommen, die Habe der Menschheit neu zu verteilen.

Seinen Meinungen über die dringend notwendige Gerechtigkeit und Gründlichkeit bei der Verurteilung der Gefangenen hatte Charusin vorbehaltlos zugestimmt. Allem anderen jedoch, was der Leutnant vorgebracht, zollte er nur ein höfliches: Durchaus, durchaus, wie Sie meinen, Wladimir Karlowitsch! Und dann hatten sie Urteile gefällt, so sorgfältig, wie es möglich war, ohne befürchten zu müssen, daß sie nicht sorgfältig genug vollstreckt werden könnten, denn ihre Gründlichkeit darin anzuzweifeln, hätte die Ulanen tödlich gekränkt. Möller hatte bereits am frühen Morgen den Platz für die Vollstreckung der Urteile bestimmt. Ovelacker war durch das Eintreffen Kosljaninows mit der Abteilung des Selbstschutzes und die Berichte, die man ihm von der Belagerung des Waldgutes gab, verhindert, sich der Vorbereitungen anzunehmen. Er hatte die deutschen Herren gefragt, ob sie aus dieser Gegend gebürtig oder hier längere Zeit ansässig seien. Die meisten hatten die Frage bejaht. Dann würden sie ihm vielleicht zu diesem oder jenem der Namen auf der Liste der Gefangenen etwas erzählen können, wie man den Menschen über das hinaus, was heute gegen ihn sprach, einschätzen müßte, hatte er gesagt, ihnen die Liste gereicht und seinem Burschen befohlen, den Verwalter zu bitten, er möge sich die Gefangenen ansehen und dann bald zu ihm kommen.
Die zehn oder zwölf Männer, die danach dichtgedrängt beieinanderstanden und die Liste überflogen, hin und wieder einen Namen laut aussprechend und mit Ausrufen begleitend wie: Ach, der auch! Was, der ist dabei, dieser Lump? und einander erklärend, wen sie meinten, merkten nicht, daß vom anderen Ende des Zimmers her Ovelacker sie unverwandt ansah. Er sah sie alle, sah jeden, so verschieden voneinander sie auch waren in Alter und Aussehen und Wesen – doch alle wie zur Jagd gekleidet, weil sie keine zweckdienlichere Bekleidung hatten auftreiben können. Das Jägerhafte mochte sie den Bauern besonders verhaßt machen, aber das war nun einmal nicht zu ändern. Für das Reiten und Nächtigen unter freiem Himmel, für das Schießen und Beschossenwerden, für das Stürmen und Bestürmtwerden in diesen Zeiten hatten sie keinen anderen Rock als den zur Jagd oder den fürs Feld. Der Älteste von ihnen – er hatte sich als Landrat vorgestellt – mochte an die Sechzig sein, der Jüngste kaum zwanzig. Ihnen allen war irgend etwas gemein, irgend etwas, – Ovelacker hätte nicht zu sagen vermocht, was, ob eine Ähnlichkeit im Gesicht oder die Ähnlichkeit in dem, was sie sagten, der Art, sich zu bewegen, die Ähnlichkeit darin, etwas unnachahmlich Lässiges und zugleich ungemein Rücksichtsvolles gegeneinander zum Ausdruck zu bringen, eine Verbundenheit bei deutlich fühlbaren Abstu-

fungen in ihrer Gesamtheit. Irgend etwas war es, die Sprache nicht allein, denn die war ihnen so gemeinsam, daß das keine besondere Geltung mehr besaß. Bis auf wenige waren es durchweg gute adelige Namen, mit denen sie sich ihm vorgestellt hatten. Wußten sie aber, wer er war? Natürlich, dachte er. Denn hätten sie auch seinen Namen bei der Vorstellung nicht verstanden – von Kosljaninow wußten sie ihn doch gewiß schon längst. Miteinander sprachen sie russisch; die zehn oder zwölf unter sich natürlich nicht; nur wenn sie mit ihm sprachen und er an ihren Gesprächen teilnahm. Sie bemerkten nicht, daß er sie unverwandt betrachtete. Er dachte nicht viel dabei. Ihm war, als schaute er aus einer ganz tiefen Zurückgezogenheit hinaus auf sie, wie man auf ein Stück Welt aus einem tiefen Schacht, der sich am Ende dem Licht öffnet, hinausschaut. In der lichten Öffnung wurden sie ihm so seltsam deutlich. Das, was sie sagten, klang noch lauter, als sie es sagten, und sie sprachen immer sehr laut; wie sie sich bewegten, war bewegter als die Bewegung selbst; für ihn standen sie dort, die Liste betrachtend, in einer übersteigerten Deutlichkeit. Das waren sie also . . . Mit einem Mal kam es ihm so vor, als hätte er diese Augenblicke lange zuvor schon einmal erlebt oder als hätte er zu ganz frühen Zeiten einer Empfänglichkeit, wie die Seele sie nur einmal an der Schwelle der Kindheit zur Jugend besitzt, von diesen Augenblicken gelesen. Von diesen Augenblicken – von dem, was er nun empfand. Er dachte nach und suchte die erlebte oder die erlesene Verformung, mühelos fand er sie. Hier war nicht Ägypten, und er war nicht Joseph; er hielt nicht bei Pharao haus, und sie hatten ihn zuvor nicht verkauft, aber da waren sie, seine Brüder. Doch sagte er nicht: Erkennt ihr mich nicht? Ich bin euer Bruder! Nein, er bezähmte sich und stand unbeweglich, als wartete er nur, daß sie mit der Durchsicht der Papiere fertig wären, um dann die Fragen an sie zu richten, die zu stellen die Pflicht einem gründlichen Offizier gebot.

Mit einem Mal hatte Ovelacker förmlich aufwachen müssen.

Einer von den zwölfen, der ihm schon vorher ob seines vogelartig kleinen Kopfes, der sprühenden Angriffslust in seinen Blicken und der wie gekerbten Schärfe seiner Züge aufgefallen war, konnte sich allem Anschein nach mit einem der Jüngsten darüber nicht einigen, was für ein Mensch sich hinter einem Namen auf der Liste verbarg. Aber der doch nicht! rief er ungehalten, das ist ein sehr anständiger Mann, sage ich dir! – Nein, beharrte der Jüngere, du irrst dich, den kenne ich! – Aber ich sage dir, wenn wir ein und denselben meinen, der kann es nicht sein, der hätte das nicht gemacht, das ist ein höchst anständiger Kerl! – Ausgeschlossen, blieb der andere unbelehrbar;

oder wollen wir sehen, ob wir denselben meinen?, bot er an. Offenbar hatte er im Sinn, sich die Gefangenen anzusehen. – Aber das hier müssen ja doch die Söhne sein, entgegnete jetzt der andere und zeigte in die Liste; drei hat er, also stimmt das, das sind seine Söhne!
Ovelacker war herangetreten, um Auskunft zu geben, wenn man sie verlangte; im übrigen jedoch konnte es für die zwölf jetzt an der Zeit sein, ihm zu sagen, was sie wußten. Gerade erschienen auch der Verwalter und Wladimir Karlowitsch Möller, der über die Vorbereitungen Bericht erstatten wollte. Die Uneinigen wollten sich in der Tat anschicken, zu den Gefangenen zu gehen. Das wäre Ovelacker mehr als unlieb gewesen. Ein wachsames Gefühl riet ihm, den Gefangenen jetzt, da sie verurteilt werden sollten, auf keinen Fall den Eindruck zu geben, als stünde hinter ihren Richtern der deutsche Adel. Also bat er sie, noch für einen kurzen Augenblick zu verweilen, weil er jetzt ihre Meinung über diejenigen Gefangenen, die sie kannten, vernehmen möchte. Und daß er die beiden in diesem Augenblick zurückhielt, schien dem ältesten und, wie Ovelacker meinte, dem angenehmsten des Kreises, der sich als ein Gutsbesitzer aus der weiteren Nachbarschaft und Landrat vorgestellt hatte, ein deutlicher Einspruch gegen ihr Vorhaben. Unter irgendeinem Vorwand, daß der Verwalter wohl Bescheid wüßte oder dergleichen, machte er ihnen begreiflich, er sähe es ebenfalls nicht gern, daß sie gingen, und der Jüngere fügte sich sofort, kam doch der Einspruch gegen ihr Vorhaben nicht nur von dem Älteren und von einem Landrat, sondern von seinem Vater. Er war des eisgrauen Herrn jüngster Sohn.
Es handelt sich um diese drei! bemerkte der Landrat zu Ovelacker und zeigte auf die Liste, in der Nikolai, Jaak und Mart Koiri vermerkt waren und hinter ihren Namen die Angaben, daß man ihnen einen Beutel voller Kleinodien abgenommen hatte, von dem sie behaupteten, er wäre gefunden, und ein ganzes Arsenal von Waffen.
Hier mischte sich Wladimir Karlowitsch Möller ein und erzählte dem Landrat, sein eigener Zug wäre es gewesen, der diese drei festgenommen hätte; so und so wäre es dabei zugegangen, das Raubgut befände sich in seiner Verwahrung, auch ihm wären diese Burschen merkwürdig vorgekommen, doch könnte man ihren Beteuerungen nicht glauben. Der Verwalter wüßte weder etwas von einem Koiri-Bauern zu berichten noch von dessen Söhnen; allesamt kannte er sie nicht, das Gesinde müßte weit entfernt von hier liegen.
Wo es lag, glaubte der Sohn des Landrats, der sich noch eben darüber gestritten, aufs genaueste angeben zu können, allerdings auch, daß der Bauer sehr sonderlich und zänkisch, ja vielleicht auch kein ganz unbescholtener Mann sei.

Woher er das wüßte, fragte sein Vater ernst, zu welchem Kirchspiel das Gesinde gehörte, welches Gut das nächste wäre?
Der junge Mann wußte, was er vorgebracht hatte, von einem Aufenthalt in Tidenküll her, aber, wie er gestand, auch nur vom Hörensagen. Aus irgendeiner Begebenheit, die er vernommen, hätte man schließen müssen, daß der alte Bauer ein sehr rechthaberischer oder gar zänkischer Mann war. Über die Söhne wußte er nichts. Das Gesinde läge sehr weit ab von der Straße und ganz für sich allein.
Nur mit größter Ungeduld hatte sein Widersacher den jungen Mann ausreden lassen können. Er wollte alles bestätigen, das über den Hof und seine Lage und dergleichen, riß er nun das Wort an sich, nur müßte er dawiderhalten, daß jener alte Bauer, dem Vernehmen nach, ein ganz vortrefflicher Hausvater sei. Seine drei Söhne arbeiteten bei ihm auf dem Hof; irrte er nicht, so war es ein sehr frommes, fast patriarchalisches Hauswesen, dem der alte Koiri vorstand.
Mochte das sich verhalten, wie es wollte. Ovelacker bemerkte, man würde die drei in die Stadt mitnehmen; vorerst schienen ihm der Beutel und die Waffen sehr belastend. Was hatte nun der Verwalter zu sagen?
Der Verwalter, der den rechten Arm in der Binde trug und struppig und verwittert aussah, trat an den Tisch, auf dem die Liste lag, und begann den hornigen Zeigefinger in seiner freien Hand nacheinander auf die verschiedensten Namen zu setzen. Den da, den Soundso, den kannte er. Der war an sich nicht der Schlechteste, nur jähzornig, wenn er getrunken hatte, mit dem könnte man milder umgehen. Er hätte ihm gesagt, daß er versuchen wollte, ein gutes Wort für ihn einzulegen. Und der hier, der Soundso, dem könnte ein gehöriger Denkzettel nichts schaden; der hätte es in der letzten Zeit beinahe nur mit dem Gemeindeschreiber gehalten, einem Roten, und aufreizende Reden geführt, daß die Abrechnung käme. Der Finger des Verwalters wanderte von einem Namen zum anderen. Er kannte eine erstaunliche Menge von den Gefangenen. Über alle, die er kannte, wußte er etwas zu sagen, und nicht nur Ungewisses, sondern etwas Treffendes, Deutliches. Was er berichtete, ließ erkennen, daß er hier nicht nur weitererzählte, was andere ihm erzählt. Schon längst hatte Wladimir Karlowitsch Möller angefangen, alles, was er sagte, in geheimnisvolle Zeichen hinter den Namen umzuformen. Für einen der Namen aber wußte der Leutnant kein Zeichen. Ein Minusstrich wog, wollte man dem Verwalter glauben, noch viel zu leicht hinter diesem Namen; er hätte sehr, sehr lang sein müssen, wenn Länge ausdrücken sollte, wie ablehnend der Verwalter diesem Menschen gegenüberstand. Hinter den Namen Jüri Illust kam kein

Zeichen. Die beinahe nicht einzudämmenden Schilderungen des Verwalters, ein wie unheilvoller Bursche dieser Sohn eines der reichsten Bauern im Kirchspiel wäre, mußten auch jede Furcht beseitigen, daß man den Namen und auch welche Bedeutung seinem Träger beizumessen war, wieder vergessen könnte. Dieses halbgebildete Großmaul, das war der schlagende Beweis für die Wahrheit all dessen, was der Verwalter erzählte, diesen Burschen hatte er am gestrigen Morgen unter den ersten Angreifern auf das Herrenhaus erkannt.

Ob auch noch andere, fragte Ovelacker ihn. – Nein, andere nicht, nur diesen einen, der wäre eben auch bei solchen Verbrechen breitspurig aufgetreten wie ein Großbauernsohn, mit einem anmaßenden: Platz da! Hier komme ich, der Illusti-Jüri!

Die im Halbkreis umherstehenden Deutschen aus der Umgegend wußten die Berichte des Verwalters nur zu bestätigen, zuweilen auch noch zu ergänzen. Die künftigen Richter aber, der Rittmeister und sein Leutnant, hatten den Eindruck gewonnen, von diesen Menschen, die wie man hätte annehmen dürfen, rachedurstig bis zum Bersten sein mußten, ungewöhnlich vorurteilsfrei beraten worden zu sein. Mit dem Landrat ward nun förmlich verabredet, daß die Deutschen sich während der Verhandlungen, bei der Bekanntgabe des Urteils und bei seiner Vollstreckung überhaupt nicht vor den Gefangenen zeigen sollten, und weil Ovelacker das Empfinden hatte, daß es besser war, wenn er die zwölf jetzt allein ließ, zog er den Leutnant mit sich und ließ sich von ihm Bericht erstatten. Kurz darauf begann die Verhandlung vor dem Standgericht.

Als sie geendet hatte und die Gefangenen in Gruppen geteilt worden waren – eine, die zur Vollstreckung des Urteils abgeführt wurde, eine andere, die ihr Urteil in der Stadt entgegennehmen mußte, eine dritte, an Zahl geringe, die mit einer Verwarnung davongekommen war und alsbald freigelassen wurde –, ritten Möller und Kosljaninow mit ihren Zügen ab. Die Verkündung des Urteils über die mehr als sechzig Mann zählende erste Gruppe erfolgte im Beisein des Rittmeisters und des Oberleutnants Charusin am Ort der Vollstrekkung. Gleich nach der Verlesung des Urteils und nachdem der erste der Missetäter seine Strafe stöhnend empfangen hatte, entfernte sich Ovelacker und überließ die Aufsicht Charusin. Er ging ins Gutshaus zurück. Als er sich einmal umdrehte, weil von der Gerichtsstätte her lautes Schreien und am Ende gar ein Kreischen wie von einer Frau gellte und er durch die entlaubten Zweige der Büsche beim Teich halbnackte Gestalten gewahrte, schlugen ihm die Zähne aufeinander. Er hätte unbedenklich gesagt: vor Kälte. Der Wind blies scharf von Nordosten her, auf der gepflasterten Straße waren die Fugen zwischen den Steinen von staubuntermischtem pulverigem Schnee ausgefüllt, so daß die runden Steinbuckel wie Lebkuchen mit einer Fassung aus Zuckerguß dalagen; aus der Brandstätte zur Linken wirbelte flockiger Staub. Es war völlig unerfindlich, zu welchen Arbeiten der Verwalter heute seine Leute angestellt hatte. Man sah keinen Menschen zwischen den Gutsgebäuden, und glaubte das Auge einen gesehen zu haben, dann war er geisterhaft leise und schnell wieder verschwunden. Vielleicht ließ man auf dem Gute erst wieder mit der Arbeit anfangen, wenn das Militär abgezogen war. Und wenn es abzog – ja, das würde schon sehr bald geschehen –, wenn es abzog . . . Mit einem Mal sah er diesen Abzug aus einer ganz neuen Sicht. Mit einem Mal, er war ganz ehrlich. Zuvor hatte er nie daran gedacht, auch wenn er die Anordnungen für den Abmarsch getroffen hatte. Sie zogen ab, bald, und alles hier blieb zurück: der Tote, das Gut, die verstörten Menschen, die Schreie auch, ja, die Schreie, die eben wieder gellten, bis hierherauf vernehmbar, und die Trümmer, alles. Er sah es wahrscheinlich nie wieder. Wer wußte, welche Anordnungen der alte Herr getroffen, wen er zum Erben ausersehen hatte! Ihn sicher nicht, nein. Die Testamentseröffnung mußte ja nun bald vor sich gehen. Der weise Zwerg – er erinnerte sich mit einem Mal dieses Ausspruches, den der Pastor getan – würde sie vornehmen. Ziemlich geistesabwesend betrat er das Haus und ging zu seinem Zimmer, um nachzusehen, ob der Bursche alles, was man dem Gepäck, das am späten Abend nachgekommen war, entnommen, schon wieder eingepackt hatte. Die Räume, durch die er schritt, waren leer; das Haus lag wie ausgestorben, nicht einmal Stimmen waren von irgendwoher zu hören. Wo mochten die aus Wargel Gekommenen sein? Der einzige, von dem er sich hätte verabschieden wollen, war der Landrat.

In seinem Zimmer hatte der Bursche schon alles zusammengepackt, und nun fühlte er sich mit einem Male mehr als Gast in diesem alten Haus denn zuvor. Er ging zurück, und aus irgendeinem unerklärlichen Zwang, Abschied zu nehmen, lenkte er seine Schritte zur Bibliothek. An einem der Fenster dort stand, einziger Gast in dem großen Raume, der Landrat. Ovelacker mußte die Tür sehr leise geöffnet haben, denn der alte Herr wandte sich erst zur Seite, als der Eintretende bereits die Schwelle überschritten hatte.

Sie sind es! rief er halblaut und kam ihm entgegen. Er begann eine lebhafte Unterhaltung, als wollte er den Besucher nicht merken lassen, aus wie tiefer Nachdenklichkeit der ihn aufgestört hatte, aber Ovelacker ließ sich von dieser jähen Lebhaftigkeit das Bild nicht verdrängen, das ihm immer noch vor den Augen stand: der bejahrte, rüstige und straffe Herr mit den leuchtenden Augen und dem eisgrauen, scharf gestutzten Schnurrbart, verlorenen Blickes in den Park hinausstarrend, die Hände tief in den Taschen der Joppe, die Stiefelspitzen soldatisch genau ausgerichtet, in äußerer Beherrschung innerlich weit, weit weg.

Sie traten ans Fenster zurück; die Unterhaltung begann sehr bald zu stocken. Ovelacker fing an zu rauchen. Zwischendurch erkundigte der Landrat sich nach den Plänen und nach den Befehlen, die das Detachement empfangen hatte. Er brachte die Rede auf die Ereignisse allenthalben, zugleich berichtete er von der Anstrengung der ritterschaftlichen Landesvertretungen in Kurland, Livland und Estland, zu einem gerechten Ausgleich mit den Völkern zu kommen, von denen jetzt die Revolution ausging.

Ovelacker fragte ihn, ob er denn glaubte, daß eine Zusammenarbeit mit den Esten und Letten überhaupt noch möglich und fruchtbar sein könnte. Ja, das glaubte der Landrat. Noch wäre es nicht zu spät, man müßte alles dransetzen, um mit diesen Menschen, mit denen man seit Jahrhunderten auf einem Acker lebte, einen gerechten Vergleich zu schließen, um jeden Preis! Die andere Gefahr wäre noch viel größer. Und schließlich, – wäre es zu dieser Revolution gekommen, wenn man nicht seit zwanzig Jahren, um die Deutschen kleinzukriegen, mit Vorbedacht die Esten und Letten gegen sie aufgehetzt hätte? Nun aber verrusste man genauso erbarmungslos wie alles Deutsche auch das Estnische und Lettische. Dieses Land hätte immer allen Einflüssen offen gelegen, die Deutschen darin hätten viel angenommen, von ihrem Mutterland, von Schweden und von Rußland, in ihrem Blute und in ihrem kulturellen Leben. Wenig von den Polen, wenig von den Bauernvölkern, mit denen sie eng zusammengelebt. Veresten oder verletten hätten sie nicht so leicht können, denn Esten und Letten wären einfach nicht ebenbürtig gewesen, nicht stark und nicht eigen genug. Das Russentum aber hätte in seiner obersten Schicht wieder etwas Gleichwertiges für die Aristokratie, die das Deutschtum hier bildete, zu stellen. Und das wäre eine Gefahr. Schwerlich könnte es missionieren unter den Deutschen, doch könnte es in den Geboten der Überlieferung Schwache an sich binden. Der Rittmeister möge ihm den Freimut und die Offenheit hingehen lassen. Er könne nun einmal selbst vor einem russischen Offizier seine Sorgen als Landespolitiker nicht verschweigen; der Rittmeister aber habe ihm den Eindruck gemacht, daß er von ungewöhnlichem Verständnis für alles, was hier im Lande geschah, sei.

Ovelacker nahm diese Freundlichkeit stumm hin. Sein Gesicht

brannte. Er konnte sich nicht denken, daß dem Landrat unbekannt war, welchen Namen er trug und was für eine Bewandtnis es mit seiner Familie hatte. Es herrschte quälendes Schweigen. Ovelacker brach es nach geraumer Zeit und erkundigte sich, was für Entschlüsse für die nächsten Tage gefaßt und was für Anordnungen im Hinblick auf die Beisetzung des toten Hausherrn getroffen worden waren. Ob diese kleine Abteilung des Selbstschutzes nach dem Abmarsch der Ulanen hier bleiben würde? Der Landrat nahm die Fragen dankbar auf. Seine Antworten aber waren beinahe kurz. Er wäre ein alter Freund des Toten gewesen, erklärte er, und hätte immer von ihm gehört (was wohl auch in dem zu eröffnenden Testament stehen würde), daß der Freiherr in dem Erbbegräbnis auf dem Stammgut der Gilsens, dem Gute Gilsen bei einem Dorf des gleichen Namens, beigesetzt zu werden wünschte. Dort läge auch schon seine Frau, eine geborene von Lansdorff. Die meisten der Herren vom Selbstschutz, er in jedem Falle, würden vorerst noch hierbleiben, bis wieder Ordnung eingekehrt sei. Zudem könnte er sich denken, daß hier noch Aufgaben auf ihn warteten, wenn man daran ging, den Nachlaß zu ordnen. Zunächst allerdings müßte er bald einmal in die Stadt. Der Rittmeister könnte sich ja wahrscheinlich gar nicht vorstellen, was alles so einer kleinen Welt für sich, wie ein Gut es war, mit ihrem Herrn genommen wurde. Zumal in diesem Falle! Der alte Freiherr sei ganz allein gewesen, ohne Hausfrau, ohne Kinder, die mit den Jahren in seine Aufgabe hineingewachsen wären. Nun wäre auch noch die Schwester seiner verstorbenen Frau, mit der er innigen Verkehr gepflogen, und der Neffe, auf den er große Stücke gehalten, dieser Neffe, ja, und seine Mutter . . . Er stockte und blickte zum Fenster hinaus. Nun sind auch diese beiden nicht mehr! vollendete er und wurde so nachdenklich wie zuvor, als Ovelacker ihn gefunden.
Anscheinend sind das Ihre Leute, bemerkte er nach einer Weile, beugte sich vor und spähte durch die Scheiben zum Teich hinüber, um die Ulanen zu sehen, die dort auf der Straße kamen, von den Parkbäumen beinahe völlig verdeckt.
. . . Von der anderen, der dritten der Schwestern, weiß ich nichts, sagte er dann, als hätte er mittlerweile nicht schon das Thema gewechselt. So manche von denen, die nach Petersburg gehen, kommen einem völlig aus den Augen.
Ovelacker machte eine Bewegung, die dem Landrat seine Gegenwart ins Gedächtnis zurückzurufen schien.
Sie müssen wohl gehen, meinte er, Ihre Leute sind fertig mit dieser fürchterlichen Arbeit. – Er wußte Ovelacker nichts mehr zum Ab-

schied zu sagen. Sie schwiegen und machten ein paar Schritte in entgegengesetzter Richtung auf und ab. Ja, sagte dann der Landrat, der umgekehrt war und auf Ovelacker zuschritt, ja, nun sind wieder einmal drei prächtige Menschen von uns gegangen, wieder einmal, und immer mehr gehen. Entweder holt sie der Tod, oder sie flüchten vor dem Tod übers Meer, – die Transmarini. Wer weiß, ob die, die uns geboren werden, am Leben bleiben oder ob sie nicht bald außer Landes ziehen müssen, ‚ausgerottet und weit übers Meer gejagt', wie es der Sohn des litauischen Kanzlers sich einmal wünschte. Geht der neue Gesetzentwurf durch, daß alle Steuerzahler bei der Verwaltung des Landes mitwirken sollen, und nicht nur die Deutschen, dann sind wir nur noch halbe Herren, aber besser, wir bewahren das, was unsere Väter geschaffen haben, als halbe Herren, als daß man uns ganzen Herren in einer Nacht niedermetzelt. – Ovelacker fragte, ob der Ausdruck Transmarini für die Balten überliefert wäre.
Ja, belehrte ihn der Landrat, Transmarini hätte man die Balten zur Zeit der polnischen Herrschaft über das Land in der Hof- und Kanzleisprache genannt, ‚die übers Meer Gekommenen'. König Stephan Batory von Polen hätte sogar einmal Johann, dem Herrscher der Schweden, den Plan unterbreitet, in einer einzigen Blutnacht alle Transmarini, alle Deutschen in Livland, seine eigenen Untertanen, auszurotten . . . Doch nun täte er besser daran, zu schweigen. Ovelacker sollte es ihm nachsehen, wenn er nicht erbaut von der Verbreitung der russischen Kultur in den baltischen Provinzen wäre. Der Preis für ihre Einführung wäre ihm zu hoch, viel zu hoch. Die drei, diese drei, die er nun verloren, sie hätten ihm sehr nahegestanden. Er dankte ihm aufrichtig, der Rittmeister hätte sein allermöglichstes getan, und das könnte man nicht von allen Offizieren sagen. Ja, er sollte wohlleben und seine schwere Pflicht in dem Bewußtsein tun, daß er mit ihr dem Recht und der Menschlichkeit diente.
Sie hatten sich stumm die Hand gereicht. Ovelacker war gegangen, der Landrat ans Fenster zurückgekehrt, noch bevor jener die Tür hinter sich geschlossen hatte. Dem Zurückbleibenden schien es nicht aufgefallen zu sein, daß der, der ihn soeben verlassen, abgesehen von etlichen Antworten auf etliche Fragen, nichts gesagt hatte, solange er im Zimmer geweilt, kein Wort. Er würde sich auch nicht den leisesten Vorwurf machen, daß er sein schweigsames Gegenüber mit seiner Gesprächigkeit gequält hatte. Er war ahnungslos gewesen, er trauerte um diese drei – diese drei, die ihm sehr nahegestanden.
Straff und unbeweglich am Fenster stehend, hatte er die Reste der Schwadron abreiten sehen. Er bemerkte, daß der Rittmeister, bevor

er in den Sattel stieg, wie zum Abschied noch einmal die stille Front des Herrenhauses betrachtete, das Wappen im Giebel, die zerschlagenen Fenster da und dort. Dann sah er ihn aufsitzen und Befehl geben. Reiter, Wagen und Bedeckung – wenige Augenblicke später war es, als hätte es sie hier nie gegeben. Die großen Fenster der Front waren schon seit der Zurüstung auf den Winter verklebt und nicht mehr zu öffnen. Also konnte man die Abreitenden nicht einmal mehr hören, denn der Wind wehte das knöcherne Getrappel der Pferde auf dem hart gefrorenen Wege unter ihren Hufen weg.
Wenige Augenblicke später, als er etliche von seinen Mitkämpfern zur Gesellschaft bekam, die sich ganz unverhohlen erleichtert zeigten, daß die Ulanen endlich abgeritten waren, und er sich erkundigte, ob jemand wüßte, wie der Rittmeister hieße, der das Detachement befehligte – ihm wäre der Name bei der Vorstellung entgangen, und den Kornett danach zu fragen, hätte er versäumt, schließlich wäre es ja auch nicht nötig, den Namen jedes russischen Offiziers zu wissen, dieser aber wäre ein vortrefflicher Mensch gewesen, mit dem er sich lange und gut unterhalten hätte –, in diesen Augenblicken erst erfuhr er, wer der Rittmeister war. Alle nahmen an, daß er das längst gewußt hätte. Ein Graf von Ovelacker! Laut durcheinandersprechend verbreiteten sich die meisten darüber, daß die Ovelackers ein völlig verrusstes Geschlecht wären, wo sie ehemals besitzlich gewesen wären, und was dieser und jener von ihnen einmal bei Hofe, im Senat oder in der Armee vorgestellt hätte. Dem Landrat aber schien das, so betroffen er sich auch anfangs gezeigt, als man ihm den Namen genannt hatte, jetzt nicht mehr von Wichtigkeit zu sein. Ovelacker . . ., sagte er leise, und weil er für Sekunden die Augen schloß, wie um sich beim Nachdenken von der Anwesenheit so vieler Menschen um ihn herum nicht die Gestalten verbergen zu lassen, die er insgeheim zu erkennen suchte, traten die anderen unwillkürlich ein wenig zurück. Ovelacker, fuhr er fort, wie in einer Beschwörungsformel, die er den Gesprächen seiner Umgebung entgegenzusetzen bemüht war, damit dieser Name ihm seinen Zusammenhang verriete – Ovelacker! rief er mit einem Male und trat auf seine Gefährten zu, als wollte er denen eine Eröffnung machen, die letztlich auch ihm, nach dem Schweigen, das der Rittmeister darüber beobachtet hatte, unfaßlich schien, – dieser Graf von Ovelacker . . . nein! Ja doch, dieser Ovelacker müßte ein ganz naher Verwandter von allen drei Ermordeten sein, einer von den wenigen nahen Verwandten, die sie noch besessen! Er . . . er verstünde nur das Schweigen des Rittmeisters darüber nicht, nein, der müßte das doch gewußt haben, der müßte das doch gewußt haben!

Der das gewußt hatte und verschwiegen, weil er noch viel mehr wußte, ritt bald nach Mittag an der Spitze seines Detachements, Pjotr Sergejewitsch Charusin zur Seite, auf der endlos scheinenden Straße, neben der Stadt und Land sich zögernd durchdrangen, in die Kreisstadt ein. Schon hing zwischen den Wolkenmassen, die über den Himmel stürmten, die Mondsichel, silbern und unvorstellbar zart, wie ein Greisenhaar. Der Himmel leuchtete grünlich wie in großer Stille gefrorenes Eis, die ungeschlachten blauschwarzen Wolkenherden, die über ihn hinwegstürmten, hüllten die Reiter immer wieder in ein dichtes Schneegestöber ein. Wenn es aufklarte, hatte der zum Sturm gewordene Wind die Wolken auseinandergetrieben. In wilden Fluchten trieben sie auf den westlichen Horizont zu und luden sich dort immer höher und drohender auf, als wollten sie, wenn es Nacht geworden war, noch einmal zurückkommen und den ganzen Himmel überziehen.

Wie um die Wehrhaftigkeit der Stadt zu beweisen, hatten der Polizeichef und der Kornett, der den hier untergebrachten Infanteriezug befehligte, alle ihre Leute auf die Straße geschickt. Jedenfalls hatte es den Anschein, denn so selten man in der ängstlich beklommenen Leere einen Einwohner erblickte, so häufig stand eine Infanteriewache oder ein Polizeiposten vor den anreitenden Offizieren stramm. Indessen wußte keine von diesen Wachen, wenn sie befragt wurde, wo sich die Quartiere für die Ulanen befanden, obwohl der Leutnant Möller das Eintreffen des Detachements für die Mittagsstunden angesagt und um die Bereitstellung von Unterkünften für Offiziere, Mannschaften und Gefangene, von Stallungen für die Pferde und den Troß und um einen größeren geeigneten Raum für die Sitzungen des Feldgerichts nachgesucht hatte.

Auf diese Weise blieb der Schwadron nichts anderes übrig, als, der Straße vertrauend, aufs Geratewohl in die Stadt hineinzureiten, ob auch die Quartiere sich vielleicht hier in der Nähe befanden und man später den ganzen Weg zurückreiten mußte.

Pjotr Sergejewitsch Charusin, der die schnurgerade Straße hinabschaute, die in den Ort hineinführte und die mit ihren kleinen Holzhäuschen wie ein dünner Saum gegen die öde Weite der Gegend wirkte, – Charusin meinte, man müßte überhaupt daran zweifeln, daß sich hier Quartiere für sie finden lassen würden. Diese Stadt schiene ihm mehr aus Gärten zu bestehen, und wenn er ein zweites Mal auf die Welt käme, möchte er gern hier ein Beamter der Krone sein. Das verbürgte das ruhigste Leben!

Wie recht der Oberleutnant Charusin mit diesem Argwohn gehabt hatte, fiel Ovelacker nach etlichen Stunden wieder ein, als er am Fenster eines dürftigen, noch nicht ganz durchwärmten Hotelzimmers stand, wie es einem jeden der Offiziere von der Kreismilitärverwaltung zur Verfügung gestellt worden war, und den weiten Marktplatz überschaute, der unter ihm lag. Die Gerichtsverhandlung war auf fünf Uhr anberaumt. Er wartete. Vor mehr als einer halben Stunde hatte Möller ihm melden lassen, er wäre von seiner Tidenküllschen Unternehmung zurückgekehrt und würde sich, um Bericht zu erstatten, ehestens bei ihm einfinden, wenn er nur erst einmal die eingebrachten Gefangenen in sicherem Gewahrsam und seine Leute mit ihren Pferden wohlversorgt im Quartier wüßte.

Draußen wollte es anfangen zu dämmern. Der Sturm war abgeflaut. Zuletzt kehrte etwas wie eine unbeschreibliche Weichheit und Milde in den sinkenden Tag ein. Der Himmel hatte sich in ein dichtes Grau gehüllt, die Schneeflocken waren nicht mehr von so jagender Schärfe. Der weite Platz unter dem Fenster wurde kleiner und größer zugleich. Die Gärten rings umher schienen mit der Dämmerung noch dichter zu verwachsen, und die Menschenleere war so friedvoll, als gäbe es noch keine Menschen. Aber in den Häusern nah und fern glomm rötlich und still wie eine heilig gehütete Flamme das Licht auf.

Sie hatten ihren großen Ordner entbehren müssen, als sie in die Stadt einritten, so notwendig er ihnen da auch gewesen wäre. Schließlich aber war alles in die Reihe gekommen, wie hoffnungslos es auch anfangs ausgesehen hatte. War nicht Charusin im Recht gewesen mit seinen Bemerkungen, daß diese Stadt aus Gärten zu bestehen schien? Gärten, Gärten, nichts als Gärten, dazwischen einmal ein Haus, nicht umgekehrt, wie mans gewohnt war. Was sah er hier von seinem Fenster aus? Gärten, von Mauern aus geschichteten Steinen umhegt, und hier und da ein niedriges Holzhaus wie ein Bauernhof, mochte auch mit unsicheren Buchstaben über der Tür ‚Kreditbank' stehen oder ein großer goldener Kringel den Bäcker verkünden. Einem feisten, rosigen, fröhlichen Kreismilitärchef, der nichts vorbereitet hatte oder so viel wie nichts, war die Ankunft der Schwadron eine schlimme Überraschung gewesen. Wie hieß er? Kapitän Schtscheglokow. In seiner Bestürzung hatte er die Offiziere zu seinem Freunde, dem Polizeichef, geführt, obzwar dieser, ein grämlicher, dürrer, stoppelbärtiger Witwer mit grauem Gesicht, seinem fröhlichen Amtsbruder durchaus nicht gewogen schien und während der Unterhaltung zu viert meistens damit beschäftigt gewesen war, mit lockeren Strichen und leisem Klopfen die Asche seiner Zigaretten, deren er eine an der anderen anzündete, von seinem schwarzen Uniformrock zu tilgen. Hin und wieder hatte er sich zu ein paar Antworten verleiten lassen. Es gab hier Kasernen am Rande des Städtchens, irgendwann einmal erbaut, nie benutzt und verwahrlost, der Kapitän hatte sie vor einem halben Jahr zum letzten Mal inspiziert und gegen ein Sümmchen als in Ordnung befunden. Es gab eine kleine Garnison von einem Zug Infanterie, die ganz behaglich untergebracht war, aber ihr Kornett beschwor, keinen Platz mehr in ihrer Behausung zu haben, und natürlich meldete auch der Kommandeur der Grenzwachenbrigade, er bedauere unendlich, die Kameraden nicht aufnehmen zu können, zudem gäbe es, wenn ers tun könnte, Schwierigkeiten mit den Dienststellen, denn er unterstände dem Ministerium des Innern, und Ulanen wären nun einmal Ulanen – kurzum, ihm täte es leid, aber er hoffe, die Kameraden im Klub begrüßen zu können, dessen Präsident er sei . . . Wohin nun mit über hundert Ulanen, die nicht dem Ministerium des Innern unterstanden, wohin mit ihren Pferden, wohin mit dem Troß, wohin mit den Gefangenen, woher den Raum für die Feldgerichtssitzung nehmen, bevor es Abend ward? Die Schwadron hatte abgesessen, auf dem Marktplatz gehalten, indes ihre Offiziere Herberge suchten. Jeden Augenblick hatten die Wagen mit den Gefangenen eintreffen können. Es wäre nicht angegangen, die Häftlinge zur Schau zu stellen.

Charusin hatte späterhin bemerkt, es ginge anscheinend doch nicht ohne die Deutschen in Rußland, denn tatsächlich war ihnen das Heil von einem Deutschen gekommen. Nicht, daß der herbeizuzaubern vermocht hatte, was anfangs nicht vorhanden gewesen war; nein, er hatte die ratlos Ratschlagenden nur darüber unterrichtet, wo es das gab, was sie suchten, und wie es am schnellsten in Gebrauch zu nehmen war. Der Polizeichef hatte den Offizieren einen von seinen jüngeren Gehilfen zur Verfügung gestellt, der eigentlich einem sehr entfernten Teil des Landkreises vorstand und sich in dienstlichen Angelegenheiten nur vorübergehend in der Stadt befand, und dieser junge Mensch hatte die Schwierigkeiten so schnell zu beseitigen gewußt, daß der Jubel des nachlässigen und nun allen weiteren Pflichten und Sorgen wieder einmal enthobenen Kreismilitärchefs peinlich gegen die Beflissenheit des jungen Mannes abstach, der die fremden Pflichten wortlos und ohne viel Aufhebens erfüllte. Es ginge anscheinend nicht ohne die Deutschen, hatte Charusin gesagt, als alles überstanden war, ohne daß er vorher auch nur mit einem Wort verraten, er hätte gemerkt, dieser junge Mann, ein Herr von Kievel, wäre ein Deutscher. Nun aber hatten sie Quartiere, wenn nicht gute, so doch erträgliche, und Charusin mochte sich nach dem kurzen Zwischenspiel wieder beruhigt haben. Aus dem angrenzenden Zimmer hörte Ovelacker jetzt seine tiefen Atemzüge im Schlafe; der Diwan stand wohl ganz nahe an der angrenzenden Wand. Und nun ruhten wohl auch die Soldaten aus. Man hatte Quartier für sie in der großen Posthalterei freigemacht. Die Pferde waren zu einem Teil auch dort untergebracht worden, zum anderen in einem riesigen Ausspann mitten in der Stadt bei dem städtischen Marktkrug. Für die Offiziere waren fünf Zimmer im Hotel belegt worden. Der Gang vor diesen Zimmern und ein Anrichtezimmer, in dem der Gang endete, gaben den Burschen und den wachhabenden Ordonnanzen Platz. Für die Verhandlung vor dem Feldgericht hatte man das Rentamt mit Beschlag belegt. In seinem oberen Stockwerk befand sich neben einer Anzahl von Amtszimmern, in denen es für jeden Fremden säuerlich nach kleinen Beamten und muffig nach unaufgearbeiteten Akten und alten Wasserkringeln roch, der große, nun bis auf die unerläßliche Zahl von Stühlen, Bänken und Tischen leere Saal. Zu ebener Erde aber hatte man schon seit Jahrzehnten, obzwar dazu einige sehr entstellende Umbauten nötig gewesen waren, das Kreisgefängnis untergebracht. Dieses nahm heute alle Gefangenen auf, die das Militär eingebracht hatte, mochte es dabei auch sehr eng in den wenigen Zellen werden; aber diese Anordnung hatte den großen Vorteil, daß die Gefangenen unbedingt sicher verwahrt waren und daß sie zur Vernehmung während der Feldgerichtssitzung nur aus dem unteren Stockwerk über eine Treppe in den Saal geführt zu werden brauchten. Auch für die Zeugen, so viele es ihrer nach den Ergebnissen der Tidenküllschen Unternehmung werden konnten, war Platz genug vorhanden.

Nun begann es ein wenig dichter zu schneien, und mit dem fallenden Schnee war es, als fiele auch die Dämmerung schnell ein. Der weite Marktplatz ging ins Unendliche. Dem Hotel gegenüber lag noch ein größeres Haus, wie das Hotel selbst etwa in der Mitte der Langseite des Marktrechtecks; danach kam zur rechten kein Haus mehr. Hinter mannshohen Steinmauern stießen dort die Gärten an den Platz, an dessen Stirnseite hohe Bäume aufragten.

Geistesabwesend blickte Ovelacker in den Schneefall hinaus.

Ihm war, als umspänne das Zwielicht ihn immer dichter, immer weicher, wie in einen knisternden Kokon, wie in eine Ferne zu Zeit, Raum und Pflicht. Er dachte an Drostenholm, an die weiten Räume

dort, an die Lebenden, den Landrat vor allem, an die Toten, und dann mit einem Mal griff er sich an die Stirn und wollte sich die Augen reiben, die ihn schmerzten, denn unverwandt – ja, so war es doch! –, unverwandt hatte er eine dunkle Gestalt da unten auf dem Platz ins Auge gefaßt. Stand da wirklich jemand, oder bildete er sich das ein? War es ein Pfosten oder sonst irgend etwas vor dem Haus? Nein, das war ein Mensch, aber so reglos wie ein Baumstumpf. Ein Mann, viel mehr erkannte er nicht. Ein alter Mann mit einem langen Mantel, eine zottige Pelzmütze auf den Kopf gestülpt, mit einem Bart, der das ganze Gesicht umrahmte und wie ein Stück des Mantels aussah . . . Täuschte er sich nicht? Nun bewegte sich der Unbewegliche. Was mochte dieser Mensch vorhaben, daß er so lange da draußen in der Kälte stand? Warum kam er jetzt? Ja, er kam, er schritt langsam von der anderen Seite des Platzes her auf das Hotel zu, stapfte über das unter dem Schneebelag schlüpfrige Pflaster, den Blick aufgehoben zu – ihm . . . Zu ihm, ja, so schien es. Aber hatte dieser alte Mann ihn überhaupt am Fenster erkennen können? Diese schweren Tritte von außen, von unten her, die von überall her zu kommen schienen – denn das hölzerne Gebäude leitete die Geräusche mit jedem Balken und jeder Planke weiter –, das waren seine Tritte! Die Gestalt verschwand aus seinem Blickfeld, gewiß stand sie jetzt gerade unter seinem Fenster, stand, ja, denn die schweren Tritte waren verhallt. Er war versucht, sich vorzubeugen und aus dem Fenster zu spähen, da brachten ihn Hufschläge zur Besinnung. Reiter kamen herangetrabt, die Hufe klapperten auf den Steinen, ab und zu wurde ihr Geräusch von einer kleinen Schneewehe wie in Watte erstickt. Zwischen den Hufschlägen jedoch konnte Ovelacker Schritte unterscheiden, schwere, langsame Schritte. Sie wanderten an der Hauswand entlang und erstarben. Nun kamen Möller und Kosljaninow zur Berichterstattung.
Ovelacker zündete die Lampe im Zimmer an. Und ob es die Hufschläge vor dem Fenster gewesen waren oder das Klirren des Lampenglases, was ihn geweckt hatte – Charusin erwachte und sprang auf die Füße. Ovelacker hörte ihn gähnen und im Zimmer auf und ab gehen, um munter zu werden. Dann öffnete er die Tür zum Gang und rief: Licht! in die Halbhelle dort, in der sich drei Ulanen um eine kleine Wandleuchte scharten. Sie hockten schläfrig auf den gebrechlichen Stühlen, die Beine vorgestreckt, die Hände in den Taschen und das Kinn auf der Brust. Bei dem Ruf des Oberleutnants sprangen alle auf, und einer ging in das Zimmer des Offiziers und zündete ihm umständlich unter viel Klingeln und Klirren die Lampe an. Mittlerweile waren die Reiter vor dem Hotel auch schon abgesessen,

und sporenklirrende Schritte erklangen auf der Treppe. Schon von ihrer ersten Stufe her war eine rügende Bemerkung Möllers zu vernehmen. Er beschwerte sich, ungewiß bei wem, über den Speisengeruch, der den Aufgang zu ihren Zimmern umlagerte.
Das Licht der Petroleumlampe schien Ovelacker das dürftige Zimmer noch dürftiger zu machen. Aber damit man von dem dunklen Platz aus nicht alles beobachten konnte, was in dem erleuchteten Raum geschah, ging er zum Fenster, um den Vorhang vorzuziehen. Dabei gewahrte er – mochte das Licht, das hinausfiel, ihm auch viel von der Fähigkeit, draußen etwas zu unterscheiden, verwehren –, dabei gewahrte er, wie auf der anderen Seite des Platzes eine Gestalt sich bewegte. Als sie den Offizier an dem hellen Fenster auftauchen sah, blieb sie wie gelähmt stehen oder wie um mit der Dunkelheit zu verschmelzen und unsichtbar zu werden. Im nächsten Augenblick aber schon machte sie etliche Schritte vorwärts und schien von dem Wunsch getrieben, sich dem Offizier nähern zu dürfen.
Ovelacker war es, als träumte er. Er wollte wach werden. Woher war dieser Mensch mit einem Mal wieder gekommen, was tat er dort in Kälte und Finsternis, was wollte er? Von ihm etwas, von ihm? Er sah doch nicht Gespenster, es hätte doch auch jedem anderen auffallen müssen, daß sein Erscheinen am Fenster diesen geduldigen Wächter zum Näherkommen aufzufordern schien. Vorhin hatten ihn die Reiter abgehalten; jetzt – er riß heftig den Vorhang vor die Scheiben. Lauerte da ein Attentäter? Er mußte über seinen Argwohn lächeln. Warum ein Attentat auf ihn? Und warum hatte er nicht schon längst geschossen? Wie oft an diesem Nachmittag war er ihm schon ein deutliches, unbewegtes Ziel gewesen! Nein, nein, aber gerade: daß er nichts tat, nichts anderes als – da zu sein!
Eben bezogen Möller und Kosljaninow ihre Zimmer, Maklakow und Charusin begrüßten die Ankömmlinge lärmend, – da hatte er selber noch Zeit, einen Burschen hinunterzuschicken und nachforschen zu lassen. Er öffnete die Tür nur um einen Spalt, und schon stand ein Ulan davor. Er gab ihm Befehl, nachzusehen, wer dort drüben auf dem Platze stände, und, wenn er jemanden fände, ihn zu fragen, was er wollte, und warum er trotz Kälte und Dunkelheit nicht von der Stelle wiche. Vielleicht war es ein Bittsteller . . . Der Bursche ging. Gleich darauf meldeten Möller und Kosljaninow sich zurück.
Die beiden hatten die ersten Fragen Ovelackers noch nicht beantwortet, da erschien auch schon wieder der ausgesandte Ulan. Er wartete, bis Ovelacker ihn nach dem Ergebnis fragte. Das geschah wie nebenbei. Es wäre dem Rittmeister unlieb gewesen, seine Offi-

ziere darüber aufklären zu müssen, wonach er den Ulan ausgeschickt hatte. Doch hätte die Antwort, die der Bote zu geben vermochte, den Zweck seines Ganges nicht im mindesten verraten, denn der Soldat meldete nur mit stummer Ehrenbezeigung: Euer Hochwohlgeboren, ich habe überall gesucht, es war niemand da! Gut, murmelte Ovelacker und winkte ihm, daß er gehen könne, aber geraume Zeit führte er das Gespräch mit den Zurückgekehrten geistesabwesend und wortkarg. Möller, der mit einem gesteigerten Selbstbewußtsein nach den – makellos – erfüllten Pflichten heimgekehrt war, vermochte seine Enttäuschung über die Teilnahmslosigkeit des Rittmeisters nur mit Mühe zu verbergen. Gut also, es war niemand da. Aber er hatte doch nicht geträumt! Er hatte ihn doch gesehen und gehört, deutlich gesehen, untrüglich gehört! . . . Er ging langsam zum Fenster und kehrte seinen Offizieren den Rücken zu, als er den Vorhang zur Seite schlug und hinaussah. Nun aber waren seine Augen der Dunkelheit entwöhnt, er sah nichts, gar nichts – oder nur die Spiegelung des Lichts in der Fensterscheibe und die Offiziere, die hinter ihm standen, als gleißende Schemen darin. Draußen war es Nacht . . . Die Offiziere unterhielten sich weiter, ein jeder insgeheim mit etlichen Fragen an sich selber, was denn ihr Rittmeister da draußen so bemerkenswert finden könnte.
Die Dunkelheit, nichts als die Dunkelheit in der Ferne, ja, genauso wie in seiner Zukunft. Ganz nahe aber, zum Greifen nahe die Pflicht. Schemenhaft nur: Licht, die vier Gestalten darin, Charusin, Möller, Maklakow und Kosljaninow, zwischen der ärmlichen Einrichtung, die aus einem Bett, einem Diwan, etlichen ebenso fleckigen, verblichenen und verschlissenen Polsterstühlen, einem Waschtisch und einem erblindeten Spiegel bestand – aber eben doch sichtbar. Wie kleinlaut doch Kosljaninow geworden war! Man hörte ihn beinahe nicht. Möller hingegen . . .
Ovelacker wandte sich um. Der Vorhang fiel über die Scheiben. Verzeihen Sie, murmelte er beiläufig und zerstreut und sah dabei Möller an, – so unverhofft, daß der kaum Zeit fand, den beleidigten Blick niederzuschlagen. Ovelacker hatte ihn nicht bemerkt. Nun wurde er wach. Nein, er durfte sich nicht mehr an Schemen verlieren! Teilnehmend fragte er, ob die beiden nicht erst etwas essen und ausruhen wollten, bevor sie ihren Bericht gäben. Der Kornett schien nicht übel Lust zu haben, dem zu folgen, und wollte beim Essen erzählen, Möller hingegen wehrte höflich ab. Sie könnten das wohl später noch tun, meinte er, vorerst schiene ihm der Bericht wichtiger, denn die Zeit – er zog seine Uhr –, die Zeit drängte. Wenn der Rittmeister ihnen hier auf dem Zimmer einen kleinen Imbiß erlau-

ben wollte, während sie die Sache darlegten – dafür und für einen wärmenden Trunk wäre er dankbar, denn beim Reiten wäre es im Laufe des Nachmittags recht kalt geworden.
Großartig fände er das, ein Schnäpschen nehmen zu dürfen und einen Zubiß, greulich kalt wäre es zum Schluß geworden, zum Glück hätten sie den Wind nur von der Seite gehabt. – Kosljaninow schien so viel Zeit benötigt zu haben, um innerlich und äußerlich aufzutauen. Jetzt wurde er wieder munter. Er bestellte den Imbiß, ein Schnäpschen – er sprach vom Schnaps stets in der Koseform – und heißes Wasser. Inzwischen legte Möller Schriftstücke auf den Tisch, die er selbst angefertigt – Gott mochte wissen, wann er eigentlich Zeit zum Schreiben gefunden –, und nun begannen die beiden mit ihrem Bericht. Sie konnten es nicht verabredet haben, und doch teilten sie sich getreulich in ihn. Der verantwortliche Befehlshaber der Unternehmung war Möller gewesen, und er gab seinem Rittmeister den amtlichen Bericht, nur konnte ers nicht hindern, daß Kosljaninow ihm dann und wann ins Wort fiel und den Bericht um Einzelheiten erweiterte, die Möller meistens gar nicht bemerkt zu haben schien. Diese aber waren stets menschlicher Art, spaßige oder traurige Einzelheiten bei der Unternehmung, und in der Regelmäßigkeit, mit der Möller den sachlichen Verlauf der Unternehmung beschrieb und Kosljaninow ihn mit Schilderungen von unvorhergesehenen Ereignissen ablöste, lag, wie jeder der Zuhörer empfinden mußte, etwas durchaus Kennzeichnendes für das Wesen der beiden Berichterstatter. Möller hatte seine Pflicht erfüllt, und Kolsjaninow hatte Abenteuer erlebt.
Sie waren am Vormittag aus Drostenholm abgeritten und hatten nach einem stark beschleunigten Anmarsch gegen elf Uhr die Gutsmarkung und bald danach den eingeäscherten Hof erreicht.
Von dem ganzen Anwesen waren in jener Nacht bis auf das Herrenhaus, das Verwalterhaus, eine Kleete und den Kornspeicher alle Gebäude unversehrt geblieben. Hier konnte der Rittmeister Einsicht nehmen in die Listen, die Möller angefertigt hatte: Listen der Hofleute, der Ansiedler in der Umgegend und endlich der Gesindewirte in der Nachbarschaft. Unter denen befände sich, wie er bemerken wollte, auch jener Koiri, dessen Söhne sie bei Drostenholm verhaftet hatten. Diese drei Brüder schienen auch in Tidenküll eine unheilvolle Rolle gespielt zu haben, ganz sicher aber wäre das nicht.
Hier ein Verzeichnis von den Hofleuten, die er vernommen hatte, und da endlich eins von den Verhafteten, die er eingebracht. Nicht alle, die er durch die Aussagen der Hofleute belastet, der Mittäterschaft verdächtig oder gar überführt gefunden, hätte er erwischen

können. Viele, und das wären gerade die kleinen Ansiedler auf ehemaligem Gutsland gewesen, hätten sich aus dem Staube gemacht. Ulanen, die er zu den Höfen geschickt, hätten dort nur Weiber und Kinder vorgefunden. Wo der Mann wäre, wüßten sie nicht, hatte es geheißen oder: er wäre in der Stadt, ungewiß, wann er zurückkäme. Natürlich hätten die Ulanen das nicht glauben wollen und gründliche Nachsuche angestellt, jedoch fast immer ergebnislos. Die Namen dieser Verdächtigen und nicht Auffindbaren hatte er gesondert noch einmal vermerkt. Hier, dieses Blatt nannte die, wie ihm schien, zuverlässigsten Zeugen. Nach ihren Schilderungen, die völlig miteinander übereingestimmt, hatte er sich ein Bild von den Ereignissen jener Nacht machen können. Nur eins hatte er jetzt schon bemerkt, etwas sehr Mißliches: was die Täter anbetraf, die Mörder und Brandstifter, könnte man vermutlich keine Gewißheit erlangen, jedenfalls keine unumstößliche Gewißheit. Die verläßlichsten Zeugen widersprachen einander darin, wen sie bei Mord und Brandstiftung beobachtet hatten, doch – das wollte er als etwas Günstiges gleich vorausschicken – gewisse Namen kehrten in den Schilderungen von beinahe allen Zeugen wieder. So etwa der des Illusti-Jüri. Ja, merkwürdigerweise gerade dieser Mensch, der von einem reichen Bauernhof stammte und keinen Grund gehabt hätte, Anarchist zu sein, war von den meisten gesehen worden.
Grund dazu hätte wohl keiner der Anarchisten gehabt, meinte lächelnd und wie zu sich selbst der Oberleutnant Charusin.
Möller blickte ihn einen Augenblick etwas verwirrt an, dann aber merkte er, wie Charusin seine Äußerung gemeint hatte, und fuhr fort: Entweder hätten die Leute alle ein schlechtes Personengedächtnis und wären in ihrem Schrecken zu verwirrt gewesen, um etwas zu behalten, oder es wäre wirklich unvorstellbar schwer gewesen, zwischen Dunkelheit und Brandschein jemand zu erkennen. Schließlich – das fiel ihm zur Erklärung für die erste Mutmaßung ein –, vielleicht besäßen sie wirklich ein so geringes Unterscheidungsvermögen, wie sie selber sich nur geringfügig voneinander unterschieden. Auch ihm wäre es so vorgekommen, als sähe er immer die gleichen Gesichter, in denen oft nicht mehr geschrieben stand als Mühsal, Essen, Trinken und Schlafen.
Aber wie dem nun auch sein mochte, er hatte, um das gleich zu sagen, zweiundzwanzig Männer gefesselt in das Gefängnis bringen lassen und eine ganze Schar von Augenzeugen des Überfalls auf das Gut für heute hierher in die Stadt bestellt. Bei den Haussuchungen, die die Soldaten vorgenommen hatten, war eine Menge von geraubten Sachen aus dem Gutshaus zum Vorschein gekommen, die unsin-

nigsten Gegenstände, wenn man bedachte, daß sie oftmals unter Lebensgefahr aus den brennenden Gebäuden hinausgeschleppt worden waren: Teppiche, Vasen, Lampen, Wandschirme, Nippsachen, – obendrein aber waren die Heuböden und Strohfeimen, die Keller und Badestuben sehr ergiebig an Waffen gewesen. Mit Freundlichkeit, das müßte er im voraus sagen und wäre der Billigung des Rittmeisters gewiß, mit Freundlichkeit hatte man diese Sachen natürlich nicht bekommen oder auch nur erreicht, daß man den Soldaten die Verstecke angab; es wäre ein ziemliches Drangsalieren gewesen!
Weiß Gott! pflichtete Kosljaninow bei, der sich mit leuchtenden Augen daran zu erinnern schien. Waffen und Sachbesitz wären ihm Grund genug für die sofortige Verhaftung gewesen.
Ovelacker nickte zustimmend. Vortrefflich hätte Möller . . . vortrefflich . . .
Möller kostete ein Glück aus, um das jeder Offizier ihn hätte beneiden dürfen. Es war, als hätte nicht sein Rittmeister ihn gelobt, sondern Seine Exzellenz der Oberkommandierende selbst vor der Front des ganzen Regiments.
In dem Verwalterhaus, von dem nur das Dachgeschoß ausgebrannt war, hätte er eine große Karte gefunden, die den Hof und die Ländereien wiedergab. Von den wichtigsten Einzelheiten hätte er sich einen kleinen Plan in sein Merkbuch eingetragen. So lag das Herrenhaus, so umgaben es die Wirtschaftsgebäude, von hier wären die Mordbrenner angerückt . . . Er hatte das Buch vor dem Rittmeister aufgeschlagen und zeigte mit dem Bleistift an.
Woher kamen sie denn also? fragte Ovelacker, blätterte in den Papieren und suchte die Gefangenenliste.
Sie kamen aus der Nähe der Stadt. Woher, weiß eigentlich niemand mit Sicherheit anzugeben.
Ovelacker überflog die Gefangenenliste. Da sind Esten, Letten, Russen, – alles durcheinander, meinte er. Und wie verteilen die sich auf die einzelnen Berufe?
Zwei Drittel sind Arbeiter, stromernde, obdachlose Leute, der Rest sind Tagelöhner. – Patrioten habe ich unter ihnen nicht feststellen können, ergänzte Möller.
Was heißt hier Patrioten! knurrte Kosljaninow.
Nun, ich meine Esten oder Letten, die einen Freiheitskampf zu führen glauben, also immerhin Leute, die von Sozialisten oder Kommunisten scharf zu trennen sind, belehrte Möller ihn.
Kosljaninow verzog verächtlich den Mund. Er war erstaunlich keck gegen Möller geworden. Gleich danach sah er den Oberleutnant Charusin mit knabenhafter Bewunderung an, denn der sagte, wozu

er nicht den Mut besaß: Patrioten oder Kommunisten – es ist alles ein Gesindel, lieber Wladimir Karlowitsch. Ich gebe zu, ihre Motive mögen verschieden sein, aber ich glaube, daß sie an die gar nicht mehr denken und daß sie die gar nicht mehr wissen. Einerlei, wer die Revolution macht, sie revoltieren mit; mögen die Beweggründe und die Ziele auch in Vergessenheit geraten: sie machen Revolution. Und uns, meine ich, können weder die Beweggründe noch die Ziele interessieren. Uns interessiert der Mord und wer ihn begangen, der Brand und wer ihn angelegt hat.
Möller pflichtete bei. Da spräche Charusin ganz nach seiner Überzeugung. Nur brauchte man deshalb ja noch nicht zu vergessen, daß eine Sache unterschiedlich getan werden konnte. Der Effekt aber, der Effekt, auf den käme es an! murmelte Kosljaninow beharrlich, doch merkte der Kornett schon, daß er dieses ganze Streitgespräch, in dem ein jeder dasselbe sagte, heraufbeschworen hatte. Möller schien auch sehr gereizt gegen ihn geworden zu sein.
Also, Patrioten gibt es nicht oder gibt es überhaupt nicht – für uns –, entschuldigen Sie schon, lieber Kosljaninow, meinte Ovelacker lächelnd, zu dem Kornett gewandt. Der wurde verlegen. – Wann begann der Überfall, Wladimir Karlowitsch?
Die ersten Banden rückten nach den Aussagen der Leute bereits gegen fünf Uhr nachmittags vor das Gutshaus und verlangten allerlei. Waffen und Geld die Fremden, die Gutsleute eine Aufbesserung ihrer Bezüge in Geld und Naturalien, – das heißt, die kamen schon zum zweiten Mal. Zwei Tage vorher nämlich war schon einmal ein großer Auflauf dort gewesen.
Und der hatte gut geendet?
Ja, das ist das Merkwürdige, das unsereiner kaum verstehen kann. Die Leute selbst schildern es so: Zwei Tage vorher, um die Dämmerung, war eine Menge von Hofleuten und Fremden zum Gutshaus gekommen, wie auf Verabredung, aber in Wahrheit Schutz suchend in ihrer Angst, und hatte nach der Herrin und nach dem jungen Herrn geschrieen. Die waren herausgetreten und hatten gefragt, was es denn gäbe, warum sie so schrieen. Die Schwarze Sotnja käme, hatten die Leute geantwortet; sie käme, bestimmt, man hörte sie schon, sie alle wären verloren. Was sie tun sollten, was sie um Gottes willen tun sollten. Sie wäre schon nahe. – Wer? – Die Schwarze Sotnja. – Wo? – Ganz nahe, bei dem und dem Gesinde hörte man sie schon toben, hatten die Herrschaften denn keine Ohren? Da . . . da . . . hörte man sie!
Bei völliger Stille, zu der die Menge sich zwang, hatte man in der Ferne tatsächlich Schreien und Rufen und ein jämmerliches Quieken

vernehmen können, ja selbst einen Schuß, zufällig irgendwo im Walde. Sprachlos hatte die Gutsherrschaft dem verworrenen Lärm in der Ferne gelauscht und den Leuten nichts Rechtes erwidern können. – Es wäre sicher, ihnen allen stünde der Tod bevor. Was sie jetzt um Gottes willen tun sollten. – Mehr und immer mehr Leute waren vor dem Gutshaus zusammengeströmt, immer erregter die Stimmen geworden. Ob man freiwillig etwas anzünden sollte, hatte jemand gefragt. – Freiwillig etwas anzünden? Für wen denn? – Für die Schwarze Sotnja. – Was die denn wäre und wollte? – Schweigen unter der Menge. Was war die Schwarze Sotnja?
Unterdessen aber waren nicht nur mehr Leute vor dem Gutshaus zusammengelaufen, sondern hinter den Herrschaften waren auch viele der Mägde, angstvoll neugierig, was es gäbe, aus der Tür getreten. Und als die Menge sich immer wieder zum Schweigen zwang und lauschte und aus dem Lärm in der Ferne ein schreckliches Ende für sie alle voraussagte – da mit einem Male hatte eine junge Magd, die aus einer der Badestuben im Walde stammte und der diese Angst spaßig vorkam, gekichert und gesagt: Aha, nun schlachtet der Vater das Schwein! – Das Geschrei und Geplärr des Schweines hatten die Leute für das Unheil gehalten, das nach ihrer Meinung von der Schwarzen Sotnja ausging. An diesem Abend hatten sie sich allmählich überzeugen lassen und waren an ihre Arbeit gegangen oder nach Haus, Erregung aber hatte die Angst nun einmal in sie gesenkt, und zwei Tage später hatte sich der Auflauf bei dem ersten geringsten Anlaß wiederholt, dann aber auch, unter fremden Anführern, ein schlimmes Ende gefunden.
Wie es denn nun dabei eigentlich zugegangen wäre, ob er darüber verläßliche Auskünfte erhalten hätte, fragte Ovelacker.
Möller bejahte, er wußte es. Aber, sagte er, man könnte es kaum begreifen. Das graue Volk wäre einfach von einer dumpfen Angst und Erregung gepackt. Wovor sie Angst hatten, das wußten sie nicht. Die Erregung ging um mit raunenden Boten und Verschwörern, mit Flugblättern, kommunistischen Manifesten und nationalen Proklamationen, aber ebensosehr lag sie in der Luft, dünstete aus der Erde, war da, ungreifbar. Sie verband sich bei den Sektierern mit religiösen Wahnvorstellungen vom Ende der sündigen Welt und bei den politischen Gläubigen mit fanatischen Träumen vom Anbruch eines neuen Weltzeitalters im Zeichen des Proletariats oder des Erwachens der Völker in einem eigenen Staat. Sie nährte sich aus der Unzufriedenheit mit dem immer noch nicht genügenden Landbesitz – den die Deutschen ihnen verweigerten, wie sie behaupteten –, und sie schoß auf aus dem umgepflügten Menschenacker Rußlands, in dem die

Städte gewaltig anwuchsen und die von dem Minister Witte wie über Nacht errichteten unzähligen Fabriken das der Heimat entfremdete welttrunkene Proletariat heranzüchteten. Ihm, dem Leutnant, hätte einmal ein Mönch gesagt, all das, was Rußland erschütterte, wäre keine Verfassungskrise, sondern ein Glaubenskampf. Alle, die von dem Kampf für Freiheit der Person und für die Menschenrechte schwärmten, hätten im Grunde genommen ein viel tieferes Anliegen, und das müßte die Kirche ihnen erfüllen. Es ginge darum, die durch Wissenschaft und Technik jählings so viel größer gewordene Welt als immer noch Gott untertänig zu zeigen und die satanische Selbstherrschaft der Maschinen als einen Trug zu entlarven.
Schweigend und immer verwunderter hatten die Offiziere Möller zugehört. Nun jedoch schien der junge Leutnant selber zu bemerken, daß er weit vom Wege abgekommen war. Hätte er bei dem Glühen seiner Wangen noch erröten können – er wäre gern errötet, zumal ob dieser Abschweifung in ein unter ihnen sonst verpöntes Gebiet. Ovelacker erwog bei sich selber mit ziemlicher Überraschung, daß dieses Gespräch mit dem Mönch einen großen Eindruck auf Möller gemacht haben müßte, denn sonst hätte er sich unmöglich der Worte des Weisen, die ganz bestimmt schon etliche Jahre zurücklagen, so deutlich erinnern können. Möller in seiner Verlegenheit tat ihm leid.
Das ist ungemein lehrreich, Wladimir Karlowitsch, beeilte er sich, dem Leutnant beizuspringen. Und aus einer solchen dumpfen Angst und Erregung, meinen Sie, hat man auch den Überfall auf das Gut begangen?
Ja, sagte Möller; er schien dankbar für die Hilfe und erzählte nun, wie um die Einleitung vergessen zu machen, sehr spröde und sachlich den Hergang der Ereignisse.
Die Erregung steckte in den Leuten, sie glomm und brauchte nur irgend etwas, um blindwütig wieder aufzuflammen. Zum Unglück kam die Gelegenheit: die marodierenden Banden, von denen ich schon erzählte. Sie hatten sich irgendwo zusammengetan und marschierten gegen das Gut. Das erreichten sie am späten Nachmittag, ungefähr zu derselben verhängnisvollen Zeit, um die sich zwei Tage zuvor schon einmal die Leute versammelt hatten. Die Bande umstellte das Gutshaus; die Leute, von überall her, stellten sich hinter sie. Die Bande verlangte die Herrschaft zu sehen. Die Frau des Hauses und ihr Sohn kamen. Man forderte sofort Waffen und Geld, oder es sollte alles angezündet und niedergemacht werden. Nach einer kurzen Beratung miteinander erklärten die Herrschaften sich bereit, das Geld, soviel sie besaßen, auszuliefern und den Waffenschrank

mit den Jagdflinten zu öffnen. Dagegen verlangten sie die Zusicherung, daß man sonst nichts anrühren und Gut und Leben schonen würde. Das wurde bereitwillig zugesagt. Zehn Mann sollten das Recht haben, ins Haus zu kommen und die Kontribution in Empfang zu nehmen. Der Abgesandten harrend, zogen die Herrschaften sich ins Haus zurück.

Nun begann draußen im Dunkeln ein wildes Geschrei. Jeder wollte einer von den zehn Abgeordneten sein, jeder wollte gern Geld und Waffen in die Hand bekommen, weil er dem anderen nicht traute; jeder wollte ins Haus hinein, zum Portal, wie ein Herr, und nicht zur Küchentür als Dienender. Ob die Menge sich zum Schluß einigen konnte, ist nicht klar. Denn in der Tat drängte sich zu den in der Halle Wartenden bald eine Rotte finsterer Gestalten durch die Tür, in der jeder der erste sein wollte, aber hinter den zehn – oder wie viele es ihrer sein mochten – war auch die ganze Menge nachgeströmt. Kaum sahen die Vordersten ihre Abgesandten drinnen, da wollten sie mit einem Mal auch hinein und hatten die Abmachung vergessen. Vergebens schrie einer der Anführer die Hereindrängenden an, sie sollten Ordnung halten und der Sache des Volkes nicht schaden.

Also doch ein Patriot! murmelte Kosljaninow.

Der Strom war nicht mehr aufzuhalten. In wildem Gedränge preßten die ersten sich durch die Tür und stolperten johlend vor Freude in die Halle hinein, und hinter ihnen folgten Unzählige.

In diesen Augenblicken muß die beiden, Mutter und Sohn, Furcht überfallen haben. Sie wollten die Treppen hinauf und sich in das zweite Stockwerk zurückziehen, da aber begann gerade das wildeste Geschrei. Geld wollte man haben für alle, Waffen für alle, etwas zu trinken für alle. Das wäre gegen die Abmachung, damit würde die Übereinkunft, die sie getroffen, ungültig! soll der junge Herr den ihm Zunächststehenden, unter denen sich auch etliche der Abgesandten befanden, zugerufen haben. Die hatten, machtlos gegen ihre eigenen Leute, die Achseln gezuckt. Nun wollte die Mutter ihren Sohn mit sich fortziehen, allein man riß die beiden zurück und begann sie zu mißhandeln und Geld zu verlangen. Das ganze Haus hatte sich inzwischen mit Leuten gefüllt, viele waren aus der Halle sogleich weitergegangen in die Zimmer, aus denen die Mägde kreischend flohen, überall war ein wüstes Rumoren, Poltern, Werkeln, Sprengen und Brechen zu hören, und in der Halle hielten die dort Gebliebenen die Gefangenen fest. Mit einem Mal jedoch schien die Gutsherrin verstummt. Sie gab keine Antwort mehr, sie lag stumm und bleich am Boden. Der Sohn, gepeinigt von Schmerz und furcht-

barer Ahnung, wollte sich, so sehr man ihn auch trat und stieß, um seine Mutter bemühen, allein da . . . Möller stockte. Er sah plötzlich in der beklemmenden, jede Kehle einschnürenden Stille seinen Rittmeister an.
Aus Ovelackers Gesicht schien der letzte Blutstropfen gewichen. Er begegnete Möllers Blick mit Augen wie aus Eis. Die Stille wollte kein Ende nehmen, – endlich murmelte er gepreßt: Weiter, Wladimir Karlowitsch! Aber es kam so heiser aus seiner Kehle, daß seine Stimme nicht wiederzuerkennen war.
. . . Da, fing Möller an, da muß das Gespenst ihres schlechten Gewissens den Kerlen in den Nacken gesprungen sein, und um es los zu werden und um keinen Ankläger zu haben, erschlugen sie die beiden, blindlings, in einer unfaßlichen Raserei. Als sie das getan, schrie irgend jemand von irgendwoher; was, das ging niemandem auf. Vielleicht schrie da nur irgendeine Magd, der man Gewalt antat, aber in diesem Schrei, in dieser neuen Untat geisterte das Gespenst der Schwarzen Sotnja durch das geplünderte Haus: mitten unter ihnen, ihr Eigenstes, von ihnen erschaffen, ihre Zuchtrute und ihr Diener. In Angst und Entsetzen versuchte ein jeder, aus dem Haus zu entkommen, aber damit das anklagende Gespenst mit der Spur ihrer Untaten verbrenne, warfen sie auf ihrer Flucht die Lampen hinter sich in die Zimmer. Und so ist das Gutshaus in Flammen aufgegangen, und so wurden die Toten unter seinen Trümmern begraben.

Die Offiziere saßen eine Weile stumm da; dann war es Ovelacker, der sich erhob. Er raffte die Schriftstücke, die Möller ihm vorgelegt hatte, vom Tisch und stellte mit lahmer Zunge noch ein paar Fragen und gab ein paar Anweisungen, die geeignet scheinen konnten, ihnen die Übersicht in dem umständlichen, verantwortungsvollen und weitläufigen Verfahren zu erhalten. Danach aber entstand eine Pause. Die Offiziere warteten darauf, daß der Rittmeister sie entließe. Ovelacker sah nach der Uhr. Währenddessen drang von fern der Marschtritt der zum Gefängnis marschierenden Ulanenabteilung herein, ein dumpfes, schweres, taktfestes Dröhnen der Stiefel auf dem Pflaster der Straße.
Bald wird es Zeit, meinte Ovelacker. Wir gehen wohl am besten zusammen zur Sitzung. Wenn Sie in einer Viertelstunde fertig sein wollen . . .
Da klopfte es. Eine Ordonnanz des Kreismilitärchefs trat ins Zimmer mit einem Befehl, der soeben erst an den Führer des Detachements von dem Oberkommandierenden des Nordkorps eingetroffen war. Ovelacker nahm ihm das Schriftstück ab, bestätigte den

Empfang und schickte den Boten weg. Das Schreiben des Generals befahl ihm, bei der Aburteilung der Übeltäter von Drostenholm und Tidenküll mit unnachsichtiger Strenge vorzugehen, die Schuldigen um jeden Preis zu ermitteln und sofort erschießen zu lassen. Die Lage im ganzen Lande ließ es als dringend geboten erscheinen, daß die Regierungsgewalt mit äußerster Schärfe gegen die Anführer vorging.

Da, lesen Sie! meinte Ovelacker und reichte das Schreiben Charusin, damit der es läse und weitergäbe. Der Oberleutnant vertiefte sich mit zuckenden Mundwinkeln in das ‚aufgetakelte' Schriftstück. ‚Aufgetakelt' nannte er solche Befehle, die ihnen mit kernigen Worten befahlen, ein Leuteschreck zu werden, wie es der schnauzbärtige, dicke Oberst war, der sie in höherem Auftrag unterschrieb. Für diesen Befehl aber traf das spöttische Kennwort nicht zu. Weiß Gott, die Strenge hätte man ihnen nicht mehr zu befehlen brauchen, dachte er. Er reichte das Schriftstück Möller hinüber, stand auf und ging im Zimmer umher. Die Hand des Rittmeisters ließ gerade wieder einmal den Fenstervorhang sinken. Er wußte nicht, daß er ihn aufgehoben hatte . . . Aber wie hätte er es sonst sehen können! In allen fünf Zimmern, die von den Offizieren bewohnt wurden, brannte Licht; aus allen Zimmern, bis auf sein eigenes, fiel ein heller Schein auf den Platz hinaus, auf dem keine einzige Laterne brannte. Und dort, an der Grenze, wo der Lichtschein seine geringe Kraft verlor und die vier hellen Rechtecke, als die sich die Fenster auf dem dünnen Schneebelag abzeichneten, von der Finsternis belagert wurden, – dort stand sie, die Gestalt . . . Dort hatte sie gestanden, als er den Vorhang beiseite schob, und zum ersten Mal hatte er deutlicher sehen können, wie sie aussah: ein bärtiger, alter Mann, wie ein Pilger oder wie ein Bauer.

Charusin kam auf ihn zu.

Sehen Sie, Pjotr Sergejewitsch, seit Stunden schon, glaube ich, bewacht dieser alte Mann da das Hotel. – Er lüftete den Vorhang, Charusin trat mit ihm dicht an die Scheiben – aber der Platz war leer. Er wird wohl gerade ins Dunkel gegangen sein, meinte Ovelacker ein wenig verwirrt, als niemand zu entdecken war, und wie um Charusin zu entschädigen, begann er ihm seine Wahrnehmung von dem seltsamen Gebaren des alten Mannes zu berichten. Charusin hörte allem Anschein nach gefesselt zu, am Schluß aber meinte er ein wenig leichthin, er würde den Mann verprügeln und wegjagen lassen, es wäre keine Art, ein Hotel zu belagern, wo Offiziere wohnten; das könnte einem auf die Nerven gehen.

Ganz richtig, meinte Ovelacker, er hätte schon einmal Anweisung

gegeben, den Alten zu suchen, allein man hätte ihn nicht finden können. Die drei Offiziere, die am Tisch sitzengeblieben waren, hatten inzwischen den Befehl gelesen. Nun standen sie auf, grüßten und schickten sich an zu gehen. Kosljaninow als erster. Er vertraute dem ihm folgenden Maklakow noch auf dem Gang flüsternd an, es wäre fürchterlich, mit ansehen zu müssen, wieviel Geduld der Rittmeister bei dieser Sache zusetzte. Teufel! knurrte er, was soll das alles? Lange herumsitzen und Gerichtshof spielen? Abschießen, abschießen die Bande, und sonst nichts!
Maklakow ging achselzuckend in sein Zimmer. Recht hatte er eigentlich, der Kornett, aber . . . Er fing an, sich vor dem Spiegel bei dem trüben Licht mühsam einen frischen Scheitel zu ziehen, und gähnte dabei. Eben trat Charusin in sein Zimmer, leise durch die Zähne pfeifend, wie er das manchmal tat, wenn irgend etwas ihn sehr beschäftigte, und ging gleich quer hindurch zum Fenster. Möller – war Möller noch beim Rittmeister? Charusin hatte Möller und Ovelacker allein gelassen, als er aus dem Zimmer gegangen war. Ja, Möller hatte noch etwas zu sagen. Sein Rittmeister aber kam dem, was er vorbringen wollte, entgegen. Sobald sie allein waren, meinte er, er wolle ihm auch jetzt noch einmal die Zufriedenheit damit, wie er sich des Auftrags entledigt, aussprechen. Wie er sich denken könnte, läge ihm auch persönlich sehr viel an einer Aufklärung der Ereignisse auf Tidenküll.
Dieser Dank brachte Unheil. Möller, zu stolz über das Lob, als daß er im Gedächtnis behalten konnte, wie er das hatte sagen wollen, was ihn zu sagen drängte, drückte dem Rittmeister jetzt mit einem seltsamen Ungeschick in der Wahl der Worte sein Beileid zum Tode der Angehörigen in Tidenküll aus und entschuldigte sich förmlich, daß er leider genötigt gewesen sei, die näheren Umstände, unter denen sie geendet hatten, so ausführlich zu schildern. So erfüllt von seiner Pflicht und seiner Leistung war er, daß seine Stimme etwas dreist Mitleidiges bekam. Er verstünde ihn in seiner Trauer und verstünde vollauf die Schwere des Augenblicks, den er gestern auf Drostenholm und heute hier erlebt hatte, aber nun träten sie gleich in die Gerichtsverhandlung ein . . .
Wollte er damit sagen, daß Ovelacker nun die Süße der Rache auskosten durfte? Oder wollte der Leutnant ihn vor der Rache warnen und ihm, ehe er sich vergaß, die Pflicht ins Gedächtnis rufen?
Ich danke Ihnen für Ihr Mitgefühl, sagte Ovelacker um einen Schritt zurücktretend so kühl, daß es Möller bis in das Herz hinein fröstelte und er zu spüren begann, wie weitab vom Wege er wieder einmal geraten war.

Was meinen Sie damit, daß Sie mich an die nahe Verhandlung mahnen? Glauben Sie, ich wollte jetzt Rache üben? Glauben Sie etwa, ich sähe meine Pflicht nicht mehr ganz klar?
Möller stammelte etwas wie: natürlich zweifelte er keinen Augenblick daran, daß der Rittmeister seine Pflicht sähe, wenn man auch in Betracht ziehen müßte, daß in einem Fall wie dem seinen die Veranlassung, Rache zu üben, furchtbar nahe läge, unheimlich nahe.
Sie sind wieder bei recht kniffligen Unterscheidungen, Wladimir Karlowitsch, entgegnete Ovelacker spöttisch; das ist wohl so etwas wie mit den Patrioten und den Kommunisten, den Kommunisten aus Patriotismus und den Patrioten aus Kommunismus? Ich kenne nur eins, solange ich Offizier bin, und empfehle das auch Ihnen, solange Sie es sind. Was wir beide daneben sind und zu werden gedenken, kommt nicht in Betracht. Und das eine ist – dies hier!
Er ergriff den Befehl, den er in der Tasche verwahrt hatte, und hielt ihn Möller bedrohlich nahe vors Gesicht. Der Befehl: unbarmherzig streng zu sein. Den befolge ich, und sonst nichts!
Wenn Sie das können? sagte Möller leise, beinahe staunend.
Danach wird der Soldat bekanntlich nicht gefragt! entgegnete Ovelacker und wandte sich ab. Möller verließ grüßend das Zimmer. Ovelacker hatte die Fäuste in den Taschen geballt und wanderte rastlos hin und her. Ein paarmal stand er vor dem verhängten Fenster, als wollte er und könnte er durch den Vorhang hindurch den Platz draußen sehen. Dann griff er nach seinem Mantel, der hinter der Tür hing, und zog ihn an. Geraume Zeit ging er auf und ab, und als er einmal seine Handschuhe ergriff, die auf dem Nachttisch gelegen hatten, sah es aus, als hätte er die so lange gesucht. Er konnte sich später nicht im geringsten erinnern, was er in diesen Minuten gedacht hatte. Ein Chaos von Unruhe, Empörung und Widerwillen herrschte in ihm, alles zusammengepreßt von einem nie zuvor erlebten Gefühl der Spannung, unsäglicher Spannung, als warte er darauf, ob eine todbringende Lawine sich ihm zu Häupten lösen würde. Hing es von Möller ab, ob sie ihn unter sich begrub oder nicht? Möller . . . er biß sich auf die Lippen, wie ers hatte tun müssen, um dem jungen Leutnant nicht eine allzu abweisende Antwort zu geben. Möller . . . lächerlich! Aber Möller, das eben machte ihn unruhig – so unruhig, daß er zum Fenster ging und den Vorhang zur Seite zog. – Möller konnte sie vielleicht zum Sturz bringen. Er war irgendwo dort, wo die Lawine sich lösen konnte; gewiß wußte der lehrhafte, fanatische junge Leutnant das gar nicht.
Seltsam Untergründiges: er stand hoch über ihm, der Leutnant; was er hoch über ihm tat, konnte sein Schicksal werden, nicht wahr?

Hirngespinste! Stand er hoch über ihm? Er stand in seiner großen Stunde, der junge Mensch, groß durch das Bewußtsein der Kraft und der erfüllten Pflicht, hoch in seiner blinden Ergebung an irgendein Gesetz, das größer war als er selbst und das ihn nachzog. Wieviel richtige Eingebungen er doch hatte, und wieviel falsche Worte er gebrauchte! Das Seltsame war, daß er dieses ganz neue, herausfordernde Selbstgefühl Möllers sofort gespürt hatte, als der Leutnant mit Kosljaninow zurückgekehrt war und sie am Tisch in seinem Zimmer gesessen hatten. Die Verwandlung in wenigen Stunden, vielleicht auch nur für wenige Stunden von Bedeutung, in irgendeiner Fügung ihrer Schicksale. Dieses Widersachertum, das er mit einem Blick verraten hatte, angeflammt durch seinen gekränkten Stolz, einen der stärksten Beweggründe für den Ehrgeizigen. Fanatisch war er ihm erschienen, ekstatisch, – dieser sonst nüchterne, phantasielose Mensch, der von seinen Kameraden der deutsche Schulmeister genannt wurde, wie er einmal gehört hatte. Heute aber war es mit einem Mal gewesen, als stieße eine untergründige, geheimnisvolle, unwiderstehliche Kraft gegen den Boden, auf dem er sein sonst glanzloses Dasein lebte.

Immer noch fielen Schneeflocken draußen, sprühend und flimmernd in dem Lichtschein, der aus den Fenstern strahlte. Es war, als wehte zwischen dem Haus und der Finsternis, die jenseits des Lichtes brütete, ein dünner, feingespinstiger Schleier hin und her. Schon war der Platz, soweit man ihn sah, mit ebenmäßigem Weiß überzogen. Ovelacker öffnete das Fensterchen, das in dem Fenster noch zu öffnen ging, nachdem man mit dem Einbruch des Winters die großen Flügel zum Schutz gegen die Kälte verklebt hatte, und genoß den kalten Lufthauch, der ihm um den Kopf strich. Er linderte, er schenkte Ruhe, und wenn nicht Ruhe, dann Fassung. So viel Fassung, daß er sie unverwandt anschauen konnte, von oben her . . . die Gestalt wieder und abermals die Gestalt, immer die gleiche, den Wächter, das stumme, gleichsam fragende Gegenüber seiner einsamen Stunden. Oder war . . . war das nicht ein anderer? Er hatte sie anfangs für dieselbe gehalten, aber es war eine andere Erscheinung. Über den Platz, aus dem Dunkel her, in das sein Blick nicht mehr reichte, war ein kleines, hinkendes Wesen gekommen, dick vermummt in einen Pelz, eine spitze Karakulmütze auf dem Kopf, auf einen Stock gestützt und diesen Stock beim Einsetzen jedesmal gewissenhaft scharf und tief in den Schnee bohrend, damit er eine sichere Stütze böte. Als der kleine hinkende Mensch in den Lichtschein des Fensters trat, blieb er ein Weilchen stehen, als hätte er nach einer gefahrvollen Strecke eine sichere Insel erreicht, und hob

das Gesicht zu dem Fenster auf. Ovelacker sah durch das dünne, verwirrende Gespinst des Schneetreibens einen alten Herrn dort unten stehen. Er trug einen eisgrauen Schnurrbart und Spitzbart, aber seine Augen hatte er mit einer anscheinend farbigen Brille geschützt, denn die Höhlen waren zwei grundlose Tiefen in dem Gesicht. Es konnte einen verlocken, hinter diese dunklen Brillengläser zu spähen und auf den Anblick der Augen wie auf eine mit Spannung herbeigesehnte Demaskierung zu warten.
Der alte Herr, immer noch still stehend, hatte seinen Stock aus dem Schnee gezogen und hielt ihn, zum Fenster emporschauend, schräg nach unten wie einen zum Gruß gesenkten Degen. Und dann – der Übergang von dem Platz auf den Gehsteig vor dem Haus mochte ihm wohl an dieser Stelle zu steil erscheinen –, dann wandte er sich nach links und schritt in das helle Lichtviereck aus Charusins Zimmer, von diesem in Maklakows, wie auf einem Schachbrett von einem Feld ins andere längs der halben Front des Hauses, bis der Übergang auf den Gehsteig ihm genehm war vor dem Eingang, vor dem eine kümmerliche Laterne brannte. Etwas unsagbar Graziöses, beinahe Spielerisches hatte in seinem Benehmen gelegen. Ovelacker sah ihm nach und fing an zu lächeln. – Aber nun wurde es wohl Zeit, zu gehen! Schon hörte er Unruhe draußen auf dem Gang; im Nebenzimmer schritt Charusin eilig hin und her, als wäre er bei den letzten Vorbereitungen zum Aufbruch. Ovelacker trat vor den Spiegel und strich sich übers Haar, mit der Rechten langte er schon nach der Mütze – da wurde an seine Tür geklopft.
Er hielt den Atem an und starrte auf die Tür – so, als geschähe es in aller Ewigkeit nur ganz wenige Male, daß an die Tür eines Zimmers, darin er wohnte, geklopft wurde und daß ein Mensch bei ihm eintrat, der Bursche, wie jetzt. Es war ein Augenblick, da seine Erwartung in einem unbegreiflichen, nach Menschenermessen völlig wahnwitzigen Verhältnis zu dem stand, was nach Menschenermessen geschehen konnte.
Der Bursche meldete einen Besucher und gab dem Rittmeister die Karte des Fremden. Ovelacker genügte ein Blick, aber er hielt die Karte noch lange nachdenklich in der Hand. Er zögerte. Dann streifte er den Handschuh der Rechten ab. – Er sollte die Offiziere rufen und ihnen sagen, sie gingen jetzt, befahl er dem Burschen, und den draußen im Gang wartenden Herrn ließe er zu sich bitten.
Nach diesen Worten und nachdem der Ulan gegangen, blieb er stehen, wo er stand, mit geneigtem Kopf die kleine weiße Karte betrachtend, als läse er immer noch, was darauf stand: Alfred Mohr, Notar.

Bedrängnis – alles, was er empfand, lag in diesem Wort. Das Sich-zu-ihm-Hinbewegen aller Horizonte seiner Zukunft und sein Widerstreben dabei. Aber er war Soldat und wußte, daß man eher eine Attacke wagen soll, als sich von allen Seiten einschließen zu lassen. Und mit einer Bestimmtheit, die den eintretenden alten Herrn völlig aus der Fassung brachte, schritt Ovelacker, zum Aufbruch gerüstet, auf seinen Besucher zu – wie es dem schien: als wolle er an ihm vorbei zur Tür hinausgehen. Aber nun blieb er stehen. Sie tauschten den abendlichen Gruß, sie gaben einander die Hand, der Rittmeister blickte in zwei ganz helle blaue Augen, nicht einmal sonderlich große Augen, aber von einer ungewöhnlichen, leuchtenden Kraft, zwei kostbare alte Augen, denen ein sicherer Schutz hinter blauen Gläsern angemessen schien, wie einem Kleinod das mit weichem Samt ausgelegte Behältnis. Jetzt verhüllte der alte Mann sie nicht mehr, jetzt ließ er sie sehen und blickte mit ihnen seinem Gegenüber ins Gesicht. Seine Linke, eine fast weiblich zarte Hand, hielt die Karakulmütze und an einem Bügel lose schlenkernd die Brille, die er wohl erst im Haus abgenommen. Mit altmodischer Feierlichkeit sagte er noch einmal seinen Namen und vergewisserte sich, ob er wirklich den Grafen von Ovelacker vor sich sähe. Der Rittmeister bestätigte es. Ja, er wäre der Graf von Ovelacker, aber . . .
Der alte Notar mochte den Eindruck haben, daß die folgende Eröffnung seinen Gastgeber schwer ankam, aber er täuschte sich, wenn es ihm auch erklärte, warum der Rittmeister ihn nicht einlud, Platz zu nehmen. Nein, die Eröffnung kam ihn nicht schwer an, gar nichts kam ihn schwer an – Ovelacker hatte es nur einen Augenblick des Zögerns gekostet, weil er sich klarmachen mußte, daß der alte Herr ihn deutsch angesprochen hatte und daß er – deutsch geantwortet hatte.
. . . Aber er bedauerte lebhaft, den Herrn Notar eben nicht zum Bleiben auffordern zu können. Er befände sich mit seinen Offizieren gerade auf dem Weg zu einer Feldgerichtssitzung, die auf fünf Uhr angesetzt sei, Morgen oder, wenn es heute noch sein mußte, sogleich nach der Sitzung stünde er ihm zur Verfügung.
So . . .! Nichts als dieses Wort gab der Besucher von sich. Er stand da und ließ die Hände sinken, die Linke mit Mütze und Brille, die Rechte um den Stock gespannt. Sogar sein Kopf mit dem grauen, schütteren Scheitel senkte sich. Es machte den Anschein, als wäre er niedergeschlagen, der weise Zwerg, als wäre er ratlos in all seiner Weisheit.
Aber der Blick, mit dem er dann unvermittelt zu Ovelacker aufsah, der noch einiges Bedauern hinzugefügt hatte und Beteuern, er müßte

sich das Vergnügen jetzt wirklich versagen – der Blick aus diesen ungewöhnlichen Augen war ganz und gar nicht niedergeschlagen zu nennen. Er war ernst, aber er hielt jede erdenkliche Gefaßtheit und Kraft in sich gesammelt und schien – ausgeruht durch die kurze Abgewandtheit – den großen Offizier vor ihm in den Bereich seiner Kraft ziehen zu wollen.

Dann möchte er sich, sagte er leise, für heute aber doch noch gern eines Auftrags entledigen, den ihm der Landrat, der Baron von Tödwen, vor etlichen Stunden erst erteilt, als er telefonisch mit ihm gesprochen hatte: ihn zu grüßen und den Wunsch auszusprechen, daß es ihm ermöglicht werde, dem Grafen noch einmal zu begegnen, bevor der mit seinem Detachement weiterritt. Und zum anderen einer traurigen Pflicht: ihm sein Beileid zu dem Tod von dreien seiner nächsten Angehörigen auszusprechen. Ihm, der sowohl mit dem Herrn auf Drostenholm als auch mit der Herrin auf Tidenküll enger verbunden gewesen wäre, als sein Beruf es erfordert, ihm wäre das Ende dieser Menschen sehr, sehr nahegegangen.

Draußen auf dem Gang schlugen Türen, Stimmen mehrten sich – der alte Notar schien dies alles nicht zu hören. Er reichte Ovelacker seine Hand, diese zarte, halb greisenhafte, halb mädchenhafte Hand. Die geschnitzte Elfenbeinkrücke seines Stockes schaute ihm wie etwas Lebendiges unter dem Arm hervor.

Zum dritten aber, und mit dem gebührenden Ernst, der einen Menschen ankommen müßte, wenn er dreier so lieber Toten zu gedenken gehabt, zum dritten hätte er, als der langjährige Berater des verblichenen Freiherrn von Gilsen, ihm eine wichtige Eröffnung zu machen. Der Graf möge verzeihen, wenn er sich zuvor noch einmal vergewisserte: er wäre doch Nikolai Graf von Ovelacker, der Sohn des Grafen Balthasar von Ovelacker und seiner Gemahlin, der geborenen Komtesse Lansdorff, einer Schwester der Herrin auf Tidenküll und der vor vielen Jahren schon verstorbenen Gemahlin des Freiherrn von Gilsen? Der ältere Bruder des jungen Grafen Andreas von Ovelacker, der, wie er vermutete, entweder noch auf der Rechtsschule in Sankt Petersburg wäre oder schon im Ausland studierte?

Ja, der wäre er, der Notar hätte sich nicht geirrt, alles stimmte.

Dann . . . wollte der kleine alte Herr vor ihm mit einer seltsam feierlichen Eindringlichkeit beginnen, als spräche er Ovelacker ein Glaubensbekenntnis vor, dann hätte er dem Grafen . . . Aber er kam nicht weiter. Laute und immer lautere Stimmen waren im Gang zu hören, sie näherten sich der Tür, es klopfte . . . Nicht der Notar unterbrach seine Rede. Ovelacker hatte ihm beinahe bittend die Hand

auf den Arm legen müssen. Er erweise ihm einen größeren Dienst, als er eben ermessen könnte, wenn er ihm diese Eröffnung nach der Erfüllung seiner Pflichten als Vorsitzender des Feldgerichts machte, sagte er, zu dem alten Herrn gewandt, und rief dann, auf die Tür schauend, ein lautes Herein! In der geöffneten Tür erschien Charusin. Anscheinend hatte er sein Zimmer verlassen, bevor der Notar eingetreten war, denn sonst hätte er hören müssen, daß Ovelacker sich mit einem Besuch unterhielt.
Er hätte noch eine Frage, sagte Charusin, ob er den Rittmeister jetzt damit stören dürfte.
Bitte, was gab es?
Charusin wandte sich um und winkte in den Flur hinaus.
Zwei Ulanen führten einen alten Mann bis zur Schwelle, einen alten Bauern in Schaftstiefeln und einem langen, mit Heuhalmen besäten Schafspelz. Er hatte sein wunderlich patriarchalisches Haupt mit den in den Nacken herabfallenden Haaren entblößt und drückte seine zottige Pelzmütze in den Händen. Wie ein in diese späte Welt verschlagener Apostel sah der Greis aus. Er wagte nicht, den Kopf zu heben.
Ob dies der lästige Wächter wäre, den der Rittmeister am Nachmittag auf dem Platz bemerkt hätte, fragte Charusin. Er hätte den Kerl eben aufgreifen lassen, als er wieder in der Nähe des Hauses umherlungerte.
Hat er gesagt, wie er heißt? fragte Ovelacker. Ja, er glaubte, dies wäre der beharrliche Wächter vor ihren Fenstern.
Charusin fragte den Alten barsch nach dem Namen.
In stockendem, holperigem Russisch, den Kopf auf die Brust gesenkt, bekannte der Alte, er wäre der Koiri-Bauer, man hätte seine drei Söhne verhaftet, und nun wollte er . . .
Er soll ins Gericht kommen! rief Ovelacker zur Tür, und kaum daß ers entschieden, gingen Charusin und die Ulanen mit dem Alten weg. Die Tür ließen sie offen.
Mit aufmerksamem Blick hatte der alte Notar dem Vorgang zugesehen. Nichts war ihm entgangen, kein Wort – so schlecht er auch Russisch verstand –, keine Bewegung der Menschen.
Eine schwere Aufgabe haben Sie, meinte er jetzt leise, irgendwelchen Betrachtungen nachhängend, und fügte dann hinzu: Hat er Sie hier im Hotel belauert?
Ja, erwiderte Ovelacker.
Morgen also, meinte der Notar, als sie sich anschickten, die Treppe hinunterzugehen, der alte Herr nun doch schon merkbar schwer und gebrechlich.

Ja, morgen, erwiderte Ovelacker wie geistesabwesend. Eben verließen seine Offiziere das Hotel. Wenige Schritte hinterher hörte man sie sprechen.
Vor der Tür angekommen, blieb Ovelacker unvermittelt stehen. Es hatte den Anschein, die Schweigsamkeit des alten Herrn wäre mehr als das Unvermögen, das gestörte Gespräch dort wieder aufzunehmen, wo es jählings geendet hatte.
Herr Notar, sagte er leise und stockend und beugte sich hinab zu dem alten Mann, um nicht über ihn hinwegzusprechen, morgen bin ich bereit, Ihnen jede Erklärung, die Sie wünschen, darüber abzulegen, warum ich Ihre Eröffnungen heute nicht entgegennehmen möchte. Oh, ich weiß, ich weiß . . . sagte der Notar voller Verständnis und sah mit seinen hellen Augen zu Ovelacker auf.
Der reichte dem Notar die Hand und eilte seinen Offizieren nach. Charusin ging als letzter in der Gruppe, allein. Ovelacker holte ihn ein. Der Oberleutnant pfiff, die Zähne in die Lippen vergraben, vor sich hin. Da sind Sie ja! sagte er; und nach langer Zeit: Der Alte tat mir am Ende leid.

Als die fünf Offiziere sich dem Rentamt näherten, worin die Sitzung des Feldgerichts stattfinden sollte, fiel ihnen auf, wie ungleich belebter die Gegend um das frei an einem fast kreisrunden Platz gelegene Gebäude war als etwa der Marktplatz, den sie eben überschritten hatten. Die spärliche Beleuchtung in den Straßen und der armselige Lichtschein, der aus den Fenstern der Häuser sickerte, vervielfachten die Finsternis der Nacht, wenn auch von der frischen Schneedecke ein Leuchten ausging. Ungehindert von Vorhängen aber flutete Licht aus all den großen Fenstern der Rentei in ihrem zweiten Stockwerk, und weil auch in den Gefängniszellen zu ebener Erde Licht brannte und Licht auf allen Treppen und Gängen des großen Hauses, dessen Hauptportal, von zwei Ulanen bewacht, weit offen stand, wurde der Platz, in dessen Mitte die Schneedecke sich völlig unberührt erhalten hatte, so stark erhellt, daß man gewahren konnte, wie nicht nur einzelne Menschen und murmelnde Gruppen im Gänsemarsch auf den schmalen, eben erst ausgetretenen Pfaden dem erleuchteten Hause zustrebten, sondern wie auch in dunkleren Winkeln dort, wo Häuser angrenzten, Grüppchen von eng sich aneinander drückenden Leuten standen, flüsternd und tuschelnd, aus jedem Lichtstrahl fliehend, und hier und da ein finster wachender Einzelgänger, der sichs sogar versagt hatte zu rauchen, damit nicht das glühende Pünktchen des Tabakbrandes ihn und seinen Standort vorzeitig verriete.

Solch eine Anteilnahme an dem, was gleich beginnen sollte, schien dem Rittmeister von Ovelacker entbehrlich, und deshalb gab er gleich beim Betreten des Gerichtsgebäudes dem Wachtmeister, der die Posten vor den Zellen und vor dem Portal und auch die Bedekkung, unter der die Gefangenen vorgeführt werden sollten, befehligte, die Weisung, daß der Platz abzusperren wäre und nur Anwohner ihn betreten dürften. Unter Straßenkundgebungen und Aufläufen wollte er die Feldgerichtssitzung nicht abhalten.
Er ging mit seinen Offizieren in den großen Saal hinauf, der den meisten noch unbekannt war, und nach flüchtiger Umschau, ob alles so eingerichtet worden wäre, wie ers gewünscht, zog er sich mit ihnen in ein benachbartes Zimmer zurück, das er sich als Beratungsort vorbehalten hatte. Abgesehen davon, daß man ihn mit etlichen Stühlen mehr versehen, weil hier für gewöhnlich während der Amtsstunden nur zwei für die zwei Schreibtische und die beiden Beamten an ihnen vonnöten schienen, war dieser Raum unverändert geblieben.
Der Kornett Kosljaninow bemerkte, als er seinen Mantel auszog, zu dem Leutnant Maklakow, der Saal sähe wie eine Sektenkirche aus. Der lange, mit grünem Filz bedeckte Richtertisch, an den fünf Stühle geschoben waren, die Bankreihen vor ihm für die Angeklagten, die ihren Richtern von Angesicht zu Angesicht gegenübersitzen mußten, und endlich die Bänke zur Rechten und zur Linken vor den Langwänden des Raumes für die Zeugen, – er hätte sogleich an eine Kirche denken müssen, zum mindesten an eins der Sektenbethäuser, in denen leichtfaßliche Auslegungen für die geistig Armen verabreicht würden.
Der Leutnant Maklakow war nicht sehr angetan von dieser Bemerkung. Ihm war die Kehle seltsam trocken. Als er den Mantel abgelegt hatte und sich umsah, ungewiß, was jetzt geschehen sollte, fragte er sich, ob er tatsächlich der einzige unter ihnen wäre, der zum ersten Mal in seinem Leben zum Richter wurde. Er meinte: nein; für den Leutnant Möller und den Kornett Kosljaninow war es bestimmt auch das erste Mal, ob für den Rittmeister und den Oberleutnant Charusin, wußte er nicht zu entscheiden.
Die Burschen waren im Hotel geblieben. Es meldeten sich jetzt drei Ulanen, die der Wachtmeister den Offizieren als Ordonnanzen hinaufbefohlen hatte. Ihnen wurden Plätze an der Stirnwand des Saales, in der Ecke unter dem Heiligenbild, angewiesen. Dort hatten sie auf ihre Aufträge zu warten.
Die Offiziere waren mittlerweile alle fertig geworden; eine von den Ordonnanzen bekam Befehl, die Schließung des Portals zu veranlassen, das nur noch für verspätete Zeugen geöffnet werden sollte, und

die schon wartenden Zeugen in den Saal zu bestellen. Als letzte sollten die Gefangenen hereingeführt werden. Zu ihrer Bewachung während der Sitzung hatten zehn Ulanen Befehl erhalten. Sie standen zu beiden Seiten der Bankreihen, mit geladenem Gewehr, und auch für ihre Ablösung war Vorsorge getroffen. An den Schmalseiten des großen Tisches, hinter dem die Richter saßen, war Platz für je einen der Schreiber, die die wichtigsten Ergebnisse der Untersuchung und die Beschlüsse des Gerichts aufzeichnen und, wenn nötig, Dolmetscherdienste verrichten sollten.
Der Oberleutnant Pjotr Sergejewitsch Charusin war der erste, der, zwischen den Schreibtischen und Aktenschränken umherwandernd, sich eine Zigarette anzündete; der Kornett Kosljaninow tat es ihm nach, jedoch nicht, ohne zuvor ein leises: Erlauben Sie? an den Rittmeister gerichtet zu haben, dem er, als er ein zerstreutes gewährendes Nicken zur Antwort erhielt, sogleich sein silbernes Behältnis hinstreckte. Und bald rauchten sie alle, die fünf Offiziere, auf und ab schlendernd, Charusin am Fenster stehend, Möller dem Anschein nach in eine Ausgabe des ‚Reichsanzeigers' vertieft, die er auf dem Schreibtisch eines der Beamten gefunden. Es fiel kaum ein Wort.
Nach einer Weile trat der Rittmeister ans Fenster zu Charusin, der dort immer noch in tiefem Ernst stand und mit der Linken sein dünnes Bärtchen zwirbelte, indes die Rechte dann und wann selbstvergessen die Zigarette an die Lippen führte. Beinahe wortlos machte der Oberleutnant ihn auf den Lichtsektor eines Leuchtturms aufmerksam, der irgendwo weit vor ihnen stand. Die Lichtquelle blieb verborgen, nur der fächerartige Strahl ward unaufhörlich in die Finsternis gesät. Überdem war der Schein der beiden Tischlampen in dem kleinen Zimmer immer rötlicher geworden, die Hitze über den Lampengläsern wirbelte immer dichtere Schwaden blauen Rauches empor. Niemand sprach. Hin und wieder nur hob einer der Offiziere lauschend den Kopf.
Im Saal begann es zu scharren und zu hüsteln. Die Zeugen wurden hereingeführt und auf die ihnen bestimmten Bänke gewiesen. Der Leutnant Möller durfte stolz sein auf die stattliche Schar von Mitwissern, die er ermittelt hatte, Männer und Frauen, die linkisch und furchtsam über das Parkett zu ihren Sitzen schlichen, die Frauen in dicken Kopftüchern, die sie auch hier im Saal so wenig abgelegt hätten wie ihr Kleid.
Ein Entsetzen kroch ihnen allen ins Herz beim Anblick des grünen Tisches und der noch leeren Bänke vor ihm. Mit trockenen, heißen Augen starrten sie vor sich hin, längst voller Reue, daß sie im ersten Schreck bei der Ankunft der Soldaten etwas gesagt hatten, was sie

später hierher zu kommen zwang. Die Männer drehten ihre Pelzmützen in den Händen und starrten zu Boden. Wenn auch irgendein Beherzterer unter ihnen einmal dem Nachbarn etwas ins Ohr flüsterte – dem fehlte es an Mut zu antworten. Es war ja Krieg! Und Krieg bedeutete für sie immer, daß sogleich geschossen wurde. Vielleicht war es auch verboten, daß sie miteinander sprachen? Und doch, sie gruben ihre Zähne in die Unterlippe – und doch: schlimm war es, hier zu sein, aber um wieviel schlimmer, nach Hause fahren zu müssen! Sie saßen reglos; selbst die Hände, die eben noch die Mütze gedreht hatten, rundherum, rundherum am abgegriffenen Rand, an dem der Pelz wie von der Räude ausgegangen war, selbst ihre Hände hielten inne, alles an ihnen lähmte die Angst vor dem, was nun folgen würde: hier im Saal, zu Hause in der Gemeinde, wo Racheboten von Gesinde zu Gesinde schlichen, einmal mit der Flinte, ein andermal mit der Petroleumflasche, um die Verratenen an ihren Verrätern zu rächen. Warum aber hatten sie das nicht früher bedacht und ihre Zungen nicht in acht genommen, so getan, als wüßten sie nichts? Ja, warum? Alles an ihnen lähmte die Angst. Nur ihr Herz schlug weiter zum Zerspringen, ihr Atem ging wie ein Keuchen, und insgeheim schwor sich ein jeder: Ich sage nichts mehr!
Die Bänke, die man für die Zeugen bestimmt hatte, waren schon längst gedrängt voll. Auf der vordersten saß der alte Koiri-Bauer. Er war später gekommen als die meisten, aber er hatte sich einen Platz auf der vordersten Bank erobert und eigensinnig darauf bestanden: er müßte hier vorn sitzen, auf diesem Platz und keinem anderen, diesem, ja diesem, dessen Eigentümer er beharrlich an der Schulter gezupft hatte: er möge aufstehen, aufstehen und ihm den Platz überlassen. Er war ohne Scheu, der Alte, daß man irgend etwas an seinem Gehaben mißfällig aufnehmen könnte.

Drei hatte er zu verlieren, drei Söhne, seine einzigen Kinder, die Erben des Hofes! war es manchem durch den Kopf gegangen, und endlich war auch der Eigentümer des begehrten Platzes aufgestanden und auf eine der Bänke weiter hinten gerückt. Mochte er da sitzen, der Koiri-Jaan, vielleicht richtete er dort vorn auf der ersten Bank mehr für seine drei angeklagten Söhne aus als von einer der hintersten!

Und da saß er nun, der alte Bauer! Stöhnend hatte er sich hingesetzt. Seine rotgeäderten, hornigen Augäpfel starrten in die leeren Bankreihen vor dem grünen Tisch. Sein Mund stand halb offen, der graue Bart verbarg es. Er atmete einen rasselnden, pfeifenden Atem, wie unter einer schweren Last, wenn er sie aus der Mühle getragen, saß da wie gefroren, die Ellenbogen auf die Schenkel gestützt, regungslos. Es war ganz still im Saal bis auf ein vereinzeltes Hüsteln, so still, daß man es hören konnte, wenn irgend jemand würgend seinen Speichel herunterschluckte. Selbst der Krüger vom niedergebrannten Karrosilm-Krug, der mit vieren oder fünfen von den Seinen gekommen war und eingeschnürt in seinen besten Staat, den er aus der Feuersbrunst gerettet, neben dem Alten saß – selbst der Krüger, der anfangs noch manchmal mit seinem Nachbarn zur Linken getuschelt hatte, sagte nichts mehr und schwitzte in stiller Erwartung.

Mit einem Mal aber begann der alte Koiri-Bauer seine Stiefel vorzuschieben, als suchte er einen festen Stand, weil er gleich aufspringen müßte, und zog sie wieder scharrend zurück, um sie gleich danach abermals vorzuschieben. Seine Rechte, eine schwere, tiefbraune Hand mit dickem, blauem Adergeflecht auf dem Rücken und tief eingewachsenen, fast unkenntlichen Nägeln fing an, über das Knie zu streichen, unablässig hin und her, her und hin. Manchmal krümmten die Finger sich und schienen sich in den Pelz krallen zu wollen, aber gleich ließen sie wieder los und strichen weiter. Und da erst, lange nach ihm hörten die anderen das Geräusch von ferne: die Schritte, viele, viele Schritte, das Schlagen schwerer Türen, das Kreischen eiserner Gitter . . . und dann treppauf, näher und immer näher kommend, das Getrappel vieler Füße, ein Schleifen und Scharren über die Kalksteinfliesen der Treppenabsätze, geleitet von klirrenden Stiefelschritten, taktfest, so, wie eine drängende, trappelnde Herde von ruhigen Hirtenschritten eingehegt wird, näher und näher, ganz stumm, nur Schritte, nur Scharren und Schleifen, kein Wort, kein eigener freier Wille, nichts, gar nichts, nur Gang, Gang über Treppen und Gänge, zum Gericht . . .

Das war so grausig, daß den meisten der kalte Schweiß ausbrach; die Hände klammerten sich feucht an die Knie. Manche Gesichter hoben sich, manche Augen spähten nach der großen Tür – die meisten Köpfe aber duckten sich, ihre Augen sahen gar nichts, den Weibern schwammen sie in Tränen. Nur der feiste Krüger blickte geradeaus, als hätte er nichts gehört. Da erschien der erste Ulan der Bedeckung in der Türöffnung am Ende des Saales. Und hinter ihm kamen sie . . .

Mit zitternden Knien reckte der alte Koiri sich, versuchte gar aufzustehen, erhob sich auch um ein paar Zoll, sank aber wieder zurück auf die Bank. Das Kinn fiel ihm kraftlos herunter, sein Mund klaffte auf, alles unsichtbar für seine Nachbarn in dem struppigen Bart, der sich sträubte und zitterte. Seine Zunge wanderte fortwährend über die rissigen, ausgedörrten Lippen, das Gesicht glühte ihm hier in der

Wärme, und die kraftlosen Hände griffen und griffen, wie bei einem Sterbenden, ins Leere hinein. Neben ihm schaute der Krüger auf die Schar, die in die Bankreihen schlich, bis mit einem Mal ein heiseres Röcheln die Brust des Alten neben ihm sprengte. Der Koiri-Bauer hatte seine drei gefunden! Die Augen gingen ihm über, eine tiefe Ermattung schien ihn zu überkommen. Unsäglich glücklich, daß sie noch lebten, hockte er da auf der Bank und schien immer wieder einmal aufstehen zu wollen, um sich zu ihnen zu schleppen.
Je vier in einer Reihe wurden sie hereingeführt.
Die Männer in der Zeugenbank rieben sich die Augen, als müßten sie sich wie beim Erwachen das Schlafkorn aus ihnen wischen. Die Frauen atmeten tief auf und senkten den Blick. Und nicht nur sie gewahrten das – auch jedem anderen, der ihn sah, wäre der stumme Zug durch mehr als nur durch die Augen gegangen. Es war die Erbärmlichkeit selbst, die da über das matt spiegelnde Parkett zu den Bänken schlich, um an den wachthaltenden Ulanen vorbei auf die Plätze zu rücken: Mann um Mann, so wie er gefangen genommen worden war, so schmutzig, wie die Ulanenlanze ihn gefällt hatte, unter dicken, angegrauten Verbänden die Wunden, die er davongetragen, fahl von der luftleeren Enge des Gefängnisses, von Schlaflosigkeit und schmaler Ration, so zerlumpt, wie ihn das heimliche Lager im Stroh und die Pirsch durchs Gestrüpp auf seinen Raubzügen, so geduckt und gedemütigt, wie ihn die Einsicht, zu der er mittlerweile fähig gewesen, hatte werden lassen! Manche freilich, die schlichen nicht, sondern gingen, gingen sichtbar und selbstbewußt, schneller als die anderen zu den Bänken; andere aber, es waren in Wirklichkeit nur drei, gingen, als wären sie müde von einem schweren Tagewerk. Sie hielten sich eng beieinander, einmal gar legte der eine von ihnen dem anderen eine Hand auf die Schulter, als ob er ihm bedeuten wollte: diese Bank hier wäre es, hier müßten sie hinein. Unter dem hellen Lampenlicht in dem großen Saal, zwischen den reinlichen Wänden und den eingedunkelten großen Bildern daran, auf dem spiegelnden Parkett sahen die Gestalten doppelt verwahrlost aus; aber so manchem der Männer und vielen der Frauen auf den Zeugenbänken wirbelte bei ihrem Anblick eine Erinnerung durch den Kopf: das brennende Gutshaus, der funkenstiebende Stall, der grölende Menschenhaufe, der durch die Haupttür des Herrenhauses in die Halle gestürzt war, die torkelnden Gestalten, die beladen mit Sachen aus dem Haus herausgerannt kamen, als die Flammen zum Dach hinausschlugen; Fäuste, Armbinden mit einem roten Stempel, Flaschen, die aus den Jackentaschen lugten, wilde Reden, Hohngelächter, wie man es der alten Ziege und ihrem Böcklein eingetränkt,

der Gutsherrin und dem Jungherrn . . . Die Erinnerung wurde vielen so wach, daß ihnen der Atem stockte wie damals, weil heute der Schein der Lampen hier so rötlich auf die Gesichter fiel wie von einem Brand, weil die Haare derer dort auf den Bänken so struppig und verwildert waren wie bei den Kerlen am Abend; weil die Hemdkragen ihnen heute so weit offenstanden wie damals auch, und weil bei ihnen auch heute wieder blaue Ranken von grimmigen Tätowierungen dort sichtbar wurden, wo das Hemd sich verschob, weil die Gesichter . . . die Gesichter . . . O Gott! würde sie es sagen müssen? dachte eine der Frauen. Der kleine Schwarze dort hatte erzählt, wie er der Herrin einen Fußtritt versetzt hatte, daß sie der Länge nach hinstürzte, um nicht wieder aufzustehen; und der letzte in der dritten Bank, der große Sommersprossige mit dem flachshellen Haar – ein Waggontischler aus Reval wäre er, hatte er gesagt –, der war zu den anderen gelaufen gekommen und hatte sie gefragt, ob sie es auch einmal mit einer Deutschen versuchen wollten, vielleicht wäre es gar eine von blauem Blut, der alte Baron sollte in dieser Beziehung ganz tüchtig gewesen sein, wie er gehört. Er hätte sie da drüben im Wagenschuppen eingesperrt, wahrscheinlich wäre es eine Lehrerin oder dergleichen. Wer da wollte, dem würde er den Schlüssel zum Schuppen geben, nur koste der Spaß drei Rubel Entree.
Ob sie das würde sagen müssen? Oder konnte sie so tun, als wäre dieser Wolf ihr nie über den Weg gelaufen? Die arme Lydia aber saß nun zu Hause und heulte sich die Augen aus und hatte das Fieber bekommen und sonst noch manches, wovon man unter Christenmenschen gar nicht reden konnte. Zwölf Rubel hatte der Kerl mit ihr verdient, ohne daß sie sich hatte wehren können! Und da sollte man schweigen? Nichts sagen? So tun, als wüßte man nichts? Hatte der kleine Schwarze etwa ein Recht gehabt, die Baronin zu mißhandeln? Die Baronin – das ließ sich auch nicht verschweigen –, die Baronin hatte ihr geholfen, als sie im ersten Wochenbett lag. Jawohl, die Baronin, ihr, der Uuetoa-Liine! Und später hatte sie ihre Kinder vom Tode errettet, als sie an den Masern daniederlagen und es beinahe schon zu spät war. Und als ihr Juhan damals mit der Leppiko-Witwe anbandeln wollte, hatte sie ihm den Kopf gewaschen, ihm gut zugeredet und ihn wieder zu seiner angetrauten Frau geschickt. Das alles ließ sich nicht vergessen. Allerdings, die Barone waren nun einmal Barone, und richtig war es nicht, daß sie die Herren hier waren. Was hatten ihre Mutter und ihre Großmutter ihr so alles erzählt aus der langen Zeit der Tränen! Wie die Teufel waren die Herren gewesen, hart und habgierig, die richtigen Schinder! Ein Wunder, daß es jetzt überhaupt noch andere Menschen als die Deutschen und die Halb-

deutschen gab! Die Tidenküllsche Frau aber . . . Natürlich, sie würde ihren Kindern nicht erzählen können, was Großmutter und Mutter einmal ihr erzählt hatten. Also konnte sie dem Gericht doch etwas sagen, nicht? Eine gute Tat brachte Lohn, das sollte die Tidenküllsche Frau jetzt merken, wenn sie auch schon tot war. Und sie selber – vielleicht konnte sie ihren Lohn noch bei Lebzeiten ernten?
Mittlerweile hatte auch der Krüger vom abgebrannten Karrosilm-Krug einen Überschlag gemacht, ruhig wie am Ende eines Markttages, wenn viele Leute auf den Straßen gewesen waren, über die Kasse seines Schanktisches. Fünf von den Mordbrennern erkannte er wieder, fünf ganz bestimmt, und zum Glück war auch der Illusti-Jüri unter den fünfen, dort auf der vordersten Bank, dieser großspurige Hund!
Dem Illusti-Jüri, dem konnte man es heute eintränken, dachte ein anderer. Erst einem das Mädchen abspenstig zu machen und es hinterher in der Schande sitzenzulassen und obendrein mit Hasenschrot zu antworten, wenn man ihm sagte, was für ein Schuft er sei . . .! Gerade sah er herüber. Ja, mochte er nur Korinthen schwitzen vor Angst! Jetzt . . .
Jetzt traten die Richter ein. Ein, zwei, drei – fünf Offiziere. Und zwei Schreiber. Wie? Was war denn? Ach so, aufstehen sollte man, wenn sie kamen, so war das Puffen und Knuffen gemeint.
Der Karrosilm-Krüger stand ehrfürchtig auf. Dort kam der hohe Offizier, der ihn so freundlich angehört hatte. Er hätte mit der größten Bereitwilligkeit auch eine tiefe Verbeugung, wie vor dem heiligsten Heiligenbild, der Muttergottes in Kurremäe, gemacht, aber schon ohne den Bückling perlte ihm der Schweiß aus dem fetten Haar in die niedrige Stirn hinab, so gut angezogen, so gespannt war er in der steifen Hemdbrust und in seinem Rachedurst, daß die Brandstifter endlich büßen möchten.
Die Offiziere waren an den Tisch getreten, der Rittmeister zu dem hohen Stuhl in der Mitte, Pjotr Sergejewitsch Charusin ihm zur Rechten, zu seiner Linken der Leutnant Wladimir Karlowitsch Möller; Maklakow und der Kornett Kosljaninow hielten die Flügel besetzt. An den Schmalseiten des Tisches richteten sich die Schreiber ein, breiteten das Papier aus, griffen zu den Stiften, zogen sich die Tischlampen vor ihrem Platz näher heran. Und mit den Offizieren setzten sich alle wieder. Nur die Wachen um das Geviert der Gefangenenbänke blieben stehen. Jetzt erst trug eine Ordonnanz aus dem Nebenzimmer, aus dem die Offiziere gekommen waren, ein Tischchen herein, auf dem etliche Gegenstände lagen. Was es war, blieb den meisten verborgen, denn der Ulan stellte das Tischchen hinter

die Richter, so, daß der Rittmeister oder der Leutnant Möller nach hinten greifen mußten, wenn sie etwas brauchten. Der Leutnant wandte sich um und schien die Gegenstände noch einmal zu mustern, ob auch nichts fehlte von dem, was zumeist er selber hinter den Namen der Gefangenenliste vermerkt hatte: eine Fotografie, die eine kriegerisch ausgerüstete Miliztruppe der Aufständischen und in ihren Reihen viele von den Gesichtern zeigte, die jetzt den Richtern zugewandt waren; goldene Uhren mit Zetteln daran, wem sie einst zu Recht gehört hatten und bei wem man sie in den letzten Tagen gefunden; Waffen und Fahnen und endlich, obenauf, ein graues Leinensäckchen, das prall gefüllt war und so schwer wog, als enthielte es Gold, nur Gold. Aber das meiste von dem, was die Listen hinter den Namen vermerkten, hätte auf diesem Tisch keinen Platz gefunden. Der große Saal wäre mindestens zur Hälfte gefüllt worden, wenn man in ihm aufgehäuft hätte, was auf Rücken, auf Karren und Wagen bei Nacht und Feuerschein in die ländlichen Höfe verschleppt worden war. Dazu hatte das Feuer ein ganzes Haus, so groß wie dieses hier, vernichtet, einen Besitz, den viele Geschlechter zusammengetragen hatten, unsichtbare Güter, die unwiederbringlich verloren waren. Konnten dagegen die Pferde und Wagen zählen, die die Sieger über die Bande erbeutet hatten, oder die Säbel und Dolche, die Revolver und Gewehre, die Kriegskassen und Flugblätter, das silberne Tafelgeschirr, das sich stückweise in Hosen- und Manteltaschen und Schultersäcken gefunden hatte, eine schmutzige rote Fahne hie und da, der plumpe Stempel eines Revolutionstribunals, der schon das Schicksal Ungezählter entschieden? Fünfundachtzig Herrenhäuser waren in Livland niedergebrannt worden, fünfundvierzig in Kurland, vierundfünfzig in Estland! Und wieviel Scheunen und Ställe und Brennereien! Wieviel arglose Tiere waren zu Tode gefoltert worden, nur weil sie Deutschen gehörten! Wie viele Kirchen waren geschändet worden, wie viele Pastoren und Gutsherren, wie viele Soldaten und Offiziere erschossen, erstochen, zerfleischt! Aber wieviel lettische und estnische Bauern hatten auch mit einem Flintenschuß durchs Fenster büßen müssen, daß sie ihren Herren anhingen oder nur im Verdacht standen, zu ihnen zu halten: all die ‚grauen Barone‘, beinahe verhaßter als die Barone selbst! Wie viele Gesinde mit ihrem Stroh- und Schindeldach waren wie Fackeln verlodert, indes ihre Bewohner, halb von Sinnen vor Angst, sich im Qualm gegen die versperrten Türen und Fenster geworfen und ein Entrinnen gesucht hatten, das man ihnen unmöglich gemacht, bis sie, vom Rauch erstickt, unter dem zusammenstürzenden Gebälk ihres Hauses verbrannten! Die Richter hinter dem Tisch und die

Schreiber, die Zeugen auf ihren Bänken und die Angeklagten, die Ordonnanzen in der Ecke unter dem Heiligenbild, die wie zu Standbildern erstarrten Ulanen um das Geviert in der Mitte des Saales – Sekunden oder nur den Bruchteil einer Sekunde lang war alles totenstill und unbeweglich, als wartete man noch auf etwas oder als wäre all die vielen Menschen eine Scheu angekommen, in die gefahrvollen Beziehungen zueinander zu treten, die hier das Gesetz des irdischen Rechtes gebot: sich nie wieder vereinbar voneinander zu scheiden, für manchen vielleicht über den Tod hinaus, und im Leben noch eben dieses Recht anerkennend, das ihnen den Tod bestimmen konnte. Dieses in den Augen der Angeklagten seit einiger Zeit soundso oft gereinigte, gerechter gewordene Recht, wenn es, von freiheitsliebenden russischen Richtern oder Richtern aus ihrem eigenen Volk gesprochen, solche Kämpfer wie sie für den Mord an einem Deutschen nur zu einer kurzen Freiheitsstrafe verurteilt hatte, weil man darin nur einen ‚öffentlichen Unfug' zu bestrafen für nötig befunden. Dieses geschändete, erniedrigte, von bestechlichen oder insgeheim mit den Aufrührern liebäugelnden Richtern soundso oft verhurte Recht, fanden die fünf Offiziere vor, ein Recht, das seine Hoheit aus göttlichem Auftrag in politischen Plänen verloren hatte, und dazu seine Würde. Heute aber war es nicht das Recht, das sonst von Richtern und Staatsanwälten und einer Heerschar von Beamten durch dickleibige Aktenbündel gezerrt wurde, bis es zu einem Schemen geworden war und, bedrängt von unzähligen politischen Kniffen und Pfiffen und geheimen ehrlosen Pflichten, keinerlei Anspruch mehr darauf erheben konnte, ein Maß für das Tun und Lassen der Menschen zu sein. Es war ein Recht, das sich schnell und aktenfremd gegen jeden Übeltäter richtete, ein Recht ohne Rücksichten, ein Recht harter Notwendigkeit, ein Recht, das nicht in Anschauungen davon wurzelte, was der Mensch im Frieden seinem Mitmenschen schuldet, sondern ein Recht, das wie mit dem Geißelhieb der Furien traf, ein Recht, das als düsteres Gesetz den Zeiten entstiegen war, da der Mensch und der Friede nichts galten: das Kriegsrecht.

Es gab keine Berufung gegen seinen Spruch, mochte er auf Tod, auf Rutenhiebe oder auf die Verbannung nach Sibirien lauten; und war auch der Zar der Statthalter Gottes im heiligen Russischen Reiche, in dessen Macht es stand, selig zu sprechen oder zu verfluchen bis in den letzten Äon: Es war das Recht der schuldbeladenen Erde, in dessen Spruch der Irrtum und in dessen Wirken die Schuld gesät ist, unter der alles Lebendige leidet. Im Namen der Kaiserlichen Majestät und kraft der von ihr erlassenen Verordnungen über die Einführung

der Kriegsgerichtsbarkeit in den Baltischen Provinzen eröffnete der Rittmeister Graf von Ovelacker die nächtliche Sitzung.
Es wurden die Namen der vierunddreißig Angeklagten verlesen, die unbeweglich dasaßen und nur wie von der Stimme des Lesenden fühlbar getroffen eine Bewegung machten, wenn ihr Name laut ward. Dem folgte der Aufruf der Zeugen, eine nur halb so lange Reihe auf dem Papier des Vorlesers. Alle, die dort auf den Bänken zur Rechten saßen, waren genannt worden, nur nicht der Krüger mit den Seinen und nicht der alte Mann, der neben ihm saß.
Der Krüger räusperte sich und fuhr sich mit den Fingern aufgeregt hinter den steifen Kragen, der ihn würgte. Er wollte aufstehen und auf sich aufmerksam machen, aber es blieb bei dem Gedanken. Unruhig rutschte er auf der Bank und wäre, wie sehr er auch den Hals reckte, tatsächlich übersehen worden, wenn nicht mit einem krächzenden, atemlosen: Halt, halt! der alte Bauer neben ihm aufgestanden wäre.
Die Hände vorgestreckt – er beschwor sie, halt! er wäre auch da! –, hatte der alte Koiri-Bauer sich erhoben, stand da und ward schon gehört, bevor er auch nur ein Wort herausgebracht hatte.
Der Alte! sagte Charusin leise und wie in Besorgnis zu Ovelacker; er steht nicht auf unserer Liste.
Noch immer hatte der alte Bauer nichts gesagt. Er stand da und trat von einem Fuß auf den anderen, die Hände nach vorn gestreckt, keines Wortes mächtig, als wäre die Gefahr, in der er sich befand, zu groß und als lähmte sie ihm die Zunge.
Der Zeuge Koiri, diktierte Ovelacker dem Schreiber zur Rechten als Nachtrag in die Liste und nickte dem Alten zu, es wäre gut, er könnte sich setzen. Der Alte sank auch sogleich auf die Bank. Aber nun stand der Krüger auf, und sogleich taten die Seinen es ihm nach. Charusin besah sich die Reihe mit Mißbehagen und runzelte die Stirn.
Swejneeks, Kristjan Swejneeks, Krüger, stotterte der Krüger; der Herr General . . .
Schon gut! Ovelacker winkte ihm ab und hieß den Schreiber, auch diesen Zeugen mit aufzuschreiben. Aber der Schreiber hatte den Namen nicht verstanden.
Swejneeks, Swejneeks, Kristjan, stammelte der ehedem so beredte Krüger immer erhitzter, indes der Schreiber sich umdrehte und ihm auf die Lippen starrte. Ob er den Namen am Ende wirklich verstanden hatte, war ungewiß. Jedenfalls wandte er sich entschlossen um und vertraute dem Papier den mutmaßlich vom Krüger genannten Namen an. Die Mitzeugen des Krügers kamen gar nicht zu Wort.

Der Krüger setzte sich wieder, nicht ohne Enttäuschung.
Nur Minuten waren über diesen Feststellungen vergangen, aber schon diese Minuten kamen den meisten wie Stunden vor, Stunden, in denen es immer finsterer geworden war, Stunden der Spannung und der Erwartung. Fiel am Ende schon aus diesen Spannungen das Urteil? Die Feldgerichte tagten kurz, war den Leuten zu Ohren gekommen: kaum hatten sie den Namen erfragt, da sprachen sie den, der ihn trug, auch schon schuldig. Aber nein, noch fiel das Urteil nicht, diese Richter waren gründlicher als alle anderen.
Ovelacker ließ sich die Liste der Angeklagten und der Zeugen reichen. Eine Weile betrachtete er die Papiere, hob dann den Kopf und begann mit überall vernehmlicher Stimme zu reden. Am Soundsovielten des Abends gegen sechs Uhr, wie sich aus den Nachforschungen ergeben hätte, wäre auf das Gut Tidenküll von einer Bande Bewaffneter ein Überfall begangen worden. Das Gutshaus, das Verwalterhaus und etliche Nebengebäude wären dabei eingeäschert worden, nachdem man sie zuvor geplündert hatte, die Gutsherrin und ihr Sohn ermordet und auch sonst noch furchtbarste Gewalt angewendet. Die Verbrechen verübt zu haben waren angeklagt die hier vorgeführten Häftlinge, die sich später nach dem Abzug aus Tidenküll auch noch ähnlicher Gewalttaten an dem Karrosilm-Krug und auf dem Rittergut Drostenholm schuldig gemacht hatten. Er wollte die Angeklagten fragen, ob sie sich für schuldig bekannten, als ersten den ehemaligen Gutsknecht Aado Kruusimägi! – Ovelacker blickte die Gefangenen an. Aus einer der Bänke erhob sich langsam eine Gestalt, die sich so krumm vornüberbeugte, als wäre sie auf einen Angelhaken gezogen, und starrte den Richter an und – schwieg, stier geradeaus blickend.
Ob er bekannte, daß er schuldig wäre, fragte Ovelacker. Der hünenhafte Bursche, dessen Hände die Rücklehne der Bank vor ihm umklammerten, senkte den Kopf.
Ja oder nein?
Schon – murmelte er, und dann kam lange Zeit kein Wort mehr.
Aber . . .
Was: aber?
Aber . . . aber . . . er hätte sie nicht totgeschlagen, er hätte nur geguckt.
Ob das Gucken auch goldene Uhren einbrächte, fragte ihn Ovelakker; diese Uhr hier, mit dem freiherrlichen Wappen im Deckel, hätte man doch ihm abgenommen! Schweigen, langes Schweigen. Endlich: Geschenkt hätte ihm die jemand.
Wer?

Er könnte sich nicht mehr erinnern.
Kosljaninow wurde wütend. Was für einen Zweck das hätte, fragte er sich insgeheim. Man sah es ihm an: er hatte sie gestohlen, vielleicht die Leiche gefleddert – wozu sich bei diesen einfältigen Lügereien noch aufhalten? Jetzt schon schrieb er den Namen des Angeklagten auf einen Merkblock, wie ihn jeder der Offiziere vor sich hatte, und machte ein Zeichen hinter ihn, jetzt schon; die Zeugen hatten noch kein Wort gesagt.
Sie wurden gleich danach von Ovelacker befragt; der Angeklagte blieb derweilen stehen. Hatten die Zeugen den Kruusimägi gesehen oder ihn bei Gewalttaten beobachtet? Sie sollten es melden. Lange Zeit blieb es still in den Bänken. Der Angeklagte starrte ins Leere, kein Blick von ihm wanderte zu den Zeugen. Endlich kam aus deren Reihen ein Gewisper, so, als spräche jemand schüchtern vor sich hin, dem es an Mut gebrach, sich laut zu äußern. Die Gesichter der Offiziere wandten sich zu den Bänken rechts. Zwischen den Reihen dort war eine immer stärkere Bewegung spürbar – und endlich, wie von den Nachbarn in die Höhe geschoben, stand ein Mann auf und sagte, ohne den Angeklagten anzusehen: Ja, er hätte den Kruusimägi sagen hören, die Sache hätte sich gelont, der hätte seinen Teil weg.
Wer?
Der Jungherr nämlich, mit dem hätte der Kruusimägi vor einigen Tagen Streit gehabt, weil er die Pferde wie verrückt geschlagen hatte. Jetzt hätte der seinen Teil weg, hatte er gesagt, einmal müßte die Sklaverei ein Ende haben. Auch die Uhr hätte er gezeigt, und daß sie aus echtem Gold wäre, hätte er gesagt, und daß er sich nun die Zeit selber machte und mit seiner Zeit tun könnte, was er wollte, und . . . und . . .
Und?
Der Mann stand da und schien nach Worten zu suchen.
Und . . .
Ovelacker wartete, alle warteten, auch der Angeklagte. Zum ersten Male sah er auf den Zeugen, der den Kopf gesenkt hielt. Und? fragte Ovelacker noch einmal dringlicher.
Sonst nichts! endete mit einem Male der Zeuge und atmete laut auf.
Das ist alles?
Ja.
Wirklich alles?
Der Mann sah auf, von der drängenden Stimme gleichsam gewarnt, sah den Richter an und ließ seinen Blick ziellos abschweifen, bis er auf den krumm vorgeneigten Knecht fiel.
Alles, ja! sagte er noch einmal, mit ein wenig freierer Stimme.

Und sonst hat niemand den Kruusimägi gesehen? fragte Ovelacker die Zeugenschar.
Niemand. Keiner der Zeugen meldete sich.
Was er jetzt zu sagen hätte, der Angeklagte. Es wäre besser, wenn er offen gestünde, daß er die goldene Uhr dem toten Herrn aus der Tasche genommen hatte.
Schweigen. Ja oder nein? Er sollte daran denken, daß ein offenes Geständnis seine Sache nur verbessern könnte.
Abermals Schweigen. Maklakow überlegte, daß sie, wenn es so weiterging, noch am nächsten Morgen hier sitzen würden. Auch Kosljaninow hatte solche Besorgnisse, für ihn war der Fall ja auch schon abgetan. Sein Rittmeister bewies eine unbegreifliche Geduld.
Ja . . . Ein kaum hörbares Ja.
Dann wollte er doch auch zugeben, daß er unten in der Halle bei denen gewesen war, die mit den Herrschaften geredet hatten? Und dann könnte er ja wohl auch gestehen, daß er einmal mit zugeschlagen hatte?
Schweigen, langes Schweigen. – Kosljaninow malte noch ein Zeichen hinter den Namen, eines von der gleichen Art, wie es schon hinter ihm stand, jetzt nur noch etwas fester, er ließ sich Zeit dazu.
Ja. – Ohne das Geheiß abgewartet zu haben, setzte der lange Knecht sich, er fiel einfach auf die Bank. Und Ovelacker rügte ihn nicht einmal für diese Eigenmächtigkeit. Er machte sich einen Vermerk und rief aufblickend den nächsten Namen, der einen breitschultrigen, über und über pockennarbigen Arbeiter mit tiefliegenden kleinen und dunklen Augen und breiten Backenknochen förmlich hochschnellen ließ.
Frage auf Frage. Nein, er bekannte sich nicht schuldig. Er wäre unschuldig, völlig unschuldig.
Woher er denn käme.
Aus . . . Pernau.
Und was er hier täte.
Er hätte Arbeit suchen wollen.
Warum dann in seinem Paß Wolmar als Wohnort angegeben wäre.
Von dort wäre er weggezogen.
Aber das stünde nicht im Paß. – Ovelacker besah sich das vergilbte, schmierige Papier.
Nein, das könnte schon sein. Er hätte sich gar nicht abgemeldet, weil er nicht gewußt hätte, ob . . .
Es war genug. Möller, der den Pockennarbigen lange Zeit forschend betrachtet hatte, meinte zu Ovelacker, diesen Burschen würde man lange fragen können.

Die Zeugen!
Das Geheiß an die Zeugen, sich zu melden, kam dem Angeklagten viel zu früh. Er selber hatte noch viel mehr sagen wollen. Geistesgegenwärtig, woher ihm jetzt die Gefahr drohte, blickte er mit zusammengepreßtem Mund auf die Zeugen. Seine Augen wurden etwas weiter, als sich gleich deren vier meldeten, sonst merkte man ihm nichts an. Und alle schauten auf die Zeugen, die nun begannen, ihre Beobachtungen mitzuteilen, alle – nur Möller nicht. Lasen die anderen in den Gesichtern der umständlich erklärenden Frauen und Männer, bei deren Schilderungen oftmals einer der Schreiber als Dolmetsch einspringen mußte, um den Offizieren verständlich zu machen, wann, wo und wobei sie den Fremden gesehen hatten – Möller las in seinem Gesicht.
Den Kruusimägi fragen, meinte, als hätte er dessen eigene Gedanken erraten, Charusin tonlos zu seinem Rittmeister, der noch den Zeugen zuhörte.
Kruusimägi! – Wieder erhob sich der lange Knecht wie auf die Angel gezogen, wieder die lange Stille zwischen Frage und Antwort, endlich die Worte: Ja, der wäre dabeigewesen, mit als erster.
Der Pockennarbige sah von einem zum anderen mit immer weiteren Augen. Er merkte, daß das Spiel ohne ihn gespielt wurde – ohne ihn, der immer den ersten Zug hatte tun wollen. Nun wurde er aufgeregt und wollte zu Worte kommen, unablässig blickte er von den Zeugen zu den Richtern und von den Richtern in die Reihen der Mitangeklagten. Er . . . er . . . das alles wäre nicht wahr!
Er sollte sich setzen, sein Fall wäre erledigt!
Das war die erste Vernehmung nach Kosljaninows Geschmack. Er bevorzugte doch die Desperaten, der Kornett; aber die Sache begann für ihn langweilig zu werden. Etliche Male mußte er sich das Gähnen verzwingen. Jetzt erst brach die Müdigkeit nach dem langen Tag gestern und dem unaufhörlichen Reiten, nach der kurzen Nacht und dem anstrengenden Tag heute mit Macht durch. Möller hatte ihn ja auch umhergeschickt wie einen Hochzeitsbitter.
Und im Grunde genommen wiederholte sich hier alles. Andere Namen, andere Gesichter dafür, neue Zeugen oder immer dieselben, oder gar das Schlimmste: ein Name und gar keine Zeugen für seine Vergehen, nur Waffenbesitz oder Raubgut, endlos scheinende Pausen zwischen des Rittmeisters Fragen und des Gefangenen Antworten . . . Einen Klub sollten sie hier haben, die Offiziere. Hoffentlich war er nicht schon geschlossen, wenn sie diese Angelegenheit hinter sich hatten. Aber vielleicht ging er heute auch gleich schlafen. Wer konnte ahnen, wie früh sie morgen herausgetrommelt wurden! Ja,

getrommelt . . . Mit Trommeln pflegte das zu den Zeiten, da man es noch feierlich nahm, begleitet zu werden . . . Nun, dieser Bursche da machte ihm einen etwas manierlichen Eindruck! Wie hieß er? Pumpur. Und was war er von Beruf? Lehrer? – Das war die schlimmste Sorte, namentlich in diesen Provinzen, hatte er sich erzählen lassen. Dieser Lehrer Pumpur hätte doch auch etwas anderes werden können, Barbier zum Beispiel, übermäßig geistvoll sah er nicht aus. Aber eine Brille trug er und – weiß Gott, der Kerl besaß auch jetzt noch die Frechheit! – er trug einen roten Schlips! Ekelhafter Geselle! murmelte Kosljaninow dem Oberleutnant Charusin zu. Charusin schien sich, so aufmerksam er der Verhandlung folgte, über den erbitterten Kornett zu belustigen. Er nickte ihm stumm zu als Antwort, daß er seine Ansicht teilte.

Der Lehrer kam sich interessant vor und fuhr sich mit den Fingern durch die langen, strähnigen Haare. Er gedachte darzulegen, daß er zwar ein glühender Sozialist wäre und die Herrschaft des Proletariats für erstrebenswert hielte, daß er aber die Anwendung von Brachialgewalt in diesem Stadium mißbilligen müßte. So hätte er denn auch . . . und so weiter und so weiter, und natürlich hätte er nichts getan, las Kosljaninow ihm aus dem Gesicht, das bieder und ehrbar aussehen wollte. Er hätte nur ein paar freidenkerische Hausandachten gehalten, mit den Proklamationen des Komitees in Riga als einer Art Heiliger Schrift. Der Lehrer merkte nicht, wie sehr er – in den Ohren der Offiziere – gegen sich sprach. Nun wurden die Zeugen befragt, wie man denn in der Umgegend die Reden des Lehrers aufgefaßt und ob er immer solche Ansichten vertreten hätte wie heute, und die Gefangenen: ob er ihnen vielleicht Ratschläge für oder gegen die Anwendung bewaffneter Gewalt gegeben hätte. Zum ersten Mal geschah es, daß die ganze Zeugenschar sich zu Worte meldete. Fassungslos schaute der Lehrer auf die eifrigen Ankläger. Jeder Muskel in seinem Gesicht zuckte, immer wieder strich er sich durchs Haar, um ein paar Strähnen, die ihm in die Stirn fielen, zu bändigen. Er wäre mißverstanden worden, er wäre völlig mißverstanden worden! rief er zwischen die Angaben der Zeugen, bis Ovelacker ihm die Ungehörigkeit verwies. Er sollte die Zeugen ausreden lassen, vielleicht käme er nachher auch noch einmal zu Wort. Von da an starrte der Lehrer bleich auf die Zeugen und Richter, immer wieder löste sich eine von seinen Händen, mit denen er sich auf die Bank der Vordermänner stützte, und sein Mund tat sich auf. Er schien mit einer Gebärde um Gehör zu bitten, aber der nächststehende der Wachsoldaten knurrte ihn an: er hätte stillzuschweigen! und wie in edler Resignation ließ Pumpur die Hand sinken und den Kopf hängen und zuckte die Achseln. Nun mußte er die Unbildung der Zeugen und ihre Dummheit büßen und ihre platten Lügen, was er gesagt hatte, wann und wie, und wo er ihnen noch zum letzten Male die Ohren vollgeschrien hatte mit seiner Meinung: daß es um das Ganze ginge, daß nun der Lette mit kühner Hand nach den Sternen greifen, daß nun die freie Republik der Arbeiter und Bauern erstehen würde, Latvija, von der ihre Väter geträumt! Ohne Schonung ginge es gegen die Barone, die fremdländischen Kapitalisten und ihre Helfershelfer ...

Ein Zeuge nach dem anderen hatte das gleiche zu sagen. Der Lehrer schaute zu Boden. Und jetzt ließ er auch die Haare hängen, wie sie hingen. Und die Gefangenen? Ovelacker richtete seinen Blick auf die Bänke. Hatten sie etwas hinzuzufügen? Hatte der Lehrer sie unterrichtet, ihnen erklärt, wie der Kampf zu führen wäre? Hatte er sie mit der Organisation der sozialistischen Partei bekannt gemacht?

Der Lehrer schaute auf, als hätte er nicht recht gehört. Er machte eine weit ausholende Bewegung mit der Rechten, die den nächststehenden Ulanen mit einem Ruck zusammenfahren und den Karabiner anschlagen ließ. Alle fuhren zusammen auf den Bänken. Was wollte der Lehrer?

Der Lehrer, kreidebleich und mit verzerrtem Gesicht – wollte nichts, wollte nichts mehr, von dem Ulanen eingeschüchtert. Er hatte sagen wollen, daß diese Frage nicht zur Sache gehörte, wie er es von Diskussionen her gewöhnt war. Hier aber fand keine Diskussion statt.

Ob die Gefangenen nichts zu erzählen hätten, wurden sie noch einmal gefragt.

Der Lehrer wollte seinen Augen nicht trauen. Vor ihm standen etliche zögernd auf, hinter ihm hatten sich ein paar erhoben.

Als sähe er Gespenster, riß der Lehrer die Augen auf. Der erste sagte: Als wir nach Wargel zogen, erklärte der Lehrer mir ...

Soso, als ihr nach Wargel gezogen seid, fiel Ovelacker dem Sprechenden ins Wort und wandte sich an den nächsten: Was sagte er zu dir, als du nach Wargel gingst?

Der Lehrer, kaum daß er die Frage gehört und die Falle, die sie stellte, bemerkt hatte, wandte sich mit einer kreisenden Bewegung seiner Arme an all die anderen Häftlinge, die ringsumher standen, und rief ungefragt mit beschwörender Stimme: Ihr anderen seid ja gar nicht in Wargel gewesen!

Zum ersten Male überkam die fünf Offiziere hinter dem Richtertisch etwas wie Achtung vor diesem Manne. Seine Kameraden wollten ihn verraten, und er warnte sie davor, sich selber zu verraten, so wenig

Dank er ihnen schuldig war. Kosljaninow liebte den Bebrillten darob förmlich, er hätte sich gern einmal eine Nacht lang mit ihm unterhalten mögen, allerdings, zum Morgen hätte er ihn verprügeln müssen. – Großartig! sagte er zu Charusin.
Ovelacker versuchte so zu tun, als mäße er dem neuerlichen Zwischenruf des Lehrers nicht mehr Wert bei als den, den wiederholter Ungehorsam haben konnte. Nun riete er ihm ein letztes Mal, den Mund zu halten, sonst hörte man ihn überhaupt nicht mehr an, ließe ihn abführen und fällte das Urteil, warnte er den Lehrer. Also, wandte er sich wieder an den ersten, der davon angefangen hatte, was Pumpur ihm vor dem Zug nach Wargel gesagt – also, nun könnte er weitersprechen.
Nun aber weigerte der Mann sich. Ja, er hätte ihm wohl einiges gesagt, der Lehrer, aber er wüßte nicht mehr genau, was, redete er sich heraus.
Es gäbe Mittel, die Erinnerung ein wenig aufzufrischen! Würde es ohne diese Mittel bei ihm abgehen oder nicht? Ein flammendes Erschrecken malte sich auf den Zügen des Gefangenen.
Ohne Mittel oder nicht? wurde er gefragt. Da entschloß er sich zu sprechen. Doch kaum hatte er ein paar Worte gesagt, da schrie der Lehrer: Das ist Erpressung!
Ovelacker rief zwei Ordonnanzen aus der Ecke. Abführen! sagte er halblaut; die Soldaten verstanden. Zu zweit nahmen sie den Lehrer in ihre Mitte und führten ihn aus dem Saal. Der Lehrer war ganz folgsam. Aber er war noch nicht bis zum Ausgang gekommen, da schrie er mit einem Mal: Genossen! Laßt euch nicht ausfragen!, bevor die Ulanen ihm die flache Hand aufs Gesicht schlugen, daß die Brille zerbrach und zu Boden fiel. Ohne Brille ging der Lehrer weiter, von Fäusten rechts und links gepackt und gedrängt, und das war gut so, denn seine Augen vermochten ohne die Brille beinahe gar nichts zu sehen.
Nach diesem erregenden Zwischenfall nahm die Sitzung ihren Fortgang. Ungestört von Zwischenrufen, wenn auch stockend, erzählte der Gefangene: wie der Lehrer die sozialistische Gruppe hier in der Gegend gegründet, wer zu ihr gehört, wo sie sich versammelt, wie sie propagandistisch gearbeitet und was sie bei ihren Versammlungen gelesen hatte. Die beiden Schreiber hatten viel damit zu tun, seine Aussagen aufzuschreiben. Und für die Offiziere ergab sich ein ziemlich deutliches Bild der Verschwörerarbeit auf dem Lande. Achtunggebietend blieb ihnen, was diese dumpfen Bauern- und Arbeiterschädel in sich hineingestopft hatten, denn auf jeder Versammlung, so erzählte der Gefangene, hätten sie Lektionen gelesen . . .

Gedruckte?
Nein, mit der Hand vervielfältigte, . . . und dann diese Lektionen besprochen. Jeder Propagandist hätte mindestens sechs bis sieben solcher Lektionen beherrschen müssen.
Wovon diese Lektionen gehandelt hätten.
Von verschiedenem. Zum Beispiel vom Parlament oder vom politischen Kampf, vom Kapitalismus und dergleichen.
Ob der Lehrer für den Kampf gewesen wäre, für diese Überfälle auf die Güter, und ob er sich an ihnen beteiligt hätte.
Beteiligt? Nein. Er hätte die Kasse verwaltet. Von allem, was einkam, hätte man etwas in die Kasse abgeben müssen, auch hätte er Flugschriften und Bücher verkauft, ‚Das Abc der Revolution', ‚Die Entwicklung des Sozialismus' von Engels und die verbotenen Zeitungen.
Gut, gut, er könnte sich setzen, wurde ihm bedeutet. Aber der Gefangene setzte sich nicht. Mit der Erinnerung an irgend etwas, was er einmal gelesen hatte, verbeugte er sich linkisch und sagte – zu fließend, als daß es nicht hätte angelesen wirken müssen –: Ich bitte um meinen Freispruch.
Kosljaninow grinste unverhohlen. Ovelacker befahl, den Lehrer wieder hereinzulassen. Eine Weile blieb es still.
Dann wurden Schritte hörbar, die Tür tat sich auf, der Lehrer wurde hereingeführt. Die Scherben seiner Brille, die noch bei der Tür lagen, zertrat ein Ulan auf dem Rückweg in Splitter. In dem ganzen Saale hörte man das Knirschen des Glases unter seinen Stiefeln. Links und rechts von den Soldaten untergefaßt, ging der Lehrer auf seine Bank zu. Er blickte nicht auf. Er war totenbleich. Die Soldaten halfen ihm in die Bank hinein. Kraftlos ließ er sich auf seinen Platz nieder. Die Gefangenen, die sich vorhin zur Aussage über ihn gemeldet hatten, wurden noch einmal gefragt, ob sie etwas hinzuzufügen hätten. Sie schwiegen. Wer von ihnen mit bei der Belagerung des Gutes Wargel gewesen wäre. Sie schwiegen. Alle. Ob der eben Befragte die Namen derer nennen könnte, die dort gewesen waren.
Der Gefangene stand auf und sah seine Richter an.
Ob er nicht schon genug gesagt hätte, fragte er bittend. Nein, längst nicht genug, daß es für einen Freispruch reichte. Er seufzte und wandte sich dann langsam um und schaute auf seine Kameraden.
Der und der und der und der . . . die wären alle mit in Wargel gewesen. Aber mehr hätte er nicht zu sagen. – Es kam die Verbeugung wie vorhin. Er bäte um seinen Freispruch, sagte er noch einmal, flehentlich.
Die er genannt hatte, wurden gefragt, ob sie gestehen wollten, den

Überfall auf Wargel mitgemacht zu haben. Langes Schweigen. Nein! murmelte endlich einer, und wie ein Echo nahmen es die anderen auf: Nein, nein, nein, nein . . .Der Lehrer hatte aufgehorcht. Bravo, Kameraden! sagte er halblaut. Es klang, als wäre er schläfrig. Ovelacker beachtete das nicht. Mit diesem Manne waren sie ohnehin gleich fertig, und dann sollte er wieder hinausgeführt werden, damit er nicht mehr störte. Er wollte ihn nur noch einmal fragen, ob er sich nicht der umstürzlerischen Propaganda schuldig bekannte, und rief ihn auf. Der Lehrer aber blieb sitzen. Noch einmal rief er ihn auf, und da endlich, zögernd und müde, zog die Gestalt sich an der Vorderbank in die Höhe. Es lag nichts Trotziges in seinem Gesicht, er hatte einfach nicht so schnell aufstehen können, und auch jetzt vermochte er kaum zu stehen, denn die Viertelstunde mit den Soldaten unten in der Zelle . . .
Ob er sich schuldig bekannte. Er sollte lieber gleich alles gestehen, man wüßte es nun schon von den Mitgefangenen.
Der Lehrer drehte blinzelnd den Kopf nach allen Seiten. Verstört sah er aus in seiner Blässe, wie von Sinnen, wie ein in Krämpfen Verendeter, und von Minute zu Minute schwoll eine Hälfte seines Gesichtes immer dicker an und verzog seinen Mund zu einer Fratze. Aber das Wichtigste war: er hatte seine Brille nicht mehr. Ohne Brille fand er sich in dieser Welt nicht zurecht, er konnte nicht einmal mehr seine Richter sehen. Nur ganz undeutlich erkannte er weit in der Ferne, wie durch eine Flußbreite Wassers von ihm getrennt, eine Reihe von Menschen. Das mußten sie sein. Und mit einemmal, während er dort stand, kam ihm aus dieser Einsamkeit, aus diesem nur fragenden Nichts um ihn herum ein gewaltiger Mut. Ein Mut, der ihn über die letzten Minuten seiner Anwesenheit hier im Saal zur Besinnungslosigkeit hinriß.
Nein! nein! nein! er wäre unschuldig! rief er, so laut er konnte; seine Stimme überschlug sich dabei. Er wäre mißverstanden worden, völlig mißverstanden, er wäre kein Mitglied der Ssáveeniba* und hätte auch mit den Radikalen unter den Esten, den Teemant und Martna und Palvadre, nichts zu schaffen. Er wäre Mitglied der Partei, und die Partei billigte die Anwendung von Gewalt nicht, das ginge schon aus dem Statut hervor, und Kalning, Straume, Missinbart und Tschokke hätten immer wieder betont, daß sie für den evolutionären Sozialismus wären. Mit denen hielte er es. Hier aber würde Provokation getrieben und Gewalt angewendet, um Aussagen zu erpressen! Er protestiere, er protestiere feierlich im Namen der Menschenrechte!

* Ssáveeniba: lettische terroristische Organisation

Der Lehrer sah nicht, was sich vorbereitete. Er verlor sich blindlings in seinen Protest, er gestikulierte wie am Rednerpult, er ballte die Fäuste und hämmerte jedes Wort in die Luft, und konnte auch dann noch kein Ende finden, als zwei Ulanen ihn aus der Bank zogen und wieder zum Ausgang stießen. Ich protestiere! ich protestiere! schrie er wie rasend, so oft auch seine Stimme unter der gegen seinen Mund gepreßten Faust der Soldaten in ein Gurgeln überging. Ich protestiere! war das letzte, was man von ihm hörte, als er schon im Treppenhaus war. Nach seinem Weggang schienen die folgenden Vernehmungen wie in einem Erschlaffen vor sich zu gehen. Name auf Name, Gestalt hinter Gestalt, Zeugenaufruf und -aussagen, Bekenntnis und Leugnen, scheinbar endlos. Nun aber war es, als sparten die Richter schon mit der Zeit.

Ja, Ovelacker war müde. Unvermittelt stand er auf und sagte eine kurze Pause an. Ohne abzuwarten, bis die Offiziere sich erhoben hatten, schob er seinen Stuhl zur Seite und ging in das Beratungszimmer. Die anderen ihm nach.

Aber sie berieten sich darin gar nicht. Bis auf Kosljaninow waren sie stumm eingetreten, hatten sich sogleich eine Zigarette angezündet und gingen wortlos auf und ab. Auch der Kornett hatte sein letztes Wort beim Eintritt gesagt. Die Stille in diesem Zimmer war so zwingend, daß er keine Bemerkung mehr wagte. Seine Kameraden gingen mit einer Regelmäßigkeit hin und her, als wären sie Posten, fand der Kornett, und sein Vergleich war nicht einmal so falsch. Denn alle vier hüteten sie etwas, wenn er sich auch keine Vorstellung von dem Behüteten zu machen vermochte. Der Oberleutnant Charusin erkor sich nach etlichen Minuten das Fenster, wie schon früher, und blieb dort eine Weile unbeweglich, mit tiefen Zügen rauchend, bis er die Zigarette weglegte und abermals auf und ab zu wandern begann. Ovelacker stand lange Zeit in seiner Nähe an einen Aktenschrank gelehnt und blickte hinaus. Maklakow saß am Schreibtisch, den Kopf in eine Hand gestützt, und rieb sich fortwährend die Stirn und die geschlossenen Augen; Möller lehnte an einer Wand, an der eine große Karte ausgespannt war. Die Lampe auf dem Tisch warf ihren Schein nach unten; der übrige Raum des Zimmers war beinahe dämmerig. Nach einiger Zeit, es mochte inzwischen wohl eine Viertelstunde vergangen sein, blieb Charusin stehen, und diesen Augenblick schien Ovelacker abgewartet zu haben, denn er trat hinter dem Schrank hervor, der ihn dreien seiner Offiziere verborgen hatte, und meinte, gleichmütig anzuhören: Wir fangen am besten wieder an! Worauf er zur Tür ging und in den Saal trat und die Offiziere sich ihm stumm anschlossen.

Es dauerte eine Weile, bis jene Sammlung wieder einkehrte, mit der die Verhandlung bis zur Pause geführt worden war. Und warum hatte der Rittmeister gerade um diese Zeit eine Unterbrechung eintreten lassen? Jetzt, da in dem Verfahren gegen die Untäter auf Tidenküll nur noch vier Angeklagte zu vernehmen waren: die Brüder Koiri und der junge Bauer Jüri Illust! Diese vier kamen dann allerdings später noch einmal an die Reihe, aber für die Untersuchung des Überfalls auf Tidenküll waren sie die letzten.
Die Brüder Koiri! rief er.
In einer der letzten Bankreihen erhoben sich die drei Brüder – und aus der ersten der Zeugenbänke stand der alte Koiri-Bauer auf. Jeder der fünf Richter bemerkte es, aber keiner sagte etwas dagegen. Mag er! dachte Kosljaninow; solange er still ist . . .
Still zu sein gedachte der Alte nun allerdings nicht. Jetzt schon bewegte er die Lippen und sah einmal zu seinen Söhnen und ein ander Mal zu den Richtern hinüber und hatte nur die eine Sorge: daß er den Augenblick für seinen Einspruch versäumen könnte.
Ob sie sich der Teilnahme an dem Überfall auf Tidenküll schuldig bekennten.
Dreimal tönte Ovelacker ein Nein entgegen, und daraus, daß das dritte leiser und zögernder kam, durfte er nicht auf einen Mangel an innerer Festigkeit schließen. Der jüngste der Brüder hatte es gesagt.
Ob sie nicht lieber gleich gestehen wollten, fragte Ovelacker sie; sie wüßten doch, welch schwere Beweise für ihre Schuld es gab.
Nein, dreimal nein. – Jetzt hatte auch der Jüngste sich ermutigt.
Der alte Bauer bewegte immer noch die Lippen. Es war, als spräche er die Fragen und die Antworten lautlos mit.
Die Zeugen!
Ein Mann und eine Frau standen auf und sagten, sie glaubten auch diese drei unter den Aufrührern gesehen zu haben.
Der alte Bauer hatte sich zu ihnen umgedreht und starrte sie mit funkelnden, rotgerandeten Augen an. Er glich einem gereizten Stier, und auch das Brummen, das er von sich gab, gemahnte an den Stier, der den Kopf duckt und sein Opfer anglotzt, bevor er es auf die Hörner nimmt.
Er sollte sich setzen, rief Ovelacker ihm zu, aber der Koiri-Bauer hörte das nicht oder wollte es nicht hören. Unverwandt starrte er brummend und knurrend die beiden Zeugen an. Erst als ein Ulan auf ihn zutrat und ihn bei der Schulter nahm, merkte er, daß er Unwillen erregte. Er wandte sich zum Richtertisch hin und rief: Die lügen!, bevor der Soldat ihn auf die Bank nötigen konnte. Die lügen, die lügen! brummte er immer lauter vor sich hin, als er schon auf der Bank

saß, und als Ovelacker die Zeugen gerade fragen wollte, ob sie's beschwören könnten, die drei gesehen zu haben, drehte der Alte sich zu den Stehenden um und rief: Was habe ich euch getan, daß ihr . . .?
Weiter kam er mit dieser flehentlichen Frage nicht. Ovelacker verwies ihm sein Benehmen – er sollte sich zum Wort melden, wenn er etwas zu sagen hätte – und richtete dann die Frage an die Zeugen, die zu stellen der alte Mann ihn gehindert hatte. Die Zeugen wurden verlegen. Beschwören oder nicht beschwören, sie glaubten die drei gesehen zu haben.
Inzwischen war der Koiri-Bauer unruhig auf seiner Bank umhergerutscht, jeden Augenblick in Versuchung, aufzuspringen. Er war dem Krüger ein lästiger Nachbar, denn der Krüger wollte nun auch etwas sagen, wenn er sich auch nicht so zudringlich dazu vorbereitete wie der Alte. Der hatte sein Sacktuch gezogen und drückte es zwischen den Fäusten. Ich . . . ich . . . stammelte er und lüftete sich im Sitz, nicht wissend, ob es denn auch gegen die Ordnung verstieß, wenn er die Richter merken ließ, daß er etwas zu sagen hatte. Mit einem Mal bemerkte er, daß der Krüger die Hand hob, wie ein Schuljunge, und gleich tat er das ebenso mit seiner alten, verarbeiteten Faust, wenn es auch lange her war, daß er die Schulbank gedrückt hatte. Und das war es, so stellte er fest, was man von ihnen wollte. Der Offizier blickte auf ihn und meinte, er sollte sagen, was er wüßte.
Die . . . die . . . lügen alle! stieß der Alte hervor, sie sind nicht dabei gewesen, meine drei, das weiß ich! Er wollte schwören, so wahr ein Gott im Himmel lebte, sie wären nicht dabei gewesen! – Der Alte hatte den feierlichen Anruf mit zitternder Stimme getan, mit einem Mal still stehend, wo er doch bei den ersten Rufen noch unwirsch von einem Fuß auf den anderen getreten war und sich immer wieder halb zu denen umgewandt hatte, die er der Lüge zieh.
Gut, gut – Ovelackers Stimme klang nachsichtig – er wollte also schwören . . .
Nein, er habe, er habe geschworen! rief der Alte.
Das wäre gleichgültig, sagte Ovelacker jetzt zu dem Alten, sein Schwur wäre hier unwichtig . . .
Aber wie ein Schwur denn unwichtig sein könnte, wollte der Koiri-Bauer den hohen Offizier fragen.
. . . Wichtig wäre etwas anderes. Er, der Vater, sagte, daß seine Söhne nicht dabei gewesen wären, andere behaupteten das Gegenteil.
Der Krüger stand auf. Mißtrauisch starrte der Alte ihn an.

Ja, sie sind dabei gewesen! platzte der Krüger heraus, der in Ovelakkers Blick die Aufforderung, seine Aussage zu machen, gelesen hatte.
Der dritte Zeuge also schon behauptete das Gegenteil! Da gälte sein Eid als Vater nichts. Wenn er dagegen beweisen könnte, nicht nur durch . . . Leute von seinem Volk, sondern durch Russen oder Deutsche, daß seine Söhne um die Zeit, da der Überfall auf das Gut stattfand, zu Hause oder sonst irgendwo gewesen wären, dann könnte er ihm Glauben schenken. Der Alte hatte nichts verstanden. Er begriff nur so viel, daß es auf die Zeit ankam.
Bis neun oder halb zehn abends wären sie zu Haus gewesen, dann erst hätte man sie ihm weggeholt, und auch dann hätte er sie nicht gutwillig weggelassen.
So? Ovelacker sah den Alten ein wenig überrascht an. Er tauschte ein paar Bemerkungen mit Charusin, der ihm zur Rechten und Möller, der ihm zur Linken saß. Dann befahl er dem ältesten der Brüder, aus seiner Bank vor dem Tisch zu erscheinen.
Zum ersten Male wurde einer der Gefangenen so nahe vor die Richter gerufen, daß nur die Tischbreite sie trennte. Alle im Saal schauerte es. Wie wichtig mußten doch die Fragen sein, daß die anderen sie nicht hören durften!
Der älteste der Koiri-Brüder trat mit Gepolter aus der Bank und ging nach vorn. Wie ein Schatten geleitete ihn ein Ulan. Er wurde rot, als er so dicht vor den gefürchteten Offizieren stand. Alle blickten ihn an, alle, auch der Schreiber. Im Nacken hatte er ein Gefühl, als bohrten sich dort die Blicke, die ihn von hinten trafen, wie Pfeilspitzen in seine Haut.
Sag, begann Ovelacker ihn mit gedämpfter Stimme zu fragen, bis wann warst du zu Haus?
Bis neun oder halb zehn Uhr abends, entgegnete der junge Mann.
Gut! So weit hatte der Vater ihm vorgesagt. Aber weiter, und er sollte leise sprechen! Wer hätte ihn denn abgeholt.
In einem Übermaß flüsternd, daß es spaßig wirkte, berichtete der Bursche beklommen: Sie hätten schon im Bett gelegen, alle, auch die Eltern, da wäre so gegen halb zehn eine große Bande auf ihren Hof gezogen.
Wie viele?
Das wüßte er nicht. Viele. Es wäre ja dunkel gewesen, und man hätte sie nicht alle sehen können. Sie hätten geschossen und geschrien und ihnen befohlen zu öffnen, sonst wollte man schon verstehen, sie auszuräuchern. Ihren Hofhund hätten sie totgeschossen, als er sie angebellt.

Ob er die Leute gekannt hätte.
Bis auf den Illusti-Jüri niemand . . . Der Bursche merkte, daß er den Namen ausgeschwatzt hatte, wurde rot und schien sich umdrehen zu wollen, aber dann faßte er sich und fuhr fort: Erst hier im Gefängnis hätte er die anderen kennengelernt. – Der Illusti-Jüri wäre so etwas wie ein Anführer gewesen, und der hätte, kaum daß sein Vater die Tür geöffnet, ihm den Flintenlauf auf die Brust gesetzt und geschrien, nun sollte er ihnen seine Söhne geben, sonst geschähe ein Unglück an ihm und an allen. Es ginge um die Sache des Volkes, und da dürfte sich keiner verstecken, der zum Volk gehörte. Diese Worte hätten sie, die Brüder, mit angehört, denn sie wären gerade aus ihrer Kammer gekommen. Der Vater aber hätte nicht gewollt, daß sie mitgingen, und den Illusti-Jüri erst geschimpft und ihm dann zugeredet, er sollte das Revolutionspielen bleiben lassen, der Herrgott würde für den Wandel sorgen. Da aber hätte der Illusti beinahe auf ihn geschossen. Und schließlich wären sie mitgegangen – erst zu zweit, denn der Vater hätte nicht gewollt, daß ihr jüngster Bruder mitging, dann aber zu dritt, denn der Illusti hätte darauf bestanden, und der Vater hätte ihnen bei einer Gelegenheit zugeflüstert, sie sollten so tun, als ob sie mitmachten, bei der ersten Möglichkeit aber weglaufen und nach Hause zurückkehren. Am übernächsten Tage hätten sie ja auch zum Markt fahren müssen.
So; und wohin waren sie dann gegangen?
Nach Drostenholm. Das heißt, sie wären gefahren. Die anderen hätten nämlich Wagen und Pferde gehabt, er glaubte, Gutspferde aus Tidenküll. Nur wer unterwegs noch zu ihnen stieß, hätte laufen müssen, jedoch immer Gesellschaft gehabt, denn es wären so viele gekommen. Und du warst dabei, als der Karrosilm-Krug angezündet wurde?
Ja, ich war in der Nähe.
Hast mit angezündet, dir auch Sachen aus dem Hause geholt?
Nein, nur zugesehen.
Warum bist du jetzt nicht gleich weggelaufen?
. . . Schweigen.
Du hättest doch jetzt weglaufen können mit den Brüdern, nach Haus zurück, wie es dir der Vater gesagt!
Lange Zeit war der Bursche still. Er wurde immer röter. Ja, sagte er endlich, als sähe er einen Fehler ein.
Und dann seid ihr nach Drostenholm gefahren?
Ja.
Warum bist du unterwegs nicht weggelaufen?
Wieder Schweigen.

Und dann warst du den ganzen Tag in Drostenholm?
Ja.
Wohin wolltest du denn mit deinen Brüdern, als man euch festnahm?
Da wollten wir nach Haus.
Da war es zu spät, sagte Ovelacker. – Gut, er könnte sich jetzt beiseite stellen und warten, nun wollte man seine Brüder hören.
Das hätte sich ganz wahrheitsgetreu angehört, meinte Möller zu Ovelacker. Der sagte nichts als ein zweiflerisches: Tja . . .!
Aber auch der zweite Bruder, der gleich danach vor dem Tisch erschien, sagte dasselbe wie der ältere, und der dritte, der schüchterne, deutete alles das an, was seine Brüder mit fester Stimme erklärt. Dieser jüngste konnte vor Aufregung kaum sprechen. Alle drei, alle drei aber schwiegen sie auf die Frage, warum sie nicht nach Haus gegangen wären, als sich die Gelegenheit zum Weglaufen bot.
So gleichlautend sie auch waren, viel Wert war diesen Aussagen nicht beizumessen. Sie konnten sie verabredet haben, genau so wie die Beteuerung, daß sie den Beutel nur gefunden hatten. Es blieb nur zu prüfen, wieweit ihre Aussagen sich mit denen des Vaters deckten, den sie doch seit jenem Abend nicht wieder gesehen hatten. Und weiter: daß die Tidenküllschen Zeugen behaupteten, sie in Tidenküll gesehen zu haben, und daß die meisten Wertsachen in dem Beutel aus Tidenküllschem Besitze stammten. Blieben die Zeugen dabei, daß sie die drei in Tidenküll gesehen hatten? Ja. Und der Krüger? Hatte er die drei unter den Zuschauern bemerkt, oder hatten sie mit gestohlen und mit angezündet?
Zugeschaut hätte niemand, sagte der Krüger, alle hätten mitgemacht, solange er das Treiben beobachtet.
Was er, der Vater, dazu zu sagen hätte. Wie hatte es sich denn abgespielt, als man ihm seine Söhne wegholte?
Der Alte schien darauf gebrannt zu haben, das erklären zu können. Der da! rief er aufstehend und etliche Schritte bedrohlich weit vordringend, der da, der Illusti-Jüri ist in der Nacht gekommen . . .
Der Illusti-Jüri wurde erst rot und unruhig, als der Alte ihn bezichtigte, aber gleich darauf versuchte er ein Gesicht zu machen, als hielte er dafür, daß der alte Koiri von Verfolgungswahn besessen sei. Der Anflug eines belustigten Lächelns war um seinen breiten Mund zu bemerken. Das wurde um so starrer, je länger der Alte sprach. Die Richter hörten ihm aufmerksam zu. Der stand dort fast wie Moses, als er mit den Gesetzestafeln vom Berge kam, aber leider – so hatten sie sich belehren lassen – waren diese alten Bauern hierzulande noch gerissener als Juden. Zorn und Empörung standen ihm

nun einmal gut, wie eine trefflich gewählte Verkleidung, und waren nur beinahe überzeugend. Bei der Anklage gegen diese drei Brüder schien alles auf Gutgläubigkeit anzukommen, ob man sie verurteilen wollte oder nicht. Wo aber und wann war Gutgläubigkeit die Grundlage für das Urteil eines Gerichts gewesen? Natürlich war jeder Vater bereit, einen Meineid zu schwören, wenn es um das Leben seiner Söhne ging, und was galt hier ein Schwur und ein Alibi, wenn es im Grunde genommen immer nur Mittäter waren, die das schworen und Alibis bezeugten? In diesem Lande hatte die Drachensaat des Argwohns gegeneinander das Vertrauen in den Schwur zu gering gemacht, als daß mit Schwüren Beweise ersetzt werden konnten.
Viel klarer lag der Fall des jungen Illust. Der war so schwer belastet, daß man glauben durfte, es könnte nicht schwerfallen, ihn zum Geständnis zu bewegen. Da aber hatten die Offiziere sich völlig getäuscht. Der Illust, als er aufgerufen und befragt worden war, ob er seine Vergehen eingestehen wollte, fing an, das Oberste zuunterst zu kehren, um aus dem Netz der Anklagen und der Zeugenaussagen entweichen zu können. Er gestände gar nichts, sagte er gleich zu Anfang. Natürlich wollte er zugeben, der Schein spräche gegen ihn –, aber nach dem Schein würde kein Urteil gesprochen, das wüßte er als Jurist.
Mit welchem Recht er sich Jurist nannte, wurde er gefragt.
Mit mehr Recht als die Offiziere, wenn die hier als Richter gelten wollten. Denn er hätte die Rechte studiert, die Offiziere aber wahrscheinlich nur die Kriegsschule besucht.
Er sollte sich hüten, derartige Bemerkungen ein zweites Mal zu machen.
Aber er würde sie machen, solange sie nicht Beleidigungen wären, sondern zu seiner Verteidigung gehörten.
Was zu seiner Verteidigung gehörte, darüber hätte das Gericht zu befinden.
Dann könnte er wohl schweigen? fragte der Illust.
Das könnte er, wenn es ihm nicht darauf ankäme, ob er zum Tode oder zu lebenslänglicher Zwangsarbeit verurteilt würde.
Darin läge fraglos ein Unterschied, also müßte er noch einiges sagen. Aber die Zeugen lögen nun einmal geflissentlich, das müßten die Richter wissen.
Die Zeugen beugten sich in ihren Bänken vor und fingen an, laut dazwischenzurufen. Noch nie hatten sie einen der Gefangenen so einmütig beschuldigt wie diesen Bauern.
Er sollte die Zeugen nicht beleidigen und sich kurz fassen, wurde er ermahnt.

Der junge Illust warf einen verächtlichen Blick auf die von den Richtern in Schutz Genommenen und fuhr fort: die Zeugen hätten ihn schon immer seiner Wohlhabenheit und seiner Bildung wegen mit Neid und Mißgunst verfolgt. Der hohe Gerichtshof mäße ihren Aussagen so viel Wert bei. Nun aber wollte er einmal fragen ...
Er hätte gar nichts zu fragen! unterbrach Ovelacker ihn. Der Illusti-Jüri stutzte, fuhr aber gezwungen-ruhig fort: Zu erwägen geben möchte er den Richtern, ob ... Die Richter erwögen ohne ihn und seinen Rat!
... ob sie den Zeugenaussagen, wenn die entlasteten, ebenso großen Wert beimäßen. Wie die letzten Fälle gezeigt hätten, täten sie das nicht. Da sähe man, was für eine Art Justiz hier von Offizieren getrieben würde.
Er verurteile ihn im Namen des Gerichtshofes wegen Beleidigung des Offiziersstandes zu fünfzig Rutenhieben, sagte Ovelacker langsam. Die würden ihm noch verabreicht, bevor er, wie zu vermuten war, erschossen würde. Aber nun solle er weitersprechen, wenn er sich noch fünfzig hinzuverdienen wolle.
Totenstille war eingetreten. Fünfzig Rutenhiebe, bevor er erschossen wurde! Es gellte den Leuten in den Ohren. Der Illusti-Jüri stand da und stierte Ovelacker an. Er schien zu taumeln, sein Kopf wakkelte hin und her, die Augen quollen ihm hervor. Mit Sekundenschnelle war er kreidebleich geworden.
Weiter! ermahnte Ovelacker ihn. Er aber konnte nicht weiter. Ein paarmal wischte er sich den Mund und schluckte. Die Angst, die Angst, die er auf dem Wagen erlebt, brach in ihm aus.
Ob er alles gesagt hätte, fragte Ovelacker ihn mit spöttischer Höflichkeit.
Nein, nein, entgegnete er jetzt hastig, noch nicht, noch nicht! Ich war dabei, ja, ich war dabei ... Er starrte vor sich hin, als versuchte er sich zu erinnern. – Ich habe nichts getan! Ich will zur Duma kandidieren, und deshalb war ich dabei. Nur ... nur ... um mich mit allem bekannt zu machen.
Die Offiziere fingen an zu lächeln. Wenn die künftige Duma viele solcher Kandidaten hatte, dann mochte Gott Rußland beistehen!
Der Illusti-Jüri sah, wie sie sich über ihn lustig machten. Es schien an seinen Schultern zu zerren und ihn nach vorn reißen zu wollen. Was er jetzt noch sagte, sagte er murmelnd, als spräche er mit sich selbst, die Richter konnten es nicht mehr hören.
Ob er noch etwas zu seiner Verteidigung zu sagen hätte, fragte Ovelacker.
Er schüttelte stumm mit offenem Munde den Kopf und setzte sich

hin. Als die Zeugen in einer Zahl und mit einem Eifer wie noch bei keinem Verhör zuvor gegen ihn sprachen, hockte er, ohne sich zu rühren, da. Der alte Koiri wollte noch einmal gegen ihn aufstehen, aber dessen bedurfte es nicht, man hatte ihn schon einmal gehört. Er wäre unschuldig, behauptete der Illust ein letztes Mal, als man ihm freigestellt hatte, sich zu äußern, aber das sagte er mit einer seltsamen Willenlosigkeit, wie aus einer Gewohnheit, und alle Zeugen riefen dagegen, er wäre der Schuldigsten einer.

Damit endete die Untersuchung des Überfalls auf das Gut Tidenküll.

Bei der Verhandlung gegen die Brandstifter und Plünderer des Karrosilm-Kruges waren der Krüger und die Seinen die einzigen Zeugen. Sie behaupteten, unter den Gefangenen sechs von den Übeltätern zu erkennen: die Brüder Koiri, den Illusti-Juri und noch zwei andere, die es schließlich auf gestanden, um diese Zeit im Krug gewesen zu sein. Getan hätten sie nichts, beteuerten sie. Wie dann der Krug in Brand geraten und die Habe des Krügers verschwunden war, konnte ein Rätsel bleiben.

Man könnte sie beinahe fragen, warum sie nicht löschen geholfen hätten! meinte Charusin zu Ovelacker.

Der nickte nur stumm. Er sah aus, als wäre er unsäglich müde und angewidert von dem Ganzen. So groß der Saal auch war, die Luft lag ihm beklemmend um die Schläfen. Es schien, als hätten all die Menschen, die hier versammelt waren, sie doppelt schnell geatmet, und als wäre ihre Frische verzehrt worden von so viel fauler Jämmerlichkeit in den Taten, über die jetzt das Urteil gesprochen werden sollte. Zur Untersuchung stand nur noch der Überfall auf das Gut Drostenholm, zwölf Gefangene mußten dazu vernommen werden, die zwölf undurchsichtigen Fälle, wie Charusin sich ausgedrückt hatte. Wären es doch durchsichtige gewesen! Der Überdruß ließ es wünschen.

Ovelacker fühlte sich nicht imstande, die Arbeit fortzusetzen, aber er wollte sie auch um keinen Preis gerade jetzt einem seiner Offiziere übergeben, Charusin oder Möller. Er hatte das Empfinden, als dürfte er das nicht, als müßte er und kein anderer den Gang der Sache rekonstruieren. Also schlug er seinen Offizieren vor, außer den zwölfen alle Gefangenen zu entlassen, dazu auch die Zeugen, und das Verhör nach einer kurzen Pause wieder allein mit den zwölfen zu beginnen. Diesem Vorschlag ward zugestimmt. Wenn es sich darum handelte, ob eine Unterbrechung eintreten sollte oder nicht, hätten die Offiziere immer ja gesagt. Ovelacker war nicht ganz zufrieden mit sich selber. Seine Offiziere dagegen, deren Anstrengung im Dasitzen und Zuhören und Mitdenken bestand, fanden, daß es ans Unglaubliche grenzte, wieviel Ausdauer und Geduld ihr Rittmeister aufbrachte. Kosljaninow hatte bereits angefangen, den Schneid bei ihm zu vermissen. Wäre es nach ihm gegangen, dann hätten sie jetzt schon beim Abendbrot gesessen. Charusin, der meistens ganz unbeweglich mit aufgestütztem Kopf dasaß und sich spielerisch ein Bartende um den kleinen Finger seiner Rechten schlang, die Haare abwickelte und wieder aufwickelte, lebhaft nur in seinen Blicken, die er von einem zum anderen wandern ließ, – Charusin fand, einem Meister der Seelenkunde wäre einiges an den Gefangenen und den Zeugen ganz fesselnd, aber im übrigen erfüllte er seine Pflicht unbewegt und leidenschaftslos, mit einer wahrhaft mongolischen Gelassenheit bei den Menschlichkeiten und Unmenschlichkeiten, die das Verhör enthüllte. Möller dagegen, so müde er auch war, hätte gern gesehen, wenn die Untersuchung an einigen Stellen etwas gründlicher geführt worden wäre, vor allem in dem Verfahren gegen die drei Brüder. Seinem Gefühl nach hatte der Rittmeister ihre Sache allzu schnell fallenlassen und zu wenig Mühe darauf verwandt, die sich widersprechenden Aussagen zur Übereinstimmung zu bringen. Im übrigen, das fiel ihm jetzt ein, mußte man doch reiflich erwägen, ob der jüngste von ihnen überhaupt vor ein Feldgericht gestellt werden konnte. Bestimmt war er minderjährig! Aber – sein Einspruch gab klein bei – auch als Minderjähriger unterstand er ihrem Spruch, wenn er ‚in Tatgemeinschaft mit Volljährigen' angetroffen worden war. Nur Priester mußten dem geistlichen Gericht überantwortet werden, leider. Denn die orthodoxen Priester hierzulande waren nicht selten die wahren Urheber der blutigen Unruhen gewesen, und einen gerecht Denkenden konnte Zorn ankommen, wenn die Urheber der Untaten für zwei oder drei Jahre in ein bequemes Kloster gesperrt wurden, indes man die Ausführenden an die Wand stellte und den Glauben an die Statthalter Gottes mit dem Tode bezahlen ließ. Er fand aber nicht viel Zeit mehr zu solchen Überlegungen. Ovelakker übertrug es ihm, die Maßnahmen, die er vorgeschlagen hatte, durchzuführen. Der Rittmeister selbst ging ihnen allen vorauf ins Beratungszimmer. Möller gab die Anweisungen für das Abführen der Gefangenen und ließ durch eine der Ordonnanzen die Zeugen in ihren Warteraum weisen. Im Saal zurück blieben jetzt nur noch die zwölf in Drostenholm Gefangenen, die ein banges Gefühl vor dem Ernst dessen, was nun ihnen allein bevorstand, überfiel. Zu ihrer Bewachung genügten fünf Ulanen, und auch die fünf wurden jetzt gewechselt. Als Möller diese Pflichten erledigt hatte und seinen Kameraden folgte, war schon die Hälfte der Ruhepause verstrichen.

In dem kleinen Zimmer fand er den Rittmeister in einer Unterhaltung mit Charusin am Fenster stehend; Maklakow und Kosljaninow saßen ziemlich schläfrig vor dem Schreibtisch. Der Kornett gähnte, ohne es verbergen zu wollen. Bei Möllers Eintritt blickte er nicht einmal auf. Überhaupt trug er eine für den Leutnant ärgerliche Ungezwungenheit zur Schau. Möller blieb im Zimmer stehen und wußte nicht recht, an wen er sich wenden sollte. Er hätte das Gefühl nicht deuten können, das ihn mit einem Mal erfüllte: Fremdheit – Fremdheit mit all diesen Menschen hier. Immer gerade dann schien sie ihn zu überfallen, wenn er seinem Wesen am getreuesten war. Die beiden Kameraden, die am Fenster standen, unterhielten sich mit einer für ihn geradezu peinigenden Gründlichkeit über einen Lichtschein, der am nördlichen Himmel aufgetaucht war. Es schien, als hätten sie diese wenigen Augenblicke der Ruhe zwischen zwei Abschnitten der Sitzung gewählt, um alle Rätsel des nördlichen Himmels zu lösen. Der Lichtschein lagerte breit über dem Horizont, den die Dachfirste der Häuser verbargen, und stieg mit bleichen Strahlen fächerförmig dem Zenit entgegen, als hätte ein Lichtpfau seinen Schweif aufgeschlagen. Das Seltsame für Möller war, daß die beiden Sprecher, obwohl sie ganz genau zu wissen schienen, der Schein rührte von einem schwachen Nordlicht her, doch unentwegt ihn erörterten und mit Worten nachzuzeichnen versuchten, in einer ganz unsinnigen Zufriedenheit, darüber sprechen zu können. Dann hörte man es in der froststillen Nacht neun Uhr schlagen. Das war nicht zu überhören. Zu allem Überfluß machte Kosljaninow seine Kameraden darauf aufmerksam. Nun wäre es schon neun Uhr . . . uahh . . .! Ob denn der Tag gar kein Ende nehmen wollte? Er würde ein Glas Tee nicht verschmähen. Was Maklakow dazu meinte, ob sie nicht eine Ordonnanz damit beauftragen könnten, ihnen Tee zu besorgen. Aber woher? fragte Maklakow. – Nun, aus dem Hotel. – Dann würde er unterwegs kalt. Überdies hätten sie ja auch schon das Gröbste hinter sich. – Ja, er wollte das hoffen, erwiderte Kosljaninow und stand auf.

Erst das unvermutete Aufstehen, das bei Kosljaninow immer ein Aufspringen war, riß die beiden am Fenster aus ihrem Gespräch. Es wäre wohl Zeit, meinte Ovelacker geistesabwesend. Ja. Im übrigen hätte er alles so angeordnet, wie der Rittmeister es gewünscht hatte, meldete Möller. Indessen war Kosljaninow schon bei der Tür und öffnete sie, selber wartend, seinem Rittmeister und den Kameraden den Vortritt zu lassen. An der Spitze seiner Offiziere trat Ovelacker in den Saal zurück.

Die zwölf Gefangenen erhoben sich träge von den Bänken, die Wa-

chen standen stramm. Erst als die Offiziere ihre Plätze eingenommen hatten, setzten sich die zwölf wieder, und die Soldaten rührten. Und wieder, wie schon nach der ersten Untersuchung, kamen Minuten der Zerstreutheit, ehe die Richter den Gang der Sache erkannt und sich von den vielen Gliedern des einen großen Ereignisses bis zu seinem Anfang hingefunden hatten. Von diesen zwölfen aber galt es nicht erst zu erfahren, ob sie schuldig waren oder nicht. Schuldig waren sie, das hatte schon die Voruntersuchung ergeben. Wie schwer aber war nun ihre Schuld? Sie waren die undurchsichtigsten Fälle, hatte Charusin gesagt; die Rute hatte ihre Untat nicht sühnen können; und ihr Schweigen verschwieg, wer von ihnen oder wie viele von ihnen die Mörder des alten Freiherrn und seines Dieners waren. Ob der Illusti-Jüri? Oder die Brüder Koiri? Wer war bei dem Mord zugegen gewesen? Niemand, so hatte sich bisher ergeben, niemand anderes als die Ermordeten. Unter den Kleinodien, die der graue Leinenbeutel enthielt, befand sich ein Siegelring mit dem Lansdorffschen Wappen. Der aber konnte auch auf Tidenküll geraubt worden sein. Die goldene Uhr des Freiherrn hatte man in der Tasche eines Tagelöhners gefunden, aber diese Uhr hätte er vom Nachttisch des Freiherrn gestohlen, hatte der Bursche gesagt. Das hörte sich glaubwürdig an, denn nach allem, was man wußte, war der Freiherr aus dem Bett geweckt worden. Nur mit einem Schlafrock bekleidet war er vors Haus gegangen, um mit den Aufrührern zu verhandeln, und daß er dabei die Uhr zu sich gesteckt hatte, die überdies an einer Kette getragen wurde, war nicht sehr wahrscheinlich. Der Mann, dem man sie abgenommen, konnte sie also gut vom Nachttisch gestohlen haben, als er in das Schlafzimmer dessen eindrang, der mittlerweile schon ermordet worden war. Doch von wem? Wer war der Mörder, oder wer waren die Mörder? Beweise gegen irgend einen von den zwölfen gab es nicht. Nur Verrat konnte Klarheit bringen. Welcher von den zwölfen sah am ehesten nach einem Verräter aus? Es mußte ein Überängstlicher sein oder ein Schuft.
Ovelacker befragte seine Offiziere zur Rechten und zur Linken. Charusin meinte, ohne nachzudenken, dem Illusti-Jüri traue er jede Gemeinheit zu, also auch diesen Verrat, an den er wahrscheinlich die Bitte knüpfen würde, mit ihm selber glimpflich zu verfahren. Möller war dafür, den jüngsten der Koiri-Brüder auszufragen. Beide Ratschläge hatten etwas für sich. Also wollte man mit dem Illusti-Jüri beginnen, und zwar so, daß man ihn dicht vor den Tisch treten ließ und ihn aufforderte, seine Aussagen leise zu machen. Jedoch sollten zwei Ulanen ihn zwischen sich nehmen.

Der Illusti-Jüri schien es als einen Vertrauensbeweis aufzufassen, daß die Richter mit ihm ganz allein sprechen wollten, als er – mit etwas schwankenden Schritten, wie es den Anschein hatte – auf den Tisch zutrat. Die Ulanen, die ihn geleiteten, machten finstere Gesichter, hatten doch die Soldaten mittlerweile ihre eigenen Ansichten darüber, welche von den Gefangenen schuldiger und welche weniger schuldig waren. Auf dem Gesicht des Illust aber stand deutlich zu lesen, daß er eine geheime Zufriedenheit auskostete.

Nun stand er vor dem Tisch und schaute auf seine Richter hinab. Die dicken Lippen verzogen sich in einem Lächeln. Was wollte man ihn fragen?

Er sollte leise sprechen, befahl Ovelacker ihm und sah ihn unverwandt an. Warum er in Drostenholm den Gutsherrn und den Diener ermordet hätte?

Die Frage schien selbst dem Illust allzu unvermittelt zu kommen. Sein Mund öffnete sich, man sah die dicke, rote Zunge, als er zu dem Fragenden niederblickte und ihn anstarrte – bis sich sein Gesicht zu einem Grinsen verzog und der Mund sich wieder schloß. Er hätte sie ja gar nicht ermordet, sagte er hastig, und sein Blick wurde unstet. Er versuchte Möller anzusehen, dann Charusin, aber es gelang ihm nicht.

Man besäße aber Beweise dafür, sagte Ovelacker, und die würde er, der sich als Jurist ausgab, doch wohl achten müssen.

Welche Beweise? fragte er mit schwerer Zunge.

Die Beweise, die nötigen . . .

Nein . . . sagte er langsam, ein vieldeutiges Nein. Es konnte sowohl bedeuten, daß er das Vorhandensein der Beweise abstritt, als auch, daß er überhaupt eine Schuld ableugnen wollte. Nein . . . er hätte das nicht getan, und folglich könnte es auch keine Beweise geben – oder nur gefälschte.

In Ovelackers Stimme klang bei all diesen Fragen mehr denn zuvor eine Gezwungenheit. Kostete es ihn Überwindung, diese Fragen zu stellen, und noch mehr Überwindung, gerade diesen Menschen zu fragen: der Wahrheit zuliebe mit Unwahrheiten, dem Recht zu genügen mit Unrichtigkeiten?

Er sollte lieber sagen, warum er ihn ermordet hätte, begann er jetzt. Wenn sie von früher her etwas miteinander abzumachen gehabt hätten, der Freiherr und der Illusti-Jüri (welch widerwärtige Verbindung, die er dem Toten damit aufzwang!), dann würde das natürlich anders zu beurteilen sein als zum Beispiel ein Mord aus politischen Gründen. Ermordet hätte er ihn, das wüßte man schon. Aber warum? Wenn er das sagte, schaffte er sich nur eine Entlastung. Daß er bei seinen Plänen, für die Duma zu kandidieren, andere Gründe gehabt hätte als politische, konnte man sich nicht denken. Aber gut, er sollte die Gelegenheit haben, sich zu entlasten. Eine unheimliche Beflissenheit klang aus der Stimme des Fragers, und wie seine Stimme schien auch der Blick sich von allen Hemmungen freigemacht zu haben. Sekundenlang sah es aus, als röteten sich seine marmorfahlen Wangen und als versuchte seine Hand, wenn sie über die Stirn und die Wangen strich, das Blut zurückzudämmen, das ihm ins Gesicht strömte – als versuchte sie das immer eifriger und immer ohnmächtiger zugleich. Es gelang ihr nicht unter dem Zwang der Gesichte, die ihn überfielen, als er dasaß und in die verlegene Miene des Gefangenen hineinstarrte. Dann mit einem Mal bedeckte er seine Augen, mit beiden Händen, immerfort bemüht, so zu tun, als geschähe es aus Müdigkeit oder weil das Licht angefangen hatte, sie zu schmerzen. Unter den Händen aber zuckte es um die Wangenknochen, und seine Kehle schlang ein leeres Würgen hinunter, das ihn im Ekel der Erinnerung an den faden Blutdunst des Zimmers mit den beiden Toten überfallen hatte, so wie die Röte ihn heimgesucht hatte als ein Widerschein von den flammenden Sonnentagen jenes einzigen livländischen Sommers seiner Kindheit. Aus dem Gesicht des Illusti-Jüri – aus diesem abscheulichen Gesicht mit der fettigen Stirn und den wulstigen Lippen! – war mit einem Mal ein Bild der Erinnerung an den alten Freiherrn auf ihn zugekommen (auf ihn, der sich unversehens wieder als Knaben mit einem breiten, steifen Umlegekragen und dem schottischen Kakelbunt der Schleife gewahrte, die seine alte Wärterin ihm umzubinden liebte), auf dem kiesbelegten Parkweg, der stets der Anfang seiner wunderlichen Entdeckungsreisen gewesen war: Vögel zu belauern und zu belauschen, den Kreuzschnabel, die blitzblaue Mandelkrähe, die gelbe Kuhstelze, den Pirol und den Specht . . . und die Tauben vor allem, die scheuen wilden Tauben, die so dunkel gurrten wie das dunkelste Geheimnis des Waldes! Welch ein Heimweh ihn damals überkommen hatte! Heimweh in die tiefsten Geborgenheiten, so ratlos und so schmerzlich wie die erste Liebe.

Solche Kostbarkeiten hatte dieser elende Mensch verdorben! Sie alle, alle, die Elenden, die jetzt dort in den Bänken hockten und nicht mehr aufzublicken wagten! Oh, daß sie doch . . .

Ihn überstürzte das Verlangen, Rache zu fordern. Es rannte seine ganze Selbstbeherrschung nieder, wie der Angriff eines Regimentes gegen einen schwachen Zug. Rache, blindwütige Rache, die in seiner Macht und in seiner Gewalt stand! Rache, die jeder Blick auf den einen vor ihm und die anderen hinter ihm immer blinder anstachelte –

Rachedurst, der sich kaum mehr verhalten konnte, sogleich Fragen zu stellen, die ihm schon auf der Zunge lagen: Fragen, ein Gewirr von Fragen, stark, erbarmungslos, eng, den flüchtigsten Leugner darin zu verwirren; Fragen, ein verderbengeladenes Feld geheimer, untergründiger Absichten, um darin den Trug mit Listen zu fangen, die Feigheit mit Fallen, den Trotz mit eiserner Folgerichtigkeit, wie in einem zuschnappenden Eisen. Ein Verhör wollte er führen, wie noch niemals eins geführt worden war, oder aber . . . nichts von all dem, nur einen Wink tun: er wäre entlassen, nur eine schweigende Gebärde: sie wären fertig miteinander, fertig mit Fragen und mit dem Schweigen; gehen könnte er, gehen könnten sie alle, gehen . . . Er setzte ihnen das Ziel in den Karabinern, über die er gebot: daß sie mit Blei ihnen entgegenkämen und endlich den Rachedurst löschten, der in ihm brannte.
Da aber geschah es, daß er sich innerlich ein Halt! halt! zuschrie, halb als Befehl und halb wie in einem inbrünstigen Flehen um Gnade. Er wagte nicht, die Hände sinken zu lassen und die Augen zu öffnen. Er hatte Angst, daß es ihn schwindeln könnte. Und mit geschlossenen Augen also, im Dunkeln, darin ihn die Augen zu schmerzen begannen von dem Druck seiner Hände – da gewahrte er die Gefahr, in der er sich befand, etwas Schlimmeres als den Tod: die Versuchung, über das Gebot der Gerechtigkeit und über den ehernen Kreis der Pflicht hinaus sich zu verlieren in einen Rausch, darin der Rachedurst gärte. Und während er weiter regungslos verharrte, immer noch die Hände vor die Augen gepreßt, – in Sekunden, unfaßbar langen Sekunden vollbrachte er eine Arbeit, die ihn für all die folgenden Stunden gegen jede Versuchung feite: die große Arbeit der Ernüchterung zur Pflicht.
Als er die Hände sinken ließ und die Augen wieder auftat, sah er sich gerettet, sah er sich wieder in dem Kreis der beschworenen Pflicht. Er war blaß, wie ers immer gewesen, und es hatte den Anschein, als wäre er jenseits seiner Pflicht als Richter mit Toten und Lebendigen völlig teilnahmslos. Von weit her kam der Blick, mit dem er gesammelt zu dem Gefangenen emporsah. Der stand und blickte unsicher auf die Männer am Tisch. Daß sie seinen Vorteil bedachten, war ihm verdächtig. Am Ende wußten sie gar nichts! Nein, gewiß: gar nichts! Aber dieses fortwährende Aufpassen-Müssen machte ihn verrückt. Er wollte ausruhen, er konnte nicht mehr hinhören. Also schwieg er, schwieg, schwieg geraume Zeit, was für Fragen Ovelacker ihm auch stellen mochte – und hatte doch keine Ruhe, denn er hörte ja die Fragen und mußte nachdenken, ob er wollte oder nicht; nur die Antworten schenkte er sich. Seine Gedanken jagten im Kreise. Er

hatte doch so viel gedacht und sich zurechtgelegt! Wo war das alles jetzt? Es fiel ihm nicht ein, und daran war die erste Frage schuld, die ihn verwirrt gemacht hatte, und dieses Stehen vor dem Tisch hier . . . Was war das nur, was er hatte sagen wollen? Mochte der Offizier inzwischen ruhig weiter fragen, er antwortete ihm ganz einfach nicht . . . Ja, gleich hatte ers! Noch eine Weile brauchte er Ruhe, aber ob er so viel Zeit hatte? . . . Ob er so viel Zeit . . .?
Die Ulanen versetzten ihm einen Rippenstoß. Den Offizieren war aufgefallen, daß der Illust völlig geistesabwesend dagestanden hatte. Er stünde nicht hier, um zu schlafen! Wenn ers nicht gleich sagte, könnte man ein wenig nachhelfen!
Nicht prügeln! Nicht prügeln! rief der Illusti-Jüri da verwirrt und, uneingedenk der Weisung, leise zu sprechen, ganz laut.
Die Offiziere waren zufrieden. Endlich einmal hatte dieser Bursche etwas ganz unmittelbar gesagt. Vielleicht kam man weiter mit ihm auf diese Art und Weise.
Aber er würde Prügel bekommen wie noch nie, wenn er nicht sofort gestände! erklärte Ovelacker ihm, mit einem unsagbaren Widerwillen dabei.
Einen Augenblick hatte der Illusti-Jüri versagt: in der Angst vor der Prügelstrafe. Die Angst aber – was das Versagen übergenug aufwog –, die Angst hatte ihn geweckt! Mit einem Mal kam es ihm vor, als hätte er geschlafen. Was er früher gesagt hatte, war wie im Traum gewesen, in dem man qualvoll sucht und nicht findet, bis das Erwachen die Qual mit einer neuen Wirklichkeit auflöst. Jetzt war er wach, und jetzt fiel ihm alles wieder ein.
Bei Gott, sagte er eindringlich flüsternd, ich bin es nicht gewesen! Es waren . . . Er zögerte ganz bewußt, um eine Hemmung vorzutäuschen, die er nicht kannte, die aber gerade auf seine Richter glaubwürdig wirkte, – es waren . . . andere! hauchte er, wie in einem Entschluß, der ihn schwer ankam.
Nein, murmelte Charusin in diesem Augenblick vor sich hin.
Der Illusti-Jüri hatte gehört, daß irgendeiner der Offiziere etwas gesagt hatte. Welcher aber? Er schaute von einem zum anderen. Kein Gesicht verriet das. Vielleicht der kleine Schwarze dort links? Er fand keine Zeit, sich Kosljaninow näher daraufhin anzusehen.
Er sollte nicht lügen, meinte Ovelacker beharrlich, natürlich wäre er es gewesen, aber wenn er Mitschuldige hätte, dann sollte er das sagen. Von denen wüßte man nichts; etwas geringer würde seine Schuld ja damit.
Der Illusti-Jüri schwieg, starrte den Rittmeister an, schien ihn hinhalten zu wollen, um Zeit zu finden. Wen sollte er nennen?

Ich bin es nicht gewesen, sagte er noch einmal, für alle Richter verblüffend schlicht und treuherzig. Muß ich sagen, wer es war?
Die Treuherzigkeit wirkte etwas zu aufdringlich unecht nach allem, was man vordem von ihm gehört hatte. Er wartete auch keine Antwort ab. Mit einer seltsam echt wirkenden Erschütterung in Stimme und Haltung sagte er leise, man möge ihn in Ruhe lassen, er könne nicht mehr, die Koiri-Brüder hätten es getan.
Nun durfte er gehen.
Möller wartete ab, bis er für eine leise Bemerkung außer Hörweite gekommen war, dann sagte er ein sehr entschiedenes: Ausgeschlossen! zu Ovelacker. Der gab ihm nicht sogleich Antwort, und Möller fragte ihn hastig: Oder meinen Sie etwa, daß er die Wahrheit gesagt hat? Ovelacker war dieses Verhör durch seinen Leutnant lästig. Sie sind ins Untersuchen hineingekommen, Wladimir Karlowitsch, meinte er. Wenn ich sagen soll, was ich denke, dann: der Illusti-Jüri ist es meinem Gefühl und meiner Beobachtung nach bestimmt *auch* gewesen, aber vielleicht nicht allein, das wäre möglich.
Möller konnte nichts erwidern. Er schüttelte nur, immer noch nicht überzeugt, den Kopf und musterte die Gefangenen. Ovelacker aber befragte gerade Charusin, was der meinte. Und Charusin antwortete: Der Illusti-Jüri bestimmt auch. Auch? Er teilte des Rittmeisters Ansicht, daß er Helfer gehabt haben könnte. Wen? Ja, das könnte man nicht wissen. Im allgemeinen dürfte man nicht sagen, daß diese drei Brüder wie Mörder aussähen.
Die drei Brüder kämen jetzt an die Reihe zum Verhör, man könnte es mit ihnen ja versuchen, sagte Ovelacker, und nun begann, was eben mit dem Illusti-Jüri geendet hatte, mit den drei Brüdern Koiri. Sie zuckten zusammen, als sie gefragt wurden, warum sie den alten Freiherrn und seinen Diener ermordet hätten, dem ältesten trat der Schweiß auf die Stirn – aber sie alle drei schien das Verhör längst nicht so sehr anzustrengen wie den Illust. Was sie sagten, kam ohne Anzeichen der Erschütterung über ihre Lippen, wie durch irgend etwas Unbegreifliches schienen sie gefeit gegen die Angst, die Ovelackers Fragen ihnen hätten einflößen müssen; konnten sie doch an den Fragen ermessen, welch schwerer Verbrechen man sie bezichtigte. Wie schwere Strafen darauf standen, wußten sie.
Nein, nein, nein, drei Nein waren stets ihre Antwort. Sie hätten es nicht getan, nein, sie hätten ihn nie gesehen, den Freiherrn, nein, sie wären nicht einmal drinnen im Gutshaus gewesen, als sich herumgesprochen hatte, daß da drinnen der Gutsherr und sein Diener lägen, erschossen.
So? Sie wären nicht im Hause gewesen?

Nein, nein, nein.
Wann wären sie denn nach Drostenholm gekommen?
Das wüßten sie nicht mehr genau.
Aber ungefähr? War es schon hell am Morgen oder noch dunkel?
So halbhell . . .
Eine trefflich gewählte Mitte! Aber es ging nicht an, sie auszufragen, wenn sie so dicht beieinander standen; dann sagte einer den anderen die Antworten vor. Ovelacker wollte die Frage an den ältesten stellen, Möller und Maklakow sollten hören, was der zweite der Brüder sagte, der jüngste kam vor Charusin und Kosljaninow. Die Fragen stellte Ovelacker allen dreien gemeinsam, nur mußte ein jeder leise antworten, ohne daß seine Brüder ihn hören konnten.
Also, halbhell wäre es gewesen, als sie nach Drostenholm gekommen waren. Sie waren ja nicht allein gekommen, viele mit ihnen. Welcher von den Gefangenen, die hier im Saale waren, wäre mit ihnen zugleich gekommen? Sie könnten sich ruhig umschauen und es ihnen dann sagen.
Die Brüder drehten sich um. Im selben Augenblick sah der Illusti-Jüri erschrocken auf. Nur Möller bemerkte das und machte Ovelakker darauf aufmerksam.
Übereinstimmend nannten die Brüder, als sie sich wieder dem Tisch zugekehrt hatten, einen Tagelöhner unter den Gefangenen. Der wäre mit ihnen zusammen gekommen.
So. Nun konnte man die Probe machen. Der von den Brüdern genannte Gefangene gab, danach befragt, wie spät es gewesen wäre, als er nach Drostenholm gekommen war, zur Antwort, das wüßte er nicht mehr.
Aber ungefähr? Ob es schon hell oder noch dunkel gewesen wäre.
Es hatte zu dämmern angefangen, antwortete der Gefangene nach einigem Überlegen. – Möller nickte zufrieden vor sich hin.
Also, sie wären im Dämmern nach Drostenholm gekommen und gar nicht ins Gutshaus gegangen? Wo waren sie denn gewesen? Das sollten sie mal erzählen.
Ein jeder der drei erzählte seinem Beichtiger, er wäre, als die Schießerei geendet hatte, mit seinen Brüdern in den Viehstall gegangen, um sich das Vieh anzusehen, und zu den Pferden, die wären bekanntlich gut auf Drostenholm.
Und sie wären überhaupt nicht drinnen im Hause gewesen?
N . . . ein.
Bestimmt nicht? Man hätte sie aber dort drinnen zusammen gesehen. Dafür gäbe es Zeugenaussagen!
Nein . . . ja . . . ja, sie hätten hineingehen wollen, aber da hätte ih-

nen jemand gesagt, gerade auf der Treppe wäre es gewesen, daß drinnen der alte Baron läge, den man totgeschlagen hätte, und da wären sie weggegangen.
Wohin?
In die Brennerei.
Und was hätten sie da gemacht?
Getrunken.
Viel?
Ja, ziemlich viel.
Wer denn die Brennerei angezündet hätte.
Das wüßten sie nicht, das hätte wohl niemand absichtlich getan.
Aber wie es denn gekommen wäre, daß sie später mit einem Mal brannte.
Das wäre wohl nur so gekommen.
Aha! Nur so . . . Und wer von den dreien hätte den alten Freiherrn und seinen Diener erschossen?
Sie hätten das nicht getan!
Aber wer? Ob sie's wüßten.
Wohl der Illusti-Jüri.
Der Illusti-Jüri ganz allein?
Vielleicht.
Das sollten sie deutlicher sagen. Wozu hatten sie sich denn so viel Waffen eingesteckt? Und woher sie die bekommen hätten. Und wer von ihnen dem Illusti-Jüri dabei geholfen hätte, den Baron umzubringen.
Das wüßten sie nicht. Die Waffen . . . die hätten sie aufgelesen, überall hätten Waffen gelegen.
Soso, das wüßten sie nicht. Hatten sie denn untereinander gar nicht darüber gesprochen, wer den alten Baron und seinen Diener umgebracht hatte?
Doch, in der Brennerei hätten sie darüber gesprochen.
Wer?
Alle.
Und sie könnten sich nicht erinnern?
Nein. Sie wären auch meistens für sich gegangen.
Wohin denn?
Überallhin.
Und wohin hätten sie am Abend gewollt, als die Soldaten sie gefangen hatten?
Nach Haus, zum Vater.
Mit so viel Waffen?
Darauf blieben sie die Antwort schuldig.

Sie hätten doch gewußt, daß nach dem Kriegsrecht allein schon auf Waffenbesitz Todesstrafe stand.
Ja, davon hätten sie gehört.
Wer ihnen denn gesagt hätte, daß sie jetzt nach Hause gehen sollten.
Das hätten sie sich selber gesagt.
Und sie wollten den Richtern hier weismachen, daß sie gar nicht im Gutshaus gewesen waren, nicht in Tidenküll und nicht in Drostenholm?
Nein, da wären sie nicht gewesen.
Aber was sie denn die ganze Zeit getan hätten, als sie in Tidenküll gewesen waren. Irgend etwas hätten sie doch während der Stunden dort tun müssen.
Dort . . . dort . . . in Tidenküll wären sie überhaupt nicht gewesen!
So. Ob der Illusti-Jüri einen Zorn auf sie hätte. Ob sie mit ihm verfeindet wären.
Aber nein!
Sie hätten ihn doch vorher gekannt?
Nur ganz flüchtig.
Fragen und Antworten, ununterbrochen. Jeder der drei Brüder gab die Antwort mit verschiedenen Worten, aber in ihrem Sinne waren sie eins. Derweilen hatte Möller sich umgedreht und suchte etwas in der Satteltasche. Mit einem Mal kehrte er sich jäh um und hielt den Brüdern den grauen Leinenbeutel hin – aber ohne sie anzusehen. Er sah auf einen ganz anderen von den Gefangenen, nicht einmal so sehr mit Absicht, sondern wie in einem unerklärlichen, die Schicksale formenden Zufall. Wie sie zu dem Beutel gekommen wären. Woher sie den hätten, fragte Ovelacker. Darin wären Schmuckstücke der Herrschaften auf Tidenküll und auf Drostenholm! Sie sollten doch endlich zugeben, daß sie den Mord verübt und diese Kleinodien geraubt hätten!
Den . . . Röte übergoß ihre Gesichter, den . . . den . . . den hätten sie gefunden! – Stille in dem großen Saal.
Ja! sagte dann mit einem Mal der Leutnant Wladimir Karlowitsch Möller leise, aber voller Gewißheit.
Ja! beharrte der Leutnant später mit ebensoviel Gewißheit, obschon da auch ein wenig Trotz in ihr mitklang, ja! er bestünde darauf, das wäre die Wahrheit, den hätten sie gefunden.
Aber welche Beweise er dafür hätte, drängten ihn seine Kameraden. Woher er das wissen wollte, und wie gerade er zu dieser Ansicht käme, der sie doch selber gefangengenommen und ihnen selber die Waffen und den mehr als verdächtigen Beutel abgenommen hatte. Er, der den Beteuerungen der drei niemals Glauben geschenkt, der

die Voruntersuchung geführt und die Widersprüche gehört hatte, er, der bislang fest überzeugt von der Schuld der drei gewesen war!
Wie ein Bär inmitten der Meute saß der Leutnant Wladimir Karlowitsch Möller zwischen seinen Kameraden und hielt ihren Fragen stand.
Die Vernehmung der Angeklagten war abgeschlossen. Nach jenem unerwarteten Ja Möllers zu der Beteuerung der drei Brüder, daß sie den Beutel nur gefunden hätten, war das Verhör noch geraume Zeit weitergegangen, bis die Beweisaufnahme gegen alle zwölf Gefangenen abgeschlossen war. Dann hatten die Offiziere sich zur Beratung in das an den Saal grenzende Zimmer zurückgezogen, und die Gefangenen waren in die Zellen abgeführt worden. An Hand der Aufzeichnungen, die sie aus dem Verhör mitgebracht, hatten es die Offiziere unter Ovelackers Vorsitz unternommen, das Strafmaß für jeden der vierunddreißig festzusetzen.
In der Reihenfolge, in der das Verhör geführt worden war, hatte man bereits an die dreißig Urteile erwogen und angenommen, immer eines Sinnes erwogen und angenommen, wie es das Gesetz vorschrieb. Schon war neunmal die Todesstrafe verhängt und in den übrigen Fällen auf Verschickung nach Sibirien und Prügelstrafe erkannt worden. Erst bei der Beratung darüber, welches Los die drei Brüder Koiri treffen sollte, beim ersten Satz schon oder nicht einmal einem Satz, nur bei dem Namen, den der Rittmeister ausgesprochen hatte, . . . da löste sich die Spannung, die Erregung lenkte die Blicke aller auf Möller. Was hatte der zu sagen?
Ja! Unschuldig wären die drei! – Der junge Leutnant saß unangefochten von den gespannten und bestürzten Blicken der Kameraden vor der Wahrheit, die er gegen vier Frager hütete. Auf seinem Gesicht war sogar etwas wie der Anflug von einem Lächeln zu bemerken; der aber wich sogleich, als sich seine Blicke mit denen des Rittmeisters kreuzten, der bislang der Schweigsamste gewesen war.
Wie, Wladimir Karlowitsch, wollen Sie sich nicht erklären? forderte Ovelacker ihn auf.
Ja! – Immer wieder ein Ja, er wich nicht um das mindeste zurück. Die Kameraden und der Rittmeister sollten sich doch einmal vergegenwärtigen, was die drei Brüder ausgesagt und, zum Unterschied von den übrigen Gefangenen, wie sie es getan hatten!
Schön und gut, fiel Charusin ihm ins Wort, er glaubte das gern, er sähe ja auch Unterschiede, und nichts wäre ihm lieber, als wenn sich Beweise böten, Beweise!
Möller nickte ihm zu; mit einiger Anstrengung, hatte es den Anschein.

Den Beweis . . . sagte er langsam, – nun, er hätte den Beweis bekommen und danach auch sogleich mit seinem Ja den Unschuldsbeteuerungen der drei zugestimmt. Wie er annähme, wollten die Kameraden diese drei Brüder zum Tode verurteilen. Das ginge nicht, . . . das könnten sie nur, wenn sie die Justiz ganz formalistisch ausübten.
Hauptsache wäre, es bliebe dabei noch genügend Gerechtigkeit übrig, warf Charusin ein, oder wie?
Die Frage schien Möller ein wenig aus der Fassung zu bringen. Er vermochte nicht sogleich zu antworten.
Denn wenn drei junge Burschen mit einem wahren Waffenarsenal im Weichbild von Drostenholm, wo gemordet und gebrandschatzt wurde, spazierengingen, hatten sie ihr Leben nach dem Kriegsrecht – ganz zu schweigen von den Anweisungen, die der Kommandeur ihnen hier heute nachmittag noch telegrafisch erteilt – bereits verwirkt.
Aber er hätte den Beweis für ihre Unschuld – allerdings: er allein, wie er glaubte, wenn nicht einer von den Kameraden ebenfalls das, was er beobachtet, mit angesehen hätte. Und das hätte wohl keiner, denn sonst erhöbe nicht er allein seine Stimme für die Unschuld der drei. Verurteilte man die drei, dann könnte man ebensogut ihn verurteilen, denn er möchte sich verbürgen für das, was sie beteuert hatten.
Aber Wladimir Karlowitsch, was reden Sie da! rief Ovelacker über den Tisch. Ich höre immer wieder etwas von Unschuld, Unschuld, und Sie selber haben den dreien soviel abgenommen, daß es zu einem fällenden Spruch ausreicht. Schuldig sind sie natürlich! Es fragt sich nur, wie groß ihre Schuld, und nicht, wie klar ihre Unschuld ist!
Stellen Sie sich doch diese Augenblicke vor! rief Möller erregt: Die drei stehen vor uns vor dem Tisch; ich nehme aus der Satteltasche den Beutel, unser einziges Beweisstück für die Schuld der drei an den Morden; ich drehe mich um, sehr schnell, wie Sie sich erinnern werden, und halte ihn den dreien hin. Schon höre ich fragen, woher sie diesen Beutel bekommen hätten, darin wären Schmuckstücke der Herrschaften auf Tidenküll und auf Drostenholm; ich aber bin, während schon die Frage gestellt wird, mit meinem Blick noch nicht bei den dreien angelangt. Langsamer als die Hand, die den Beutel den dreien zum Betrachten hingeschwenkt hat, wandert mein Blick ganz zufällig über die Gefangenen auf den Bänken, und da, in diesem Zufall, denn aller Blicke mögen auf die drei gerichtet gewesen sein, um aus ihren Gesichtern etwas herauszulesen, – da bleiben meine Blicke an jenem . . . Illust hängen. Ich halte den Beutel, dessen An-

blick für die drei Brüder bestimmt ist, in der Hand und sehe dabei den Mann an, dem der Anblick des Beutels in Wahrheit bestimmt gewesen ist, weil er *ihm* gehört hat, dem Illust! – Mit vielem anderem zusammen wird man diesem Menschen doch grenzenlose Habgier zutrauen können, nicht wahr? Hemmungslose Habgier! . . .
Die Offiziere nickten, obschon sie nicht wußten, worauf Möller nun eigentlich hinauswollte.
. . . Und in dem Gesicht des Illust malt sich das Erkennen, das mich davon überzeugt hat: die drei haben den Beutel wirklich nur gefunden, weil der Illust ihn verloren hatte. Der starrte den Beutel in meiner Hand an, seinen Beutel, seinen kostbaren Beutel mit einem Gemisch von freudigem Wiedererkennen und Habgier, von Geiz und Mißgunst und auch ein wenig Freude darüber, daß er ihn wiedersieht und daß man ihn doch nicht bei ihm gefunden hat. In diesen wenigen Augenblicken, – oder war es nur der kaum zu fassende Bruchteil eines Augenblicks? – entäußert dieser Mensch sich all dessen, was er uns verschwiegen hat: mit verzerrten Zügen und wollüstig funkelnden Augen –, bis er plötzlich merkt, daß ich ihn beobachte, und er sich vor mir in einen unbeteiligt Dreinschauenden zu verwandeln bemüht. Indessen stammeln die drei, ich weiß nicht mehr, zum wievielten Male, ihre Beteuerungen, daß sie den Beutel gefunden hätten, ich höre es, und ich kann nur ja sagen. Ja, sie sind unschuldig!
Die Offiziere schwiegen, als Möller geendet hatte, und der junge Leutnant glaubte, seine Schilderungen hätten sie dermaßen beeindruckt, daß sie keine Worte fänden. Mit einem Mal aber dauerte das Schweigen ihm unheimlich lange. Er blickte von einem zum anderen, auf Charusin, Maklakow, auf den leichtfertigen Kornett, auf den Rittmeister . . . Wie? Erwarteten sie denn . . .
Hm . . . an den Morden oder einem der Morde, meinen Sie? ließ der Rittmeister sich vernehmen.
Tja . . .! pflichtete der Oberleutnant ihm bei und wandte sich dann an Möller: Und worin, Wladimir Karlowitsch, läge hier, Ihrer Meinung nach, der Beweis? fragte er geflissentlich mit großer Höflichkeit.
Aber ich bitte Sie! rief Möller.
Ich meine, sagte Charusin leise und förmlich – Möller kam es vor, als hätten sie alle, die ihn umringten, sich insgeheim wider ihn verschworen –, ich meine, daß man das alles, was Sie beobachteten, nicht unbedingt so aufzufassen braucht. Bedenken Sie einmal: Wenn der Illust tatsächlich der rechte Besitzer des Beutels, das heißt, der Mann ist, der seinen Inhalt zusammengeraubt hat, dann wird er

doch schon vor der Verhandlung erfahren haben, daß dieser Beutel sich bei der Verhaftung der drei in ihrem Besitz befand, und daß er uns als Beweismittel gegen die drei Brüder diente, nicht wahr?
Möller machte eine Geste, daß man darüber verschiedener Meinung sein könnte.
Denn, fuhr Charusin fort, ohne seine Entgegnung abzuwarten, die Gefangenen haben, seitdem sie gefangengenommen wurden, untereinander doch gesprochen, beraten, was sie sagen und was sie nicht sagen sollten, vielleicht jeder den anderen belauernd und mit dem Bestreben, eine Gelegenheit, sich selbst zu entlasten, aus den Erzählungen des anderen herauszuhorchen. Natürlich werden alle gewußt haben, daß man den dreien einen Beutel abgenommen hatte und daß dieser Beutel vor Gericht ein schwerwiegender Schuldbeweis sein würde. Wenn also, Ihrer Meinung nach, der Illust der Räuber war, – glauben Sie, daß er dann so dumm gewesen wäre, sich zu verraten: er hätte seinen Inhalt zusammengestohlen? Nein! Er hätte den anderen Gefangenen nichts von dem Beutel erzählt und auch um keinen Preis zu erkennen gegeben, daß dieser Beutel ihm bekannt war. Was Sie gesehen haben – auch wenn der Illust wirklich beim Anblick des Beutels ein so . . . ausdrucksvolles Gesicht gemacht haben sollte –, ist doch noch kein Beweis! Es ist eine Nuance, gut, es kennzeichnet diesen widerwärtigen Kerl nur noch mehr, aber . . . ja – Charusin schien es peinlich zu sein, das eingestehen zu müssen –, überzeugt hat dieser Beweis mich nicht. Gerade wollte der Kornett mit funkelnden Augen etwas sagen, da kam ihm Möller zuvor.
Er sähe gar nicht ein, beharrte er immer heftiger, daß alle Gefangenen über den Beutel, den man bei den drei Brüdern gefunden hatte, unterrichtet gewesen sein sollten. Bei den Verhören hätte sich immer wieder herausgestellt, daß die Brüder Einzelgänger gewesen wären, sowohl vor den Gewalttaten als auch während der Zeit, da sie verübt wurden. Damals wären sie meistens für sich gewesen, hatten sie gesagt, wenn er sich recht erinnerte, und deshalb hätten sie ja auch nichts über die anderen zu sagen gewußt.
Aber ganz für sich hätten sie ebensogut auch allerlei anstellen können, worüber die anderen nichts zu berichten wußten, hätten morden, plündern, brandstiften können! warf der Kornett mit unbestreitbarem Geschick ein.
Möller spürte, daß die Kameraden ihm zustimmten.
Dann sollte der Kornett das beweisen, das Morden, Plündern und Brandstiften!
Dann sollte der Kamerad Leutnant das Nichtmorden und Nichtplündern und Nichtbrandstiften beweisen!

Ihm stellte es sich folgendermaßen dar, sagte Möller: die drei hatten die ganze Zeit hindurch Abstand von den übrigen gewahrt, Abstand gewahrt auch in der Gefangenschaft. Er glaubte nicht, daß sie Vertraulichkeiten ausgetauscht hatten mit den anderen. Nein, wahrscheinlich hatte niemand etwas von dem Schuldbeweis gewußt.
Ob der Leutnant sich erinnern könnte: War bei der Voruntersuchung, als er die Namen feststellen ließ und vor den dreien das Beweismittel wider sie, den Beutel, erwähnte, – war damals zufällig irgend jemand von den anderen Gefangenen in der Nähe gewesen? fragte Ovelacker. Er selber wüßte das natürlich nicht, aber die Vorstellung, daß die Anfertigung des Verzeichnisses im Beisein von vielen vor sich gegangen war, läge doch sehr nahe.
Möller stockte und mußte überlegen. Er könnte sich beim besten Willen nicht mehr daran erinnern, gab er schließlich zur Antwort.
Dann könnte man eher annehmen, daß die Feststellungen damals in aller Öffentlichkeit vor den anderen Gefangenen gemacht worden waren, meinte Ovelacker. Nun kam es auch Möller so vor, als wären damals viele Menschen zugegen gewesen, aber er mochte seine erste Auskunft nicht berichtigen.
Diesen Einwand müßte Möller aufgeben, stellte Ovelacker fest.
Daß der Rittmeister immer nur die Schlußfolgerungen zog, reizte den Leutnant. Er ließ die Meute los, er ließ sie ihr Wild stellen und ankläffen und schoß dann seelenruhig von fern – zog die Schlußfolgerung, eisig und unbewegt. Was sollte nun geschehen?
Man könnte glauben, was sein Kamerad beobachtet hatte, oder man könnte es nicht glauben; erst durch den Glauben würde das ein Beweis, sagte in einem Augenblick völliger Stille Maklakow, der sich zum ersten Male äußerte.
Es gäbe vielleicht Wahrheiten jenseits der Beweisbarkeit, aber richten nach ihnen, richten auf Tod oder Leben?
Aber etwas versäumen über ihnen, versäumen, den Toten Genugtuung zu verschaffen? fragte Charusin den Jüngeren eindringlich.
Von den Toten dürfte hier nicht gesprochen werden! Nur vom Recht und ob man Lebendige ihm zum Opfer darbringen müßte! sagte, jäh sich selbst vergessend, der Leutnant Möller. Sein Kamerad Maklakow hätte eine bedeutsame Wahrheit gesagt, als er von den Wahrheiten jenseits des Beweisbaren gesprochen hatte, die erst durch den Glauben zu Beweisen würden. Er hätte den Glauben, für ihn wäre, was er gesehen, ein vollgültiger, wenn auch unerklärlicher Beweis! Und schließlich müßte ein Gericht von den Lebendigen ausgehen. Der alte Vater könnte doch nicht nur durch einen Verdacht drei Söhne verlieren! Drei Söhne! Ob denn auch der alte Koiri

den Kameraden unglaubwürdig erschiene? Er, der Leutnant, könnte einfach nicht glauben, daß die Söhne dieses patriarchalischen, frommen Mannes Mörder wären!
Wie er sich dann zu erklären wüßte, daß die Söhne dieses patriarchalischen, frommen Mannes dem Geheiß ihres Vaters nicht gefolgt, den Aufständischen nicht bei der ersten Gelegenheit entwichen und nach Haus zurückgekehrt waren? fragte Ovelacker den Leutnant noch ruhig, aber schon an der Grenze seiner Selbstbeherrschung. Das zu erklären hatten ja die drei Brüder selber nicht vermocht!
Das . . . Möller versuchte, seinen Rittmeister anzusehen, aber er hielt dem Blick nicht stand, das . . . könnte er sich sehr gut erklären. – Mit einem Male, gerade da, als er sagte, daß er sich das sehr gut zu erklären wüßte, überfiel den Leutnant etwas wie eine tiefe Hoffnungslosigkeit. Er verzagte an seinem Ziel, weil er sich mitten im Sprechen eingestand, er müßte seinen Rittmeister mit der Forderung nach einem Recht, das nicht von den Toten, sondern von den Lebendigen ausging, tödlich verletzt haben. Und dabei redete er, er, der einen anderen tödlich verletzt hatte, unaufhörlich von den Lebendigen! – Ob nicht die jungen Burschen, wenn sie anfangs auch widerwillig gefolgt wären, die Abenteuerlichkeit des Unternehmens zum Bleiben verführt habe? Man müßte sich doch vorstellen, wie das Ganze sie beeindruckt hatte. Darüber Ordnung, Hauszucht und die Ermahnungen des Vaters zu vergessen, wäre ein leichtes gewesen. Daß sie selber es nicht zu erklären vermochten, wäre noch kein Beweis dafür, daß sie etwas zu verhehlen trachteten. Wie dumpf fühlten sie, wie unbewußt! Hätten sie die Wachheit und Worte, dann würden sie's schon zu erklären wissen! Gerade daß sie rührend hilflos waren, mußte überzeugen, gerade die Kunstlosigkeit in ihren Reden, die Einfalt, – die Unschuld!
Dann wollte er wiederholen, sagte Ovelacker, was sich in der Untersuchung als Unterlage für ein Urteil ergeben hatte, wohlverstanden: allen sichtbar und hörbar ergeben hatte und nicht nur der Wahrnehmung eines einzigen. Indes Möllers Gesicht ein flammendes Rot übergoß, begann er aufzuzählen, was das Verhör ergeben hatte, ohne das geringste zu verschweigen, ob es nun für oder ob es nun gegen die drei Brüder sprach: Die Teilnahme an den Verbrechen in Tidenküll – abgestritten, unbewiesen, aber schwach bezeugt. Die Teilnahme an der Beraubung und Einäscherung des Karrosilm-Kruges – abgestritten die Teilnahme, gestanden die Anwesenheit als Zuschauer, glaubwürdig bezeugt beides. Die Teilnahme an den Verbrechen auf Drostenholm – abgestritten strafwürdige Handlungen, gestanden die Anwesenheit, bezeugt – alles und nichts. Alles von

unverläßlichen Zeugen, nichts von verläßlichen. Für die drei sprachen der Vater und einer von den Richtern selber, gegen sie sprach der Besitz des Beutels und der Waffen und die Mehrzahl der Richter. Das letzte, was für die drei sprechen sollte, hätte man eben von Wladimir Karlowitsch Möller gehört. Das müßte man glauben und sähe darin dann einen Beweis, oder man glaubte es nicht und sah auch keinen Beweis darin. Und nun wollte er die Kameraden um ihren Spruch bitten, zuerst, als den jüngsten, den Kornett Kosljaninow. Worauf wollte der Kornett bei den drei Brüdern erkennen?
Auf Todesstrafe für alle drei! sagte der Kornett, ohne zu zögern. Stille. Die Antwort des Kornetts war ein wenig zu früh gekommen. Maklakow sah bestürzt drein. Schon war die Reihe an ihm.
Und Sie, Eustachius Alexandrowitsch? wandte sich da auch schon der Rittmeister an ihn.
Auf Todesstrafe, für alle drei! sagte viel leiser als der Kornett der Leutnant und schluckte bei dem Worte drei. Möller hatte sich gezwungen, keinen der Kameraden anzusehen, als die um ihren Spruch befragt worden waren. Er hielt seine Hände auf dem Tisch übereinandergelegt. In diesen Augenblicken, bei der Erwartung der Aufforderung des Rittmeisters, sich zu äußern, zuckte es in seinen Fingern. Immer noch hielt er den Kopf gesenkt.
Und Sie, Wladimir Karlowitsch?
Jetzt war der Augenblick da!
Dreißig Rutenhiebe für jeden der älteren, fünfzehn für den jüngsten! sagte Möller, und es kam ihm doch sonderbar ruhig und gefaßt aus dem Munde.
Entgegen unseren ausdrücklichen Anweisungen für die Festsetzung des Strafmaßes bei unerlaubtem Waffenbesitz, Teilnahme an revolutionären Umtrieben – wenigstens äußerlicher Teilnahme, im besten Fall, den wir annehmen könnten –, Besitz von durch Mord und Plünderung erworbenem Gut, ob auch nur als Hehlerei? fragte Ovelacker mit leidenschaftsloser Genauigkeit.
Möller starrte ihn an. Man konnte sehen, wie ihm der Schweiß auf der Stirne ausbrach.
Ja! sagte er und schien nach der großen Anstrengung, die es bereitete, das zu sagen, würgen zu müssen.
Pjotr Sergejewitsch?
Wie zufällig folgte der Aufruf des Oberleutnants schon, als Möller kaum das letzte Wort gesprochen hatte. Todesstrafe für die beiden älteren, zwanzig Jahre Sibirien für den jüngsten! sagte Charusin leise.
Ich folge Pjotr Sergejewitsch in seinem Urteil, endete Ovelacker:

Todesstrafe für die beiden älteren, zwanzig Jahre Sibirien für den jüngsten. Verlangen die jüngeren Kameraden, daß wir uns ihnen anschließen? – Er hatte sich an den Kornett und an Maklakow gewandt. Die erklärten sich zur Milderung der Strafe für den jüngsten bereit. Ihr Spruch zu viert war einstimmig.
Schließen Sie sich uns an? fragte Ovelacker den Leutnant Möller, der inzwischen noch keinen Augenblick aufgesehen hatte.
Aber alle sahen Möller an.
Auch der blickte nun endlich auf und sagte ein leises, aber sehr festes: Nein!
An dieses Nein schien Möller sein ganzes Leben gegeben zu haben, denn als er jetzt dem Beispiel der anderen Offiziere folgte und aufstand, geschah das mechanisch, bis ins Innerste unbewegt, wie es auch auf seinem Gesicht zu lesen stand. Seine blauen Augen, die bis vor kurzem noch Festigkeit, Gewißheit, Mut, für sein Gewissen einzustehen, den Trotz, sich im Recht oder dem, was er für Recht erkannt hatte, zu behaupten, seinen Haß gegen den Rittmeister und seine Verachtung für einen nach seiner Ansicht so leichtfertigen Kameraden wie den Kornett Kosljaninow – die Augen, die all dies widergespiegelt hatten, starrten jetzt erloschen drein. Es war, als durchstrahlten Geist und Seele nicht mehr den groben Stoff, aus dem er gefügt war. Man hätte ihn niemals feingliedrig und feinnervig nennen können, aber man hatte ihn früher auch nie als ungeschlacht bezeichnen dürfen, wie es jetzt nahe lag. Auch das war so merkwürdig: wie er da stand, schien der junge Leutnant auf sein Schicksal zu warten. Eben hatte er keins. Er stand da wie ein Ding, wie eine Sache. Er sah niemanden an, er richtete an niemanden das Wort; er stand da, ein wenig vornübergebeugt, den Nacken geduckt, mit lose herabhängenden Händen. Seine Kameraden hätten vermuten können, daß er dort in verbissenem, finsterem Trotz stand, aber nein, die anderen waren für ihn nur so weit vorhanden, wie er sie in einem völlig geistesabwesenden Weiterarbeiten seines Wahrnehmungsvermögens im Zimmer umhergehen sah. Er hatte nicht einmal ein Empfinden für die Spannung, die zwischen ihnen herrschte, das heißt: zwischen den vieren und ihm. Er stand in einem Augenblick zwischen Ebbe und Flut. Die Gezeiten seines Daseins hatten ausgesetzt, ob nur für einen Herzschlag oder ob für Stunden und Tage und sein ganzes künftiges Leben – wer wußte das? Sein Dasein war zeitlos und richtungslos und jenseits aller Bedingungen, fast bis in den Tod hinein gefährdet und dem Einbruch aller rätselhaften Mächte preisgegeben. Entweder ging er in dieser Unbewegtheit unter, oder der Sturm kam noch, der ihn zurück ins Leben führte. In diesen Au-

genblicken erfüllte ihn kein Gedanke und kein Gefühl. Das ganze unbewußte Ich, das ihm geblieben war, verstrudelte in einer dunklen, unbegrenzbaren Empfindung. Was ging ihn jetzt noch an, woran konnte er sich halten?
Er hätte den Eindruck, sagte da mit einem Male Ovelacker in die peinliche Stille hinein, daß ihr Kamerad Möller sich durch seine Anwesenheit bei der Beratung gehemmt fühlte und nicht imstande wäre, seine Betrachtungsweise, die er mehrfach angedeutet, so rückhaltlos auszusprechen, wie es notwendig war. Deshalb wollte er sich für eine Weile zurückziehen und bäte Möller, den Kameraden in aller Offenheit, ohne auf einen Leidtragenden Rücksicht nehmen zu müssen, zu erklären, was ihn zu der erstaunlichen Verschiedenheit seiner Ansicht von der seiner Kameraden verpflichtete. Er bäte, ihm im Saale Mitteilung zu machen, wenn man fertig sei. Eins möchte er jedoch im voraus sagen: daß er nicht zustimmen wollte und nicht zustimmen könnte, wenn der Leutnant Möller etwa das Ansuchen an ihn stellen sollte, für die Aburteilung der drei Brüder aus dem Gericht ausscheiden zu dürfen. Im übrigen verböte ihnen allen eine solche Lösung die Ehre. Nun bitte . . .
Er ging, der Rittmeister, mit einer unbestimmten Handbewegung, die etwa ausdrücken konnte: nun bitte, wie er es gesagt, und bevor Möller in seiner Bestürzung imstande war, auch nur das geringste zu erwidern, hatte die Tür sich schon hinter dem Davongegangenen geschlossen. Möller rieb sich die Stirn und machte ein paar Schritte dem Fenster zu. Dann blieb er wie gelähmt stehen.
Also, Wladimir Karlowitsch, was ist das eigentlich zwischen Ihnen und dem Rittmeister? Sprechen Sie doch! Mit diesen Worten hielt unversehens der Oberleutnant Charusin den wie Träumenden untergefaßt und führte ihn zum Fenster. Die beiden anderen folgten, der Kornett war feinfühlig genug, Möller seine Nachbarschaft zu ersparen. Maklakow, der kindlich besorgt aussah, stand zur Rechten Möllers. In dieser Ordnung bewegten sie sich zum Fenster, und dicht neben den Scheiben hielten sie inne, vor der Stirn die sterndurchsäte Finsternis, durch die vom Horizont herauf die bleichen Lichtfontänen des Nordlichts geisterten. Möller kämpfte dagegen an, die behutsame Hand Charusins unter seinem Arm als etwas Tröstliches zu empfinden.
Was soll denn sein? sagte er rauh und versuchte, seine Stimme aufgebracht klingen zu lassen. Gleich danach ließ er die Schultern hängen und preßte die Lippen zusammen.
Nun, irgend etwas muß es doch sein! bemerkte Charusin und strich sich den Bart. Sprechen Sie sich doch aus. Warum können Sie es in

seiner Gegenwart nicht erklären? Sie machten heute abend ein paar Bemerkungen, die schon an der Grenze standen . . .
An welcher Grenze denn, meinen Sie? fragte Möller abgerissen.
Charusin ließ seinen Arm los. Muß ich Ihnen das auseinandersetzen?
Ich bitte darum. Wir sind ja wohl allein gelassen worden, um endlich einmal offen reden zu können!
Die Kameraden, sagte Charusin mit einer andeutenden Bewegung nach rechts zu Maklakow und Kosljaninow hinüber, die Kameraden sind Zeugen, daß Sie sich diese Erklärung ausgebeten haben. Ihre Bemerkungen, Wladimir Karlowitsch, streiften die Grenzen des Anstandes und – des Respekts!
Möller erschauerte; wenn man es auch nicht sah – man spürte, daß ein Zittern ihn durchrann.
Und diese Bemerkungen können ihre Erklärung nur in Ihrer außerordentlichen Erregung finden, die uns jedoch wieder unerklärlich ist.
So! sagte Möller verbissen.
Auf diese Weise, setzte Charusin ihm unbewegt weiter auseinander, sind Sie uns also völlig unverständlich, aber ich wünschte, Sie sähen eine Möglichkeit, dem Rittmeister Ihre Entschuldigung vorzutragen.
Möller schwieg, die drei anderen starrten ins Dunkel hinaus und folgten mit ihren Blicken den zuckenden und schnellenden Lichtbündeln, die unablässig aufschossen, dem Zenit zu.
Werden Sie später auch einmal Ihre Entschuldigung vortragen, wenn Sie sich eingestehen müssen, ein Fehlurteil gefällt und drei junge Menschen gemordet zu haben, Pjotr Sergejewitsch? fragte Möller dann.
Ohne Zweifel, erwiderte Charusin schlicht. Aber sehen wir die Dinge doch einmal so, wie sie sind, Wladimir Karlowitsch. Die Umstände haben es so gewollt, daß der Rittmeister mit der Untersuchung und Bestrafung von Verbrechen betraut worden ist, deren Opfer seine nächsten Verwandten waren. Das wissen wir seit gestern. Wir kennen die schwierige Stellung, die er als Richter im Auftrag des Oberbefehlshabers einerseits und andererseits als Verwandter der unglücklichen Opfer einnimmt. Wir haben aber auch Gelegenheit gehabt zu erkennen, wie außerordentlich er bemüht ist, unparteiisch zu sein, das heißt: nur den Anspruch des Rechts zu vertreten und nicht die persönliche Rache. Nur die Rache der Gerechtigkeit, die Genugtuung verlangen heißt. Sehen wir davon ab, welche Eindrücke er im Verhör und bei der Voruntersuchung erhalten hat.

Wir drei – unbeteiligt, weiß Gott! – sind mit ihm einer Ansicht. Ist Ihnen das nicht ein Gewähr? Sie haben gesagt: nicht von den Toten dürfte man ausgehen, sondern von den Lebenden. Das ist schmählich und falsch. Schmählich im Beisein des Verwandten dieser Toten, und falsch obendrein, denn selbstverständlich bezieht sich das Recht auf das Unrecht, wenn es auch Unsinn wäre, zu sagen, daß es, nach Richtlinien, die man als Recht erkannt hat, nicht mehr als nur die Korrektur des Unrechts ist. Es ist mehr, viel mehr. Es soll sich nicht aus dem Weichbild des Unrechts bewegen, aber es soll natürlich nicht in persönlicher Beziehung zum Unrecht stehen. Daß es heute in dieser persönlichen Beziehung steht – wen sollte man darob beklagen? Die Gefangenen? Nein, den Richter! Er hat jedes Rachegefühl in sich überwinden müssen und hat es wirklich fertig gebracht, wenn auch Sie, merkwürdigerweise gerade Sie, Wladimir Karlowitsch, seine Unvoreingenommenheit fortwährend angezweifelt haben. Nun, Gott sei Dank, nur in der Sache dieser drei, die Ihnen ans Herz gewachsen sein müssen.
Ja, glauben Sie denn wirklich nicht an die Unschuld dieser drei? brach Möller plötzlich wieder aus, mit einem inständigen Bemühen, zu überzeugen.
Ich möchte der Ansicht meiner Kameraden, wenn die inzwischen die ihre geändert haben sollten, nicht vorgreifen, entgegnete Charusin mit einem behutsamen Neigen seines Kopfes, das ihn noch schmäler und feiner erscheinen ließ. Ich für meinen Teil – nein! Ich bin aber bereit zuzugeben, daß ich auch von ihrer Schuld nicht so felsenfest überzeugt bin, wie Sie es anscheinend von ihrer Unschuld sind.
Ich bin es meinem Gewissen schuldig, meinem Gewissen, Pjotr Sergejewitsch!
Sie meinen: diese drei unschuldig zu finden? Wem, glauben Sie, sind wir anderen es schuldig, diese drei zu verurteilen?
Ich bitte Sie: vergessen Sie den vorhandenen Tatbestand nicht! Den Tatbestand, an dem es gar nichts zu deuteln gibt: Waffenbesitz, eingestandene und bezeugte Anwesenheit am Ort der Mordtaten, Besitz von Gegenständen, wie man sie sich nicht belastender vorstellen kann! Das genügt bereits für drei Todesurteile. Ob die drei der Mittäterschaft an den Morden überführt werden können, ist von der Norm des Kriegsrechtes her gesehen nur noch ein zusätzliches Problem der Beweisaufnahme, dessen Lösung aber an der vorgesehenen Strafe, der Todesstrafe! nichts ändert und nur dem Wunsch entspringt, Licht in die grauenhaften Vorgänge zu bringen.
Gegen diese Tatsachen erheben Sie die Stimme Ihres Gefühls, die

drei wären ‚unschuldig'. Das können sie gar nicht sein, am wenigsten vor Ihnen, der sie in flagranti ertappt hat.
Ohne mich auf Formaljuristerei versteifen zu wollen, sage ich Ihnen: weder Ihr Gefühl von der sogenannten Unschuld noch die Beteuerungen der drei reichen für ein Strafmaß, das hinter der Todesstrafe zurückbleibt. Wen denn, sagen Sie mir, um Gottes willen, wen sollten wir dann eigentlich von den anderen zum Tode verurteilen? Wollen Sie auch Pumpur mit zwanzig Hieben laufen lassen, oder den Illust? Oder sollen wir die zum Tode verurteilen, nur weil sie zufällig unsympathisch sind?
Darauf antwortete Möller nicht.
Ich möchte Sie noch einmal darauf aufmerksam machen, Wladimir Karlowitsch, daß wir nicht gewissenlos urteilen, sondern nach bestem Gewissen und Vermögen. Wir drei haben, ohne von Ihnen verdächtigt werden zu können, nicht das erkannt, was Sie erkannt zu haben meinen. Folglich urteilen wir so. Halten Sie Ihr Wahrnehmungsvermögen für so unfehlbar?
Möller blieb stumm. Aber nicht aus Teilnahmslosigkeit, das konnte jeder von den dreien bemerken. Wohl starrte er – ungewiß, wohin, wenn nicht auf die geisterhaften Fontänen des Nordlichts – in die Nacht hinaus, aber sein Gesicht mit dem zuckenden Mund, der sich bald verbissen schloß und bald die Zähne entblößte, mit den zitternden Nasenflügeln, als verhielte er ein Schluchzen, mit den sich raffenden und sich lösenden Faltenbündeln auf der Stirn, den Schatten und Wolken, die über seine Züge hinwegzuhuschen schienen wie dunkle Brisen auf gewittrigem Wasser, – all das spiegelte eine ungeheure Erregung.
Und was, fragte er unvermittelt, ohne jemanden anzusehen, was könnte mir die Veranlassung geben, mich gegen mein Gewissen zu entscheiden?
Die Offiziere schwiegen lange Zeit. Schon konnte es den Anschein haben, als würde Möller gar keine Antwort mehr zuteil, da sagte Charusin, und es klang wie eine Frage: Die Ehre vielleicht!
Haben Sie eine Ehre ohne Gewissen, Pjotr Sergejewitsch? Eine gewissenlose Ehre, ein ehrloses Gewissen? – Möller verbiß sich förmlich darin, alle Umkehrungen zu finden, die möglich waren; auf seinen Zügen malte sich ein verzweifeltes Lächeln.
Ich bin kein Psychologe, sagte Charusin unangefochten, ich habe es, wie meine Kameraden, nur zum besten mit Ihnen gewollt. Ich kann jetzt nicht mit Ihnen diskutieren, wie es mit dem Gewissen steht und mit der Ehre. Man muß jedes zur rechten Zeit gebrauchen, wie die Demut und den Mut. – Wollen Sie aber mir und meinen Kameraden

sagen, was Sie eigentlich veranlaßt, eine freie Meinungsäußerung – oder eine noch freiere, als Sie die schon vorhin für richtig befanden – in Gegenwart unseres Rittmeisters zu vermeiden?
Die Stimme des Oberleutnants klang gelangweilt. Er schien die Anteilnahme an Möller verloren zu haben. Und das machte nicht nur Möller betroffen, der sich zu einer Erklärung genötigt sah, sondern auch Maklakow und Kosljaninow stutzten.
Soweit ich Ihnen das erklären kann, ja! begann Möller. Eigentlich hat mich, wie auch Sie vorhin im Hotel, fortwährend bedrückt, daß ich in unserem Rittmeister nicht den Unparteiischen sah, sondern den Rächer. Sie werden zugeben, daß es eine heikle Lage war, heute nachmittag im Hotel, als ich meinen Bericht über den Tod seiner Angehörigen zu geben hatte.
Aber da haben Sie es nicht an dem nötigen Zartgefühl fehlen lassen, meinte Charusin.
So? Finden Sie? entgegnete Möller mit einem verbitterten Lachen. Ich bin mir selber gegenüber vielleicht etwas kritischer als Sie.
Nicht immer, berichtigte Charusin ihn; vorhin zum Beispiel, als Sie das Recht der Lebenden proklamierten, der lebendigen Mörder!
Vorhin, ja, vorhin . . . hatte Möller murmelnd eingeworfen; es klang bedauernd, aber durch den Hohn Charusins gereizt, fuhr er mit gepreßter Stimme fort: Es sind keine Mörder! Sie nur wollen mich zu einem Mörder machen, wissentlich! Aber: nein! sage ich Ihnen, lieber Pjotr Sergejewitsch, nein! Das wird nicht sein!
Dreierlei geschah gleichzeitig. Die geisterhaften Spiele des Nordlichts am nächtlichen Himmel schnellten in den Zenit hinauf, Möller stand allein, und kaum merkbar waren Charusin und Maklakow von ihm abgerückt.
In dem Alleinsein trat der junge Leutnant aus der Reihe der Kameraden vor dem Fenster zurück und ging mit langsamen Schritten in die Tiefe des Zimmers.
Nach einer Weile drehte Charusin sich um und sagte – indes Maklakow und Kosljaninow wie stumme, reglose Posten wieder die Nacht zu bewachen schienen –: Wollen Sie jetzt dem Rittmeister Meldung davon machen, daß Ihnen dienstlich zu befehlen wäre, sich unserem Urteilsspruch anzuschließen?
Möller starrte den Sprecher an. Er hob die Brauen und runzelte die Stirn. Nein! sagte er dann.
Was wollen Sie denn eigentlich? fuhr Charusin ihn an, zum ersten Male ein wenig unbeherrscht.
Solche Ausflüchte will ich nicht! erklärte Möller ruhig.

Ich habe Sie nicht gefragt, was Sie nicht wollen, sondern was Sie wollen!
Das würde er ihnen allen in kurzer Zeit sagen, bemerkte Möller nun mit einem Male in gänzlich verändertem Ton. Seine Bemerkung klang so beiläufig, daß es den Anschein hatte, als wäre alles Vorhergegangene nur ein blinder Alarm gewesen. Jedem feineren Gehör aber war die Beiläufigkeit nur eine Schale, und in ihr lag der Kern, ein zuinnerst gehüteter, auf Leben und Tod, wie jede Frucht einer jähen, in Minuten oder nur in Sekunden zusammengedrängten Reife von einer unsäglichen Süße und Bitternis zugleich, – von unbekannter Herkunft, denn wer vermöchte sein Dasein so zu kennen, daß er die Quelle der ganz großen Entschlüsse in sich selber suchte?
Woher aber kam ihm sein großer Entschluß? Er ließ sich auf einen Stuhl fallen, den nächsten am Tisch, den er fand, und saß dort lange Zeit, dem Fenster und den Kameraden den Rücken zugekehrt. Bevor sie alle aufgestanden waren, hatte er den gegenüberliegenden Platz inne gehabt. Er saß da, als lauschte er. Das rötliche Licht der Lampe fiel durch sein Haar und ließ es heller aufleuchten, als es in Wirklichkeit war. Er hielt die Augen wach und weit offen. Den düsteren Engel ihm zu Häupten, den Engel, der von diesem Platz nicht gewichen war, als der, dem er vordem zu Häupten gestanden, sich erhoben und den Raum verlassen hatte, den sah er nicht.
Gut, dachte er, ich tue es! Kriegsrecht ist Kriegsrecht, und das Gefühl bedeutet nichts gegenüber dem Indizium und der Forderung des Gesetzes.
Da tauchten, wie beschworen, die Gesichter der drei Brüder vor ihm auf. Er starrte sie an mit einem leisen Forschen in sich selbst, ob er den Anblick aushielte. Ja, dachte er, es geht. Ging es wirklich? Zwei von ihnen bleckten ihn mit den im Kugelregen verkrampften Totengesichtern an, der dritte klirrte von Ketten. Ging es wirklich? Aus jeder Wunde spritzte Blut in weit weggeschleuderten Tropfen, wie Saatgut aus des Säers Hand. Der Engel ihm zu Häupten fing es mit gebreiteten Schwingen auf und streute es als dunkle Saatkörner der Schuld in die Schicksale hinein. In die tiefe Furche, die Möller ihm bereithielt und die er tief und spurlos für die Welt in sich verschließen wollte. So tief, daß in seinem künftigen Leben nichts mehr aus dieser dunklen Saat sproß, so tief, daß sie erstickt wurde. Tat er das willentlich, dann besaß er eine Zukunft; fügte er sich nur einem Befehl, in den Urteilspruch einzustimmen, dann konnte er ebensogut schon morgen um seinen Abschied nachsuchen; dann war alles zu Ende, und er war dennoch schuldig geworden. Nicht gut, dachte er, aber ich tue es.

Da mit einem Mal stockte sein Herz wie im Todesnahen, der kalte Schweiß brach ihm am ganzen Leibe aus, jeder Gedanke, an den er, wie er meinte, sich schon gewöhnt hatte, zog sich von ihm zurück und riß ein Nichts nach sich auf. Wie ein Verbluten bei lebendigem Leibe war das, wie ein unaufhaltsames Ebben seines Lebens, wie ein Hinausfluten seines Daseins in einen dunklen, unbekannten Ozean des Nichtseins . . . Daß er zurück wollte, zurück um jeden Preis, war das letzte, was er empfand.

Länger, glaubte er, könnte man den Rittmeister nun aber nicht mehr warten lassen; ihn länger warten zu lassen, ginge nicht an . . . Ein und dasselbe, mit immer neuen Worten hatte Charusin es gesagt, Maklakow hatte ihm beigepflichtet, Kosljaninow zugestimmt – aber Möller schien es zu überhören.

Wladimir Karlowitsch!

Möller sprang vor dem nahenden Oberleutnant Charusin auf. Es ist gut! sagte er, fast ohne Stimme, und ging zur Tür. Indes die drei sprachlos von dem Anblick des Aufgesprungenen und Davoneilenden verharrten, betrat er den Saal und wurde sofort des Rittmeisters ansichtig. Der stand nicht weit entfernt bei dem Tischchen mit den Beweisstücken und betrachtete den Inhalt des grauen Beutels.

Der Leutnant ging mit unsicheren, aber in dem Bestreben, Haltung zu wahren, mit um so steiferen Schritten auf ihn zu. Er war sehr bleich, seine Augen starrten weit aufgerissen. Er schlug die Hacken zusammen, als er den Rittmeister erreicht hatte, und meldete mit überstürzt hervorgesprudelten Worten, daß er sich dem Spruch des Rittmeisters und seiner Kameraden anschließen wollte.

Ovelacker stand noch regungslos da, als der Leutnant geendet hatte, wie erschöpft nach einer Arbeit, deren Schwere kein anderer Mensch je zu begreifen imstande sein konnte. Er sah ihm in das bleiche, von allen Schrecken, die er in der Dämmerung des Zimmers mit den drei Kameraden ausgestanden hatte, wie zerrissene Gesicht, und dem Anschein nach immer noch lauschend, hob er mit einem Mal beide Hände und legte sie Möller schwer auf die Achseln. Jetzt unversehens empfand er die vierfache Übereinstimmung in einer Ansicht als das Unsicherste und Haltloseste, was es auf der Welt geben konnte, und die einsame, abwegige Meinung eines Fünften als etwas viel Sichereres, beinahe Unumstößliches, dazu sich bekehren zu dürfen sein Wunsch war.

Nicht doch, Wladimir Karlowitsch! Wollen Sie das wirklich? – Mein Gott! fügte er leiser hinzu, als er den Leutnant beim Arm nahm und ihn mit sich zog, als wollte er sich mit ihm auf eine der Zeugenbänke setzen. Er empfand deutlich das Verwirrende und das Verworrene seines Verhaltens. Eben erst noch hatte er die Überzeugung ihrer vier verfochten; eben erst noch hatte er das Beratungszimmer verlassen, damit Möller ungehemmt aussprechen könnte, was ihn zu dem starren Festhalten an seiner Überzeugung bewog oder damit er von den Kameraden zu deren Überzeugung überzeugt werden könnte, ohne daß dabei der Mensch zugegen war, von dem der junge Leutnant argwöhnte, er verpflichtete sich und die Seinen aus persönlichem Rachedurst zu seiner Entscheidung, und jetzt . . . Jetzt wünschte er sich allem Anschein nach nichts lieber, als daß Möller weiterhin den einmütigen Kreis sprengen möchte. Jetzt . . . jetzt war da dieses von Zweifeln und Schrecken und Anfechtungen des Gefühls zerrissene, von mühsamen Entschlüssen des Verstandes längst nicht geheilte Gesicht und . . . und das dunkle Gefühl, daß es wie eine Lawine über ihnen allen hing.

Warum tun Sie das? fragte er mit einem Male und blieb stehen und betrachtete Möller von der Seite her, bevor der noch den Kopf wenden konnte.

Er wartete Möllers Antwort nicht ab und ging weiter. Vor den Zeugenbänken, gerade vor dem Platz, auf dem der alte Koiri gesessen hatte, blieb er ebenso unvermittelt wieder stehen und ließ den Arm des Leutnants fahren.

Möller war so überrascht, daß er glaubte, er träume. Aber er fand kein Wort. Mit einem Mal – er wußte nicht, was er unterdessen angesehen hatte – fühlte er den Blick seines Rittmeisters auf sich gerichtet.

Er bäte, sich darüber keine Gedanken zu machen, stammelte Möller ausweichend. Jede Sekunde kostete ihn mehr von seiner letzten Kraft und Beherrschung.

Ovelacker biß sich auf die Lippen, hob einen Fuß und stemmte die Sohle gegen die vorderste Bank. Nein, sagte er leise, wie zu sich selber, ohne den Leutnant dabei anzusehen, das ist keine Antwort! Wissen Sie, es könnte so sein, daß in irgendeiner fernen Zukunft, die keiner von uns kennt, alle zusammenhängen, die Lebendigen und die Toten . . . Und jedes Leben, das man dem Irrtum abringt, ohne damit das Recht und die Gerechtigkeit zu verletzen, ist ein großer Gewinn für einen selber. Ich will keinen Menschen voreilig verdammen, glauben Sie mir!

Möller blieb stumm. Er tat ein paar Schritte zur Stirnwand des Saales hin, doch kehrte er gleich wieder zurück, anscheinend, um jetzt etwas zu sagen – doch brachte er nichts anderes über die Lippen als ein fast tonloses: Sie sind unschuldig!

Man müßte den Himmel bitten, daß er einen sehend macht! rief

Ovelacker plötzlich unterdrückt und ging Möller entgegen, den Himmel und Sie, Wladimir Karlowitsch! Denn angenommen, wir anderen wären alle blind – Sie hat er doch sehend gemacht, nicht? Alles, was Möller zustande brachte, war ein stummes, gewichtiges Nicken.

Also, sagte Ovelacker: Öffnen Sie mir doch die Augen! Überzeugen Sie mich! Nur – bleiben Sie in den Grenzen der Pflicht . . . dieser hier, dieser hier!, und wieder hielt er das zusammengefaltete Papier des letzten Befehls in der Rechten und schlug sich damit auf die Handfläche der Linken, daß es im ganzen Saale widerhallte.

Ich weiß nicht, was Sie mit den Kameraden besprochen haben, fuhr er fort. Aber Sie müssen wissen, daß das Leben des Jüngsten von den dreien das äußerste ist, was Sie der Menschlichkeit von Richtern abringen können, wenn die der Tatsachen eingedenk bleiben und dem harten Recht des Kriegszustandes Achtung zollen. Tun Sie das nicht, dann haben Sie auch die Selbstachtung verloren und sollten Eid und Degen zurückgeben, und das brauchen wir nicht. Er nahm den Leutnant beim Arm und schritt mit ihm die Längswand des Saales entlang. Wir wollen versuchen, dasselbe zu sehen! sagte er. Erzählen Sie mir bitte noch einmal ganz genau, wie das alles war.

Am Arm des Rittmeisters versuchte Möller unwillkürlich sich seinem Schritt anzupassen, als wäre die Übereinstimmung darin die erste und grundlegende für alle anderen; aber so unbeständig wie sein Verhalten, seine Blicke, seine Worte und Gebärden waren, so unstet war auch des Rittmeisters Gang: einmal übereilt, ein andermal schleppend, und mitunter blieb er für lange Zeit unvermittelt stehen und starrte Möller an, als versuchte er, ihm die Worte schon von den Lippen abzulesen, bevor er sie hörte. Und gerade in dem Stehenbleiben- und Sprechen-Müssen lag für Möller das Schwerste dieser Unterredung, die ihn so lang dünkte wie der Gang an der unendlichen Wand, die einmal zur Linken und ein andermal zur Rechten lag, in immer wiederkehrendem Auf und Ab, Auf und Ab . . .

Er hätte sich Engelszungen gewünscht, den Unglauben damit zuschanden zu machen, aber schon der Anfang seines Berichtes ließ ihn erschrecken. Wie fest und wie bewußt er sich auch vornahm, alle nur erdenkliche Überzeugungskraft in seine Worte zu legen – er hatte beinahe ein körperliches Gefühl für die Schwäche und Verlorenheit seiner Stimme, die an der unendlichen Wand hilflos hin und her zu flattern schien. Und doch erzählte er, wenn auch immer mühsamer und verwirrter; er erzählte alles, was er während des Verhörs erlebt hatte, in einem verzweifelten Bemühen um jede Deutlichkeit und Eindringlichkeit des Ausdrucks, so wie ein Ertrinkender noch ein-

mal vom Grunde ans Licht zurück will, das er über sich mehr ahnt als sieht.
Er erreichte es nie, das meinte er spüren zu können. Er spürte das so oft, wie Ovelacker stehen blieb, aus angestrengtem Nachdenken heraus eine kurze Frage tat und, kaum daß er, Möller, sie beantwortet hatte, weiterschritt, während er erzählte, weiter, weiter, weitererzählte und weiter an der Wand entlang schritt, die kein Ende nahm, an der Wand, vor der er bald nicht mehr bewußt erlebte, wann sie umkehrten und wie oft, so wirr reihte sich alles aneinander. Aber von Minute zu Minute schwerer lasteten auf ihm nie zuvor gekannte Trauer und ein Gefühl der Ohnmacht und Unfähigkeit – und der Gleichgültigkeit am Ende. Sein Bericht – das hörte er mit eigenen Ohren, während sein eigener Mund sprach –, sein Bericht wurde immer verworrener, immer undeutlicher, je deutlicher er jeden Augenblick zu vergegenwärtigen versuchte. Wäre er betrunken gewesen, er hätte nicht ärger stammeln können! Die Worte waren nur noch wie ein planloses Umsichschlagen in einem Meer von tiefer Unbegreiflichkeit. Es gab eben eine Gewißheit jenseits der Beweisbarkeit. Und dann war er am Ende.
Er wollte nicht wissen, was der stumme Zuhörer neben ihm dachte. Er fühlte nur noch mit Scham die Peinlichkeit, daß die Kraft, auf die er gebaut, sich versagt hatte, als er sie hatte herbeizwingen wollen. Vorhin, in dem kleinen Zimmer, im Kreis der Kameraden, bevor er seine Überzeugung geändert, hatte sie sich gewährt, das hatte er bei jedem Worte gespürt. Jetzt aber . . . Nein, nicht einmal sich selbst hätte er zu überzeugen vermocht, gestand er sich am Schluß ein, ohne es ändern zu können. Und dann mit einem Mal überwältigte ihn ein Gefühl der Achtung für die Geduld des Mannes, der neben ihm einherging, immer noch, immer noch . . . und nun war er es, der innehielt, er wußte nicht, warum.
Ovelacker blieb vor ihm stehen. Mit einem seltsamen, traurigen Gesicht, wie er es noch nie an ihm gesehen hatte, dachte Möller. Er sah ihn an. Wie lange, das ging Möller nicht auf. Er fühlte nur, daß er versagt, daß er vielleicht Hoffnungen enttäuscht hatte, daß alles verloren war, alles . . . Nur wußte er nicht, ob ihm diese Gewißheit aus Ovelackers Blick kam oder aus dem Zucken um seinen Mund, bevor er anfing zu sprechen. Ich kann . . . ich kann das nicht, begann der Rittmeister; dann brach er ab und ging ein paar Schritte weiter. Ich . . . sehe . . . das nicht, gestand er leise ein. Wladimir Karlowitsch, ich sehe das nicht! Möller machte eine schwache Gebärde der Hilflosigkeit, und daß er alles verloren gäbe und das Verhängnis als die höhere Macht anerkennen wollte.

Gott im Himmel! rief Ovelacker leise aus, ich wollte es gern, aber ich sehe das alles nicht! Und nachdem er lange zu Boden geschaut hatte, fügte er mit gedämpfter Stimme hinzu: Also . . . müssen wir zurück zu dem Recht, das unsere Pflicht ist, Wladimir Karlowitsch! Sind Sie bereit?

Möller brachte kein Wort über die Lippen. Er nickte stumm.

Der Rittmeister hatte gefragt, der Leutnant hatte bejaht – und doch rührte sich keiner von ihnen. Sie standen da, als nähmen sie zögernd Abschied und versuchten, vertraut damit zu werden, daß es unwiderruflich war: sie müßten zurück, zurück zu ihrer Pflicht. Nach einer Weile straffte sich Ovelackers Gesicht. Er sah Möller fest an. Ich habe es nicht gesehen, Wladimir Karlowitsch, sagte er leise. Glauben Sie mir: ich wollte gern . . . Es ist gut, sagte er dann mit fester, entschlossener Stimme, kommen Sie!, und er nahm den Jüngeren am Arm.

Es ist nicht gut! schrie eine Stimme in Möller, aber wer vernahm die? Nur sein eigenes Gewissen. Der Rittmeister führte ihn ins Beratungszimmer zurück. Es blieb denen, die sie dort erwarteten, unklar, warum er ihn führte. Geschah es aus Besorgnis, oder war es eine Geste der Freundschaft, mit der Ovelacker andeuten wollte, daß er der Meinungsverschiedenheit zwischen ihnen, nun sie beigelegt war, keinen Wert mehr beimaß? Stehend setzte man dann das Strafmaß für die letzten der Angeklagten fest.

Von nun an kam auch kein allgemeines Gespräch mehr in Gang. Während Möller unbeweglich auf dem Stuhl an der Wand verharrte, wanderten die anderen im Zimmer auf und ab. Alle rauchten. Der Raum hatte sich mit einem schweren bläulichen Schwaden gefüllt, den die Gestalten wie eine Flut zerteilten. Wirbelnd schlug sie hinter ihnen zusammen. Dieses und dazu das rastlose Wandern, das grundlose Verharren auf einem Fleck in der Stille, das Mitfolgen der Schatten an den Wänden, ihr Sichkreuzen und Überschneiden, die Auflösung und Verdichtung, die sie erfuhren, je nachdem, welcher von den Lampen eine der Gestalten näher kam – dieses alles mutete Möller traumhaft unterirdisch an. Die andere Welt, die ganz irdische und alltägliche, die von alledem, was ihre Richter bewegte, völlig ahnungslos war, begann inzwischen in den angrenzenden Saal einzutreten, die Zeugen als erste. Ihr Hüsteln und das Hallen ihrer schweren Schritte, so leise sie auch aufzutreten versuchten, drang bis in das Schweigen der fünf Offiziere. Der Rittmeister und Charusin hatten sich am Fenster zusammengefunden.

Ich denke, man wird es draußen vor der Stadt abmachen, hörte Möller den Rittmeister sagen.

Morgen früh, meinte Charusin.
Sehr früh, pflichtete Ovelacker bei, im Morgengrauen. Ich warte nur noch darauf, welchen Platz uns der Kreismilitärchef anrät, dann kann man die Leute zum Graben hinausschicken.
Es wird schnell gehen, sagte Charusin, der Boden ist noch nicht tief gefroren. Und das andere hier?
Ja, ich denke, vielleicht hier im Hof.
Aber das wird viel Aufmerksamkeit erregen.
Ach so. Sie meinen durch das Geschrei! Dann in den Zellen unten.
So dachte ich auch. Bemerkten Sie übrigens, daß der Kreischef mit keinem Wort erwähnte, ob er an der Sitzung teilnehmen könnte? Obwohl die Geschichten in seinem Kreis passiert sind.
Tja, meinte Ovelacker achselzuckend. Er fürchtet, sich unbeliebt zu machen, wenn er dabei gewesen ist. Die Unbeliebtheit bleibt unser Vergnügen. Aber Ihnen wird das gleichgültig sein, Pjotr Sergejewitsch.
Ich denke, ja, meinte Charusin mit einem dünnen Lächeln. Wie Ihnen, nicht?
Ach! . . . stieß Ovelacker hervor. Mehr wurde es nicht. Er grub die Zähne in die Lippen. Was hätte ich anderes tun können, Pjotr Sergejewitsch? Habe ich nicht meine Pflicht getan, nur meine Pflicht? fragte er nach einer Weile. Und ohne die Pflicht zu einem Götzen machen zu wollen – waren uns nicht die Augen unparteiisch verbunden, wie der Göttin mit der Waage, in deren Dienst wir standen, wenn auch Möller anfangs meinte, mit ganz anderer Blindheit geschlagen?
Natürlich, murmelte Charusin. Schließlich marschieren ja auch fünf Strafexpeditionen durch die Provinzen, und bei allen – und allen ihren Detachements – wird gerichtet.
Nur besteht ein Unterschied zwischen den anderen Richtern allerorts und mir.
Inwiefern? fragte Charusin.
Ich denke, das kann ich Ihnen morgen mit Gewißheit sagen, erwiderte Ovelacker. Charusin warf von der Seite her einen forschenden Blick auf seinen Rittmeister. Der wandte sich gerade nach der entgegengesetzten Seite um und fragte ins Zimmer hinein: Ist es soweit?
Maklakow, der der Tür am nächsten stand, warf einen Blick in den Saal. Sogleich, sagte er, sie werden eben hereingeführt!
Das hätte er kaum zu sagen brauchen. Im Saal war es kurz vorher totenstill geworden, denn was nicht bis zu den Offizieren ins Zimmer gedrungen war – im Saal hatte man es vernommen: die Schritte, viele viele Schritte, das Schlagen schwerer Türen, das Kreischen eiserner

Gitter und dann, treppauf, näher und näher kommend, das Getrappel von vielen Füßen, ein Schleifen und Scharren über die Kalksteinfliesen, geleitet von klirrenden Stiefelschritten, taktfest, wie eine drängende trappelnde Herde von ruhigen Hirtenschritten eingehegt wird. Näher und näher, völlig stumm, nur Schritte, nur Scharren, nur Schleifen; kein Wort, kein eigener, freier Wille, nur Gang, Gang über Treppen und Gänge – niemand wußte, wohin. Für wie lange Zeit in die Bänke dort vor dem Tisch? Niemand wußte, für wie lange.

Die Zeugen wagten nicht aufzusehen. Nur der Krüger saß selbstbewußt wie immer auf der ersten Bank und ließ seine Blicke wandern. Er hegte die höchsten Erwartungen. Der andere aber, der den Blick nicht niederzuschlagen brauchte, der Alte neben ihm, hatte nur Augen für die, die hereingeführt wurden. Sie waren noch gieriger danach, seine drei zu erspähen und ihnen recht lange folgen zu können; sie waren noch röter als sonst, ja es sah aus, als hätte er vor nicht langer Zeit geweint. Oder trieften sie nur von dem übermäßig lange ertragenen Licht, an das er im Winter nicht gewöhnt war? Im Sommer, ja, da waren die Tage lang; zu Winterzeiten aber leuchtete das Licht ihnen nur, wenn sie den Abendbrei aßen oder ein Stück aus der Bibel lasen oder den ‚Postboten' aus Dorpat, auf dem seine drei bestanden hatten. Nun aber waren seine Tage ohnehin bald zu Ende, dann leuchtete ihm das ewige Licht, Gott mochte es geben, in Ewigkeit, Amen. Wenn er nur seine drei erst wieder daheim hatte! Aber er konnte gar nicht mehr denken vor lauter Erwartung. Er sah umher, fortwährend sah er umher; seine Hände strichen über die Knie, fortwährend strichen sie über die Knie; sein Mund stand offen, ab und zu vernahm der Krüger ein Brabbeln aus dem wirren Bart, die Zunge schlug leise schnalzend gegen den Gaumen, und der Atem ging laut wie ein Rauschen im Walde. Bald schoben die schweren Stiefel sich vor, bald scharrend zurück. Einmal sah der Alte durch die Lücke zwischen zwei anderen Gefangenen seinen Jüngsten, aber nur für ganz kurze Zeit – dann ertranken der ganze Saal und die Menschen rundherum im Wasser, mit dem seine Augen sich füllten. Und es war, als müßten Ströme weichen und Hügel hinfallen, da er sich die Augen wischte und aufstand, weil der hohe Gerichtshof eintrat. Er sah ihn nicht gleich, er hörte nur die fremden Schritte, hörte alle rundum sich erheben, hörte die Bänke knarren und die Füße scharren. Einer nach dem anderen traten die fünf Offiziere ein, von den Schreibern, die sich neben der Tür eingefunden und auf ihr Erscheinen gewartet hatten, begleitet. Der Rittmeister als erster, die Papiere unter dem Arm. Hinter ihm Charusin. Der sah mit einem

Mal kummervoll aus. Hatte das Licht im Beratungszimmer, das von den breiten Schirmen nach unten geworfen wurde, diesen Ausdruck verborgen? Bei jedem Schritt, den er tat, quälte den Oberleutnant eine Erinnerung. Mit ruhigem Gesicht, weil die Pflicht, die zu erfüllen er sich anschickte, nur jenseits einer allzu inneren Beteiligung erfüllt werden konnte – als eine anonyme Pflicht, der sein Gesicht zu leihen niemand gut tat –, war er aus dem Beratungszimmer gekommen. Bei dem ersten Schritt in den Saal jedoch war er des Alten ansichtig geworden, weil er geradewegs auf ihn zugehen mußte. Und war es nun, daß von dem Alten, wie er da stand, solch eine Gewalt über seine Empfindungen ausging, oder nahm seine Phantasie vorweg, wie die Verkündigung dessen, was vorerst nur er mit seinen Kameraden wußte, den Alten dort treffen mußte – er dachte bei jedem Schritt immer stärker an einen König Lear auf dem Dorfe und maß die zottige, vor Erregung zitternde Gestalt des alten Bauern mit Trauer. Die drei Söhne – nein, er begriff auch jetzt noch nicht, wie Möller . . . Aber der Alte da! . . . Nun, da es zu spät war, konnte es eine selbstquälerische Frage sein, ob er angesichts dieses Alten ebenso geurteilt haben würde. Doch ein paar Schritte nur noch, dann verblaßte die Gestalt des Königs Lear für Charusin. Sie war nur noch etwas Mächtiges, Bärtiges, Glühendes im Winkel seines Auges, war wie ein Schatten, der über alles, was er vor sich sah, von seiner Rechten herüberfiel, war mehr als ein Mensch, war wie ein Berg, wie ein ganzes Geschlecht. Denn der Oberleutnant hatte seinen Platz nun erreicht und stand, das Gesicht in den Saal gewandt, vor seinem Stuhl. Zu seiner Rechten reihte der Kornett sich an und zur Linken standen Möller und Maklakow bereits neben dem Rittmeister. An den Tischenden wachten die Schreiber. Es war völlig still im Saal geworden, eine zum Bersten gespannte Stille. So still, daß für Bruchteile einer Sekunde den vier Offizieren vernehmlich ward, wie ihr Rittmeister Atem schöpfte, um mit den überlaut hallenden Worten:

Im Namen des Kaisers!

das Urteil zu verkünden, das durch das Kriegsgericht, bestehend aus den fünf Offizieren Pjotr Sergejewitsch Charusin, Oberleutnant, Wladimir Karlowitsch Möller und Eustachius Alexandrowitsch Maklakow, Leutnants, und dem Kornett Kosljaninow und dem Rittmeister Nikolai Grafen von Ovelacker als Vorsitzendem, auf Grund der Ermächtigung durch das Gesetz über den Kriegszustand in den Baltischen Provinzen und auf Verfügung des Oberkommandierenden im Nordkorps, Seiner Exzellenz des Generalmajors Nikolai Grafen Orlow, Kommandeurs des Leibgarde-Ulanenregiments Ihrer Majestät der Kaiserin-Mutter, gefällt worden war, um ohne die Möglichkeit, dawider Berufung einzulegen, gemäß den Allerhöchsten Bestimmungen innerhalb von vierundzwanzig Stunden vollstreckt zu werden. Das Gericht hatte für bewiesen angesehen, daß alle vierunddreißig Angeklagten sich der Teilnahme an bewaffnetem Aufstand wider die Staatsgewalt, des schweren Landfriedensbruchs, des Mordes in vier Fällen, des Raubes, der Notzucht und Brandstiftung und der Majestätsbeleidigung oder der Beihilfe dazu und zu allem anderen schuldig gemacht hatten. Es verurteilte deshalb . . . Die vierunddreißig in den Bänken vor dem Richtertisch, die Zeugen zur Rechten – alle empfanden es als eine unerträgliche Marter, als der Rittmeister das Blatt, von dem er diesen Vorspruch abgelesen hatte, sinken ließ, langsam ein anderes Blatt vom Tisch nahm und langsam, langsam, barmherziger Gott, wie langsam! weiterlas:

. . . den Gutsknecht Aado Kruusimägi zum Tod durch Erschießen, den Arbeiter . . . zum Tod durch Erschießen. Den Lehrer Pumpur zum Tod durch Erschießen. Den Tagelöhner . . . zu fünfundzwanzig Jahren Zwangsarbeit und Verschickung nach Sibirien. Den . . ., ohne Beruf, zu zehn Jahren Zwangsarbeit und Einziehung seines Vermögens. Den . . . zum Tod durch Erschießen und Verbrennung seiner gesamten Habe. Den . . . zu lebenslänglicher Zwangsarbeit . . . Zu zwanzig Jahren Zwangsarbeit . . . Zu dreihundert Rutenhieben und zehnjähriger Zwangsarbeit . . . Zwangsarbeit . . . Einziehung seines Vermögens . . . Verbrennung seiner Habe . . . Zwangsarbeit . . . Den Bauern Jüri Illust zu fünfzig Rutenhieben, wegen Beleidigung des Offiziersstandes, und zum Tod durch Erschießen . . . Und dann endlich kam, wobei Möller in sich hineinschrie, so stumm er auch dort in marmorner Blässe und Reglosigkeit stand, dann – es schien, als müßte auch Ovelacker dazu tiefer Atem holen als zu allen anderen Worten –, dann kam, was den Oberleutnant Charusin für Sekunden wie zaudernd niederblicken ließ:

. . . Die Brüder Nikolai und Jaak Koiri zum Tod durch Erschießen, den Mart Koiri zu zwanzig Jahren Zwangsarbeit und Verschickung nach Sibirien . . .

Zwei Namen folgten noch, zwei Urteile, beide lauteten auf lebenslängliche Zwangsarbeit und Verschickung nach Sibirien. Dann war Schweigen hinter dem grün verhangenen Tisch. Und dann, mitten in die fassungslose Stille hinein, ging ein Stöhnen durch den Saal, und der alte Koiri-Bauer stammelte, nicht wie ein Mensch allein, sondern wie ein ganzes geschlagenes Menschengeschlecht: O mein Gott, mein Gott!

3

Er fuhr in den eisigen Wind hinein, der vom Kibejöggi-Moor herüberkam, dem großen Morast um das Bett des ‚bitteren Flusses', in seinen Pelz gekauert wie in eine tiefe Höhle. Er war grau unter seinem grauen Bart, als hätte er Jahre in einem finsteren Verlies zugebracht. Seine Augen waren blaß und blind; ihre brennend roten Lider schlossen sich wie um zwei Stückchen siechen Eises, das fortwährend taute und in perlenden Rinnsalen über seine faltigen Wangen lief, ehe es in seinem Bart gefror. Seit Stunden schon war das so. Aber wie eisverkrustet der Bart mittlerweile auch geworden war – die eisigen Weiher unter den buschigen Brauen schmolzen nicht aus, und das Tauwasser schien nie versiegen zu können. Nichts von allem in der Runde spiegelte sich in ihnen, nicht die Straße, die das Pferd von selber einhielt, kein winterstarrer Baum, kein fröstelnder Busch, kein verwehtes Haus, kein Mensch, der entgegenkam, kein Gefährt. Mitunter war ihm eins begegnet. Es fuhr in die Stadt, aus der er kam. Dann war sein Pferd ausgewichen, ohne daß er auch nur einen Zügel gestrammt hätte, und nicht einmal einen Schatten hatte der Wagen, der zur Linken vorbeirollte, in seinen Blick geworfen. Reglos hatte er auf dem Heusack in dem niedrigen Kirchenkarren gelegen, und die Leute, wenn sie vorüber waren, hatten angehalten und sich gefragt: War das nicht der Koiri-Jaan?

Er war es und war es doch nicht.

Er war eingeschlafen, nicht wahr? Oder hatte er sich vollgetrunken? So mancher hatte daran gedacht, sein Gefährt zu wenden und hinter dem Wagen mit dem reglosen Alten herzufahren. Vielleicht hatte ihn der Schlag getroffen, und das Pferd trottete vor einem Leichenwagen einher, dem nur noch etwas Grün und ein Kreuz mangelte.

So war es und war doch nicht so.

Die da angehalten, trieben das Pferd wieder vorwärts. Mochte es sein, wie es wollte, erfahren würden sie es irgendwann. Wahrscheinlich schlief er, der Alte; man hatte gehört, daß er in die Stadt gefahren war, weil die Soldaten seine drei Söhne gefangen hatten, drüben in Drostenholm. Daß die Söhne eines so wohlhabenden Gesindewirts dergleichen mitgemacht hatten! Aber es hieß, daß sie es nicht wirklich mitgemacht hätten und unschuldig wären. Den Leuten kam ein Gedanke. Sie gaben ihrem Pferd einen Schmitz mit der Peitsche. Im Hübjaschen Kruge, in dem sie vor einer Stunde eingekehrt waren, hatte man immer noch nichts gewußt. Nur ein großes, schreckensblasses Gerede und Geraune war gewesen. Inzwischen war vielleicht . . .?

Sie sahen sich noch einmal um. In der Ferne schlich das Pferd des alten Koiri vor seinem Wagen einher. Den Bauern konnte man nicht sehen.
Er lag reglos in seinen Pelz gekauert. Unablässig rann ihm das Wasser in den Bart hinein. Sowas verstehen, nein, das verstehen konnte er nicht. Wie hätte er auch je verstehen können, wer er selber war! Nur manchmal war es ihm gleich allen Menschen im Traume gewährt, daß er sich wie von einem anderen Leben aus im Handeln bedachte, im Sehen betrachtete, im Fühlen empfand, im Leiden und im Unglück – erlebte. Aber nicht jetzt. Jetzt träumte er nicht. Er war wach und war sich beinahe zuviel für sein altes Herz.
Er war das Urteil und der Abgrund seiner Verzweiflung danach. Er war die ganze lange Nacht – und ihre Kürze, ihre zuletzt rasende Kürze. Er war die stürmischen Weilen und die Augenblicke, die endlos scheinen konnten; er war das lange Warten im Gefängnis bei den unwirschen Posten; er war das Dunkel, die Kälte und das große Frieren darin, und er war seine Erschöpfung, als hätte er viele reißende Flüsse im Eisgang durchwatet. Er war die Bittgänge, die er getan, erst zu den Offizieren und dann zum Pastor und zum russischen Priester. Er war sein Betteln um Gerechtigkeit und sein Flehen um Gnade. Er war seine Hoffnung und war seine Verzweiflung, die sich kaum eingestehen mochte: es wäre vergebens gewesen, alles. Er war die schwere Stunde nach Mitternacht, die Anfechtung und die Finsternis; er war der Kelch und war das Brot, die man den Unschuldigen in seinem Beisein gereicht. Viele von den anderen hatten sie bis zum Schluß verschmäht. Und er war der Abschied . . .
Der Abschied? War er's? Der Abschied in der Zelle? Wie konnte er's sein!
Er war der Abschied, ja; sein Herz war zerbrochen darin, ob er auch lebte. Nur weil sie unschuldig gestorben waren, lebte er noch.
Er war die Nacht vor dem Haus der Richter, die lange Wache, die das Leben seinen Toten hält. Er war das Licht, das in jedem ihrer Fenster erlosch, fünfmal erlosch; ihr Schlaf war er nicht. Er war die Qual, die sich nicht mehr weiß, wie ein Schlaf. Er war ein zweiter Bittgang zu dem Priester, der weltmächtigen kaiserlichen Kirche und war die Schande und die Scham unter dem Unmut des aus seinem Schlaf Geweckten, sein Ärger und sein gähnendes Vertrösten auf künftige Rache und eine gerechtere Welt . . . Und endlich war er der Prellstein vor dem Gefängnis, auf dem er den neuen Tag erwartet. Er war der ruhelose Schritt der Wachen, er war der Hahnenschrei, der aus dumpfen Ställen aufbegehrte, er war der Marschtritt der Kolonne. Er war sein zielloser Weg, weg, weg, irgendwohin, zu

dem im Reif klirrenden Schilf am dampfenden Meer – und war dann auch wieder die wankende Nachhut der Kolonne mit denen, die sie zwischen sich führte, zur Stadt hinaus.
Er war der glühende Schrecken, der ihn überfallen hatte, als Posten, die den Hügel und das Wäldchen vor der Stadt in weitem Umkreis absperrten, ihn bei der Schulter packten, nach Waffen durchsuchten und stadtwärts trieben. Er war das Brennen und Würgen in seiner Kehle, durch die der Atem wie eine Flamme ging. Er war sein stokkendes Herz, er war das Kreißen in seinen alten Ohren und der Funkenflug in seine Augen hinein, davon sie eben noch tauten – er war der Schmerz, der unsagbare dunkle Schmerz, der ihn auf das Pflaster unter ihm warf, als in der Ferne Salven den Morgen zerrissen.
Er war die harte Streu des Kruges, auf der er Ruhe gesucht hatte neben seinem Pferd. Er war der immer wiederkehrende Schrecken, wenn das Pferd mit seinen Hufen den Boden stampfte, daß es dröhnend und knallend den Stall durchhallte und ihm vortäuschte, es würden neue Salven geschossen, immer neue, gegen sein eigenes Leben . . .
Das alles war er, das alles. O mein Gott, mein Gott! zuviel für ein altes Herz, das mit jedem der Jahre, die über seine Felder heraufdämmerten, leerer geworden war: leer an Schaffenslust im irdischen Planen zwischen den vier Winden und den vier Balkenwänden des Koiri-Hofes, leer an Wollen und Wünschen nur für sich selbst, leer an Liebe und leer an Haß. Alles hatte er den dreien vererbt, die den Hof nach ihm besitzen sollten, alles hatte er weggegeben, Jahr um Jahr, mit jedem grauen Haar ein wenig und in all den Jahren, darin er ergraut war, zusammen ein Viel, zusammen das Ganze. Und nun waren sie nicht mehr. Einer noch war, ja, aber nicht mehr für den Hof und für die Eltern, sondern nur noch für die sibirische Verbannung. Hatte man ihm ihr Erbteil zurückgegeben? Er wußte es nicht, es war ihm gleich. Das Leben währt nur so lange, wie Wünschen und Wollen es geleiten. Er aber wollte nichts mehr und wünschte nichts mehr. Er fuhr, der alte Koiri-Bauer, die Zügel hatte er sich ums Handgelenk geschlungen, damit er sie nicht zu halten brauchte. Nicht einmal ans Ziel kommen wollte er, denn dort . . .
Nein, daran denken konnte er nicht. Wie hätte er auch an sich selbst denken sollen oder doch an ein Stück von sich selbst, einen Teil, den er in sich hineingelebt hatte, so, wie zwei Bäume am Ende zu einem Baum verwachsen können. Tiiu, sein Weib – das war er selbst. Er dachte nicht an sich selbst, und deshalb dachte er nicht an seine Frau. Früher einmal hatte er an sie gedacht, heute nacht beim Abschied, das war lange her, wie in einem anderen Leben, ja. Da hatte er ge-

dacht, sie hätte mitfahren müssen. Aber daran dachte er jetzt nicht mehr.
Nichts dachte er. Er fuhr und fuhr. An der Küste war mehr Schnee gefallen, kaum zum Durchkommen wars gewesen für ihn mit dem Wagen. Hier aber, tiefer landeinwärts, lag nur ein Anflug von Weiß über dem Feld, mehr Graupeln als Schnee, in allen Falten und Spalten der frostschorfigen Erde. Der Wagen schlich mit hohlem, weit vernehmlichem Klappern dahin. Das Pferd war müde. Vor dem Hübjaschen Kruge blieb er von selber stehen, als wollte es den Koiri-Bauern daran erinnern, daß es früher hier abzusteigen und einen kleinen Schnaps zu trinken liebte. Früher, ja. Heute zog der Koiri-Bauer nur stumm an den Zügeln. Weiter! Heute weiter . . .
Die Leute im Krug aber hatten gesehen, daß er nicht tot war, wie manche auf der Landstraße gemeint. Er lebte noch, nach dem Leben, ohne etwas zu denken, ohne etwas zu wollen oder zu wünschen; sein ganzes Leben war der Schmerz. Dieser unsagbare dunkle Schmerz zog über das Land, von einem müden Pferd gezogen; ein nachtschwarzes Erstarren, das in den blinden, blassen Augen unaufhörlich taute und in den Bart rann; ein eisiges Gehäuse aus einem übermächtigen Schmerz, das sich zuweilen, wie unter der wachsenden Kälte dieser winterdunklen Welt, noch härter um das leere, müde Herz zusammenzog. Es fror aus. Und da wurden auch seine Augen trocken. Wie erstarrt lag der Alte auf seiner Wagenstreu. Das erkaltete Herz begann Gott und aller Welt um sich selber zu fluchen. Nach einer Weile aber kehrte er sein Gesicht dem grauen Himmel zu und schlug langsam den Kragen von einem Ohr zurück. Ihm war, als hätte der Wind ihm Schreie zugetragen . . . Er merkte nicht, daß der Wagen stand. Das Pferd hatte einen Hügel mit langer Anfahrt erklommen und verschnaufte schon seit geraumer Zeit.
Die Augen des Alten waren weit geöffnet, aber sie sahen nichts. Er lauschte. Und mit einem Mal schwoll wieder eine Woge von Tränen in den fluchversiegten Weihern unter den Brauen an und trug ihn zurück in die Ohmacht vor Gott und aller Welt und sich selber, zurück in den Schmerz, der nichts mehr von sich selber weiß und nur ist wie das Leben. Auch den Kragen schlug er wieder über das Ohr, und das Pferd nahm seine Bewegung als Befehl hin, es zog an.
Er hatte die Schwäne gehört, der Alte. Nun kam der große Schnee.

Ja, nun würde es wohl bald anfangen zu schneien, die Schwäne zögen, und die zögen seit Menschengedenken vor dem ersten Schnee, sagte Olli, die junge Magd des Koiri-Hofes, zur Bäuerin, als sie vom Melken kam, in jeder Hand einen gefüllten Eimer. Mitten auf dem

Hof, beim Brunnen, war die junge Magd stehengeblieben, hatte das Kopftuch zurückgeschoben und in den Himmel gestarrt.
Es gab Jahre, da man die Schwäne hörte, bevor man sie sah: wenn das Wetter still war und die Luft ihre Schreie weithin trug; und andere Jahre, da man sie nur hörte und sie gar nicht sah. Vielleicht flogen sie niedrig, und der Wald verbarg sie, oder es war schon zu dunkel . . . wie damals . . . Eine Erinnerung rann ihr durch den Leib, als sie da auf dem Hofplatz den ersten Schwanenschrei dieses Winters hörte, und sie sputete sich weiter mit den schweren Eimern. Diese Erinnerung gehörte nicht hierher, nicht auf den frommen Koiri-Hof, nein. Viele Kirchspiele weiter weg von hier bei einem fremden Dorfe hatte sie dieses Erlebnis begraben. Mitten in einem Walde, in dem die Bauern ihre Heuschläge besaßen, und noch weiter hinter den Heuschlägen in der offenen Scheune, in der sie sich immer mit ihrem Liebsten getroffen. Beim letzten Mal, bevor er zu den Soldaten mußte, hatten die Schwäne geschrien, kaum daß sie in ihrer Zuflucht gelegen; anfangs laut, als säßen sie auf dem Dachfirst, und dann leise und leiser, als klängen seltsame Glocken durch die großen Wälder. Und draußen war ein nadelfeines Knistern zu hören gewesen von dem staubfeinen Schnee, der in der Dämmerung fiel.
Sie hatte das alles so gut in Erinnerung, weil sie mit angehaltenem Atem dagesessen und gelauscht hatte vor Angst – Angst, die kurze Augenblicke so lang werden läßt, Angst, in der man sich nicht zu rühren wagt.
Und er hatte sie ja auch festgehalten, keinen Mucks hatte sie von sich geben dürfen. Damals zum ersten Mal war sie traurig geworden und hatte ihm gesagt, er würde bestimmt nicht wiederkommen. Viele Schwäne kamen im Frühling nicht wieder. Und sie hatte recht behalten. In der Mandschurei oder wo das nun war, sollte er geblieben sein, im Krieg gegen die Japaner. Das hatte sie von seinen Eltern gehört, so nebenbei. Wie sollte ihr das wichtig sein? Sie wußten ja nichts von allem, die Alten, sie hatten nie auch nur das geringste geahnt und hätten sich wohl dreimal bedankt für die ehemalige Magd als Frau auf dem Hof. – Das Kind war in der Stadt bei fremden Leuten. Den Alten nicht zu sagen, daß es von ihrem einzigen vergötterten Sohn war, hatte ihr eine kleine Rache geboten. Sie wollte es zu sich nehmen, wenn sie einmal heiratete; dann, ja . . . Aber ob sie wohl einmal heiratete? Hier nicht! Sie sollte ihre Jungen in Ruhe lassen, das müßte sie ihr versprechen, hatte die Koiri-Wirtin ihr gleich zu Anfang gesagt. Frieden und Ordnung und unserem Herrn ein gefälliger Wandel, sie würden schon miteinander fertig werden, wenn sie nur immer darauf achtgeben wollte: hier nicht! Mit ihren Jungen

keine Geschichten machen! Und sie hatte sich daran gehalten, so gut es ging. Manchmal war es einem leichter geworden und manchmal schwerer. Die beiden älteren machten es einem leicht, nur Mart, der Jüngste, so schwer, ach, so schwer, und das hatte er selber wohl auch gemerkt. Wahrscheinlich aber hatte die Wirtin allen dreien etwas gesagt, als sie zu Sankt Georg ihren Dienst hier antrat. So war es gut gegangen bislang, alles; die Blicke und der eine Kuß, den er ihr gegeben hatte – die zählten nicht mit. Wo aber mochten sie jetzt sein, die drei? Mein Gott, was war aus allem geworden? Die Bäuerin war nicht zum Anschauen in ihrem Gram, so gut sie auch jede Klage verbiß, das harte Mensch! Bestimmt hatte sie heute nacht kein Auge zugetan. Immer wieder war sie zu hören gewesen, in der Küche, in der Stube, im ganzen Hause. Zuweilen hatte man ein Gerede vernommen und schon geglaubt, es wäre jemand gekommen, aber nein, sie hatte nur mit sich selber geredet, beim Gehen und Stehen. Wenn sie lag, war sie still. Doch unaufhörlich hatte sie gewacht. Olli auch, Olli hatte ebenfalls nicht schlafen können, nicht mehr so fest wie sonst seit dem Abend, da der Illust mit seiner Bande die drei geholt . . . Sieh an, jetzt waren die großen Vögel verschwunden! Aber ihr Rufen hörte man noch, denn sie flogen mitten in den Wind hinein, und man würde sie wohl noch lange hören. Ja, die Schwäne zogen, nun würde es wohl anfangen zu schneien, sagte Olli zur Bäuerin, die ihr aus der Küche entgegenkam. Der Wirt sei mit dem Wagen weggefahren und bleibe so lange aus. Am Ende brauche er einen Schlitten, um zurückzukommen, versuchte die Magd zu scherzen. Durch das Gesicht der Bäuerin ging es wie ein Erwachen. Ja . . . meinte sie tonlos und ging weiter. Die Magd sah, wie sie eine Weile an der Schwelle stand und das wollene Umschlagtuch unter dem Kinn mit knöchernen Fingern zusammenhielt. Unverwandt schaute sie zur Landstraße aus. Ihr Rock war so schwer, daß der Wind, der um die Hausecke strich, ihn kaum bewegte. Nach einer Weile – Olli hatte unterdessen die Melkeimer gewaschen – wurde es in der Küche heller. Die Bäuerin war weggegangen, und durch das Fenster in der Wand zum Hofe hin sah die Magd noch einen wehenden Zipfel des Umschlagtuches. Sie wollte wohl zu den Hühnern. Da ließ die Magd die Arbeit sinken und setzte sich hin. Ja, zu den Hühnern, eigentlich zu den Hühnern, aber es wurde ein weiter Weg daraus. Mitten auf dem Hofplatz blieb die Bäuerin stehen. Zogen die Schwäne, kam jetzt der Schnee? Sie hob den Kopf und schaute in den Himmel. Der Wind griff unter den langen Zipfel des Umschlagtuches, der auf dem Rücken hinunterhing, und ließ ihn flattern wie einen düsteren Schleier. Auf der Brust hielt sie das Tuch von unten her zusammen, man sah ihre Hände gar nicht. Aber sie hielten das Tuch dicht anschließend ums Gesicht, daß auch kein Windstoß eine Ritze fand. Und langsam, ganz langsam röteten sich ihre blassen Züge. Die breiten Wangenknochen nahmen als erste einen Anflug von Farbe an, dann die Nase mit dem scharfen Grat und dann das spitze Kinn; um so blasser aber wurden die schmalen Lippen, die fest verschlossen, um so dunkler die Schattenringe um die Augen. Nun trieb ihr die Kälte das Wasser unter die Lider . . . Sie ging zwischen dem Kuhstall und der Scheune hindurch und drückte im Vorbeigehen den Handgriff des großen Schleifsteines hinunter, der ihr beinahe gegen die Brust gestoßen wäre. Wie oft hatte sie Nikolai daran gemahnt, daß er nicht vergessen sollte, den Schleifstein aus dem Wege zu räumen! Und nun ging sie mit einem Mal langsamer; ja es hatte den Anschein, als wollte sie stehenbleiben.

Wie still es hier war! Der Stall hielt den Wind ab, der über die kahlen Felder strich – vom Walde her, dort drüben jenseits des Heuschlags, in den der Bach mit dem nackten Gezweig der Büsche an seinen Rändern einen bläulichen Saum zog. Hinter dem Saum kam eine gleich große Wiesenbreite, und dann stand der Wald Wache gegen Südosten, eine unabsehbare Wand aus Birken und Tannen und Kiefern, viel tiefer und dichter, als sie es in vierundsechzig Jahren ihres Lebens zu erfahren vermocht. Ihre Welt war mit dem Grenzstein des Hofes, den es dort irgendwo im Dickicht so gut wie in der freien Feldmark gab, zu Ende. Sie hatte nie weiter verlangt, nein, nur näher, nur ins Kleinere – dorthin, wohin sie jetzt ging. Die Hecke aus Tannen, die der Koiri-Bauer vor mehr als zwanzig Jahren gepflanzt hatte, war höher geworden, als es den Sämlingen je zuzutrauen gewesen war, als er sie mitsamt dem kleinen Wurzelballen auf dem Handteller getragen hatte beim Pflanzen. Dicht, weil drei Reihen nebeneinander gesetzt und immer wieder ergänzt worden waren, wenn der Frost in den ersten beiden Jahren dürre, rote Lücken gebrannt hatte – dicht und hoch ragte die grüne Mauer zur Linken auf. Sie wehrte den Hasen, die von den Feldern hereinstromern und im Winter die Bäume benagen konnten, sie gab den Bienen die schläfrige, windstille Wärme, in der sie ihre ganze Emsigkeit zu entfalten lieben, und sie hielt wohl auch noch ihnen beiden die letzten Tage im Frieden. Denn hier, hier zwischen den wohl hundert Bäumen und Beerenbüschen, stand das kleine Haus, in das sie vor mehr als vierzig Jahren als junge Frau eingezogen war, hier stand das alte Koiri-Gesinde. Nur noch das Wohnhaus. Stall und Schuppen und Scheune – das alles war längst weg. Zerfallen oder zum Bau der neuen Häuser verbraucht, der großen Häuser dort drüben, in denen ein Raum so groß war wie das ganze alte Haus. Und darin lag die Geschichte ihrer Erdentage: in der langsamen Wanderung aus dieser niedrigen Hütte zwischen den Bäumen, die im Anfang längst nicht alle hier gestanden hatten, zu jenem neuen, stattlichen Haus, aus dem sie eben gekommen war.

Wie war das schwer gewesen im Anfang! Sie hatten hier noch gewohnt, da stand der neue Schafstall schon weit – in den Feldern, hatte sie zuweilen mißmutig geseufzt. Dann hatte der Stall ihm Gesellschaft geleistet und endlich die Scheune und so eines Tages schließlich alles, alles nur mit ärgerlich weiten Wegen erreichbar. Da hülfe nichts, nun müßte man den Ställen und Scheunen nachziehen, hatte der Mann gesagt, und eines Tages, nein, Abends – sie wußte es noch genau, abends war es gewesen –, eines Abends hatte er vier Pflöcke in die Erde geschlagen und nachdenklich gemessen: So, hier könnte es sein! Zwischen allen vier Winden, gegenüber der Scheune. Und aus den vier Pflöcken waren die Pfosten des neuen Hauses geworden, einen Winter lang, sehr langsam. Sie hatten keine Wurzeln gehabt, aus denen sie wachsen konnten wie die Tannen, von der Sonne geweckt und vom Regen genährt. Nein, was da alles wurde, das ward von ihrer beider Kraft und später von der Kraft ihrer fünfe. Ihre drei Jungen aber hatte sie noch im alten Haus zur Welt gebracht, unter dieser niedrigen, dunklen Decke, sie wußte es noch gut, ja, und deshalb ging sie jetzt auf das Haus zu.

Nun schliefen die Bienen darin, sonst niemand. Wo einstmals ihr Bett gestanden, hatten die Jungen die sechs Bienenstöcke abgestellt und Stroh unter sie gebreitet, das die Bodenkälte abfing. Am Brunnen – dem kleinen, bohlengefaßten Viereck mit dem Wasserspiegel dicht unter dem Rand, den es heute noch gab und der auch heute noch von den alten Tagen erzählte –, dort hatte sie die ersten Wehen verspürt, als der älteste kam. Sie erinnerte sich daran so deutlich, als wäre es gestern gewesen. Je älter sie geworden, um so näher war sie den stummen Dingen gekommen, um so vertrauter mit Pflanzen geworden, um so geduldiger mit dem Vieh. Sie wußte dabei nicht, um wieviel wortkarger sie geworden war, aber ihr war immer mehr anderes vernehmlich geworden, was auch seine Stimme besaß, und wenn sie sprach, dann tat sie es oft für sich allein, das hatten schon alle auf dem Hof bemerkt.

Die Badstube stand am Ende des Gartens, immer noch die gleiche; sie war nicht gewandert, mochte auch ihr Dach soviel Flickwerk zeigen, wie Jahre darüber hinweggegangen waren. Das Glas in dem Fenster schimmerte bei näherem Besehen, in allen Regenbogenfarben, aber es war nie zerbrochen, und drinnen war es hell genug.

Die Koiri-Bäuerin stand still unter den Bäumen. In der Tannenhecke sauste der Wind. Der Wagen war immer noch nicht zu hören. Sie schaute in das fahlgrüne, auch jetzt nicht ganz welke Laub, das die Erde bedeckte. Wo ihr Fuß es zerstreut hatte, glänzte es feucht. Dann blickte sie auf einen der Stämme. Eine Meise hüpfte an seiner Rinde hinab; es war so still, daß sie das Kratzen der kleinen Krallen dabei vernahm. Dann schnurrte der Vogel hinüber zu den Tannen. In einem Augenblick der Selbstvergessenheit mußte sie den Griff um das Tuch gelockert haben, denn nun wehten ihr ein paar Haare über die Stirn. Sie waren immer noch ungebleicht, braun. Und langsam dann, nachdem sie zuvor schon einen Augenblick verweilt und gelauscht hatte, mitten auf dem Weg hob sie den Kopf und starrte in den Himmel.
Die Schwäne zogen über den Hof hinweg, drei Schwäne; der dritte war ganz jung, denn sein Gefieder war noch über und über grau; und ihr zu Häupten sandten die drei ihren dunklen Schrei in den nahenden Winter.
Die Bäuerin erschrak und zog das Tuch fester um ihr Kinn. Dann blickte sie den drei Vögeln verloren nach, bis sie in den dämmernden Himmel eingingen, lautlos, drei Punkte, am Ende nichts. Die frühe Nacht kam ihnen entgegen. Immer stieg die Dunkelheit zuerst aus den Wäldern.
Sie ging durch den Garten zurück und hinter der Scheune entlang, bis sie den Weg zur Landstraße überschaute. Noch immer lag er leer. Von irgendwoher war die Katze gekommen und strich ihr schnurrend um die Röcke. Sie bemerkte es nicht; sie stand und schaute. In der Küche ließ die Magd einen Eimer fallen. Es klapperte und klirrte weithin, alles Lebendige schrak zusammen, auch die Bäuerin, und schon wollte sie auf das Haus zurückgehen – da war es wieder so still wie vorher, und sie blieb noch ein Weilchen. Der Wind, der um die Scheune strich und mit irgendeiner lockeren Schindel schnarrte, daß es sommerlich klang, wie vom Wachtelkönig im Korn, die Äcker gen Abend, die verlassen unter dem hellen westlichen Himmel lagen, und dort die finstere Versammlung von Bäumen um des Nachbarn Hof – das alles war wie sonst und war doch ganz anders, so bänglich, so schwer. Darin waren Aufruhr und Mord und Brand, Geschrei und Schießerei und Hader allenthalben in dieser unseligen Zeit. Der Magd hatte erst gestern noch des Nachbarn Tochter erzählt, daß man in Moskau bis zu den Knöcheln im Blut watete, Gott solle einen bewahren, obschon es auch hier schlimm genug herging. Aber so war es immer gewesen. Unfriede hatte das Land geplagt, als sie ein Kind in den Windeln war, und nun ihre Tage sich neigten, war

es dasselbe. Und warum? Weil die Menschen ihre Grenzsteine mittrugen, wohin sie auch zogen, und immer wieder woanders hinsetzten, wo von alters her das Feld anderer Menschen lag. Die einen trugen sie nach Morgen, die anderen gen Abend; wo aber sollten die ihr Korn bauen, die auf den Wegen wohnten? Sie wußte sich nicht zu antworten, die Bäuerin, sie wußte gar nichts; es schwärte nur ein dunkler Groll in ihr, ein dunkler, uralter, den jedes Geschlecht ihres Volkes weitergab, auf daß er nie verwunden, von keiner Guttat übermächtigt, von keinem Glück ausgetilgt und in keiner Zufriedenheit vergessen würde: der Haß gegen die Herren, die ihre Geschichte von den Zeiten der Ritter an mit Schwertern und mit Hufen in ihre Äcker geschrieben.

Aber was machte sie sich Gedanken darüber! Was ging das alles sie an! Es fiel einem nur so vieles ein beim Warten . . . Heute mußten sie doch wiederkommen! Besser war es, sie stand nicht noch länger hier draußen, sondern hieß Olli das Essen bereiten. Sie ging mit gesenktem Kopf hinter der Scheune zurück. Ihre große, knochige Gestalt sah mit einem Male verkrümmt aus wie von einem schweren Gebrest. Mein Gott, es konnte ihnen doch nichts geschehen sein? Sie waren doch gezwungen worden mitzulaufen; Olli, der Vater, sie selber konnten das bezeugen! Viele liefen gezwungen mit und nahmen die erste Gelegenheit wahr, sich davonzustehlen. Ob der Kuninga-Wirt da seine Hand im Spiele hatte, mit dem sie von eh und je verfeindet waren wegen der Grenze? Aber wie sollte der das können! Noch eine Nacht allein im Haus – nein, dann holte sie sich die Magd in die Kammer. Es war dunkle Zeit, die jetzt anbrach, Zeit, da die Toten Einkehr hielten, eine Zeit, da es nicht guttat, laut zu sein und allein. Deshalb auch – ja, sie wußte: eigentlich nur deshalb hatte sie vorhin, als Olli den Eimer fallen ließ, solch ein Schrecken gepackt. Um diese Zeit waren Haus und Hof lebendig von Toten. Hatte sie nicht erst noch gestern die Uibopuu-Alte in der Dämmerung über den Hof schleichen sehen, so wie früher, als sie noch bei ihr diente? Vor fünf Wintern, Gott hab sie selig! war sie gestorben. Alle Kräuter, die sie sommers beim Hüten sammelte, hatten nichts mehr genützt. Die Kräuter, ja . . . Bei den Kräutern fielen ihr die Rosinen für das Weihnachtsessen ein. Die hätte der Vater diesmal gut mitbringen können aus der Stadt. Doch wie es mit so vielem gegangen war – sie hatte es in der Eile vergessen. Er war Hals über Kopf davongefahren, als die Jungen nicht wiederkamen und man heimlich munkeln hörte, was drüben auf Drostenholm, in Tidenküll und beim Karrosilm-Krug geschehen war und daß die Soldaten Hunderte von unschuldigen Bauern zum Gericht in die Stadt verschlep-

pen wollten, nachdem sie aber Hunderte schon dort auf Drostenholm dermaßen gezüchtigt, daß sie wohl heute noch wimmernd auf einer Streuschütte lagen.
Sie wollte gerade um die Ecke der Scheune biegen und über den Hof in die Küche zurückgehen, da meinte sie in der Dämmerung unter den Bäumen bei der Badstube Stimmen zu hören. Sie blieb wie angewurzelt stehen und lauschte. Ja, Stimmen, Stimmen! Oder kamen sie aus dem alten Haus? Das waren Nikolais und Jaaks Stimmen; die beiden sprachen miteinander dort hinten im Garten. Wie waren sie hergekommen? Waren sie gar nicht in der Stadt gewesen, wo der Vater sie suchte? Schon ging sie statt auf den Hof ein paar Schritt in den Garten hinein und vergaß völlig, daß sie sonst um diese Zeit nicht gerne laut sprach.
Jungens! rief sie und lüftete mit der Linken das Tuch vom Ohr.
Aber nach dem Ruf war es so still wie zuvor, viel zu still, als daß sie gern verweilen mochte. Dämmerung spann zwischen den vielverästelten Zweigen der Bäume, die Stille lag über dem beständigen Sausen in der Tannenhecke wie über dem Summen des Nachtgetiers, das in den Linden wob, wenn sie blühten. Sie kehrte um und ging schneller, als sie gekommen war, zum Haus zurück. Aus der Küche sprang ein Flackern in die Dämmerung hinaus; die Magd wirtschaftete am offenen Feuer. Die Bäuerin ging in einem Bogen um den Feuerschein herum, der durch das niedrige Fenster auf die Fliesen vor der Küche fiel. Ohne innezuhalten ging sie durch den kleinen Vorraum, in dem das Riemenzeug von der Decke und an den Wänden hing, und betrat die warme Küche. Die Magd wandte ihr den Rücken zu und stopfte Reisig in den Herd, das knallend und fauchend in Flammen aufging. Ohne ein Wort zu sagen, setzte die alte Bäuerin sich an den großen Eßtisch. Vor dem Feuer gebückt, immer neue Äste zulegend, beobachtete die junge Magd sie stumm. Die Bäuerin saß da wie aus Holz gehauen. Der Widerschein der Flammen tanzte auf ihrem Gesicht – sie jedoch verzog keine Miene. Den Mund zusammengepreßt, mit der Rechten immer noch das Tuch unter dem Kinn umklammernd, saß sie dort und schien zu lauschen. Aber nicht hinaus, dorthin, wo nun die lange Nacht einfiel wie ein lautloser Aschenregen, sondern hinein in sich selbst, kam es der Magd vor, als brütete sie über irgendein Unheil.

So saß sie später noch, lange, lange Zeit; monatelang saß sie so da, Olli sollte noch Zeit genug haben, sie anzuschauen. Der Magd erschien es als eine Ewigkeit; sie meinte später, ihr ganzes Leben wäre darüber vergangen. Vier Monate lang saß die Bäuerin so, wie sie sich an diesem Abend hingesetzt hatte, nur daß sie ihr später den großen Stuhl aus der Kammer an den Eßtisch rückte. Da hockte sie dann, in sich hineinhorchend, als käme ihr unaufhörlich Rat aus sich selbst – Rat, den sie dem Bauern weitergab, daß er sich rege und ihn ins Werk setzen möge. Vier Monate, lange Monate mit Winter und Frühling, Tage und Nächte, da sie ihren Fuß nicht mehr über die Schwelle setzte, nichts tat, nur dasaß, immer bleicher und bleicher, bis zuletzt ein Schein von ihr ausging, am Ende ganz stumm oder nur für den Bauern mit einem Murmeln gesprächig. Was waren es für Worte, die sie dann sprach? Die Magd hörte nie eins, oder sie konnte nie eins verstehen. Nur ging der Bauer nach jedem Mal weg, um erst einige Tage später wiederzukehren mit einer Botschaft, die die Alte stumm und begierig aufnahm. So viele er ihr auch hätte bringen mögen – sie wäre unersättlich gewesen, als könnte er sein Leben lang nicht das Werk abdienen, das sie ihm jedesmal auftrug, wenn sie ihn gehen hieß.

O ja, die Magd sollte noch ein Lied singen können von diesen Monaten, in denen die Bäuerin sitzen blieb, wie sie dort saß. Heute wußte sie die Zukunft noch nicht, und das war gut so, denn sonst hätte sie ihr schon in dieser Stunde den Dienst aufgesagt, wie sie es später so oft wollte und doch nicht tat. Nein, sie blieb, blieb Monate und Jahre wie in dieser dunklen Stunde: am Herde wirtschaftend, stumm – indes am Tisch ebenso stumm die Bäuerin saß. Die Katze mit ihrem Schnurren gab den einzigen Laut von sich, und bisweilen zertrat die Magd ein paar glühende Kohlen, die wie Sternschnuppen aus der Glut herausgesaust gekommen waren. Und der Wind raunte ums Haus, und die kleine Uhr an der Wand zerhackte eilig die Zeit. Mit einem Mal – ja, woran wachte sie auf? – mit einem Mal beschlich sie ein fremdes Bangen. Was war denn? Es war doch alles beim alten! Dort saß die Bäuerin, und hier saß sie; der Glutschein des Feuers fiel in ihren Schoß. Bald mußte sie in den Stall. Wie spät mochte es sein? Sie schaute auf die Uhr, aber die war stehengeblieben. Wann, hatte sie nicht bemerkt. Die Zeit war zu Ende. Es war schon Nacht, und sie warteten eigentlich gar nicht mehr, lebten nur leise im Finstern hin und verschwiegen einander, daß sie lauschten, lauschten: hinein und hinaus – es war schon Nacht und über alle Zeit hinüber, da kam der Bauer nach Hause. Die Magd hätte selber nicht zu sagen gewußt, woran sie es gemerkt hatte, denn den Wagen hörte man erst, als er in den Hof einfuhr. Sie aber hatte schon seit geraumer Zeit auf der Bank vor dem Fenster gekniet und hinausgeschaut. Wie oft hatte sie es sich eingebildet: da, das war der Wagen, dort glitt er zur Einfahrt herein –, aber es hätte ein Spuk sein müssen, denn so leise konnte kein Wagen kommen, so lautlos. Da draußen war nur der Wind. Einmal aber, ganz unversehens – sie wollte die Ahnung schon als neue Einbildung abtun –, auf einmal war es Wirklichkeit. Schattenhaft sah sie Pferd und Wagen, und zugleich drang das Räderrollen auf der gefrorenen Erde bis in die Küche hinein.

Die Bäuerin war aufgesprungen. Hielt sie ängstlich das Tuch fest, das ihr auf die Schulter geglitten war, oder preßte sie die Hände aufs Herz? Wie lange Zeit ging darüber hin! Die Magd achtete es nicht, als sie die Tür ins Freie aufstieß und in die Dunkelheit eilte. Sie hörte gar nicht, ob die Bäuerin ihr auftrug, irgend etwas zu tun – sie rannte hinaus mit unsäglicher Befreiung, und beinahe fröhlich klang es, als sie dem Pferd zurief und dem Bauern, den man im Dunkeln nur ahnen konnte, einen guten Abend bot.

Der alte Koiri war vom Wagen geklettert, aber er sah kaum nach der offenen Tür hin, in der, gegen die Halbhelle der Küche deutlich erkennbar, die Bäuerin stand. Auch die Magd gewahrte er erst, als sie schon guten Abend rief, dicht neben ihm stand und sich erbot, das Pferd auszuspannen und zu füttern. Wortlos ließ er sie stehen und ging weg, langsam, immer langsamer auf die Küchentür zu. Dort stand die Frau.

Aber auch die Magd, wie dienstfertig sie erschienen war – die Magd stand jetzt müßig neben dem Pferde. Ihre Hände, die angefangen hatten, das Riemenzeug am Krummholz zu lösen, ließen los und fielen schlaff herunter. Einen Augenblick starrte sie dem Bauern nach – und dann ging sie hinter ihm drein über den Hof. Niemand sonst folgte ihm? Nur sie allein? Er war allein zurückgekommen? Zitternd blieb sie draußen auf dem dunklen Hofplatz stehen. Der Alte schlurfte allein zur Tür. Er zog die Füße schwer nach, als wären sie ihm abgestorben.

Wo sind die Jungen?

Nicht um ihr Leben hätte das Mädchen auf diese Frage zugehen mögen! Sie sah, wie die Bäuerin sich mit der Rechten an den Türstock klammerte, ihre Linke preßte das Tuch auf die Brust. Der Bauer ging langsam auf sie zu. Wo sind die Jungen? schrie die Bäuerin und wich vor dem Manne zurück, der seinen Stiefel auf die erste der drei Stufen setzte. Und jetzt hörte die Magd den Bauern zum ersten Male an diesem Abend etwas sagen – nur hätte sie die Stimme nicht wiedererkannt, wenn sie nicht selber gesehen und gehört hätte, daß er es war, der da sprach. Sie kam ihm nicht mehr aus dem Munde, nein, nicht aus der Kehle, auch von dorther nicht, nicht einmal aus der Brust kam sie ihm. Aus dem Innersten des Innern, von wo bei ihm noch nie ein Wort gekommen – aus dem Herzen kam jetzt die Antwort,

die sie nur mit Mühe verstand, weil der Alte die Bäuerin an der Schulter nahm und mit sich fort in die Küche führte . . . Da schlich sie zum Wagen zurück und weinte.
Sie wußte später nicht mehr, wie lange sie da draußen gestanden hatte. Die beiden älteren erschossen, der jüngste nach Sibirien verschickt – nur das ging ihr im Kopf herum, und die klammen Finger nestelten an den Riemen, ohne sie lösen zu können. Nach einer Weile – sie wagte sichs kaum – schlich sie in die Küche hinein, um die Laterne anzuzünden. Da saß die Bäuerin am Tisch, ganz wie zuvor, nur hielt sie die Hände unter dem Tuch gegen den Kopf gepreßt und starrte vor sich hin, indes ihr die Tränen über die Wangen strömten. Und in der Kammer nebenan hatte der Bauer sich im Dunkeln auf's Bett geworfen und atmete stöhnend. Die Herdtür kreischte, als sie einen Span an die Glut hielt und die Laterne anzündete, das Lampenglas klickste, als sie es über die Flamme setzte – die beiden Alten hörten es nicht. Als sie die Küche verließ, saß die Bäuerin ebenso da wie vorher, und aus dem Dunkel der Kammer kamen immer nur dieselben schweren Atemzüge, wie unter Bergeslasten hervor, die sich da auf eine Brust gewälzt. So war es, als sie ging, und so war es, als sie wiederkam; so blieb es den ganzen Abend, bis sie ihre Arbeit und die, die sonst der Bauer und die Bäuerin getan, hinter sich gebracht hatte und in ihre Kammer ging. Und so schien es fortan bleiben zu wollen.
Erst am vierten Tage kam der alte Koiri wieder so recht zum Vorschein. Bis dahin war er nur dann und wann halb angezogen durch die Küche getappt und hatte beim Wassereimer gierig getrunken – einen halben Stof Wasser, sonst wollte er nichts. Und wenn er auf dem Rückweg in die Kammer an seiner Frau vorüberkam, die tagein, tagaus untätig am Tisch hockte, war er einen Augenblick stehengeblieben, hatte die Alte sacht an der Schulter gefaßt, ob sie denn nun nicht endlich aufwachen wollte, und war dann ins Bett zurückgekrochen, mit starrem Blick und verkniffenem Mund. Hatte wieder einen kurzen Tag zu Ende gelegen im Alleinsein und eine lange Nacht neben ihr, die erst kam, wenn die Magd schon Asche auf die Glut gehäuft und die Herdtüren geschlossen hatte. Dann erst kam sie, und von da an hatten sie beide bald dämmernd, bald schlaflos stumm nebeneinander gelegen. In der dritten Nacht hatte sie angefangen zu fragen. War es vor Mitternacht gewesen oder schon gegen Morgen – gleichviel! Aus der Stille und der Finsternis hatte sie mit einem Mal leise gefragt: Haben sie noch an mich gedacht?
Ja, hatte er leise gesagt, wie ein Geheimnis. Vielleicht war eine Stunde vergangen, vielleicht auch mehr, da war wieder eine Frage

gekommen: Weißt du, wo sie begraben sind? Nein! hatte er gestöhnt, aber er wollte bald in die Stadt fahren und danach fragen. Dann war sie eingeschlafen, für kurze Zeit auch er. Und als sie die dritte Frage getan hatte, war es im Fenster schon grau gewesen. Ob er es sehr schwer hatte, der Junge? Darauf hatte er keine Antwort gewußt, und bis er es bedacht hatte, war es schon heller Tag geworden.

Ein stiller Tag, wie alle still waren, aber ein Sonntag dazu. Er hatte vom Tagesgrauen an gehört, was alles geschah, und sich doch nicht gerührt, um sein Teil zu tun. Er wollte nicht mehr, er konnte nicht mehr. Die Frau war aufgestanden, als die Magd mit den Herdringen geklappert hatte, er selber war liegengeblieben. Hatte gehorcht, wie ein Blinder, ganz aufs Hören verwiesen, hatte alles gewußt, was geschah, und sich doch nicht gerührt. Heute war Sonntag. Was galt das schon! Jedesmal wenn die Magd von draußen hereinkam, kratzte sie auf den Reisern vor der Schwelle umständlich die Sohlen ab und stampfte, um saubere Schuhe zu bekommen. Schneite es draußen? Es kümmerte ihn nicht.

Doch als es in den Vormittag hineinging, stand er auf. Im Liegen drückte er ihn noch mehr, meinte er, dieser gallenbittere, brennende Klumpen in der Brust, den er herauswürgen wollte oder hinunterschlucken; aber nichts von beidem gelang ihm. Wasser, viel kaltes Wasser half, das brennende Würgen zu stillen. Er zog sich an, er schmierte seine Stiefel, die anderen konnten denken, er hätte weite Wege vor. Aber nein, eine Weile hockte er untätig in der Küche und starrte vor sich hin, ganz wie die alte Frau, die an der anderen Seite des Tisches saß. Schon seit dem Morgen, wußte die Magd, seit Stunden. Sie rührten sich nicht, die beiden, was das Mädchen auch beginnen mochte, und Olli wartete nun auch gar kein Geheiß mehr ab. Sie tat, was zu tun war, seit Tagen schon nach ihrem eigenen Sinn und Verstand. Irgendwie gewährte es ihr eine Befriedigung, die beiden Alten überflüssig zu machen, nur fürs Dahocken und Vorsichhinstarren gut. Nach einer Weile jedoch – sie war gerade beim Kartoffelschälen, weil sie gedacht hatte, heute am Sonntag würden sie doch wieder essen –, nach einer Weile bemerkte sie, daß der Bauer sich umsah. Erst betrachtete er seine Frau, dann starrte er das Mädchen an, zum Schluß irrte sein Blick ziellos in die Runde, als erwartete er etwas, als suchte er etwas – eine Veränderung vielleicht, irgendeine, ein Wort nach der langen Stille, ein Geschehnis nach der langen Ereignislosigkeit, irgendeinen Wandel, der das Leben wieder lieb und lebenswert machen konnte. Er griff mit der Hand unter den Bart, als wollte er etwas Beklemmendes wegreißen und immer häu-

figer, hatte es den Anschein, suchten seine Augen erwartungsvoll die Frau.
Die aber sah ihn gar nicht. Da ging der Bauer mit einem Mal stumm hinaus.
Draußen auf dem Hof blieb er stehen und schaute sich um, als wollte er das alles, was sein war, noch einmal wiedererkennen: die Ställe und Schuppen, die große Scheune, den Brunnen – alles; nein, es war das nicht wert. Er ging langsam zum Schuppen hinüber und sperrte das breite Tor auf. Wohl war es dämmerig da drinnen, aber das genügte ihm. Hier standen die Wagen, an den rohen Balkenwänden hingen Geschirre und Krummhölzer und lange Stricke, säuberlich aufgerollt, wie sie zur Heuernte bei den hohen Fudern benutzt werden mußten, auch Sensen, erblindete, und Rechen mit geplatztem Stiel, die wieder heil zu machen der Winter lang genug gewesen wäre. Auch für die Häckselmaschine hätte es gereicht, die in der Ecke hinter dem ungeöffneten Torflügel stand. Die hätte man auseinandernehmen und schmieren können, auch das Messer hatten sie einmal gründlich schärfen wollen. Nun ja, dafür blieb anderen Zeit. Ihm war es das nicht mehr wert. Er schaute sich weiter prüfend um und suchte. In der großen Kiste hinter der selbstgebauten Rolle, in der die Feldsteine lagen, die seine Jungen in der nächsten Umgebung des Hofes aufgelesen hatten – dort endlich fand er, was er gesucht. Er zog sein Messer und konnte den eingewachsenen Nagel lange Zeit nicht in die Klingenrille bekommen, um die große Schneide aufzuziehen. Dann endlich gelang es. Aber darüber und über dem Bücken und Beugen war ihm ganz schwindlig geworden. Er war wie betäubt, als er den Schuppen verließ und nach dem Dämmerlicht blinzelnd die Augen verkniff, und die barsche Schneeluft tat ein übriges, daß er seinen Kopf wie nach einem schweren Rausch zu fühlen begann. Er ging durch den Garten auf die Badstube zu und von dort durch eine Lücke in der großen Hecke in die Felder, waldwärts.

Es hatte gegen Morgen ein wenig geschneit. Die Äcker lagen weiß. Der Schnee war zu trocken und zu fein gewesen, als daß er auf den Bäumen liegenblieb. Richtig! er hatte es sich doch gleich gedacht, geschneit haben mußte es! Deshalb hatte die Magd immer aufgestapft vor der Schwelle. Sie hatte den Schnee abtreten wollen, der an den Sohlen klebte. Ordentlich war sie, das kleine Ding, und das war gut. Mit ihr würde sie fertig werden, an ihr hatte sie genug; was das anbetraf, konnte er ganz ruhig sein. Er schaute noch einmal zurück. Da lagen die Häuser, dicht geschart in der Weite rundum. Die große Tannenhecke erhob sich wie eine Mauer in der Ferne. Dahinter hatte

er seine letzten Jahre abtun wollen, vor allem geborgen, ja, ja. Aber nun hatte er ja eine Lücke gefunden und war aus diesen getäuschten Träumen um seine letzten Tage weggegangen. Es gab immer Lükken, durch die das Unheil hereinschlich, und andere Lücken, durch die man selber wegkriechen konnte . . . in den Wald, wo er am tiefsten war, unter irgendeinen Baum mit breitem Geäst. Doch nun wäre er beinahe hingefallen! Die Fahrspuren des Wagens waren hartgefroren und von pulverfeinem Schnee überweht. Mehr Schnee würde heute noch fallen, das sah man dem Himmel an. Der Wind kam aus Südosten; es wurde stiller, je näher er an den Wald herankam; und der Schnee, den er brachte, würde noch die Märzsonne sehen. Die lohnte sich für ihn nicht mehr. Für die war er viel zu müde geworden, viel zu müde und wie betäubt.
Als Junge war er einmal von der Scheunenleiter gefallen, und damals hatte er sich so gefühlt wie jetzt, er konnte sich deutlich daran erinnern. Leicht wie im Traum war er aufgestanden, so seltsam leicht, im Grunde genommen völlig gefühllos. Er hatte sich ein wenig die Knie gerieben, die Hüften und den Kopf, der ihm wie mit Wolle vollgestopft schien, die anderen wie aus weiter, nebelhafter Ferne angelacht, sich die Heuhalme aus den Haaren gestrichen und die Forke gepackt – ganz allein, ja, dessen entsann er sich gut, in einem nie zuvor erlebten betäubten Alleinsein. Es war gewesen, als wäre er mitten in der Arbeit vom Schlaf überrascht worden und hülfe im Traum dort weiter mit, wo er hatte aufhören müssen. Wie verhext war er gewesen, wie zwiegeteilt. Wie lange das gedauert hatte, wußte er später nicht mehr. Mit einem Male waren die beiden Hälften seines Lebens, die der Sturz getrennt, in einem fürchterlichen Elend wieder zusammengekommen. Später war er eine Woche lang krank gewesen und hatte mit einem nassen Tuch um den Kopf im Bett gelegen, aber wenigstens nicht mehr wie im Traume, nicht wie zwiegeteilt. Jetzt aber, jetzt war er wieder gestürzt, tiefer denn je, und jetzt, war ihm, würde er nie mehr aufwachen können.
Er ging in den Wald hinein, einen schmalen Pfad entlang, den ersten besten, den er gefunden hatte. Der war bald zu Ende, für ihn zu Ende, denn er machte eine Kehre, und der konnte er nicht folgen. Er wollte nicht mehr zurück, nie mehr zurück. Aufs Geratewohl stapfte er weiter, noch hinderte das Unterholz ihn nicht. Hier standen glattschäftige Birken und Ellern, denn der Grund war feucht; später kamen Tannen und Kiefern. Mitunter blieb er stehen und ruhte aus. Kein Gang in seinem Leben hatte ihn so erschöpft wie dieser, und deshalb stieg das Verlangen nach Ruhe immer unbändiger in ihm auf. Hoch über ihm sauste der Wind in den Tannenkronen, ab

und zu schwirrte ein feister Dompfaff davon, ließ sich eine Strecke weiter auf einem Aste nieder und plusterte sich auf in der Kälte. Dann kam sein trübseliges leises Pfeifen aus der Höhe, bis der Schritt des Alten ihn abermals aufschrecken ließ. Wie lange er so vor sich hinstapfte, wußte der alte Koiri nicht. Manchmal wurde es ihm schwarz vor den Augen, daß er sich die Hand gegen die Stirn pressen mußte. Schon wollte er nichts mehr sehen, gar nichts. Die Bäume lagen zu oft wie von einem Axthieb gefällt auf dem Weg, und, so schwach waren ihm die Knie – er hatte ein Gefühl, als müßte er sie kirchturmhoch heben, um nur die daliegenden Stämme übersteigen zu können. Nun scheute er auch das dichteste Unterholz nicht mehr. Er senkte den Kopf auf die Brust und brach durch wie ein Tier, das ins Ungesehensein will. Längst war er fern vom Hof und den Feldern und hielt doch immer noch nicht an. Warum – darüber machte er sich keine Gedanken. Seine Ruhe wartete irgendwo weit in der Ferne auf ihn; überall, wo er stand, war sie noch nicht. Er mußte noch weiter, um vieles weiter. Und Böses glomm in seinen Augen, als er sich mit einem Male im Dickicht festgehalten fühlte. Das dürre Reisig riß ihn am Bart, als er den Kopf hob. Wie Katzenkrallen fuhren die aufwärts federnden Zweige ihm übers Gesicht. Wer wollte ihn halten?

Das Dickicht hatte ihm einen dünnen Strick aus der Joppe gerissen, den er zu Hause allzu hastig zu sich gesteckt. Jetzt hatte ein Ende sich um einen starren Zweig geschlungen, beinahe wie mit Bedacht gelegt, und zwischen ihm und dem anderen Ende, das nicht unter dem Rock hervorgleiten konnte, spannte sich's unnachgiebig wie eine Fessel. Der Alte sah in den Baum hinauf, in die dünnen, rotdürren Äste, über denen erst hoch oben am Licht grüne Zweige standen. Unwirsch riß er ein paarmal an der Fessel, bis der Strick sich mit einem Stück von dem zersplitternden Holz löste. Aber das Reißen hatte ihn mehr Kraft gekostet, als er besaß. Jetzt dröhnte ihm der Kopf zum Zerspringen, kaum vermochte er, Ast und Strick zu entwirren, und als er einen freien Raum zwischen den Bäumen erreicht hatte, setzte er sich auf einer hartgefrorenen Moosbülte hin.

Jappend wie ein abgejagter Wolf hockte er da, und als sein Atem ruhiger ging, schien es,als wollte er einschlafen. Nein, nun kam er nie wieder zurück. Wer einmal so weit gegangen war, fand den Rückweg nicht mehr. Er dachte auch gar nicht ans Umkehren; an gar nichts dachte er, gar nichts. Er war wie betäubt, wie in schwere Träume verzaubert. Es war kein Leben, wie er es gekannt, wie er es geliebt und einstmals auf seine Art heilig gehalten hatte. Ein Leben nach dem Leben, ohne Tod, ja, aber den . . . den holte man sich,

wenn er selber nicht kam, jeder Baum stand gut dafür. Jeder Baum, der mit seinem Wipfel über ihm rauschte. Spurlos hörte das Leben dann auf. Schritte im Schnee über die Feldmark, ein paar Schritte auf dem hauchdünnen Eisglast über Moosen und Tannennadeln, Spuren im Dickicht, ein Wollgespinst hier und ein graues Flöckchen vom Schafspelz der Mütze dort am Gezweig, – zu ebener Erde nichts mehr; in Haupthöhe vielleicht nur noch einmal ein Haar, das die Zeit verwehte, ebensogut konnte es ein Spinnengewebe sein. Alles hörte auf in der Luft, irgendwo und nirgends.
Keine Spur mehr, die weiter führte, zwischen den Stämmen hindurch, unstet einmal rechts, ein andermal links ausweichend – aber doch mit einer festen Richtung im großen, die sich nie abbringen ließ, weder von Bäumen, noch von Erinnerungen, so oft der Schritt auch im geringen nachgab –, mit der unabänderlichen Richtung: aus dem Leben hinaus.
Wo aber war die Grenze des Lebens? Er dachte darüber nicht nach, als er dort saß. Ob diesseits oder jenseits der Grenze? Er war nicht mehr im Leben, als er mit geschlossenen Augen dort auf der Moosbülte hockte. Durch seinen Oberkörper ging ein leises Wiegen, hin und her, als wäre er ein Baum und schwankte im Winde. Er dachte an gar nichts. Er hatte kein Ziel und keinen Weg mehr. Er war und wußte es nicht. Er irrte später den ganzen Tag im Walde umher und wußte nicht, wo er war. Er fragte sich auch kein einziges Mal. Einen Strick trug er in der Tasche und hatte ganz einfach vergessen, daß er ihn besaß. Vergessen, was er mit ihm gewollt. Brauchte er ihn überhaupt noch dazu? Er hatte sich von seinem Schmerz befreien wollen. Aber mit diesem Schmerz war es wie mit den Wassern des Salajöggi, die nahe der Küste mit einem Male vor den Augen versiegten und bis zur Mündung unter der Erde verborgen weiterflossen. Hier draußen hatte er keinen Schmerz mehr.
Erst in der frühen Dämmerung kam er aus dem Walde zurück, und die Magd sah, daß seine Augen wie im Fieber glänzten. Er murmelte fortwährend etwas in den Bart, davon sie kein Wort verstand. Dabei sah er aus wie ein Bär, der vom Winterschlaf erwacht ist. Reisig, Tannennadeln, Heuhalme und Blätter, – alles, was er gestreift, war an ihm haften geblieben. Er sagte kein Wort darüber, wo er so lange gewesen war. Als sie ihn fragte, ob sie ihm das Essen aufwärmen sollte, brummte er etwas, was ja und was nein heißen konnte. Also wärmte sie es ihm, und er verschlang es und schnaufte dabei wie bei einer schweren Arbeit. Und dann warf er sich in den schmutzigen Kleidern aufs Bett. Die Frau, die seit dem Morgen stumm in der Küche gesessen hatte, schien er gar nicht zu gewahren.

Nun, da es dunkelte und es draußen wieder zu schneien begann, lag er auf dem Bett und schlief. Aber er mußte quälende Träume haben, denn aus der Kammer hörte die Magd ihn rastlos wie im Fieber sprechen, und mitunter schrak sie zusammen, wenn der Alte im Schlafe um sich stieß, daß seine schweren Stiefel gegen die Bettlade knallten. Bei solch einem Lärm, den er selber vollführt, erwachte der alte Koiri auch wieder, nur verstand er nicht, warum er aufgewacht war. Hatte ihn jemand geweckt? Nein. Es war dunkel in der Kammer, dunkel in der Küche, zu der die Tür weit offen stand. War es Nacht? War es Tag? Hatte er lange geschlafen? Lag die Frau neben ihm? Wo war er eigentlich? Noch im Walde . . .? Er tastete um sich. Nein, er lag allein. In großer Hilflosigkeit, das Rätsel zu lösen, ließ er sich in ein Dämmern zurückfallen. Da aber öffnete die Magd nebenan in der Küche die Herdtür. Er sah einen Lichtschein über die Diele tänzeln und hörte das Klappern des Riegels, den sie, weil er so heiß war, nur mit dem Schürzenzipfel anzupacken gewagt hatte. Klappernd fiel er herunter, und sie stopfte Reisig ins Feuer. Der Schein leuchtete bis über die Schwelle der Kammer. Ja, nun endlich fand er sich zurecht. Er riß die Augen auf und starrte zur Decke. Die Magd in der Küche merkte, daß er wach lag, denn sie hörte ihn gähnen und vor sich hin brabbeln. Mit einem Mal ächzte und krachte die Bettstatt, und gleich darauf erschien er in der Küche. Er strich sich mit beiden Händen die Haare aus dem Gesicht, dann langte er ins Vorhaus nach der Laterne und reichte sie dem Mädchen, das am Feuer saß. Ohne daß er ein Wort gesagt hatte, zündete sie ihm die Öllampe an, und wortlos polterte er hinaus.
Er wird doch nicht Feuer anlegen? dachte das Mädchen mit wildem Herzklopfen und schaute aus dem Küchenfenster dem wandernden Lichtschein nach. Von dem Alten gewahrte sie nur einen Schatten. Jetzt stand er, stand mitten auf dem Hofe. Wohin wollte er denn? Jetzt . . . ging er weiter. Zur Kleete ging er, also konnte sie ruhig sein. Aber wie schwer ihr das alles mit der Zeit wurde! Die letzten Tage und die letzten Nächte – ebensogut konnte sie im Beinhaus bei der Kirche wohnen, in dem die Toten lagen, bevor der Pastor sie segnete und sie unter die Erde kamen. Bei den Toten war sie immer noch nicht bei den Tollen! Und das war nur der Anfang der Weihnachtswoche . . . Wenn die Frau dort drüben nur endlich einmal etwas sagen wollte! Weinen, Klagen! Dann konnte man versuchen, sie zu trösten, und das Herz, das einem jetzt selber gefror, taute vielleicht wieder auf! Sie aber saß da und schwieg und starrte sich vom Morgen bis zum Abend das Leben aus den Augen. Da war es mit dem Alten vielleicht doch noch leichter. Der rührte sich doch wenig-

stens und war nicht schon bei lebendigem Leibe so starr und steif wie im Sarg. Nur sah er so böse aus! Von gestern auf heute war das gekommen. Und was wollte er jetzt bei stockfinsterer Nacht in der Kleete?

Das wußte er selber nicht, nein, wahrhaftig, er wußte es nicht. War das alles, was er gewollt: hier stehen und in die Salzfleischtonnen leuchten, um sich zu überzeugen, daß sie beinahe randvoll waren? Daß Brote dalagen, die seine Frau noch in der vergangenen Woche gebacken hatte? Daß es eine ganze Bütte voll mit gesalzenem Fisch gab und große Seiten geräucherten Speck samt Butter und Mehl und Grütze und Grünkram? Hatte er das alles sehen wollen?

Er stand neben der Laterne, die er abgestellt hatte, schaute bald auf die Vorräte und bald um sich und über sich ins Gebälk. Er wunderte sich, daß er hier war. Wie war denn das zugegangen? Hatte er geträumt und war im Traum hierher gegangen, um hier aufzuwachen? Seit wann aber zündete einer im Traum Laternen an! Dann wieder war ihm, als wäre es so ganz in Ordnung. Immer hatte er in früheren Zeiten am Ende eines Tages noch einmal nach dem Rechten gesehen, überall, in Stall und Scheuer, auch in der Kleete, ja . . . Der Weg lag einem, der ihn sein Leben lang gegangen war, in den Beinen. Von früher her. Von früher her, ja . . . Aber jetzt? Von seinem Leben her, ja . . . Er aber wollte kein Leben mehr und keine Erinnerungen an das alte Leben! Nichts wollte er, gar nichts!

Er griff nach der Lampe, ging und sperrte die Tür fest hinter sich zu, ganz wie früher. Wieder einmal, wie aus Erinnerung, daß es so die Ordnung war. Dann stand er in der Dunkelheit zwischen Stall und Scheune. In den Lichtschein der Laterne hinein säte die abgründige Finsternis den Schnee, der so hart und so fein war, daß man ihn fallen hörte. Ein leises Zischen lag in der Luft. Er tappte in den Garten hinein und ging hinter der Scheune entlang zur Einfahrt. Warum, das wußte er nicht. Wie sein eigenes Gespenst irrte er auf dem Hofe umher. Er hatte keine Ruhe mehr. Nach einem stummen Abend lag er eine lange Nacht neben seinem Weibe und mußte manchmal mit den Händen um sich greifen, damit ihm wieder die Gewißheit kam, die Finsternis lastete nicht wie eine Steinplatte auf ihm oder wie die zusammengestürzte Wand der Kiesgrube, unter der er einmal in jungen Jahren für ewigkeitslange Minuten begraben gewesen war. Nein, es war Luft über ihm, die Träume einatmen, es huschten, wie Fledermäuse, Träume und Wünsche im Dunkeln, die er einfangen konnte. Er konnte daliegen und sich Kraft aus der Finsternis eratmen, Kraft zum Leben oder das letzte bißchen Kraft, das der Tod verlangte. Gegen Morgen – was für eine Kraft hatte er da gewonnen, daß er aufstand und geraume Zeit auf dem Bettrand hockte? Er kleidete sich im Dunkeln vollends an. Nur die Stiefel versparte er sich für die Küche, aber auch dort tappte er noch eine Zeitlang auf Strümpfen umher, bis er am Wassereimer seinen brennenden Durst gelöscht hatte. Erst vor der Haustür stieg er in die Stiefel. Die Magd schlief um diese Zeit fest, und den langen Seufzer aus der Kammer, die er verlassen hatte, hörte er nicht.

Er ging im Dunkel über den Hof. Jeder Schritt hinterließ in dem körnigen Schnee eine Spur, die nach kurzer Frist schon wieder ausgelöscht war, denn es schneite noch immer. Und als der Morgen graute, sah auf dem Hofe niemand mehr, welche Wege der Alte in der Nachmitternacht gegangen war. Niemand wußte, wo er den Tag verbrachte.

Am Abend, als es schon dunkel geworden war, kam er wieder heim, noch verwilderter als am Tage vorher. Heute aber schlief er schon mit aufgestütztem Kopf an dem Tisch ein, an dem die Magd ihn gespeist hatte. Niemand weckte ihn. Einmal wachte er auf, da war es mitten in der Nacht. Er glaubte allein zu sein und tastete sich zum Eimer, um zu trinken, da aber fragte es ihn leise aus der Finsternis: Wo bist du gewesen?

Erst dachte er, noch schlafumfangen, es könnte der Wind gewesen sein, der in der Esse jammerte, aber als es ihn zum zweiten Male fragte, erschrak er, und es dauerte lange, bis er die Antwort fand: Im Walde.

Es seufzte aus der Finsternis, und er hatte den Becher noch nicht leer getrunken, da tappten Schritte zur Kammer. Er blieb reglos stehen, wo er stand. Vom Becher, den er abgesetzt hatte, fielen ein paar Tropfen klicksend in den Eimer zurück, fielen so tief, wie die Finsternis reichte. Er setzte sich zurück an den Tisch, konnte nur noch denken: Mein Gott! O mein Gott! sonst nichts mehr. Mit einem Mal aber schrak er zusammen und lauschte. Und als wären Jahre und Jahrzehnte nur wie ein einziger Atemzug, fühlte er sich eingeholt von der Stunde, da er drüben im alten Haus sein Weib getröstet hatte, das in den Wehen der ersten Niederkunft lag. Dieses Stöhnen war es damals gewesen, diese Stille danach und wieder dieses langgezogene Stöhnen. Ob man sie bekam oder ob man sie verlor – immer war es die gleiche Qual. Nur hielt er jetzt nicht mehr aus, was er ehedem zu lindern versucht hatte. Er griff nach der Mütze, die immer noch neben ihm auf der Bank lag und wankte hinaus in den Stall. Und als es hinter dem kleinen Fenster dort grau zu werden begann, schlich er wieder in den Wald hinein.

Doch auch dieser Tag hatte einen Heimweg ins Leben zurück oder

zurück in die Trümmer, die von seinem Leben übrig waren, und wie schwer ihn auch alle Wege bisher angekommen waren – der Heimweg dieses Tages war der schwerste. Immer wieder ließ er sich nieder und ruhte aus. Es hatte schon zu dämmern begonnen, als er über den Hof trottete. Das Scheunentor stand sperrangelweit offen, eben kam die Magd mit einem großen Bund Stroh heraus. Doch anstatt es in den Stall zu bringen, trug sie es in die Küche. Sie mußte ihn von weitem gesehen haben, denn es schien ihm, als beeilte sie sich, vor ihm ins Haus zu gelangen. Ist denn schon Weihnachten? fragte er sich erstaunt, hatte er die ganze Woche verschlafen? Zum Christabend ward Stube und Küche mit Stroh ausgelegt, daß es jeden, der darauf schlief, daran mahnte, wie armselig das Gotteskind in die Welt gekommen war. Da wurde der Eßtisch festlich beschickt und wurde doch nicht vor dem Morgen von ihm gegessen, denn diese Nacht auf der Erde konnte immer noch einmal einen Gast bescheren, dem das Vorrecht auf einen festlichen Willkomm gebührte. Ja, er wollte gern glauben, daß er träumte! . . . Schon war es in Küche und Kammer so weich gebreitet, daß die Magd ihm lautlos wie auf Wolken entgegenkam!
Ist denn schon Weihnachten? fragte der Alte ungläubig in das warme Halbdunkel hinein, während die Magd an ihm vorbei wieder ins Vorhaus schlüpfte.
Er tat ein paar Schritte und blieb dann unsicher stehen. Ihm war, als hätte man ihm den Boden unter den Füßen weggezogen. Das war nicht mehr die Erde, auf der er drei Tage lang umhergeirrt war! Wo aber endete eine geträumte, und wo fing die wirkliche an?
Ist . . . ist schon . . . Weihnachten? fragte er stammelnd die Frau, die er jetzt gewahrte. Sie saß am Eßtisch in dem großen Stuhl, der früher in der Kammer gestanden hatte und sah ihn an, ohne sich zu rühren. Ihr Gesicht gab einen Schein von sich, und wie unverwandt sie auch zu ihm hinaufschaute – über dem Schauen wollte sie ganz offenbar nichts aus dem Ohr verlieren, es war ein Lauschen in dem seltsamen Ausdruck ihrer Züge.
Es ist für die Jungen . . . sagte sie endlich leise, es klang sehr besorgt, und nun ging dem Alten dunkel auf, daß sie das Maß der Lebendigen abgetan und in den Wehen der Nacht die Toten zu einem neuen Leben geboren hatte. Da schloß sich an der Totenwiege auch sein Leben wieder zusammen, und in Schmerz und Schwäche war ihm mit einem Mal, als wachte er auf.

Aber wie wunderlich es auch war: das Leben wiederholte sich unaufhörlich, so, als hätte es von der Zeit an, da er ein Knabe gewesen war, bis zu den Jahren unter dem weißen Haar des Alters immer nur einen Mittler zwischen den Verwandlungen, in denen es lebt: die Krankheit. Fieber hatte seinen Weg aus dem Walde eingehüllt, Fieber hatte ihm den früher so vertrauten Boden seines Hauses verwandelt, das Fieber ließ ihn über die Streu der Bettstatt, darin er lag, ohnmächtig grübeln. War das die knisternde Streu, auf die er sein Leben lang beinahe jeden Abend gesunken war, todmüde von der Arbeit des Tages, die Streu, auf der er sich in Sorgen gewälzt hatte und beim Plänemachen, die Streu, auf der mitunter die einfältige Freude zwischen einem Mann und einem Weib bei dunkler Nacht sich eingefunden hatte? Oder lag er zur Weihnacht, wie er es in seinem Haus von eh und je als frommen Brauch bewahrt hatte, auf der ärmlichen Streu, auf der dennoch einmal der ganze Reichtum, von dem die Mühseligen und Beladenen zehrten, auf die Welt gekommen war? Oder war auch diese Streu Totenstreu, die sein Weib in Küche und Kammer hatte streuen lassen nach einem noch viel älteren Brauch, damit das elterliche Haus seine toten Söhne mit Stille empfinge, wie sie die in ihrem neuen Leben gewohnt? Er wußte es lange Zeit nicht. So lange nicht, wie er selber zwischen Tod und Leben lag. Mitunter meinte er, ja, es wäre die Totenstreu, und dann schlich er mit allen, die wiedergekommen waren, mit Nikolai und Jaak und der Uibopuu-Alten durch das Haus an sein eigenes Bett, in dem er sich ein zweites Mal liegen sah. Später dröhnten ihm Weihnachtsglocken in die Ohren, er sah die Kerzen vor den Augen tanzen, auf und ab, immer wilder und wilder, daß er jeden Augenblick dachte, nun müßten sie im Zugwind erlöschen . . . Aber nein, am Ende waren die Weihnachtstannen nur stille, schneebedeckte Bäume im Wald, in dem er noch einmal und immer angstvoller umherirrte. Und das Fieber stieg, und das Fieber fiel, je nachdem, wo er war, bei den Lebendigen oder bei den Toten. Am Ende war er nur noch bei sich selber, und sein Leben verwirrte sich in der Schmelze der Krankheit von den frühesten Anfängen her, zu denen sein Erinnern reichte. Es war, als suchte es sich in dem verschütteten und wie von einem Erdbeben verworfenen Bett einen neuen Weg, bis es wieder in einer dem Geist gegenwärtigen Stunde anlangte – da aber auch weit entfernt von dem Ort, an dem er seiner zum letzten Male vor der Krankheit inne geworden war. An vielen Tagen wähnte er, seine Mutter kühlte ihm den glühheißen Kopf mit einem feuchten Tuch; später erst gewahrte er, daß sein eigenes Weib es war, das ihm diese Linderung brachte.

Er wußte nicht, daß die Magd der Untätigen das Tuch in die Hände gedrückt hatte: so, hier wäre ein Tuch, nun sollte sie es dem Bauern

auf die Stirne legen. Lange genug hätte er da nebenan gelegen und gestöhnt und wilde, irre Reden geführt: Bleiben sollten sie, bleiben, er würde ihnen schon zu essen geben und sie niemandem verraten! – Wer soll da wohl bleiben? hatte Olli sich gefragt und in die Kammer gehorcht. Wahrscheinlich sprach er im Fieber immer von seinen Söhnen; ach ja . . . Die Alte war mit dem Tuch in die Kammer gegangen, und als die glühende Stirn des Bauern das Tuch durchwärmt hatte, brauchte die Magd ihr nicht einmal mehr zu sagen, daß sie es nun in frischem Brunnenwasser spülen und dem Kranken von neuem auflegen sollte. Sie tat es von selber, als sie ein paarmal gesehen, wie der Mann mit geschlossenen Augen und blind zutastenden Händen das Tuch gedreht und gewendet hatte, an welchem Zipfel es wohl noch ein wenig von der wohltuenden Kühle schenkte. Dieses tat sie und manches andere noch. Sie gewöhnte sich an, anstatt auf dem Stuhl in der Küche in der Kammer neben dem Bett zu sitzen und vor sich hinzustarren oder in das bärtige glühende Gesicht, darin die Lippen sich fortwährend bewegten.
Die Magd war froh, als sie zwischendurch einmal in die Kammer geschlichen kam und ein Glas mit Moosbeerensaft brachte, den sie ausgepreßt, weil der herbe Saft der Beere von alters her als ein Mittel gegen das Fieber galt. Nun aber mußte sie in den Stall. Sie hatte sich, ohne zu fragen, jemand von den Nachbarn zur Hilfe bestellt. Einerlei, wer da käme, nur zwei Arme und zwei Hände brauchte sie, sonst stünde das Vieh zum Fest bis an die Knöchel im Dung.
Und so war der alte Koiri auch nicht allein, als er ein paar Tage später aus der feurigen Schmelze des Fiebers zu sich kam. Wie die finstere Wolkenwand eines überstandenen Gewitters trieb das Grauen hinter ihm weg, und vor ihm saß sein Weib. Mochten auch verspätete einzelne Wolken ihn dann und wann noch einmal umhüllen –, nach jeder Verfinsterung fand er sie wieder. Sie wich nicht von ihm.
Still lag er da, die Hände auf der Decke, die Augen aufgetan wie in einem übermächtigen Staunen. Seine Wangen waren eingefallen. Die Lider hatten tiefe, dunkle Gruben um sich, der ausgedörrte Mund zitterte unter dem Bart. Es war totenstill, als er seines Lebens wieder inne ward. Von draußen herein kam ein milder Schein, der ihn auf eine neue Art schlaftrunken machte. Ein ganzes Leben lang war die Mutter der Lebenden sein Nachbar gewesen; auch die Mutter der Toten war ihm jetzt die nächste. Sie hatte ihn mit ihren Schmerzen abermals zum Vater gemacht. Nun hielten sie haus mit den Toten, und wie einst vor Jahrzehnten war es still um die Wiege, an der sie wachten.
Nach einer Weile hörte er draußen vor der Küche die Magd. Sie

sprach – mit wem wohl? War das nicht die Stimme des kleinen Leppiko-Priidik? Er wandte den Kopf von einer Seite zur anderen, als probte er's aus, wie er am besten hören könnte. Dann öffnete sich die Küchentür, das Mädchen kam zurück und ging auch nicht wieder hinaus. Er wollte sie rufen, aber das wagte er nicht. Hätte sie ihn denn auch hören können? Es strengte ihn beim Liegen an, zu sprechen. Aber horchen, lauschen –, das war nun sein ganzes Leben, als wäre er blind geworden. Und dabei sah er doch, sah, sah, immer das gleiche. Es wollte ihm nichts Tröstliches mehr darin erscheinen, nein, mit einem Male nicht mehr, nichts Tröstliches in so unverwandtem Bei-ihm-Wachen der Frau. Denn in einem Augenblick hatte er den Schlaf darin gespürt, die Abwesenheit, die Ferne von ihm . . . Also ist es immer noch das alte! hatte er in sich hinein geseufzt.

Das Mädchen war in seine Kammer gegangen, blieb lange dort drinnen. Unterdessen konnte er zusehen, wie es Abend wurde, wie es spann und spann, den finsteren Faden, in Winkeln, mitten in der Luft, hin und her, zu dem dichten nächtigen Schleier der Finsternis. Da ging die Tür . . .! die Tür, auf deren Geräusch er beständig gewartet hatte. Nun wollte er sie rufen.

Aber das brauchte er nicht. Unversehens stand das Mädchen auf der Schwelle und sagte guten Abend zu ihm, daß sogar die Frau sich um ein weniges bewegte. Und dann richtete sie aus, der Leppiko-Wirt ließe grüßen, er wollte den Bauern morgen besuchen, eben hätte er mit seinem Jungen Hausbier, Wurst und frisches Brot geschickt und ließe ihnen allen hier ein gutes Fest wünschen. Daß er im Stall geholfen hatte, verschwieg sie.

Der alte Koiri lag da, überschüttet von so viel guten Nachrichten, außerstande, sie alle in sich aufzunehmen. Soso, der Leppiko-Jaak, sagte er schwer atmend, als das Mädchen eine Pause gemacht hatte, der Leppiko-Jaak . . . Und was sagt er? . . . Grüßen ließ er und allen ein gutes Weihnachstfest wünschen. Und was hat er geschickt? . . . Alles ließ der Alte sich zweimal berichten, dazwischen immer wieder nachsinnend, als müßte er jedem Wort und jeder Tat Raum in sich schaffen.

Nun wollte sie nur sagen, daß sie in die Badstube ginge, richtete das Mädchen aus; es schien ihr letztes Anliegen zu sein, und sie hätte gehen können; aber sie ging nicht. Jaja, in die Badstube, geh nur, meinte der Alte leise und atemlos; er wäre auch gern gegangen, wenn er nicht krank geworden wäre. Nun aber hatte ihn das Fieber wohl schon ärger schwitzen lassen als zehn Badstuben. Das wollte er noch sagen, gerade das, aber er kam nicht dazu.

Das Mädchen hob die Rechte und zog ein Tannenbäumchen hervor, das sie derweilen an einer Krone gehalten hatte, ein kleines Bäumchen, mit Kerzen besteckt. Sie stellte es neben dem Bett auf die große Lade. Der Bauer sah ihr stumm und fassungslos zu.
Gesegnete Weihnachten! sagte die Magd und fügte sich räuspernd hinzu: Sie wünschte, daß es dem Wirt bald besser ginge.
Jaja . . . murmelte der Alte, ja, du bist ein gutes Kind, geh nur, geh ruhig . . . Und während er das sagte, hörte er sich selber zu, wie aus der Ferne, und schämte sich von dort fern her für den, der das sagte. Wollte sie schon gehen? Ging sie wirklich, wie er ihr gesagt? Das hatte er nicht gewollt.
Danke, danke, Olli, sagte er darum so schnell, wie er konnte, aber hör . . . das murmelte er schon wieder leise und wie in einem Besinnen . . . Warum sah sie ihn so verwundert an? Für einen Augenblick wandte der Alte den Kopf zur Seite, als hätte der stumme und fragende Blick seiner Frau angefangen, ihn zu quälen. Du bist doch noch da, Olli? vergewisserte er sich nach der Tür hin.
Ja, kam es von dort. Sie war noch da, sie stand da, kaum zu erkennen. War es wirklich so dunkel, oder versagte das Licht sich nur ihm? Und bei dieser Dunkelheit nachdenken zu müssen, sich besinnen . . . besinnen, worauf nur?
Ja, hör, meinte er leise. Das Mädchen trat von einem Fuß auf den anderen, als hätte sie es eilig, wegzukommen. Hör . . . ja, und wie geht es mit der Arbeit? Hast du alles fertig bekommen?
Das war es, wonach er hatte fragen wollen, oder nicht? Ja, auch danach, natürlich.
Gut ginge es, gut. Er sollte sich nur keine Sorgen machen. Sie wäre mit allem fertig geworden, und alles wäre so wie sonst zu Weihnachten auch! beruhigte ihn das Mädchen.
Der Alte im Bett seufzte erleichtert, als er sie hörte. Darüber, daß er sie hörte, und darüber, was er von ihr hörte.
Jaja, murmelte er, aber hör, Olli, hör einmal . . . Lange Zeit kam weiter nichts von ihm, und doch wartete sie, ob ihr auch schon die Wangen brannten. Ja, seufzte nun der Alte wieder, es klang erleichtert darüber, daß ihm etwas eingefallen war. Einen Tannenbaum hast du hingestellt?
Ja, sie hätte einen kleinen Baum besorgt, denn sie hätte gedacht, daß der Wirt und die Wirtin ja wohl nicht dazu kämen, daran zu denken, und . . .
Daß sie daran gedacht hatte, das gute Ding!
Ja . . . gab der alte Koiri mit langem Atem von sich; danach reichte es zu keinem Wort mehr. Aber nach einer Weile sagte er wie in sein

Kissen hinein: Zünd ihn doch an. Dann kannst du gehen.

Sie ging in die Küche, sie kam zurück. Sie strich ein Zündholz an, und er kniff geblendet die Lider zusammen. Allmählich erst öffnete er sie, und da war sie auch mit der Arbeit beinahe fertig. Nun gewöhnte er sich an den hellen Schein, der ein wenig zitterte, wenn ihre geschäftigen Hände einer Flamme zu nahe kamen. Und er sagte nur ja, als sie fertig war. Zunicken konnte er ihr nicht mehr; sie blickte weg, oder er kam damit zu spät –, woran es eigentlich lag, wußte er nicht. Nur tat es ihm leid, denn sie war ein so gutes Ding, ein viel besseres, als man wohl von einer Magd erwarten durfte. Einen Sohn habe sie, war das Gerede gegangen, in der Stadt zur Pflege gegeben. Ja, ein so junges Mensch . . . und schon einen Sohn –, noch einen Sohn. Ihnen, ihnen hatte man . . .

Die Kerzen brannten, mitunter leise knisternd und als wollten sie ihr Feuer versprühen. Vielleicht war ein Tropfen Wasser im Wachs. Er versah sich in die kleinen Flammen, der Alte. Sie wärmten ihn von viel näher her, als sie dort mit dem Bäumchen standen. Doch es taute unter ihrer Nähe auch eine unsägliche Wehmut auf, die sich gar nicht mehr zu begreifen verlangte. Draußen im Dunkeln schleifte der Wind den Schnee an den Scheiben entlang, sonst war nichts zu hören. Seinen eigenen Atem hatte er vergessen.

Sieh doch, Mutter . . . sagte er nach einer Weile, aber die Stimme, die beim Liegen so schwer ein Wort hervorbrachte, versagte ihm und verfiel in ein unverständliches Krächzen.

Die Frau rührte sich nicht. Und nun war ihm, als könnte er sich daran erinnern: sie hatte sich inzwischen nicht ein einziges Mal bewegt! Das vergaß sich so leicht, viel zu leicht. Sie doch . . . wiederholte er und wollte, daß sie endlich die Lichter betrachtete, aber sie blieb sitzen, wie sie saß. Sie hatte die Hände unter das Tuch gesteckt, als fröre sie, auch hier in der Wärme. Die grauen Augen standen starr und weit offen.

Der Alte blickte unverwandt in die Kerzenflammen hinein. Langsam glitt seine Hand zu seiner Frau hinüber, bis er ihren knochigen Arm fühlte, und daran begann die Hand sachte zu pochen. Dann sah er sie an, ob ihm Antwort würde oder ein Auftun: alle Treue, die in ihm lebte, lag in diesem Blick und in der Behutsamkeit, mit der er ihrer Trauer nahte. Er sah ihr Gesicht in dem düsteren Schatten, den das Abgewandtsein vom Licht und das dunkle Tuch darum hüllten; er sah den Kummer und den Gram darin noch einmal ohne Erinnerungen und ohne Erwartungen; er sah . . . er sah wie von einem noch lichtbestrahlten Ufer hinüber zu dem anderen, wo es nie mehr hell sein konnte, nur dämmrig oder dunkel und immer dunkler. Der

Kerzenschein lag auf seinem Gesicht, er hatte das Gefühl, daß er immer stärker und immer wärmer wurde mit jedem Augenblick, in dem er ihr von Schatten umdunkeltes Antlitz betrachtete und seiner Liebe und Anhänglichkeit inne ward.
Sieh doch, Mutter . . . murmelte er noch einmal beschwichtigend und streichelte ihren Arm unter dem Tuch.
Sie schüttelte wortlos den Kopf. Jetzt schien sie nicht mehr zu lauschen, sie hatte ihn hier in ihrer Nähe gehört. Ihre Augen starrten auch nicht mehr abwesend ins Leere, der in Tränen dunkelnde Blick ruhte im Schatten vor ihr aus. Aber sie schüttelte nur immer wieder stumm den Kopf. Nein. Sie blieb dem Lichterschein abgewandt.
Er ließ sie in Frieden und lag ganz still, allem verloren, nur ihr nicht. Und als das Licht der Kerzen seinen Kopf überstrahlte und in seinen Augen einen matten Widerschein empfing, war alles in ihm ein Fragen, ob er denn wirklich zu ihr auf das dunkle Ufer müßte.
Sie sagte nicht ja, sie sagte nicht nein; sie rief ihn nicht, und sie trieb ihn nicht weg, sie lebte dahin, ohne des Lebens inne zu sein. Ihr anderes Leben, aus dem sie mitunter für ein paar Augenblicke zurückkehrte, blieb ein Geheimnis. Es mußte ein dunkles Leben sein, zwischen zweier mächtiger Herren Mark. Und er, wenn er still dalag, und seine ersten Kräfte in unzähligen Plänen regte –, auch er war weit entfernt von ihr: auf der Feldmark, die zu seinem Hof gehörte, auf seinen Wiesen, in seinem Walde. Manchmal, wenn er hier in seiner Schwäche lag und einzusehen begann, was alles auf dem Hof getan werden mußte, schien es ihm das Herz zu zersprengen. Und im Walde erst! Sie hatten Holz fällen wollen, und dann wäre es zu viert auch ein leichtes gewesen, die Stämme, die seit dem vorigen Jahr zum Trocknen dalagen, in die Sägerei zu fahren, wenn die Schlittenbahn gut war.
Er und eine Axt! Er wollte gar nicht daran denken. Und dann das Vieh, und die Geräte, die in Ordnung gebracht werden mußten, bis die Felder wieder erwachten! Er und ein Pflug! Nein, da sollte Gott sich erbarmen, er würde nie mehr einen Pflug führen können. Das stattliche Viereck seines neuen Hofes rückte immer dichter zusammen, daß ihm am Ende kein Platz mehr blieb. Und gerade weil es hinter den Wänden so voll und hoch angehäuft lag von dem, was er in seinem Leben geerntet, war alles so erdrückend in seiner Übermacht und war er so hilflos in seiner Ohnmacht. Seine Kraft war abgetan, und den Hof, den eine Magd allein bestellen konnte, hatte es seit Menschengedenken nicht gegeben. So war ihm all sein Fleiß zum Fluche geworden. Wäre alles klein und arm geblieben, wie er's empfangen, und lebten sie noch drüben im alten Haus, dann hätte es sich

machen lassen, die Kräfte hätten gereicht. Nur der Segen war zum Verhängnis geworden. Der Herr hatte ihn gegeben, der Herr hatte ihn genommen, des Herrn Name sollte . . . Nein, er konnte ihn nicht loben! Nur hadern mit ihm, ohne Unterlaß, hadern um seine Söhne und um sein Weib, die verloren waren, hadern um alles, was jetzt folgen mußte, weil es ihm an Kraft gebrach.
Da lag er nun am Weihnachtsabend und fing an, in Gedanken in den Stall zu gehen und zu überlegen, was mit dem Vieh geschehen sollte. Mußte er's nicht verkaufen? Von allem ein wenig, ja, von Vieh und Feld. Wie klein und armselig alles werden würde, wußte er sich gar nicht vorzustellen. Oder sollte er den Hof für so lange, wie des Jüngsten Strafe währte, auf Halbkorn verpachten? Dann würde der Jüngste einen verfallenen Hof und einen ausgemergelten Acker bekommen, wenn er zurückkam. Wenn er einmal kam . . . Er erlebte das nicht mehr, nein . . . Denn seinen Hof darf man verschenken, aber nicht verpachten, sagte ein altes wahres Wort. Und wenn er statt dessen einen Knecht annahm –, ob es dann genug war? Nein, nie konnte ein Fremder drei Eigene ersetzen. Noch fand er nicht heraus, was das Richtige war, und es war ein so vergebliches Mühen, als hätte er sich in den Kopf gesetzt, einen der großen Findlingsblöcke, die in den Feldern lagen, beiseite zu wälzen. Wie beneidete er im stillen sein Weib, und wie verlockte es ihn, ihr zu folgen, aber ach! willentlich zu folgen gelang wohl keinem, und noch hielt ihn der Hof und das Werk seiner Hände auf dieses Herrn Mark viel zu fest.
Erst als die blinde Verzweiflung ihn überfiel, als der Leppiko-Wirt zu ihm kam . . .
Er kam am Nachmittag zu ihnen herüber, die Magd hatte ihn schon kommen sehen, als sie einmal zum Brunnen gegangen war, und in der Kammer angesagt, nun käme er. Aber da kam er noch lange nicht. Der alte Koiri meinte schon, Olli müßte sich getäuscht haben, denn wenn man jemanden erst einmal kommen sah, konnte es nicht mehr so lange dauern, bis er eintrat. Doch Olli hatte sich so wenig getäuscht wie der Bauer. Der Leppiko-Wirt war heute einer von den Langsamen. Er war am Morgen in die Kirche gefahren, zu Mittag hatte er fett gegessen und sich das Fett mit ein paar Schnäpsen bekömmlich gemacht, dann hatte er, wie es der Festtage heiliger Brauch war, ein Auge zugetan, und nun vertrat er sich ein bißchen die Beine, eilig hatte er's nicht.
Er war nur mittelgroß von Wuchs, aber alles an ihm wirkte länger, als es war, weil er so krumm und so ausgemergelt war. Zäh sah er aus, wie man es einem Katzendarm zutrauen wollte. Der Adamsapfel flog ihm beim Sprechen wie ein Pumpenschwengel auf und ab,

und es war bedachtsam von ihm, daß er den Kragen, den er heute umgebunden, etliche Nummern zu weit genommen hatte. Gestern am Heiligen Abend hatte er sich barbiert; heute nachmittag war er schon wieder so graustoppelig, wie man ihn werktags kannte. Nur die kleinen Augen blinkerten festlich erleichtert, diese fuchsscharfen, listigen Augen, die nach dem dritten Schnaps schon anfangen konnten, dort zu mausen, wohin die Hand erst viel später griff. Ob nun der Koiri-Hof, wie er da so stattlich breit vor ihm lag, ihn lekkerte, oder ob ihm wieder ein Geschmack des Ferkelbratens vom Mittag in den Mund gekommen war –, er leckte sich fortwährend die Lippen, als er da knickebeinig um die ärgsten Schneewehen herum zu Besuch angestapft kam. Er hätte nicht übel Lust gehabt, sich erst einmal ein wenig im Stall umzusehen, aber das ging wohl nicht an. Sah man ihn vom Hause aus, dann mußte er auch eintreten, und schließlich: langsam war man immer zum Ziele gekommen. Er kannte ja doch den alten Koiri-Jaan! Der hatte so seine Eigentümlichkeiten, wer wußte das besser als er! Wie es jetzt mit ihm stand, mochte der Himmel wissen. Als sie ihn, seinen Nachbarn, heute vor der Kirche bestürmt hatten, da hatte er nicht mehr zu erzählen gewußt, als was ihm Olli berichtet hatte, und die war mit dem Erzählen sehr sparsam, ein verteufeltes Weib, das sich wohl so ihre eigenen Pläne machte. Dafür steckte er voller Neuigkeiten, und was der Fremde ihn alles gefragt hatte, wußte er überhaupt nicht unterzubringen. Ja, dachte der Leppiko-Wirt, als er über den Koiri-Hof ging, ja, so ein Hof . . . .! Er blieb gegen alle Vorsätze doch einen Augenblick stehen und schaute sich um. Es war so eine eigene Luft zwischen diesen vier stattlichen Häusern, man konnte beim besten Willen nicht sagen, wie sie eigentlich war. Anders, ja, anders . . . So, als stünde hinter jeder der geschlossenen Türen ein Sarg. So ungefähr, ja.
Und später dachte er, auch hinter der Tür des Wohnhauses könnte bald einer stehen, einer oder gleich zwei. Er erkannte den Nachbarn gar nicht wieder. Und die Wirtin, so gesund sie am Leibe war . . . wie eine Puppe, wie eine Puppe, sage ich euch, meinetwegen wie ein Schrat, sage ich, ja . . . erzählte der Leppiko-Wirt später den Seinen. Auf diesen Vergleich war er schon gekommen, als er das erste Mal in ihr starres Gesicht geschaut und beim Guten Tag die welke Hand der Bäuerin in der seinen gespürt hatte. Und in diesem Vergleich war er bestärkt worden mit der Stunde, die er in der Kammer verschwatzte. Nicht ein einziges Mal hatte sie sich da bewegt, kein einziges Mal mit ihm gesprochen, kein Wort. Einmal hatte sie vor sich hin gelacht, aber wenn das ein richtiges Lachen gewesen war,

wollte er auf der Stelle tot sein. Angeboten hatte sie ihm natürlich auch nichts, kein Gläschen, nichts, und sein eigenes Bier brauchte er schließlich nicht bei Fremden zu trinken, was das anbetraf, sollte es gut sein.
Es sollte gut sein, er wollte gar nichts gesagt haben, der alte Fuchs; auf solche Listen war er verfallen, nun er einmal aus seinem Bau gekommen war. Nie wollte er etwas gesagt haben. War es der Wind, oder wer hatte da etwas gesagt? Nun, jedenfalls erzählte man sich –, ich will ja nichts gesagt haben, man hat es nur so gehört, ich weiß nicht, woher, aber – der alte Baron auf Drostenholm . . . So rückte er mit seinen Neuigkeiten heraus, blinzelnd und blinkernd, als täte das Licht ihm weh. Er war für gewöhnlich ein schweigsamer Mann, heute aber hatte der Schnaps ihm die Zunge gelöst, und wenn er nicht gesprochen hätte –, zum Teufel! wer hätte es sonst getan? Die Bäuerin war wie ein Stück Holz, das man im Zimmer vergessen hatte, der Bauer lag im Bett und hörte ihm wortlos zu, als wäre er der Pastor. Die Totenstille in der Kammer und im ganzen Haus, auf dem ganzen Hof – die machte einen gesprächig. Hätte nicht wenigstens die Olli sich zu ihnen setzen können?
So war es also, wenn man seine Kinder und Erben verloren hatte. Der Leppiko-Wirt saß eine Weile still da, leckte sich die Lippen und sah in die Runde. Ja, meinte er dann beiläufig, damit auch einmal etwas zu hören wäre. Der alte Koiri hatte ihm Fragen gestellt wie ein Kind. Wie es der Frau ginge und wie der Tochter und wie dem kleinen Priidik und immer so weiter, als wollte er beim jüngsten Kalb aufhören. Wenn er ihn ansah, wie er da lag, dann wollte er meinen, daß es nicht mehr ganz richtig bei ihm im Kopfe war. Ganz richtig war es überhaupt nicht mehr auf dem Hof, das glaubte er förmlich herausschnuppern zu können aus der Stille, aus der Luft, ja, denn die war so wie in einem Sterbehaus, und man brauchte gar nicht erst von dem Geruch des Strohs darauf gebracht zu werden, das zur Weihnachtsnacht auf die Diele gebreitet und dort bis in diesen Tag hinein liegengeblieben war. Dergleichen spürte ein alter Mensch auch so. Das mit den Särgen stimmte. Ob er schon Besuch gehabt hätte, wollte der Leppiko-Wirt gern wissen. Nein, gab der alte Koiri zur Antwort und schob die Decke, unter der er lag, ein wenig tiefer, damit sie ihn nicht beim Sprechen hinderte. Wer sollte denn kommen! Der Leppiko-Wirt machte eine Leidensmiene. Nun, er hätte da letzte Woche, als er zur Mühle fuhr, mit einem Fremden gesprochen – weiß Gott, was für einer das gewesen war, jedenfalls aber einer vom eigenen Volke –, und der hätte mit ihm von der Ungerechtigkeit angefangen. Von deinen Söhnen, weißt du? erklärte er kleinlaut. Es

war ihm nicht geheuer, den Alten daran zu erinnern. Aber der Fremde sagte, das sollte nicht umsonst gewesen sein, und dergleichen . . .
Der Bauer lag still, ihm war nichts anzumerken, der Bäuerin auch nicht, also konnte er wohl weiter erzählen? Ja, nun bekäme man die Duma, und in der könnte man so etwas zu Ohren des Kaisers bringen.
Ja, ja. Der Koiri-Wirt nickte ergeben. Einmal gehört werden vom Kaiser, das wäre etwas!
Und deshalb wollte er einmal zu euch kommen und das alles besprechen.
Es blieb still. Niemand von den beiden Alten sagte etwas. Noch wäre er nicht hier gewesen? Na, dann käme er wohl später. – Das hätte er auch Bäumen gesagt haben können.
Aber heute bei der Kirche wußte man zu erzählen –, ich weiß nicht, woher die es hatten und will gar nichts gesagt haben, aber man sagt, daß der alte Herr drüben auf Drostenholm jetzt begraben worden ist. Sie haben ihn lange stehenlassen müssen, denn das Begräbnis sollte irgendwo anders gemacht werden, wo sie ein eigenes Haus dafür hatten, für alle von dieser Familie, ich weiß nicht, wo das war. Aber nun gingen die Eisenbahnen nicht, und da mußte er warten, ja . . . Und sonst ist dort alles beim alten, jetzt soll der neue Herr kommen.
Der alte Koiri nickte. Ja, ja . . .
Aber das sehe man ja deutlich, die ganze Sache sei von den Baronen ausgeheckt, meinte der Leppiko-Wirt. Die hätten sich jetzt das Recht beschafft, wegzuschießen, was ihnen nicht paßte, und deshalb käme die Duma zur rechten Zeit. Vielleicht könnte der Kaiser ihnen dieses Recht wieder nehmen. Der Richter, der hier in der Gegend alle verurteilt hatte, sei auch ein Baron.
Die Augen des Kranken glommen auf und starrten den Besucher an. Wieso? fragte er grollend.
Er wollte nichts gesagt haben, aber heute bei der Kirche habe man sich das erzählt. Der oberste von den Offizieren, die all die Unschuldigen verurteilt hatten, sei ein Deutscher gewesen, und man habe sich sogar erzählt, er wäre mit dem Drostenholmschen Baron verwandt. Kein Wunder, wenn der jetzt totschießen ließ, wo es ihm paßte.
Ja, diese Teufelsdeutschen! knurrte der alte Koiri, und dann versank er in Schweigen. Und seine Frau . . . Erst wollte der Leppiko-Wirt nicht glauben, daß wirklich und wahrhaftig sie es war: die Puppe lachte leise vor sich hin.

O diese Teufelsdeutschen! ächzte der alte Koiri. Was hat unsereiner denen getan?
Tja, meinte der Leppiko-Wirt ratlos.
Was hat man denen nur getan? murmelte der Alte verzweifelt, und seine Stimme ging in ein Jammern über. Der Leppiko-Wirt wußte keine Antwort.
So, so, ein Deutscher war es, ein Baron . . . murmelte der Alte noch einmal vor sich hin. Anscheinend konnte er nicht aufhören, daran zu denken. Und was sagst du, mit dem Drostenholmschen ist er verwandt?
Ja, man sagt, so soll es sein; ich weiß ja nicht, aber . . .
So also . . . murmelte der alte Koiri, ohne darauf zu hören, was sein Besucher sagte. Aber denen sollte man es heimzahlen! Heimzahlen sollte man es denen, alles, alles . . .! brach es aus ihm heraus, und mit einem vor Anstrengung verzerrten Gesicht versuchte er, sich aufzurichten. Ächzend ließ er sich wieder zurückfallen. Nein, die Kraft reichte noch nicht, aber einmal würde sie schon kommen. Heimzahlen denen, heimzahlen, diesen Teufeln . . .! war alles, was er sagen konnte, und die sonst stumme Frau lachte dazu ein Lachen, das wie das Klirren eines geborstenen Glases klang.
Das wird auch sein, das wird alles so kommen, meinte der Leppiko-Wirt; du sollst sehen, Jaan, alles wird so kommen. Das wird nicht vergessen werden, dazu steht das Blut viel zu frisch auf den Gräbern, je tiefer sie es auch tagtäglich schaufeln wollen, wie man hört. Jedesmal schlägt es von neuem durch die Erde und schreit zum Himmel.
Der Leppiko-Wirt hatte das alles gutgemeint, die Vertröstung war ihm von Herzen gekommen, weil es ja auch ein Trost für ihn selber war; deshalb erschrak er nicht wenig und fing an, unruhig auf seinem Schemel zu rutschen, als der alte Koiri ihn jetzt anstarrte, fortwährend anstarrte, stumm, mit weit aufgerissenen Augen.
Krm . . . räusperte sich der Besuch verlegen und grübelte darüber, wie er schnell etwas anderes finden und sich davonmachen könnte.
Wie . . . wie ist . . . das mit dem Blut, du? Wie ist das mit dem Blut? fragte ihn da der alte Nachbar heiser.
Mit dem Blut? Ja, gab der Leppiko-Wirt unschlüssig zur Antwort und schien sich bei jedem Wort krümmen zu müssen, ja . . . das mit dem Blut . . . ich dachte, du wüßtest das! Das ist so eine Geschichte! Er wollte nichts gesagt haben, nur wäre ihm das so zu Ohren gekommen, in der Stadt oder im Kruge, aber wahr sollte es sein. Ein oder zwei Tage nach . . . nun, nach dem Unglück, sagte der Leppiko-Wirt, denn er wollte ungern von Erschießen sprechen–, ein oder

zwei Tage danach gingen Leute aus der Stadt das große Grab besuchen, in dem sie alle liegen, und da fanden sie auf dem Erdhügel frisches Blut.

Hörst du, Mutter, hörst du? Atemlos rüttelte der Alte sein Weib, das wie schlaftrunken auffuhr. Man sagt ja von alters her, daß das Blut sich nicht abwaschen und nicht von der Erde bedecken läßt, wenn es unschuldig vergossen wird!

Ja, da hatten die Leute den Beweis! Es stand auf dem Grabe und klagte an, beteuerte der Leppiko-Wirt von neuem.

Ja, ja! Atemlos sprach es der alte Koiri-Wirt ihm nach. Sein Blick hing am Mund des Erzählers und las ihm jedes Wort von den Lippen, um die immer häufiger die Zunge strich.

... Und da gab es eine große Aufregung in der Stadt! Natürlich erfuhr die Polizei von der Sache und schickte sofort ihre Leute hin, die das Blut untergraben sollten. Das taten sie auch –, aber am nächsten Tage stand doch wieder eine große Lache auf dem Hügel, und die Leute liefen hin in Scharen, um das Wunder anzuschauen, wie die Russen zu einem ihrer berühmten Bilder. Und wieder grub die Polizei das Blut unter, denn man wollte nicht, daß jemand sich an die Unschuldigen erinnerte, und wieder schlug es durch die Erde ans Licht. So ging das Tag für Tag. Jetzt, heißt es, hat man Soldaten neben das Grab gestellt, damit sie es bewachen, wenn die Sache doch nicht mit rechten Dingen zugehen sollte, aber die Soldaten sagen, jeden Morgen stände eine frische Lache auf dem Hügel, und dabei hätten sie jedem, der an das Grab heran wollte, den Zutritt verwehrt. Ob man es ihnen glauben wollte oder nicht: sie hätten des Nachts auch Stimmen gehört, ein Sprechen und Singen, einmal aus der Luft und ein ander Mal aus der Erde, einmal neben sich, einmal hinter sich –, aber gesehen hätten sie niemand.

Das sind unsere Jungen! flüsterte die Bäuerin leichenblaß. Der alte Koiri lag und starrte und starrte ...

Der Leppiko-Wirt stand auf, drückte den beiden die Hand und ging eilends. Er blieb auch auf dem Hof gar nicht mehr stehen, sondern stapfte vorwärts, bis er aus dem offenen Geviert heraus war. Dann erst verschnaufte er ein Weilchen und schaute sich nach dem Koiri-Hof um. Es fing an zu dämmern. Der Schnee nahm einen bläulichen Schimmer an, die Häuser dunkelten zu ihren Umrissen ein. Nichts regte sich auf dem stattlichen Hof, kein einziges von den Fenstern wurde hell. Er lag wie ausgestorben, der Leppiko-Wirt wollte kaum glauben, daß er eben noch drinnen unter lebendigen Menschen gesessen hatte. Aber den Gedanken an die schöne Kuh, die nun bald kalben mußte, und an den Fuchs, der ihm gerade noch fehlte, brauchte er deshalb nicht aufzugeben. Den würde er ein ander Mal verfolgen, langsam kam man sicherer an, heute war es unmöglich gewesen. Er stapfte weiter, um nicht im Finstern nach Haus zu kommen, doch sah er immer wieder zurück, wie mit schlechtem Gewissen.

Nein, einen schlechten Geschmack hatte er auf der Zunge! Daheim wollte er sich erst einmal mit einem kleinen Schnaps stärken. Der würde guttun. Nun sah er schon Licht in manchen Fenstern seines Hauses! Hinter ihm, auf dem Nachbarhof . . . Er war mit einem Bein in eine tiefe Schneewehe geraten und hatte Zeit, sich umzuschauen, bevor er sie schimpfend in einem weiten Bogen umging. Hinter ihm auf dem Nachbarhof war und blieb alles dunkel. Daß der Alte und sein Weib am Weihnachtstag so im Finstern hocken mochten! dachte der Leppiko-Wirt noch und stapfte weiter.

Ja, nun waren sie beide auf dem lichtlosen Ufer.

Von jenem Ufer der Toten her verfolgte das rastlose Wähnen und Planen des alten Koiri-Bauern fortan den Mann, von dem der Nachbar ihm erzählt hatte: den Deutschen, der seinem Weibe die Kinder geraubt, die schuldlosen Söhne dem Vater, die Erben dem verödeten Hof, den Richter, gegen den das vergossene Blut seine Anklage schrie, den Mann, der Rache an ihm genommen für etwas, was nicht er und nicht die Seinen getan, den Menschen, der Gottes Gebot geschändet hatte und die Gerechtigkeit des Kaisers getäuscht, den Henker all seiner Hoffnung.

Aus jener Nacht, in der das Feldgericht getagt, hatte er nicht viel mehr in Erinnerung behalten als Gestalt und Gesicht dieses Mannes, der sein und seines Weibes Glück zerbrach, als er zwei seiner Söhne dem Tod überantwortete und einen für zwanzig Jahre den Ketten. Das Gericht, die Feindseligkeit der Welt, das Unglück, das über ihn und sein Haus hereingebrochen war –, alles hatte mit einem Mal dieses einen Menschen Gesicht angenommen, alles Böse und Unbarmherzige hier auf Erden seine kalte hallende Stimme, alle Übermacht gegen seine Ohnmacht die Gewalt, über die er gebot. Seine ersten Kräfte wollte der Alte dazu nützen, in die Stadt zu fahren, um dort das Blut zu sehen – ihr Blut, zu dem es ihn hinzog wie einen Strom zum anderen. Und als könnte er noch irgendwo eine Spur von dem Menschen finden, der ihm das Unglück gebracht, war er begierig, ihm nachzugehen: dem Henker, ihm, immer nur diesem einen, wie der mahnende, anklagende Schatten derer, die er getötet. Ihn in diesen unseligen Vorstellungen zu bestärken, war der Besuch eines schlapphütigen Fremden angetan (eben jenes Mannes, von dem der Nachbar ihm erzählt), der an einem der ersten Tage des neuen Jahres lange bei ihm saß und sich nach anfänglicher Hilflosigkeit schnell in das schauerliche Reich zwischen Traum und Wachen, darin der Alte mit seinem Weibe lebte, hineinzufinden verstand. Und mit der Zeit sollte dieser Mann immer besser lernen, wie er es dahin zu bringen vermochte, daß der dämmernde, in Träume gefesselte Wille des Alten sich ungestüm noch einmal und immer wieder ins Wache erhob und dann blindlings in der Richtung zu rasen begann, die er dem Träumenden zuvor eingeflüstert: gegen die Feinde, die er ihm aus Einbildungen zu Leibhaftigkeiten zu erwecken gewußt, wider den einen Menschen, der schon vorher bei dem unglücklichen Alten zur Verkörperung allen Unrechts und Unheils geworden war. Selten verließ der Fremde, der sich immer nur als ‚Freund des Volkes' zu erkennen gab, den Koiri-Hof, ohne ein Papier in der Tasche zu haben, das der alte Bauer mit zitteriger Hand unterschrieben hatte und das der ‚Freund des Volkes' dann jedesmal der Bittschriftenkanzlei der Majestät in Sankt Petersburg als ein Gesuch auf den Allerhöchsten Namen einreichte – und niemals ohne die Gewißheit, daß er es vermocht hatte, den Alten noch einmal aufzurütteln aus dem stumpfen Dahindämmern in einem lichtlosen Bereich des Grames. Damit man ihn aber nicht irgendwelcher verschwörerischer Umtriebe beschuldigen und vor ein Feldgericht stellen konnte, sicherte sich der ‚Freund des Volkes' in seinen Papieren mit der Form ehrerbietiger Bittschriften an den Kaiser, und alles, was man einmal mit seiner Verhaftung erreichte, war, daß sich mit seiner Freilassung weit und breit das Gerücht herumsprach, der Koiri-Bauer hätte Hilfe und Beistand erfahren, und kein aufrechter Este sei in seinem Ungemach verlassen. Nun ginge es auf die Reichsduma zu, und da würde nach Hunderten von Jahren endlich einmal laut werden dürfen, was man ingrimmig hatte verbeißen und in stummen Leiden herunterschlukken müssen. Das klang nach einem Morgenruf anbrechender Freiheit, aber wie die Nacht noch groß ist, wenn irgendwo schon die kleinen Hähne ihren Weckruf anstimmen, so kam dieser frühe Morgenruf auch nur aus den Städten. Dort schrien die Hähne in ein rotes Dämmern, sie schrieben es und druckten es in zahllosen heimlichen Druckereien der Sozialistischen Partei, während das Land noch in Finsternis lag und die Stimme derer, die um verlorenes Leben und Eigentum trauerten, ein düsterer Nachtgesang war.

Ein Aufstand der Landlosen gegen die, die ihnen ihr Land geraubt, würde gemacht, hatte man ihnen gesagt, aber nun die Landlosen gern zufrieden sein wollten, wenn sie nur ihr Leben behielten und so viel Land, wie sie von jeher besessen hatten oder kaufen und pachten konnten – nun sollte der Aufstand weiterdauern. Gegen die Deut-

schen ginge der Krieg an, hatte man ihnen anfangs gesagt, und als sie die Deutschen bekriegt hatten, war mit einem Mal die Losung gekommen, jeder wäre ein Feind: der Pastor, der im Dienste der Barone und der russischen Krone stand, der Krüger, der in seinem Ausschank der Krone reich zu werden verhalf, der Landwächter und der Stadtpolizist, alle, alle. Die einzigen, die ein Anrecht auf das Leben besaßen, waren die, die nichts mehr besaßen als nur den Kampf gegen das Alte. Alles Neue stünde zur roten Fahne der Revolution! – Nein, nein! war es von anderer Seite gekommen, alles Neue stünde zum Banner der freien Republiken Eesti und Latvija. Für das Nationale galt es zu kämpfen und nicht für den internationalen Sozialismus! Dann wäre der Krieg auch ein heiliger Krieg für das Land der Väter. – Die meisten hatten gar nicht mehr gewußt, für wen sie eigentlich kämpften. Sie hatten gekämpft. Haß genug war in ihnen, einerlei, nach welchem Programm. Die Unzufriedenheit machte schnell ihr eigenes. Und die Gefallenen konnten auch nicht mehr sagen, wofür sie eigentlich gefallen waren. Vielleicht hatten auch sie es gar nicht gewußt. Manche hielten zu Palvadre, und das waren die verschwiegendsten, andere zu Teemant. Manche schworen auf Tönisson, wieder andere auf Päts. Und keiner traute dem anderen, soviel der auch auf die Deutschen fluchte und von der Freiheit sprach. Von den Kanzeln donnerten die Pastoren Bußpredigten gegen das von Sinnen geratene Volk, und die Generale hielten vor den Gemeindehäusern markige Ansprachen, bei denen man die Mütze abnehmen mußte, aber gleich nach der Kaiserhymne fielen Salutschüsse von der neuen Art, und etliche, die in den letzten Wochen nicht ganz so gewollt wie die Generale, lagen tot am Boden.
Nun jedoch sollten die Soldaten abziehen und die Feldgerichte ein Ende haben, auf daß man überall im weiten Reiche in Ruhe vernehmen konnte, was die auserwählten Männer der Duma zu sagen hatten. Und da wurden auch die Pastoren still oder kleinlaut, es hatte ihnen die Stimme verschlagen, – irgend etwas, sie sagten nicht, was. Etwas Neues bereitete sich vor wie der Frühling in den Wäldern, in denen der Schnee zu schmelzen begann; etwas Nebelhaftes ging um wie die grauen Schwaden, in die das Meer sich einhüllt, wenn es Abend wird. Manche Gutsherren kehrten aus der Stadt zurück, in der sie sich in Sicherheit gebracht hatten, als der Herbststurm zu rasen anfing; anderen wurde es unheimlich in der Stille, sie flohen jetzt, oder sie flohen schon wieder einmal, wenn sie sich unter dem Schutz der Soldaten zurückgewagt hatten. Wieder andere blieben, wohin sie geflohen waren: irgendwo weit weg im Ausland, das sie zähneklappernd aufgesucht, als die ersten rauhen Winde zu blasen

anfingen, dort würden sie wohl für den Rest ihres Lebens bleiben und von ihrem Heimweh leben. Aber damit nicht genug. Es gab Adelige, die sich schworen, auch in dem, was jetzt noch kommen konnte, zu bleiben, wie sie immer geblieben waren: den Revolver zur Hand gegen Mordgesindel, in dem Gefühl der Zusammengehörigkeit mit ihren Leuten in Gutem und Schlechtem, wie es das lange Leben auf ein und derselben Scholle mit sich gebracht. Und auf manchen der zerstörten Herrenhöfe in Kurland und Livland und Estland zogen die Erben der Toten ein.
Sie bekamen zu Lehen oder zu Erb und Eigen den Haß, der seit unvordenklichen Zeiten gegen die schwelte, die im Schlosse wohnten und über die Felder und Wälder geboten. Sie sollten bewußt werden aller Liebe, die aus langem Gedulden wächst, der kargen Liebe ihrer Hintersassen und der großen Liebe in ihrer Brust zu ihrem Recht und ihrer Pflicht und ihrem Besitz. Sie erbten viel mehr, als was ihr Leben zu umschließen vermochte: sie erbten den Anspruch aus der vielhundertjährigen Vergangenheit, und sie luden die schwere Verantwortung vor der Zukunft auf sich. Jedes Versagen, jeden Mißbrauch, jede Untat, die man ihnen einmal würde zur Last legen können, beraubte sie eines Teils ihrer Zukunft, wenn nicht gar alles dessen, worauf sie ihr Dasein gründeten: auf das Recht durch Brief und Bewußtsein der Sendung, auf das Recht, das einer ihrer Besten einmal dahin gedeutet hatte, ‚daß es nur soweit berechtigt ist, als es Pflicht bedeutet, die erfüllt wird'. Dieses Recht galt es neu zu beweisen, und das mußte um so schwerer halten, als die Gewalt, die entsandt worden war, den Frieden wieder herzustellen, nun sich anschickte, das Land zu verlassen.
Am 30. Dezember des Jahres 1905 hatte der estländische Ritterschaftshauptmann der Regierung die völlige Befriedung der Provinz Estland gemeldet, nachdem zuvor die Abteilungen des deutschen ‚Selbstschutzes' wochenlang mit einer Übermacht von Aufständischen verzweifelt um jedes Gutshaus gekämpft hatten, oftmals erfolgreich, ebenso oft vergeblich. Später, als es schon beinahe zu spät gewesen, waren die Truppen des Expeditionskorps Besobrasow durchs Land marschiert. Der Ritterschaftshauptmann und der General hatten die Provinz in acht Distrikte eingeteilt und in jeden Distrikt eine Abteilung Marinesoldaten entsandt. Am Weihnachtstage war der General höchstselbst mit einer Schwadron Dragoner, einer Kompanie Infanterie und zwei Geschützen über Kosch, Rappel und Weißenstein nach Fellin gezogen – ein Zug, den viele nicht so bald wieder vergaßen und manche gar nicht überlebten. In drei Richtungen hatte sich das Proletariat der Fabriken von Reval aus in die Pro-

vinz ergossen: nach Osten längs der Petersburger Bahnstrecke, wo bis zu einer Entfernung von fünfzig Werst alles zerstört worden war, nach Südosten bis in den Jerwschen Kreis nahe bei Weißenstein über die livländische Grenze hinüber, und nach Südwesten in die Wieck bis nahe vor Leal, – und die Truppen, die damals in der Provinzhauptstadt standen, hatten sich nicht gerührt. Ein Landrat mit seinem siebzehnjährigen Sohn hatte ein Kirchspiel verteidigen müssen, bis ihm Hilfe von zwei anderen zuverlässigen Leuten gekommen war. Anderswo hatten neun Männer in eisiger Winternacht Wache halten und zusehen müssen, wie rundum, jenseits der ungeheuren Moore an der estländisch-livländischen Grenze, ein Gut nach dem anderen in Flammen aufging, Pargenthal, Wannamois, Jeddefer und Fickel, der alte Stammsitz derer von Üxküll seit dem 14. Jahrhundert mit seinen nie wieder zu ersetzenden Altertumsschätzen, bis sie dann endlich hatten handeln können, als der Schlittenzug mit den feuertrunkenen Helden auch in ihr Gebiet eindringen wollte. Da aber waren sie auch schon vom Rücken her bedroht. Um die Zeit, da an der estländisch-livländischen Grenze dem Vordringen der Aufständischen von Norden her Halt geboten wurde, hatten lettische Revolutionäre von Rujen aus einen Einfall in den südlichen Teil des Pernauschen Kreises gemacht. Zum Glück war es fünf Deutschen und etlichen treuen Esten gelungen, sie zurückzuschlagen, und mittlerweile waren auch die Truppen des Generals Orlow in Walk eingetroffen. Während die Hauptmacht gegen Riga vorgerückt war, hatten einzelne Detachements – darunter das des Grafen von Ovelacker – die Strecke der Pernau-Walkschen Zufuhrbahn, die von aufständischen Letten beherrscht war, gesäubert und den vereinsamten Kämpfern im Norden Entsatz gebracht. So wurde der Plan der Revolutionäre, daß die nordestnische Streitmacht an zwei Stellen in Livland einfallen und sich mit den estnischen Genossen Nordlivlands vereinigen sollte, um dann bei Rujen den lettischen Kämpfern die Hand zu reichen, glücklich vereitelt. Alle Untaten aber, die ihnen gelungen waren, wurden von Strafexpeditionen blutig gesühnt. Und nun war auch die Entscheidung vor Riga gefallen! Aber wie und wohin! Von der Ehre der Feldtruppen an die undurchsichtigen Machenschaften des zeitweiligen Generalgouverneurs Ssologub, dem der Ministerpräsident ‚fein säuberlich' zu verfahren geboten. Es waren drei Expeditionskorps gewesen, die man zur Unterdrückung des Aufstandes in Livland eingesetzt hatte. das Nordkorps des Generals Orlow mit Leibgarde-Ulanen und -Kürassieren, einer Batterie der Leibgarde-Artilleriebrigade zu Pferde, dem zweiten Leibgarde-Schützenbataillon, einer Maschinengewehrabteilung, Sappeuren

und Eisenbahntruppen hatte, nachdem es etliche Detachements zur Befriedung der Gebiete im Nordwesten entsandt, breit auseinandergezogen den Vormarsch auf Riga angetreten. Ein anderes dem General Orlow unterstelltes Korps unter dem Obersten Grafen Grabbe, das aus Kosaken, Infanterie und einer Maschinengewehrabteilung bestand, war aus dem Gouvernement Witebsk ins östliche Livland zwischen Marienburg und Schwaneburg eingedrungen und hatte beim Vormarsch auf Riga die Verbindung mit dem Südkorps des Generals Meinhardt herstellen sollen. General Meinhardt waren fünf Schwadronen Dragoner, eine Sotnie Kosaken, zwei Feldartilleriegeschütze und eine Kompanie Infanterie zugeteilt gewesen und der seinem Oberkommando unterstellten Abteilung des Generals Wendt sechs- bis siebenhundert Mann Infanterie, eine Batterie Feldgeschütze, etliche Schwadronen Dragoner und technische Truppen, insgesamt etwa tausend Mann. Am 3. Dezember hatte das Südkorps unter General Meinhardt Stockmannshof durch Artillerie und Infanterie besetzt. Am 12. Dezember war das zusammengesetzte Korps des Grafen Orlow in Walk erschienen, inzwischen auch schon Oberst Graf Grabbe mit seinem Detachement aus dem Gouvernement Witebsk vorgerückt. Die eisernen Besen hatten zu fegen begonnen, am härtesten die des Generals Orlow, während die anderen Befehlshaber vieles oder allzu vieles hatten milde durchgehen lassen.
Die Schuldigen, die man noch vorfand, waren die Seßhaften, dem Lande Pflichtigen: die kleinen Kätner, Knechte, Tagelöhner und Bauern. Meistens hatten sie mit ihren Kirchspielrepubliken und -armeen so dreist und selbstsicher gewütet, als könnte sie bis ans Ende der Welt niemand stören. Allzuoft fanden die Truppen die Protokolle ihrer Sitzungen, nach denen sich alle Wortführer und Hauptleute mühelos ermitteln ließen. Sie waren so vernarrt in ihre Schrecklichkeit und so stolz auf ihre Untaten gewesen, daß sie sich hatten fotografieren lassen, in einem Gruppenbild die ganze Miliz: wohlgenährte, stramme Kerle mit Flinten aller Art, vor den Zügen die ‚Offiziere' mit gestohlenen Säbeln, vor dem rechten Flügel das ‚Musikkorps', die Fähnriche mit der roten Fahne, und vor der Front der ‚Hauptmann' auf gestohlenem Pferd, – sie alle ungeheuer zufrieden mit sich selber. Auf diese Weise hatten die Truppen oft den Steckbrief für ein ganzes Kirchspiel bekommen.
Aber es hatte Schuldige gegeben, die kein Bild hinterlassen hatten, ja oft nicht einmal ihren richtigen Namen. Ihre Spuren lagen unter Schutt und Asche und den Lachen vergossenen Blutes. Sie alle waren vor der sich näher schiebenden Mauer von Soldaten nach Riga geflo-

hen. ‚Ende Januar', so berichtete das Zentralkomitee der Sozialistischen Partei an den dritten Parteikongreß, ‚Ende Januar sieht die Organisation sich genötigt, ihre Tätigkeit einzustellen, da sich Orlows Armee Riga nähert . . . und die tätigsten von den Parteimitgliedern schon während der Oktobertage zu bekannt geworden sind, als daß sie sich nun vor der Strafaktion verbergen könnten. Man schlug ihnen vor, die Stadt auf einige Zeit zu verlassen. Die Tätigkeit der Partei beschränkte sich darauf, die Abreisenden mit Geld zu unterstützen . . !

. . . Bald aber stellte es sich heraus, daß die Armee Orlows nicht in Riga einziehen würde, und . . .'

So war es geschehen. Jede Zeitung hatte es zu verkünden gewußt, daß das Nordkorps des Generals Orlow die Stadt Riga im Norden und Osten, das Südkorps des Generals Meinhardt sie im Süden und das im Anmarsch befindliche Korps des kurländischen Militärgouverneurs sie von Westen her einschließen würde: ein eiserner Ring, in dessen Mitte erbarmungslos Gericht gehalten werden sollte. Aber weil das so früh bekanntgeworden und der Ausweg in den rettenden Westen Europas so lange offengeblieben war, hatten die ehemals Gefährlichen und nun am meisten Gefährdeten sich rechtzeitig in Sicherheit zu bringen gewußt. Und dann war geschehen, was niemand mehr verstand:

Am 23. Januar hatten die Truppen des Generals Orlow Riga in einem Halbkreis, der von der Dünamündung bis nach Üxküll reichte, umzingelt. Das Südkorps und die Streitmacht des kurländischen Militärgouverneurs waren im Anmarsch gewesen. Tagelang hatte Orlow vor den Toren der Stadt gestanden, stündlich hatte man die Besetzung erwartet, – da ward den Truppen von dem Generalgouverneur Ssologub der Einmarsch verweigert, wie es hieß: auf Befehl des Ministerpräsidenten Grafen Witte. Am 26. Januar vormittags war der Kommandierende General Orlow, ‚nur von einigen Offizieren und Ordonnanzen in winterlicher Feldausrüstung begleitet', vor das Schloß zu Riga geritten, hatte dem Generalgouverneur persönlich Bericht erstattet und dann, ohne daß abgesattelt worden wäre, die Stadt wieder verlassen.

‚ . . . und die aktiven Parteimitglieder kehrten wieder zurück.'

Ja, der Schöpfer hält die Hand über seine Kinder! sagte der Oberleutnant Charusin zu seinem Rittmeister, als sie gerade erfahren hatten, was geschehen war. Witte ist ja unser Colbert und Turgot in einer Person. Er hat das Proletariat für Rußland erfunden und ist anscheinend so stolz auf die Erfindung, daß er als Minister des Kaisers insgeheim ein wenig mit der Weltrevolution spekuliert.

‚Deshalb wird die nächste Zukunft solche Prüfungen für Rußland bringen, wie die Geschichte sie bisher nicht gekannt hat.'
Meinen Sie das auch? fragte Charusin seinen Rittmeister, der diese düstere Voraussage so vor sich hin gesprochen hatte, als läse er sie aus einem Buch vor.
Ssolowjew hat das vor nun bald zwanzig Jahren gemeint, entgegnete Ovelacker, und es hat seither keine Veranlassung gegeben, umzudenken.
Ja, ich habe das auch immer gemeint, wiederholte Charusin. Aber ich meine auch, daß das Haupthindernis für einen wahren Fortschritt in Rußland zur Zeit nicht die Staatsverfassung, sondern die Verwilderung der Gedanken und das Sinken der öffentlichen Moral ist. Nun sollte es zwar etwas Unbegreifliches sein, daß ein Volk, das eins der stärksten Glieder in der Völkerfamilie darstellt und im Besitz aller Mittel wider solche Übel ist: im Besitz einer großen und tiefen Frömmigkeit, einer wenn auch tragischen, so doch heldischen Geschichte, im Besitz aller Früchte der Aufklärung, die eine zweihundertjährige Teilnahme an dem Werk der Aufklärung beschert hat, – ich meine, es müßte unbegreiflich sein, daß ein so großes Volk wehrlos und widerstandslos sich solchen Übeln anheimgeben muß, um wie in einer tödlichen Krankheit damit zu ringen!
Er machte ein paar Schritte ins Zimmer hinein, schlendernd, als wollte er noch viel weiter, und kehrte von der Enge entmutigt um; dann ging er zu seinem Rittmeister zurück und überblickte stumm den weiten, schneebedeckten Platz. Nach einer Weile pfiff er leise durch die Zähne vor sich hin. – Ich glaube nicht, daß es zwischen den beiden gut abgeht! sagte er endlich.
Ovelacker blickte ihn fragend an.
Das sind tiefere Gegensätze als so für gewöhnlich zwischen Offizieren in einer Schwadron, erklärte Charusin deutlicher. Sie . . . er schien zu zögern, ob er weitersprechen sollte oder nicht, Sie müßten Möller doch eigentlich ganz gut verstehen können?
Ich glaube, ja, entgegnete Ovelacker.
Und ich kann Kosljaninow sehr gut begreifen. Sie hätten das damals während der Sitzung miterleben müssen. So etwas vergißt sich nicht leicht.
Nein, nicht so leicht! stimmte Ovelacker ihm zu, und die Art, wie er das gesagt hatte, machte den Oberleutnant verlegen und zu keiner Fortsetzung geneigt. Wie wenig auch auf dem Platz geschah, – äußerlich nahm er Charusins Aufmerksamkeit gefangen, und der Rittmeister schien sich mit den Andeutungen begnügen zu wollen.
Es war immer noch der Platz, auf den sie zum ersten Mal vor vielen

Wochen an einem dunkelnden Dezembernachmittag geblickt hatten; und was Charusin angedeutet, hatte sich seit der Nacht von einem Tage zum andern langsam und bedrohlich zugespitzt: die seltsame Feindschaft zwischen dem Leutnant Möller und dem Kornett Kosljaninow, der mittlerweile mit gutem Recht dem Eintreffen seines Leutnantspatents entgegensah. Es war eine Feindschaft, gegen die die Hänseleien, die sich früher zwischen den beiden zugetragen hatten, als eine kindische Kleinigkeit erschienen. Die beiden waren sich jetzt nicht nur mit ihren Eigentümlichkeiten abhold, sondern sie waren mit ihrem ganzen Wesen einander feind, und das konnte aller Voraussicht auch nur damit enden, daß sie sich eines Tages vor die Pistolen forderten – oder daß es rechtzeitig gelang, den Kornett in eine andere Schwadron oder in ein anderes Regiment abzuschieben. Dazu war der Zeitpunkt eben denkbar ungünstig. Die beiden würden noch etliche Wochen beieinander bleiben und von ihren Kameraden weiter beschwichtigt werden müssen. Wer wollte entscheiden, was schwerer war: den Kornett dahin zu überreden, daß er sich in seinen verwegenen Dreistigkeiten und Herausforderungen mäßigte, oder Möller zu bewegen, so zu tun, als merkte er die nicht und fühlte seine Ehre durch sie nicht gekränkt, – die Ehre, von der seine beiden Kameraden Charusin und Maklakow sich seit der Nacht der Feldgerichtssitzung andere Vorstellungen machten als von der eigenen; die Ehre, von der eben auch der Kornett eine so ungewöhnliche Meinung besaß, daß er glaubte, so tun zu können, als gäbe es sie nicht. Und damit, daß den beiden von ihren Kameraden die denkbar größte Höflichkeit im Verkehr miteinander angeraten worden, war die Gefahr zwischen ihnen so wenig beschworen, wie etwa den Tatsachen damit Rechnung getragen ward, daß man den Kornett als einen Streithahn abtat und Möller einen schwerblütigen, verschlossenen Starrkopf nannte. Sie waren mehr, und es ging zwischen ihnen um mehr! Sie konnten sich noch so sehr befleißigen, dem Rat ihrer Kameraden zu folgen: der Teufel verwirrte ihnen die Augen und verzerrte ihre Gesichter, und ohne daß sie es beabsichtigt hatten, waren ihre Reden voll gefährlicher Zweideutigkeiten und Anspielungen, als würde jedes Wort im Echo hundertfach hin und her geworfen und in seinem Sinn verfälscht. Die Wände, die das Echo warfen, – das waren die Mauern der Fremdheit und der Feindschaft zwischen ihren Seelen, die stündlich wachsenden verschwiegenen Mauern. Vielleicht konnte nur gemeinsame Todesgefahr sie niederreißen. Und die gab es hier nicht, die wurde von Tag zu Tag unwahrscheinlicher, der Krieg war zu Ende.

Die Schwadron hatte von jenem Dezembertag an, da sie in die Stadt einrückte, um Gericht zu halten, diesen Kreis nicht mehr verlassen. Dem Rittmeister war Weisung gekommen, für Ruhe und Ordnung hier einzustehen und die Verbrechen zu sühnen, die in den vergangenen Wochen und Monaten verübt worden waren. Dazu hatte es mehrmals der Teilung der Truppe bedurft, die nach Zügen auf den verschiedensten Gütern einquartiert worden war und sich später immer wieder in der Stadt vereinigte. Und nun, da das Expeditionskorps des Kommandierenden Generals seine Aufgabe erfüllt hatte, stand zu erwarten, daß der Sammlung auch bald der Abmarsch folgen würde. Schon hieß es, daß die Feldgerichtsbarkeit in allernächster Zeit aufgehoben werden würde, damit das Reich die bald zusammentretende Duma in Frieden und Ruhe empfinge. Die umständliche und verzwickte Maschinerie der Wahl, die die Besten des ganzen Reiches versammeln sollte, hatte der alte Geheimrat Bulygin konstruiert, und im März sollte sie anfangen zu arbeiten, zufolge dem Dezembergesetz ‚allgemein, direkt, gleich und geheim', in den Gemeinden, in den Kreisen und in den Gouvernements. Das Volk sollte mündig werden, an der Verwaltung des Reiches teilhaben, vor der Willkür der Bürokratie gesichert sein. Großgrundbesitzer und Adel sollten den erneuerten Reichsrat, das Oberhaus, beschicken. So verstrichen für die Schwadron der Garde-Ulanen Ihrer Majestät der Kaiserin-Mutter die Tage im Müßiggang. Ihre Verwundeten waren längst aus dem Krankenhaus entlassen worden, einer von ihnen als dienstuntauglich in die Heimat zurückgeschickt. Nun war hier ein Garnisonleben, ein ruhiges, mehr und mehr geselliges – nicht das Richtige für einen dermaßen den Gefahren verschworenen Menschen wie den Kornett Kosljaninow. Doch auch nicht das Richtige für ihren Rittmeister, empfanden die vier Offiziere der Schwadron. Der Rittmeister geriet von Tag zu Tag mehr in die Gesellschaft von Menschen, die jetzt, kaum daß Not und Gefahr vorüber waren, sofort wieder ein unbesiegbares Vorurteil gegen jeden russischen Offizier hatten, und verdankte die Aufnahme bei ihnen wohl nur dem Umstand, daß er – wie die Offiziere erst an dem Tag auf Drostenholm erkannt hatten – doch nicht ganz einer der Ihren gewesen war. Er war Deutscher. Und dieses Städtchen, das auf eine wunderliche Art trotz seiner nur vierhundert deutschen Bewohner gegen ebensoviel Russen und mehr als tausend Esten deutsch war, schien an ihm ein langsames, aber stetes Werk der Verwandlung zu vollbringen, obwohl Möller allmählich immer gewisser ward, daß sich dem Rittmeister hier eine düstere Glorie angeheftet hatte. Für Charusins Empfinden legte Ovelacker sich förmlich eine Geschicklichkeit darin zu, die russische Gesellschaft in diesem Städtchen zu meiden und die Bekanntschaften aus dem russischen Klub immer lockerer werden zu lassen, um die mit den baltischen Häusern, auf die Ämter und Würden mancher Art gehäuft waren, immer mehr zu festigen. Wo und wann man ihn in dem Kreis der Deutschen bemerkt hatte, der den vier Offizieren recht kühl begegnete – immer war ihnen aufgefallen, wie fröhlich und unbefangen der Rittmeister sich gab. Seinen Ernst und seine Zurückhaltung schien ihm der Dienst aufzuerlegen. Und mit jenem hinkenden zwergenhaften Mann, der ihn schon am Abend ihres Einzugs in die Stadt aufgesucht, schien er förmlich Geheimnisse zu teilen, denn immer wieder suchte er ihn für halbe Tage auf. So trat ein allmählicher, aber deshalb nicht weniger fühlbarer Verfall der Kameradschaft ein, in der sie vor vielen Wochen ins Feld gezogen waren. Insgeheim wünschte ein jeder sich weit weg, und nur der Rittmeister schien für immer in die Geselligkeit hier einkehren zu wollen, mit der seine Offiziere sich nur abgaben, weil andere Unterhaltungen fehlten, und um den Gefahren zu entgehen, die beständig dort zu lauern schienen, wo Möller und Kosljaninow sich in Hörweite befanden.

Was halten Sie von dieser Äußerung, fragte Charusin jetzt seinen Rittmeister: ‚Der Glaube daran, daß das Ehrgefühl ein Ersatz für Gott sei, ist ein Aberglaube.‘ Wer hat die getan? fragte Ovelacker. Zwei haben sie getan, meinte Charusin mit einem Anflug von Geheimnistuerei. Der eine war Alfred Graf Schlieffen, und der andere war unser Leutnant Wladimir Karlowitsch Möller.

Und in welchem Zusammenhang?

In keinem, der sich so schnell wiedergeben ließe, aber innerlich scheint Möller von unserer Gerichtssitzung nicht loszukommen. Er zitierte mir diesen Ausspruch des deutschen Generalstabschefs einmal wie von ungefähr, aber er war sicher, daß ich ihn richtig einordnen würde.

Eine ziemlich hohe Ordnung wäre es, in der Möller sich bewegte, meinte Ovelacker, ohne dem Oberleutnant seinen Blick zuzuwenden.

Ja, erwiderte der einsilbig und schien es dabei bewenden zu lassen, bis er unvermittelt hinzufügte: Eine hohe Ordnung! Aber die niedrigsten Dinge oder die einfachsten, wenn Sie so wollen, kommen dabei in Unordnung. Solche Selbstverständlichkeiten wie unsere Pflicht zum Beispiel.

Er hat eben eine andere Meinung von unseren Pflichten, verteidigte Ovelacker ihn.

Aber die hat er nicht beschworen. Beschworen hat er unsere. – Er machte eine Pause, als erwarte er eine Antwort. Und als die nicht kam, sagte er zweiflerisch: Ich weiß nicht, wie er da herauskommen will! Hoffentlich geht es vorüber. Aber er ist ja ein Holzbock! Wenn er sich erst einmal so etwas in den Kopf gesetzt hat . . .! Die Nachforschungen darüber, wie das Blut auf das Grab kam, hat er so verbissen geführt, als ginge es um sein Leben. Das ist doch lächerlich! Wie das Wunder zustande kam, hat doch jeder von uns gewußt. Er aber, hab ich im Verdacht, nahm es ebenso mystisch auf wie der dümmste Bauer im Kreise. Ich weiß nicht, wie oft ich es ihm gesagt habe: Wladimir Karlowitsch, es ist Rinderblut oder Schweineblut oder irgendein Tierblut! Tun Sie doch nicht so eifrig, als wäre es wirklich Menschenblut! Lassen Sie es doch einmal vom Arzt untersuchen, wenn Sie es nicht glauben wollen. – Ja, aber . . . fing er an. Gar kein Aber! sagte ich ihm. Das Schlachthaus liegt zehn Minuten von dem Grab entfernt. Jeden Tag wird dort geschlachtet, und jeden Tag gibt es frisches Blut; eine Kleinigkeit, unter diesen Umständen eine Kanne voll auf das Grab zu schütten. – Und wie erklären Sie sich, daß trotz schärfster Bewachung durch die Infanterie dieses Blut jeden Tag frisch ist? – Stellen Sie sich vor, so fragt ein Mann, der doch sonst, weiß Gott, über einigen Scharfsinn verfügt hat, ein nüchterner, ein fast zu nüchterner Mann! Er muß doch wie mit Blindheit geschlagen sein, um derartige Fragen stellen zu können. – Lassen Sie das Grab einmal drei Tage und Nächte lang von unseren eigenen Leuten bewachen, riet ich ihm, und Sie sollen sehen, daß der Spuk sich nicht wiederholt. Irgendeiner von diesen Infanteristen . . . Nun ja, und so war es dann auch. Das frische Blut kam nicht mehr bis zum Grabhügel. Jetzt hat der Mann von der Infanterie zugegeben, daß er bestochen worden war, hörte ich. Es war immer derselbe, der mit zwei anderen zusammen eine Nachtwache hatte. Und der Bursche, der brav sein patriotisches Kännchen leerte, wird an den hundert Hieben und dem blutigen Rücken fürs erste genug patriotische Gefühle auskosten. Für Möller aber war die Sache ernst, todernst. Es ist beinahe zum Verzweifeln, das mit ansehen zu müssen. Ich habe Maklakow und Kosljaninow streng verboten, sich auch nur mit einem Wort darüber lustig zu machen, habe es ihnen dienstlich verboten, ohne Widerrede, und Kosljaninow müßte schon betrunken sein, wenn er das vergessen könnte. – Heute morgen übrigens, fügte Charusin nach dem Eifer, den er beim Vorhergegangenen aufgewandt hatte, beinahe gleichgültig hinzu, wurde mir gemeldet, haben unsere Leute wieder einmal einen alten, ganz besonders hartnäckigen Wallfahrer davonjagen müssen. Er kam mit Pferd und Schlitten an, die er auf der Landstraße stehen ließ, und wollte um keinen Preis darauf verzichten, das wunderbare Blut zu

sehen. Es ist ihm nichts dabei geschehen, denn unsere Leute sagen, es könnte ein Wahnsinniger gewesen sein. – Dieses Grab wird noch anfangen, Geschichte zu machen.
Meinen Sie, Pjotr Sergejewitsch? fragte Ovelacker den Oberleutnant, und mit so teilnahmslosem Gesicht die Frage an ihn gestellt ward – Charusin war sich im Nu klar darüber, daß der Rittmeister nichts mehr wünschte als die Entkräftung dieser Ansicht.
Er zuckte die Achseln. Vom Widerspruch kann man für gewöhnlich nicht lange leben, aber vom Widerspruch gegen ein Unrecht oder auch nur ein vermeintliches Unrecht . . .! Sehen Sie doch die Polen an! Warum sollten es die Esten und Letten nicht ebensogut? Die Finnen sind schon mit Erfolg ausgeschieden, und jeder Eingriff in ihre Rechte setzt unsere Regierung und unser Reich vor der übrigen Welt mehr ins Unrecht. Dabei hassen die Finnen ihre Schweden nicht einmal wie die Esten und Letten hier die Deutschen, obschon die Schweden bei ihnen ebensosehr Pate gestanden haben und noch immer stehen wie die Deutschen hierzulande den Esten und Letten. Ja, wären diese Völker ohne solche Gevattern überhaupt erwacht? Hier gehen nun alle Fronten durcheinander. Man haßt die Deutschen. Die Russifizierung unter Alexander III. hat das Bündnis der mit deutscher Hilfe gerade geistig flügge gewordenen Esten mit den Russen gegen die Deutschen diktiert. Das brachte die nationale Bewegung auf die Beine. An die andere Front schicken die Revolutionäre Großrußlands alles, was überhaupt – einerlei mit welchem Programm – gegen das Bestehen ist. Für diese Front, wie zerfallen sie auch in sich sein mag, sind russische und deutsche Machthaber *ein* Übel. Aber das Bündnis der nationalen Esten mit den Russen gegen die Deutschen hält auch nur so lange, wie die Russen Thron und Feudalherrschaft, Standesbewußtsein und Standesrücksichten dem politischen System der Russifizierung ihrer Grenzmarken opfern. Wenn die Edelleute im Osten den Edelleuten im Westen zu Hilfe kommen wollen, haben sie alle Knechte gegen sich.
Aber halten Sie denn die Russifizierung für nötig, Pjotr Sergejewitsch? fragte Ovelacker.
Seit 1871 gibt es wohl einige Gründe, sie für nötig zu halten, wie Kuropatkin in seiner Denkschrift vor etlichen Jahren schon bewiesen hat.
Aber seit 1710, seit der Kapitulation der Ritterschaft vor Rußland, gibt es noch mehr Gründe, sie für das zu halten, was sie ist, für eine . . .
Nun ja, uns kann das wohl gleichgültig sein, lenkte Charusin ab, als der Rittmeister gerade aussprechen wollte, für was er sie hielt.

Ihnen vielleicht, hielt Ovelacker am Thema fest, mir nicht!
Ach so! stieß Charusin überrascht hervor, doch hatte der Ausruf nichts Spöttisches an sich, eher klang er besorgt. Denn, sehen Sie, lieber Pjotr Sergejewitsch, Sie werden wohl ohne mich zurückfahren, wenn einmal der Befehl dazu kommt.
Wie das? Charusin trat auf den Rittmeister zu. In seinem Gesicht malte sich die ritterliche Kameradschaft, die sie seit Wochen und Monaten verbunden hatte, tief innen gehütet und selten in Worte gefaßt.
So, wie ich es Ihnen sagte, erwiderte Ovelacker mit einem schwachen Lächeln. Ich habe mein Urlaubsgesuch eingereicht . . .
Ach so! rief Charusin erleichtert.
. . . bis mir der Abschied gegeben wird.
Charusin blieb stumm. Er nahm mit der Rechten ein Bartende und zwirbelte es, daß man deutlich das Knistern der Haare zwischen seinen Fingern hörte. Den Kopf hielt er nachdenklich gesenkt.
Ich habe mir etwas Ähnliches schon damals nach dem Abend gedacht. Wissen Sie noch, Sie verhießen mir für den folgenden Tag eine Erklärung, welch ein Unterschied zwischen Ihnen und anderen Führern von Strafexpeditionen bestehe.
Und der ist Ihnen mittlerweile von selber aufgegangen? Ich habe Sie niemals mit einem anderen meiner Kameraden oder meiner Vorgesetzten verwechseln können, meinte Charusin mit einem Lächeln, dessen Freimütigkeit sonderbar gegen die so verschämt rücksichtsvolle Wahl seiner Worte abstach. Dazu – nun ja, Sie wissen, was ich meine, unterbrach er sich. Ich habe in der letzten Zeit nur das Empfinden gehabt, Sie wären diesem Land mehr verpflichtet als Besatzungsoffiziere sonst. Vielleicht irre ich mich, aber . . .
Ja, Sie haben sich geirrt, wenn Sie meinten, daß ich eine neue Verpflichtung eingegangen wäre, lieber Pjotr Sergejewitsch. Ich habe nämlich nur gemerkt, wie eine alte Verpflichtung mich hierher bindet, und die Umstände haben es so gewollt, daß ich, kaum daß mir die alte klar wurde, auch schon eine neue einzugehen hatte. Beide haben mir meinen Dienst schwerer gemacht, als ich's eben zu sagen vermöchte, und jetzt . . .
Ja, wir merken das: jetzt sind Sie befreit, jetzt ist Ihnen alles leichter geworden.
Ovelacker nickte. Ja, leichter – unter einer neuen, der alten Pflicht.
Das verstehe ich nun wieder nicht, meinte Charusin zögernd.
Und dabei haben Sie alles miterlebt! sagte Ovelacker bewegt. Wir kamen nach Drostenholm und fanden den Gutsherrn dort tot vor. Nun war dieser Tote mit einer Schwester der Gutsherrin auf Tiden-

küll verheiratet gewesen, und diese beiden Frauen waren Schwestern meiner eigenen Mutter – uns recht entfremdet, denn Sie wissen ja, zwischen Petersburg und diesem Lande kann mitunter eine größere Entfernung liegen, als die Karten sie angeben. Der Gutsherr auf Drostenholm hinterließ keinen leiblichen Erben. Seine Ehe mit der Schwester meiner Mutter hatte im übrigen auch nur wenige Jahre gewährt; dann war sie schon gestorben. Man hat mir erzählt, daß er sie angebetet und deshalb nicht zum zweiten Male geheiratet haben soll. Sein einziger Bruder ist ein alter Mann, zur Zeit Legationsrat an unserer Gesandtschaft in Kopenhagen, und mit dessen Einverständnis hatte er seinen gesamten Besitz schon vor Jahren dem jungen Erbherrn auf Tidenküll vermacht, jenem, der ihm, ohne daß er's wußte, wenige Stunden vorher im Tode voraufging. Dafern aber, so heißt es in der letztwilligen Verfügung, die mir der alte Notar hier eröffnet hat, dafern aber der junge Herr auf Tidenküll die Erbschaft nicht antreten könnte, sollte der gesamte Besitz dem ältesten Sohn unter den Verwandten auf seiten seiner verstorbenen Frau zufallen, dem ältesten Sohn der nun letzten von den drei Schwestern – und der bin ich.
Ich habe damals, als wir Drostenholm attackierten, ohne daß ich's wußte, meine Erbe erobert.
Charusin hatte zugehört, ohne auch nur mit einem hörbaren Atemzug einzufallen. Und jetzt? Wollen Sie hierbleiben? fragte er, nachdem Ovelacker geendet hatte.
Aber ja! sagte der ganz ruhig.
Sie geben Ihre Karriere auf, eine so sichere Karriere?
Aber ja! Wollen Sie es als einen Reiz ansehen, daß diese Karriere so sicher ist?
Wie man es nehmen will, meinte Charusin unschlüssig. Doch schien ihm nicht die aufgegebene Karriere der eigentliche Einwand gegen den Entschluß seines Rittmeisters zu sein. Mehr von dem und Bedeutsameres klang durch, als er Ovelacker fragte – oder nicht eigentlich fragte, sondern eher warnte und beschwor: Und ausgerechnet hier in dieser Gegend, in diesem Landstrich, unter diesen Leuten, lieber Graf!
Aber ja! sagte Ovelacker. Er schien gar nicht zu bemerken, worauf Charusin ihn hinweisen wollte. Ich kann doch das Gut nicht von der Stelle rücken!
Ich wünschte, Sie könnten das, meinte der Oberleutnant düster.
Ich hätte es verpachten können, sagte Ovelacker, an Angeboten hat es nicht gefehlt, aber meine Meinung darüber, wie mit Ererbtem umzugehen ist, erlaubt mir das nicht.

Aber Sie werden in Petersburg leben und sich hier einen Verwalter halten?
Einen Verwalter halten? Ja. Denn ich verstehe nichts von der Wirtschaft. Leben? Natürlich hier, wohin ich gehöre.
Charusin war versucht zu sagen, dann wollte auch er um seinen Abschied bitten und künftig Kommandeur der Leibgarde des Grafen sein, aber er verschwieg diesen halben Scherz. – Seltsam, seltsam, dieses alles! sagte er, den Bart zwirbelnd, immer wieder, und schüttelte den Kopf. Dann riß er sich aus seinem Wundern und Staunen los und reichte Ovelacker mit einemmal die Hand zum Glückwunsch. Kaum aber hatte Ovelacker ihm gedankt, da versank der Oberleutnant wieder in seine Nachdenklichkeit. Er blickte auf den Platz hinaus. Ja . . . war alles, was hin und wieder von ihm zu hören war, oder er murmelte in die große Ungewißheit hinein ein staunendes: Seltsam, seltsam! Diese Verwicklungen und Fügungen! Und dabei war ihm für den mit solchen Verwicklungen und Fügungen Bedachten bänglich zumute, um so mehr, als er nichts von seinem Bangen eingestehen durfte.
Der Platz vor dem Fenster hatte lange Zeit leer dagelegen. Da trat auf der anderen Seite ein alter Mann in hohen Stiefeln und einem langen, von Halmen behangenen Schafspelz mit einer Pelzmütze auf dem Kopf heran. Er tappte unschlüssig dahin – einen Weg, den kein Ziel zu beschleunigen, der in ein allen anderen Menschen unverständliches Suchen gelegt zu sein schien. Mitunter blieb er lange Zeit stehen und starrte zu Boden, als wäre er auf einer Spur, die ihm weiterhelfen könnte, oder als hätte er mehr Zeit als alle anderen Menschen. Charusin sah ihn und sah ihn doch nicht. Seine Gedanken gingen so stockend wie der Schritt des Alten dort unten. Der setzte sich jetzt wieder in Gang und tappte weiter an der steinernen Einfriedung des Gartens auf der gegenüberliegenden Seite. Und verschwand. Charusin sah ihm nicht nach. Er war verschwunden für ihn. Aber als bald danach unter der Kante der Fensterbank eine zottige Pelzmütze auftauchte, kam ihm die merkwürdige Erscheinung doch recht verdächtig vor. Weil nichts anderes auf dem Platz sich bewegte, folgten die Blicke der beiden Offiziere der Gestalt, die, ihnen den Rücken zukehrend, unter der Pelzmütze weiterschritt. Nicht schritt, nein, tappte, sehr langsam, als wäre sie müde, aber beinahe gegen ihren Willen von einer Fährte gehalten.
Der kommt mir . . . ich glaube, daß . . . sagte Charusin zögernd.
Ja! fiel Ovelacker ihm ins Wort.
Der alte Bauer überquerte den Platz vom Gehsteig längs dem Hotelgebäude her. Mitten auf dem Platz blieb er stehen. Dann wandte er

sich wie suchend um, anfangs den Blick niedergeschlagen, später zu den Fenstern der Hauswand schauend. Es war nicht sicher, ob er die beiden Offiziere bemerkte, die regungslos am Fenster standen; die aber erkannten in dem verwilderten, bärtigen Alten, dessen Augen wie von Eis unter den buschigen Brauen ins Leere schauten – indes die Haltung seines Kopfes andeutete, daß er lauschte, unbeirrt von allen Geräuschen aus der Nähe und der Ferne lauschte –, die erkannten in ihm den Vater der drei Brüder, die sie vor etlichen Wochen gerichtet hatten.

Keiner von ihnen rührte sich, solange der Alte da stand. Erst als er sich umwandte und weiterschlurfte, lösten sie sich aus ihrer Erstarrung. Vor Seiner Majestät hätten sie nicht regloser dastehen können. Es war auch seltsam, daß sie es vermieden, einander anzusehen. Ihnen fiel so manches ein: die Sitzung, der Alte vor dem Haus und bei der Vernehmung, Möller und seine nächtlichen Kämpfe, die Exekution – alles, mehr als sie einander gestehen wollten.

Der Alte! meinte nach langer Zeit Ovelacker, und Charusin faßte das so auf, als wollte Ovelacker es mit dem verschollenen Brauch halten, daß man den Namen aussprechen müsse, um einen ruhelosen Geist damit zu bannen.

Ja, pflichtete er bei. Da sehen Sie das Gegenüber für Ihr neues Leben! – Gleich danach aber verwünschte er seine Worte, die ihm jetzt viel zu gewichtig für ein so belangloses Ereignis vorkommen wollten. Doch der Rittmeister, der den Bann abgeschüttelt zu haben schien, von dem er selber sich noch nicht ganz befreien konnte, wiederholte sie da schon fragend, wie eine Frage an das Leben, das vor ihm lag, wie eine Frage an seine alte Pflicht, die er beschworen und erfüllt, wie eine Frage an sein Gewissen in Gegenwart und Zukunft: Das Gegenüber für mein neues Leben?

Zweites Buch

4

Er kam an einem Tag gegen Ende März, mit dem ‚Petersburger Kurierzug', wie man in dieser Gegend sagte, obwohl der Zug nur aus dem kleinen Walk kam. Dort hatte er allerdings eine ganze Weile auf den Schnellzug aus Sankt Petersburg warten müssen. Der Verwalter war mit zwei Gespannen an die Bahn gekommen, um seinen neuen Herrn abzuholen. Ein Wagen sollte das Gepäck aufnehmen, der andere seinen Herrn und ihn selber.

Die kleine Haltestelle, die vorletzte an der Eisenbahnstrecke, die in der Kreisstadt endete, lag wie verloren an dem Schienenstrang, der sich durch morastige Wiesen und niedrigen Mischwald hinzog. Von hier aus führte der kürzeste Weg zum Gute.

Nachdem er dem Knecht Anweisungen gegeben hatte, wie er sich beim Eintreffen des Zuges nützlich machen sollte (doch erst wenn er die Pferde gewartet hatte, die beim Einfahren wohl scheuen konnten, die feurigsten Fahrpferde, die im Stall auf Drostenholm standen!), ging der Verwalter vor dem Schienenband wartend auf und ab und horchte bisweilen in den stillen Mittag hinein. Der Zug war noch nicht zu hören. Aus dem Padrik, seinem liebsten Walde, den er für keinen Staatsforst mit hundert Meter hohen Tannen und Eichen hergeben wollte, lärmten die Vögel. Der Specht kündete mit rasenden Wirbeln in die Weite und Breite an, daß er noch unbeweibt wäre, Elstern und Häher zankten sich, wahrscheinlich um einen guten Nistplatz, bisweilen wagte ein Rohrsänger sich bis in die Hörbarkeit, und auf einem der wenigen hohen Bäume saß eine Singdrossel und machte den Tag so ahnungsvoll weit mit ihrem langen Lied. All diese Vögel gab es auch auf Drostenholm, aber dort hörte der Verwalter sie nicht. Dort schwirrte ihm, zumal um diese Jahreszeit, der Kopf von ganz anderen Liedern. Heute war eine Art Sonntag, hier war er weit weg von seinen Pflichten, jetzt nahte eine ganz neue, große Entscheidung, größer als die gewohnten: ob man in diesem Jahr Klee wachsen lassen sollte oder Roggen – soviel alte und neue Regeln es auch gab, die einem solch eine Entscheidung abnahmen. Hier kam so etwas wie die Entscheidung, ob er selber weiterwachsen sollte oder weichen. Heute kam der neue Herr zu dem alten Verwalter, der seinem früheren Herrn, Gott hab ihn selig!, an die siebzehn Jahre treu gedient hatte.

Es war der alte Thomasson, der sich in der grauen Frühe des Dezembertages mit den Aufständischen herumgeschossen hatte. Die Armwunde, die er damals erhalten, war mittlerweile längst verheilt, die alte Kraft aber noch nicht zurückgekehrt in den Arm. Das würde sie auch nicht mehr, hatte der Doktor gesagt, er sollte sich trösten, auch der deutsche Kaiser hätte einen schwachen Arm und einen starken. Ein Kaiser brauchte nur einen starken Kopf, hatte Thomasson mit einer aus dem Estnischen geliehenen Wendung erwidert, aber als Verwalter über solch ein Gesindel wie in diesen Zeiten . . .! Nun ja, so viel Kraft, daß er den Finger krumm machen konnte, steckte wohl noch in diesem Arm.

Der Doktor hatte geblinzelt und Thomasson nach den guten Balzplätzen des Birkhahns und des Auerhahns auszuhorchen versucht. Wo der beste Schnepfenstrich war, hätte er dem Verwalter erzählen können, doch hatte er erst abwarten wollen, wie es der neue Gutsherr mit den Bräuchen des alten halten und ob er ihn zur Jagd einladen würde. Doch da es aussah, als ob sie sich immer tiefer in die Jagdreviere verlieren wollten, hatte der Verwalter gemeint, da sähe man, was dem Doktor im Kopf spukte, kaum daß der erste Sonnenstrahl zu spüren sei: die Jagd, nichts als die Jagd! Er hätte freilich eine ganz andere gemeint, als er die Hoffnung ausgesprochen, daß Kraft genug in dem Arme bliebe, um den Finger krumm machen zu können. Auf Großwild wollte er jagen! So hätte er das gemeint.

Großwild? Hatte er einen standfesten Bären ausgemacht?

Großwild wie im Dezember. Vorerst sähe es leider danach aus, als ob das Raubzeug im Revier bleiben würde. Er hätte schon daran gedacht, einmal eine Treibjagd durch alle Wargelschen und Drostenholmschen Wälder zu machen. Er hätte seine Gewährsleute, die ihm das standfeste Wild meldeten.

Wie im Dezember . . .? Der Doktor war merklich ernster geworden und hatte sich den blanken Schädel gerieben.

Es sieht so aus, als logierten die, die den Krüger umlegten, bei uns, hatte der Verwalter gemeint.

Der Arzt hatte ein erschrockenes Gesicht gemacht und dem Verwalter versichert, er sollte nur getrost auf ihn zählen, wenn es ans Treiben ginge.

Davon hatte der Verwalter nichts wissen wollen. Nein, er wäre nicht dafür, daß die Deutschen jetzt noch viel schössen, denn alle Kugeln, die sie abfeuerten, kämen ja doch irgendwann einmal auf sie zurück. Auf dem Hof würden sie jetzt ohnehin genug damit zu tun haben, sich ungebetene Gäste vom Leibe zu halten. Sein alter Nachtwächter hätte ihm erzählt, daß er in den vergangenen Nächten zweimal jemand vor dem Gutshaus gesehen hätte, zweimal denselben, wollte er meinen, ohne Flinte, soweit er das hätte erkennen können, jemand wie einen Spaziergänger, der sich mit dem Betrachten begnüg-

te. Wie dem Doktor das vorkäme? Und dieser nächtliche Spaziergänger wäre ruhig weitergegangen, als der Wächter sich ihm genähert hätte. Er wäre nicht weggelaufen, doch obwohl er nicht weit hätte kommen können bei seinem nächtlichen Gang, wäre er mit einemmal wie von der Erde verschluckt gewesen. Der Hund hätte nichts ausgerichtet, wie bei einem Geist! Natürlich übte der neue Herr einige Anziehung aus, das wäre sicher. Er hätte so seine Quellen. Überhaupt sollte man sich nicht zu sicher fühlen!
Tja . . .! Mehr hatte der Doktor nicht gesagt, obwohl er viel mehr zu wissen schien. Doch sobald das Gespräch auf den neuen Gutsherrn kam, machte er einen Mund wie ein Sparbüchsenschlitz. Der neue Herr war kein beliebter Gesprächsgegenstand bei den alten Herren in dieser Gegend, das hatte er schon häufig gemerkt.
Nun hörte man in der Ferne den Zug, auch waren etliche Menschen auf den Bahnsteig gekommen. Woher? Gott mochte wissen, woher! Der Verwalter hätte glauben wollen, sie wären eben aus dem Walde gekommen. Weiber und Männer, mit Körben und Gefäßen, als führten sie ihr Essen unterwegs mit. Vielleicht wollten sie den Zug zur Fahrt in die Stadt benutzen.
Zum Nachdenken kam der Alte jetzt nicht mehr. Obwohl das Nahen des Zuges sich noch geraume Zeit nur in einem dumpfen Dröhnen von irgendwoher ankündigte und die Stare auf den nahen Bäumen flügelklappernd weiter vor sich hin knarrten und flöteten, ging der Verwalter unruhig hin und her. Er sah aus, als wäre der Sonntag ihm völlig aus dem Gemüte gewichen. Beinahe finster maß er die Umstehenden und zerging die große Erwartung in kleine Wege auf und ab, immer erregter, je näher das Dröhnen kam.
Er hatte in den vergangenen Wochen oftmals versucht, sich seines neuen Gutsherrn zu erinnern und sich vorzustellen, wie er eigentlich aussah, und alle seine Vorstellungen von ihm hatte er vertrauensvoll in die Uniform gelegt. Die stimmte auf jeden Fall. Auch ein gutes Pferd, eine Reitpeitsche, Stiefel und Sporen. Und weiter? Offiziere, so war seine Ansicht, sahen einander ähnlich wie ein Neger dem anderen. Sie hatten alle die gleichen Bewegungen, eine täuschend ähnliche Redeweise, den gleichen Gang, und jetzt . . .
Jetzt lief der Zug ein!
. . . jetzt machte es ihm, dessen Herz so stark klopfte wie nur wenige Male zuvor in seiner Jugend, viel Mühe, seinen Herrn zu erkennen. Nicht, daß die anderen Menschen rundum dem Manne geähnelt hätten, der dem einzigen blauen Wagen des Zuges entstieg, sondern daß dieser Mann derselbe sein sollte, der vor einigen Monaten an der Spitze einer Schwadron in den Hof von Drostenholm hin-

eingejagt war! Alles war anders! Gesicht und Haltung – alles gehörte zu einem anderen Menschen als dem seiner zaghaften Vorstellungen. Er schritt auf den Wagen zu, der eine kleine Strecke weiter endlich zum Halten kommen mochte, aber mit ihm setzten die Nächststehenden, auf die er gar nicht mehr geachtet hatte und auch jetzt nicht achtgab, sich ebenfalls in Bewegung. Sie hatten das gleiche Ziel: seinen Herrn, obwohl der Verwalter auf dem kurzen Wege zu dem leibhaftigen Menschen, ohne es recht zu wissen, einem in Augenblickes Schnelle seinem Inneren verhafteten Bilde nachging. In klare Gedanken und Meinungen oder Worte hätte er dieses innere Bild von dem Ankömmling nicht zu fassen vermocht. Er empfand nur wie auf einen Schlag den ganzen Ernst auf dem schmalen Gesicht des Ausschau haltenden Mannes, die strenge Zurückhaltung an ihm, die so wirkte, als wollte er zudringliche Neugier höflich überhören und eine gewisse Art von Beleidigungen, auf die ein anderer heftig reagiert hätte, mit einem Lächeln abtun. So jung er war, der Verwalter hätte glauben mögen, daß er von allem, was Menge hieß, geheimnisvoll getrennt war. Nicht nur dem Stand nach, sondern so geheimnisvoll, als legte das Schicksal selber etwas Undurchdringliches zwischen ihn und die Umwelt. Dieser Mann, der sehr schweigsam aussah, schien erst dort zu existieren, wo der Lärm zu Ende war. Schon in diesen Augenblicken lag eine rätselhafte Weihe über ihm, denn das Edle, das ihm eigen war, wirkte nicht als bewußter Gegensatz zu den Gewöhnlichen, die sich an seinen Wagen herandrängten, sondern als ihm angeboren und eine Kraft für sich.
Der langsam fahrende Zug hielt vollends an, als der Verwalter vor dem blauen Wagen angelangt war und ein wenig verlegen zu der Gestalt auf der Plattform hinaufgegrüßt hatte. Da aber überkam ihn, in dem bei aller Verlegenheit doch noch so etwas wie Geistesgegenwart wachte – eine Geistesgegenwart, die ihm unzählige Augenblicke seines Lebens und Befehlens vor scheuenden Gespannen und tückisch ihre Treibriemen verschleudernden Dreschmaschinen anerzogen hatten –, da überkam ihn zum ersten Male etwas wie ein Unbehagen oder ein Argwohn vom Rücken her. Es geschah in demselben Augenblick, da er sich von hinten unschicklich gedrängt fühlte und eingeschlossen von Menschen, deren Zusammenströmen hier um so weniger erklärlich war, als sie ihre Fahrt ja wohl kaum in der ersten Wagenklasse anzutreten gedachten. Er drehte sich um und gewahrte hinter sich erstaunlich viele Gesichter. Daß das Willkommlächeln auf seinem Gesicht bei ihrem Anblick im Nu verschwand und einer finsteren Wachsamkeit wich, wußte er nicht. Für einige Augenblicke war ihm ob dieser herandrängenden Menschen sogar aus dem

Sinn gekommen, warum er hier vor dem Wagen stand. Diese Verwandlung bemerkte der Ankömmling, der kurz vorher beinahe nicht hatte glauben wollen, daß der alte, struppige, wortkarge Verwalter, den er an jenem Dezembertag kennengelernt, sich in diesen stattlichen Mann mit dem wohlgepflegten Bart hatte verwandeln können! Auch ihm war bei dem Herandrängen der Menge ein Argwohn aufgestiegen, und weil er die Vorgänge von oben her so viel deutlicher überschaute, erkannte er auch, daß der kleine Schwarm von Menschen bemüht war, die Fühlung mit dem Verwalter nicht zu verlieren. Was damit beabsichtigt sein konnte, war ihm nicht klar. Nur stieg er jetzt ohne viel Überlegung eilig die Stufen seines Wagens hinunter, zu dem, der ihn erwartete und, von allen Seiten umringt und umdrängt, immer näher an den Zug herantreten mußte, so daß Ovelacker kaum Platz blieb, einen Fuß auf den Boden zu setzen. In diesem Augenblick wurde dem Verwalter das Gedränge zuviel. Er drehte sich um und herrschte die Leute an: Was das heißen sollte, ob sie sich nicht packen wollten! und bahnte sich einen Weg in die Menge. Er fand keinen Widerstand. Bei den ersten Worten schon waren die Weiber in der vordersten Reihe kreischend zurückgewichen. Die Eimer, die sie trugen, schlugen klappernd gegeneinander, sie rafften ihre Bündel hoch, als fürchteten sie, die könnten ihnen zerdrückt werden, den ganzen Haufen schien Unentschlossenheit zu überkommen, wohin er sich wenden sollte, ob nach rechts oder nach links – aber nur Sekunden verstrichen, da hatte er sich in Trab gesetzt und stob auf den ersten Wagen zu, um dort einzusteigen. Der Bedrängnis enthoben, gewahrten Ovelacker und der Verwalter, daß sie inmitten einer großen Lache von – Blut? ja, vielleicht – Blut, vielleicht aber auch nur blutroter Farbe standen. Dem Verwalter waren die blanken Stiefel bis an die Knie hinauf bespritzt.
Schöne Bescherung! meinte er anfangs noch harmlos verärgert, aber je öfter er auf die Lache sah, aus der sie vorsichtig, um sich nicht noch mehr zu beschmutzen, herausgetreten waren, um so mehr verdüsterte sich seine Miene. Inzwischen war man vorn am Zuge fertig geworden, und das Ausladen großer Gepäckstücke, das mehr Zeit beansprucht hatte als das Ein- und Aussteigen aller Reisenden, war beendet. Auch der aufgeregte Volkshaufe hatte irgendwo Platz gefunden. Der Zug setzte sich in Bewegung, als die beiden Männer noch auf dem Bahnsteig standen und sich anschickten, zu ihrem Wagen zu gehen. Dem Verwalter hatte es die Sprache verschlagen. Einmal blickte er sich um und sah dem langsam ausfahrenden Zug nach. Er gewahrte Gestalten, die sich über eine Plattform hinauslehnten und irgend etwas schrien, was wie ‚Timukas, Timukas!‘ klang und

überlegte einen Augenblick, ob man den Zug auf der nächsten Station anhalten und die Landwächter benachrichtigen sollte.
Timukas! war das sein Name? Er streifte das ernste Gesicht seines Herrn mit einem verstohlenen Blick. Sah ein ‚Henker', wie die da riefen, so aus? Und er – der Henkersknecht? Spaßige Ehren erntete sein Leben. Es ging ihm mancherlei durch den Kopf. Daß es zwecklos sein würde, den Zug anzuhalten und die Landwächter zu benachrichtigen, daß die Nachricht, heute käme der neue Herr, nur von den Hofleuten ausgeschwatzt sein könnte, arglos oder mit Absicht, um diesen Auftritt herbeizuführen. Der Graf hatte ihn dem Anschein nach gar nicht als das erkannt, was er war, und schien ihn bald völlig vergessen zu haben. Die Flecken an seinen Stiefeln, die er mit einem Heuwisch notdürftig beseitigt hatte – wahrhaftiger Gott, es schien richtiges Blut gewesen zu sein, was die Bande ihnen unter die Füße geschüttet. Der Henker hatte in Blut stehen sollen, eingedenk des Blutes, das er mit seinen Urteilen vergossen. Mißmutig sah der Verwalter zu, wie der Knecht, der sich mit etlichen Bahnbediensteten daran gemacht hatte, die Gepäckstücke auf seinen Wagen zu laden, zwischendurch eine Gelegenheit wahrnahm, seinen Herrn zu begrüßen. Viel untertäniger und einfältiger, als der Verwalter ihm glauben mochte, trat er auf den Grafen zu und versuchte ihm die Hand zu küssen.
Aus diesem Nachdenken schreckte er mit einem Male auf. Er gehörte nicht zu den Menschen, die mit zwei oder drei Dingen zugleich umzugehen verstanden. Was mochte der Graf von ihm denken!
Hochgeborener Herr, hörte Ovelacker sich unversehens angeredet, wollen wir abfahren? Und da hatte der Verwalter ihn selbst aus einer bestürzlich langen Kette von Gedanken gerissen.
Nun war es Wirklichkeit! Nun war er angekommen! Auf dieser Station – der Station, auf der er, mochte das nun Sage oder Wirklichkeit sein, jeden Zug anhalten und sich zu jedem Zug ein wenig verspäten durfte, ohne daß es dem erlaubt war, wegzufahren; in diesen Volkshaufen, zu diesem treuherzigen, biederen Manne hier, der sein Verwalter war und von dem er leichtlich hätte annehmen mögen, daß er einem deutschen ländlichen Pastorat entstammte; zu diesen beiden guten Pferden (den Pferden hatte er sofort Achtung gezollt!), in diesen Tag ...! Gewaltsam schnell über eine große Entfernung, aus der Atmosphäre des Newsky Prospekt, von Winterpalais und Zarskoje Sjelo durch die Nacht hindurch auf diesen weltverlorenen Flecken Erde vor einem Bahnhof entführt –, er mußte eine Weile still dastehen und um sich und über sich schauen und horchen. Das Rol-

len des fahrenden Zuges war längst verhallt. Aber die Vögel rund umher begannen wieder zu singen, die Stare, die Finken in den Bäumen und Büschen um die kleine Station. Mit klapperndem Flügelschlag kehrten Täuberiche zu ihren Täubinnen heim, die auf den Fenstersimsen des nach russischem Geschmack mit viel hölzernem Zierwerk beladenen Bahnhofsgebäudes brüteten, und begannen ihr dumpfes Gurren.

Ob sie abfahren sollten? Gewiß, gewiß.

Es mochte Mittag sein. In der Wohnung des Stationsbeamten stand ein Fenster offen. Daraus vernahm man ein Töpfeklappern, das in der ganzen Welt hätte zu hören sein können. Es tönte trotz allem Lärm ungemein heiter behaglich und warb für den Alltag und das Einerlei und die Verlorenheit des Lebens, das darin aufging. An einem anderen Fenster waren ein paar Gesichter zu sehen, rotblustig von der Herdwärme oder von einem langen Schlaf. Unverwandt starrten sie hinunter auf den Platz mit den Wagen, auf dem der Verwalter nun dem Knecht androhte, er möge sich unterstehen, etwas zu verlieren! Dann konnten sie fahren. Zuvor aber – es nahm wieder ein wenig Zeit in Anspruch, weil der alte Thomasson seinem ‚hochgeborenen Herrn' dies noch ein wenig näher zu erklären für nötig befand –, zuvor mußte Ovelacker sich den leichten Fahrpelz anziehen, den bei solchem Wetter auch der selige Baron Gilsen immer bevorzugt hatte. Und mit einem Frösteln, das mehr ein innerer Schauder war, zog Ovelacker sich das Kleid des Toten an. Dann fuhren sie endlich, und nun mußte Ovelacker einem Gefühl der Benommenheit und des Traumhaften, das ihn plötzlich überwältigen wollte, wehren.

Es widerfuhr ihm, namentlich in den ersten Stunden nach der Ankunft, das Eigentümliche, daß nichts, was um ihn her geschah, ihn wieder verließ, so, wie ein sehr lieber Mensch jenseits von Zeit und Raum unaufhörlich für sein Dasein zeugt und sich mannigfaltiger mitteilt, als erklärlich ist: den Gedanken, die in seinem Bann bleiben, den vertrauten Dingen, denen täglich sein Blick oder eine Berührung gegolten, der ganzen Atmosphäre, die ihn lange Zeit weiter enthält. Zum Glück war der Verwalter so beschäftigt mit seinen Erinnerungen an den Auftritt auf dem Bahnhof, daß er der Ansprache seines Gutsherrn harrte und sich nicht aufdrängen mochte. Die Aufmerksamkeit, die er den Pferden zu zollen genötigt war, reichte hin, um sein Schweigen nicht gezwungen und sein Beschäftigtsein mit etwas anderem nicht kränkend erscheinen zu lassen. Timukas . . . dachte er fortwährend. Fast kam es ihm dabei über die Lippen, denn es war eine alte Gewohnheit von ihm, beim Reiten und

Gehen über die Felder vor sich hin zu sprechen. Timukas! Und sehr bald (das verriet einen Zug an ihm, der ihn so liebenswert machte) war er erfüllt von dem Bewußtsein, daß es dringend nötig wäre, er bedächte diese Sachen und träfe die Vorkehrungen, die sie erheischten, da ‚der hochgeborene Herr‘, wie er den Grafen weiterhin nannte (weil er damit nur eine halb ehrerbietige, halb spaßhafte Gewohnheit, an der sein früherer Herr nicht den geringsten Anstoß genommen, fortsetzte), allem Anschein nach den Ernst dieses Auftritts nicht erfaßt hatte und ganz arglos war. Ovelackers Schweigen auch darüber konnte ihn in der freiwilligen Übernahme der Verantwortung nur bestärken. Und dabei erhob sich für den Ankömmling dieser stille, graue Tag, der so ahnungsvoll weit in die Horizonte reichte, dieser Tag mit den Feldern, durch die sie fuhren, mit den Wäldern, den Weiden und den Mooren, mit dem Vogelruf, der über ihren Weg hallte, und dem Flug, der ihn schnitt –, mit allem erhob er sich auf der breiten, dunklen Lache, in die er heute seinen Fuß gesetzt, als er zum ersten Mal den Boden der alten Heimat betreten hatte. Schon in diesen Stunden ging ihm auf, daß er sein Leben im Lande der Väter in eine Schuld hinein gegründet hatte – oder etwas, was dem Lande und den ihm Eingeborenen als eine Schuld erschien. Das unstillbare Blut des Grabens hatte es sein sollen, das man ihm unter den Fuß goß, als er Besitz nehmen und Halt fassen wollte. Was er aber auch zu dieser Stunde nicht hätte glauben wollen, war, daß diese Blutschuld sich in den Boden hineinsaugen und jedes Wachstum und Gedeihen ersticken könnte, daß sie untilgbar war, nicht zu widerlegen durch Einsicht, nicht zu streichen durch Verständnis dafür, was ihm das Recht und die Pflicht geboten hatten, daß sie ein Bestandteil der Erde – seiner Erde! – werden, daß sie aus deren getränkten Krumen als dunkler Brodem aufsteigen würde, der ihm die Sonne verdunkeln, die Luft zum Atmen verpesten, den Blick trüben, ihm die Menschen entfremden und die Liebe ihm rauben sollte! Dieses zu fassen – nein, allein das schwindelnd viele Neue zu fassen, das ein glückhafter Ansturm war, hielt schwer! Dieses eisig Fremde – nein, traumhaft fremd war schon der Friede der Pflicht, in den er eingekehrt war, und indes er den heißen Wunsch empfand, vom Gast zum Gebieter zu werden, war alles Wünschen erschöpft und all die freudige Kraft, die er mitgebracht, an das Unbekannte verdungen.

Es waren die Pferde, die ihn an die Reitschule und an die Kaserne erinnerten. Aber in einen wie langen Abschnitt seines Lebens diese Erinnerung auch hineinführte – sie selber währte nicht länger, als es seinen Blick beschäftigte, von dem wunderbaren federnden Lauf der

Pferde über ihre Kruppe, längs den zitternden Flanken zu dem prachtvollen Hals und der störrisch stolzen Kopfhaltung zu gleiten. Davor, dahinter, daneben, überall neben dem Augenblick und dem rasch wechselnden Ort lag Zukunft, und nun begann er den Verwalter zu fragen: eindringlich, als hinge viel davon ab, und mit Bedacht und Ordnung. Und der Verwalter – das hätte er sich nicht träumen lassen – war einen Augenblick um die Antwort verlegen.
Ob er nicht auch der Ansicht wäre, daß der Auftritt am Bahnhof eine gut vorbereitete Demonstration gewesen sei. Er entsänne sich noch ganz gut, daß damals im Dezember das Schlachthaus der Kreisstadt ein patriotisches Menetekel geliefert hätte.
Hochgeborener Herr, begann der Verwalter, aber mit einemmal erschien ihm diese Anrede unpassend. Das wäre es, worüber er die ganze Zeit nachdächte, gestand er, nach jedem Einwurf Ovelackers erstaunter, wie man so arglos tun könnte, wenn man das Arge dermaßen durchschaute.
Ob es jetzt ruhig geworden wäre. Wie denn die Stimmung bei den Leuten wäre.
Da wußte der Verwalter kein Ende zu finden. Geraume Zeit ließ er die Pferde im Schritt gehen, um besser erzählen zu können. Und die Art, wie er erzählte, gewann ihm Ovelackers Herz. Er lud alle Sorgen ab, die er inzwischen ganz alleine getragen, und sagte immer wieder, wie sehr er auf den Grafen gewartet hätte. Manchmal des Nachts in der ersten, dunkelsten Zeit wäre er beinahe verrückt geworden und an die zehnmal aufgestanden, weil ihm immer wieder gewesen wäre, als flackerte ein heller Schein durch die Stube. Nie hätte er sich hinlegen können, ohne zuvor nachgesehen zu haben, ob auch Kleete und Riege, Ställe und Scheuern so dunkel lägen, wie es sich gehörte. In der zweiten Nacht, nachdem man den Kriegszustand aufgehoben, hatte der Krüger daran glauben müssen. Ob er sich noch an ihn erinnern könnte. Swejneeks hätte er geheißen, Kristjan Swejneeks vom Karrosilm-Krug, ein feister, stiernackiger, eigentlich unausstehlicher Kerl, kriechend höflich und gewinnsüchtig. Er wäre damals Zeuge in der Stadt gewesen.
Ja, Ovelacker wußte sich seiner zu erinnern, auch daß Charusin diesen Krüger nicht hatte ausstehen können. Und mit diesem Krüger hatte es angefangen. Er und die Seinen hatten auf einem benachbarten Gesinde Obdach gefunden und dort auf das Frühjahr gewartet, daß sie mit dem Wiederaufbau ihres Kruges anfangen könnten. Da waren sie eines Nachts aus dem Schlaf geweckt worden. Leute waren an ihr Fenster gekommen und hatten den Krüger zu sprechen verlangt. Der Krüger war ans Fenster gegangen. Was man denn von ihm

wollte, was denn das heißen sollte, ihn in der Nacht und so . . . Die Frau – das alles war durch die Frau bekannt geworden, denn sie hatte es im Verhör gesagt –, die Frau hatte ihrem Mann noch zurufen wollen, er solle vom Fenster weggehen, aber da war es schon zu spät gewesen.
Wer denn da wäre, hatte der Krüger gefragt. Die Frau hatte später gesagt, die Antwort hätte sie schwer verstehen können, aber so etwas wie Koer oder Koeras oder Koiri hatte man draußen gesagt, und der Krüger war ans Fenster befohlen worden, der Krüger, der Kristjan Swejneeks selber . . . Er wäre hier! Was denn das sollte und so weiter . . . Da waren die Schüsse gefallen. Eine ganze Salve. Er war sofort tot gewesen. Die Mörder hatte man nicht gefunden. Der Urjadnik* war erst am nächsten Morgen gekommen, und bei den Leuten in jenem Gesinde selbst wäre eine solche Verwirrung gewesen, daß die Kerle gemächlich hätten weggehen können. – Und jetzt hatte die Brunnenpest angefangen. Kaum einer von denen, die damals in der Stadt als Zeugen aufgetreten waren, hätte noch einen Brunnen auf seinem Hof, aus dem man brauchbares Wasser schöpfen konnte. Alle Brunnen waren auf Jahre hinaus mit Petroleum verdorben, das man bei dunkler Nacht hineingeschüttet. Auch den Pastor schienen Sorgen zu bedrücken. In der letzten Zeit hatte er jeden Drostenholmschen ausgeforscht, wann der neue Gutsherr käme. Was er auf dem Herzen hatte, wußte der Verwalter nicht, aber der Drostenholmsche Herr war ja der Patron der Kirche, und in manchen Angelegenheiten mußte der Pastor immer mit dem Patron Rücksprache halten. Vielleicht war es nichts Gefährliches, aber hätte der alte Pastor so dringlich getan, wenn die Sache unwichtig wäre?
Und was hatte es mit diesem Koer oder Koeras auf sich? fragte Ovelacker, als wollte er nichts auslassen.
Der Verwalter stutzte. Ach so, mit diesem Koiri! meinte er dann. Ja, anfangs war der Verdacht aufgekommen, daß es ein gewisser Koiri gewesen war, der da vor dem Fenster gestanden und geschossen hatte. Aber einen solchen Verdacht konnte auch nur die Kreispolizei hegen, denn anzunehmen, daß ein Mörder sich erst vorstellte und dann schoß . . .! Nein, dieser Koiri war bestimmt nicht der Mörder gewesen.
Sein Weib und seine Magd hatten bezeugt, daß er sich an jenem Abend überhaupt nicht von seinem Hof entfernt hatte, und so hart man ihm drei Tage lang mit Verhören zugesetzt, er hatte auch nicht gestehen wollen, daß er einen Dritten zu diesem Mord angestiftet.

* Urjadnik (russisch) Landpolizist.

Er, der Verwalter, hatte von Leuten, die noch nicht das Vertrauen zu ihm verloren hatten, ganz andere Berichte bekommen. Das ganze Unwesen hier im Kreise war eine Rache für diejenigen, die im Dezember verurteilt worden waren, und die Rache richtete sich gegen jeden, der damals belastende Aussagen gemacht hatte.
Ob dieser Koiri immer noch in Haft säße.
Nein, jetzt war er wieder frei – und aus dem Gefängnis noch sonderlicher herausgekommen, als er beim Hineingehen gewesen war. Vielleicht entsann der Graf sich seiner? Ein Alter, Bärtiger war es. Ja! – Beinahe hatte es den Anschein, als wehrte der Graf ab, sich noch deutlichere Vorstellungen von dem Alten erwecken zu lassen. Ja, er entsann sich seiner recht gut! – Im selben Augenblick war ihm der Leutnant Wladimir Karlowitsch Möller so gegenwärtig geworden, als säße er leibhaftig neben ihm.
Die Truppen aber waren aus der Kreisstadt abgezogen? Ja, vor nicht langer Zeit. Sie waren nach Walk abmarschiert, um dort nach Sankt Petersburg verladen zu werden. – Aber jetzt müßten sie wohl zusehen, daß sie sich wieder ein wenig beeilten!
Die Pferde trabten an, die Unterhaltung brach ab, weil es zu mühevoll war, gegen das Rollen der Räder aufzukommen. Ovelacker schaute über die Felder. Der Schnee war geschmolzen, das Schmelzwasser abgetrocknet, nun wurde die Krume gar, die lange unter nächtlichen Frösten gebrannt hatte. Der Frühling kehrte zeitig ein nach einem milden Winter. Die Haselstauden am Wegrand, deren Äste das Gefährt zuweilen streiften, entsandten schon Wolken von grünem Staub, Wolken, die stille zu stehen schienen, wenn der Luftwirbel hinter dem Wagen sie nicht mehr erfaßte; so windstill war der Tag. Dann nahm alter Hochwald den Weg auf –, Tidenküllscher Wald, erklärte der Verwalter und zeichnete mit der Peitsche einen weiten Halbkreis in die Wand der Tannen und Birken.
Tidenküllscher Wald . . .! Es machte Ovelacker beinahe mutlos, auch noch dieses Stichwort zu hören, dem nichts folgte, nichts – als lange Zeit Gedanken, Erinnerungen, Vermutungen, mit denen er allein war. Sicherlich hätte der Verwalter ihm vieles mitzuteilen gewußt, aber während der Fahrt wohl auch nur in Auszügen, indes ihn nach dem Ganzen verlangte. Dazu war jetzt nicht Zeit. Jede der Stunden, welche die Speichen der Räder zermahlten, trug das seltsame Zwiegesicht eines Anklanges an Verklungenes, einer Ähnlichkeit mit Verblichenem. Die Pferde – so trabten sie auch einmal früher. Die Krähen ruderten am grauen Himmel – sie schienen nicht vom Fleck gekommen zu sein seit damals. Die Bäume und Büsche hatten sich seitdem wohl nur einem einzigen Nachtwind gebeugt.

Und von wannen kam die große Landstraße, die genau von Osten nach Westen führte? Wie aus dem Gestern . . . Am siebenunddreißigsten Werstpfosten – hier stand er – war Möller zum Gut abgeschwenkt. Je näher an Drostenholm sie gelangten, um so näher kam der Dezembertag aus der Vergangenheit, und je näher er kam, um so mehr von jenem seltsamen Sichheimfinden damals zog in ihn ein. Das Vergangene sollte aber noch viel tiefer seinen Schatten in diesen Tag werfen. Da nun der Wagen sich dem Gutshof näherte, scharten sich dort hinter einem Viehstall die halbwüchsigen Hirtenjungen und die Söhne der Knechte und waren eifrig mit irgendeinem Geheimnis beschäftigt, zu dem die alte, zahnlose Hüterin des Geflügelhofes nur mit stummem Mißtrauen hinübersah. Sie fütterte die ihr Anvertrauten, das zahlreiche und mannigfaltige Geflügel; und dann sollte der Herr einfahren –, das Ereignis, in dessen Erwartung das ganze Gut lebte, seitdem der Verwalter die Nachricht bekommen. Ein neuer Herr –, aber daß es ein neuer war, wog für die Achtzigjährige nicht mehr. Er war der dritte, unter dem sie lebte und diente; Leben und Dienst hatten immer nur ‚den Herrn' gekannt. Alle Wechsel im Zeitlichen, so schrecklich sie sein mochten, wie im vergangenen Jahr, waren der Alten nur noch geringe Abweichungen von dem ewigen Gesetz, das den Herrn und die Dienenden an den Anfang der Schöpfung gesetzt. – Die Jungen hinter dem Viehstall werkelten mit roten Köpfen und aufgeregten Stimmen. Sie arbeiteten mit Kalk und mit Zucker, nichtswürdigen Dingen, die sie zusammengespart und erbettelt hatten, und daraus wollten sie etwas Großes verschwenden zur Feier. Sie konnten es wohl nur so ungestört vorbereiten, weil die Knechte und Mägde alle in ihren Kammern waren und sich nach des Verwalters Geheiß feiertäglich herrichteten zum Empfang ihres Herrn.
Es herrschte reges Leben auf dem Gutshof – doch nur der Verwalter wußte das, denn er hatte das Fegen und Scheuern, das Waschen und Putzen, das Striegeln und Streuen allenthalben mit seinem Machtwort veranlaßt, bevor er zum Bahnhof gefahren war. Nicht jeden Tag geschah es, daß ein neuer Herr seinen Einzug auf einem der alten Güter hielt –, obschon diese unruhigen Zeiten solch eine Behauptung Lügen strafen konnten, weiß Gott; denn auf vielen Herrenhöfen des Landes zogen die Erben zwischen Schutt und Asche ein. In Tidenküll, erzählte man sich . . . Aber nichts von Tidenküll jetzt! Schon öffnete sich die hohe Gasse der Allee zum Gutshof. Der Verwalter hielt die Pferde für ein Weilchen zum Schritt an, damit man das Gefährt lange genug nahen sähe.
Ja, meinte er bedächtig, da liegt es nun, hochgeborener Herr!

Bei diesen Worten fiel Ovelacker wieder die seltsame Anrede auf, und er lächelte, belustigt durch die barocke Formel und fast einfältig anmutenden Hinweis auf das Gut, von dessen Herrenhaus man in diesen Augenblicken einen Schimmer erhaschte – eine Helligkeit, die von den kerzengleichen Säulen der Vorderseite ausging und überall hinter den Bäumen und Büschen zu verweilen schien.
Der Verwalter wurde verwirrt und fühlte, daß eine so altväterische Gewohnheit von ihm, wie die Anrede es war, sich erst vor dem neuen Gutsherrn bewähren müßte. Die meisten Gutsbesitzer hierzulande, begann er weitschweifig, hätten eine andere Art von Verwaltern. Treue und tüchtige Männer, gewiß, doch stammten sie zumeist aus dem estnischen Volke und hätten sich zu Vertrauensstellungen auf einem Gut heraufgearbeitet, auf dem häufig schon ihre Väter gedient. Wie sehr auch ihre äußere Stellung sich im Laufe der Zeit verändert hätte –, ihre innere Einstellung zu ihrem Gutsherrn unterschiede sich kaum merkbar von der ihrer viel geringer dienenden Väter . . . Mit einem weniger nachdrücklichen Ton ging er auf seine eigene Herkunft ein. Sein Vater wäre Pastor in der Wieck gewesen . . . So und nicht anders hätte er sich das vorgestellt! warf Ovelacker ein.
Den Verwalter machte das nur noch verwirrter, denn jetzt reute ihn der Einsatz für sich selber, den er für nötig befunden. Er . . . er – die Scham stand ihm wunderlich, dem angegrauten Mann –, er bäte um Nachsicht für seine Eigentümlichkeit, endete er jetzt und spielte auf die ungewöhnliche Anrede an, die er im Umgang mit dem verstorbenen Freiherrn gebraucht. Der Graf möge ihm seine Wünsche mitteilen, wenn er gern Änderungen eingeführt wissen möchte. Als Deutscher hätte er bislang eine andere Stellung gehabt, als sie ein Verwalter sonst irgendwo einnähme.
Es lag ein Stück von einem beharrlichem, eigensinnigen Stolz darin, wie der ergraute Mann seine Absonderlichkeiten als Standesfreiheiten behauptete, und bestürzt ergriff Ovelacker ihn beim Arm und versicherte, daß ihm gar nichts lieber wäre, als wenn er in ihrem persönlichen Umgang den Platz einnehmen könnte, den der tote Freiherr eingenommen hatte, in guten und in schlechten Tagen.
In guten und in schlechten Tagen! das soll gelten, hochgeborener Herr! fiel der Verwalter ein, und unter den leise schwankenden Kronen der ersten Pappeln in der Allee gaben sie sich darauf die Hand. Sehen Sie . . .! rief der Alte, sehen Sie, nun sind Sie zu Haus! Und mit etwas wie Feierlichkeit straffte er sich und zog die Zügel an. Ohne Zuruf begannen die Pferde zu traben. Auf dem festgefahrenen ebenen Wege gaben die Räder einen klingenden Ton von sich; die

Hufe der Pferde klapperten hell, ihre Mähnen wehten auf, die Köpfe verwarfen sich um ein geringes. Und während noch aus vielen Türen und Toren die letzten der Erwartungsvollen am Hauptportal zusammenliefen, fuhr der Wagen in schlankem Trab durch die Einfahrt, die beiden riesigen hohen Quader aus Kalkstein, vor dem Gutshause vor, indes eine Versammlung graubärtiger Männer in einer Bekleidung, die schwache Erinnerung an Uniformen aufkommen ließ, aus blankgeputzten Jagdhörnern schmetternde Signale zu blasen anfing.
Im selben Augenblick aber erdröhnte der stille Nachmittag von einem wilden Geschieße.
Wie ein Schlachtengott, so hieß es später, als sich die Legenden zu spinnen begannen, wie ein Schlachtengott wäre der Graf von Ovelacker auf Drostenholm eingezogen.
Welcher Schlachtengott aber hätte je im Lärm, der ihm nur festliches Leben sein mußte, gezittert?
Der Wagen hielt, in der Nähe aber fiel weiter Schuß auf Schuß. Der Verwalter blieb sitzen und schaute wie im Schreck versteinert dort hinüber, von woher das Knattern erklang. Haben denn die Leute hier immer noch Waffen? fragte es hinter ihm, doch er brachte keine Antwort heraus, ja er hörte die Frage so wenig, wie er die Menschenschar sah, die festlich gereiht vor dem Eingang des Hauses stand: unter den Säulen auf dem breiten Absatz der Treppe die Mamsell mit ihren Gehilfinnen, wie ein Chor von Priesterinnen in strahlendem Weiß, indes Knechte und Mägde, der Meier in seinem blaugestreiften Kittel mit seinen beiden Gehilfen, der Brenner und sein Handlanger, die Pferdepfleger, die Aufseher, auch Mulla Kustas, der bejahrte Bienenvater und Gärtner, und überhaupt alle, die der Hof ernährte, wie eine andächtige Gemeinde sich still zur Rechten und Linken verhielten. Eine streng gesonderte Schar waren die Förster und Buschwächter aus Wargel in ihrer schmuckesten Montur, der Oberförster und die beiden Förster, junge Deutsche aus dem Reiche, die erst vor wenigen Jahren die Bergwälder Schlesiens mit diesen Forsten hier vertauscht und das straffe Reglement aus den gräflich Schaffgotschschen Forsten ihren biederen Buschwächtern hier einzupflanzen versucht hatten. Ein Einfall des Oberförsters waren die schmetternden Signale gewesen. – Sekunden nur währte die im Schreck erstarrte Stille, dann sprang der Verwalter vom Sitz und hatte die Fassung wiedergewonnen. Ob die Leute hier noch Waffen hätten? Nein, hier standen sie ja alle, eine waffenlose Arbeitsarmee. Es waren die Jungen, unaufgefordert, diese verteufelte Bande.
Ovelacker aber war es gewesen, als müßte er auch in den festlichsten

Augenblicken seines Daseins unter einer finsteren Drohung aus dem Nichtsein leben. Die freundlichsten Umstände, die sein neues Leben hätten erheitern sollen, wie zum Beispiel eben jener Freudensalut der Jugend, verkehrten sich doppelsinnig in ein trauriges Mahnmal an das Vergangene. Den Bruchteil einer Sekunde lang, als auch der Verwalter wie im Schreck erstarrt dagesessen, hatte er gezittert. Nun aber konnte er die Schüsse richtig deuten. Der Verwalter warf einem Knecht die Zügel zu und fand die Sprache wieder, nun ward der neue Herr geziemend empfangen. Von der obersten Treppenstufe her kamen knicksend und errötend die Mägde, die Mamsell höchstselber reichte ihm Salz und Brot, den Willkomm nach östlicher Sitte, der durch ihre Künste aus einer schlichten, einfältigen Gabe in ein Sinnbild aus Backwerk und geraspelten Mandeln verwandelt war. Mit schüchternem Lächeln bekannten etliche Mägde in ihrer Nähe sich zur Teilhaberschaft an diesem Zauberwerk ihrer Küche.
Den weiblichen Willkomm männlich lärmend zu begleiten, hatten die Pulvervorräte der Jungen hinter dem Viehstall gerade noch gereicht. Nun kehrte Stille ein auf dem Platz, auf dem Wagen, Pferde und Menschen alsbald von einem Schwarm kleiner Gaffer, die sich hinter dem Fliedergebüsch zu verbergen trachteten, angestaunt wurden. Sie sahen nur noch, wie der angekommene neue Herr – stumm, schien es ihnen, aber sie hörten wohl nur die Worte über den Rasenplatz hinüber nicht – allen die Hand reichte. Erst der Mamsell und dann den vertrauenswürdigen von den errötenden Priesterinnen des Hauses, die von der Mamsell mit einer so herrischen Geste, daß sie ihrer hier sonst zur Schau getragenen Sanftmut schlecht anstand, näher zur Treppe befohlen worden waren. Dann aber hatte der Verwalter das Wort, der so aussah, als hielte er die Begrüßung der weiblichen Hausgeister für eine völlig überflüssige Sache. Felder und Wälder, Ställe und Scheuern machten einen Gutshof wichtig, und hier standen nun sie, die dem Gute dienten, allen voran, als der Ranghöchste, der Oberförster von Wargel. Knallend schnellten seine Hacken zusammen. Er wäre, so erklärte der Verwalter, im Dezember der Kommandant von Wargel gewesen.
Jawohl, Herr Graf! meldete der Oberförster mit schnarrender Stimme.
Dann die Förster und die Buschwächter, die bärtigen, die ihre Hörner gegen das Hosenbein stemmten und nicht immer wußten, ob sie militärisch grüßen oder nach altem Brauch die Mütze abnehmen sollten. Mit mißbilligenden Blicken verfolgte der Oberförster, wie die einmal dem Brauch und ein andermal seinem neuen Befehl folgten. Lihtsit hatte erbärmlich daneben geblasen! Jetzt, der Förster sah

es mit Schaudern, jetzt tropfte es still und unablässig aus seinem verbeulten Horn.
Nun aber machte der Brenner einen tiefen Kratzfuß, der um seine Wirkungsstätte gebrachte Brenner, der im Dienst behalten worden war, damit er die Aufräumungsarbeiten an der Brandruine beaufsichtigte und, wenn das neue Brennereigebäude fertig war, die Aufstellung der Maschinen überwachte. Nun würde er bald andere Arbeit bekommen, als in den Trümmern herumzuwühlen, wie er es bis jetzt getan, sagte Ovelacker ihm, und der Brenner grinste pflichtschuldigst.
Dem Meier war noch nie solch ein Unheil widerfahren wie dem Brenner. Träge wie langsam rinnender Rahm stand er da und machte eine unbeholfene Verbeugung. Jaja, sein Käse wäre eine Berühmtheit im ganzen Kreis! versicherte der Verwalter dem neuen Gutsherrn, und der selige Baron hätte ihm ein paarmal erzählt, daß auf den Kirchspielskonventen die verschiedensten Herren beiläufig zu fragen pflegten, ob der Meier sich wohl ein Erbbegräbnis auf Drostenholm gekauft habe. Unter dem immer helleren Gesicht des Gutsherrn bei diesen Erzählungen und Lobpreisungen seines Verwalters – in deutscher Sprache natürlich –, hatte sich auch die anfangs verstockte Miene des Meiers aufgeheitert, und als der Verwalter geendet, strahlten der Herr und sein Meier sich an –, das freundlichste Gestirn für die Reihe alter, dem Gut seit Jahrzehnten verbundener Knechte, die nun schurrend und scharrend ihren Diener machten und die Hand des Herrn mit ihren bärtigen Lippen suchten. Nach Zenturien schienen die Scharen zu zählen, doch einmal war die ganze Armee begrüßt. Der Jugend hinter der Fliederhecke schickte der Alte zwischendurch einen nicht so ernst gemeinten wie grimmig aussehenden Gruß mit der geballten Faust, dem sein Herr, als er ihn bemerkt, ein so freundliches Winken nachsandte, daß es in und hinter der Hecke zu zappeln begann, als säße dort, wie in Winterszeiten, ein durcheinanderwimmelnder Sperlingsschwarm. Er stieg die Treppe hinauf, wo der Förster das Wargelsche Aufgebot anführte und die Mamsell mit hochrotem Gesicht ihrer harrte. Der Verwalter folgte ihnen.
Nun könne er nur noch hoffen, sagte Ovelacker etwas leiser, als sonst Herren in diesem Lande sprachen, daß sie gut miteinander auskommen würden. Der Förster salutierte: das wünschte er von Herzen; die Mamsell lispelte es wie ein Hochzeits-Ja; der Verwalter hatte das Seine schon unterwegs gesagt. Und dann war an allen, die auf der Treppe standen, die Reihe, in diese Hoffnungen einzustimmen.

Nun wollte er, wie das so Sitte wäre, den Leuten das Nötige in ihrer eigenen Sprache sagen, bat der Verwalter sich aus. Die üblichen, solch einem bedeutsamen Tag angemessenen Deputate würde der Graf ihnen wohl auch nicht verweigern. Die Mamsell hätte, so viel er sich denken könnte (er konnte es sich nicht nur denken, er wußte es ja!), auf ihre Art auch schon das Übliche vorbereitet.
Er sollte nur sagen, was zu sagen wäre, und so herzlich und so eindringlich, wie er selber es sich wünschte. Alles bliebe beim alten, auch in den Deputaten für die Leute – und für uns, hoffe ich, fügte Ovelacker zum gelinden Entzücken der Mamsell hinzu, mit einer leichten Handbewegung ins Ungewisse, darin ein jeder sich einbezogen fühlen durfte. Und in dem Entzücken der ältlichen Jungfer, in dem Strahlen des Försters, in dem blöde verschämten, verständnislosen Sichgemeintfühlen der Mägde, den schmunzelnden Mienen der Buschwächter, denen die Bärte zitterten und die nur schmunzelten, weil der Oberförster strahlte, in all dieser bescheidenen Fröhlichkeit, die seine mehr verlegene als selbstsichere Bemerkung zustande gebracht, fühlte Ovelacker das Leben wieder verführerisch sicher nach der Drohung, die ihm vorhin bei den Schüssen in die Ohren gehallt war. Und als nun der Verwalter an seiner Linken zu sprechen begann – in einer Sprache, die er nicht verstand – und die Männer und Frauen reglos zu ihm aufschauten, die ältesten zuweilen die Lippen bewegend, als läsen sie dem Verwalter vom Munde ab, was er sagte – da stand er wie zwischen den Zeiten. Er sah den Platz und die Menschen, die nach einer ihm noch uneröffneten Bedeutung und Ordnung hingelagerten Häuser und die Bäume und Büsche wie ein nach Jahrhunderten erschienener Wiedergänger an, halb wie ein Gast und halb wie der Gründer.
Nun war es zu spüren: der Verwalter sprach auf den Schluß zu, und schon rieben die Buschwächter ihre Hörner unentschlossen an den Schenkeln. Der Förster nickte ihnen zu, sie hoben ihre Instrumente und setzten sie, den Bart zur Seite streichend, an die Lippen. In einem markerschütternden Schmettern hob der Verwalter die Rechte und brachte ein dreifaches Hoch auf den neuen Gutsherrn aus, in das die Schar vor der Treppe und die Mädchen zur Linken unter den Säulen vielstimmig einfielen. Und auch die Hörner erreichten zum Leidwesen des Försters so viel verschiedene Tonhöhen, wie da zur Rechten vollbärtige Bläser standen.
War es der stille, ahnungsvolle weite Tag oder die Empfänglichkeit, in der er sich befand –, für Ovelacker schmetterte die Luft noch, als die Bläser längst ihre Hörner abgesetzt hatten und die Schar, die eben das Hoch ausgebracht, in das Gewirr der Gebäude auseinan-

derging. Als ein kichernder, tuschelnder Schweif waren die Mägde ins Haus gehuscht. Sie hatten ja nicht nur ihren Herrn betrachtet, sondern auch diesen und jenen seiner Untertanen. Ihnen voran war die Mamsell entschritten, von welcher der Verwalter wieder einmal fand, sie verstünde doch großartig, die Sanfte zu spielen. Sollte der Graf sie jetzt nur einmal in der Küche hören! – Der Gutsherr, sein Verwalter und der Förster waren übriggeblieben auf der Treppe. Unverhohlen befriedigt ließ der Verwalter sich dafür danken, wie großartig er den Empfang vorbereitet –, wie für einen regierenden Fürsten, meinte Ovelacker im Scherz. Das wäre der Graf auch, meinte der Alte, und das sollten die Leute auch spüren, die Zeit der Gemeinderepubliken wäre vorbei. Aber für die regierenden Fürsten wäre die Gefahr noch nicht überstanden, müßte er dem Grafen leider als erste Neuigkeit sagen, beeilte der Förster sich, das Selbstvertrauen des Verwalters zu dämpfen. Er hätte ihm verschiedene Unerfreulichkeiten aus dem Walde zu erzählen. Der wäre bewohnt, und so leicht käme man an die Wohnungen dort nicht heran. Wenn der Graf sich erst einmal hier umgeschaut und eingelebt hätte, möchte er bitten, ihm darüber berichten zu dürfen.
Kannte er die Mamsell und ihren Ehrgeiz recht, dann wäre der Graf jetzt erst einmal völlig unter ihrer Fuchtel, sagte der Verwalter. Gewiß würde er nach der langen Reise ihr darob nicht gram sein. Seine Reise wäre gewiß nur um weniges länger gewesen als die des Verwalters und des Försters. Deshalb bäte er sie, heute seine Gäste zu sein. Heute müßte er sich mehr Gast in diesem Haus fühlen als sie, obschon er hier nicht ganz unbekannt sei, wie sie wüßten. – Und mit einem – so schien es – bedauernden Blick über den still und leer gewordenen Rasenplatz vor dem Haus trat er in die künftige Herberge seines Schicksals ein.

Das Haus.
Daß die Türen der großen Schränke in der Halle heute geschlossen waren, war das erste, was Ovelackers Blick erfaßte. In seiner Erinnerung standen die riesigen Gelasse offen und der Inhalt hing heraus wie das Eingeweide aus einem aufgebrochenen Wanst.
Das Haus. Mehr als nur eine Wohnung. Das Haus zu dem Hof, wie die baltische Sprache zusammenfassend und doppelsinnig das ganze Gutswesen nannte, das Haus, wie in den ältesten Zeiten von dem Haus schlechthin oder dem festen Haus die Rede gewesen war, wo der Ritter in die Wildnis vorgedrungen und sich ansässig gemacht hatte. Das Haus, dessen äußere Gestalt und dessen innerer Gehalt noch viel mehr von dem Lebensgefühl, von den Lebensbedingun-

gen, den Rechten und den Pflichten seiner Bewohner offenbarten als sonst Häuser insgemein. Ein Haus, das des Nachts einer Arche gleich in der Finsternis zwischen Himmel und Erde lag, aller Nachbarschaft bar, wie Ovelacker es einstmals empfunden hatte. Der Säulenportikus vor seiner Front schien wie ein Sinnbild, daß hier Kraft und Geist eine Heimstatt gefunden, in der allein wahres Herrentum sich entfalten konnte. Er glich einem Tempel, der in klassizistischer Gestalt die Botschaft des christlichen Idealismus aus dem Herzen Deutschlands hütete, so wie einst die Altäre in den Domen den Segen der jungfräulichen Mutter bewahrt. In einem der glückhaften Jahrzehnte zu Anfang des 19. Jahrhunderts, als hier rein und streng umgedacht und umgestaltet wurde, was aus Deutschlands großer Baumeisterschule hervorging, ward dieses Haus erbaut. Es beschämte den protzigen Schein, der sich später, in Zeiten des Niedergangs, anderswo breitgemacht hatte.
Die Halle, aus der die breite Treppe ins zweite Geschoß hinaufführte, zur Linken das ‚Kabinett' des Gutsherrn, dann der ‚Saal', der Salon, das Speisezimmer, vor dem die weite, offene Terrasse in den Park hineinragte, darin die grün überwachsenen schilfigen Weiher mit den trägen Wassern so dunkel aussahen, als könnte die Nacht aus ihnen emporsteigen. Die rechte Hälfte nahmen Küche und mannigfaltiges Nebengelaß für die Herrschaft und die Dienstleute ein. Im oberen Stockwerk waren alle Räume um die riesige Bibliothek herum angeordnet, deren lange Fensterfront nach Norden schon in einer Höhe mit den Wipfeln der aus dem Park anstrebenden Bäume verlief. Hier oben gab es so viele Zimmer und so viele Erinnerungen daran, wen sie einmal als ständigen Bewohner oder als Gast beherbergt, daß die Mannigfaltigkeit jedem dartun konnte, wie sehr auf sich selbst angewiesen, wie herrschaftlich aber auch ein Leben hier war, das alles um sich versammelte, was sonst Gemeinden, Städte und Staaten ihren Bewohnern zu gemeinsamer Nutzung schaffen. Aus den Fenstern der Südfront überschaute man den Hof, diesen zwergenhaften Staat in der Einsamkeit zwischen Feldern und dunkel blauenden Wäldern, den Hof, zu dessen verwirrend vielen bald nahen, bald weit entfernten Schindel- und Strohdächern und Feldsteinmauern der Verwalter Erklärungen gab, was dort beheimatet war. Hinter der im Halbkreis gepflanzten Fliederhecke um den Rasenplatz der Anfahrt standen die Kleeten und die Wagenspeicher mit den Schlitten und mannigfaltigen Wagen und die Tischlerei. Das Herz des Wirtschaftsbetriebes lag zur Linken der Allee, die schnurgerade auf das Gutshaus zielte. Da gab es die Viehburg, ein massiges Geviert mit dem Austrieb in die Weiden des Bruchwaldes und die

Koppel für die Pferde, den Stall, darin Ochsen gemästet wurden, die später Sankt Petersburgs Hunger stillten, den Pferdestall für Arbeitspferde und für die Reit- und Fahrpferde, die große Kleete, den Kornspeicher, die Schmiede, die Ställe für die Schweine und den – freilich sehr zurückgegangenen – Schafbestand, die Heuscheune, die Meierei und in der Ferne, am weitesten abseits von allem, die Darre und die Dreschriege. In einem verschwiegenen Winkel hart zur Rechten, als ein edles Reich für sich, lag am Rande des Parkes die Gärtnerei mit zwei Treibhäusern und dem Obst- und Gemüsegarten, bei dem die kleine Stadt der Bienenstöcke stand, über die – gleich nach den Bienenköniginnen – der Gärtner und Bienenvater, der weise Mulla Kustas, gebot. Die Trümmer der Brennerei sah man von diesen Fenstern aus nicht mehr, auch nicht die Heimstätten der Menschen, die hier wirkten. Das Haus des Verwalters, ein langgestrecktes, einstöckiges mit sechs Säulen davor, um die ein wilder Weinstock sich so dicht rankte, daß im Sommer die Zimmer dämmerig wurden, lehnte sich an die Schmalseite des Parkes gegenüber der Brennerei. Und weil der Platz auf dem die früher gestanden hatte, nun ganz leer lag, bis auf kleine Gevierte von Steinen, die man aus den Trümmern gewonnen hatte und zum Neubau benutzen wollte, schaute man unbehindert in das kleine Dorf der Knechte und auf die Häuser für den Brenner, den Meier und den Beamten, der tagsüber im Gutshause die Bücher und Rechnungen des weitverzweigten Betriebes führte –, bis hin zum Geflügelhof am Teich der Brennerei, bei dem die alte Kadri ihre Kate hatte, vertraut mit allem, was da schwamm oder flog oder scharrte.
Doch der Gutsstaat reichte noch weiter. Es gab Knechtshäuser – kleine Höfe für sich –, die der tote Freiherr für seine bewährtesten und treuesten Leute hatte bauen lassen. Sie lagen zwischen dem Wege, der von Norden her in das Gut hineinführte, und dem Saum des Waldes, der sich bis an den Strand hinunterzog. Einmal auf einem dieser Höfe dort einzuziehen oder der Herr eines neu zu bauenden zu werden, mußte der Ehrgeiz eines jeden sein, der eben noch in dem Dorf hinter der Brennerei lebte. Der alte Freiherr, so wußte der Verwalter zu erzählen, hatte daran gedacht, mit der Zeit alle seine Leute so anzusiedeln und die Knechtsherbergen ganz verschwinden zu lassen, hätten ihn doch diese langen, einstöckigen, schmalfenstrigen, verwohnten Feldsteinkasernen zu sehr an Arbeiterhäuser in großen Städten erinnert. Hinter dem Bruchwald gen Osten, durch den der Kirchenweg führte, lag zwei oder drei Werst entfernt das Dorf Drostenholm. Auf der großen alten Gutskarte, die im Gelaß des Beamten an der Wand hing, der ‚Generalcharte von

dem im livländischen Gouvernement, P . . . schen Kreise, Drostenholmschen Sankt Mauritius Kirchspiel belegenen privaten Gute Drostenholm, gemessen und eingeteilt zur Charte gebracht im Jahre 1842 durch den vereidigten Landmesser M. Eylandt', konnte man gewahren, daß alles Land in seiner Einteilung auf den Gutshof bezogen war. Wie in einem Spinnwebnetz jeder Faden sinnvoll an den Sitz der Spinne gebunden ist, strahlten die Streifen der einzelnen Gemarkungen von dem Hof aus. Dem Dorf war ein Geviert Land vorbehalten, das die Karte wie abgedrängt aus dem lebendigen Zusammenhang verzeichnete, und jedem mußte deutlich werden, daß Güter die Geschichte der Feldwirtschaft hier gemacht hatten und nicht Dörfer, wie anderswo. Wargel hatte seine eigene Karte, ein Geviert der grün vermerkten Waldungen und spärlicher Feldmark, die nur den Arbeitern und den Buschwächtern diente; etliche schmale Ackerstreifen hatten sich die Bewohner des kleinen Dorfes an der Bucht gerodet, damit der Strömling, den sie fingen, die eigene Kartoffel fände.

Dies war der Hof. Um 1250, da er zum ersten Mal in der Geschichte genannt ward, war er im Besitz des Drosten Kunradt Wekbrot und zweier anderer, die einen geringen Anteil an dem großen, sechsundvierzig Haken Landes zählenden Dorf Drostenholm besaßen. Während der Ordensherrschaft kam das Dorf an die nächste Ordenskomturei und war Tafelgut. 1532 wurde es an Jost Klodt, den Syndikus der Stadt Riga, verlehnt. Von den schwedischen Herren wurde das Gut erst enteignet, dann aber Jost Klodts Erben zurückgegeben. 1585 wurde es von der Krone Schweden an Balthasar von Paykull verpfändet; 1587 kam der Pfandbrief an Hans von Scheiding, dessen Witwe das Dorf Drostenholm im Jahre 1594 als Eigentum bestätigt wurde. Ihr Sohn war ein namhafter Offizier in schwedischen Diensten. – 1688 fiel auch Drostenholm unter die schwedische Güterreduktion, jedoch von dem Erben, dem Feldobristen Herrn Reinhold Johann von Scheiding, wurde es wieder eingelöst. Ihm folgte im Besitz ein Graf von Reutern, für wenige Jahre. 1739 war es im Pfandbesitz eines Freiherrn von Rechenberg, und der verkaufte es dem Herrn Thomas von Dohlen. Durch die Heirat von Thomas von Dohlens Tochter Marie mit dem Freiherrn von Gilsen kam der Hof im Jahre 1792 an das Geschlecht der Gilsen. Die meisten Urkunden über den Besitzwechsel lagen in der Drostenholmschen Brieflade aufbewahrt, die jüngste in der langen Reihe sollte der Notar beim ersten Besuch mit seinen langen weißen Fingern zu den alten legen: das Testament des Freiherrn von Gilsen und die Urkunden über all die Umschreibungen in den Grundbüchern, die er inzwischen hatte

vornehmen lassen. Sie lauteten auf den neuen rechtmäßigen Besitzer, den Rittmeister der Reserve Nikolai Grafen von Ovelacker. Und gleich seinen Vorgängern im Besitz hatte der, obzwar das Gut Drostenholm und die Hoflage Wargel hart an der Grenze zwischen den beiden Provinzen in Livland lagen, sich für die Zugehörigkeit zur estländischen Ritterschaft entschieden, weil ein drittes Gut, das zum Gilsenschen Besitz gehörte, aber ob der großen Entfernung zwischen den Gütern seit Jahrzehnten verpachtet wurde, in Estland lag. Das war der achteinhalb Haken große Hof Odders.
Nach dem Imbiß, den man zu dritt eingenommen, von zwei Mägden unter Aufsicht der Mamsell höchstselbst bedient, und nachdem der Förster sich verabschiedet hatte, der jetzt nach Wargel zurückreiten wollte –, spät am Nachmittag trat Ovelacker den ersten Rundgang auf seinem Besitz an, von dem Verwalter geleitet. Eben rollte der Wagen mit dem Gepäck, der soviel langsamer gefahren war, zur Einfahrt herein.
Die Frühlingsdämmerung spann feucht und grau zwischen den breiten Häusern. Auf den Höfen blinkten die riesigen Lachen, die sich bis in den Sommer hinein hielten. Die letzten Arbeiter gingen zwischen den großen Toren der Ställe und Scheuern. Aus dem Dunkel der Stallungen hörte man das Vieh.
Ob hier nicht noch irgendwo ein Gewehr liegen konnte, eins mit dem Ladestock und einem schmierigen Fetzen Papier, den in den Lauf zu treiben die Zeit gefehlt . . .? Es war, als verharrten Ovelakkers Blicke suchend am Boden. Dann, als er der Arbeitenden gewahr wurde, machte er sich Gedanken darüber, wie ruhig sie gingen. Der Wirrwarr damals unter den Augen der Offiziere, die vor dem Hauptportal gestanden hatten – alles war gestillt. Nur in ihm selber wurden Unruhe und etwas wie ein Argwohn wach gegen diesen Frieden, als wäre jetzt eine Wunde aufgebrochen und strömte das unstillbare Blut gegen den, der es vergossen, wie in der Mär der Vorzeit.
Er könnte nicht ganz begreifen, meinte er zum Verwalter, ohne den Blick von dem First der Dächer ringsum zu wenden, die sich immer schärfer gegen den Himmel abzeichneten, daß die Leute, die ihn heute so freundlich begrüßt hätten, doch nicht zufrieden mit ihrem Leben wären. Darin, daß der Verwalter in der verflossenen Zeit, um die Leute zum Bleiben über Sankt Georg hinaus zu bewegen, Lohnerhöhungen und zusätzliche Leistungen im Deputat hätte zusichern müssen –, darin läge doch der Beweis, daß sie nicht zufrieden gewesen wären, trotz allen Vorteilen, die sie den Arbeitern auf anderen Gütern vorausgehabt.

Der Verwalter meinte, dieses Volk wäre ungemein berechnend und habgierig, das könnte ihm jeder bestätigen, der es kennte. Sie nützten die Not der Herren aus. Erstens brauchte man jetzt zum Frühjahr Leute, und zweitens wäre eben die richtige Zeit für Lohnforderungen, und drittens . . . Nun ja! brach er vorzeitig ab. Und drittens? drängte Ovelacker ihn.
Drittens–, meinte der Verwalter nach einigem Zaudern, drittens haben sie die Forderungen damit begründet, daß sie bei Ihnen im Dienst stünden, hochgeborener Herr.
Was soll das heißen?
Vielleicht, daß sie den neuen Herrn für einen besonders zu fürchtenden Herrn hielten, oder daß . . .
Wie bin ich zu diesem Ruf gekommen?
Nun . . . wohl durch die Agitation seit dem Dezember, meinte der Verwalter sachlich.
Ach so.
Dem Verwalter schien es, als wäre es dem Gutsherrn unlieb, darüber mehr zu hören. Er wandte sich zum Gehen und wollte den Gesprächsstoff wechseln. Dennoch fragte der Graf ihn nach kurzer Zeit: Andere Gründe, meinen Sie, haben die Leute nicht?
Der Verwalter blieb wieder stehen. Er machte ein mürrisches Gesicht.
Es kann auch sein – so hat es mir einer begründet –, daß die Leute in dem erhöhten Lohn so etwas wie eine Versicherung haben wollen. Sie fürchten nämlich, daß man es ihnen übel auslegen könnte, wenn sie hier rechtschaffen weiterdienen. Und weil das ‚übel Auslegen' heutzutage immer mit Kugeln und Petroleum und dergleichen verbunden ist, haben sie eine Art Unfallversicherung gewollt. Auf Pulverschiffen bekäme man auch höhere Heuer, hat unser Schmied mir gesagt.
So. – Abermals nur dieses eine Wort. Der Gutsherr ging schweigend mit dem Verwalter die weite Runde und ließ sich mancherlei zeigen und erklären. In dem Wirtschaftshof, der sich schon vom Fenster des Gutshauses verwirrend ausgenommen, ward er immer verwirrter, und die einbrechende Dämmerung vermehrte das. Da war der große Kuhstall, in dem gerade zum letzten Mal gemolken wurde und wo zwischen den stampfenden, schnaubenden, rasselnden Tieren überall Melkerinnen auf ihren Schemeln in der eintönigen Musik der strählenden, schaumigen Milch saßen. Der Verwalter aber stiftete auch in diesem ganz klaren Bild Verwirrung, indem er Jahrgänge der Tiere, Milcherträge, Fettgehalte, Krankheitsanfälligkeit bei den einen und bei den anderen Rassen zum Gespräch machen wollte –, bis

Ovelacker ihm freundlich wehrte und sagte, für heute genügte es ihm, Kühe gesehen zu haben und daß sie Milch spendeten. Mit Pferden wäre er vertrauter. Nur sollte er ihm einmal offen sagen, ob er glaubte, daß es unter den eigenen Leuten hier unzuverlässige gäbe oder solche, die mit Aufwieglern in Verbindung stünden.
Die Antwort des ein wenig verdutzten Verwalters war, daß mit Aufwieglern mehr oder weniger alle in Verbindung stünden und daß unzuverlässig bis auf einige wenige, deren Zahl er an den Fingern abzählen könnte, ebenfalls alle wären. Unzuverlässig, das hieß: nicht bereit, selber etwas zu unternehmen, aber wohl bereit, etwas unternehmen zu lassen. So hätte es sich ja schon im Dezember erwiesen. Ein drittes wäre, ob man hier sicher wäre. Darüber hätte er schon unterwegs mit dem Grafen sprechen wollen. Sicher wäre man nur mit dem Revolver in der Tasche, und auch dann noch nicht völlig, denn wie die vergangenen Monate gezeigt, wäre noch kein einziger von den Deutschen in offenem Kampf getötet worden. Immer aus dem Hinterhalt. Darum bäte er den Grafen inständig – die Pferde, bei denen sie angekommen waren, spitzten die Ohren und stellten sie nach vorn, unruhig schnobernd –, nie ohne Waffe zu sein, bei Tag und bei Nacht. Meistens schösse das Gesindel schlecht, dann könnte man ihm wenigstens noch Bescheid tun. – Ja, also, hier stünden sie, die Besten im ganzen Kreise, könnte er ruhig sagen. Wie gefiel ihm der Fuchswallach hier? Tom hieß er, mit einem weißen Geflamm um die Stirn. Der wäre der Liebling des alten Herrn gewesen, der blendend im Sattel gesessen hätte, seinen Jahren zum Trotz. Tom schaute mit großen bläulichen Lichtern den Fremden an und reckte schnaufend seinen Kopf über das Gatter.
Für mehr, als die Pferde zu betrachten und ihren Bau, ihr Alter, ihre Tugenden und Untugenden, ihre Preise und ihre Krankheiten, kurz, ihr ganzes Leben ausführlich zu erörtern, was den Kühen versagt worden war, reichte das Tageslicht nicht aus. Es war schon halb dunkel, als sie aus dem Stall traten. Der Verwalter zielte aus dem Wirtschaftshof geradewegs hinüber auf sein eigenes Haus, dessen Weinranken, noch unbelaubt, raschelnd die sechs kleinen Säulen umschlangen. Und nun wollte er sich freuen, wenn der Graf ihm die Ehre antun würde, in sein Haus einzutreten und den Willkomm seiner Schwester anzunehmen. So wie er ihm das ganze Gut, so führte ihm seine Schwester das Haus, seitdem sie, vorzeitig Witwe geworden, aus der Stadt zu ihm gezogen war. Ihr Mann wäre Lehrer an der Domschule zu Reval gewesen, ein gelehrtes Haus, das die Kenntnis der Welt von Käfern und dergleichen um gleich etliche neue Sorten vermehrt, aber jeden Ruf nach Dorpat abgelehnt hätte.

Er sähe jetzt wahrhaftig nicht danach aus, daß er Damen Besuche machen könnte, wandte Ovelacker ein. Der Rundgang hatte ihm an Schuhen und Kleidern die mannigfaltigsten Spuren hinterlassen. Das schadete nichts, er selber wäre nicht sauberer, nur sähe man das nicht. Der Graf würde ja wohl beim ländlichen Leben die Gewohnheiten aller Herren annehmen und in der Kleidung Rückgriffe ins Soldatische machen müssen. Das wäre hier am Platz. Auch was die Waffen anbelangte, haha . . .! Nun bäte er um die Ehre. Er wollte ihm die beste livländische Nalivka präsentieren, die Honignalivka, auf die sich der verstorbene Diener des alten Freiherrn so vortrefflich verstanden.

Die Toten, die Toten. Überall fing das neue Leben mit den Toten an, schien dieser erste Tag beweisen zu wollen. Nicht nur im Hause des Verwalters und seiner Schwester, die in Aussehen und Wesen zu erkennen gab, aus welch einem viel Zarteres hütenden Haus der alte Thomasson stammte, als sein Wesen und Gebaren meinen ließ, nicht nur im Ruhm des süßen, schweren Honigseims, dem ein Toter den berauschenden Geist eingegeben hatte nach einem Verfahren, das er niemandem mehr hatte verraten können, sondern auch später am Abend, da Ovelacker über den dunklen Platz ins Gutshaus zurückkehrte, bei der Rückkehr schon heimischer als bei der Einkehr.
Nun endlich war er allein. Der Verwalter hatte ihn bis zur Tür geleitet und sollte sich am nächsten Vormittag wieder einfinden. Für den dritten Tag war angesetzt, was der Alte den Kriegsrat genannt hatte und wozu man auch den Förster aus Wargel erwartete.
Er war allein. Nach dem ersten Schritt hinter der Tür fing etwas an, was er eigentlich noch hätte vor sich spüren müssen, etwas, davor er mit seinem Eifer im Betrachten des Wirtschaftshofes insgeheim geflohen war, etwas, davor ihn ein freudiges Bangen erfüllt hatte. Die Kraft, mit der er es überstehen wollte, war freudig und den Toten willfährig, die noch in diesem Haus weilten. Er wollte ihren Geist hinausgeleiten durch die Zuversicht, mit der er jetzt zu beginnen und hier heimisch zu werden trachtete. Denn vielleicht nur damit, daß alles in ihm einen neuen Gebieter gewann, löste sich der Verblichene aus seinem Anteil.
In dieser Stunde, da die Schwester des Verwalters zu ihrem sich müde im Stuhl zurücklehnenden Bruder sagte, seltsam sähe der Graf aus, so, als stieße er in seinen Kleidern an und als wäre sein Gesicht ein unruhiges Wasser, im ganzen aber schiene er ein lieber Mensch zu sein, der wahrscheinlich unter dem Ruf, den er sich als Offizier erworben, nicht wenig litte – in dieser Stunde ging Ovelacker lang-

sam durch die erhellten Zimmer seines Hauses. Ihm war, als hätte er diesen Gang schon einmal geträumt. Immer wieder blieb er stehen und besah sich dieses und jenes, einmal einen alten Stich, darauf die Schweden ihre hohe Kontribution von der Stadt Baltischport verlangten – der Feldherr, noch im Boot stehend, mit herrisch fordernd ausgestreckter Hand, während am Borde die sorgengebeugten Stadtväter sich schier ins Wasser vor ihm neigten – und ein andermal eine kleine Schatulle mit ledernem Beschlag, die er noch gar nicht öffnen mochte, um nachzusehen, was sie enthielt. Vielleicht Whistkarten, vielleicht nur bitter duftende Rosenblätter. Hinter den Fenstern stand die Nacht. Und daß die Zimmer erleuchtet waren, während man keinen Menschen gewahrte, ja daß sie schon erleuchtet gewesen waren, als er gekommen, machte die stille Erwartung zwischen den Wänden nur noch größer und geheimnisvoller. Ihm kam alles wie verzaubert vor. Hier war der Saal . . . Charusin, als erster, ging voran, den Kopf des Toten mit Mühe auf der Linken und ihren gespreizten Fingern haltend; Möller und Maklakow folgten. Da näherte sich von den anderen Räumen her ein Fremder. Er sah dem Zug entgegen, und es schien, als richtete er an den Oberleutnant eine Frage, doch war nicht zu erkennen, ob der ihm Antwort gab. Still stehen bleibend und niederblickend, ließ er den Zug an sich vorbei und brach dann zwischen den verdutzten Soldaten, die einen Herrn von Stand wohl nicht hindern mochten, zu den Fenstern hin aus, stand da, lange Zeit, als könnte er durch die geschlossenen Vorhänge hindurchsehen . . . Der Arzt war das gewesen, der Arzt. Schärfer als jedes anderen Auftritts entsann er sich dieser Szene. Nun würde er an einem der nächsten Tage zu ihm und dem Pastor hinfahren müssen, um den beiden seinen Besuch zu machen, wie den begüterten Nachbarn auch.

Diesmal ging die Tür bis zur letzten Spanne ungehindert auf. Es lag niemand dahinter, nein, auch nicht hinter dem Sessel zur Rechten. Im Waffenschrank standen wieder die Flinten, Hirschfänger hingen da und Jagdtaschen – es schien, als hätte jemand ihre Fransen gekämmt, so ordentlich waren sie, wie in einem Museum. Die Luft aber war schwer und roch süß und betäubend wie an einem Sarge; das ganze Haus hatte diesen Duft, bei dem es sich einem, verweilte man zu lange darin, wie von zwei bleischweren Platten um die Schläfen schloß. Die Lampen aber rußten nicht, die Gläser waren heil. Feierlich leuchteten sie, zu keinerlei Arbeit benutzt, wie die Lampen vor den östlichen Altären. Und war es nun so, daß er das beim ersten Rundgang nicht bemerkt oder daß man den Räumen diesen Schmuck erst jetzt verliehen hatte: überall gewahrte er frische Blu-

men, Tulpen, Narzissen und Hyazinthen, deren vorzeitig erblühtes Dasein das Licht angefeuert.
Unbedingt zu lesen . . . hielt das Merkblatt des Schreibtisches über den Tod hinaus fest. Den Worten folgten viele Namen von Dichtern und Gelehrten und die Titel ihrer Bücher. Und wie an einer lebendig-lebhaften Ranken-Intarsie in der Lade des alten Schreibtisches aufgehängt, hing eine kleine, schon gelbliche Fotografie, die einen frischen Grabhügel mit einem Berg von Blumen und Kränzen und dem behelfsmäßigen Holzkreuz zeigte, alles in frischem Schnee. Auch die fremden Tode mußte er sich wohl zu eigen machen, die das Leben seines Vorgängers bestimmt.
Nein . . . es war ein geistesabwesendes Zögern, das ihn überkommen hatte, nein! So sah ihn eine von den Mägden, die ihn schon in vielen Räumen gesucht. Sie hatte nicht den Mut gehabt, ihren Herrn anzusprechen. Denn er stand dort dunkel und in der Dämmerung außerhalb des Lichtscheins der Lampe beinahe unkörperhaft. Als er sie erblickte, nickte er ihr stumm zu. Sie erschrak und redete sich ein, daß sie ihren Auftrag schon ausgeführt, weil sie gerne weggehen wollte. Allen war der strenge Herr, der so viele Menschen zum Tode verurteilt, etwas unheimlich gewesen, bevor er kam. Als er gekommen war, war nichts an ihm gewesen, wovor man sich hätte zu fürchten brauchen. Doch jetzt wieder . . . Er war so allein in dem großen Haus, und war das der Freiherr auch schon gewesen – der neue Herr war viel einsamer, man sah es ihm an.
Bewahre! meinte der Verwalter, der sich die Langschäfter ausgezogen hatte und mit vergrübeltem Gesicht nach den roten Flecken forschte, die sie heute davongetragen, bewahre! Ich glaube, er weiß von gar nichts! Erstens erfährt so etwas niemals der, den es angeht, und zweitens war er doch die ganze Zeit über in Petersburg!
Aber du müßtest es ihm doch sagen! warf die Schwester ein.
Ach ja! meinte der Alte unentschlossen. Ich habe ihm ja auch heute schon einiges gesagt. Nur spricht es sich nicht gut über dergleichen.
Der Verwalter hatte viele rote Spritzer auf seinen Stiefeln gefunden, aber er sprach über dergleichen auch mit seiner Schwester nicht gern. Von irgendwoher würde sie es freilich nach einiger Zeit erfahren, ihm dann Vorwürfe machen, daß er nichts erzählte, und darüber klagen, wie gefährlich das Leben auf dem Lande wäre. Als ob es in der Stadt sicherer wäre! In Riga hatten sie dieser Tage ein paar Polizisten auf einer nächtlichen Streife überfallen, ihnen die Waffen abgenommen, sie in bereitstehende Wagen verfrachtet, wie Mehlsäcke vor die Stadt gefahren und dort niedergeschossen. Anderswo fingen die Arbeiter und Angestellten wieder an zu streiken. Auch hieß es,

die Duma wollte im Namen des Volkes die Bestrafung derer fordern, die das Volk in den Zeiten des Standrechts so grausam verfolgt hatten. Das eröffnete die schönsten Aussichten für ihren Gutsherrn. Die Uhr ging auf neun. Er wollte noch einen Rundgang antreten und dann diesem Tag seinen Abschied geben. Heute war noch nichts aus der Verdoppelung der Wachen geworden, die er sich fest vorgenommen, in dieser Nacht hatte der Teufel noch leichtes Spiel. Hoffentlich wußte er's nicht! Sonst konnte er kein Auge zutun. Von morgen an sollte der alten Juhan einen jüngeren Mann als Hilfe bekommen. Aber wen? Wen? Um diese Zeit wurden die Leute rar. In solche Sorgen versunken stapfte der Verwalter über den nächtlichen Hof und zergrübelte sich den Kopf, bis der Hund des Nachtwächters ihm um die Beine strich, noch ehe er des alten Juhan ansichtig geworden war. Der zeigte, nachdem er lang und breit berichtet hatte, daß alles in Ordnung wäre, auf die hohe Wand des Gutshauses, in der etliche Fenster erleuchtet waren.
Der Herr schläft auch noch nicht, sagte er.
Nein, aber darüber sollte er sich nur nicht den Kopf zerbrechen.
Der Herr schläft im selben Zimmer wie der Altherr, meinte der Alte unbekümmert.
Ja, sagte der Verwalter nach einigem Überlegen, hast du etwas dagegen?
Nein, nein, brummte der Alte hüstelnd.
Der Herr selber aber hatte im ersten Augenblick, da die Mamsell ihn hinaufgeführt und sich über alle seine Wünsche und Gewohnheiten vergewissert hatte, ein Zögern verspürt, hier zu bleiben. Es war das Zimmer, zu dem er damals im Dezember aus der Bibliothek so oft durch alle Wände hindurch geschaut hatte. War es nun die Einfalt der Hausverweserin gewesen oder die Unbeirrbarkeit einer jahrealten Gewohnheit, den Herrn hier und nirgends anders zu wissen, oder gar das närrische Festhalten an Überlieferungen, darin oft gerade diejenigen am zähesten sind, deren Herkommen die Vertrautheit mit einer Überlieferung ausschließt – daß sie ihm hier sein erstes Bett hatte aufschlagen lassen, wo des toten Hausherrn letztes gewesen war? Anfangs war es nichts als eine weltgewohnte Höflichkeit, die ihn seine Zustimmung zu allen Vorbereitungen geben ließ; später aber, als er allein war und zwischen zwei Zimmern auf und ab ging, einmal in diesem, einmal in jenem verweilend und diese Räume, obwohl er in ihnen war, gleichsam von außen her musternd – da, als er einmal im Schlafzimmer auf seinem Bett gesessen, ein ander Mal im Ankleidezimmer vor dem Tisch verweilt und in den Spiegel gesehen hatte und endlich ganz aus diesen Räumen hinaus in die Bibliothek

gegangen war, um dort etlichemal über die Bücherwände zu schauen und an den dunklen Fenstern zu verweilen, – später hatte er das Begehren der ersten Augenblicke, sich von der Geschichte des Hauses zu trennen, bezwungen. Und als er sich auf seinem Nachtlager ausstreckte, geschah es ohne Widerwillen gegen die kalten Laken, geschah es in Untertänigkeit gegenüber dem, was vielleicht Zufall, vielleicht Festhalten an einer Gewohnheit oder nur Einfalt gewesen war. Und mit allen Gedanken und Empfindungen dieser Stunde, ehe er das Licht auslöschte, kehrte er in die Überlieferung ein.

Die ihn in den folgenden Tagen sahen – es waren immer dieselben: der Verwalter, der Förster und etliche andere Beamte des Hofes –, ahnten davon nichts. Sie fanden nur alle, daß der neue Herr sich erstaunlich schnell in die neue Umgebung und die neuen Aufgaben eingewöhnte. Nie brauchte der Verwalter zum morgendlichen Bericht ins Gutshaus kommen; der Gutsherr kam schon vorher zu ihm in den Stall oder wo er sonst war. Dann wurden die Pferde gesattelt; schon am ersten Morgen hatte der Graf den Kavalleriesattel, von dem er sich nicht trennen mochte, Tom aufgelegt, der ihn, als spürte er das Neue, tänzelnd auf sich nahm. Und dann ritten der Herr und sein Verwalter aus und kehrten erst gegen Mittag zurück. Sie ritten die Gemarkung ab, sie ritten über die einzelnen Felder; sie stiegen ab und prüften, wie die Saat stand und wie feucht und kalt und hart die Ackerkrume noch war. Sie ritten zur Windmühle hinauf und ritten zum Strande hinab, wo die siechen Eisschollen sich in den Buchten drängten, grau, beinahe schwärzlich, von einer Farbe wie Lava, und draußen auf den Sandbänken die Schwäne riefen, unsichtbar, aber hundertfach, als läuteten über dem Meer alle Glocken des heiligen Moskau. Verlegen und scheu passierten die Grenzwächter, die ihre Runde machten, die beiden Reiter. Seitdem der Verwalter, den sie einst so schmählich im Stich gelassen, diesen neuen Herrn bekommen hatte, wäre es ihnen nicht unlieb gewesen, wenn er jenen Tag vergessen hätte. Und schuldbewußt gewahrten sie, wie die beiden die Pferde angehalten hatten und ihnen lange Zeit nachschauten. Aber nicht ihnen galt das Verweilen der beiden. Ovelacker sah sich tief hinein in den Strandsaum mit all seinen Schwüngen und Spitzen, mit seinen einsam vorgeschobenen Kiefern, mit dem kleinen Leuchtturm, der den Schiffen die Einfahrt nach Drostenholm wies, mit den beiden Inseln, die die Bucht nach Norden zu abschlossen: ein bis zur Strandbreite waldiger Hügel die eine, nur ein wildzerzaustes flaches Riff die andere, mit einem einzigen gekrümmten Baum, wie man vom Lande aus sah, – doch mit einer vortrefflichen Weide, erklärte der Verwalter. Die Strandbauern von jenem Dorf, das um den Wargelschen Hafen herum entstanden war, genössen von alters her das Recht, dort ihre Schafe zum Sommer auszusetzen. Seevögel gäbe es dort in Unzahl, beinahe alle Kissen im Gutshaus, möchte er meinen, wären mit Daunen der Eiderenten, die dort brüteten, gestopft. Die Mamsell wäre ja nicht hier, darum könnte er's ruhig behaupten . . . Heinalaid hieße dies Paradies, und die waldige Insel Metsalaid. Deutsche Namen gäbe es für sie nicht, die estnischen aber gäben genau wieder, was sie auszeichnete: Weide die eine und die andere der Wald. Sah der Graf fern am Horizont noch eine Insel? Eine breite, auf der, von hier gesehen, so etwas wie ein Ziehbrunnen aufragte? Der Graf sah die Insel.

Das wäre Köwerlaid, Krugholm im Deutschen. Die Insel wäre groß genug für die deutsche Sprache; darauf wohnten drei Familien, und alle drei hätten das Krugrecht. Das käme ihm merkwürdig vor? Aber dort stünden wirklich drei Krüge, das heißt: drei Häuser, darin Fischersleute wohnten, und jede hätte Bier und Schnaps auszuschenken, ohne Kronspatent natürlich, und Kaffee und was man sonst haben wollte . . . Er lächelte etwas merkwürdig, der Alte. Und alles für die Schiffer, die dort vorbeikamen – in der Regel, ja. Aber als wollte er andeuten, daß er darüber etws zu berichten nicht verpflichtet war, meinte er, das Pferd weiterlenkend: Die gehören nicht zum Hof!

Zum Hof gehörte der Strandwald mit seinen verborgenen kleinen sumpfigen Wiesen, darin Quellen ihr Wasser für den kurzen Weg zum Meer ans Tageslicht drängten, und der Wald weiter landeinwärts mit seinem schönen Kiefern- und Tannenbestand. Zum Hof gehörte die Mündung des Flusses in der tiefen Bucht (denn hier waren die Wasser, die den Teich der Brennerei speisten und träge den Gutspark durchzogen, um viele Bäche aus Wald und Feld bereichert, schon zum Flusse geworden), doch das Gesinde, Jöesuu genannt, wie die Flußmündung in der estnischen Sprache, war seit Jahrzehnten Bauernbesitz. Schon der Vater des alten Bauern, der jetzt darauf hauste, war vom Pächter zum Besitzer geworden. Es waren rechtschaffene, wenn auch ein wenig frömmlerische Leute. Eine Zeit lang, das heißt: ein paar Jahrzehnte und noch vor ‚seiner' Zeit, sollte hier zum Ärger des Drostenholmschen Pastors ein herrnhutisches Bethaus gestanden haben. Jetzt war es nicht mehr da. Am Sankt Georgs-Tag wird der Jöesuu-Bauer sich auf dem Gut einfinden, um seine Pacht zu entrichten. Er hat vom Gut ein Stück Land gepachtet. Am Sankt Georgs-Tag würde der Graf überhaupt alle Wirte sehen, die mit dem Gut etwas ins reine zu bringen hatten –

und, ja, die anderen auch. Auch die kamen immer noch mit, obwohl sie keine Pacht zu zahlen, keine Absprache zu treffen hatten, nichts, gar nichts. Irgendwann aber hatten sie alle einmal mit dem Gute zu tun gehabt, und deshalb kamen sie jahrein, jahraus – übrigens nicht selten, um sich Rat vom Gutsherrn zu holen oder um von ihm einen Streit schlichten zu lassen, namentlich die Alten, für die der Gutsherr noch der Richter war, denn das Prozessieren, so versessen sie sonst darauf waren, verschlang viel Geld. Was das Prozessieren anbelangte, glaubte er, stand dieses Land einzig da auf der Welt. Das hatte seinen Grund im Eigensinn des Volkes, seiner Rechthaberei, seiner Böswilligkeit gegeneinander – ach Gott, man könnte sich kaum vorstellen, wie prozeßlustig sie wären! Und eigentlich würde jeder Este, der gebildet werden wollte, Rechtsanwalt.
So rittten sie an einem Tage ein großes Dreieck, am folgenden ein anderes, und am Ende gab es keinen Winkel der weiten und bei einiger Großzügigkeit als gewaltiges Dreieck anzusprechenden Hofgemarkung, in dem sie nicht gewesen waren. Doch dauerte es bis zu diesem Tage recht lange. Besuche schoben sich dazwischen, an anderen Tagen wurde gar kein Ritt unternommen und nur eine lange Prüfung in Ställen und Scheuern, in Kleeten und Werkstätten des Hofes gehalten. Den Tag machte nicht zuletzt das Wetter, den äußeren Tag und den inneren Tag, und was der äußere dem inneren und der innere dem äußeren gab. Und wie dieses verschwiegene Geben und Nehmen zwischen dem äußeren Tag und dem inneren war – einer Waage gleich, der unsichtbare Hände die Schalen zum Gleichmaß füllten, hielt der Graf beständig ein kaum merkbares Schweben ein. Sein Wesen, schien es, wußte von keinem Stürzen und Neigungen, noch hatte ihn niemand schreien hören. Und doch hatten die von bösen Mären gewarnten Leute des Hofes einen Baron der Alpträume in ihm erwartet, einen Schinder und Schläger. Das Außerordentliche an ihm war eher ein Lächeln, die Ordnung, der Ernst, der von etwas wie Gefaßtheit sprach.
Ernst und auf eine nicht so leicht erklärbare Weise behutsam, gesellig wahrscheinlich mehr aus guter Erziehung denn aus einem Hang zur Geselligkeit, aber nicht kalt im Umgang, nein, bestimmt nicht kalt – so beurteilten ihn der Pastor und sein Haus, die er am dritten Tage nach seiner Ankunft besuchte. Und verglich Ovelacker den Seelsorger dieses Kirchspiels mit anderen Pastoren, die er in seinem Leben kennengelernt, so fand er, der alte Herr von Oerthen wäre mehr ein geistlicher Landedelmann als ein würdiger Pfaffe. Seine Frau, der er den Grafen nicht ohne Feierlichkeit und Förmlichkeit vorstellte, war schon auf den ersten Blick ein seltsam mütterlich an-

mutendes zierliches Wesen mit einer auffallend klaren, blassen Stirn – einer Stirn, hinter der alle Musen einkehren mochten, um darin eine Liebhaberheimstatt für einen wohltätigen Kirchspielszweck zu finden, nicht zuletzt die Musik –, und freundlichen, heiteren Augen. Ihr Gang wirkte emsig behende, ihren Händen sah man den Fleiß an, auch hatten sie etwas ganz und gar Klares, Gutes. Es waren Menschen, die Ovelacker auf den ersten Blick ungemein gefielen, und so gewiß die Pastorin als eine Dame und der Pastor als ein Herr gelten konnte – des Hausbackenen an ihnen war er froh.

Der Gast vermochte nicht zu erkennen, ob es Gewohnheit war, die das Amt mit sich gebracht hatte, oder ob diese Menschen wahrhaftig das Empfinden beseelte, sie wären immer zu dritt, denn Gott nahm in den Gesprächen des Pastors mindestens ebensoviel Platz ein wie ein Dritter. Sein Walten, sein Wirken, seine Fürsorge, sein Zorn, sein Friede, alles kam dem Pastor mit einer Geläufigkeit von den Lippen, die weniger von einer Gewohnheit, ihn zu erwähnen, zeugte, als von einer Selbstverständlichkeit, ihn am Geringsten teilnehmend zu wissen. Ovelacker war verblüfft ob dieser Vertrautheit, der nicht einmal etwas Peinliches anzuhaften schien, und als ihm die aufrechte hohe Gestalt des Kirchenherrn (wie das Volk seine Pastoren nannte) gegenübersaß und mit dem gottvertrauten Gespräch die Aufmerksamkeit auf das wie von Winden gerötete klare, spitzbärtige Gesicht lenkte, indes die Pastorin den würdig-ernsten Worten ihres Mannes mit munteren Blicken beipflichtete – da kamen ihm unwillkürlich die Geschichten aus dem Alten Testament in den Sinn, in denen der göttliche Weltherr mit Erzvätern im Zelt beisammensaß und die gesegnete Molke und das fladenförmige Brot aß, indes von ferne her der Ruf der Patriarchensöhne übers Weidegefild hereinhallte, die des Vaters gewaltige Herden zur Nacht in den Pferch eintrieben.
Die schickliche Besuchszeit war verstrichen. Ovelacker wollte Abschied nehmen. Allein nun bewahrheitete es sich, daß ihn sein Gefühl nicht getäuscht hatte, wenn es ihm so vorgekommen war, als ob der Pastor zuweilen über einen Gegenstand sich verbreitete, ohne an ihn zu denken, und derweilen an einem anderen laborierte. Dieser schien nicht der glücklichste zu sein. Noch tieferer Ernst als zuvor stand auf seinem Gesicht zu lesen, und der Blick seiner Frau war kindlich erschrocken. Sie wußte, was ihr Mann jetzt mit dem Gutsherrn zu bereden hatte. Damit aber die Männer das freier abtun könnten, zog sie sich für eine Weile zurück. Das letzte, was sie von dem Gespräch zwischen den beiden auffing, klang wie die Ermah-

nung eines Beichtvaters an sein Beichtkind. Der Pastor hatte die Rede auf die Pflichten gebracht, die der neue Besitzer von Drostenholm mit dem Hof übernommen: die Pflichten des Patrons an seiner Kirche, das Amt des Kirchenvorstehers, wie es nun hieß, und die traurigen Zeiten hätten es so mit sich gebracht, daß er dieses schöne Amt gleich ausüben müßte. Es wäre eine Weile her, nicht lange, vielleicht zwei Wochen, da hätte er eines Tages dieses Schreiben erhalten . . .

Er stand auf, holte ein Papier und reichte es Ovelacker. Während der las, fiel zwischen ihnen kein Wort. Auch als Ovelacker ihm das Schreiben zurückgab, geschah es wortlos – bis der Pastor mit einem Lächeln fragte: Ist doch ein starkes Stück, nicht? Und als könnte er immer noch nicht recht glauben, was er, seinen Kneifer auf der Nase, doch schon etliche Male gelesen und worüber er am ersten Sonntag, nachdem er es empfangen, sogar seiner Gemeinde gepredigt hatte, entfaltete er abermals das Papier und schaute, immer wieder den Kopf schüttelnd, hinein. Es war ein Vordruck, was er da in den Händen hielt, einer, der sogar einen Vermerk der Druckerei trug, die ihn angefertigt hatte: Druckerei ‚Mescha brahli'. In der linken Ecke war eine Nummer eingetragen, die dieses Schreiben in einer Registraturmappe führen mußte, und als Überschrift prangte ein gesperrtes: Aufforderung. Vorgedruck folgte: An den Pastor der . . ., mit der Hand ausgefüllt: Drostenholmschen Gemeinde; dann kam der Name. Die kurze Mitteilung selbst war gedruckt. Sie forderte den alten Pastor auf, die ‚Beschimpfung der gefallenen Genossen und Freiheitskämpfer' einzustellen und sofort nach dem Empfang dieser Mitteilung sein ‚heiligmachendes Geschäft', die Kirche, zu schließen, wenn er nicht gewärtig sein wollte, daß man Gewalt gegen ihn anwendete. Er sollte an das Schicksal etlicher namentlich aufgeführter Amtsbrüder denken! Unterzeichnet war dieses Schreiben von der Gruppe ‚Dioskuren' der baltischen Kampforganisation, und des Stempels, den sie darunter gesetzt, brauchte kein Stempelschneider sich zu schämen.

Was sagt die Gemeinde zu dieser Drohung gegen ihren Seelsorger? fragte Ovelacker.

Die Antwort, die er geben mußte, schien den Pastor schwer anzukommen. Er konnte sich auch nicht überwinden, sie ungesäumt zu geben. Sehen Sie, lieber Graf, sagte er abschweifend, ich bin jetzt siebenundzwanzig Jahre hier im Amt – ja, siebenundzwanzig Jahre werden es, . . und jetzt, jetzt kommt es mir so vor, . . . es ist schrecklich, das mit fünfundfünzig Jahren merken zu müssen, . . . jetzt glaube ich, alles ist vergebens gewesen. Die alten Leute sind

zwar treu und anhänglich, die jungen haben schon etwas gegen einen, und die jüngsten – ja, daß man sie in der Konfirmationslehre streng zum Fleiß anhielt, quittieren sie jetzt mit Kugeln. Meine zuverlässigen Leute behaupten, es wäre solch ein gekränkter ehemaliger Konfirmand gewesen, der mir damals im Dezember ins Fenster schoß. Was soll man dazu sagen? Die Gemeinde . . . man kann ja noch froh sein, wenn nicht mehr entzwei geht als die Scheibe. Die Gemeinde? Die hat Angst. So ist es. Sie mag nicht mehr in die Kirche kommen, denn sie hat Angst, daß eine Schießerei angehen könnte, und bei meinem Amtsbruder in der Nachbarschaft ist es schon so weit, daß die Leute das Abendmahl scheuen, weil – denken Sie nur! – weil die ‚Waldbrüder' das Gerücht verbreiten, wir deutschen Pastoren mengten in den Abendmahlswein ein langsam wirkendes Gift, das das Landvolk allmählich ausrotten sollte. Meine Kirche war heute halb leer. Die Leute sind so lau und feige, abgesehen von einigen wenigen . . . Der große Riß ist nun auch durch die Kirche gegangen. Es ist sinnlos, sich darüber hinwegtäuschen zu wollen, wenn es auch noch in ein paar Kirchspielen eine feste Gemeinschaft zwischen dem Seelsorger und der Gemeinde gibt. Auch hier ist der große Riß da, . . . und Sie werden ihn nicht heilen können.
Und Sie werden ihn nicht heilen können! – das kam so angehängt und gedankenleer, daß Ovelacker wegsah, um dem Pastor seine Lüge nicht merkbar aus dem Gesicht lesen zu müssen. Er hatte etwas anderes gemeint mit seinem Nachsatz! Und die Kirche, deren Patron Sie sind, wird auseinanderbrechen! hatte er sagen wollen, der Schonungsvolle.
Versprächen Sie sich etwas davon, wenn das Patronat von dem Drostenholmschen Herrn an einen anderen in diesem Kirchspiel überginge?
Dieser Hinweis auf etwas, was er gar nicht gesagt hatte, machte den Pastor verlegen. Aber ich bitte Sie . . .! wollte er anfangen.
Ich möchte der Kirche nicht im Wege stehen, fügte Ovelacker hinzu. Wenn ich . . .
Aber solange hier eine Kirche steht, ist es Tradition, daß der Drostenholmsche Hofherr der Patron ist!
Wäre er das Opfer nicht wert, wenn die Kirche zu dieser Tradition bessere Zukunftsaussichten fände? Ich meine, wenn ich im Wege stehe, dann . . .
Mit einem Male empfand der Pastor eine große Überlegenheit des jungen Gutsherrn, der alles, was er sagte, mit einem so geringen Aufwand von Stimme und Gesten vorbrachte.
Auf diesen Gedanken bin ich noch gar nicht gekommen, das . . . das

ist doch etwas ganz Unvorstellbares! meinte er wenig überzeugend. – Er hatte daran gedacht, ja, wenn auch mit einem bitteren Widerwillen und ohne die Überzeugung, daß sich durch einen Wechsel im Patronat viel ändern könnte.
Der Gutsherr und der Priester sind einmal eins gewesen, wandte der Pastor ein, mehr für sich als für seinen Gast.
Damals aber hatten wohl beide in einem mehr Macht, als sie heute zu zweit besitzen, sagte Ovelacker lächelnd.
Der Pastor pflichtete ihm bei. Mehr Macht, ja, ja!
Und Sie trugen damals eine Schwert, Herr Pastor!
Schwert? Ich? . . . Ja, ja!
Und Sie waren überzeugt, daß Gott Sie gesandt hatte . . .
Blitzschnell sah der Pastor zu seinem Gast hinüber.
. . . um dieses Schwert zu seiner Ehre zu gebrauchen, fuhr sein Gast fort. Nun aber heißt es, wie ich hörte: Frieden um jeden Preis!
Ja, nur Frieden, Frieden um jeden Preis.
Um jeden Preis, ja! nickte der Gast. Die Aufgabe des Patronats wäre doch, so betrachtet, kein zu hoher Preis.
Dem Pastor drehte sich alles im Kopf von dieser überraschend wiederkehrenden Wendung.
Wieviel Deutsche in diesem Kirchspiel eingepfarrt wären und wieviel Esten und Letten, wünschte der Graf zu wissen.
Der Pastor bedauerte, seinen Küster nicht dazuhaben. Der wäre sein Gedächtnis für dergleichen.
Dann würde er den Küster aufsuchen müssen, war Ovelacker versucht, einzuwerfen, aber nun fiel dem Pastor ein, daß ja der beliebte ‚Richter', das provinzielle Adreßbuch, Auskunft darüber gab, und nachdem er geraume Zeit in dem Jahrbuch geblättert hatte, las er ihm die Zahlen vor: eingepfarrt fünf Rittergüter mit insgesamt zweiunddreißig Deutschen und zweitausendneunhundertzweiundvierzig Esten und eintausendeinhundertvier Letten.
Zweiunddreißig gegen viertausend, wiederholte der Gast voller Bedenken. Dem Pastor kam es überflüssig vor, aber dann konnte er sich eines Lächelns nicht erwehren, denn der Gast sagte ganz unangefochten: Militärisch gesehen, könnte man da gar nichts wagen, keine rechte Verteidigung, von einem Angriff schon gar nicht zu sprechen. Zweiunddreißig gegen viertausend . . .! Aber es hieße ja von unvordenklichen Zeiten her, daß Großes und Ruhmreiches sich in Livland allemal mehr durch eine geringe Anzahl Männer denn durch die Menge begeben hätte. In dieser Nachfolge der Historie vielleicht . . .? Ja, er entsänne sich auch solch ruhmreicher Taten in diesen Zeiten, hätte doch im Dezember ein Landrat mit seinem Sohn

ein ganzes Kirchspiel gegen eine Übermacht von Aufrührern gehalten, freilich mit einer guten Stellung im Moor . . . Was der Pastor davon hielte, wenn er ihm zum Gottesdienst allsonntäglich ein Aufgebot von Bewaffneten stellte. Er wollte morgen mit seinem Verwalter darüber sprechen, wie das zu ermöglichen wäre. Er allein wüßte das nicht zu sagen, wie der Pastor wohl verstehen würde, aber das müßte doch ausführbar sein. Dann, unter Waffenschutz, wären er und die Amtshandlungen ja wohl gesichert, und die Leute sähen, daß es auf die Gemeinde ankäme, und würden vielleicht mutiger werden.

Der Pastor machte eine Geste, die auszudrücken schien, er glaube nicht so recht daran. Es werden leider doch in der Mehrzahl Deutsche sein, die da Wache halten, meinte er, und so bleibt es die Herrenkirche, oder sie wird es noch mehr.

Die Buschwächter aus Wargel? fragte der Graf.

Die wären nicht allesamt eingepfarrt.

Nun, zum Dienst könnte man sie herbestellen, meinte Ovelacker. Doch wenn der Pastor einen besseren Vorschlag zu machen hätte?

Nein, er wüßte keinen Ausweg, gab der Pastor zu, das wäre ja das Vertrackte. Die anderen Herzen müßte man haben und nicht die eigenen Flinten!

Nach dem Schicksal der Amtsbrüder, die die Mitteilung der Waldbrüder aufgezählt hatte, wollte Ovelacker gar nicht fragen. Er ahnte es zu gut. Aber ob er, der Pastor, sich in seinen Predigten sehr scharf über die Freiheitskämpfer und ihre Genossen ausgelassen hätte?

Nicht im geringsten. Er hätte ihr Schicksal nur als warnendes Beispiel hingestellt. – Im Gegenteil vielleicht, er hätte die Strenge, mit der man durchgegriffen hatte, beklagenswert gefunden.

So!

Aber doch wohl notwendig . . .

Ja.

Denn wer das Schwert nimmt, der soll durch das Schwert umkommen, hieße es . . .

Dann wollte er es auf die zaristische Majestät abwälzen, das Schwert genommen zu haben. Er wäre nur der Arm gewesen, der keinen eigenen Willen hätte, sagte Ovelacker lachend, des Pastors Schrecken damit besänftigend, und er wollte seinem Besitze leben! Und freundlicher Nachbarschaft in guten und in bösen Tagen!

Darauf stießen sie mit einem Gläschen Portwein an, den die Pastorin bereitgestellt hatte; und kaum hatten die Gläser geklungen, da tat sich die Tür auf, und es erschien der Arzt mit der Hausfrau.

Machtlos, der Begrüßung einen anderen Verlauf zu geben, sahen der

Pastor und seine Frau zu, wie sich der Arzt dem Gast vorstellte. Daß der Doktor auf seine Weise dem Grafen näher kam als so manche andere Menschen, konnten sie in diesen Augenblicken nicht voraussehen. Ohne viel Förmlichkeiten steuerte der Hausfreund mit einem grimmigen Gesicht auf den Grafen zu und bot ihm seinen Namen und seinen Gruß auf eine Art, die durchaus nicht landesüblich war. Eher erinnerte sie an preußische Leutnantsformen, die zu bewitzeln man unter Balten ebensoviel Eifer aufbrachte als unter Russen. Dem Grafen jedoch schien nichts Ungewöhnliches darin zu liegen, wie der Doktor mit schnarrender Stimme und zusammengeschlagenen Hacken ihre Bekanntschaft erneuert hatte. Erneuert – er machte ihn mit ein paar verbindlichen Worten darauf aufmerksam, denn er erinnerte sich seiner ganz deutlich. Das schien der Doktor gern zu hören, aber was er erwiderte, murmelte er nur, und es blieb unverständlich. Dann begann er mit einer schneidenden, unfrohen Stimme, es wäre schade, den Grafen allein hier zu finden, ohne Begleitung.
Er wüßte nicht, auf wessen Erscheinen der Arzt sich sonst noch Hoffnungen gemacht hätte.
Nun, er hätte seine Schwadron lieber gleich wieder mitbringen sollen, allem Anschein nach wäre doch bald wieder Gebrauch für sie.
Nein, erwiderte Ovelacker, von Schwadronen müßte der Doktor fortan in Verbindung mit ihm ganz absehen.
Ob es nicht schwer für ihn wäre, sich an dieses Leben zu gewöhnen. Ob er sich nicht noch mehr als Soldat fühlte, ob er nicht oft zurückdächte, fragte die Pastorin, und wie sie fragte: so besorgt, schien sie auch schon einen Trost bereitzuhalten, wie für eine Beule am Kopf eines ihrer vielen Buben.
In völliger Aufrichtigkeit erwiderte Ovelacker: Nein, das wäre nicht schwer, sich an dieses Leben zu gewöhnen, wenn es einem doch im Blut läge von alters her. Er fühle sich nicht mehr als Soldat, sondern als Anwärter auf ein wenig Verständnis für die Pflichten eines Hofbesitzers; das Soldatendasein hätte er vergessen, und zurückgedacht hätte er in diesen Tagen auch nicht.
Diese Rede schien dem Doktor zu mißfallen. Mit gerunzelter Stirn und grimmiger denn je starrte er dem Gast ins Gesicht. Etwas weniger Mienenspiel hätte Ovelacker mehr an ihm gefallen.
Aber was für ein Soldat der Graf dann gewesen wäre! Wenn er, der Doktor, wenn er . . . Er könnte immer noch nicht darüber hinwegkommen. Der Graf wäre doch ein guter Soldat gewesen. Und nun sagte er, er hätte das vergessen! Ließe sich so etwas vergessen? Atemlos und abgerissen sprudelte der Doktor das hervor.

Er müßte dann wohl die neue Art eines Soldaten sein, wandte Ovelacker ein.
Ja. – Das klang so, als sähe der Doktor ein, ihm bliebe nichts anderes übrig. Mit einem Mal jedoch schwenkte er zu seiner jägerischen Vergangenheit mit dem toten Freiherrn über, wurde ein wenig liebenswürdiger und versöhnte mit seiner anfänglichen Schroffheit. Unter Jagdgesprächen geleitete man den Besucher hinaus. Er hoffe, nachdem er sich mit seinem Verwalter beraten, ihm ehestens darüber Bescheid geben zu können, welche Anstalten man vom Gut aus treffen könnte, sagte Ovelacker am Wagen zu dem Pastor. Alle wußten, worauf sich das bezog, doch nur der Pastor dankte für die Hilfsbereitschaft und die Schnelligkeit, mit der der Graf sich seiner Patronatspflichten annehmen wollte. Der nun, als er sich anschickte, in den Wagen zu steigen, warf einen Blick über die anheimelnde Front des niedrigen, langgestreckten Pastorats in seinem alten Garten, schien in Gedanken zu kommen und fragte, als der Arzt und die Hausfrau sich schon zurückgezogen hatten, ob es mit dieser Wache an den Sonntagen wirklich abgetan wäre. Ob der Pastor sich nicht an den sechs Werktagen noch viel mehr bedroht fühlen müßte, wenn er am siebenten Tag einen so verhaßten Schutz genösse.
Das stünde in Gottes Hand, erwiderte der Pastor ruhig. Vielleicht kämen auch bald bessere Zeiten; was der Graf meinte, wie die Stimmung in Sankt Petersburg wäre.
Schlecht, gab Ovelacker zur Auskunft. Es hätte sich aber gut getroffen, daß der Pastor ihm heute schon alles erzählt, denn morgen erwarte er seinen Förster und den Verwalter zu einem Kriegsrat. Allem Anschein nach bekäme er über seine Wälder nichts Gutes zu hören. Natürlich müßte da Wandel geschaffen werden. Und der Pastor solle versichert sein: was er nur vermöchte, würde er tun.
Mit diesem Versprechen schied er.
Anfangs blickte der Pastor dem Gefährt nach, das schnell außer Sicht kam; dann gesellte er sich seiner Frau und dem Arzt zu, die nach den Abschiedszeremonien (dem Doktor waren sie wieder recht militärisch ausgefallen) begonnen hatten, Vermutungen darüber anzustellen, wann wohl Schneeglöckchen und Szilla blühen würden, von denen man schon recht entschlossene Triebe aus der Erde hervorlugen sah. Es ging ein Gespräch zwischen den beiden, das sich etwas geistesabwesend anhörte. Sie warteten darauf, wovon der Pastor anfangen würde. Der legte den Kopf in den Nacken und schaute in die großen alten Kastanien und Linden seines Gartens, auf denen die Stare vor sich hin flöteten, weiter und immer weiter hinauf in den Himmel, den zu rühmen er bestellt war und der heute den stillen

grauen Glanz einer Perle besaß. Zuweilen konnte man ziehende Enten und Gänse hören, so still war der Tag. Ja ... meinte der Pastor versonnen für sich selbst und schlenderte umher. Lange betrachtete er den Aufgang zu einer kleinen Veranda, die neben den Fenstern seines Arbeitszimmers in den Garten vorgebaut lag und so früh im Jahr noch nicht benutzt werden konnte. Er stieg sogar die Stufen, die aus dem Garten zu der Tür hinaufführten, empor und blickte durch die beiden Fenster ins Zimmer hinein. Von hier aus kann einen jeder niederknallen, dachte er für sich, wenn drinnen Licht brennt ... Nun, am Tage wirkte das Zimmer so dunkel, als wäre es wie ausgebrannt. Ja ... meinte er ein wenig lauter, als er die Treppe hinabstieg, versuchte ein heiteres Gesicht zu machen und schloß sich den beiden Lustwandlern an. Da aber trat seine Frau ihm mit erschrockenem Blick entgegen. Hörtest du das schon, was passiert ist, als der Graf kam ...? fragte sie erregt. Der Pastor war wie aus den Wolken gefallen.

Auf der Station nämlich, begann der Doktor, der davon gerüchtweise vernommen hatte, soll es am Tage der Ankunft des Grafen zu einem wilden Volksauflauf gekommen sein.

Das wäre ihm völlig neu, rief der Pastor entsetzt und ließ sich mit häufigem Kopfschütteln und einem flehentlichen: Erbarmung! Erbarmung! (das er sich in Kurland angewöhnt) die Vorfälle berichten, die dem Arzt bekannt waren.

Es waren schon Vorfälle und nicht mehr ein Vorfall. Der Volksmund hatte dem Geschehenen größere Ausmaße gegeben. Ein nach Hunderten zählender Volkshaufe sollte da gestanden haben, als der Zug kam, darunter viele von den Angehörigen der im Dezember Erschossenen; das versprengte Blut ward als eine Lache von so gewaltiger Ausdehnung geschildert, daß der, der einmal darin gestanden hatte, die Spuren bis nach Drostenholm hätte tragen können. Was der Doktor erzählte, war von der Wirklichkeit weit entfernt. Aber weil der Mann, der heute hier seinen Besuch gemacht hatte, nicht im geringsten darauf angespielt, davon erzählt oder mit irgendeinem Anzeichen verraten hatte, was er vor kurzer Zeit Ungeheuerliches erlebt, fand der Doktor ihn ‚wüst schneidig'. Allerdings, bei einer allgemeinen Diskussion über den Grafen gab er zu, daß dieser für den, als der er galt, geradezu verdächtig harmlos wirkte. Und doch wieder nicht so, daß man glauben wollte, gerade zu seiner Harmlosigkeit, Mittelmäßigkeit und Friedfertigkeit bildeten die Härte und die Schonungslosigkeit, die er bewiesen, eine unheimliche Ergänzung.

Aber was wußte man im Grunde genommen von ihm? Doch nur so

wenig! Und woher? Von den Leuten, vom Hörensagen, aus der Kreisstadt! wandte der Pastor ein. Und woher wußten die Leute es? Woher nahm das Hörensagen seine Kenntnis? Wer in der Stadt hatte ihn damals so genau gekannt?
Immerhin, fühlte der Doktor sich verpflichtet, einzuwenden, die Züge an ihm, die bei den Leuten so tiefen Eindruck gemacht und ihm die düstere Glorie verliehen haben, sind von seinen eigenen Offizieren bezeugt.
Von seinen eigenen Offizieren? So! – Der Pastor wollte sich geschlagen geben.
Ja, so hieße es, bestätigte der Arzt, und gerade die Auskunft der Offiziere machte jetzt die Runde unter den Leuten, eine Auskunft der menschenfreundlichen Russen über den blutgierigen baltischen Junker natürlich. Man erzählte sich, er hätte seine Offiziere gezwungen, mit ihm auf Todesstrafe bei so vielen zu erkennen, sie dienstlich gezwungen als ihr Vorgesetzter. Nun, wenn schon! Die Burschen hatten den Tod verdient! Aber er möchte sich bedanken für Offiziere, die ihrem Vorgesetzten vor den Missetätern diesen Leumund ausstellten. Was für Offiziere das wären! Und der Graf wäre natürlich ganz ahnungslos!
Vielleicht doch nicht? meinte der Pastor fragend. Er hätte sich heute bereit erklärt, das Patronat niederzulegen, wenn er, der Pastor, der Ansicht wäre, die Kirche sähe besseren Zeiten ohne ihn in diesem Amt und ohne seine Hilfe von Amts wegen entgegen. Da hätte er das Gefühl gehabt, daß . . .
Das hätte der Graf erklärt?
Ja; . . . daß er doch mehr wüßte, als man so dächte. Vielleicht geheimniste man das auch nur in ihn hinein, und er hätte ganz einfach keine Lust, allzu viele Pflichten auf sich zu nehmen? Im übrigen würden der Verwalter und der Förster ihm morgen früh rapportieren, und aus ihren Berichten müßte er sich ja auch allerlei zusammenreimen können. Nur . . . Ja, er wäre mit den Verhältnissen hier nicht vertraut. Ob er sich's zusammenreimen würde?
Der Doktor murmelte etwas Unverständliches von einer Schande und solchen Offizieren und Mittagessen, das kalt würde, küßte der Pastorin die Hand, winkte dem Pastor zu und stürmte davon. So erregt die Stimmung eben noch gewesen war, – mit einem Mal standen der Pastor und seine Frau allein in der Mittagsstille des Frühlingstages. Dem Davongeeilten blickten sie gar nicht nach. Das hatten sie die ersten zehn- oder zwanzigmal, wenn er es getan hatte, nicht lassen können, mit einigem Rätselraten, was denn nur in ihn gefahren wäre. Jetzt waren sie die stürmischen Einzüge und Abmärsche

längst gewohnt. Von Zeit zu Zeit hüllte er sich in lauter Unbegreiflichkeiten, der Gute, trotz allem. Man mußte ihn gewähren lassen. Da wetterleuchtete ein ernster, glühender Genius, der es nicht vermocht hatte, zu mehr als nur zum schrullenhaften Sonderling zu reifen. Bisweilen war es dem seelenkundigen Pastor so vorgekommen, als hätte irgendeine Schuld ihm die Schwingen gelähmt, ein düsterer Engel, der mitflog, wohin er auch zielte. So war aus dem Fluge dieses wirre Taumeln geworden, dieses Mehr-als-andere-Können und doch – zu wenig. Aber mit diesem Sonderling hatte sein altes Geschlecht sich über die Zeit hinaus verirrt, die ihm zugemessen war; er war der Letzte seines Namens, und mit ihm starben die Herren von Riesbiter aus.

Was suchtest du vorhin auf der Treppe? fragte die Pastorin ihren Mann mit einem Blick zur Veranda hinauf. Es ist noch zu früh im Jahr, sie zu öffnen.

Nichts, nichts, meinte der Pastor zerstreut.

Auf die Dauer wird es doch recht kühl, meinte seine Frau nach einer Weile.

Gehen wir also, sagte der Pastor ein wenig unschlüssig. Ja, gehen wir! Und wäre nicht die kleine, emsige Frau ihm vorangegangen, vielleicht wäre er immer noch stehen geblieben. Nun aber gingen sie hintereinander um das Haus herum zum Eingang.

Etwas geheimnisvoll ist er, sagte die Pastorin, ehe sie eintraten.

Ja, das ist er wohl, sagte der Pastor; seine Stimme klang geistesabwesend.

Und das mit der düsteren Glorie, wie der Doktor sich ausdrückte, das paßt auf ihn.

Ja, meine Liebe, das paßt auf ihn.

Die düstere Glorie – ein Nichts war es, ein Raunen, ein Geflüster, eine Erinnerung, eine Furcht, eine Lüge, aber eine Macht über die Herzen, wie einst die Schwarze Sotnja eine Macht gewesen war, ein Gespenst, für dessen Nichtsein niemand einstehen wollte, ein Wahn, der zwischen seinen Wächtern am hellichten Tag hindurchging, eine Finsternis, die die Wachen mit Blindheit schlug und die Klugen mit Torheit, allgegenwärtig und immer bei ihm, den sie umgab, mit dem sie wuchs, der sie auf geheimnisvolle Weise am Leben erhielt, so, als zehrte das Gespenst von seinem Herzblut in seiner Einsamkeit, daß es allgegenwärtig die dämmerigen Kammern betreten könnte, die rauchigen Badstuben, die qualmenden Riegen, daß es um die Wiegen der Unmündigen stehen, am Stroh der Sterbenden ausharren könnte. Was sich vor etlichen Jahren in einem anderen Lande auf einen einzigen Menschen gehäuft hatte: in Finnland auf seinen Gouverneur Bobrikow, schien sich in diesem Kirchspiel mit seinen viertausend Seelen dem Gutsherrn von Drostenholm anheften zu wollen, und schon gab es Menschen, denen gewiß war, der Drostenholmsche Herr würde einmal das Los Bobrikows teilen, der vor noch nicht zwei Jahren von einem, den man einen nordischen Tell pries, niedergestreckt worden war. Noch fehlte diesem Kirchspiel sein Tell, aber ebenso gewiß wie die düstere Glorie dessen, von dem man bald überall als von dem ‚Henker' sprach, ihren Schatten in die benachbarten Kirchspiele, in den ganzen Kreis, ja in das Land werfen würde, so gewiß würde irgendwo auch der aufstehen, der über den einstigen Richter ein kurzes Gericht hielt. Wer eigentlich den Namen Henker ausgedacht hatte, wußte niemand. Er war wie mit dem Winterwind gekommen, wie ein Same, der in Kälte und Finsternis reift, und jetzt, da es Frühling wurde, begann er Wurzel zu schlagen. Von dem Gutsherrn auf Drostenholm ohne jede nähere Erklärung als von dem Henker zu sprechen, galt als ein Zeichen, an dem aufrechte Patrioten und Sozialisten sich erkannten. Und es dauerte nicht lange, da brach der schrullige Doktor eine Reihe von alten Beziehungen schroff ab, ohne Rücksicht darauf, ob er damit alte Patienten verlor. Er hatte von diesen Menschen gehört, was er niemals geglaubt hatte, hören zu müssen: Deutsche, Deutsche im Kirchspiel hatten – der Einfachheit halber, wie sie sich lahm entschuldigten – von dem Drostenholmschen Herrn als von dem Henker gesprochen. Sein Name wäre ihnen nicht so geläufig, alle Welt sage ja Henker. ‚Der Henker im Jahre 1905: Nikolai ‚Graf' von Ovelacker', stand unter einer Postkarte mit einem Bild des Drostenholmschen Herrn, die von Gott weiß woher gekommen war und reißenden Absatz beim Volke fand. Der Verwalter war der erste, der sie aufstöberte. Der alte Juhan, sein bewährter Kundschafter, hatte sie ihm eines Nachts zugesteckt. Ein Bild des Gutsherrn, unanzweifelbar: der Herr, der Graf (wie sehr auch der Aufdruck auf der Karte, der das Wort Graf in Anführungszeichen setzte, an der Echtheit und Rechtmäßigkeit seines Titels zu zweifeln schien), aber auf dieser Postkarte war er doch nur ein finsterer, bleicher, müde aussehender Verbrecher, von dem die Polizei sich drei Bilder hergestellt: eins, das ihn von vorn und zwei andere, die ihn von rechts und links im Profil zeigten. Das düsterste, auf dem er den Beschauer anstarrte, war – ein Rätsel, wie! – zur Verbreitung gelangt. Zehn Kopeken kostete die Karte, ein märchenhaftes Geschäft! rechnete der Verwalter sich aus, denn der alte Juhan hatte ihm versichert: jeder besäße das Bild, und nicht nur hier auf dem Gut! Solcherart war das Mahnmal, das man dem Henker mit der düsteren Glorie errichtete. Das Gespenst, das ihm in seinen einsamsten Stunden das Herzblut aussog, trat hinter das allgegenwärtige Bild und lieh ihm Leben. Das Merkwürdige aber war, daß die Gerüchte, die unter dem Volk im Schwange waren, sich fortwährend vermehrten. Und nicht nur so, wie aus einem Vorfall bald Vorfälle geworden waren, sondern vermehrt um Einzelheiten, die in irgendwelchen Kleinigkeiten auf die Kenntnis der Wahrheit und der Wirklichkeit hindeuteten. Die trübe Quelle, welche den Strom der Gerüchte nährte, lag irgendwo im Bereich des wahren Sachverhalts, und erst nach vielen Windungen, in denen er von Schenke zu Schenke und von Hof zu Hof floß, führte er allmählich ins Reich der Schauerphantasie, darin die Gottheit des Patriotismus einträchtig neben der des Sozialismus regierte. Wer aber war es, der den wahren Sachverhalt kannte und ihn um eine so billige Wirkung veränderte? Niemand wußte das, ja, die wenigsten wußten, daß sie in hundert Lügen eine Wahrheit berichteten. Sie waren da, die hundert Lügen, von irgendwoher, so unerklärlich und so sicher, wie die Stimme des Gewissens in einer Brust zu mahnen anfängt, so, wie eine Schuld gegen den Schuldigen zeugt. Doch wenn der Henker auf Drostenholm der Schuldige und der Schuldner war, – wo gab es seinen Gläubiger? War sein Gläubiger nur das körperlose Recht, das sich gegen den richtete, der es beleidigt? War es der Patriotismus, der den verfolgte, der ihn zu ersticken versucht? War es der Sozialismus, der sich an dem rächte, der gewillt schien, ihm die alte Feudalität entgegenzustellen und Kugeln und Bajonette als ihre Diener? Waren es die Toten, die jetzt in ihrem Massengrab unfern der Kreisstadt ruhten, unter täglich frisch auf den Hügeln gebreiteten Blumen, weil niemand von der Obrigkeit das noch verwehren zu wollen schien? Oder waren es die Trauernden, die sie auf der Welt hinterlassen, die Mütter und Väter, die Kinder, die Frauen, die Geschwister und Bräute? Wer war sein Gläubiger? War es etwa jener alte Bauer auf seinem verfallenden Gesinde, der bei den Leuten beinahe ebensooft als der Heimgesuchte erwähnt ward wie sein Heimsucher auf dem Gut, auf dem man sich jetzt anschickte, alle Verheerungen des Revolutionssturmes auszubessern? Irgendwie suchte ein jeder das Herz der Finsternis, das die dunklen Mären wie mit pulsenden Schlägen durch die Hütten und Schenken und durch die nun verstohlen bewohnten Wälder trieb, – und nicht nur die Mären, nein, mehr: ein unfaßbares Schaudern, wenn nur das Wort ‚Henker' oder der Name seines Gutes fiel. Den meisten schien es so, als wäre das Herz der Finsternis der alte Koiri, der eine Untersuchungshaft nach der Ermordung des Krügers noch sonderlicher verlassen hatte, als er sie angetreten. Denn verglich man die Mären und Andeutungen und

Berichte, die sich von Hof zu Hof spannen, einem Spinnwebennetz, dann war das verödete Gesinde des Alten die Mitte, von der aus alle Fäden geknüpft wurden, und alle die Mären und Berichte und das unfaßliche Schaudern, – alles bezog sich auf die drei Söhne, die seinem Hof geraubt worden waren. Ebenso wie die wenigen, die zum Henker hielten, es zum mindesten als eine sinnlose Ungerechtigkeit empfanden, daß einem Offizier aus der Ausübung seiner Pflicht ein Vorwurf gemacht wurde, so sahen es etliche unter all den vielen, die gegen den Henker standen, als eine Ungerechtigkeit an, daß so viel von jenen drei Söhnen des Koiri-Bauern geredet wurde und daß all die anderen, die der Henker umgebracht, darob beinahe der Vergessenheit anheimfielen. Um das Gedenken der drei wob nun einmal die lichte Glorie von Jugend und Unschuld und Arglosigkeit. Das Opfer, das zwei von ihnen mit ihrem Leben und einer mit seiner Freiheit gebracht, ward nicht so sehr von politischen Köpfen mit Bewunderung erwogen, als von liebenden Herzen beklagt und beweint. Und je lichter die drei den Gedenkenden erschienen, um so finsterer war der, dessen Befehl sie dem Leben und der Liebe geraubt. Auch diese Liebe schlug sich noch zum Haß gegen den Henker, der so viele Hoffnungen zerstört hatte; denn ein Herz, dem sein Liebstes grausam entrissen wurde, öffnet sich nur zu leicht dem Haß, der seine giftige Saat arglistig auch in die geringste Furche streut, auf daß sie dort im verborgenen keime und jählings das Feld des Lebens verderbe, wie in der Heiligen Schrift der Böse über Nacht Unkraut zwischen den Weizen sät.

Wie mit den vielen Lügenmärchen und dem wahren Sachverhalt, der ihnen zugrunde lag, ging es auch dem Bild des Verhaßten. Neunundneunzigfach war belegbar, daß der finster starrende Verbrecher auf der Postkarte nicht den Gutsherrn von Drostenholm darstelle, im hundertsten Falle stimmte das Bild mit der angeprangerten Wirklichkeit überein. Das hatte ja auch schon der Verwalter empfunden, als er die Karte zum ersten Male sah: es war der Herr – und war es doch nicht. Wenn er es nun aber war: woher stammte diese Fotografie, die der heimlichen Druckerei als Vorlage gedient hatte? Gab es im Kriegs- oder Justizministerium irgendeinen bestechlichen Beamten estnischer oder lettischer Abkunft, der sie verkauft oder aus Patriotismus entwendet hatte? Durfte man aber voraussetzen, daß die Ministerien oder höheren Kommandos von jedem jungen Rittmeister Bilder besaßen? Nein. Dann blieb nur noch die Vermutung übrig, daß die Fotografie im Polizeidepartement aus einem alten, ungültig gewordenen Paß ausgeschnitten war. Wie auch immer es sich verhielt, – auf Verräterwegen war das Bild in die Druckerei gelangt.

Doch konnte das Bild noch zu einer anderen Überlegung führen. Es war gar nicht ausgeschlossen, daß der finstere Mensch auf ihm ein ganz anderer war, einer, der nur große Ähnlichkeit mit dem Grafen von Ovelacker besaß. Wer aber hatte dann so richtig zu beurteilen vermocht, ob der Dargestellte ähnlich genug war, den Betrug mit ihm wagen zu können, wenn auch die Leichtgläubigkeit das Volk so willfährig zur Täuschung machte? Es mußte doch jemand sein, der ihn gut genug kannte. Und endlich: was bezweckte das Erscheinen dieser höhnenden Postkarte jetzt, da der Graf hier wohnte und aller Voraussicht nach oft genug leibhaftig zu sehen sein würde, – jedenfalls oft genug, um sein Bild als Entstellung oder Fälschung darzutun? Gewiß, die Postkarte kam auch solchen, die ihn wahrscheinlich nie in ihrem Leben von Angesicht zu Angesicht sehen würden, in die Hände, aber konnte das überallhin dringende Hörensagen dann nicht auch die Vorstellungen, die man sich nach der Karte von ihm gemacht hatte, Lügen strafen? Es mußten Kenner der Masse mit einer geradezu ungeheuerlichen Verachtung für die Wahrheit sein, die das Erscheinen des Bildes ins Werk gesetzt hatten. War aber nun das Bild ein Steckbrief, nach dem jeder Meuchelmörder sein künftiges Opfer kennenlernen sollte? Ein Mahnmal, um dem großen Haß, der Rachsucht, den Trotzgelüsten, die überall lauerten, einen Anhalt zu schaffen?

Wie es sich auch damit verhielt, – es war eine traurige Weihe, die der Herr auf Drostenholm erhielt, und eine finstere Würde, in die nur Haß und Abscheu zu erheben vermögen. Ein niederträchtiger Ruhm spann sich um ihn, der all seinen künftigen Tagen vorauseilen zu wollen schien, um, was er Argloses tat, in Arglist zu verkehren, seine Freundlichkeit in Abgefeimtheit, seine Liebe in Falschheit, sein Mühen in Ränkesinnen, seine Ruhe in Unrast und sein Recht, wo auch immer er es geltend machte, in Schuld. In allem, was er tat und ließ, in seinem ganzen Leben wuchs ihm zu Häupten ein zweiter Graf von Ovelacker auf, so etwas wie ein düsterer Doppelgänger, der Ovelacker, den zu fürchten man die Kinder lehrte: der Henker! Jedes Lippenpaar trug etwas von der Abscheulichkeit zusammen, die ihm im Laufe der Zeit unterstellt wurde; und je unichtbarer und einsamer der Gutsherr auf Drostenholm wurde, um so sichtbarer erhob sich vor dem ganzen Land der Henker und teilte sich allen bereitwillig in seiner Abscheulichkeit mit. Ja, schon jetzt hätte man vermuten können, daß der Henker viel länger leben würde als ein Menschenleben, in seiner Schrecklichkeit einem ganzen Volke zum Gespenst, den Aufbegehrenden unter ihm zu einem fortwährenden Ansporn. Ließ man ihn vielleicht deshalb auch am Leben? Wußten jene meisterhaften Kenner der Masse, daß der, von dem das aufreizende Zerrbild sich nährte, nicht durch ihre Schuld aus der Wirklichkeit verschwinden durfte, wenn ebendies Zerrbild, das im Volke lebte, weiterhin der Rachsucht und der Lüge dienen sollte? Daß die politische Realität hinter dem Namen Henker eine wenn auch noch so verschiedene zweite Realität in einem stillen Gutsherrn besaß, das allein verrichtete das Wunder! Also geschah das Seltsame, daß man, um weiter zu hassen und weiter Haß säen zu können, das Verhaßteste, was es zu dieser Zeit gab, an seinem Leben schonte. Der Henker sollte die Hefe sein, mit der all die patriotischen oder sozialistischen Eigenbrötler ihren zähen Teig, der nicht so recht aufging, zum Steigen bringen wollten. Haß erhielt ihn am Leben, so seltsam das anmuten konnte. Wie bald aber schon sollte er selbst die Sehnsucht verspüren, auszulöschen und namenlos zu werden, um in einem anderen Herzen von neuem geboren zu werden!

Als am Tage nach dem Besuch im Pastorat der Oberförster aus Wargel nach Drostenholm geritten kam, um an dem Kriegsrat teilzunehmen, bekannte er dem Verwalter, er wäre an den unübersichtlichen Wegstrecken wieder mit dem Revolver in der Hand getrabt, und der Verwalter gestand ihm, daß sie heute nur eine Art Nachsitzung zum Kriegsrat halten würden, denn der Graf wäre gestern von einem Besuch im Pastorat in ziemlicher Besorgnis zurückgekehrt und, da es sich nun einmal gerade so anließ, gleich nach der Heimkehr in ein Gespräch mit ihm gekommen, von dem sie sich bei seinem harmlosen Beginn gegen drei Uhr mittags beide nicht hätten träumen lassen, daß es bis in den späten Abend hinein dauern würde. Sie hätten aber nur die Drostenholmschen und die allgemeinen Angelegenheiten besprochen; bei allem, was Wargel anginge, hätte er ihm nicht vorgreifen wollen. Nur wollte er dem Oberförster gleich sagen, daß er fortan ganz offen mit dem Grafen sprechen könnte, wie unter Kriegskameraden. Er hätte ihm so ziemlich über alles Bescheid gegeben, worüber offen zu sprechen er bis gestern Hemmungen verspürt. Es hätte aber nun einmal keinen Zweck, ihn, den die Sache anginge, im unklaren zu lassen. – Natürlich wäre es ihn schwer angekommen.

Wen die Offenheit schwer angekommen war, das zu erraten überließ der Verwalter dem Förster. Bevor sie sich zu dritt wieder zusammenfanden, um das zu ergänzen, was sie gestern zu zweit schon festgestellt, hatte er seinen Leuten noch etliche Anweisungen zu geben. Heute war Montag und, wie es die Regel werden zu wollen schien, ein schlechter Tag. Entweder hatten die Leute jetzt des Sonntags zuviel Zeit, oder sie wendeten sie neuerdings falsch an, denn er begeg-

nete bei ihnen einer seltsam einmütigen Verdrossenheit und Starrköpfigkeit. Im Laufe der Woche, verstreut hier und da arbeitend, zehrten sie die auf, bis der Sonntag ihnen Zeit gab, den Vorrat bei vereintem Schwatz und einig empfangenen Aufwiegeleien aufzufrischen. Gott bewahre uns, wenn jetzt noch Arbeiter zum Wiederaufbau der Brennerei kamen, denen ein freiheitliches Morgenrot im Kopfe brannte! Dann konnte man sich auf eine offene Meuterei gefaßt machen. Aber der Graf und er wollten schon Vorsorge treffen. Überhaupt war dem alten Thomasson jetzt so merkwürdig befreit zumute, trotz der Sorgen an allen Ecken und Enden. Denn wenn er bis zur Ankunft des Hofherrn mehr gewesen war –, jetzt war er wieder nur Verwalter. In Stunden und abermals Stunden hatte er dem Grafen gestern im Kontor den Hof übergeben, auf dem Papier, in den dickleibigen Rechnungsbüchern, den Kladden, den Merk- und Denkelbüchern, in dem ganzen raschelnden Wust, den er von Herzen haßte und auf den sich nur der lederne Beamte und der Revisor, der einmal im Jahre das alles prüfte, verstanden.
Später am Abend hatten sie Voranschläge gemacht. Für den Wald, für die Felder, die Wiesen, die Moore, für das bebaute und das unbebaute Land und für alles, was Leben besaß: für das Vieh und die Menschen –, für sie selber nicht zuletzt, nein, auch für den Pastor. Da war nicht mehr so viel auf Papier zu übertragen und vieles zu unsicher gewesen, als daß man dafür eine Zahl, einen Wert hätte ansetzen können, vor allem für das Leben. Das schien einem mitunter keine Kopeke wert, vielleicht ein paar Kugeln noch, aber nicht mehr! Und in dieser Hinsicht kannte der Verwalter keine Feigheit, wie vor dem Papier, das er, ob es paßte oder nicht paßte, als Bumagenwirtschaft* abtat.
Nun wußte er alles. Der Verwalter atmete auf. Er war in die Viehburg gekommen, wo der Dünger aufgeladen wurde, sah den Arbeitenden eine Weile zu, zog dann die Uhr, als wollte er bemessen, wieviel Zeit ihre Verrichtung brauchte, gab schnell, etwas geistesabwesend, doch völlig richtig, Anweisungen, wie man sich die Felder einzuteilen hätte, und stapfte weiter. Bald mußte er ins Gutshaus. Das und einiges andere war ihm durch den Kopf gegangen bei seinen Befehlen an die Leute: daß er nun alles wußte, alles – oder fast alles, beinahe alles; manche Gemeinheiten waren einfach zu gemein, als daß man sie einem schuldlosen Menschen ins Gesicht sagen konnte. Es war ihn schwer angekommen, ja . . . Ihn, den Verwalter? Oder den schuldlos schuldig gesprochenen Grafen?

* Bumaga (russisch): Papier.

Keine Miene gab darüber Aufschluß, weder bei dem Hofherrn noch bei seinem Verwalter, als eine Weile später der Kriegsrat zu dritt begann. Der Verwalter hatte den Grafen schon in eifrigem Gespräch mit dem Förster vorgefunden, aber nichts versäumt, wie er bald heraushörte, denn der Förster hatte sich bislang nur zähneknirschend den Bericht des Grafen von der Drohung gegen den Pastor angehört. Nun konnte man beraten, ob es möglich und zweckdienlich war, die Buschwächter allsonntäglich zum Schutz des Gottesdienstes heranzuziehen.
Der Förster mußte sich Mühe geben, sein Entsetzen über diesen Plan zu verbergen. Anfangs noch zögernd und nur andeutend, später jedoch immer bestimmter riet er von einem solchen Kirchenschutz ab. Einmal wäre der seinen Buschwächtern eine schwere Last, weil es sie den ganzen Sonntag kosten würde, zur Kirche und wieder nach Hause zu gelangen, und zum anderen erstreckte der Forst sich bis ins nächste Kirchspiel hinein; außerdem wären etliche von den Leuten gar nicht eingepfarrt in Drostenholm und müßten also, was ihnen schwer eingehen würde, eine fremde Kirche bewachen. Zum dritten endlich . . . ja, sie wären gewiß ganz verläßliche, brave Leute, aber man müßte doch fürchten, daß dieser Kirchendienst ihnen allzu teuer zu stehen käme. Etliche unterhielten mit seinem Wissen und seiner Billigung Beziehungen zu denen, von denen man den Angriff auf die Kirche erwarten müßte.
Mit Ihrem Wissen und Ihrer Billigung?
Ja! Der Förster wurde rot, als er dieses Eingeständnis machte. Er wollte das erklären und hoffe, der Graf würde seine Handlungsweise billigen. Es wäre ja wohl so etwas wie ein Gesetz der Strategie, keinen Angriff zu wagen, wenn nicht genügend Streitkräfte zur Verfügung stünden und, bis Verstärkung einträfe, in Fühlung mit dem Gegner zu bleiben. Das hätte er getan. Wie es auf Wargel im Dezember ausgesehen hätte, wüßte der Graf wohl aus dem Bericht seines famosen Kornetts und der Herren vom Selbstschutz. – Er sprach von dem ‚famosen' Kornett, ohne daß man recht wissen konnte, ob er damit etwas Geringschätzendes oder etwas Bewunderndes sagen wollte. – Später im Januar und Februar und auch noch Anfang März wäre alles ruhig gewesen. Erst vor zwei Wochen wäre ihm etwas aufgefallen – nicht im Revier, denn das wäre zu groß, sondern bei seinen Beamten und in dem Dorf unten am Strande. Zwei von seinen Buschwächtern wären so sonderbar gewesen, wenn er mit ihnen zu tun gehabt hätte. Eines Tages hätte er dem einen von ihnen, als er auf den Hof gekommen war, einen Schnaps eingeschenkt und ihn ein wenig zum Reden gebracht und andertags den zweiten. Und da wäre

er folgendem auf die Spur gekommen: Die beiden Buschwächter hätten davon angefangen, daß nun der Wald bewohnt wäre. Wo? Das hätten sie nicht gewußt. Aber bewohnt wäre er. Sie hätten das gehört und gesehen und auch Bekanntschaften im Walde gemacht. Eines Tages wären Leute zu ihnen gekommen, hätten Milch und Brot und Butter verlangt und wüste Reden geführt. Was für Reden? Wüste. Irgend etwas Bestimmtes? Nein, so das Gewöhnliche wie im Herbst. Sie hätten ihnen gedroht, entweder gäbe man ihnen sofort und auch in Zukunft alles, was sie verlangten, oder sie zündeten ihnen das Dach über dem Kopf an. Wer sie verriete, sollte lieber heute als morgen sein Testament machen, sie hätten schießen gelernt. Und dann hätten sie die Buschwächter ausgeforscht, buchstäblich nach allem, auch danach, wann man den Grafen erwartete. Beim ersten Abschied hätten sie gesagt, sie würden wiederkommen. Man sollte sich aber hüten, auszuschwatzen, daß sie zu ihnen kämen, oder ihnen nachzuspüren, wo sie wohnten. Sie wohnten hier, dieser Wald wäre Volkseigentum, und sie wären Männer des Volkes. Barone und Baronsknechte schössen sie nieder, sobald sie ihnen zu nahe kämen. Überdies wären ihrer mehr, als es Soldaten im ganzen Kreis gäbe. Darum sollte man sich lieber gut mit ihnen stellen und ihnen geben, was sie verlangten; es wäre nur eine gerechte Steuer. Denn sie setzten ihr Leben für die Sache des Volkes gegen seine Unterdrücker ein, und dergleichen Schnack mehr. Und was tun meine Leute jetzt? Sie geben, was man von ihnen verlangt, Milch und Butter und Brot; ja sie backen schon etliche Brote mehr als sonst, für die, die es holen, und haben Angst, weiter in den Wald hineinzugehen als in den nächsten Umkreis der Buschwächtereien, weil sie meinen, sie könnten ohne es zu wissen in die Bannmeile der Waldbrüder eindringen und aus dem Dickicht niedergeschossen werden. Der ganze Betrieb leidet darunter, der Schlag und die Abfuhr. Ich habe sie verpflichtet, mir alles zu erzählen, was die Burschen ihnen vorprahlen, und selber möglichst wenig zu erzählen. Ob sie mir nun alles berichten und ob sie sparsam mit ihren Auskünften sind? Ich kann ihnen nicht verübeln, daß ihnen ihr Leben lieb ist. Ich habe ihnen erlauben müssen, sich mit den Waldbrüdern gut zu stellen und sie mit Milch und Brot auszuhalten; denn hätte ich es nicht selber erlaubt, dann hätten sie sich's erlaubt, ohne mich zu fragen, und ich wüßte gar nichts. Jetzt habe ich an ihnen wenigstens Kundschafter, obwohl – der Förster gab das kleinlaut zu, wie ein Versagen seiner Strategie –, obwohl ich manchmal fürchte, daß sie nicht mehr ganz zuverlässig sind und schon doppelt im Dienst stehen könnten.
Die Drohungen gegen den Pastor haben die Leute mir gleich erzählt.

Aber wie konnte man annehmen, daß es der Bande so ernst damit wäre? Daß sie in aller Form und Feierlichkeit solch ein Schreiben aufsetzen würden? Dadurch steht aber nun auf jeden Fall fest, daß die Brunnenvergifter, die Mörder des Krügers, die ‚Dioskuren', die dem Pastor nachstellen, und die Leute in unserem Walde ein und dasselbe sind, nicht wahr?
Ja, der Förster hätte neuerdings einen edlen Wildbestand, meinte der Verwalter in griesgrämigem Spott. Als aber der Gutsherr für die allernächste Zeit, bevor man die Leute auf den Feldern nicht mehr entbehren könne, eine große Treibjagd vorschlug, bei der der ganze Wald in Jagen einzuteilen und solange zu durchsuchen wäre, bis man das Wild gestellt und erlegt hatte, sahen der Förster und der Verwalter ihn ängstlich an. Davon möchte er unbedingt abraten, sagte der Alte mit dem ganzen Gewicht seiner Erfahrung, davon möchte er aufs entschiedenste abraten! Der Förster schloß sich ihm an.
Die Erklärung, die der Verwalter heute dem Grafen gab, hatte er schon einmal dem Arzt gegeben, nur klang seine Stimme heute noch um vieles besorgter und entschiedener, als er der Gefahr bei solch einer Treibjagd und noch mehr der Gefahr nach ihr Erwähnung tat. Er spräche hier als Diener zu seinem Herrn, und er könnte, so unerfreulich es wäre, dergleichen zu sagen, jetzt nicht mehr so fest für die Zuverlässigkeit seiner Leute einstehen wie vor etlichen Wochen.
Ob sein Kommen diesen betrüblichen Wandel verursacht hätte, fragte der Graf mit zuckendem Mund.
Nein, davon könne vorerst keine Rede sein. Vor etlichen Wochen hätten die Leute völlig unter dem Eindruck der Strenge gestanden, mit der das Militär gegen das Bandenunwesen vorgegangen wäre. Jetzt gäbe es keinen Kriegszustand mehr, es wehe wieder die alte Luft der Freiheitslüste, die Agitation nähme tagtäglich zu, sie wären als Deutsche abermals so wenige, wie sie vordem gewesen wären – kurzum, er riete entschieden ab.
Und in Wargel? Glaubte auch der Förster, für seine Leute nicht einstehen zu können?
Auf Wargel war es ganz ähnlich, er müßte dem Verwalter beipflichten. Bei seinen Leuten käme vielleicht noch hinzu, daß sie sich unter dem Einfluß der wahnwitzigen Hetze die merkwürdigsten Vorstellungen von dem Herrn Grafen machten. Er hätte das aus den Fragen gemerkt, die ihm bisweilen gestellt würden. Die wären von der Art, daß man meinen dürfte, die Leute drohten ihren unartigen Kindern jetzt nicht mehr mit dem Kolomats, dem estnischen Kinderschreck, sondern mit dem Herrn Grafen. Er sollte ja frei heraussprechen dür-

fen, der Förster, nicht wahr? – Als wollte er sich's noch einmal bestätigen lassen, blickte der Förster zum Verwalter hinüber, der an seinen Lippen nagte.
Der Graf saß in seinem Sessel undd starrte auf die Lehne zur Rechten. Er schien in tiefes Nachdenken versunken, wie man einen Ausweg aus dieser Lage fände.
Diese albernen Vorstellungen würden ja mit der Zeit von selber berichtigt, wenn die Leute nur erst einmal mit dem Herrn Grafen zu tun bekämen, und wenn die fortwährende Stimmungsmache gegen die deutschen Herren überhaupt und gegen den Herrn Grafen im besonderen nachließe, meinte der Förster mit einem kleinlauten Nachtrag in das Schweigen hinein.
Ovelacker hob unvermittelt den Kopf und strich sich über die Augen. Unsinn! Daß er eine Hand schlaff über die Lehne hängen sah am hellichten Tag! Er stand auf.
Also, begann er zögernd, im Zimmer auf und ab gehend, wenn wir die Folgerungen ziehen – wir sind machtlos und wehrlos?
Ja, so ungefähr . . . murmelten die beiden. Jedenfalls wüßten sie nicht, wie man etwas zu tun vermöchte. Ob er die Billigung des Herrn Grafen mit seinem Verhalten gegenüber den Buschwächtern und den Waldbrüdern hätte, fragte der Förster.
Natürlich, erwiderte Ovelacker leise, er hätte ja gar nicht anders handeln können.
Nein. Als einem alten Reserveoffizier wäre ihm diese Taktik die beste erschienen, sagte der Förster ein wenig erwartungsvoll, aber der Graf ging auf seine militärische Vergangenheit nicht ein.
Und den Pastor, meinen sie, müßten wir auch sich selber überlassen – oder dem, was er in seiner Zuversicht Gottes Hand nennen wird?
Ja, sie sähen keine Möglichkeit, ihm zu helfen. Nur die Kirchengemeinde könne ihm den Schutz stellen.
Aber die Bauern hätten Angst! Das hätte der Pastor ihm doch gesagt. Und wenn sie Angst hätten, dann wäre es doch nur die verdammte Pflicht und Schuldigkeit der Güter, daß sie etwas täten, vor allem der Hof des Patrons!
Gewiß, gewiß. Der Graf möge auf ihn zählen, er wollte seinen Mann stellen, und durch Fragen bei den anderen drei Gütern würde man bestimmt auch noch etliche andere auftreiben.
Er stelle sich natürlich gleichfalls zur Verfügung, versicherte der Förster. So wären sie ihrer drei, es würden ihrer auch doppelt so viele werden, davon wäre er überzeugt. Gut. Drei waren immerhin etwas. Er würde sein Bestes versuchen, um Verstärkung zu bekommen. Den Pastor allein zu lassen, ginge nicht an.

Den Doktor hätte man auch! Der wäre ein glänzender Schütze, fiel dem Verwalter ein. So wären sie schon vier. – Den Doktor hätten sie auch, ja . . . Es würde gut sein, einmal mit ihm über alles zu sprechen, dachte der Verwalter bei sich.
Dann wollte er seine Besuche bei den Nachbarn früher abstatten, als er eigentlich beabsichtigt hätte, und bei dieser Gelegenheit für den Kirchenschutz werben, meinte Ovelacker.
Die beiden Beamten hatten nur Worte der Zustimmung –, bis der Verwalter mit einem Mal hinzufügte: er wollte es aber doch für äußerst ratsam halten, Ausfahrten, die der Graf unternähme, erst im letzten Augenblick vor dem Anspannen bekannt werden zu lassen, damit das Gesindel nicht unliebsame Vorkehrungen treffen könnte wie unlängst am Bahnhof. Mit einem Gesicht, darin sich unsäglicher Überdruß prägte, gab Ovelacker seine Zustimmung. Lassen Sie mich nur nicht zum Gefangenen meiner Ungeheuerlichkeit werden, Thomasson, meinte er mit einem schwachen Versuch, zu lächeln. Die beiden Beamten wurden verlegen. Was den Verwalter anbetraf, merkte man es daran, daß er redselig wurde. Man müßte sich an den Kreischef und an die Gemeinden halten, um im Wald Ordnung zu schaffen, meinte er. Die Polizei müßte so viel Autorität besitzen, daß sie scharf durchgriffe und genügend Leute aufböte. Die Bauern könnten die Treiber abgeben, die Polizei müßte, wenn es nötig wäre, mit der Waffe eingreifen. So dächte er sich die Lösung der Frage. Und genau so hätte er sie sich gedacht! fiel der Förster voller Eifer ein. Einen Wald unter sich zu haben, in den man nicht hineingehen könnte, wäre, weiß Gott! eine lächerliche Sache. Diese Zustände stellten ja die schlimmsten Wilderer- und Paschergeschichten, die er in den Schaffgotschschen Forsten erlebt, in den Schatten. Aber – er sagte jedes Aber mit einem kleinlauten Zögern –, aber nach allem, was er gehört, könnte man auf den Kreischef und die Polizei nicht viel Hoffnung setzen. Er wüßte nicht, ob es Unfähigkeit, Nichtwollen aus Angst, sich ein schlechtes Odium zu verschaffen und dafür büßen zu müssen, oder am Ende ein Befehl von oben her wäre –, jedenfalls zeige der Kreischef sich in der letzten Zeit merkwürdig nachsichtig und freundlich gegen das Volk. Und so dürfte man ja wohl nicht auf allzuviel Autorität rechnen. Das Grab zum Beispiel . . .
Es wäre gut möglich, daß der Generalgouverneur in Riga seine seltsame Humanität, durch die er sich während des Winterfeldzuges einen gewissen Ruf erworben hätte, jetzt noch ungehemmter walten ließe, da das Militär abgezogen wäre und alle Vollmachten bei ihm lägen, meinte Ovelacker.

Das Grab zum Beispiel, fuhr der Förster, zum Grafen allein gewandt, fort, als müßte er das unter allen Umständen sagen –, jenes Massengrab unweit der Stadt, von dem die Militärgewalt nicht gewollt hätte, daß es zur Wallfahrtsstätte eines fragwürdigen Glaubens würde, sei jetzt täglich mit frischem Grün und Blumen geschmückt, und es fehle nicht viel, dann werde man die Versammlungen, die dort stattfänden, zu Massenkundgebungen machen. Und die Polizei sähe zu. Nur keine Ärgernisse vor dem Zusammentritt der Duma! sage man.
Er würde in die Stadt fahren, ohnehin hätte er beim Notar zu tun; dann wollte er auch mit dem Kreischef sprechen, sagte Ovelacker.
Der Verwalter blickte ob so vieler Ausfahrten nur halb erfreut drein.
Die Brüder hätten sich ein paar Monate früher in unserem Walde versammeln und Sie, Herr Graf, hätten dann noch der Chef der Schwadron sein sollen! meinte der Förster; es klang halb schmeichlerisch und halb grimmig.
Ovelacker wehrte das sofort ab. Lassen wir das, meinte er, und als er merkte, daß der Förster es als Zurechtweisung empfunden hatte, fügte er versöhnlich hinzu: Hätte ich dann in der Phantasie der Leute überhaupt noch Menschengestalt?
Keiner von den beiden antwortete. Es kam ihnen jetzt ob der Bitterkeit in jedem Wort so vor, als wüßte der, den sie arglos und unwissend gewähnt, noch viel mehr, als sie selber gewußt und berichtet hatten. So klang es schon wie eine Vergewisserung, als der Förster sich erkundigte: Dieser Koiri, von dem jetzt soviel die Rede ist, soll schon die zweite Bittschrift an den Kaiser eingereicht haben. Das heißt: nicht er – er soll ja so gut wie geistesgestört sein –, sondern andere, viel Beflissenere haben es für ihn getan. Er wird sein Kreuzchen daruntergesetzt haben.
Ist er geistesgestört geworden? fragte Ovelacker wie in angestrengtem Lauschen.
So sagt man, wehrte der Verwalter ab; der Förster jedoch fand Zeit, zu ergänzen: Die Frau soll vor Kummer gleich, nachdem sie die Nachricht bekam, den Verstand verloren haben. Jetzt, heißt es, liege sie im Sterben oder so gut wie im Sterben.
Tja, so heißt es, es heißt immer viel von weit her. – Wie steht es übrigens mit der Balkenverschiffung?
Das Eis wäre weg, jetzt könnte es angehen, gab der Förster zur Auskunft. Dann aber scheuten sie sich, weiterzusprechen, denn der Graf saß in einer seltsamen Versunkenheit völlig unbeteiligt im Sessel und starrte vor sich hin. Mit einemmal sprang er auf und meinte – die beiden waren auf viel Bedeutenderes gefaßt –, sie hätten doch gewiß

auch nichts dagegen, ein Glas Tee zu trinken. Dabei könnte man dann alles übrige erledigen. Das übrige waren die Abrechnungen über Verkäufe von Balken und Brettern, Hölzern verschiedener Sorten und verschiedenen Wertes, die Aussichten im Bestand und die Aussichten im Verkauf, Preisbewegungen und Angebote, Löhne, Frachtsätze und Termine –, eine Welt, die nicht auf einen Ulanendegen paßte, eine Welt, in die Ovelacker zu dieser Stunde wie traumwandelnd hineingeleitet wurde, mit einem untergründigen Bewußtsein dabei, er fände sich aus ihr allein wieder hinaus in eine nächste, vor lauter Nachbarschaft kaum zu ahnende: eine Welt, darin er ganz allein wäre, wenn all die anderen Welten wieder gewichen wären. In demselben Augenblick jedoch, da ihn diese Empfindung anwandelte und er wie in einer wohligen Schwäche ihr ein wenig nachgegeben hatte –, im selben Augenblick wehrte er sich dagegen und suchte blindlings zu dem alten, freudigen Bangen zurück, mit dem er hier eingekehrt war. Das Gegenüber für sein neues Leben – dieses: Wahnsinnige, Sterbende, Besessene? Nein. Sein Gegenüber . . . die Pflicht? Ach, er hatte sich von dieser Pflicht vielleicht etwas zu feierliche Vorstellungen gemacht. Nun er sie auf sich genommen, zerspellte sie in eine Unzahl kleiner alltäglicher Aufgaben, die vielleicht alle zusammen irgendwann einmal aus festlicher Ferne zum Werktag betrachtet eine feierlich und heilig zu nehmende Pflicht heißen konnten. Heute nahm er sie nicht als Lese eines Lebens, sondern für Tagewerke, so wie man die Äcker nach Tagewerken oder Haken, nach dem Maß dessen, was ein Mann oder ein Hakenpflug leisten konnte, einteilte. Sein Gegenüber – das Land?
Das Land. Nicht nur allein sein Land, sondern das Land als Heimat, dieses wunderliche, karge und barsche Land, das so in seinen Frühling drängte, wie sich in ein vergrämtes Mannesgesicht noch einmal ein Lächeln stiehlt. Das Land um den Sankt-Georgs-Tag, das Neujahr aller Dienenden, den Tag, zu dem alles seine Kraft einem anderen Herrn verdingt oder den alten Verspruch erneuert. Das Land um die Zeit, da die Fessel des Eises von seiner Krume abfällt, da an den Wegen die ersten Sterne des Huflattichs und des Scharbockskrautes leuchten und im Walde der stark duftende Seidelbast. Das Land mit seinem von Vögeln durchstürmten Himmel, mit den Schwänen und Gänsen und Kranichen in stolzen Geschwadern und dem schwirrenden Flug der lichtscheuen Schnepfen, wenn die Dämmerung fällt.

Das Land war des Grafen von Ovelackers Gegenüber, als er anderntags die erste seiner Fahrten unternahm, die zweite am darauffolgenden Tag, und die dritte – nein, noch lag eine rauchgeschwärzte Ruine dort, wo einmal das Herrenhaus von Tidenküll gestanden hatte, die Fahrt dorthin konnte er sich sparen. Aber nachdem er einen Tag gerastet hatte, fuhr er in die Kreisstadt. Niemals war auf dem Hof früher bekannt geworden: der Herr führe aus, als bis der Verwalter den Befehl zum Anspannen gegeben hatte.

So fuhr Ovelacker erst nach Wallisaar zu dem Herrn von Rechenberg und dann nach Langenkreutz zu dem von Parenbeck; die beiden Güter lagen im äußersten Zipfel von Estland, der hier ins Livländische hineinhing. Der Herr von Rechenberg auf Wallisaar, einem Gut von neuneinhalb Haken, nördöstlich von Drostenholm gelegen, war ein rotblustiger, kraftvoller Mann in mittleren Jahren mit einer geborenen Lohde zur Frau und einer Schar prächtiger Kinder –, als guter Landwirt bekannt und im gesicherten Besitz von Anschauungen, die, wie es aus seiner Unbekümmertheit schien, selten ein quälendes Fragen angekommen war. Seine hellblauen Augen verrieten Gemüt und Humor; die Felder waren der einzige Ort, wo er mit einer gewissen grüblerischen Langsamkeit sprach. Im Hause hörte man ihn meistens als einen gutgelaunten Herbergsvater. Er machte nicht viel Wesens aus sich und kam mit seinen Leuten gut aus, aber hinter der scheinbaren Formlosigkeit und Ungezwungenheit, mit der er auftrat, lauerte für einen, der ihn allzu leicht nahm, ein nicht zu bezwingender Anspruch auf Formen, weil er ein überaus starkes Bewußtsein von der Vergangenheit seiner Familie besaß. Diesem Anspruch konnte eine Seite von dem Wesen seines Besuchers mehr als Genüge tun; die andere aber – nein, der Gutsherr auf Wallisaar hätte den Wert der Formen rühmen dürfen, die auf eine so verbindlich-unverbindende Art das Vertrauen einsparten, das sich nicht sogleich einstellen wollte. Jenseits der Formen vermochte er mit dem neuen Nachbarn vorerst gar nichts anzufangen, und mit einem auskömmlichen Maß Wirklichkeitssinn, wie er ihn besaß, verspürte er auch nicht sonderlich viel Verlangen danach. Er hatte dafür die verschiedensten Gründe. Einen von ihnen vertraute er noch am selben Tage telefonisch seinem nächsten Nachbarn an. Politisch wäre er eine ungeheure Belastung, bekannte er dem fernen Hörer von seinem Besucher, aber er legte in dieses Bekenntnis nicht mehr als eine nüchterne Einschätzung, so, wie er auch seine Felder abritt und vom Stand der Saaten im Frühjahr eine vorsichtige Einschätzung für die Ernteaussichten vornahm. Eine ungeheure Belastung, in jeder Hinsicht, aber vorerst müßte man ja doch auch für diese Last einstehen, anders ginge es nicht. Er wäre nur gespannt, wie der Nachbar sich jetzt mit seinen Leuten abfinden würde – oder, richtiger gesagt, wie die Leute sich mit ihm. Seine Aussichten wären trübe genug. Es sollte schon Postkarten mit seinem Bilde geben, hätte er gehört. Wie? Der Nachbar hätte schon eine als Corpus delicti zu Gesicht bekommen? Wie sie wäre. Gemein, das ließe sich denken. So ging die Rede durch den Telefondraht nordostwärts, und wie die Drähte sich in viele Nebenlinien verzweigten, zu diesem und zu jenem Gut, so vervielfachte die Rede sich und übertrug sich weiter, über die Fernen und Nähen hinweg, über Pferderücken auf den Feldern, wo die Hofherren mit ihren Söhnen den Stand der Saaten prüften, über Tische hinweg an Kaffeetafeln, wo die Nachbarschaft der Damen sich als Wissensquelle bewährte, weiter und immer weiter – so weit, wie der Ruf des Besuchers reichte. Es wurden Worte der Zuneigung zu ihm und seiner Strenge laut und Worte voll tüftelnder Bedenken, wie sich seine Anwesenheit und Zugehörigkeit zum Korps und dem besitzlichen Stand auswirken könnte. Ob er den Haß nicht noch mehr schüren würde, da es nun so herauskam, als hätte eben doch nicht ein russischer Offizier die Strafen verhängt, sondern ein deutscher Landedelmann? Mit Mühe und Not wäre doch eben erst der Verdacht beseitigt, als hätten Deutsche die Zutreiber vor die Flinten abgegeben. Da aber war der Graf von Ovelacker schon bei seinem Nachbarn im Südosten gewesen, dem Herrn von Parenbeck, einem kugeligen, schnaufenden alten Herrn, der eine Vorliebe für die Historie besaß und im Kreise bekannt war ob seiner lodernden Verehrung für den deutschen Kanzler Bismarck, ob seines sprühenden Witzes, der den sehr beleibten, aber ebenso behenden alten Herrn mit dem schneeweißen Schnurrbart im burgunderroten Gesicht aussehen ließ wie eine pralle Rakete, die jeden Augenblick platzen konnte, weil in den Augen schon das Feuer glomm –, und ob seiner strengen Kirchenfrömmigkeit. Berühmt im ganzen Kirchspiel waren seine winterlichen Leseabende, an denen er mit rollender Stimme und Blitze sprühenden Augen (worüber die Dienerschaft im Lächeln das Fürchten ankam) den Seinen und den zahlreichen Gästen Dichtungen Schillers vortrug, den er über alles liebte, oder an denen mit verteilten Rollen Egmont gelesen ward, ja in einem langen, frostwütigen Winter der ganze Wallenstein. Ihm und seiner Frömmigkeit hätte Ovelacker gern das ganze Patronat überlassen. Aber davon war zwischen ihnen gar nicht die Rede. Sie sprachen nur von dem Aufgebot waffentüchtiger Männer, das der Hof für den Schutz der Gottesdienste stellen konnte, und der alte Herr wollte der erste sein, seinen Pastor zu schirmen. Unvermittelt dann, wie sein Wesen trotz der Jahre gar keine Schritte, sondern nur Sprünge zu kennen schien, unvermittelt dann begann er sich bei Ovelacker nach dessen Leben zu erkundigen. Mit glühender Erregung, die an seinen Vortrag von Gedichten denken ließ, erging er sich über die ungeheuerlichen Beschuldigungen, denen der Graf durch die politische Hetze ausgesetzt wäre. Er war so erregt und beredt, daß der, der hierüber doch wohl am ehesten hätte etwas sagen dürfen, still und beschämt zu Boden sah. Nur der alte Herr sprach, ein Selbstgespräch der Empörung, seines Rechtsbewußtseins, seines Gemeinschaftsgefühls – einer vielleicht etwas gewalttätigen väterlichen Liebe zu dem viel Jüngeren, den er unversehens an den Armen gepackt hielt, ihn beschwörend: er möge auf ihn in allen Tagen zählen! Seine sehr viel mehr zurückhaltende Frau verleugnete sich bei diesen Worten in ihren Blicken; sie schaute drein, als wäre sie taub. Hernach aber lächelte sie dem Besucher so freundlich zu, daß er ihrer Zustimmung zu den Beteuerungen des Hofherrn gewiß sein durfte. Sie war wohl nur so teilnahmslos erschienen, weil die heftige Offenheit des alten Herrn all ihr – gemeinsam gewordenes – Temperament aufgezehrt hatte. Der älteste Sohn des Hauses und Erbe des Hofes, der später hinzukam, schien von allem, was seinen Vater einprägsam machte, enterbt, und dem Besucher brachte er nur die kühle Gelassenheit eines Gleichaltrigen, aber hier im Lande doch so viel Älteren entgegen.

Es hätte dieses und manches anderen Hinweises auf eine Entfernung nicht bedurft. Während Ovelacker zu seinen Nachbarn gefahren war und weiter zu ihnen fuhr, fiel er dennoch in ein unsägliches Alleinsein. Eine Huldigung an ihn als einen Verkannten und einen Märtyrer des Rechts, wie liebenswürdig sie auch ergehen mochte, schaffte ihm so wenig Nähe zu den Menschen wie das nüchterne Abwägen, was er, politisch betrachtet, darstellte und was man ihm als einem Glied der Ritterschaft und des besitzlichen Standes schuldig war. Immer erhob sich etwas dazwischen: zwischen dem Märtyrer und seinen Verehrern und zwischen dem Edelmann und seinen Standesgenossen – eine Daseinsfrage über dem schwindelerregenden Abgrunde des Nichtseins; nicht eine politische Frage, wie der von Rechenberg meinte, und auch keine nur menschliche, wie es der von Parenbeck zu erkennen gegeben hatte. Welche?

Pjotr Sergejewitsch Charusin hätte vielleicht, nachdenklich vor sich hin blickend und seinen Bart zwirbelnd, angeregt: Eine Frage der Ehre? Und Wladimir Karlowitsch Möller wäre, wie schon einmal um Mitternacht, in die Worte ausgebrochen: Einer Ehre ohne Gewissen? Eines Gewissens ohne Ehre? und hätte dann hinzugefügt, was er dem Oberleutnant auch damals erst Wochen später wie beiläufig gesagt hatte: ‚Der Glaube daran, daß das Ehrgefühl ein Ersatz für Gott sei, ist ein Aberglaube.‘

Der alte Notar in der Stadt meinte mit einem verlorenen Lächeln, das stets auf seinem Gesicht erschien, wenn er bemüht war, irgend etwas sehr behutsam auszusprechen: Genügt hier die Entscheidung zwischen Recht und Unrecht nach der gängigen Formel? Dann kämen wir beiläufig zur Schuld und zur Unschuld. Wo aber wird Schuld bestimmt? Im Gewissen. Gut. Und wo die Unschuld? Vielleicht in einer Erlösung. Der Erlöste aber ist nur ein Entschuldigter, nicht ein Unschuldiger. Unschuldige gibt es nicht, jedes Leben hat seine eingeborene Schuld. Man müßte an eine Schuld als an ein eingeborenes Schicksal denken und nicht als an eine Episode mit der taktfesten Auflösung in eine Harmonie. – Sonderbar ist ja nun, daß jener junge Offizier aus Ihrer Schwadron damals die Bedeutung des Urteils, das er mit sprach, empfunden haben muß, wenn auch in einem ganz anderen Sinn. In solch einem, wie er – nun, sagen wir einmal, wie er einer religiösen Entscheidung zukommt. Wie hieß er doch gleich? Er hatte einen ganz deutschen Namen.
Möller, Wladimir Karlowitsch Möller.
Richtig, Möller!
Aber wodurch denn diese Bedeutung des Urteils für Möller dem Notar zur Kenntnis gelangt wäre, fragte Ovelacker bestürzt. Er entsänne sich genau, Möller hätte damals seine Kameraden und ihn in Verwunderung versetzt durch eine sehr starke Hemmung, sich dem Spruch anzuschließen, und ihm persönlich wäre sein Zaudern damals eine . . . eine gewisse Belastung gewesen, weil er sich jedes Einflusses auf den jungen Leutnant hätte enthalten müssen, um nicht den Eindruck zu verstärken, den Möller nach seinen Empfindungen von Anfang an gehabt hätte: er, Ovelacker, hege persönliche Rachegelüste. Es wäre damals – natürlich ganz vorübergehend – zu einer gewissen Verstimmung zwischen ihnen gekommen. Später aber wäre ihm an Möller nichts aufgefallen. Höchstens eine gewisse Nachdenklichkeit, die er auch in gewissen Äußerungen seinem Oberleutnant gegenüber zu erkennen gegeben hätte.
Wie ihm das zur Kenntnis gelangt wäre? Der Notar besann sich. Nun, da hätte es nach dem Weggang des Grafen ein paar unschickliche und, politisch betrachtet, höchst verderbliche Deutlichkeiten gegeben. Der Leutnant Möller nämlich und der Kornett . . . Wie hieß er doch gleich?
Kosljaninow!
. . . und der Kornett Kosljaninow hatten hier ein Ehrengericht, bei dem nur mit Mühe darauf bestanden werden konnte, daß der Streit nicht durch einen Waffengang ausgetragen wurde. Die beiden schieden mehr oder weniger unversöhnt, wenn auch der Form nach alles

geregelt war. In der Folge mußte sich das Verhältnis zwischen den beiden unvermeidlich auf Biegen oder Brechen spannen, denn der Leutnant – der Notar begann zu lächeln, da er, dem Anschein nach ein von allen Leidenschaften schon befreiter, ausgekühlter Geist, die überhitzte Glut der Empfindungen junger Menschen wiedergeben, doch seine Worte so behutsam wie nur möglich wählen wollte –, denn der Leutnant, in gewissem Sinn von seinen Kameraden mißachtet und aus der Gemeinschaft durch nichts anderes als durch einen inneren Gegensatz herausgerückt, hatte Bekenntnisse ausgesprochen, wie sie einem sehr fühlsamen Menschen nur im Sturm oder bei schicksalhafter Ebbe seiner inneren Gezeiten erlaubt sein können. Nun, er könnte sich vorstellen, daß der Leutnant mehr ein Selbstgespräch geführt, eine Abrechnung mit sich selber gehalten hätte, bei der das Wissen, zwei fremde Ohren hörten ihm zu, so etwas wie eine tröstliche Versicherung bedeutet hätte: er wäre auf der Welt doch nicht ganz allein. Vielleicht wäre er auch ein wenig betrunken gewesen.

Ovelacker schüttelte den Kopf. Möller und betrunken? Nein, das konnte er sich nicht vorstellen.

Nun, wie dem auch sein mochte, der Beichtiger des Leutnants wäre ungeeignet gewesen. Es handelte sich da um einen etwas verwitterten Menschen, einen Böhmen oder Polen oder Reichsdeutschen oder Gott weiß was, jedenfalls einen Fremden. Hier gälte er als Deutscher. Er wäre Musiker gewesen oder dergleichen. Dieser Beichtiger führte auch einen Titel: Kammervirtuos oder ähnlich, hätte sich bei verhältnismäßig jungen Jahren hier zur Ruhe gesetzt und – das wäre nun das Erstaunliche – mit einemmal, wie ihm der Kreismilitärchef erzählt, eine späte Vorliebe für gediegene Kenntnisse der Küstenartillerie gezeigt. Genug, durch ihn wäre die Unruhe so bedrohlich gewachsen. Wie der Leutnant mit ihm bekannt geworden wäre, mochte Gott wissen. Vielleicht im russischen Klub. Dort hätte dieser Mensch zuweilen einen Abend verbracht. Es gäbe Leute, die gesehen haben wollten, wie der Leutnant und der Kammervirtuos einmal lange Zeit beisammengesessen hätten. Möglich, daß sie dem Beichtiger damals zugekommen sei: die einzigartige Kenntnis von allem, was mit der Attacke auf Drostenholm, mit den Verhören, der Gerichtssitzung, dem Urteil und so weiter zusammenhing. Eine einzigartige Kenntnis, lieber Graf! wiederholte der Notar, um mit der Wiederholung anzudeuten, wie vertraut dem Beichtiger alles war, was sich damals ereignet hatte.

Ovelacker gab durch nichts zu erkennen, ob er Achtung oder Abscheu, Besorgnis oder Gleichgültigkeit angesichts dieser Kenntnis bei einem, dem sie nicht zukam, empfand. Er hörte zu, und wenn ihn innerlich irgend etwas außer dem Zuhören beschäftigte, dann war es nur ein forschendes Vergleichen zwischen zwei Gestalten: zwischen dem Leutnant Möller, den er so gut zu kennen meinte, und jenem anderen, der in der Erzählung des Notars hervortrat. Was mußte geschehen sein, wenn Möllers Stellung sich um ein beträchtliches Stück verrückt hatte?

Er weiß in der Tat sehr viel! bemerkte der Notar wie unschlüssig, ob er fortfahren sollte. So viel, wie nur die Beteiligten wissen können. Und dieses Wissen gibt er jetzt preis, allmählich, wie nach einem Plan, wie nach einem außerordentlich boshaften Plan. Warum, ist schwer zu sagen. Ich denke mir, es wird wohl eine Art Rache an der Gesellschaft sein. Die Erzählungen von dem Hergang der Ereignisse und die sehr bestimmt auftauchenden Gerüchte von irgendwelchen Differenzen unter den Offizieren bei der Urteilsberatung gingen schon von Mund zu Mund, als Sie schon Ihren Urlaub angetreten und die Schwadron unter dem zeitweiligen Befehl des Oberleutnants Charusin noch hier stand. Was damals zwischen dem Leutnant Möller und dem Kornett Kos . . . Kosljaninow!

Kosljaninow, ja . . . vorgefallen ist, weiß ich nicht, aber es kam jedenfalls zu dem Ehrenhandel. Später wurde häufig, wenn die Gerüchte angezweifelt wurden, von den Erzählern darauf hingewiesen, sie stammten von einem der Richter selber, von einem Leutnant, und die anderen Ihrer Kameraden damals, glaube ich, werden von sich aus um so weniger Gerüchte in die Welt gesetzt haben, als es schon bekannt geworden war, der Leutnant Möller hätte sich ausführlich darüber ausgelassen.

Vielleicht aber sind den anderen diese – so vermute, nein glaube ich – wahrheitsgetreuen Berichte Möllers entstellt und übertrieben zu Ohren gekommen, sie haben sie berichtigt und sind dadurch auch als Gewährsleute genannt worden? fragte Ovelacker wie jemand, der nicht von einer Hoffnung lassen will.

Der Notar schüttelte zweiflerisch den Kopf.

Das glaube ich nicht, das kann ich mir nicht denken. Zu irgendwelchen bluttriefenden Schauergeschichten würden Ihre Kameraden gelacht oder sich geärgert und geschimpft haben. Zu den Erzählungen aber, die hier in der Stadt umgingen, haben sie geschwiegen. Und eins noch: alle diese Erzählungen trugen, so schien es mir, das Gepräge eines – eines anklagenden Gewissens. Eines Gewissens, das mit sich selber uneins ist und nun andere beschuldigt. Das Problem, das immer hervortrat, so entstellt diese Geschichten auch bald von einem vierten zum fünften, zum zehnten, zum hundertsten kamen –

das Problem war nicht auf eine politische Wirkung gespitzt. Auf gar keine eigentlich. Es war das Problem eines Menschen, und zudem eines Menschen mit einem außerordentlich wachen, feinen Gewissen – viel zu fein für die Politik. Dazu ist der Erzähler mißbraucht worden, ohne es zu ahnen. Seine Arglosigkeit beim Erzählen soll auch im Ehrengericht anerkannt worden sein.
Der Notar schwieg lange Zeit.
Das ist auch ungefähr alles, was ich weiß, meinte er abschließend, aber das ‚ungefähr' kam ihm wider Willen mit einiger Betonung über die Lippen. – Er muß ein recht komplizierter Mensch sein, dieser Leutnant, sagte er dann, und es klang wie eine Anregung, der Graf möchte doch erzählen, was ihm über den Leutnant bekannt war. Der schilderte Möller und was er von ihm wußte bis in die Tage, von denen an Möller selbst zum Berichterstatter geworden war.
Dann aber glitt das Gespräch ins Unbestimmte, als fürchtete ein jeder der beiden sich davor, daß es wieder feste Bahnen einschlagen könnte. Wie vergessen war der Ausgang von der Frage nach Schuld und Unschuld. Der Notar ereiferte sich in allerlei Vermutungen darüber, ob wohl der Kreischef von Amts wegen dem gekränkten Recht beistehen und dem Grafen Hilfe zukommen lassen, oder ob er seine allbekannte Untätigkeit dahinter verschanzen würde, daß er keinen Befehl bekommen hätte. Soweit er ihn kannte, meinte er, dürfte sich Ovelacker wenig Hoffnungen machen. Überdies wären alle Behörden jetzt, da das Militär einmal eingegriffen, von einer frevelhaften Untätigkeit und ließen üppig wieder ins Kraut schießen, was von der eisernen Walze in den letzten Monaten noch nicht bis zur Wurzel vernichtet worden wäre. Man fürchte Attentate, man fürchte, die Obrigkeit unbeliebt zu machen, man fürchte, durch ein Eingreifen als unangenehm reaktionär bei den liberalen Ministerien aufzufallen, man fürchte jede Verantwortung.
Aber wie man sich dann die Zukunft vorstellen sollte, fragte Ovelakker.
Wir gehen in den Sumpf zurück, aus dem wir gekommen sind, meinte achselzuckend der alte Herr, wir versinken in der Tiefe, deren unergründlichste Stelle Tschuschima heißt. Seien Sie froh, daß Sie Land besitzen, de facto und de jure, wenn Sie das Recht darauf jetzt auch nicht überall geltend machen können. Land, und wäre es auch nur ein halber Haken, scheint mir das einzig Sichere zu sein. Was wird die Handvoll deutscher Ärzte und Pastoren und Rechtsanwälte und Kaufleute in Zukunft hier machen, von noch ‚freieren' Berufen ganz abgesehen? Eines schönen Tages werden sie gegen den russischen und estnischen Wettbewerb so ‚frei' dastehen, daß sie mit

einem allerhöchsten Ukas oder auch nur mit einer Ministerialverfügung weggeblasen werden. Landbesitz, wie sehr er auch geschmälert werden kann, ist krisenfester als alle bürgerliche Freiheit. – Aber ich ziehe dieses Kleid der Sorgen ja wohl bald aus, sagte der kleine, gebrechliche Mann und erhob sich mit Mühe aus seinem Stuhl, um ein paar Schritte durchs Zimmer zu hinken und versonnen über die stille Gasse in einen benachbarten Garten zu blicken, in dem die Zweige der Obstbäume ein ernstes Graugrün hervortrieben, und ich darf wohl ruhig sagen wie einstmals der jüngere Cato, als er gegen Cäsar unterlag: Die Götter haben sich für die neue Ordnung der Dinge entschieden. Cato stimmt für die alte.

Wie weit aber lag die alte Ordnung zurück! Nicht die Ordnung, die vor dem Beginn der blutigen Wirren geherrscht, hatte der alte Notar gemeint, denn diese einstige Ordnung war nur eine – ob auch unblutige – Unordnung gewesen. Sie hatte das lebendige Gesetz des Landes einem politischen Schema unterworfen. Nein, er hatte wohl an die noch ältere Ordnung der Dinge gedacht, nach der der Rat der Städte in reichsstädtischer Unmittelbarkeit regiert, Kriege mit dem mächtigen Orden geführt und die Hansetage beschickt hatte, an die Zeit, die ihm, dem gebürtigen Rigenser, bis zum Jahre 1877 gewährt hatte, bis unbemerkt vom Land der Väter das unterging, was ein großer Sohn seiner Vaterstadt die germanische Autonomie genannt hatte. Weit, weit zurück auf jeden Fall lag die alte Ordnung, für die der Notar stimmte. Nicht erst die neueste – die neue allein ließ in Ovelacker einen Mißmut aufkommen, und der wurde schier zur Verzweiflung, als er den Kreischef besuchte. Der grämliche Gewaltige dieses Kreises weigerte sich anfangs rundweg, ihm in dem Kampf gegen die Waldbrüder beizustehen. Erst hatte er nicht genügend Polizeikräfte dazu, und später schützte er vor, daß er keinen Befehl bekommen hätte –, irgendeinen Grund, die Mithilfe zu versagen, würde er immer finden, war seinem Besucher gewiß. Es bedurfte langer Überredungskünste, ihn so weit zu bringen, daß er dem Generalgouvernat die Lage schildern und um Befehle bitten wollte. Damit dem Grafen bald eine Entscheidung würde, erbot er sich sogar, das Telefon zu benutzen.
Ovelacker aber hatte nicht übel Lust, sogleich anspannen zu lassen und heimzufahren, doch ging er ins Hotel, wohin er sich, ohne auch nur einen Augenblick nachzudenken, die Nachricht aus Riga erbeten hatte. Später erst kam ihm der Gedanke, dort für die Nacht zu bleiben. Nun wollte er die Entscheidung des Generalgouvernats abwarten. Überdies hatte er noch vielerlei zu bestellen. Der Notar

führte die Geschäfte weiter, die der tote Freiherr ihm vor vielen Jahren übertragen hatte und die jetzt noch um ein beträchtliches verwickelter geworden waren, denn einmal waren nach dem Wechsel im Besitz des Gutes die Beziehungen zu den vielen Menschen, die von den Obligationen, die sie auf Drostenholm stehen hatten, Einkünfte durch die Zinsen bezogen, zu erneuern und zu regeln, und zum anderen erforderten die Vermögensverhältnisse, die der Tote hinterlassen, wegen der notwendig gewordenen Neubauten nach der Zerstörung im Dezember besondere Aufmerksamkeit. Für die aber ward der alte Notar so reich entschädigt, daß es den Anschein erweckte, als hätte er nur Freude daran, die Schäden zu beziffern. Denn für jeden Schaden auf jedem Gut, zu dessen Besitzer er in freundschaftlichen Beziehungen stand, erlebte er die Genugtuung, daß wie in den Zeiten der gepriesenen alten Ordnung auch jetzt niemand im Unglück allein stand: die Ritterschaft war mit ihm.
Nun sollte mit dem Wiederaufbau der Brennerei begonnen werden. Das Aufgebot der Arbeiter war schon bestellt, wenn nicht gar auf dem Wege zum Gut. Der Verwalter hatte darauf bestanden, daß man eine bewährte Verbindung mit einem russischen Unternehmer erneuerte, denn erstens wären seine Arbeiter tüchtig, und zweitens sähe er die Bevölkerung des Gutes lieber um fremde Russen vermehrt als durch Kinder dieses Landes oder gar dieses Kreises: Letten und Esten, die nicht so gute Arbeiter wären und nicht so fügsame, namentlich in diesen Zeiten, entsänne man sich dessen, wer die Revolution gemacht. Mit der Fabrik in Riga, aus der die neue Einrichtung kommen sollte, waren Lieferfrist, Preise, Aufstellung und dergleichen schon verabredet worden. Man wollte die Gelegenheit nutzen und die Brennerei vergrößern, der Absatz war dank der vortrefflichen Regelung durch eine adelige Genossenschaft gleichmäßig, die Anfuhr der Kartoffeln gesichert.
Und doch dachte Ovelacker an nichts von alledem, was in den nächsten Stunden zwischen dem Notar und ihm besprochen werden und in den kommenden Monaten vor seinem Blick erstehen sollte, als er hinter dem Bediensteten des Hotels die Treppe ins obere Stockwerk hinaufstieg, um dort sein Zimmer in Besitz zu nehmen. Den ausgefransten Läufer des Ganges hatten die Reiterstiefel im Dezember nicht geschont. In dem Halbdunkel tat das kleine blinde Fenster am Ende des Flurs sich so blaß und blicklos auf wie das gebrochene Auge im Antlitz eines Toten. Ihm war, als hielte die Vergangenheit ein Geisterauge auf ihn gerichtet. Es hätte ihn wundern können, daß bei seinem Nahen keine Ordonnanzen grüßend aus dem Halbschlaf aufsprangen, daß er, als der Bedienstete sich entfernt hatte, allein in

seinem Zimmer stand und vom Nebenzimmer her nicht die Schritte Charusins durch die geschlossene Tür drangen, vor die man das abgenutzte Sofa gestellt, daß aus dem blinden Spiegel nicht die Gestalten traten und das Zimmer füllten, deren Bild er so oft aufgefangen hatte, daß nicht ein Säbelklirren, zwischen den Falten der Vorhänge verfangen, sich bei seinem Eintritt löste und leise schwirrend sein Ohr traf, als er jetzt lauschte; denn das . . . das war ja sein Zimmer von einst!

Es mochte ein belangloser Zufall sein, aber er konnte sich den Flüsterstimmen, die von überallher kamen, nicht entziehen. Während er Hut und Mantel ablegte und dabei oftmals das Zimmer durchquerte, geriet er in den seltsamen Zustand, in den ein Mensch nach einem tiefen Schlaf verfallen kann, in denZ ustand, der der Seele zu Kinderzeiten am vertrautesten ist, da sie noch ungebunden zwischen All und Endlichkeit im Schlafen und Wachen des Bewußtseins ungehindert hin und her schweift, nur dem Augenblick hingegeben; noch kennt sie keinen Zweck und ahnt noch nicht die Schwermut des Enteilens, nicht das Wunder der durchsichtigen Wände zwischen den Räumen der Tage, nicht das Wunder der nie ersterbenden Töne über Jahre und Jahrzehnte hinweg. Er legte seine Handschuhe auf den Nachttisch und empfand im selben Augenblick den Wunsch, sie anzuziehen und wegzugehen, indes er schon zur Tür sah, in dem Wahn, es könnte geklopft haben und der Bursche meldete: Euer Hochwohlgeboren, draußen . . .

Es endete damit, daß ihm fremd vorkam, was er auf den Haken an der Tür gehängt hatte: Mantel und Hut, und daß er sich an der abgeschabten Lehne des Sofas hielt, um nur nicht alle Festigkeit allein bestreiten zu müssen im Schwindel der Wiederkehr. Da aber, inmitten aller Vertrautheit neben dem Fremden, erschien er sich selber fremd, als er an seinen Beinen hinunterstarrte, und wie verfolgt sprang er auf und ging zum Fenster.

Es schneite nicht mehr . . .

In den Gärten mit knospenden Obstbäumen auf der anderen Seite des Platzes ging ein alter Mann umher und band Leimringe um die Stämme. Etwas unendlich Beruhigendes lag in der Pflege, die er jedem Baum, wie einem besonders lieben Menschen, angedeihen ließ: daß sie Atem fänden und Schutz vor ihren Heimsuchern am Blattwerk. Nach einer Weile ging er fort und ließ seinen Spaten stehen, mit dem er das Erdreich um jeden Stamm herum aufgelockert. Es war wohl Mittag für ihn. Dann rollte ein Wagen über das holprige Pflaster des Platzes. Lange bevor das Gefährt vor den Fenstern erschien, konnte man es kommen hören. Es war ein Bauernwagen von der gewöhnlichsten Art, ein ungefederter Kirchenwagen mit einer Schütte Heu darin. Aber weich gebettet im Heu hatte er als ungewöhnliche Last einen großen weißen Sarg, so schlecht gestrichen, daß noch das rohe Holz rosafarben hindurchschimmerte. Neben dem Sarg, einen Arm über den Deckel gelegt, daß der in dem Rütteln und Schütteln nicht abgeworfen würde, saß ein alter Bauer. Seine Beine hingen über den Wagenrand hinab, die Füße baumelten dicht neben den rollenden Rädern. Es war ein alter Mann mit einem weißen, verwilderten Bart; der Frühling hatte für ihn noch nicht angefangen, denn er trug einen Pelz und eine Lammfellmütze. Gerade vor dem Hotel fiel das Pferd, das bis dahin getrabt hatte, in Schritt. Es war eine elende, magere Kracke, zottig und klein, wie es die Zucht auf Ösel war. Nun hatte der Alte Muße, denn beim Schrittfahren brauchte er auf den Sarg kaum achtzugeben; nun sah er sich um, sah lange zu den Fenstern des Hotels hinauf . . .

Das konnte nicht sein! Alle sahen sie einander ähnlich! Hatte er das nicht schon in jener Nacht, als die Ulanen sie auf dem Rondell vor dem Gutshaus zusammentrieben, gefunden? Ja, sie sahen einander ähnlich, es war immer das gleiche Gesicht, und er sah in allen das eine unvergeßlich gültige Besondere. Warum? Weil es doch anders war als die anderen. Also war dieser Alte dort neben dem Sarge doch der eine gewesen? Seine Frau läge im Sterben oder wäre schon gestorben, hatte der Förster berichtet. Mein Gott, wenn das Schicksal den Schritt seiner gegenwärtigen Stunden unaufhörlich in die blutgefüllte Spur der Vergangenheit zwang –, war er dann nicht wirklich der, den man in ihm sah, in ihm haßte, in ihm verfolgte? Und was für einen Sinn hatte es dann, denen zu grollen und gegen die anzukämpfen, die nur Werkzeuge der unbesiegten Übermacht des Schicksals waren? Das Gegenüber für sein Leben? – Ihm war, als müßte er den scharfsinnigen und doch so behutsamen Charusin neben sich suchen, ihn, der selber nie ein außerordentliches Schicksal finden, aber sein Leben lang Einsicht in solche haben würde; doch als er den Kopf wandte, begegnete er sich selber im Spiegel und sah sich an wie einen Fremden mit dem quälenden Gefühl: er selber wäre es, den seine Augen dort gewahrten, wo es ihn verlangte, sich in einem anderen Menschen zu entdecken.

Es war ein Augenblick, da ihm beinahe der Herzschlag stockte. Er musterte den fremd anmutenden Menschen dort im Spiegel mit einer völligen Gespaltenheit seines Bewußtseins. Er sah seine Blässe, sah die Verschlossenheit und die Starre seiner Züge, seine graublauen Augen unter den stark vorgewölbten Jochbeinen, die scharfe Nase, den Mund, um den es verhalten zuckte, seine Anstrengung, im Ab-

bild nichts vom Wesen zu verraten, die dem ganzen Gesicht als eine eigentümliche Gespanntheit anhaftete, und hatte das Empfinden, dieser Fremde da müßte wahnsinnig werden unter der Last einer Schuld, derer er sich nie bewußt gewesen und die ihm später aufgebürdet worden war: einer Schuld, die es nicht gab und von der doch alle wie von etwas Tatsächlichem sprachen, einer Schuld, für die es in alle Ewigkeit keinen anderen als den einen inneren Richter gab. Den Schuldverdammten vor Augen, ahnte er in diesen Augenblicken, daß er von sich selber fort müßte, um weiterleben zu können.
Wer anders aber konnte ihn lösen als der, der ihn gebunden hielt! War es ein lebendiger Mensch, der ihn in Bande geschlagen hatte und immer weiter band? Oder waren es die dreizehn, die unter seinem Spruch ihr Leben verloren und eine trübe Unsterblichkeit gewonnen hatten? Oder hatte er sich selbst gerichtet, als er kleinmütig der Lüge Gehör lieh? Waren es etwa die, die er als Genossen – und nicht nur Genossen des Standes – gesucht hatte und die ihn jetzt ausstoßen und verleugnen wollten? Oder stand hinter allem der Alte, den das Geschick ihm überall in den Weg stellte, auf daß er überall um ihn herum müßte und einmal – aber wie, wie? – einmal mitten durch ihn hindurch? Doch wer hatte ihn nicht gebunden, daß er nicht die Lösung von ihm erhoffen durfte! Hatten nicht Möller und Charusin wie er selber, hatten nicht Tote und Lebendige an allem mitgewirkt? Und hatte nicht auf sie alle Anrecht der eine, dem alles Wirkende mit Schuld verpflichtet ist? Vor diesem einen wußte er sich frei von einem selbstischen Anteil an der Schuld, für die man ihn verfolgte. Und deshalb durfte er im Bewußtsein: hier wäre er schuldlos! die Waffen nicht strecken vor der vermeintlich unbesiegbaren Übermacht des Schicksals und dessen abertausend Handlangern voll Haß und Wut.

Da aber war die Verzweiflung ihm nahe. Und er, der Herr über viele Tagewerke Land und viele Meilen Wald, der Herr über Häuser und Herden, der Gebieter über so viele Schicksale, die ihren Weg neben dem seinen fanden, der Erbe so vieler Rechte und so vieler Pflichten, fühlte mit einem Male, daß die ganze Entscheidung des Daseins erst da anfing, wo Besitz und Werk, wo Menschen und Dinge zu Ende waren.

Aber das alles – er ging mit schnellen Schritten im Zimmer auf und ab, wie um nicht ein Gefangener unter dem erdrückend schweren Mantel der Stille zu werden –, das alles war Phantasterei oder etwas, was er dafür halten wollte und halten mußte, um nicht sein Erbe zu verlassen und die Herrschaft zu verlieren. Er wollte dem Tag getreu sein, dem Wirklichen!

Im Garten jenseits des Platzes ging wieder der alte Mann umher und griff zum Spaten. Um jeden der Bäume grub er ein in der Frische schwärzliches Rund Erde auf. Und die Langsamkeit, das Gleichmaß, die klare, sinnvolle Ruhe, mit der das geschah –, das verlieh dieser Stunde die heilende Beschwichtigung.
Immer stärker wurde sein Verlangen, aus der Fremde und den Schatten der Vergangenheit zurückzukehren in sein eigenes Leben auf Drostenholm, das mit allem in die Zukunft rief. Nun aber mußte er warten, und es war ja wohl auch besser so. Dem Tag getreu sein, hieß das nicht auch: dem Tag abringen, was die Nacht erhellen und Haß, Feindschaft, Gefahr und Not überwinden konnte?
Hätte nur nicht im geheimen unaufhörlich der Zweifel an der Klugheit oder an der Redlichkeit des Polizeichefs in ihm genagt! Als er bei seinem Besuch erklärt hatte, wie er sich das Vorgehen gegen die Banden dachte und welche Unterstützung die Polizei ihm dabei gewähren müßte, hatte irgend etwas an dem grämlichen Gewaltigen ihn gleich hernach bereuen lassen, daß er so vertrauensvoll gewesen war. Irgendein Blinzeln in den Augen, irgendein grausamer, hinterhältiger Zug um seinen faltigen Mund, irgendeine pfiffige Bereitwilligkeit, die sich hinter dem sauertöpfischen Unbehagen zu tarnen versucht hatte! Er traute ihm im Grunde genommen jedes doppelte Spiel in zwei Lagern zu, wie verschieden die auch voneinander sein mochten. War er nicht ein Vertreter jener höheren Beamtenschaft Rußlands, die durch die Literatur in aller Welt zu trauriger Berühmtheit gelangt war? Wie, wenn er in dem Telefongespräch mit dem Generalgouvernat ganz offen die Namen nannte, die jedem wissenswert waren, der es mit denen im Walde gegen ihn hielt? Als Torheit oder nur scheinbar als Torheit begangen, konnte das genügen. Denn wie viele von denen, die es mit den Waldbrüdern hielten, mochte es trotz allen Säuberungen in der Beamtenschaft geben, in allen Kanzleien, in allen Telefonämtern, wo man das Gespräch abhören konnte! Die ersten Lauscher und Verräter saßen wahrscheinlich schon im Zimmer neben dem sprechenden Kreischef, wenn der nicht sein eigener Verräter war. Wie, wenn er nun seiner obersten Behörde den Feldzugsplan durch den Draht vortrug und ihn damit überallhin verriet? Doch es war sinnlos, an Dinge zu denken, die noch nicht geschehen waren. Soweit er wußte, noch nicht geschehen waren . . . Besser, er bedachte das, was schon geschehen war und wovon er wußte. Nicht alles – den schon in allen Reden lauerte das Ungefähr –, aber genug. Genug, daß man über ihn hatte Gericht halten können, daß auch er als Kläger auftrat. Gegen wen?
Es gab nur einen. Tausendköpfig schrie und flüsterte die Lüge gegen

ihn an, – ein einziger hatte sie im Bekenntnis der Wahrheit (daran zweifelte er immer noch nicht) gesät: Möller. So oft er seit den Erzählungen des Notars an den Leutnant gedacht, hatte er sich abgefordert, ihn zu hassen und zu verachten. Aber er konnte es nicht. Niemand sollte eine christliche Tugend darin suchen, er konnte es einfach nicht. Als junger Fähnrich hätte er diesem Leutnant Pistolen antragen lassen – jetzt brachte er es einfach nicht fertig, das auch nur zu erwägen. Nicht weil er etwas wie Respekt vor dem Chaos der Verzweiflung in der Seele des anderen empfand, sondern weil er zu spüren meinte, daß die innere Ordnung, durch deren Befolgen der Leutnant so viel Verwirrung angerichtet hatte, das Gesetz sprengte, das sonst für Männer seines Berufes und Standes galt. Möller hatte seinen Gott einmal seiner Ehre geopfert, und als er sein Opfer später zurückverlangte, hatte dieser Gott rächend an sich gerissen, wofür er einmal zum Opfer gebracht worden war. Er, so dachte er heute, er wollte versöhnt sein, wenn Möller nun auch ebenso bestimmt die Folgerungen zog, seinen Abschied nahm. Das schuldete er dem Stand, und das schuldete er ihm persönlich, gegen den er sich vergangen, als er noch diesem Stand angehört hatte. Möller hatte seinen Degen noch nicht abgegeben, als er zum Ankläger wider das Recht des Degens geworden war; er hatte mit dem Feinde paktiert, als er noch in Feindesland der Kriegspflicht unterstand; das machte er ihm zum Vorwurf. Doch es waren ja noch nicht einmal drei Menschenalter vergangen, seitdem die Möllers in russische Dienste traten. Was er schon oftmals früher an dem Leutnant vermißt hatte: Hellhörigkeit und Feingefühl gegenüber den fremdartigen Bestandteilen des großen Reiches und ihren heimlichen Sonderbestrebungen, ein stolzes Bewußtsein der Sendung in seiner eigenen Besonderheit, das sich die Herrschaft mit dem Recht des Stärkeren und Bewußteren nahm, – diese Mängel waren vielleicht ein deutsches Erbe. Auf anderem als deutschem Boden mußte es zu einem Verhängnis werden. Weil sie sich nicht als Herren unter den Knechten fühlten, sondern als Bürger unter Bürgern, waren die meisten der Deutschen, die erst in jüngster Zeit aus dem Reich zugezogen, den Alteingesessenen verächtlich geworden. Sie taten, was denen als schwere Verfehlung wider das koloniale Gesetz galt: sie heirateten ins Volk der Letten und Esten. Lettisch oder Estnisch wurde oft genug ihre Umgangssprache, ihre Kinder fühlten sich, kaum daß sie wußten, was sie fühlten, als Letten und Esten und verleugneten ihre Herkunft, wenn sie nicht sogar das Deutsche zu hassen begannen. Hatte er nicht mit Staunen in den Listen seiner eigenen Gutsleute festgestellt, daß er einen Wiesenmeister im Dienst hatte, dessen Vater vor ein paar Jahrzehnten aus

Westfalen eingewandert war, der Meyer zum Gottesberge hieß und kaum mehr deutsch sprach, eine Estin geheiratet und vier Kinder mit ihr hatte, die nur noch Estnisch verstanden? Und Droste, sein Pferdepfleger, aus Soest zugewandert, wollte in den nächsten Wochen die Tochter eines Buschwächters heiraten! Wie sprach der Verwalter mit ihm? Estnisch, so unvollkommen der Westfale das beherrschte. Anfangs hatten sie deutsch miteinander gesprochen, aber je heimischer der Mann geworden war, um so mehr war es zwischen ihnen gebräuchlich geworden, estnisch zu sprechen. Und es wäre besser so, hatte der Verwalter beharrt, wie lebhaft auch sein Gutsherr ihm widersprach. Eine Sprache für die Leute und eine andere, die die Leute am besten gar nicht verstünden, für die Herrschaft. Er, Ovelacker, hatte sich als bedingungsloser Gegner dieser Umvolkung bekannt, aber was half es, wenn er von da an mit dem Pferdepfleger deutsch sprach! Er tat es zweimal in der Woche, und dreimal am Tage sprach der Verwalter estnisch mit ihm. Zu guter Letzt hatte der Verwalter ihm Vorsicht angeraten. Diese Leute wollten gar nicht gern, daß man deutsch mit ihnen spräche. Das trennte sie, die eben heimisch geworden wären, aufs neue von ihrer Umwelt, mit der sie friedlich zusammenleben müßten, weil sie ja nicht im Herrenhaus wohnten, sondern in den Leuteherbergen, und bei den anderen Arbeitern machte diese Sonderstellung eines der Ihren, der mit dem Herrn in der Sprache der Herrschaft sprach, nur böses Blut. Alte Bauern, Gutsleute und Diener dächten zuweilen die feudalen Gedanken folgerichtiger zu Ende als ihre Herren selber. Er wüßte, es gäbe genug Menschen, die in jeder Beziehung das Gegenteil von seiner Ansicht verträten, aber er wäre nun mal aus der alten Schule. Aber wie er sich denn das erklärte: irgendwann einmal überhaupt waren die Deutschen eingewandert; warum die nicht zu Letten oder Esten geworden wären. Zugegeben, im Anfang hätte der Herr leicht zum Herrn gefunden, auch hätte er gelesen, daß die deutschen Zünfte und Gilden sich streng gegen die Undeutschen abgeschlossen hätten und daß nach der ersten Willfährigkeit, sich im Zeichen des Kreuzes mit Undeutschen zu verbinden, eine scharfe Trennung entstanden wäre; aber noch im 18. Jahrhundert, nach dem Nordischen Kriege, wäre eine Menge von Deutschen eingewandert, darunter viele Pastoren und Lehrer, und noch im 19. Jahrhundert hätte der Zuzug nicht ganz aufgehört. Alle diese Zukömmlinge wären ‚Balten' geworden, und erst in der zweiten Hälfte des vorigen Jahrhunderts hätte die umformende, einbeziehende Kraft des baltischen Wesens und der baltischen Gesellschaftsordnung aufgehört. Erst von da an hätte es Deutsche gegeben, die ‚Reichsdeutsche' geblieben oder

zu Esten geworden wären. Darauf wußte der Verwalter keine Antwort zu geben. Von da an hätte irgend etwas versagt, was sonst an den Zuzüglern gewirkt hätte, oder diese Zuzügler wären nicht mehr einzuschmelzen gewesen, meinte er.
Und doch einzuschmelzen! Nur nicht ins Baltische. Im Undeutschen waren sie soundso oft untergegangen und hatten das Unheil vermehrt, das in dem Ausbleiben fortwährenden Zuzugs von Deutschen in die erste Kolonie des Heiligen Römischen Reiches Deutscher Nation lag.
Nein, der Verwalter hatte ihm keine Erklärung zu geben gewußt. So wäre es nun einmal. Warum? Danach wäre er zuviel gefragt. Er wäre geneigt, die Schuld den Reichsdeutschen zu geben. Die müßten sich verändert haben. Und Ovelacker suchte sie bei den Balten, so wie jemand, der lange auf Wanderschaft gewesen ist und bei der Rückkehr die Heimat unbefangener und mit schärferen Blicken zu betrachten fähig ist, ohne sie deshalb weniger zu lieben und sich weniger bedingungslos als ihr Kind zu fühlen.
Aber mochte er auch diesen Fragen anfänglich mit einer Unbefangenheit nachgespürt haben, die so leicht keiner von denen aufgebracht hätte, die sie angingen – mit der Zeit, ohne daß er es recht wußte, begann er sich damit die Grundbedingungen einer baltischen Existenz überhaupt klar zu machen. Bald gab es für ihn nichts mehr, aus dem nicht eine Frage aufstieg, und tief verstrickt in die Bemühungen, seinem eigenen, tausendmal vonZ erstörung und fluchwürdiger Nutzlosigkeit bedrohten Dasein wieder einen Sinn zu geben, glaubte er noch mit seiner persönlichen Erfahrung und Rechtfertigung einen Beitrag zur Sinngebung des Lebens von jenen Tausenden leisten zu müssen, mit denen er Stand, Recht und Pflicht teilte. Dabei vergaß er manchmal, daß sein ‚Fall' keine allgemeine Gültigkeit besaß oder daß er zum mindesten zu seinem Erbteil in diesem Lande noch ein Erbe hatte hinzuschlagen müssen, das allen erspart geblieben war: das schwere Erbe, als Soldat seines Kaisers Richter gewesen zu sein in diesem Lande, in dem er gleich danach ansässig werden sollte.
Es waren zu alten Zeiten ein frommer Brauch, daß der, der vom Leben zum Tode gebracht wurde, seinen Henker mit den kostbaren letzten Worten bat, das blutige Werk gut und schnell zu verrichten, und daß er sagte, er wäre ihm nicht gram und wollte ihn nur segnen, dafern er seine Arbeit barmherzig täte. Und der Henker tat, was seine Pflicht war und hatte weiter keinen Anteil an dem, dem er das Leben nahm. Nie war es geschehen, aber wenn es geschehen wäre, wenn man dem Henker auf dem Hochgericht den lebenden Leib des

Schächers übergeben und ihm gesagt hätte, auch den Toten sollte er behalten und alles, was zu enden sein Amt war, zu seinem eigenen künftigen Leben hinzutun dürfen: das Verhängnis, das den andern auf den Block gebracht, sein Rätsel, seine Frage, mit der es unbeantwortet ausging, sein Wollen, sein Wünschen, seine Reue, seinen Groll, seine Qual, alles, alles: welcher Henker hätte da noch sein Schwert erhoben? Er hätte sich selber töten müssen in seinem Anteil an dem, den er zu Tode brachte. Nur dadurch, daß er keinen Anteil hatte an dem, den er vernichtete, und nichts als nur ein Handwerk verrichtete – nur dadurch entrann er ja doch der Verdammnis der Untat!

Warum war er damals nicht . . .? Es schauerte den Grafen von Ovelacker, als er spürte, daß er sich nun, wie unvorbereitet zum Tode, dem Verhängnis seines ganzen Lebens näherte. Warum war er damals, ahnend, was der Notar ihm zu eröffnen hatte – ja, ahnend nur, nicht wissend, nein, bei Gott, nicht wissend! –, warum war er damals noch zur Gerichtsverhandlung gegangen? Er hätte Krankheit vorschützen und irgendeinen anderen Offizier delegieren können, einen der Garnison, den Kreismilitärchef zum Beispiel, irgendeinen Offizier der Landarmee oder der Marine, wie das Gesetz es vorschrieb. Aber er war gegangen, er hatte das Urteil verlesen, in den Augen der Welt war er allein der Richter gewesen, der allen anderen seinen bösen Willen aufzwang. Und dabei hatte er doch mit keinem drängenden Wort versucht, Möller zu der Ansicht ihrer vier zu bringen. Er war hinausgegangen damals, Möller war zu ihm gekommen mit der Meldung.

Zweimal hatte man ihm, als er sein Erbe antrat, eingeschärft, es gälte Frieden zu schließen und einen Ausgleich mit den eingeborenen Völkern zu erzielen – und er hatte nicht widersprochen, ob es ihn auch befremdete angesichts von Ruinen und Ermordeten. Seinem Empfinden nach stellte dieser Friede die Opfer allzu niedrig in Rechnung. Aber das hätten die, die den Frieden und Ausgleich begehrten, besser wissen müssen als er. Und dann war das Erlebnis gekommen, an das er – nun verhehlte er sich's nicht mehr – ungern zurückdachte, ungern, weil er sich Selbstbewußtsein, Mut und Freude bewahren wollte. Nach seiner Beurlaubung, als sein Abschiedsgesuch noch nicht den endgültigen Bescheid gefunden, hatte er auf der Reise nach Sankt Petersburg in der Landeshauptstadt Halt gemacht und allen Herren von der ritterschaftlichen Landesverwaltung, die er hatte antreffen können, einen Besuch abgestattet. Und da war das Seltsame geschehen: anfangs hatte man ihm nicht genug Aufmerksamkeit zollen können und ihn als den schneidigsten Offizier und den gerechtesten Richter gefeiert – und gleich darauf, als man gehört, daß dieser schneidigste Offizier und gerechteste Richter zum besitzlichen Mitglied der Ritterschaft geworden war, nicht mehr gewußt, wie man eine peinliche Überraschung verbergen sollte. Die Aussicht, den schneidigsten Offizier und gerechtesten Richter als deutschen Grundherrn verantworten zu müssen vor denen, die gegen das deutsche Grundherrentum und seine Rechte Sturm liefen und mit denen man, wie man meinte, paktieren mußte, hatte die Zungen gelähmt. Der Willkomm war matt gewesen, – so matt, daß es auch einem weniger Hellhörigen als ihm hätte auffallen müssen. Nun argwöhnte er, daß viel weitere Pläne dahintergesteckt hatten, als der Landrat sich damals eifrig erbot, Drostenholm in Pacht zu nehmen. Er argwöhnte es nur, er wußte es nicht. Aber dieser Argwohn fraß ihm das Mark aus wie ein Wurm, fraß und fraß, fraß ihm jede Stütze weg, daß alles zusammenbrach, worauf er gebaut. Friede um jeden Preis, Ausgleich um jeden Preis! War er vielleicht einer von den Kaufschillingen, die dieser Friede kostete, und die Toten, all die Toten, die der Aufstand gefordert, die übrigen neunundzwanzig? Oder . . . oder mußte einer das Opfer solcher Selbstverleugnung bringen, auf daß die anderen gerettet würden? Mußte er sich damit abfinden, daß diese anderen ihm, dem einen, die Treue brachen, nur um sich desto fester zusammenschließen zu können, – daß das Land sich nun ihm untreu erwies, so wie ehemals seine Vorfahren dem Lande untreu geworden waren?

Die Friedensverhandlungen waren eben erst in Gang gekommen. Zum Juli dieses Jahres, hieß es, wollte der Generalgouverneur Ssologub Vertreter der Ritterschaft, der Städte und der Bauerngemeinden nach Riga einladen, um ein Programm für die vom estländischen Landtag im Dezember 1905 beantragten Provinzialräte auszuarbeiten. Aber es mußte wohl ein Wunder geschehen, wenn die Beratung über solch ein Programm zustande kommen sollte; noch viel mehr Wunder gehörten dazu, ein Programm, das alle sich zu eigen machen konnten, entstehen zu lassen; und daß solch ein Programm verwirklicht wurde, – wer hätte so viel Mut aufbringen können, daran zu glauben? In Riga würde kein Friede und kein Vergleich geschlossen werden. Eher schon in Reval zwischen geschickten Freisinningen unter den Vertretern der ritterschaftlichen Verwaltung und den Führern der Gegner, die nicht – in Abwesenheit – zum Tode verurteilt worden und deshalb im Lande geblieben waren. Würden dann aber die tätigsten Führer, die jetzt in der Schweiz Zuflucht gesucht hatten, den Vergleich ihrer Landsleute billigen und ihm mit ihrem einflußreichen Namen Achtung verschaffen? Nur Gerüchte gingen um

von Verhandlungen, die Baron Ermes und Herr von Clodt mit Wissen und Zustimmung der Ritterschaft gepflogen hatten, und von der siegesgewissen Abgeneigtheit, der sie begegnet waren, jetzt unter Zugeständnissen einen Vergleich zu schließen. Was man erstrebte, würde man vollständiger als je und ohne sich das Russentum zum Feinde zu machen, auch ohne Zugeständnisse erreichen, war die Ansicht bei den sehr nüchternen Politikern des Bauernvolkes. Daß die Ritterschaft paktieren wollte, bewies ihnen nur, wie schwach sie sich fühlte. Zuweilen war ein verbitterter Argwohn in Ovelacker aufgestiegen: vielleicht hielt sie sich wirklich nur noch in dem starren Rüstzeug alter Privilegien, vielleicht war das Leben längst daraus entflohen, vielleicht brauchte man nur an die eiserne Hülle zu rühren und die ganze Brüchigkeit, die sich dahinter verbarg, wurde offenbar, so wie modernde Gebeine aus einer Rüstung fallen, die einst lebendige Kämpfer umschloß und die, von außen unmerklich, nur noch den Tod gepanzert hielt?
Vielleicht hatte er ein zu verhängnisvolles Erbe mitgebracht, als daß er von einem so wenig militanten Korps, wie die Ritterschaft es war, das Einstehen für seine militärische Vergangenheit verlangen und Schutz gegen die Anfeindung, der er begegnete, und Stärkung für den Kampf, den er auskämpfen mußte, erwarten konnte. War es denn aber seine militärische Vergangenheit, für die einzustehen er von seinen Standesgenossen erwartet hatte? War es nicht vielmehr sein Einsatz im gemeinsamen Kampf? Sein Anteil an dem Werk, das alle, die den deutschen Anteil an diesem Lande bewahren wollten, miteinander verband?
Es dauerte geraume Zeit, bevor er sich überwand, nein zu antworten. Er hatte, wie er es sich selber noch vor einer Weile stolz bestätigt, nur seine Pflicht als des Kaisers Offizier getan. Wie konnte er da erwarten, daß die Ritterschaft für ihn einstehen würde?
Sein Verhängnis – daß es doch irgendwie menschliche Gestalt annähme – war ihm am Ende der kleine, von allen Leidenschaften ausgekühlte Notar, und als er dem wenige Stunden später aufs neue begegnete, war seine Empörung gegen das Verhängnis mit einem Mal so blindwütig und maßlos geworden, daß er nur mit Mühe die freundschaftliche Vertrautheit zu heucheln vermochte, die sonst sie miteinander verband. Es überkam ihn etwas so Finsteres und Gewaltsames, daß er mit gespannten Zügen dasaß und sich einmal übers andere ins Leere verstarrte. Er hatte das Gefühl, ein Zauberbann habe ihn geschlagen. Was ihm an dem alten Herrn bis vor wenigen Stunden noch so liebenswürdig erschienen war, – mit einem Mal hatte es sich fratzenhaft verzerrt zum Inbegriff des Verhängnisvollen

und Hassenswerten. Die höfliche Glätte im Umgang und die kluge Anpassungsfähigkeit, die ihm eigneten, verkehrten sich jetzt zu Gewitztheit und kriecherischer Verstellung, die Gabe des Lachens zu teuflischer Spottlust, das Sichbescheiden zu höhnischer Lieblosigkeit. Und die Gestalt, die all diese Eigenschaften beherbergte, – die mißgestaltete Erscheinung, die ihm früher zaghaft den Vergleich mit einem Engel eingegeben hatte, der zu irgendeiner Buße in den Staub gebannt war, – die mißgestaltete Erscheinung verlor ihre von einem fernen Glanz überstrahlte Doppelbedeutung und verwandelte sich unversehens in einen satanischen Homunkulus. Ja, fortan wollte er's glauben: er hatte den Teufel gesehen! Und ob nun vor sich selber und dem finsteren Ingrimm seines Gefühls oder ob vor der grellen Abscheulichkeit dieses hinkenden, greisen Zwerges in dem altmodischen, zeitentrückten, halbdunklen Zimmer, – Ovelacker überfiel ein tiefer, sprachloser Schrecken. Er besprach mit ihm, was zu besprechen war, willenlos fast und wortkarg, wieviel Freundlichkeit der alte Mann auch darauf verwandte, ihn aus seiner Verstörtheit zu lösen. In der seltsamen Gespaltenheit, die ihn schon vor dem Spiegel befallen hatte, ging er ins Hotel zurück, bevor er das Haus des Notars tatsächlich verlassen hatte. Er ging mit einem Gefühl voraus, als müßte sich in der nächsten Stunde alles entscheiden. Alles – wieviel und was, das wußte er nicht. Er fühlte sich sterbenskrank und ging doch, ging, ging, Herrschaft bewahrend in jedem Schritt.

Im Hotel war noch kein Bescheid für ihn abgegeben worden.

Er ging in seinZ immer hinauf und ließ sich noch im Mantel, den Hut auf dem Kopf, in das zerschlissene Polster des Sofas sinken, das ihm die Dunkelheit verbarg. Es war nur noch eine wohltätige Zuflucht, sonst nichts, eine, die unversehens keine Erinnerung mehr heimsuchte. Er scheute die Mühe, Licht anzuzünden. Langsam kleidete er sich aus, ein Stück nach dem anderen um sich herum verstreuend, ohne das mindeste Bemühen, Ordnung zu halten, – die heilige Ordnung, die man ihm schon anerzogen hatte, als er noch ein Kind war, im Pagenkorps Seiner Majestät. Die Erschöpfung dieses Abends achtete ihrer nicht. Als er sich ausgekleidet hatte, trat er noch einmal ans Fenster, eine Luke dort zu öffnen, und versah sich dabei in die Leere und die dunklen Tiefen der Gärten. Dann legte er sich zu Bett, – krank, meinte er jetzt beim Liegen zum ersten Mal in einem Erwachen seiner Selbstkritik. Aber dieser Gedanke, der ihn hätte warnen und nach einem Menschen verlangen lassen können, ward augenblicklich beschwichtigt von einem Auskosten des Daliegens und Ruhens. Er lag, er streckte sich aus, es war ihm gänzlich abhanden gekommen, wo er sich befand. Er lag in solcher Beziehungslosigkeit zu seiner Umgebung und so fern den Dingen wie ein Sterbender. Es war keine Erfahrung der Sinne mehr; es war ein selig schwermütiges Zurückfluten aller Lebensgeister aus ihrem menschlichen Geschick. Zwischen zwei gleichdunklen Ufern lag der Bereich, in dem er sich gewahrte, – ob wachend oder träumend, das wußte er nicht. Er lag so weit entfernt von allem, zu dem ein Wesen seinen Abstand einschätzen kann, daß er es nicht wußte und nicht zu erfahren verlangte.

In der Nachtschwärze ging ein stilles Wissen um sein Dasein von ihm aus zu einer Erscheinung, die er im Raum nicht zu festigen wußte, die aber da war, halb über, halb neben ihm, über die Fessel der Schwere hinaus und unverwandt sein Wissen vom Dasein überwältigend mit der Gewißheit, daß er es nun hingeben sollte. Sterben sollte er, das war mit einem Mal sein liebstes Gut; und das Wissen darum erfüllte ihn mit einer unsäglichen Gewalt und Süße, gegen die all sein Bewußtsein in früheren Zeiten zu einem Kaumgeahnthaben verblaßte. Aber indes ihn alles, was er getan, gedacht, gefragt, geargwöhnt, gefürchtet und gehaßt hatte, gleich einem finsteren strudelnden Grundwasser umspülte und ihm wie von eh und je bewußt ward, daß er dieses alles erst in ein neues, viel höheres Behältnis sammeln, daß er das Ungetane tun und das nur Gedachte erfahren, auf das Gefragte Antwort finden, das Geahnte wissen, das Geargwöhnte begütigen, das Gefürchtete lieben und mit dem Gehaßten sich versöhnen müßte, – da blieb von der Süße und Gewalt nur eine trostlose Schwere übrig. Es kam ihn ein so abgründiges Verzagen an, wie er's nie zuvor erlebt. Es hätte kein Entrinnen daraus gegeben, es hätte so lange gewährt, wie es nicht zu Ende gewartet werden kann, wäre nicht der gewesen, unter dessen Leuchten er den Einblick in diese Finsternis getan, – der, der die Ketten, die ihn banden, ins Nichts geworfen und durch die Tiefe der Finsternis eine Flamme getragen hatte, in deren Schein zwei kreuzweis gefügte Balken zu erahnen waren, als Zeichen, mit welchem Maße all sein Wünschen und Hoffen, Denken und Tun von nun an gemessen würde: der Engel. Doch während er, unverwandt auf die Erscheinung schauend und ihr seltsam brüderlich zugetan, die Gewißheit empfand, daß die Quellen all dessen, was er getan, sich doch einmal fassen und ausschöpfen lassen würden, da stiegen die finsteren Fluten um ihn her immer höher von den lange verschütteten und nun mit einem Mal angeschlagenen Adern des Ungetanen und Versäumten. Eine Woge der Schuld schlug über jede Rechtfertigung hinweg, die vor der Sühne nur ausweichen wollte auf den haarfeinen Saum, mit dem Gesetz gegen Gesetz steht. Niemals würde sie sich bannen und ausschöpfen lassen, mit unausdenkbarer Schwere sprengte sie jedes Maß, das sie anders fassen wollte als zum stillen, getreulichen Werk der Sühne. Dem nur floß sie geduldig und fruchtbar zu.

Welch einer Verwandlung es ihm dazu bedurfte, – kein Gefühl vermochte das zu fassen! In einem unendlichen Verzagen an seiner Ohnmacht verging er – bis zu einer geheimnisvollen Wiederkehr. Doch war das er, der da zurückkehrte, oder kam die Erscheinung zu ihm? Ein lichtes Kreuz glitt durch die Finsternis. Wie ein Gestirn zog es von der Höhe zur Seite und über eine rätselhafte Stufe völligen Verlöschens in die nächste Nähe. Der Engel – Licht, von Finsternis gelöst – war an seinem Lager eingekehrt.

Es war ein tiefes Staunen in ihm, daß es keine Fremde zwischen ihnen gab und kein Erschrecken über seinK ommen, sondern nur eine Vertrautheit wie von der ersten Lebensstunde an, nur ein seliges Erfülltsein davon, daß er erschienen war. Alles, was seinem Leben liebend zugewandt war, fand er in dem Antlitz des leuchtenden Gesandten wieder; Sonnenhelle lag darin von Begegnungen seiner Tage, die ihn ehemals durch die Trübe des Verstandes niemals so hell hatten erreichen können. Rein gefaßt zu unendlichem Ernste lag in dem Antlitz eine Erinnerung an den Notar, an Möller, an Charusin, – so nah und deutlich, wie ein Menschliches dem anderen Menschen überhaupt zu werden vermag, wenn der Sinn aus der Erscheinung gekeltert ist. Und der Engel vertraute ihm an, daß all die finsteren Wasser, die er um sich herum spürte, nur Rinnsale wären aus einer nur viel größeren Flut, die in sein Leben eingeschlossen war. So, wie der dünne, feste Mantel eines Sterns tief hinein Gestaltloses umgäbe oder wie das Samenkorn ein schlummerndes Schicksal enthielte, von dem nur ein Bruchteil in dem Keim erwachte, der die Schale sprengt und in Blatt und Blüte und Frucht sich entfaltet, so wäre dem Dasein viel, viel mehr Schuld eingeboren, als sich jemals in einem Leben sühnen ließe.

Aber . . . Er hatte das Wort noch nicht geformt, da ging es ihm schon von dem Engel als Antwort ein: er könnte es nie vollenden, niemals. All sein Mühen, das fortwährend neue Schuld zu alter häufte, war am Ende. Der Bote wollte die Last auf sich nehmen und an seiner Statt bleiben. Da begann die geheimnisvolle Verwandlung des Scheidenden in den Kommenden, und die schwere Arbeit, das Sein von unermeßlichen Gründen her in Höhen hinaufzuheben, wie er sie niemals weder geahnt noch erfahren hatte, verwandelte sich traumhaft leicht zu einer mühelosen Vereinigung mit einem Mächtigeren, der schon wußte, wo er noch fragte, der schon handelte, wo

er kaum gewollt, der da liebte, wenn ihn noch der Haß umfing, und der voller Güte sein konnte, wo ihm der Argwohn das Mark aushöhlte, der von Stern zu Stern nur eine Weile fand und über Äonen Antwort erhielt. Er schlug die Augen auf und gewahrte ein Gewirr von Licht in der Finsternis. Nach allen Seiten hin tat das enge Gehäuse seiner Gefangenschaft sich auf, und er verspürte, daß es nun bald keine Grenzen mehr für ihn gab. Das letzte aber war nicht mehr Gefühl oder Erfahrung, nichts mehr von dem alten Werk der Sinne. Das letzte war, wie in dem Licht rings umher ein nicht zu festigender Kern oder Ausgang leuchtete, einer unfaßbaren Verwandlung Allergeheimstes: sein Vergehen – und ein Kommen an seiner Statt, ein Bleiben und ein Enteilen zugleich. Aus der Mitte des Lichtes legte der Engel sich zu ihm in seinen Tod, – und daraus ging sein Leben hervor. Denn mit einer Seligkeit, die ihn nie zuvor erfüllt, und mit einem Gewahren, wie es seinen Augen vorher nie beschieden gewesen war, schnellte er weit entfernt von seiner Erinnerung in jubelnder Mühelosigkeit durch den nächtigen Raum, auf silbern schimmernder Bahn Myriaden und abermals Myriaden verzückter Seelen entgegen, Sonnen und Sternen, – indes in der Tiefe unter ihm für den Engel das Tagewerk anhob.
Das wußte er seltsamerweise noch, und da blieb ihm als letzte Verbindung mit dem Stellvertreter, auch als ihn schon Ewigkeiten vergangen dünkten, dunkle, ungestirnte, wie irdische Nächte im Herbst. Denn nun brach der Morgen an oder war schon angebrochen, vielleicht für alle: die Toten und die Lebendigen, ein Morgen zwischen den Äonen, und das Sonnenwerk hallte aus der Ferne mit gewaltigem Schall.
Was dann geschah, erfaßte er erst, als die Tür sich wieder geschlossen hatte. Ein Bote des Kreispolizeichefs in Uniform war nach langem, vergeblichem Klopfen ins Zimmer getreten und hatte ihm die Bestellung seines Vorgesetzten übergeben: der Graf möge die Güte haben, sich so bald wie möglich in der Kreispolizeiverwaltung einzufinden.
Er war noch nicht zurückgekehrt, als er aus dem Bett sprang; er handelte noch völlig abwesend, als der sich anzog; er wußte nicht, daß er sprach und was er sprach, als er nach einem Imbiß verlangte. Erst als er wieder von dem Brot dieser Erde aß, – da, schien es, kehrte er zurück, und jeder Bissen war ihm wie ein Schmerz.
Der Weg zu dem Gebäude der Polizeiverwaltung kam ihm mit einem Mal so unheimlich kurz vor, als wären die Entfernungen über Nacht eingeschrumpft. Er hätte ihn gern verlängern mögen, diesen Weg, um sich, in des Wortes Bedeutung, zu sammeln. Sein Ich war

ihm wie in die Unendlichkeit versprengt. Was ist geschehen? fragte es fortwährend in ihm; aber während ein Teil seines Wesens den andern fragte, suchte der andere die Antwort bei dem jähen Ansuchen, sogleich zur Polizei zu kommen.

Wo war etwas geschehen? Warum hatte man ihn so früh hierher bestellt? Der Bescheid aus Riga! fiel ihm ein. War der so dringlich? Als er die Treppen zu den Amtszimmern emporstieg, überfiel ihn eine Zerschlagenheit, die einer Ohnmacht gleichkam. Und in diesem Zustand prallte er förmlich zurück vor der unwirschen Frage des Kreisgewaltigen, der ihm schon voller Erregung an der Tür entgegenkam: Warum er denn um Gottes willen den ganzen Feldzugsplan verraten hätte! Nun wäre das Unglück geschehen!

Welches Unglück?

Das käme davon! Das käme davon! Hätte er nicht alles ausgeplaudert, dann hätte man die Bande festnehmen können! Jetzt aber hätte die natürlich ausführen können, was sie im Sinn gehabt und, rechtzeitig gewarnt, ihr Lager gewechselt!

Während der Redeflut, mit der ihn der Kreischef überschüttete, war eine seltsame Verwandlung mit Ovelacker vorgegangen. Nicht daß er angefangen hatte zu träumen, aber etwas von einer traumhaften oder rauschähnlichen Leichtigkeit des Denkens, Hörens, Sagens und Handelns war über ihn gekommen, die Fähigkeit, von einer als unwirklich empfundenen Sphäre in die Wirklichkeit einzugreifen. Er behielt nicht viele Erinnerungen, aber das Wichtigste in dem Gespräch mit dem Kreischef war einprägsam genug, um auch später von ihm gewußt zu werden, und der zur Unzeit aus seinem Schlaf gestörte und ins Amt gezwungene Beamte, der seine Rede an den Besucher zuvor lange mit sich beraten haben mochte, fand vor dem wie Träumenden alle Klugheit zuschanden gemacht. Anfangs überschüttete er ihn mit Vorwürfen, daß er den Feldzugsplan gegen die Waldbrüder, den er ihm gestern bei seinem Ansuchen um Hilfe entwickelt, sogleich weitererzählt und damit wertlos gemacht hätte. Denn gestern abend bereits hätten andere als die, die es vorerst allein anging, von dem baldigen Eingreifen der Polizei gewußt und ihre Folgerungen daraus gezogen. Nur sich selber hätte er alles zuzuschreiben, einzig und allein sich selber!

Aber was denn, was denn?

Nun, gestern spät abends oder schon in der Nacht wäre ein Mordanschlag auf den Pastor zu Drostenholm erfolgt und an einer der großen Feldscheunen des Gutes Brandstiftung versucht worden. Der Pastor wäre in seinem Studierzimmer durch Schüsse aus dem dunklen Garten niedergestreckt worden, aber er lebte noch, schwer ver-

wundet, und auch den Brand der Feldscheune hätte man mit Glück rechtzeitig bemerkt und gelöscht. Was für einen Eindruck das machte, gerade in seinem Kreise!
Aber ob denn der Bescheid aus Riga immer noch nicht eingetroffen wäre.
Nein. Er hätte gestern, wie der Graf es gewünscht, telefonisch um Befehle gebeten und keine Entscheidung erhalten können. Man wollte sie heute erst geben.
Ob er die Sache nicht als so dringlich geschildert hätte, wie sie wäre, und darauf hingewiesen, wie wenig Hilfe im Grunde genommen nötig wäre, um eine große Erleichterung zu verschaffen.
Alles, was er hätte tun können, wäre getan worden.
Ob er auch die Sachlage beredt genug geschildert, seinen Namen erwähnt und die Notwendigkeit für das Gut dargelegt hätte, jetzt zur Zeit der Holzverschiffung ungehindert über die Forsten verfügen zu können.
Alles, alles wäre geschehen. Die Herren hätten sofort Bescheid gewußt und den Grafen bedauert, daß er so viel Schwierigkeiten zu überwinden hätte.
Und dann wollte der Kreischef ihm den Vorwurf machen, daß er den Feldzugsplan verraten hätte?
Wie?
Und dann wollte der Kreischef ihm den Vorwurf machen, daß er den Feldzugsplan verraten hätte?
Warum – er verstünde nicht –, ob der Graf etwa ihn verantwortlich machen wollte.
Aber natürlich!
Ein Blick mühsam verhehlter Feindseligkeit traf Ovelacker. Der überrumpelte Kreischef schwieg und starrte seinen Besucher an. Und während der, der ihn mit einem Bekenntnis seines Eifers in die Falle gelockt hatte, zu erzählen begann, wie er sich schon gestern nach ihrer ersten Unterredung Sorgen gemacht, durch das Telefongespräch mit Riga könnten, wenn alle Namen offen darin genannt würden, Unbefugten Kenntnisse zukommen, die der Ausführung des Plans und ihm persönlich verderblich werden müßten, wie er sich aber darauf verlassen hätte, der Kreischef würde vorsichtig sein und das Gespräch so führen, daß es heimlichen Abhorchern keinerlei Aufschluß geben könnte, wo, wann und gegen wen ein Unternehmen geplant wäre, - während dieser Erzählung lebte der Kreischef wieder auf. Die Anschuldigung, der Graf hätte das Unternehmen ausgeplaudert, erhob er fortan nicht mehr. Er ließ sich's genügen an dem Bewußtsein, daß, war er auch in die Falle gelockt wor-

den, der Fallensteller selber ganz ausweglos in der eigenen saß. Bei dieser Genugtuung wurde er höflich.
Das hoffe er nicht, das glaube er nicht, der Graf möge nicht zu schwarz sehen und die Klugheit der Bevölkerung nicht überschätzen, sagte er, während ein hämischen Lächeln die schwärzlichen Falten seines bleichen Gesichtes verzog. Aus seiner langen Erfahrung konnte er ihm . . . Die Erfahrung kennen zu lernen, schien dem Besucher nicht verlockend. Er fragte, wann die Nachricht von dem Verbrechen hier eingetroffen wäre.
In den frühen Morgenstunden.
Warum so spät?
Es wäre die alte Geschichte gewesen: die Telefonleitungen wären zerstört worden, und erst nach langen Versuchen hätte man die Meldung über eine andere Linie geben können.
Und was er angeordnet hätte.
Der Urjadnik wäre mit der Untersuchung beauftragt worden.
Ob denn kein höherer Beamter zur Verfügung stände.
Den glaubte er nur auf einen ausdrücklichen Befehl einsetzen zu dürfen. Bestand Lebensgefahr bei dem Verletzten?
Soweit er unterrichtet, wäre die Verwundung nicht allzu schwer. Der Kirchspielarzt aber hätte den Verwundeten in Anbetracht seines Blutverlustes und seines Alters vorerst für nicht transportfähig erklärt.
Ob die Telefonleitung wieder instand gesetzt worden wäre.
Vermutlich noch nicht . . .
Was dort in der Gegend geschah, geschähe also wie am anderen Ende der Welt?
Der Kreischef zuckte grämlich lächelnd die Achseln und zündete sich eine neue Zigarette an. Er wäre leider nicht Chef der Telefonverwaltung, bemerkte er wie zu sich selbst.
Nein, das Telefonieren läge ihm nicht, stellte Ovelacker wie bei sich selber fest und stand auf. – Er würde heute vormittag noch nach Drostenholm zurückkehren, sagte er, und hoffte, daß der Kreischef im Lauf der nächsten Stunden den Bescheid aus Riga erhielte.
Das hoffte er auch.
Oder ob es ihm geratener schiene, noch eine Nachfrage anzustellen. Die Angelegenheit, so dringlich sie hier wäre, könnte in Riga auf dem üblichen Amtsweg leicht stecken bleiben. Ob der Kreischef nicht noch einmal anfragen könnte.
Ihm läge das Telefonieren nicht, und er müßte auch fürchten, den Herren in Riga mit seinem Eifer lästig zu fallen.
Wenn die Pflichterfüllung in Riga lästig fiele, – er werde dafür zu

sorgen wissen, daß sie in Sankt Petersburg anerkannt würde, erwiderte Ovelacker, und dieses Versprechens bäte er sich auch zu erinnern, wenn er auf die Aufklärung der Verbrechen mehr Eifer und bessere Kräfte verwandte, als die Anweisung aus Riga es vorsähe. Es wäre sein Ehrgeiz, so lange wie irgend möglich ohne das Eingreifen der obersten Behörden (dessen er bei seinen freundschaftlichen Beziehungen gewiß sein könnte) auszukommen und sich an der Hilfe genug sein zu lassen, die die Kreis- und Landesbehörde ihm gewähren könnte. Aber den Weg nach Petersburg zu gehen, mit welchen Anliegen auch immer, behielte er sich vor! Daraufhin gleich zu sagen, er wollte die Anfrage in Riga erneuern, schien dem Kreischef nicht angebracht. Er ging eine Weile auf die Schwierigkeiten der Landesverwaltung im allgemeinen und im besonderen ein, bat, dem Pastor bestellen zu wollen, daß er ihm baldige Genesung wünschte und alles daransetzen wollte, durch seine Beamten die Verbrecher ermitteln und festnehmen zu lassen, und meinte beim Abschied, vielleicht wäre es dem Grafen angenehm, auf der Rückfahrt noch einmal hier vorzusprechen. Gut möglich, daß bis dahin der Bescheid der Gouvernementsverwaltung eingetroffen wäre. Der Graf versicherte, es wäre ihm, wenn er zurückführe, nur angenehm, dem Pastor zu den guten Wünschen und Versprechungen der Obrigkeit die Gewißheit zu überbringen, daß wirklich tatkräftig und nicht nur durch einen Kirchspiel-Urjadnik eingegriffen würde. Allerdings müßte die hohe Gouvernementsverwaltung sich dann ein wenig beeilen, denn in zwei Stunden hoffte er alles erledigt zu haben und die Rückfahrt antreten zu können. Wie der Kreischef wohl verstünde, machte er sich auch um seinen Hof nicht geringe Sorgen. Die fortwährenden Anschläge wären kaum mehr auszuhalten, und zudem wirkten sie auf die Leute derartig, daß auf eine gute Arbeit nicht mehr zu hoffen wäre.
Man sähe, er wäre und bliebe Soldat, warf der Kreischef mit der Höflichkeit ein, die er dem Anschein nach stets beim Abschied für geraten fand. Der Graf hätte sich selber völlig vergessen! Auch ihm drohe ja doch Gefahr!
Mir . . .? Mit einer Handbewegung, die auszudrücken schien, es wäre ihm an sich selber nichts gelegen oder als fürchtete er für sich selbst nicht das mindeste, schied Ovelacker von ihm. Er wußte nicht, ob er sich von der Höflichkeit des Kreischefs doch noch etwas versprechen sollte oder nicht. Gegen ein glattes Nein stand dessen Angst, durch die Beziehungen des Bittstellers bei seinen höheren Behörden mißliebig zu werden. Wahrscheinlich also würde er versuchen, nach zwei Seiten gefällig zu sein, und so neigte seine Ansicht

jetzt eher dem Nein zu. Aber was er dann unternehmen sollte, dafür hatte er keinen Gedanken. Auf dem Weg ins Hotel, wo er sich zur Rückfahrt fertig machen und dem Kutscher befehlen wollte, sogleich anzuspannen, wirbelte ihm alles, was er gehört, gedacht und gesagt hatte, unentwirrbar durch den Kopf. Dazu kam noch ein zäher Widerwille, den Notar aufzusuchen, wie es seine Pflicht war. Er mußte nach Haus, er mußte ins Pastorat, sein Leben begann erst wieder mit Ordnung und Maß, wenn er zwischen seinen Pflichten stand. Hier war er einem Spuk überantwortet, der auf die Dauer stärker war als seine leibhaftige Kraft. Alles lieh diesem Spuk sein Gesicht, die Dinge, die Menschen. Denn ob ihn nun sein Zimmer anstarrte, das er nach dem überstürzten Aufbruch am Morgen noch so unordentlich zwischen Tag und Nacht vorfand, wie er es vorher kaum bemerkt, als er selber ein Teil dieser Unordnung gewesen war, oder ob er das betretene Gebaren der Hotelbedienten verfolgte, die Ahnungslosigkeit heuchelten und ihn um die Schreckensnachrichten, die jetzt schon verbreitet wurden, betrügen wollten, – in allem lauerte der Spuk der Vergangenheit und der Feme gegen den Henker, alles rief das Verhängnis auf gegen ihn.
Und nun ging er selbst zu den Menschen, in dem er sein Verhängnis erkannte, zum Notar. Warum aber, fragte er sich schon sehr bald, warum wollte er, der einmal geglaubt hatte, er könnte all seinen Feinden nicht grollen, weil sie nur Werkzeuge der geheimnisvollen Hand des Schicksals waren, – warum wollte er diesem einen schwachen Menschen als Schuld anrechnen, daß er einmal seinen Weg zur Pflicht gekreuzt hatte mit der Ahnung, er ginge diesen Weg schon in doppeltem Auftrag? Hatte sich denn nicht nur gerächt, daß er damals einem Gesetz ausweichen wollte bis an den äußersten Saum, gegen den schon ein anderes Gesetz stößt? Die Schuld hatte ihn eingeholt mit doppelter Schwere und hatte den Menschen, der ihr ins Nirgendwo zu entrinnen und doch in der Macht des Handelns zu bleiben getrachtet hatte, hüben und drüben getroffen. Im selben Augenblick kam ihm die Erinnerung daran, was für Gesichter seine Offiziere gemacht hatten, als er bei der Nachricht: der Ritterschaftshauptmann und der Kommandierende General wären übereingekommen, estländische Gutsbesitzer nicht als landes- und sprachkundige Führer zu den Unternehmungen des Militärs zu gebrauchen, ein erfreutes Gott sei Dank! gerufen hatte. Hatte der angerufene Gott damals nur den ärmlichen Dank dafür verdient, daß die deutschen Grundherren nicht in den Verdacht gerieten, Angeber zu sein und sich für ihre Leiden und Schäden durch die verhaßte Macht des russischen Militärs zu rächen? Oder hatte er selber noch ein un-

befangenes Gefühl dafür gehabt, daß der Gekränkte nicht durch mehr Macht als so viel, wie an seine Person gebunden ist, persönliche Vergeltung fordern darf, ohne schuldig zu werden, daß er seinen persönlichen Vergeltungsanspruch selbstlos dem Gesetz abtreten muß, wenn das in der Macht des Staates verkörperte Gesetz an seiner Statt Sühne zu fordern bereit ist! Hatte nicht auch Charusin damals irgend etwas darüber zu Möller gesagt, als der seine Pflicht mit zuviel persönlichem Anteil erfüllte, – etwa, daß man solch einer Pflicht nicht sein Gesicht leihen dürfte, ohne das Gesicht zu verlieren oder in der Pflicht zu versagen? Er fragte und fragte, und doch war es nicht nur die Nähe solcher Fragen und das Werk der Einsicht: er dürfte dem alten Notar sein schicksalhaftes Eintreten nicht als persönliche Schuld anrechnen, – was ihn dem alten Manne unbefangener als am vergangenen Abend gegenübertreten ließ.
Gegen den giftigen Argwohn, der ihm gestern noch den alten Mann so teuflisch verzerrt hatte erscheinen lassen, sprach heute die Erinnerung an den Traum der Nacht wie eine Beschwörung. Das Wissen um die Untat, die in dieser Nacht an einem Unschuldigen verübt worden war, entkräftigte die Verdächtigungen, die er in seinem Hader um sich genährt.
Der Pastor und der Notar hatten vor Jahrzehnten schon vereint auf dem Fechtboden der Livonia gestanden, der eine zum Kampf und der andere als Zuschauer; sie waren ihr Leben lang Freunde gewesen und später Gefährten in einem Kampf, der auch den Krüppel nicht ausschloß als Streiter. Nach den Gerüchten, die er gehört, quälte den alten Mann jetzt am meisten die Ungewißheit, wie es um den Verwundeten stand. Vergeblich hatte er eine Telefonverbindung mit dem Arzthaus in Drostenholm herzustellen versucht; die Leitung war, wie Ovelacker sich's gedacht hatte, immer noch nicht wiederhergestellt worden. Nun war seine erste Bitte an den Besucher, der möge ihm auf irgendeinem Wege Bescheid geben, wenn er den Verletzten gesehen und gesprochen oder aus seiner nächsten Umgebung Genaueres gehört hätte. Auch um ihn selber, den Grafen, hätte er sich gestern abend Sorgen gemacht, gestand er mit einem verlegenen Lächeln. Der Graf möge ihm das nachsehen, irgendwie ließe man ja seine Großväterlichkeit an anderen aus. Es hätte ihm den Anschein gehabt, als wäre der Graf verstimmt gewesen oder nicht ganz wohl, – kurzum, er wäre sich recht machtlos vorgekommen, und in dem Gefühl der Machtlosigkeit lägen seine ärgsten Stunden. Nun also: nach allem, was ihm zu Ohren gekommen wäre, hätte der Drostenholmsche Herr mit dem Kreischef einen finsteren Anschlag gegen das Volk und seine erhabenen Rechte und Freiheiten aushecken wollen,

aber das Volk wäre ihm zuvorgekommen. So oder ungefähr so malte es sich von heute an in den Köpfen, das hätte er von seinen Horchposten gehört. Und die Gouvernementsregierung mit dieser Zierde von einem Gouverneur an der Spitze hätte den finsteren Reaktionären des Kreises ihre Hilfe versagt. So hätte es in den Drähten über Land gesummt, und folglich hörte man das nicht nur in Riga, sondern überall, wo der Draht entlanglief. Nun wollte er den Verkehrsminister zu der heiligen Unverletzlichkeit des Postgeheimnisses in Rußland beglückwünschen.
Ovelacker hatte es beinahe die Sprache verschlagen. Der Notar sprach ja alles aus, was er befürchtet! Warum aber lächelte er dabei, lächelte . . . ein Lächeln, das zwischen allen Empfindungen hin und her zu irren schien? Er bäte ihn nur um eins, sagte der Notar leise, er bäte ihn um eines: er möge von heute an doppelt vorsichtig sein. Der unglückliche alte Oerthen wäre gewiß der vorletzte in der Reihe gewesen, einer müßte der letzte sein. Er möge nicht darauf bauen, daß sein Verwalter das wäre.
Aber ob er nicht viel zu nützlich wäre, als daß er niedergeschossen würde? fragte Ovelacker.
Nützlich? Warum? Der Notar richtete sich bestürzt auf aus seinem tiefen Stuhl. Es kam etwas Überwaches in seinen Blick.
Wenn diese Revolution einmal mit irgendeinem – ich weiß nicht, welchem – Ergebnis fertig sein wird, dann bin ich überflüssig, und dann wird man mich aus dem Wege räumen. Bis dahin, glaube ich, nähre ich noch mein eignes Gespenst, und das ist für die Agitation unentbehrlich.
Das wäre eine ganz neue Betrachtungweise, murmelte der Notar. Aber vergessen Sie nicht, fügte er dann eilends hinzu: Bobrikow hat man auch beseitigt, bevor Finnland frei wurde! Nur sind Sie kein Bobrikow, widersprach er nach einem Augenblick, was reden wir von Bobrikow!
Später, als Ovelacker seine Unterschrift auf etlichen Schriftstücken gegeben hatte und sich anschicken wollte zu gehen, später erst fiel dem alten Herrn die Neuigkeit ein, die er seinem Besucher zu sagen hatte: Er bekäme wieder Nachbarschaft auf Tidenküll! Die Erben des Hofes, mit denen er als Testamentsvollstrecker in Verbindung gestanden hätte, wollten jetzt kommen und den Wiederaufbau leiten. Es wäre ein Geschwisterpaar, ein junger Herr von Reuter und seine Schwester. Ob er sie kenne.
Nein, Ovelacker kannte sie nicht, – und sein Gedächtnis wüßte sie in der Verwandtschaft auch nicht recht unterzubringen, gestand er.
Der alte Herr erzählte so viel er wußte, auch von den verschlungenen

Beziehungen, durch die sie Erben Tidenkülls geworden waren. Der junge Reuter hätte in Dorpat die Rechte studiert, dann aber für lange Zeit das Studium unterbrochen und Heilung von einer schweren Krankheit suchen müssen. Völlig genesen wäre er auch jetzt nicht, und er würde es wohl auch niemals – Gott sei's geklagt! – aber er dürfte hoffen, daß seine Krankheit sich nicht verschlimmern würde. Deshalb käme er, und seine Schwester mit ihm. Die beiden wären, seitdem sie verwaist, unzertrennlich beisammen. Aus dem Leiden des einen, das auf die Hilfe des anderen angewiesen sei, wäre eine rührende Kameradschaft erwachsen, und in der wollten die beiden auch hier zusammenbleiben. So bekäme der Graf wenn auch leidende, doch junge Menschen zu Nachbarn, und das freute ihn besonders. Überhaupt sollte er sich nicht alles so zu Herzen gehen lassen! Jetzt ginge es ans Aufbauen allenthalben, in Drostenholm, in Tidenküll, bei den Langenkreutzschen und den Taubenpöwelschen, bei allen, mit denen er zu tun hätte. Man müßte hoffen, daß einmal die letzte Untat verübt wäre, sonst könnte man es hier nicht mehr aushalten. – Der Graf würde ihm doch bald Bescheid geben, wie es dem guten Oerthen ginge . . ? Ja, da führe er nun wieder wie ans andere Ende der Welt! Als beflissener Notar wollte er aber auch keine Mühe scheuen und Hausbesuche machen, sagte er lächelnd; vielleicht führe er einmal zu dem guten Oerthen hinaus, wenn es ihm besser ginge, und dann wäre der Weg zum Hof nicht mehr weit.

Wie von einer langen, schweren Krankheit genesen, schlenderte Ovelacker, als er Abschied genommen hatte, durch die Straßen. Was war gestern mit ihm vorgegangen, daß er die Güte und Freundwilligkeit dieses alten Mannes hatte verdächtigen können? War jemand selbstloser als er, oder diente die Klugheit irgendeines Menschen ihm uneigennütziger als die des treuen Zwerges, die ein wunderliches Gemisch war aus jahrzehntelanger Erfahrung, aus überkommenem Erbe (denn schon drei Generationen der ‚Mohren' waren angesehene livländische Juristen gewesen), aus Freude am Beruf und am Klienten, aus Verzichtleistung inmitten der schwankenden Rechtsbegriffe dieser Zeit und aus der Pfiffigkeit eines von der Natur im Äußeren Benachteiligten, sich am Inneren schadlos Haltenden? Gut, mochte er seinen Feinden als ein spitzbübischer, durchtriebener und gerissener Rechtsverdreher gelten, – wann hatte er je bemerkt, daß der Zwerg die Redlichkeit unter den Vorteil beugte? Niemals.

Mit einem Mal aber fürchtete er sich vor seiner Willfährigkeit, heute so viel Liebenswertes an dem Alten zu finden wie gestern Verhängnisvolles. Sollte er künftig immer dazwischen schwanken? Doch als

er in den Wagen stieg und der Kutscher die Pferde antrieb, fühlte er sich schon wie ein Stück weit zu Hause, fraglos und unangefochten und schon halb der Vergangenheit entronnen.
Doch die Schatten der Vergangenen, die er hier fliehen wollte, sollten ihn auf der ganzen Heimfahrt begleiten. Der Kreischef, bei dessen Behörde er die Fahrt schon nach wenigen Minuten unterbrach, empfing ihn mit der Mitteilung, daß der Bescheid der Gouvernementsverwaltung bald nach dem ersten Besuch des Grafen am Morgen eingetroffen wäre. Er lautete dahin, daß von einem Einsatz größerer Militär- oder Polizeieinheiten unbedingt abzusehen wäre; die Untersuchung des Verbrechens an dem Pastor und die Aufrechterhaltung der Ordnung in dem gefährdeten Kirchspiel sollten von den dafür zuständigen Amtspersonen geleitet werden. Zur Sicherheit sollten vier Mann von der berittenen Grenzwachtbrigade, die hier stationiert wäre, Quartier in dem Pastorat Drostenholm beziehen. Bei irgendwelchen Unruhen in der Gegend durch umherstreifende Banden oder sonstiges Gesindel wären sie zur Unterstützung der Guts- und Gemeindepolizei oder des Urjadniks heranzuziehen. Zu seiner persönlichen Sicherheit stünden dem Grafen die vier auch für die Heimfahrt zur Verfügung. Die Gouvernementsverwaltung hätte die Erwartung ausgesprochen, daß der Graf auf seinem Besitz völlig unbehelligt und sicher wäre.
Aber er bedankte sich für das Vergnügen, unter Eskorte zu fahren! Er bäte ihn inständig, den Schutz annehmen zu wollen. Er wäre verloren, wenn dem Grafen auch nur das geringste geschähe! drängte der Kreischef in Ovelacker, bis der in diesen Schutz einwilligte. Mehr hätte er nicht erreichen können?
Nicht mehr; es hätte ja auch weniger sein können, sagte der Kreischef.
Schwerlich, erwiderte Ovelacker wie zu sich selber, aber er hatte den Handel satt und bedankte sich bei dem, der ihm nichts geschenkt hatte, als wäre er wunder wie sehr bereichert.
Als er vor die Tür trat, führten gerade ein Sergeant und drei Soldaten ihre Pferde aus der Einfahrt, in der sie auf den Wagen gewartet hatten. Als sie ihres Schützlings ansichtig wurden, rissen sie die Hacken zusammen und grüßten: Gesundheit, Euer Wohlgeboren! und Ovelacker griff für eine Sekunde an den Hut, als wäre der eine Mütze, um als Soldat ihren Gruß zu erwidern. Er sagte ihnen, sie sollten aufsitzen und antraben, vor der Stadt würde der Wagen sie einholen. Darauf war er sofort verfallen, um unnötiges Aufsehen zu vermeiden. Genug, wenn es bei den Krügen auffiel, daß Wagen und Reiter dichtauf folgten.

Die vier schwangen sich in den Sattel und preschten mitsamt ihren zwei Packpferden davon, als wären sie die eiligste Stafette. Langsam rollte der Wagen ihnen nach, der Reisende mit in sich gekehrtem Blick, der die Straßen und ihre Menschen gar nicht gewahrte. Am Ausgang der Stadt, hinter dem Friedhofe, wurden die Reiter wieder sichtbar. Sie verhielten ihre Pferde und ließen den Wagen vorbei. Ein paar Pferdelängen hinter ihm trabten sie an und hielten Abstand. Durch das Getrappel der Pferde, die den Wagen zogen, und das Rollen der Räder klang von hinten her ihr Hufschlag in den Lärm, deutlich zu unterscheiden sechs trabende Kavalleriepferde, manchmal lauter, manchmal gedämpfter – im Schritt, wenn der Wagen langsam fuhr, im Trab, wenn seine Pferde antrabten –, ja, Ovelacker meinte zuweilen das Mahlen des Sattelzeuges herauszuhören.

Der Tag war trübe und winterlich kalt, das Grün war nur wie ein Ahnen im Lande. Ein leichter Westwind blähte den Regendunst unter dem verhangenen Himmel. Die Felder gähnten menschenleer, nur auf den zusammengestellten Heu- und Kornreutern hockten krächzend und flügelschlagend brutlustige Krähen; zwischen den von Bäumen und Büschen durchwirkten Wiesen schienen Dunstfahnen den Mittag überdauern zu wollen. Irgendwo neben dem Wagen aber stand ein zitternder, tanzender Ball in der Luft – eine Lerche! Ihr Gesang ging in Hufschlag und Räderlärm unter. Und in Hufschlag und Sattelmahlen, in den fortwährend gleich weit, gleich nah folgenden Schatten hing dem einsamen Reisenden die Vergangenheit an.

Sie kehrte mit ihm in dasK irchspiel ein, und ihre Schatten fielen weit in das Land hinein; sie ließen Ohnmächtige zittern vor Angst und Trotzige die Fäuste ballen, und die Zungen, alle Zungen, ob sie nun Starken oder Schwachen gehörten, rührten sich in Lästerung und Haß. Kaum war der Gutsherr von Drostenholm an etlichen Krügen vorbeigefahren, da jagte von Hof zu Hof die Nachricht: der Henker wäre mit Soldaten erschienen, nun finge alles von vorne an. Wahrscheinlich wollte er jetzt die Brandstiftung an seiner Scheune und den Anschlag auf seinen Kirchenherrn rächen und würde nicht eher Ruhe geben, als bis er an die zehn oder zwanzig ins Grab gebracht hätte. Man sollte an den Kaiser schreiben, daß der ihm die Waffen wegnähme, oder noch besser an die aus dem Volk gewählten Dumavertreter, damit die eine Rede darüber hielten und ganz Rußland die Schande erzählten. Beim Karrosilm-Kruge, wo die Bauleute das Krughaus für einen Pächter errichteten, sah man vier Soldaten hinter dem Wagen. Später waren dort vierzig vorbeigetrabt, der Staub sollte wie eine Wolke gestanden und sich lange Zeit nicht mehr gerührt haben. Beim Umblia-Kruge waren es schon mehrere Sotnien der gefürchteten Kosaken, mit denen der Henker angeritten kam. Viele glaubten nach den Gerüchten, der Drostenholmsche Gutsherr wäre wieder ein Offizier geworden und führte seine Streitmacht selber an. Und ritten auf dem Pastorat Drostenholm auch nur vier Reiter ein und blieben dort vier, wirklich und wahrhaftig nur vier, wie das Pastors Gesinde jedem versicherte, der schreckensbleich oder finster und höhnisch danach fragte, – für dieses Kirchspiel und seine Nachbarschaft, die mit einem Mal erstaunlich groß war, blieb es dabei, daß der Henker sein Schreckensregiment mit Hilfe von Hunderten und aber Hunderten von Soldaten wieder anfangen wollte oder daß er, um seinem schlechten Gewissen und der wahnwitzigen Angst, die ihn gepackt haben sollte, zu entrinnen, sich mit einer so großen Leibgarde umgeben. Jeder, der sich seinem Hof auf weniger als zweihundert Schritt näherte, würde niedergeschossen, ging das Gerücht, denn in jedem Menschen wittere der Henker Mörder und Rächer. So kam es, daß am Sankt Georgs-Tag anstatt hundert Besuchern nur zehn zur Pachtzahlung oder mit anderen Anliegen an das Gut bei dem Verwalter erschienen, – ein betretenes, über seinen Mut selber verdutztes Häuflein, wo in früheren Jahren eine wahre Volksversammlung gewartet hatte. Der Verwalter aber tat, als bemerkte er das Fehlen all der anderen gar nicht. Sie kamen wahrscheinlich noch, wenn die guten Erfahrungen dieser Mutigen sich herumgesprochen und die Schauermärchen Lügen gestraft hatten. Mit diesem Häuflein war er besonders freundlich und auf ihre Gesundheit mit zwei Gläschen mehr als in anderen Jahren bedacht. Nach dem letzten Glas erschien der gefürchtete Gutsherr. Der Verwalter stellte ihm die ganze Versammlung vor, und alle durften ihm die Hand geben – und blieben am Leben, wie sie merkten. Mit geringer Mühe hatte der Verwalter dem Hofherrn abgenötigt, daß er denen, die ein paar Worte Russisch verstanden, ein freundliches Wort sagte: er freue sich, sie zu sehen und hoffe auf gute Nachbarschaft mit ihnen.

Im Laufe der nächsten Tage erschienen die Säumigen und Mutlosen, aber die sahen weder ein Gläschen noch ihren Pachtherrn. Ohne viel Federlesens zankte der alte Thomasson sie aus: was ihnen denn einfiele, über Sankt Georg hinaus zu trödeln! Nicht des Geldes wegen – in dieser Beziehung, das wüßten sie gut, hätte die Herrschaft immer Geduld und Verständnis gehabt –, aber welch eine Schande, daß sie den albernen Märchen Glauben geschenkt hätten, erwachsene Männer, Männer im grauen Bart! Das nächstemal sollten sie ihre Hütejungen schicken! Bestimmt hätten die mehr Verstand als sie! Doch auch bei denen, die man auf dem Hof so freundlich aufgenommen, und bei den anderen, die der Verwalter weidlich ausgeschimpft hatte, ging die Erinnerung daran, daß sie eigentlich nichts erlebt hatten, was den Gerüchten recht gab, in dem Ruf unter, den der Hof jetzt genoß; die Berichtigungen und Schilderungen vereinzelter Stimmen waren zu leise gegenüber dem Sturmchor, der alles auf dem Gut und an dem Gut mit Haß und Schimpf überhäufte. Der Schatten war mächtiger als der, der ihn warf; die Vergangenheit stand auf gegen die Gegenwart und überwältigte sie. Die Menschen glaubten nicht mehr, was sie sahen; sie gaben ihren Alpträumen recht. Nach einer Woche – es war inzwischen einmal Sonntag gewesen – ebbte der Sturm ab, aber gleich danach schwoll er für ganz kurze Zeit von neuem und noch heftiger an. Eines Abends kam es zu Zusammenrottungen bei der Kirche. Sie wurden später damit erklärt und verklärt, daß das begeisterte Volk den Tag der Duma-Eröffnung hätte feiern wollen, aber in Wirklichkeit war es das Gerücht, der Henker hätte noch mehr Soldaten bekommen und baute mit ihnen ein großes Zuchthaus auf seinem Gut. Dabei wollte man zusehen. Zum Glück war der Pastor um diese Zeit schon so weit genesen, daß er die Leute durch sein Gesinde bat, sie möchten zu ihm ins Pastorat kommen, er fürchte sich vor ihnen nicht, wüßte er doch, in seiner Gemeinde wäre sein Mörder noch nicht geboren, – und ein Teil der Menge kam bis in den Vorgarten.

Der Pastor ließ sich von seiner Frau und dem Arzt in einen Stuhl am offenen Fenster helfen und sprach zu dem Volkshaufen, der draußen unter den Bäumen stand. Seine immer noch schwache Stimme war so leise, daß die Menge still sein mußte, als sollte sie eine Nadel fallen hören. Und gerade dieses Opfer: daß der Verwundete ihnen die allerersten Kräfte aus seiner verletzten Brust schenkte, um sie von einem Wahnwitz oder einem Unglück zurückzuhalten, machte viele von ihnen betreten.

Er wüßte wohl, flüsterte der Pastor mehr, als daß er es sagte –, denn der Arzt stand hinter ihm und ermahnte ihn fortwährend: Leise! Leise! Langsam! Leise! – er wüßte wohl, was sie auf dem Gutshof für Hirngespinste suchten, aber er wollte ihnen sagen, was in Drostenholm geschähe: Der Gutsherr hätte Arbeiter angeworben (das wären die Soldaten, von denen sie faselten), und er baute nicht ein Zuchthaus, sondern eine neue Brennerei! Dieses wäre, setzte er nach einer Weile müde hinzu, als die seltsamste Gemeinde, die er je gehabt, immer noch reglos draußen stand und auf etwas zu warten schien, dieses wäre der letzte Dienst am Wort, den er ihnen erweisen könnte: eine väterliche Ermahnung, an den Tugenden eines Christen festzuhalten, wie ihre Väter sie ihnen vorgelebt, eine Mahnung, abzulas-

sen von Haß und Verblendung. Mehr könnte er ihnen nicht sagen, zu mehr reiche seine Kraft ihm nicht. Nun sollten sie in Gottes Namen nach Hause gehen.
Und murmelnd und drängend, anzusehen wie eine große schlaftrunkene Herde, zerstreute sich der eben noch so erregte Haufen.
Der Pastor vernahm an diesem Abend und am folgenden Tage mit großer Freude die Kunde, daß seine Worte die erregten Gemüter beschwichtigt hatten. Die Freude aber stachelte das Wundfieber, das nach der Ansprache vom Fenster wieder ein wenig gestiegen war, noch um etliches mehr an. Ein trauriger Dienst wäre dieser letzte gewesen, klagte er einmal, er hätte sich einen schöneren erhofft an dieser Gemeinde, der er so lange gedient. Dieses aber wäre nun einmal nach Gottes Willen der letzte gewesen, gewiß meinte Er es gut in Seinem Rat, und wer wüßte das, vielleicht wäre dieser letzte geringe Dienst segensreicher gewesen denn viele andere, die ihn selber größer gedünkt. So wolle er denn das lange Werk, ohne zu hadern, entlassen. Ja, er wolle seinen Abschied nehmen.
Das hatte er dem Gutsherrn von Drostenholm schon bei dessen erstem Besuch gestanden, flüsternd, denn der unnachsichtige Arzt wollte nicht, daß der Verwundete so viel kostbaren Atem aufs Sprechen verwandte. Mehr als dieses Geständnis, ein: Danke! für die Grüße, die sein Besuch überbracht, und für die Mühe, die er sich gemacht, ihm das Leben und Amt zu sichern – als beides, ohne daß er es wußte, schon verwirkt gewesen war –, hatte er nicht sagen dürfen. Bei späteren Besuchen hatte der strenge Doktor mehr erlaubt, doch nach seiner Rede vom Fenster entzog er ihm abermals das Wort, und nun gänzlich, für Tage. Da aber wußte der Pastor schon, daß sein Gutsherr in ihm den letzten Seelenhirten seiner Wahl gehabt hatte und die Besetzung der Pfarre der Wahl des Konsistoriums überlassen wollte. Der Kirche erwüchse nur Schaden aus seinem Patronat, das wüßte er jetzt, hatte der Graf ganz offen gesagt: und der Pastor hatte das mit freiwilligem Schweigen bejaht.
Dabei wußte er nicht einmal, daß – während er hier lag und sich in dem Bewußtsein freute, Gottes Wort hätte abermals eine sichere Verkündigungsstätte gefunden, weil vier Soldaten und der Kirchenschutz die verwirrten Gemüter von neuen Gewalttaten abhielten –, daß da der Haß gegen den, den man den Henker nannte, abermals sein Haus geschlagen hatte und daß die Soldaten um diese Zeit schon wieder zurückgezogen waren in die Kreisstadt.
Am ersten Sonntag nach ihrer Ankunft hatte vor einem vollzählig versammelten Kirchenschutz und einer spärlichen Gemeinde der Pastor des Nachbarkirchspiels einen Gottesdienst gehalten. Zur

Kirche gekommen waren viele, eingetreten aber nur wenige, und nachdem der Gottesdienst eingeläutet und der erste Gesang angestimmt worden war, hatten die vier Soldaten die Tür der Kirche geschlossen und sich selbst danebengestellt – in die Kirche, um jedem, der in böser Absicht eintrat, das Weitere mit der Waffe zu verwehren. Während der ersten Choralverse und auch später noch war von draußen her wildes Geschrei und Gelächter zu hören gewesen. Dann aber war es still geworden, unheimlich still. Und als der Gottesdienst ausgeläutet wurde, war auf dem Platz um die Kirche herum keine Seele mehr zu sehen gewesen. Vielleicht, dachten die Kirchgänger, war es ihnen zu langweilig geworden, ihr Unwesen ohne Zuschauer zu treiben. Manchen, die nach dem Gottesdienst ins Pastorat hinübergingen, um den Kranken wenigstens wissen zu lassen, daß sie dagewesen waren, oder um ihm gute Besserung zu wünschen, – manchen von denen war eine mehr als sonntägliche Stille im Wirtschaftshof des Pastorats aufgefallen. Wenn das Gesinde irgendwo sichtbar wurde, schien es so seltsam verstört. Doch weil es für die Verstörtheit Gründe genug in der nahen Vergangenheit gab, hatte sich niemand etwas dabei gedacht. Später wurde auch nicht an die Glocke gehängt, was damals während des Gottesdienstes zum Schrecken aller geschen war, und die es miterlebt hatten, weigerten sich aus Angst vor der Rache, zu sagen, wer es getan. Sie hätten Leute im Pferdestall überrascht, die dort nicht zu suchen gehabt hätten, war ihre Auskunft, und als sie die gefragt hätten, was sie hier täten, hätten die geantwortet: die Pferde besehen, – und wären gegangen und nicht wieder gesehen worden.

Vom Ansehen allein aber konnten Pferde nicht eingehen, auch nicht die Pferde der einquartierten Soldaten, und das taten drei von ihnen am selben Tage. Bevor der Abend hereindunkelte, lagen sie starr und steif auf der Streu. Und von diesem Abend an fanden auch die Soldaten keinen Gefallen mehr an ihrem sonst ruhigen Dienst. Sie meinten, jetzt kämen die übrigen Pferde dran, und dann wäre die Reihe an ihnen, aus dem Unsichtbaren abgewürgt oder vergiftet zu werden. Beim Essen fingen sie an, die Bissen im Munde zu wälzen, als spürten sie schon das gehackte Hundehaar heraus, mit dem man ihnen das Leben verkürzen wollte. Und zwei Tage später bekamen sie den Befehl zum Abzug.

Den nächsten Sturm säte das Gerücht vom Zuchthaus, das der Henker baute, aber diesen kurzen, womöglich wildesten Sturm gegen den Verhaßten bannte die leise Stimme des verwundeten Pastors. Und dann . . . dann war es still wie in einer Erschöpfung. Was sollte nun kommen? fragte der Verwalter sich. Irgend etwas mußte doch kommen! Wer sollte nach diesen Erfahrungen noch dem Frieden trauen! Der Förster hatte zu berichten gewußt, der Wald wäre leer. An dem Abend, an dem der Pastor von der Kugel durchbohrt in seinem Zimmer zusammenbrach und es bei der großen Scheune zu flackern begann, – an jenem Abend hätten seine Buschwächter das letzte Brot hergeben müssen. Nun suchten sie sich ein anderes Quartier, hätte die Bande gesagt; der Henker hetze die Polizei auf sie, und auf die wollten sie nicht warten. Aber sie kämen wieder, das sollte man nicht vergessen! Sie kämen wieder, wann es ihnen paßte! Wann paßte es ihnen? Morgen oder übermorgen oder erst in ein paar Wochen? Wie lange durfte man sich sicher fühlen? Wollte der Herbststurm des vergangenen Jahres den ganzen Frühling hindurch anhalten und die Vergangenheit nie aufhören, einem die Gegenwart zu vergällen? Kam nicht endlich einmal Friede? – Er ging am Gutshaus vorbei, der Alte, und schaute über die Front. Der Graf ließ daran arbeiten, – weiß Gott, er hätte nicht den Mut gehabt, dergleichen gerade jetzt in Auftrag zu geben! Zu dem von Gilsenschen Wappen, das den Giebel schmückte, wurde das Wappen der Grafen von Ovelacker gesellt. Zwei Leitern und ein Gerüst dazwischen verschandelten die Stirn des Hauses. Am Fenster eines seiner Zimmer im rechten Flügel stand der Graf selbst. Er hatte Briefe bekommen und las – las, daß er nichts sah und nichts hörte von seinem Hof, las versunken, den Ellenbogen eines Armes auf die Querleiste eines der Fenster gestützt, in den auseinandergefalteten und an den Ecken leise schwankenden Bogen. Jetzt schaute er auf, aber er bemerkte seinen Verwalter gar nicht. Von fern her hatte er das Klirren der Maurerkellen gehört, die beim Wiederaufbau der Brennerei von einem stattlichen Aufgebot russischer Arbeiter geschwungen wurden. Und dieses Klirren und Rasseln hatte ihm ein anderes beschworen, vor dem er es guthieß, daß der Säbel, der Blut trank, zur mauernden Kelle geworden war.

‚Aber werden Sie, lieber Kamerad, jemals aufhören können, einer der Unseren zu sein?' stand in einem Briefe Pjotr Sergejewitsch Charusins zu lesen, den er eben in den Händen hielt. ‚Manchmal habe ich gedacht, Soldat zu sein ist nicht ein Beruf, sondern eine Daseinsform, aus der man nicht wieder hinaus kann (wie aus einem Beruf, um einen anderen zu ergreifen), ohne etwas so Schweres zu vollbringen wie ein Fisch, der zum Vogel wird.

Ich räsoniere diese holprige Philosophie so ausführlich daher, weil mir Ihr zustimmendes Nicken fehlt, das ich so oft fand und auch jetzt mit einem Blick zur Rechten suchen möchte. Denken Sie zuweilen noch an all die Straßen, die guten und die schlechten, über die

wir dahinritten? Wenn ich mich eine Weile den Erinnerungen überlasse, fehlt nicht viel daran, daß ich beschließe, ein ländlicher Grundherr zu werden und Ihr Nachbargut zu erwerben. Meine Schwadron aber nähme ich mir mit, einmal, weil ich mich von ihr nicht trennen könnte, und zum anderen, damit es in dieser Gegend dort auch ein paar anständige, treue Menschen gäbe.
Haben Sie sich nun aber schon so tief der baltischen Landespolitik ergeben, daß Sie uns dann als eine neue Welle der Russifizierung empfangen würden? Sie werden sich erinnern, in der Beurteilung solcher Fragen kamen wir nie überein, und heute liegt wohl zwischen Ihnen und mir die ganze Größe Ihres Besitzes und Ihr Haus mit vielfach verdoppelten Mauern. Von diesem Gegensatz aus gesehen aber ist es mir, gleich nachdem ich mein erstes Staunen überstanden hatte, immer mehr als eine beispielhafte Lösung erschienen, daß Sie Ihren Dienst quittierten, als Sie eine Verpflichtung an dieses Land verspürten und auch besaßen. Und ich begreife eigentlich keinen der vielen baltischen Deutschen mehr, die in unserer Armee dienen, wo sie doch einen viel dankbareren und fruchtbareren Dienst finden könnten an dem Land, daraus sie stammen und zu dem sie es zurückruft mit ihrer Liebe. Wie wird das werden, wenn wir einmal in einen Waffengang gegen Westen treten, – was über kurz oder lang ja doch einmal der Fall sein wird! Ich traue diesen Fanatikern der beschworenen Pflicht und der Ehre, die Ihre Lande und Ihr Stand uns stellen, zu, daß sie auch in einem solchen Waffengang, der eine Art Blutschande für sie werden muß, ihren Eid besiegeln, denn die Ehre des Degens wird für sie nicht einzuhandeln sein gegen einen anderen Herrn, und sie werden ihren Eid dem halten, der ihnen den Degen verlieh. Erwägen Sie aber, lieber Graf, ob man nicht fürchten muß für solche Menschen, die die untergründigsten Gesetze des Lebens: das Gesetz des Blutes und das Gesetz der Sippe, gegen Schimären – oder sagen wir auch: Gesetze, aber nicht von der Natur begründet, sondern erwählte und angenommene Gesetze des Standes, der Kaste, der Staatsform – preisgeben, und fürchten für die Gemeinschaft, die solche Menschen als echte Söhne gestellt hat! Muß nicht das Blut gefährlich dünn geworden sein, wenn man seinen Strom in einen Begriff zwängen und aus der natürlichen Bahn bringen kann? Und wie stark und starr muß dann auch das sein, woran ein Mensch zugrunde geht: das zu einer Gesetzestafel erstarrte Ich! Jetzt ahne ich schon, warum Ihre Provinzen und die Deutschen dort so viele große Feldherren, Soldaten, Entdecker, Gelehrte und Forscher hervorgebracht haben, – und nicht einen einzigen Künstler von Rang und Ruf, so viel wache Liebhaber und Dilettanten, aber nicht einen einzigen, der

sich bis in die letzte Selbstvergessenheit der Eingebung hinein verlor. Das alles, wie ich eben merke, klingt danach, als spräche ich gegen das, was ich doch noch in diesen Tagen als das einzig verbindliche Gesetz für Männer, wie wir es sind, erfahren habe, in Zeiten solcher Anarchie wie den unseren als die fortwährend unbeschädigte und immer gültige Ordnung, in Stunden der heißen Verwirrung aus einem innersten Bereich der Erfahrung als eine wohltätge Kühlung, und sei es auch die an einem eiskalten, durch keine Wärme des Empfindens zu verändernden Maß, als einen strengen, starren Begriff gegenüber schwankendem Ahnen, als eine Logik gegen eine formlose Träumerei. In der Achtung und Anerkennung dieses so mannigfaltig Umschriebenen – nennen wir es Ehre – werden Sie nie etwas anderes sein können als der Unsere. Aber schriebe ich Ihnen davon, wenn es Ihnen doch nur selbstverständlich eigen ist? Nein. Ich schreibe, weil einer der Ihren, einer aus unserer alten Schwadron, es verlor. Es wäre anmaßend, zu glauben, daß er nach diesem Verlust nichts mehr besäße. Das schon, – aber ein anderes Gesetz leitet ihn als das unsere, und deshalb hat er auch unser Leben nicht mehr teilen können und hat sich von uns getrennt. Er lebt nun nach seinem eigenen Gesetz und in seiner eigenen Welt weiter, während ein anderer, der unser Gesetz und unsere Welt – ein wenig um Ihretwillen – verteidigt hat, dafür sein Leben opfern mußte. Bewahren Sie ihm ein gutes Angedenken, lieber Graf! Ich bin sicher, auch Ihnen wird seine Gestalt sich weit über das Maß hinaus erhöhen, in dem er zu seinen Lebzeiten einer der Unseren war, unser Kornett.

Sie erinnern sich vielleicht an eins unserer letzten Gespräche in jenem Hotel der Kreisstadt und welcher Ansicht wir damals über Wladimir Karlowitsch Möller waren. Ich erzählte Ihnen damals schon von seinen merkwürdigen Äußerungen mir gegenüber, daß, nach des Grafen von Schlieffen Meinung, der Glaube, das Ehrgefühl könnte Gott ersetzen, ein Aberglaube wäre - und dergleichen mehr. Das Dergleichen aber war zu jener Zeit noch unausgesprochen und nur ein einzelgängerisches fortwährendes Mit-sich-selber-Beschäftigt-Sein, – nur, sage ich, wenn es auch schon hinreichte, ihm unsere Gesellschaft zu verleiden: anfangs, um ganz allein zu sein und dann und wann ausschließlich mir mit kleinen Bemerkungen seine von uns unbemerkte innere Position anzuzeigen, späterhin, um sich anderswo Gesellschaft zu suchen. Sein Verhältnis zu unserem Kornett war, wie Sie wissen, niemals sonderlich herzlich, nein, eigentlich schon immer gespannt gewesen, und es wurde jetzt immer gespannter, weil Kosljaninow ihm sein Betragen in der Nacht unserer Kriegsgerichtssitzung so wenig verzeihen konnte, wie er es damals

zu verstehen vermocht hatte. Nach Ihrem Weggang, als Möller die Bindung an uns mehr und mehr verlor, sei es freiwillig oder von uns verdrängt, wurde das Verhältnis unleidlich, und so eindringlich ich Kosljaninow Zurückhaltung empfahl und – dienstlich – befahl, so herausfordernd wurde die Art, wie er dem Leutnant seine Verachtung bezeigte. Das Merkwürdige war: meistens so, daß sich mir gar kein Anlaß bot, ihm Vorhaltungen zu machen oder ihm einen Verweis zu erteilen. Maklakow und ich sahen ein Unglück voraus, wenn das so weiterging, und versuchten deshalb auf jede erdenkliche Art, den Kornett zu beschäftigen und abzulenken. In der kleinen Stadt aber waren die Möglichkeiten auch bald erschöpft. ‚Kukuschka' zu spielen lag uns noch nicht, und doch schien es, als müßten die Pistolen losgehen, als hätten wir sie alle geladen in der Tasche und warteten, eingespannt in das unbegreifliche Verhängnis, das alles regierte, nur noch auf das Stichwort des Teufels. In jener Zeit trank Kosljaninow recht viel – ich habe ihm zweimal Vorhaltungen deswegen machen müssen –, und Möller knüpfte Bekanntschaften an.
Er suchte sich einen recht zweifelhaften Ersatz für unsere Gesellschaft. Waren wir schon nicht übermäßig geistreiche Kameraden, – die, die er sich erwählte, waren es ebensowenig und hatten dazu noch keinen ganz makellosen Ruf. Wo er ihrer habhaft geworden war, entzog sich meiner Kenntnis, und natürlich fragte ich ihn auch nicht. Daß er einen festen Verkehr mit ihnen gepflogen hätte, kann man auch nicht behaupten. Sie hafteten ihm ein paarmal für ein paar Stunden an, und dann hatte er sie wohl abgeschüttelt, oder sie verloren das Gefallen an seiner einsilbigen Gesellschaft. Ich bin überzeugt, daß er auch in dieser wie zufälligen Gesellschaft völlig allein war, so wie er mitten unter uns vereinsamte, wenn wir auch noch die Mahlzeiten gemeinsam einnahmen, unsere Zimmer immer noch nebeneinander lagen und der Dienst ein unerläßliches Zusammensein mit sich brachte. Aber von all dem, was wir als bedrückend empfanden – wir, ich meine damit den herzlich rechtschaffenen und langweiligen Maklakow und mich –, war das Bedrückendste die Lautlosigkeit, mit der die entscheidenden Vorgänge sich abspielten. Das verführte mich anfangs dazu, die Schwierigkeiten in dem Gegensatz der Temperamente zu sehen und ganz einfach zu wünschen, Wladimir Karlowitsch möchte ein bißchen mehr aus sich herausgehen, wie man sagt, und der Kornett ein wenig mehr in sich gehen. Wir wußten ja, was Wladimir Karlowitsch nach seinem Entschluß, zu dem er sich in der Nacht des Gerichtes durchgerungen, eingeholt hatte: ein anderer Entschluß, der Gegenbefehl, da es zu spät war, das Schicksal zu ändern, das die Verurteilten mit Hilfe seines ersten Entschlusses

ereilt hatte. Er, der so andersartige Beziehungen zu unserer Umgebung unterhielt, mag wohl auch früher als wir und viel, viel mehr von den haßerfüllten Gerüchten und Hetzereien gegen uns und unsere Urteile erfahren und mit seinem wunden Gewissen dann viel wehrloser dagestanden haben als wir anderen, die in der Atmosphäre von Klub, Quartier und Hotel viel abgeschlossener lebten als er. Ich habe lange Zeit geglaubt, dieses alles wäre nicht so schlimm geworden, wenn Wladimir Karlowitsch, von Selbstanklagen gemartert, sich einfach betrunken hätte, randvoll – in unserer Gesellschaft natürlich – und dann, nachdem er durch den Trunk schon der Verantwortung leiblich entflohen wäre, der geistigen und seelischen Verantwortung zu entrinnen versucht hätte. Das wäre ihm natürlich nicht gelungen (wem auch, und wie!), und er hätte nur in Reue und Zerknirschung ausschweifen können. Ich Lump, ich Schuft, ich Schwein! hätte er müssen rufen können und weinen, endlos weinen können über sich selbst. Und ich bin sicher, unser guter Kornett hätte sich nach anfänglichem Befremden zu ihm gesetzt und gesagt: Aber Wladimir Karlowitsch, so hören Sie doch auf! Wie ist das alles entsetzlich, Sie Ärmster! Ach ja! Wir alle sind ausgemachte Schweine, so grauenvoll Verlassene und Verdammte! Aber seien wir Brüder! Komm, gräme dich nicht, es zerreißt mir sonst das Herz vor Mitleid! Ich bin ja wie du!

Und alles, alles wäre gut gewesen, bestimmt.

Er war aber nicht so.

Er schloß sich von uns ab, er schloß sich hinter seinem Schweigen in seine Qualen ein. Er verachtete den Weg der lauten Zerknirschung und dachte stumm die unerbittliche Rechnung zu Ende, die er auf sich ausgestellt fühlte. Er wollte sich nichts anmerken lassen. Als er spürte, daß er das nicht ganz vermöchte, wich er uns aus. Das hielt er wochenlang durch. Dann überwältigte ihn wohl ein Verlangen nach Gesellschaft, – nicht nach unserer, denn wir wußten ihm zu viel und waren zu voreingenommen; nein, ich glaube, er wünschte sich so etwas wie einen Beichtiger. Er muß den Wunsch gehabt haben, sich einmal mit seiner Verzweiflung und Unordnung einem anderen Menschen anzuvertrauen, um sich dann ruhig und erleichtert von fern betrachten und beurteilen zu können.

Er hat diesen Menschen, der ihm sein Ich für eine Weile abnehmen konnte, in einer seiner Zufallsbekanntschaften gefunden. Es war ein zweifelhafter Mann, der zuweilen auch in den Klub kam, eine lausige Halbheit von einem Deutschböhmen und einem Polen oder Gott weiß, was, jedenfalls ein Schwätzer mit dem Ehrgeiz, ein Zwischenträger zu sein, auf den der Kreismilitärchef jetzt ein Auge ge-

worfen hat; aber er wird diesen Menschen wohl für mehr und für etwas Gefährlicheres halten, als er in Wirklichkeit ist. Immerhin pflegen ehemalige Musiker (so etwas wäre er gewesen, soll dieser Mensch behaupten) sich ja in der Regel nicht für Küstenartillerie zu begeistern. Kurzum: dieser Mensch ist Wladimir Karlowitschs Beichtiger gewesen, denn erstens hat man sie einmal lange Zeit beisammen gesehen, wobei, dem Anschein nach, Möller die Unterhaltung allein bestritt, und zum anderen begann dieser Mensch eines Abends im Klub Bemerkungen von sich zu geben, die uns aufhorchen ließen. Uns, – das waren unglücklicherweise Kosljaninow, Maklakow und ich im Beisein zahlreicher höherer Chargen und Beamter des Krondienstes, und Kosljaninow war, als diese Bemerkungen fielen, schon mehr betrunken, als gut war.
Mit einem Mal, schien es uns, wurde er völlig nüchtern. Kreideweiß im Gesicht, stellte er diesen Menschen zur Rede: wie er so etwas behaupten könnte, wie er sich unterstände, derartige Beleidigungen zu sagen, und ähnliches mehr. Jener aber nun, anstatt beflissen, mit ein paar verbindlichen Worten einen Ausgleich zu suchen, trumpfte mit seinem Gewährsmann auf und dachte gar nicht daran, sich zu entschuldigen.
Es war ein furchtbarer Augenblick. Vergegenwärtigen Sie sich: zehn, zwanzig Menschen, wir, an der Spitze der Kornett, – und jener Schmäher und die Unüberhörbarkeit seiner aufreizenden Reden, die Nacht, die gelockerte Stimmung, die nicht mehr ganz beherrschten Formen – eine glühende Erregung, die, wir spürten das, lange in uns geglommen hatte und jetzt helle Flammen zünden, zu irgendeiner wahnwitzigen Tat führen könnte. Eisig, ich schwöre Ihnen, eisig, Auge in Auge mit dem Schmäher unser Kornett. Kaum aber hatte der den Namen Möllers erwähnt, da wurde der Blick Kosljaninows zerstreut. Ich hatte schon vordem oft das Empfinden gehabt, als suchte der Kornett unseren Leutnant Möller nur so weit herauszufordern, daß der nach herkömmlichen Ehrbegriffen Genugtuung von ihm verlangen mußte. Je geflissentlicher und weiter Wladimir Karlowitsch ihm auswich, um so gereizter und ausfallender war er geworden. Bestimmt hatte er sich nichts sehnlicher gewünscht, als seinen Gegner einmal Auge in Auge vor sich zu haben, auf dem Korn. Für wenige Augenblicke hatte sich das jetzt einmal erfüllt. Er hatte Auge in Auge mit jenem Schmäher gestanden, und es wäre eine Frage von Minuten gewesen, bis er ihm seine Forderung hätte überreichen lassen, – da mit einem Mal wurde dieses Gegenüber wieder nur ein Schemen. Und von nun an war jener Mensch für ihn ohne Bedeutung. Der Haß, den er empfand, richtete sich weniger gegen

ihn als gegen den, den er hier mit seinen Bemerkungen vertreten hatte. Und kaum daß der Fremde, allen hörbar, den Namen Möllers genannt hatte, war er für den Kornett nur noch eine verächtliche Nebenfigur, ein Zufall, ein Nichts, das er keines Blickes mehr würdigte.

Er drehte sich zu mir um und sagte, ebenfalls allen vernehmlich: Ich würde ja wohl der gleichen Ansicht sein wie er, daß es nun an uns wäre, die Folgerungen zu ziehen, und daß ich gut daran täte, die anwesenden Herren um Stillschweigen zu bitten, bis wir uns Genugtuung verschafft hätten. Das tat ich, noch während er dabei war, – denn gleich danach, als die Erstarrung und die Spannung der letzten Minuten eben anfingen, sich zu lösen, und die Anwesenden uns mit Fragen bestürmten, war der Kornett verschwunden.

Mir ahnte nichts Gutes, und deshalb eilte ich, mit Maklakow den Klub zu verlassen, in dem, wie wir später hörten, die ganze Gesellschaft noch bis in den Morgen hinein bei erregten Gesprächen beisammenblieb. Wir kehrten ins Hotel zurück, wo wir von weitem schon in zwei Zimmern, den Zimmern Möllers und Kosljaninows, Licht brennen sahen. Auf der Treppe empfing uns Wladimir Karlowitsch, der sich schon einmal hingelegt hatte, und bat uns trotz der späten Stunde noch um eine Unterredung. Kosljaninow kam nicht aus seinem Zimmer.

Ich brauche Ihnen nicht zu schildern, wie diese Unterredung mit Wladimir Karlowitsch verlief. Maklakow und ich waren nach dem Vorhergegangenen vielleicht betont kühl zu ihm, und er . . .
Kosljaninow war, so erzählte er, gleich nachdem er ins Hotel zurückgekehrt war, an seine Tür gekommen und hatte ihn auf ein paar Worte herausgebeten. Er, schon im Bette liegend, hatte ihn hereingerufen. Und im Bett liegend hatte der Leutnant von dem wie rasenden Kornett die gröbsten Beleidigungen hinnehmen müssen. Er hielte ihn für einen Lump und miserablen Kameraden, für einen Lügner, für einen . . . Ich weiß nicht mehr, für was alles noch. Das alles hatte Wladimir Karlowitsch zu hören bekommen, aber er – und so etwas hatte auch nur ein Mann wie Möller fertig bekommen können – hatte dafür nicht anders quittiert als mit der entschiedensten Aufforderung, sofort sein Zimmer zu verlassen und ihn durch einen im Rang Gleichgestellten wissen zu lassen, was er, der Kornett, von ihm hielte, wenn er das, nüchtern geworden, dann nicht schon wieder vergessen hätte. Diese Anspielung auf seine häufige Betrunkenheit hatte Kosljaninow beinahe um den Verstand gebracht. Es hätte ausgesehen, als ob er sich auf ihn stürzen wollte, erzählte uns Möller, aber schließlich wäre er unter Flüchen und Beleidigungen, von

denen ‚beschissener Hund' die zahmste gewesen, doch aus dem Zimmer gegangen. Nun, endete Möller, wollte er uns um Aufklärung darüber bitten, ob wir wüßten, was den Kornett zu dieser Haltung bewogen hätte. Wir gaben sie ihm. Er, trotz der ungeheuren Erregung, die wir ihm anmerkten, dankte sehr höflich für unsere Bereitwilligkeit, drückte dann aber die Hoffnung aus, daß wir es annehmbar finden möchten, wenn er die Folgen aus diesen Ereignissen erst morgen zöge.

Natürlich waren wir einverstanden.

Kosljaninow, bei dem wir einen Augenblick später eintraten, saß vor sich hinstarrend auf seinem Bett und sprang auf, als wir kamen. Nie habe ich einen Menschen so aufspringen sehen wie ihn. Ich sagte ihm, daß wir von Möller alles gehört hätten, wozu er sich inzwischen hätte hinreißen lassen, und daß ich ihm hier in Gegenwart Maklakows den Befehl gäbe, nichts, was er beabsichtige, mit Möller unmittelbar auszutragen, sondern daß er sich vorher jeweils an mich zu wenden hätte. Freundschaftlich ergänzte ich den Befehl, indem ich ihn bat, nichts zu überstürzen, sondern ruhig zu werden und besonnen zu handeln, worin Möller, wie ich soeben bemerkt, ihm ein Vorbild sein könne . . .

Ein schönes Vorbild! knurrte er dazwischen, ein Vorbild im Kneifen!

. . . und alles, was in dieser elenden kleinen Stadt geschwatzt würde, nicht für bare Münze zu nehmen. Ob sein Schwadronskamerad ihm nicht unbedingt glaubwürdiger erschiene als irgendein Klubgänger zweifelhaften Rufes?

Er war bereit, das zu bejahen, und damit schien mir viel gewonnen für den nächsten Tag. Beim Abschied sagte er uns noch mit so etwas wie einer kindlichen Reue, dieses alles ginge ihm um Ihretwillen so nahe. Sie wären nicht da, und so wäre es eine ganz besondere Gemeinheit. Was Sie von uns denken müßten, wenn Ihnen das einmal zu Ohren käme, und dergleichen mehr. Hätten Sie einen Sohn, lieber Kamerad, er könnte die Ehre seines Vaters nicht leidenschaftlicher verteidigen.

Er war den Tränen nahe, unser Kornett!

Am nächsten Morgen. Wer noch wachend auf ihn gewartet hat außer mir, weiß ich nicht; aber ich glaube, jeder von uns tat vor seinem Zimmernachbar, als schliefe er. Kaum daß wir gefrühstückt – ich schickte Kosljaninow zur Inspektion bei den Leuten –, erschien Wladimir Karlowitsch sehr ernst bei mir und bat um eine Unterredung im Beisein Maklakows. Ich rief den hinzu. Der Brave schwitzte vor Aufregung. Mit einer gewissen Schamhaftigkeit, die

jungen Offizieren eigen ist, schien ihm dies alles sehr peinlich zu sein. Möller bat ums Wort zu einer Erklärung und begann die mit einer Einschränkung, die – so sehr sie den Anschein von Recht erweckte – doch eigentlich kein Anfang war, wie wir ihn erwartet hatten, sondern das Ende. Das Ende jeder Kameradschaft. Seine Einschränkung besagte ungefähr: daß er seine Erklärung beschränken wollte und müßte auf das, was gestern abend den Anlaß zu der Beleidigung durch den Kornett geboten hätte, also die unbefugte Mitwisserschaft jenes zweifelhaften Menschen. Er gäbe uns hiermit bekannt, daß er sich in der Tat mit jenem Herrn (er erwähnte ihn nie anders als ‚jenen Herrn') über die Probleme, die ihm aus unserer Tätigkeit in den letzten Monaten, insbesondere aber aus unseren Urteilen im Dezember, erwachsen wären, lange und sehr offen unterhalten hätte, doch hätte er nicht vorausgesehen und auch nicht voraussehen können, daß sein menschliches Vertrauen derartig mißbraucht werden würde. Er hätte aus unserer Wiedergabe der Bemerkungen jenes Herrn entnehmen können, daß die freimütige Erzählung seiner persönlichen Erlebnisse in diesen Monaten von jenem Herrn dazu benutzt würde, abfällige Bemerkungen über unsere Arbeit überhaupt und über das Offizierkorps anzubringen und politischen Zwist zu säen. Dergleichen hätte er, auf Ehrenwort, natürlich nicht beabsichtigt und auch nicht hervorrufen wollen. Ob wir das nicht glauben wollten.
Ja, das glaubten wir.
Ob wir dann damit einverstanden wären, daß er den Kornett durch mich auffordern ließe, sich in unserem Beisein bei ihm zu entschuldigen. Für eine Bereinigung der Sache mit jenem Herrn würde er selbst Sorge tragen. Oder ob wir aus seiner Erklärung keine Genugtuung erhielten und ihm nahelegen wollten, andere Folgerungen zu ziehen, deren Notwendigkeit er allerdings heute – heute! – noch nicht einsähe.
Ich bat ihn, davon überzeugt zu sein, daß seine Erklärung mich befriedigte, weil sie mir zusammen mit seinem Bedauern über das Vorgefallene eine Genugtuung für diese Mißstände gäbe, die ich erfahren hätte – für diese, und nur für diese! –, daß ich ihn aber bäte, meine endgültige Antwort nach ein paar Stunden entgegennehmen zu wollen, wenn ich mit dem Kornett gesprochen hätte. Ich könnte über dessen Bereitwilligkeit zu der Entschuldigung, die er sich ausbedungen hätte, nicht so einfach verfügen. Wie Maklakow dächte, wüßte ich nicht. Aber Maklakow hatte ebenso gedacht, und wenn er nicht so gedacht, hätte er sich meine Ansicht zu eigen gemacht, sagte er zu Möller.

Kosljaninow lehnte anfangs, nachdem ich ihn mit Möllers Bedingung bekannt gemacht hatte, rundweg ab, sich zu entschuldigen. Er bat mich, Wladimir Karlowitsch eine Forderung auf Pistolen antragen zu dürfen. Ich verbat mir derartige Einfälle sehr nachdrücklich, und gleich wurde er zerknirscht. Aber entschuldigen wollte er sich nicht, nein. Er hatte die unsinnigsten und die einleuchtendsten Gründe zugleich dafür, bunt durcheinander. Ich erinnerte ihn an seine Willfährigkeit, dem Schwadronskameraden mehr glauben zu wollen als jenem Herrn. Die stritt er nicht ab, nein, nur käme es gar nicht darauf an, sagte er. Natürlich glaubte er Möller, er hätte sogar viel zuviel von ihm geglaubt, er hätte das, was er gestern abend aus den Bemerkungen jenes Fremden herausgehört, von Möller niemals glauben mögen! Ob ich denn gar kein Gefühl dafür hätte, was geschehen wäre . . . und so weiter. Er begriffe gar nicht, wie ich die Sache so lässig behandeln könnte!
Ich fragte ihn so nebenher, ob er nun auch anfangen wollte, mir die Ehre abzusprechen, und werde nie vergessen, wie er mich da entsetzt anschaute und nur ein: Aber Pjotr Sergejewitsch . . .! rief, wie es mir selten so gut in den Ohren geklungen hat.
Ich mußte einen Ausweg finden, und darum machte ich ihm den Vorschlag, die Sache vor ein Ehrengericht zu bringen. Es sollte aus Maklakow und mir und zwei anderen Offizieren bestehen. Dem Spruch dieses Gerichts aber müßte er sich fügen. Damit war er zu guter Letzt einverstanden. Ich ging zu Möller und teilte ihm den Ausgang der Unterredung mit Kosljaninow und meinen Vorschlag, den der Kornett bereits angenommen hätte, mit. Möller machte Einwände. Auch er wollte den Spruch eines Ehrengerichts anerkennen, sagte er, wenn ich ihm dafür bürgen wollte, daß nur so viel von den Hintergründen der ganzen Angelegenheit beleuchtet würde, wie zur Beurteilung des Streitfalls nötig wäre, das heißt: wenn nur die Beleidigung des Kornetts und der Inhalt seiner Erklärung, die er uns heute früh gegeben hätte, das Material der Untersuchung bilden würden. Auch diese Einschränkung war annehmbar, selbst für den Kornett. Der aber, fürchte ich, gab sein Einverständnis mit viel Unbedachtsamkeit. Meinen Sie nicht auch?
Das Ehrengericht trat am selben Tage zusammen. Ich hatte den Rittmeister der berittenen Grenzwachenbrigade und den Kreismilitärchef hinzugebeten. Die Entscheidung lautete, daß die Handlungsweise des Leutnants Möller lebhaftes und berechtigtes Befremden erregen müßte, aber daß der Kornett nicht berechtigt gewesen wäre, den Leutnant ohne einen vorhergegangenen Versuch, die Sache aufzuklären, so einfach zu überfallen und zu beschimpfen, und

sich dafür entschuldigen müßte. Haben wir Richter mit diesen wenigen Worten mehr sagen, und haben wir schließlich überhaupt mehr sagen können? Und, denken Sie, ich hatte, nachdem Kosljaninow sich in unserem Beisein mit Worten, die ihm wie herausgewürgte Bissen aus dem Munde kamen, entschuldigt hatte, – ich hatte das Gefühl, daß Möller von diesem Ausgang völlig befriedigt war! In Wirklichkeit muß er sich zu einer unfaßlichen Beherrschung und Verstellung gezwungen haben, zu einem Versuch, den äußeren status quo wiederherzustellen, um desto unbemerkter von uns und desto unbarmherziger mit sich selbst in die innere Probe auf Sein oder Nichtsein zu gehen.

Die Tage verstrichen. Wir lebten, wenn Wladimir Karlowitsch unsere Gesellschaft teilte – und das tat er jetzt mit einem Mal ebensooft wie in alten Zeiten –, wie auf einem Friedhof, wie die Schatten derer, die im Grabe lagen: die Kameraden, die wirklichen Kameraden. Eine gespensterhafte Runde waren wir, Gespenster der offenherzigen, unbefangenen, miteinander vertrauten Männer, als die wir einmal hier eingezogen waren. Wir warteten alle nur auf den Marschbefehl und taten derweilen, als würde es uns wer weiß wie schwer, aus dieser Stadt zu scheiden. Der Klub beruhigte sich wieder nach jener erregten Nacht, ‚jener Herr' wurde aus der Liste seiner Mitglieder gestrichen. Ich erlebte oft, daß man dem Kornett Beweise der Zuneigung gab, aber niemals wurde ich Zeuge einer Aufmerksamkeit gegenüber dem Leutnant Möller, niemals hörte ich ein freundliches Wort über ihn. Man schwieg über ihn. Die Straßen aber, so hörte ich später, die Straßen redeten um so mehr.

Es dauerte auch nicht lange, da beschlich mich abermals das Gefühl, wir näherten uns einer Katastrophe. Das Verhängnis, eben erst gebannt, hatte uns wieder eingeholt. Wissen Sie, es lag wieder in der Luft, in den Worten, in den Blicken, in einem teuflischen Zufall, wie Gespräche sich entwickeln, der kein Zufall ist. Dieses Gefühl war nicht nur mein verschwiegener Alp. Maklakow platzte eines Abends auch mit dem Bekenntnis heraus, diese gute, ehrliche Haut.

Aber da kam – eine Erlösung! – der Marschbefehl. Nie habe ich einen Befehl so gerne befolgt wie diesen. Es war uns viel zuviel Zeit gelassen worden in dem Befehl, wir hätten den Abmarsch in der Hälfte der Zeit schaffen können, so eifrig waren wir. Und doch entging mir bei diesem fröhlichen, so aufs Äußere gerichteten Eifer unserer letzten Tage nicht, daß Kosljaninow an dem Abend, an dem wir im Klub über Gebühr herzlich verabschiedet wurden, völlig verstört war. Und von jenem Abend an – auch das ging uns erst später auf – sprach er mit Möller kein Wort mehr, außer den unvermeidlichen dienstli-

chen Mitteilungen. Er mischte sich in keine Unterhaltung mehr ein, an der Möller ebenfalls beteiligt war, er schwieg einfach, er schwieg die Existenz dieses Menschen tot. Das muß etliche Tage gedauert haben – wie viele, wir wissen es nicht genau, haben wir doch auch erst nachträglich bemerkt, daß er von einer gewissen Zeit bis zu einer gewissen Zeit nicht mehr sprach, – bis zu dem leisen, gezischelten Wortwechsel, bei dem wir ihn mit Möller überraschten, auf dem Bahnhof von Gatschina war das, zwischen unseren Wagen. Das war aber schon kein Wortwechsel mehr, wie ich andere erlebt habe. Da war jedes Wort wie eine Kugel, dem anderen ins Gesicht gefeuert, und dieser andere, Möller, stand ruhig da, völlig ruhig, aber bleich wie eine Kalkwand, und starrte mit einem Lächeln, das gefroren wirkte, auf den zischelnd feuernden Mund, der ihm ein nie zuvor Gehörtes gesagt haben mußte. Und dennoch: so ungeheuerlich das gewesen sein mochte, – gelähmt von der Unmöglichkeit, etwas erwidern zu können, schien Möller sich bei unserem Hinzutreten abwenden und weggehen zu wollen. Da mit einem Mal sahen wir die Hand des Kornetts ausholen, blitzschnell, – und schon war sie von Möller abgewehrt und mit einem bärenstarken Griff niedergezwungen worden. Nun spie der Kornett vor ihm aus, besinnungslos in dem einzigen Wunsch, den er wohl noch gekannt haben mochte: daß Möller sich ihm mit der Waffe stellte.
Wir eilten dazwischen und trennten sie. Über den Vorfall, soweit wir ihn mit angesehen hatten, wurde kein Wort gesprochen. Das Ende kam schnell. Wir wußten nichts davon, als es schon gekommen war, Maklakow und ich; man hatte uns wohl mit Absicht nicht unterrichtet.
Drei Tage später wurde ich sehr früh am Morgen aus dem Schlafe geweckt von einem jungen Leutnant des Xschen Regimentes mit der Bitte, einem Sterbenden den Wunsch, sich von mir verabschieden zu dürfen, zu erfüllen. Der Kornett Kosljaninow wäre soeben hoffnungslos verwundet von etlichen Freunden ins Spital gebracht worden, die Ärzte gäben wenig Zeit mehr, und befragt, ob er noch etwas wünsche, hätte er sich nur den Segen eines Priesters und den Abschied von mir erbeten. Vielleicht kämen wir noch zurecht.
Ich kam zurecht – und doch zu spät.
In dem Zimmer, in das wir eintraten, befanden sich die Kameraden, die den Sterbenden hierher gebracht, und der Priester, der sein Werk schon vollendet hatte. Ohne etwas zu erfragen, trat ich sogleich an das Bett des Verwundeten. Der Gute war noch eben bei Besinnung. Wir nahmen Abschied voneinander. Er sagte mir, kaum hörbar, daß er dieses Ende nicht bereute um der Ehre willen, die auf dem Spiel

gestanden hätte. Er hätte so handeln müssen, weil er später noch viel mehr und viel Schlimmeres erfahren hätte. Um Ihretwillen, lieber Graf, wäre es ihm nicht möglich gewesen, anders zu handeln.

Er trug mir Grüße an Sie auf.

Und das war sein letztes Anliegen auf dieser Welt. Mit den Grüßen auf den Lippen starb er, in einem wilden, erschütternd anzusehenden Todeskampf. Ungebärdig und streitsüchtig und aufbrausend, wie er sein Leben gelebt, ging er auch seinen Tod an, so eindringlich auch der Priester seine Gebete sprach.

Von den Umherstehenden erfuhr ich gleich danach, daß in der Morgenfrühe dieses Tages der Kornett dem Leutnant Möller im Duell mit der Waffe gegenübergetreten und von jenem im ersten Kugelwechsel niedergestreckt worden war. Der Gegner war unverwundet.

Er erschien am Nachmittag desselben Tages bei mir, mit einem Gesuch um Urlaub bis zur Gewährung seines Abschieds und mit dem Abschiedsgesuch. Ich nahm beides entgegen und sagte ihm dann, in Anbetracht dessen, wie man bei unseren Vorgesetzten über Duelle dächte, wäre es mir nicht möglich, von irgend etwas Vorgefallenem zu wissen, aber ich brauchte mir wohl keinen Zwang anzutun und dürfte ihm sagen, daß ich die Folgerungen, die er nun gezogen hätte, schon seit einiger Zeit als unumgänglich hätte betrachten müssen. Es wäre mir an diesem Tage der Trauer um einen jungen Helden der Missetat, der sich in den Morgenstunden zum letzten Male von mir verabschiedet hätte, so etwas wie eine Genugtuung, auch seinen Abschied entgegennehmen zu dürfen.

So . . . seit einiger Zeit also schon . . ., sagten Sie, seit einiger Zeit schon, erwiderte er darauf wie zerstreut; und dann, dieser Hüne, dieser bedächtige, in sich so namenlos unerbittliche Mensch: Ich hätte mich auch lieber am Morgen von Ihnen verabschiedet, Pjotr Sergejewitsch!

Aber Wladimir Karlowitsch! Mehr kann es nicht gewesen sein, was ich sagte.

Ich hatte fest damit gerechnet, diesen Tag nicht überleben zu müssen, fuhr er fort. Ich begreife nicht, wie der Kornett, der doch sonst ein so guter Schütze gewesen ist . . .

Ja, pflichtete ich ihm achselzuckend bei, ich habe mich gewundert über dieses . . . dieses völlig einseitige Ergebnis. Aber erkennen Sie daraus, daß das Schicksal Ihnen die große Gelegenheit bieten wollte, die Sühne durch das Leben zu geben. Und Sie sind ja noch jung, Sie werden es schaffen! Verlieren Sie sich jetzt nur nicht in ein zweckloses Grübeln! Er blickte mich mit einem Lächeln an, das – ich

bin überzeugt – meinen sehr oberflächlichen Vertröstungen galt. Nicht wahr, begann er nach einer Weile des Schweigens, in der er mit gesenktem Haupte dagestanden hatte, als läge eine schwere Last auf ihm, nicht wahr Pjotr Sergejewitsch, Sie sehen doch auch den unlösbaren Knoten? Jetzt sah er mich nicht einmal mehr beim Sprechen an. Wissen Sie, erwiderte ich ihm, ob ich ihn sehe oder nicht sehe, – was bedeutet das! Hätte ich etwas von Ihrem Feingefühl, dann müßte ich mich doch schämen, diesen Knoten bei mir selber nicht auch zu entdecken.
Das sagen Sie so! war seine Antwort.
Nein, das sage ich nicht nur so hin, entgegnete ich ihm. Zugegeben, daß ich gewisse Vorbehalte und Einschränkungen zu machen gezwungen bin, im übrigen aber brauche ich nicht zu lügen, wenn ich Ihnen sage, daß der Knoten, von dem Sie sprechen, meine Hochachtung für Sie begründet, trotz allem.
Trotz allem . . . wiederholte er düster.
Trotz allem, ja, Maklakow wird diesen Knoten schwerlich einmal bei sich entdecken müssen, und ich, – du lieber Gott! ich bin, fürchte ich, viel zu mittelmäßig für solch feindliche Auszeichnungen des Schicksals. Sie haben unsere bescheidene Norm mißachtet, das wissen Sie, das weiß ich, aber – und das ist doch die Hauptsache – nicht durch eine noch bescheidenere, sondern dadurch, daß Sie diese norme du corps als nicht mehr bindend für Sie anerkennen konnten, weil sie Ihr Rechtsgefühl beleidigt hatte. Aus Ihrem beleidigten Rechtsgefühl stellten Sie der norme du corps ein sittliches Grundgesetz entgegen, das für Sie bindender war als die landläufige Auffassung von Ehre. Ich weiß nicht, ob es wirklich alles so war, aber . . .
Ja, so ungefähr war es, murmelte er beschämt.
Man könnte nur auf dem Standpunkt stehen, fügte ich hinzu, daß dieses alles recht gefährliche Feinheiten für einen jungen Offizier in unserer Zeit sind. Denn genaugenommen hebt Ihr neues Gesetz unseren Beruf und seine Ehre auf. Deshalb empfinde ich es auch als Genugtuung, daß Sie heute um Ihren Abschied nachsuchen. An meiner persönlichen Stellung zu Ihnen ändert das natürlich nichts.
Das ist sehr freundlich von Ihnen, Pjotr Sergejewitsch, aber das sagen Sie auch nur aus Liebenswürdigkeit. Sie haben viel Skepsis und Selbstkritik in Ihrem Wesen, aber vor Ihrem Ehrbegriff, – nein, was sage ich, vor Ihrem Ehrengott! verbesserte er mit einem Blick, der mich auf die Anspielung an das Schlieffensche Wort aufmerksam machen sollte –, vor diesem Ehrengott sind Sie im Grunde genommen doch fragenlos und fromm wie ein Kind.
Wie sollte ich das nicht? gab ich zu. Jeder ist seinem Gott verschwo-

ren, solange er die Ordnung will und nicht ein Chaos. Und es ist für einen schwachen Geist angenehm, Stärke zu finden in der frommen, fragenlosen Erfüllung einer Norm, an der er nur mit dem Genügen beteiligt ist, nicht als Gesetzgeber, sondern als Untertan. Sie haben den Vorbehalt des freien einzelnen gegenüber dem Gesetz angemeldet, dem blindlings zu dienen hat, wer sich zu unserer Gemeinschaft zählt. Ich sehe darin eine Pflicht, die Ihnen neu erwachsen ist, – aber natürlich, es ist sehr schwer, Protestant zu sein.
Er nickte und schickte sich an zu gehen.
Was für Pläne haben Sie jetzt? überwand ich mich, ihn zu fragen.
Er zuckte die Achseln.
Die Sache wird einiges Aufsehen erregen, und . . . Sie werden es doch nicht auf Festung ankommen lassen?
Er überwand sich so spät, nein zu sagen, daß es einen Eindruck davon gab, wie gleichgültig ihm alles war.
Aber nein, er wollte es nicht auf Verhandlung und Festungshaft ankommen lassen. Fahren Sie weg! riet ich ihm, im Laufe einiger Zeit bügelt sich bei den Verbindungen, die Sie haben, alles wieder aus.
Die Falte bleibt! sagte er lächelnd und reichte mir die Hand, um mir zu danken und sich zu verabschieden. Im Gehen fragte er mich wie nebenbei, ob ich Ihnen schreiben würde. Ich bejahte es. Lassen Sie mir eine Lücke offen in Ihrem Brief, ich werde selber auch ein paar Worte schreiben, bat er, und ich sagte es ihm zu, ohne zu wissen, wie er das meinte.
Sein Wagen wartete vor der Tür. Ich begleitete ihn. Er schien noch etwas auf dem Herzen zu haben, aber ich blieb im ungewissen, was das sein könnte, bis er mir zum letzten Male die Hand gedrückt hatte und schon eingestiegen war. Da erst fand er den Mut. Er wollte wissen, wohin man ‚ihn' gebracht hatte.
Ich begriff sofort, von wem er sprach, und nannte ihm das Spital. Sein Kutscher ließ die Pferde anziehen, der Wagen fuhr ab, mochte er das inzwischen, für mich unhörbar, so befohlen haben oder nicht. Im Davonfahren hob er stumm und mit ernstem Gesicht grüßend die Hand. Das war das letzte, was ich von ihm sah.
Der Fall erregte bei uns im Regiment und in der ganzen Garnison großes Aufsehen. Dem Obersten habe ich so viel erzählt, wie ich für richtig befand. Als man jedoch, der Form zu genügen, jetzt eine behutsame Nachforschung anstellte, wo Wladimir Karlowitsch sich eben aufhält, hieß es, er wäre schon vor längerer Zeit ins westliche Ausland abgereist, unbekannt, wohin dort. Und nun schläft, von ‚höheren Kräften' beruhigt, die Sache allmählich ein.'

Pjotr Sergejewitsch Charusins langer Brief war, wie der Schreiber am Schluß selbst vermerkte, von ihm an einem Tage angefangen worden, in dem naiven Glauben, er würde ihn am gleiche Tage abschließen und wegschicken können. In Wirklichkeit hatte er dann einen beträchtlichen Teil seiner freien Zeit an mehreren Tagen auf die Schilderung der Ereignisse verwandt; ‚denn ihre Hintergründe', schrieb er, ‚das viele Verborgene, aus dem diese in unserem Gesichtskreis geschehenen Ereignisse herrühren, all das war schwer in Worte zu fassen, und wenn man dem verschlossenen, so vieles verschweigenden Möller Gerechtigkeit widerfahren lassen will, darf man diese Schwierigkeit nicht fliehen.'
Über dem langen Verweilen bei der Vergangenheit aber, so schrieb er am Ende des Briefes, hätte sich auch in seinem Leben nicht Unbeträchtliches verändert. Er hätte gedacht, daß alles, was sich zu der Zeit ereignete, da er die Schwadron geführt, ihn schwerlich zur Beförderung empfehlen würde, aber wie es nun auch zusammenhängen mochte, – das Gegenteil wäre eingetreten. Er wäre zum Rittmeister befördert worden und in den Generalstab kommandiert.
Ovelacker trat weg vom Fenster und fing an, das Zimmer zu durchwandern. Immer wieder blieb er stehen und wollte noch einmal eine Stelle in dem Brief nachlesen, aber er wanderte weiter. Dann öffnete er ein Fenster und genoß die warme, feuchte Luft, die hereinströmte. Kaum merkbar trug sie einen Windhauch mit und dann und wann einen beinahe nicht zu fühlenden Regentropfen.
Er hätte es tun müssen, weil er später noch viel mehr erfahren hätte? Was, das hatte der Kornett nicht mehr sagen können; vielleicht auch nie sagen wollen? Das vielleicht, was jetzt die Losung des Hasses geworden war?
Das war sein letztes Anliegen, mit diesen Grüßen auf den Lippen starb er. – Er sah ihn vor sich: klein, dunkel, das stutzerhafte Bärtchen, der scharfe Blick, die vom Trunke geröteten Wangen, – und doch: ‚der Gute' nannte Charusin ihn einmal in seinem Brief. Sein Schicksal hatte sich erfüllt. Da war alles zu Ende, für alles eine Lösung gefunden, und wie man auch zu ihr stehen mochte: eine Lösung immerhin, auch eine Lösung; sie machte ihm keine Schande, nein, er konnte Ehre einlegen mit ihr, seine abgöttisch respektierte und verteidigte Ehre zu der großen Ehre hinzu, die auf der schmalen Klinge des Degens ruht.
Der andere aber . . . Ob er jemals die Worte von ihm erhalten würde, für die Charusin in seinem Bericht eine Lücke hatte lassen sollen? Und wie würden diese Worte lauten? Würden sie eine so reine Lösung in sich tragen, wie der kleine Kosljaninow sie mit seinem Tode

gefunden hatte? Und ob er die Sühne, die Charusin ihm als die große Gelegenheit seines Schicksals gedeutet, dort leisten würde, wo er jetzt war? Wo aber mochte er sein? Vielleicht in der Schweiz oder in Italien oder in Deutschland – irgendwo, aber, er wußte nicht, warum er das annahm, am ehesten in Deutschland. Nihilist oder Revolutionär für die Menschheit aus diesem seinem persönlichen Versagen zu werden, – diese allzu billige Lösung traute er ihm nicht zu. Nein, er würde es sich schon nicht so leicht machen, hoffentlich nicht.

Und Charusin? Die Beförderung, das Kommando in den Generalstab, das war seine Lösung, mutete es ihn an. Ihn hatte das Schicksal so wenig gezeichnet wie den biederen Maklakow. Es hatte ihm nicht die feindliche Auszeichnung verliehen, wie er so trefflich sagte, sondern die freundliche in seiner Bewährung: niemals selber ein Schicksal zu finden, aber in viele andere hineinzuschauen, – und damit ja doch wohl ein Schicksal, nur war es eins ohne Kehren und Wenden, ohne Flut und Ebbe, ohne Verhängnisse und ohne beseligende Auserwähltheit, beispielhaft für einen Offizier in seiner merkwürdigen Selbstlosigkeit.

Alle, alle, fand er, waren sie von schwankendem Grund hinübergetreten auf festen Boden, – alle, bis auf Möller und ihn. Alle hatten sie die Forderungen eingelöst, die Bewährung geleistet, und ihre Schatten, die ihn fragend umgeistert hatten, seitdem er von ihnen geschieden war, konnten sich zu der Lösung bekehren, die sie gefunden. War das das Ende ihrer Gemeinschaft? Konnte er nun Abschied von ihnen nehmen, endgültig? Erscheinung und Sinn waren wie Gestalt und Schatten, das Gesetz in ihnen bestimmte ihr Maß. Und sie hatten es erfüllt, oder sie erfüllten es noch. Nein, er blieb, wie er es schon vor Tagen empfunden und wie der Kamerad heute geschrieben hatte, einer der Ihren; wenn aus keinem anderen Grunde, dann um dessentwillen, der das Gesetz ihres Lebens und ihres Todes gebrochen, und um einmal Genugtuung zu verlangen von ihm, nicht im Namen der norme du corps, wie Charusin schrieb, sondern aus dem Recht, auf das jener sich selber berief. Wollte Möller das Unglück, das er über ihn gebracht, geringer achten als jenes, dem er einst selber verholfen, in die Welt zu kommen, wie er sich später auch angeklagt hatte und seine Teilhaberschaft verflucht? Jener alte Bauer, dessen drei Söhne sie verurteilt, der ihm immer wieder als eine Art Gläubiger gegenübergetreten war und den er zuletzt in der Stadt neben dem Sarge zu erkennen gemeint hatte, – dieser finstere Wiedergänger seiner Heimsuchung . . . Wie vor ein paar Tagen stockte ihm der Herzschlag. Der Alte auf dem Wagen neben dem

Sarg und der, der bei seinem Anblick vom Fenster geflohen war und sich vor dem Spiegel seiner Furcht wiedergefunden hatte, – diese beiden hatten ihn geisterhaft verschwistert gedünkt in ein und derselben Erfahrung des Todes, nicht voneinander zu trennen, solange sie lebten. Jetzt war ihre Bruderschaft anders geworden und noch tiefer und noch geheimnisvoller, denn ein jeder erfüllte das Sein aus dem Nichtsein des anderen, und Möller – auf eine unerklärliche Art und Weise, ebenso unerklärlich, wie ihm einstmals in Sekunden Spannungen zwischen ihm und dem Leutnant bewußt geworden waren –, Möller hatte Teil daran, und es blieb rätselhaft, wie. Vielleicht in dem Verhältnis, in dem Planung und Ausübung miteinander stehen, Urheberschaft und Wirkung. So – das hatte er auch schon einmal gedacht –, so, wie der schattenhafte Kreisumriß, der den halben hellen Mond ergänzt, die Vollendung der lichten Gestalt mit der Zutat der Finsternis ist.

Er riß sich von diesen Grübeleien los und bemerkte mit einem Mal, daß das Klingen und Klirren der Kellen draußen verstummt war. Es wollte anfangen zu dämmern. Der Verwalter überquerte den Platz und schaute zu den Fenstern hinauf. Ovelacker ging hinunter; die Abendandacht, wie er ihr allabendliches Gespräch nannte, begann. Gemeinsam gingen sie zu der Baustätte, auf der die Mauern seit der letzten Besichtigung abermals um etliche Zoll gewachsen waren. Schon lagen in einem dichten Gewöll von Spänen und von schwärendem Geruch umgeben die Balken bereit, die das Dach tragen sollten. Mitten in allen Erörterungen und Beratungen jedoch, so merkte Ovelacker, lag die dunkle Tiefe des Rätsels, über dem er eben gegrübelt, und was sie redeten, war nur wie ein Zerstreuungsweg an ihrem Ufer.
Als er alles mit dem Verwalter besprochen hatte, schlenderte er noch eine Weile durch den Park. Und dort, wie er sich später entsann, dort zum ersten Male übertrug sich aus dem Briefe Charusins, den er in der Tasche trug, das Gefühl auf ihn, daß irgendeine Entscheidung kommen müßte, entweder ein Unglück oder eine Lösung, aber eine Entscheidung, irgendeine, und – das geschah auch zum ersten Male –: er hatte das Empfinden von ihrer Nähe.
Er ging in die Bibliothek hinauf, aber aus der Erwägung, daß er doch nicht lange zu verweilen hätte, zündete er keine Lampe an und öffnete die schon abendlich verhängten Fenster wieder dem Licht, wie spärlich es auch hereinfallen mochte. Nur in der Tiefe des Parkes unter den Bäumen lag das Dämmern schon wie ein schwärzliches Flutwasser und ließ das Gezweig der Büsche allmählich ertrinken. An

einer Stelle aber, hinter einem der Wege, die jetzt breiter, als sie in Wirklichkeit waren, das schwankende Zwielicht durchzogen, – an dieser einen Stelle klaffte mit einem Male eine Furt, und die schwärzliche Flut zerteilte der langsame, zögernde Schritt eines Mannes, der aus der Finsternis selbst zu stammen schien. Er trat unschlüssig zwischen den Büschen hervor, wie auf ein anderes Ufer, und mochte dabei fühlen, daß er sich aus seinem Schutz begab. Den Blick aufgehoben, fand er sich ganz allein der langgestreckten Rückwand des Gutshauses mit ihrer Unzahl von Fenstern gegenüber. Wie er bekleidet war, vermochte man in der Dämmerung nicht zu erkennen, aber die Weiße eines Bartes leuchtete um das aufgehobene Gesicht. Er stand und rührte sich nicht. Wie zurückgelassen von dem, der eben aus dem Garten gegangen war und jetzt hier am Fenster stand, hielt er aus.

Ovelacker hatte, solange der Alte da unten stand, wie gelähmt verharrt. In dem Augenblick, da es ihm schien, als nestelten die Hände der unheimlichen Erscheinung an ihrem langen Mantel, griff er zum Fensterriegel. Der war lange nicht bewegt worden, es kostete Mühe, ihn zu öffnen und die Fenster aufzustoßen. Jeder der Handgriffe zerriß die Stille mit einem Lärm, der sie noch größer machte, ihre Störung zur Gewalttat. Aber als die Fensterflügel kreischend auseinandergefahren waren und durch die abendliche Ruhe nur noch ein wirres Verhallen und Verflattern tönte, lagen die schwärzlichen Flutwasser in der Tiefe schon wieder leer, und über die Furt, die die Erscheinung betreten hatte, ging es von den zusammenschlagenden Büschen wie ein Schäumen und Sprudeln.

Er hatte, als das Fenster nachgab, Atem zu einem lauten Anruf geschöpft. Wer . . . rief er in die Tiefe, aber da er sie leer fand, vollendete er leiser und immer leiser, das Dunkel erstickte ihm den Ruf in die Weite: . . . ist . . . da?

Niemand gab Antwort.

Und er wußte ja auch, wer dagewesen war.

5

In den silbrigen Dächern fraß sich hier und da, wie ein dunkler, schwärender Grind, die Fäulnis fort; an anderen Stellen hatten Winterstürme die ebenmäßigen Reihen der Schindeln zerwühlt, so daß es fortan dem Wind ein leichtes sein konnte, die klaffenden Lücken allmählich zu weiten; und um den First des Strohdaches auf einem der kleinen Wagenschuppen sah es aus wie in des Bauern struppigem Bart. Dem Scheunentor war eine Angel ausgebrochen. Zuweilen stand der lahme Flügel angelehnt, und man konnte dann denken, der dreieckige Spalt, der über ihm klaffte, müßte sich jeden Augenblick verbreitern und der Torflügel in die Erde versinken. Hing er, in die Krampe gehoben, dann ließ der Luftzug, der unter ihm hindurchstrich, ihn leise klappern, als wäre er leicht wie der Zipfel eines Tuches und nicht aus Ellernholzplanken, mit Querbalken und Bandeisen gefügt.

Der Schleifstein an der Giebelwand hatte ein Bein verloren und lehnte gegen den gemauerten Sockel der Stallwand, damit er nicht in den Weg fiel. Lange war es her, daß jemand den Stein gedreht hatte; er war so groß wie im vorigen Jahr, und das Schmelzwasser, das von den Windbrettern des Giebels heruntergetropft, hatte den Griff der Kurbel rostrot gefärbt. Und wie weit mochte es zurückliegen, daß ein Wagen zur Einfahrt herein- oder hinausgerollt war! Wenn auch vor der Küche des Wohnhauses und vor der Scheuer Strohhalme genug lagen, – sah man genauer hin, dann merkte man, daß sie schon vor langer Zeit dahin gefallen waren. Sie waren von vielen Schritten blankgewetzt und wie hineingestampft in den Boden und allmählich ein Stück des Hofplatzes selber geworden. Überall lag etwas umher, als wäre hier eben noch irgendeine Arbeit getan worden, bis man die Leute zum Essen gerufen hatte; nur war manches schon vor Tagen, anderes gar vor Wochen zum letzten Male berührt worden und seitdem liegengeblieben. Eine einzige Wagenspur führte aus dem alten Jahr in den Hof hinein, eine einzige hinaus in das neue Jahr, seitdem der Winter die alten Spuren ausgelöscht hatte, und diese eine war nicht einmal tief ausgefahren. Wer hatte hier den Dünger aufs Feld gebracht, wie es auf anderen Höfen längst getan worden war? Und die Pflüge und das Saatgut und wer weiß, was noch?

Es war noch seltsam winterlich auf dem Koiri-Hof. Viel zu selten für ein so großes Gesinde geschah es, daß ein Mensch über den Hof ging. Und viel zu oft war das ein und derselbe Mensch. Und hinten im Garten bei der großen Tannenhecke, die die hellgrünen Lichter

junger Triebe aufgesteckt trug, und den Fliederbüschen, die kleine bläuliche Blütenknospen an der Sonne wärmten, indes der Rasen zwischen den ergrünten Beerensträuchern sich mit dem Sonnengold des ersten Löwenzahns und Huflattichs und dem wie fröstelnden Weiß der Anemonen schmückte, dort saßen tagsüber immer noch ein paar Dompfaffen und flöteten trübselig vor sich hin, fremdartige Spätlinge zwischen den Finken und den Fliegenschneppern, die schwirrend über der feuchten Kühle der Wege standen, wo die Mükken tanzten, fremd in all ihrer Pracht vor der unscheinbaren Lobsängerin der nahen Felder, deren Triller wie die Tropfen eines Sonnenregens durch das schwärzliche und wie bald schon vom Blütenweiß überschäumte Geäst der alten Pflaumenbäume niederrieselten. Erst mußten die Dompfaffen unsichtbar werden, dann wurde es Frühling. Das Bienenvolk aber brauste in den Stöcken, die in dem kleinen Gartenhaus abgestellt waren, und eines Tages, als der Sonnenschein, auch nicht vom leisesten Windhauch gemindert, den Garten durchwärmte, wußte die Magd sich nicht anders zu helfen, als daß sie Stock um Stock ins Freie stellte, mit dem Flugloch nach Süden, wie es ihr am besten schien, und die ungeduldig brausenden Schwärme befreite.
Und wie es mit den Bienen war, so war es wohl auch mit den Kindern. Tausendmal besser, es fiel einmal am Tage die Sonne der Mutterliebe über solch ein kleines Wesen, für das die Mutter in der übrigen Zeit blutwenig Sorge aufwenden konnte, als daß es den lieben langen Tag ein wohlfeiles Maß Freundlichkeit von Fremden bekam, nicht Sonne und nicht Schatten, sondern ein graues, bezahltes Einerlei.
So war es dahin gekommen, daß man am Morgen die Küchentür auf dem Koiri-Hof wie unter der Mutwilligkeit selber aufspringen sah. Erst erschien ein spaßiges kleines Hundevieh, kohlschwarz und seine Pfoten in die Luft werfend, und gleich nach dem Hund, der sich brunnenwärts trollte, kam ein kleiner Junge mehr gerollt als gelaufen, Necke, Necke! rufend nach dem Schwarzen, der dann herantänzelte, als wüßte er schon, wieviel Spaß sie beide – beide fast gleich klein, gleich dumm, gleich tolpatschig, gleich abenteuerlustig und verspielt – miteinander und aneinander erleben würden. In solchen Augenblicken schien es auch auf dem Koiri-Hof Frühling geworden zu sein, und irgend etwas von den knospenden Büschen und Bäumen, den zum Nest schwirrenden Vögeln, dem Kind und dem Hund, die um den Brunnen herumtollten, den ein üppiges Grasrund umgab, – irgend etwas ging auch Olli, der Magd, in ihr Herz ein. Dann stellte sie den Eimer, oder was sie gerade in den Händen hielt,

ab und begann auf eine wunderlich scheue Art das Kind zu liebkosen – das Kind und den Hund, als wollte sie nicht zeigen, wem es eigentlich gälte; dem Hund, ja, vielleicht dem Hund, weil es ihr noch so ungewohnt war, ein Kind zu kosen, ihr eigenes Kind. Mitunter aber, gleichviel ob es Morgen oder Mittag oder Abend war, mitten in der Arbeit konnte es geschehen, daß sie alles stehen und liegen ließ und auf den Jungen zusprang. Sie herzte ihn und hob ihn hoch in die Luft, daß er nach anfänglichem Geschrei vor Vergnügen kreischte, während das schwarze Hündchen Necke sie umtollte und sein erstes Gebell einübte. In solchen Augenblicken schien Olli jede Scheu überwunden zu haben. Sie wußte sich allein, ganz allein, und meinte, sie dürfte sich offen ihrer Freude hingeben, wie heimlich sie die auch einstmals empfangen.

Weil aber ein Mensch seine Gewohnheiten doch nur so langsam ablegt, wie er sie angenommen hat, war es in der ersten Zeit vorgekommen, daß die junge Magd ihr Kind jäh aus den Armen ließ und sich in den nächsten Augenblicken gar nicht mehr um den Kleinen kümmerte, der so unsicher auf den Beinen stand wie Necke, der Hund. Sie blickte sich furchtsam nach allen Seiten hin um. Sah wirklich niemand, was sie hier trieb? Nein, nein, wie hatte sie sich das nur einbilden können! Sie war ja ganz allein, schon seit dem Sankt Georgs-Tag; sie konnte tun und lassen, was ihr gefiel.

Der kleine Andres zupfte sie am Schürzenzipfel, er wollte wieder auf und ab geschwenkt werden, Necke wahrscheinlich am liebsten auch, aber mit dem Spiel war es nun einmal vorbei. Sie setzte sich auf einen der großen Steine vor der Scheune, zertrat die jungen Nesseln, die um ihn herum grünten, und fing sich das Kind und den Hund ein. Doch ihre Zärtlichkeiten hatten etwas Zerstreutes. Sie merkte nicht auf, wen von den beiden Kleinen ihre Hände streichelten; sie saß und starrte auf die gegenüberliegende Hauswand, auf all die großen, stillen, wie schlafenden Wände ringsum, zwischen denen Necke und Andres und sie selber so klein waren bei allem Lärm. Die Stille, schien es, war ihnen angemessen, diese tiefe Stille, in der das Kichern des Kindes und das Schnaufen des kleinen Hundes wie das Gemurmel eines Baches im Wald erstarben. So still aber war es erst seit Sankt Georg geworden.

Am Sankt Georgs-Tag hatte die Bäuerin sich ihren neuen Herrn gesucht, ihren letzten, bis in alle Ewigkeit. Am Sankt Georgs-Tag hatte ihr Herz stillgestanden. Sie war allmählich versteinert, denn ein Stein hätte nicht unbeweglicher und starrer sein können als sie in der letzten Zeit. Die Trauer hätte sie gelähmt, sagten die Leute. Und still wie ein Stein war sie gestorben. Man hatte nicht einmal sagen können, um welche Stunde das geschehen war. Am Abend hatte sie noch geatmet, am Morgen auch noch, obwohl viel schwächer, am Mittag aber hatte sie reglos dagelegen. Keiner war dabei gewesen, sie hätte wohl auch nach keinem verlangen können, denn wie lange war es her gewesen, daß sie die Lippen bewegt! Im Tode aber, so war es der Magd erschienen, im Tode hatte sie lebendiger ausgesehen als im Leben.

Das Begräbnis war gekommen, das Begräbnis, ja. Jetzt aus der Erinnerung betrachtet, schien es ein Wunder, daß die alte Koiri-Bäuerin wirklich unter die Erde gekommen war, daß sie in einem Sarg gelegen hatte, mit ihrem Sterbekleid angetan, daß ihre Verwandten sich eingefunden, die Nachbarn und wer da noch Anteil genommen, daß der Küster gekommen war zur Einsargungsfeier, daß sie auf dem Hof hier all die vielen Trauergäste nicht nur mit einem Guten Tag und Dankeschön für den Trost hatte zu empfangen brauchen, sondern ihnen auch etwas vorzusetzen gehabt hatten! Ein Wunder, ja, aber ein irdisches, das dem Wundertäter Müdigkeit und Schwielen und Blasen und verwachte Augen hinterläßt. Hinterher war sie noch tagelang gähnend umhergegangen; die Arme und Beine hatten ihr so weh getan wie nach der eiligsten Heuernte nicht. Und dafür kein Dankeschön, von keinem einzigen Menschen, sondern eher ein argwöhnischer Blick, was sie hier alles zu sagen und zu tun und zu verwalten hätte! Aber dafür insgeheim die Befriedigung, daß doch niemand ohne sie zurechtkam und jeder bei ihr nachfragen mußte, wenn er etwas zu haben, zu wissen, zu erfahren begehrte, bei ihr, einzig und allein bei ihr! Denn der Bauer, – Gott bewahre einen, solch ein Unglück mit ansehen zu müssen! Er war nicht mehr bei Verstande. Tage und Nächte hatte er den leise atmenden Stein bewacht, – und als der aufhörte zu atmen, war er gerade nicht zur Stelle gewesen.

Wer hatte von dem alten Koiri-Bauern ein Wort gehört in den Tagen, da der Hof so viel Besuch erhielt wie schon seit langer Zeit nicht mehr, – wer von all den Fremden und Verwandten? Die wenigsten. Immer nur die, die aus dem Stall kamen und wie beiläufig fragten, ob der Koiri-Jaan ihnen nicht die Färse verkaufen wollte oder den Fuchs oder die Gelte oder den blaugehörnten Widder oder ein paar Bienenvölker von denen, die im Gartenhaus standen. Die da fragten, hatten oftmals fragen müssen – sonst schien er niemand zu hören – und hatten ein einziges Nein erhalten, das unerschütterlich und böse klang. Aber wohin überall die Leute gegangen waren! Es war ja niemand da, der auf sie aufpassen konnte, und so machten sie von der Freiheit weidlich Gebrauch. Überall hinein steckten sie ihre schnüffelnden Nasen und stellten im stillen Berechnungen an, namentlich die Verwandten von seiten der Frau. Und daß sie an so manches Nein, das sie sich von dem Wirt geholt, nicht hatten glauben wollen, zeigte sich bald danach, als ein Herr, irgendein begeisterter Küster oder Advokat vom Landwirtschaftlichen Verein, angefahren kam und den Vorschlag machte, der Koiri-Wirt sollte sein Gesinde dem Verein verpachten oder verkaufen, damit diente er der nationalen Sache. Auch der war wieder weggefahren, nach einem womöglich noch knurrigeren Nein, aber welchen Verein er im Grunde genommen vertrat, war der Magd dunkel aufgegangen, als der Fremde nach einem kurzen Gespräch mit dem Bauern (bei dem man immer nur den Fremden hatte reden hören und nie den Alten) der Magd im Vorübergehen gesagt hatte: der Alte wäre unzurechnungsfähig, mit dem würde man wohl noch fertig werden, wenn man ihn nur entmündigte! – Auf diese Weise also wollte die Pöldsche Sippe der Frau in denK oiri-Hof. Und dann war kein Besuch mehr gekommen. Nur der Frühling kam, auf den alle gewartet hatten und nur sie hier nicht, auf dem Totenhof.

Den Totenhof, so hatten die Nachbarn angefangen, den Koiri-Hof zu nennen. Taten sie unrecht daran? Hier war es so still wie auf einem Friedhof, hier drehte sich das ganze bißchen Leben, das noch übrig war, um die Toten. Wie ein lebendiger Toter ging der Wirt umher. Sein Leben hatte er an die verloren, die man ihm genommen – und an den Stein, der, ohne daß er dabei gewesen, in den Fluß gefallen war, der alles mitnimmt von diesem Ufer unter der Sonne. Aber so frevelhaft es war, den Toten die Blumen zu stehlen, so schändlich war es vom Leppiko-Nachbarn, dem Totenhof sein Eigentum abzuluchsen. War er nicht unlängst zu ihnen gekommen und hatte um einen nachbarlichen Gefallen gebeten? Sein neuer Pflug wäre ihm zu Schaden gekommen, ob Olli ihm nicht ihren neuen leihen wollte, ihm stockte sonst die ganze Arbeit. Hier auf dem Hof würde der Pflug ja doch nicht gebraucht. Als ob er sich je einen neuen Pflug angeschafft hätte, der jetzt entzwei gehen konnte! Und wer hatte denn gesagt, daß sie hier keinen Pflug mehr brauchten? Und ob sie ihn brauchten, allen Leppiko-Wirten zum Trotz! Zwei Wochen nun schon pflügte er mit dem neuen Pflug, den sie ihm schließlich gegeben hatte, und wenn man ihn nicht bald ans Zurückgeben mahnte, dann würde er nach abermals zwei Wochen behaupten, nie und nimmer hätte er vom Koiri-Hof einen Pflug geliehen, er selbst besäße seit Jahr und Tag zwei neue Pflüge . . .

Aber daß er gleich sie gefragt hatte und mit seinem Anliegen gar nicht erst zum Wirt gegangen war, – das schmeichelte ihr, ohne daß sie es sich eingestehen wollte. Allerdings war der Alte damals nicht zu Hause gewesen, er war es heute auch nicht, war es hin und wieder einmal, ja, selten. Gott mochte wissen, wo er war, wenn er nicht auf seinem Hofe saß wie andere Bauern. Von manchen Leuten hatte sie gehört, daß man ihn häufig in der Gegend von Drostenholm gesehen hätte, umherstromernd, ohne Ziel, wie suchend, als hätte er dort in der Gegend einmal etwas verloren. Beständig hielt er seinen zottigen Kopf gesenkt, und weil er denK opf gesenkt trug, hatten sich mit der Zeit auch die Schultern geneigt. Das gab ihm von ferne schon ein Aussehen, als trüge er unsichtbar eine schwere Bürde, für die er nirgends einen Ort fand, sie abzustellen. Mitunter kümmerte er sich zwei, drei Tage noch einmal um die Wirtschaft, fütterte die Pferde, besah sich die Kühe, stieg auf den Boden, stand da, schaute . . . Ja, so war er. Er fing etwas an, ganz wie andere Menschen, tat es eine Weile, einen halben Tag, – und dann mit einem Mal war es, als verlöre er die Berechnung, was das nächste sein müßte. Dann arbeitete er mit achtlosen Händen und starrte ins Leere und war der Zeit abhanden gekommen. Richtig, er wollte nachsehen, wie lange sie noch mit dem Heu reichten! Also stieg er auf den Boden. Und dort blieb er. Es konnte einem bange dabei werden, wie lange er dort verweilte; an eine lose Planke konnte man denken und an den harten Steinboden des Stallganges unter ihr, an einen Haken dort oben im Halbdunkel und an einen Strick, – aber nein, ging man mit klopfenden Herzen hin, um nachzusehen, dann stand er da oben im Dämmern und starrte in den staubflimmernden Lichtstreif, der aus der Luke hereinfiel, stand da, stand und schien aufzuwachen, wenn ihr angstvolles Gesicht über den Balken auftauchte. Nun müßten sie wenigstens Kartoffeln stecken! hatte sie eines Abends gesagt, auf allen anderen Höfen hätten sie es längst getan. Der Boden wäre trocken und nicht mehr zu kalt. Da hatte er zwei Tage lang Kartoffeln mit ihr gesteckt, eine elende Arbeit zu zweien, bei einem so großen Stück Land, aber sie hatte froh sein müssen, daß es zwei Tage wurden. Am dritten frühmorgens war er nicht mehr da, war weggegangen, mitten in der Nacht, als litte sein Suchen keinen Aufschub. Und da war sie wieder einmal ganz allein auf dem Hof. Sie gewöhnte sich daran, aber es war so bedrückend für sie, daß sie auch nur deshalb auf einen so kecken Plan verfallen konnte, wie sie ihn wenige Tage später in die Tat umsetzte.

Vorher war Besuch dagewesen: der Fremde mit dem schwarzen Filzhut, der so unzertrennlich zu ihm gehörte wie die Schildmütze zum Urjadnik, und abermals der Bote vom Landwirtschaftlichen Verein, jener begeisterte Küster oder Advokat oder was er nun war.

Der Wirt war, als die beiden kamen, noch keine drei Stunden zu Haus. Er schlief – oder Olli glaubte es jedenfalls, daß er schliefe, und hatte die beiden vor der Tür abgefangen. Es machte sich so, daß sie gerade das Abendfutter zu kochen hatte und deshalb in der Küche blieb, während die beiden mit dem Alten sprachen. Der hatte geschlafen, wie sie recht vermutete. Mit verfilztem Haar hockte er auf dem Bett und rührte sich nicht bei aller Beweglichkeit der Fremden, die ihre umständlichen Mappen in den Händen drückten. Jedes Wort, das sie sprachen, konnte sie verstehen, denn die Tür zur Küche war offen geblieben, – zum ersten Mal bei solchen Beratungen! Und nun packten die beiden mit dem Inhalt ihrer Mappen ihre ganze Beredsamkeit aus. Der Filzhütige fing damit an, daß er zufällig seinen Freund getroffen hätte, und das wäre ein guter Zufall gewesen, denn der Freund hätte gerade auch zu dem Bauern gewollt und dergleichen mehr. Schwätzen und schwätzen, daß ihr beinahe das Futter überkochte vor Grimm. Was wollten diese nichtsnutzigen Kerle? Der Teufel hatte ihnen die Schuhe besohlt! Meinten sie es denn ehrlich mit dem Bauern, so klug von der Duma und der Politik zu schwatzen, von Bittschriften auf den allerhöchsten Namen, von einem geeigneten Augenblick, von den Reden, die man für den Bauern in der Duma halten würde, daß man nicht locker lassen dürfte und dergleichen mehr! Was aber ernteten sie bei dem verstrubbelten Alten? Schweigen. Er hockte auf dem Bett und hörte sich das alles an. Ein Felsblock konnte nicht stiller und regloser in der Brandung liegen. Einem Menschen aber mußte es dumm im Kopf werden von all dem Lärm! Und hatte sie sich's nicht gedacht: er sollte eine neue Bittschrift an den Kaiser schicken, obschon auf die letzte, in der er von dem Drostenholmschen Henker Schadenersatz verlangte, noch kein Bescheid gekommen war! Was wollte der Filzhütige dem Bauern jetzt aufschwatzen? Eine Bittschrift, daß man den Henker auf Mord verklagen dürfte, denn jetzt wäre klar erwiesen: er hätte das Urteil über Unschuldige gefällt und seine Offiziere mit Drohungen gezwungen, so zu urteilen wie er. Dafür wären Beweise und Zeugen vorhanden.

Wie der Alte da zugriff! Sie hörte ihn murmeln, hörte die Papiere rascheln, nicht schnell genug konnte er seinen Namen darunter setzen. Der Henker! Der war es, den er fortwährend suchte, den Henker, den lebendigen, ohne den er so wenig leben zu können schien wie ohne die Toten. Und die Toten mußten seinen Augen immer dort zu erblicken sein, wo er den Lebendigen sah, der sie ihm von seinem Hofe geraubt. Laut und langsam las der Schlapphütige die Bittschrift vor. Von dem alten Koiri hörte man zwischendurch immer nur ein

trockenes Räuspern. Es mußte ihn in der Kehle brennen vor Gier, seinen Namen darunterzusetzen. Die Stille, diese Stille jetzt, lange, lange Zeit, dieses schwere Atmen, – das war es. Nun stand der Name unter der Bitte. Nun sollte der Henker als Mörder vor Gericht. Und nun war alles getan, was er sich wünschen konnte. Jetzt, – der alte Koiri saß mit halbgeschlossenen Augen auf dem Bett, die Hände lagen ihm reglos auf den Knien, als hätte er sie seit Jahren nicht mehr gerührt, – jetzt schien er in ein Alleinsein hinüberzudämmern, in dem die redselige Gesellschaft ihn nicht mehr erreichte. Aber er sollte noch längst nicht Ruhe finden. Nach dem Geschenk der Bittschrift machte der Volksfreund sich zum Wortführer des Landwirts, der es auf den Hof abgesehen hatte. Sie kennten einander nun schon und hätten Vertrauen zueinander gefaßt, fing er an, da wollte er dem Bauern den Rat geben, nicht so einfach Nein zu dem Anerbieten des Vereins zu sagen. Natürlich, er könnte noch Wünsche äußern oder sich Änderungen ausbedingen, aber glatt ablehnen, das wäre sein Rat, sollte der Wirt es nicht. Die nationale Sache . . . Über der nationalen Sache wäre Olli beinahe das Futter angebrannt, denn als die beiden sich förmlich das Wort aus dem Munde schnappten, um sich in selbstlosen Reden zu übertreffen und dem Alten auszumalen, wie unnütz es wäre, wenn er seinen Hof langsam zugrunde wirtschaftete, ohne Hilfe, ohne Erben, womit, für wen, – da war es Olli zuviel geworden.
So konnte es einem wohl nur einmal im Leben ergehen, und vielleicht hatten die Herdwärme und der heiße Dampf aus dem Kessel ihr zuvor das schwere Blut zum Sieden gebracht. Daß sie gegen die Klugschwätzer so viel richtige Worte fand! Wie das alles gekommen war, wußte sie hinterher selbst nicht mehr. Mit einem Mal hatte sie, den Kochlöffel in der Hand, bei denen im Zimmer gestanden und ihnen in ihr Staunen gesagt, was sie dachte: Was sie denn hier säßen und wollten? Was denn das heißen sollte, dem Bauern ein Loch in den Kopf zu reden mit all diesen Bittschriften und Ratschlägen, zu verkaufen. Anstatt den Mörder vor Gericht zu bringen, sollten sie den Kaiser lieber darum bitten, daß man den Mart aus Sibirien nach Hause ließe! Dann hätte der Hof gleich einen Erben. Und ihre Hilfe würde bis dahin ausreichen, wenn sie auch nur ein Frauenzimmer wäre. Reichtümer würden sie derweil nicht einbringen, aber verhungern würden sie auch nicht, solange sie hier arbeitete. Freilich, mit den Toten hätten sie leichtes Spiel, – ja, sie, sie beide, die da säßen und sie anglotzten! – um den Lebenden verlören sie kein Wort! Vielleicht paßte es ihnen so, den ganz vergessen zu machen! Aber wenn sie es nicht mit der Unterschrift des Bauern an den Kaiser

schicken wollten, dann würde sie selber zum Pastor gehen und sich ein Papier aufsetzen lassen, daß der Junge, der ja unschuldig wäre, nach Hause kommen müßte! Schon um seinen alten, kranken Vater vor den guten Ratschlägen der Fremden zu bewahren. Hier würde nichts verkauft, das hätte der Bauer schon einmal gesagt, und dabei bliebe es, soweit sie wüßte!

Als sie das alles gesagt hatte, war ihr ein brenzliger Geruch in die Nase gestiegen, und erschrocken war sie zum Herd zurückgeeilt. Aber sie wäre doch nicht weggegangen, hätte sie auch das Futter ein zweites Mal kochen müssen, wenn nicht der Bauer in die verblüffte Stille gemurmelt hätte, daß er nicht verkaufen würde, nein – nein! Das zweite Nein war ihm mit solcher Entschiedenheit über die Lippen gekommen, daß Olli im stillen aufgeatmet hatte. So, Gott sei Dank, er hatte es gesagt! Nun konnte sie wieder an ihre Arbeit gehen. Jetzt versäumte sie hier nichts mehr. Nach diesem Nein war das Unheil gebannt.

Jetzt aber hatten die Herren sich wieder gefaßt. Was sie denn hier zu sagen hätte? Ob sie etwa die Wirtin spielen wollte? hatten sie gefragt, halb den Bauern und halb in die Küche, wo sie den Kessel vom Feuer gerissen hatte.

Das ginge sie gar nichts an! hatte sie, ohne sich auch nur umzudrehen, geschrien, das wäre ihre Pflicht, solange sie ein Gewissen hätte! Und der alte Koiri hatte abwehrend die Hand erhoben, halb wie um sich zu schützen und halb wie unwillig vergrämt, sie sollten doch nun endlich Ruhe geben, es wäre so, und es bliebe so.

Die Schweine waren ihr beinahe auf halbem Wege entgegen gekommen, als sie ihnen endlich das Futter brachte. Sie hatte abwarten müssen, bis die Fremden gegangen waren, und sie hatten es nicht so eilig gehabt wie das Vieh mit dem Futter. Die rechneten ja wohl auch mit einem viel fetteren Bissen, – aber sie sollten sich verrechnet haben! Später erst fiel ihr ein, daß eine Bemerkung von ihr den kauflustigen Landwirt merkwürdig still und verlegen gemacht hatte. Sie hatte ihm gesagt, daß sie einen Schreibkundigen bitten wollte, dem Landwirtschaftlichen Verein genau zu erklären, warum der Hof nicht verkauft oder verpachtet würde, solange man darauf hoffen könne, daß der jüngste Sohn zurückkäme. Dann würde der Verein wohl ein Einsehen haben. – Sie hatte das in ihres Herzens Not gesagt, damit sie nun endlich Frieden bekämen, aber der Fremde hatte das auf eine Art und Weise hingenommen, wie solche Herren es sich sonst nicht einfallen ließen. Zur Tür hinausgeblasen hatte es ihn förmlich. Hatte er vor seinen Oberen Angst ob der Zudringlichkeit,

mit der er hier aufgetreten war? Oder saßen seine Oberen gar nicht in jenem Verein, von dem auch sie nie gehört hatte, daß er Bauernhöfe kaufte? Wollte die Pöldsche Sippe als eine Art Verein auf den Hof? Das waren ihre Gedanken, als sie die Abendarbeit tat, von der manches ungetan blieb, dieses eine Mal, ja, und daran waren nicht die Fremden allein schuld, sondern auch ihre eigenen Gedanken und Wünsche. Diese Gedanken, die – der Tag war nun einmal so wunderlich – nun bei der Abendmahlzeit mit dem Bauern zu Worten wurden. Wie, das wußte sie später nicht mehr. Sie war ein wenig verstört gewesen, ein wenig wie im Traum und nicht ganz ohne Angst, daß der Bauer ihr den Überfall auf die Fremden verargt haben könnte. Aber nein, er hatte stumm am Tisch gesessen und geduldig auf die Scheibe Brot gewartet, die sie ihm gerade von dem großen Laib abschnitt. Er schien alles richtig zu finden, wie es war und gewesen war. Da hatte sie ihm die Scheibe Brot gereicht und gesagt: Ich bin jetzt so oft allein hier. Hat der Bauer etwas dagegen, wenn ich mir meinen Sohn hole? Er ist jetzt drei Jahre alt, und er ist bei fremden Leuten . . . Weiter hatte sie nicht gewußt.
Er hatte zu ihr aufgeblickt. Tausendmal hatte sie ihn gesehen, und nie hatte sie sich daran erinnern können, daß er sie angesehen hatte. Nur dieses eine Mal ging ihr sein Blick nicht aus den Augen und nicht aus dem Sinn.
Einen Sohn hast du . . .
Vielleicht war das eine Frage, aber er selbst schien den Worten nachzusinnen, und so konnte es wohl keine Frage sein.
Ja, sagte sie, leise, als müßte sie sich noch einmal wegen des Kleinen schämen, und vielleicht hätte sie ihm jetzt erzählt, daß der Vater im Kriege gefallen wäre, da sagte er noch einmal seufzend: Einen Sohn . . . und sie blickte bestürzt drein; es hatte sich so gequält angehört. Hol ihn! sagte er mit einem Mal und räusperte sich laut, als müßte er einen trockenen Bissen aus dem Halse würgen und gleich danach etwas trinken.
Ja, danke, das werde ich tun, wußte sie nur zu erwidern, aber an diesem Abend konnte sie ihn nicht mehr ansehen. Sie konnte seine Augen nicht ertragen, diese hornigen Augen, die so heiß schienen in all dem Grün und Braun, mit dem ihr so sprödes Weiß unterlaufen war, heiß von dem blutroten Geäder, das sie wie nadelfeine Wunden durchzog. Es waren mit einem Mal unmenschliche Augen, und immer lag die Frage in ihnen, bei der sie zum ersten Mal hatte wegsehen müssen. Er blieb still den ganzen Abend, wie sie es gewohnt war, und als sie sich zwischen zwei Verrichtungen einmal umsah, war er wie weggeweht aus der Küche.

So wenig Worte um ein so großes Ereignis! Sie hatte an jenem Abend beinahe nicht einschlafen können vor Aufregung, und am Morgen war sie schon vor Tau und Tag auf, als wollte sie gleich in die Stadt fahren und den Jungen holen. Hätte sie es nicht tun können an diesem Tag? Gewiß. Der Bauer blieb zu Hause auf seine gewohnte Art, nur machte sie es ihm an diesem Tag ungewohnt gut. Sie sorgte besser für ihn als sonst, lüftete seine Betten an der Sonne, kochte ihm ein besseres Mahl, – alles, wie sie bei sich meinte, weil das frühe Aufstehen ihr Zeit dazu gegeben hätte, Zeit dazu und obendrein Zeit, das Versäumte vom Abend nachzuholen; aber in Wirklichkeit tat sie es, weil sie ihm so herzensdankbar war und weil sie ihre Hände eilen ließ. Und aus noch einem Grunde, obschon sie sich den nicht eingestand: weil sie Angst hatte, er könnte seine Zustimmung widerrufen oder sie auch nur vergessen haben, und weil sie ihm zeigen wollte, daß sie danach trachtete, sich seine Freundlichkeit zu verdienen. Immer noch aber konnte sie ihn nicht ansehen und blieb nicht gern lange Zeit in einem Raum mit ihm.
So ging der erste Tag dahin, und sie fuhr nicht in die Stadt. Es kam der zweite Tag, und auch den ließ sie ungenützt verstreichen. Aus irgendeinem Grunde hatte sie keine Zeit, oder sie machte sich weis, daß sie keine hätte. Am dritten Tage mußte es sein, am dritten oder nie. Der Bauer war jetzt zwei Tage häuslich gewesen, wie lange würde das noch dauern? Sie mußte die Gelegenheit nutzen. Und deshalb sagte sie am Abend, als er beim Essen saß: Bleibt der Bauer morgen zu Haus? Er hörte es nicht und gab keine Antwort. Da wurde ihr mit einem Mal sterbensangst, daß sie sich verspätet haben, daß er sie gar nicht mehr hören und verstehen könnte, und noch einmal, schon mit welker Zunge, fragte sie ihn.
Er sah auf.
Ich wollte den Jungen holen . . . Bleibt der Bauer morgen zu Haus? Es ist wegen dem Vieh, irgend jemand muß für das Vieh sorgen.
Als sie ihn das erste Mal gefragt, ob sie den Jungen holen dürfte, hatte sie nicht so viel Angst ausgestanden wie jetzt. Jetzt aber wurden ihr die Knie weich. Der Alte zögerte so lange mit der Antwort, daß es nichts Gutes verhieß. Aber als sie ihn ansah, merkte sie, daß er an gar nichts dachte, daß er sich nur so versponnen hatte, wie er es so oft tat, daß er dasaß und starrte und abhanden gekommen war.
Dann fahre ich morgen, hatte sie gesagt und ihm erklärt, daß sie das Futter fertigkochen wollte, damit er nicht viel Arbeit damit hätte. Sie würde zeitig zurückkommen, denn sie wollte sich noch vor Morgengrauen auf den Weg machen.
Er hatte stumm genickt.

In dieser Nacht hatte sie kein Auge zugetan. Es gab so vieles zu überlegen und vorzubereiten. In all diesen Sorgen aber hatte sie abermals brennend das Bewußtsein durchrieselt, daß sie es war, an der hier alles hing. Wenn sie wegfuhr, war es, als führe die Bäuerin weg. Aber: der Hof und der Alte allein auf ihm, – darauf war weniger Verlaß, als wenn der Hof sich selber zu bewachen und zu versorgen gehabt hätte. Mit einem Mal spürte sie, wie sehr sie sich mit dem Kind beschäftigt hatte, die Freuden, die Mühen, die Versuchungen vor allem. Es war gewesen, als hätte niemals Frucht werden dürfen, was in der Heimlichkeit damals geblüht hatte, aber im verborgenen war doch alles gereift, und nun konnte es ihr niemand mehr nehmen. Andres hieß er, Andres . . . sie sprach den Namen ein paarmal leise vor sich hin, um ihn jetzt schon näher zu ziehen. Andres – wie alle ältesten Söhne des Gutsherrn in ihrer Heimatgemeinde Andreas hießen, solange die Bauern diese Herrschaft kannten. Andres . . . wie einer von den Aposteln. Sie war des Namens auch jetzt noch froh, er klang so stolz, es war ein richtig herrschaftlicher Name.
Über solchen Träumereien hätte sie beinahe vergessen, für sich selber zu sorgen. Und doch, waren es auch nicht wer weiß was für Leute, die den Jungen in Pflege genommen hatten, – sie durften nicht meinen, er hätte eine Schlampe zur Mutter, die, einerlei, wie, aus dem Stall gelaufen kam, um ihr Junges zu holen. So legte sie spät in der Nacht die Kleider bereit, die sie sonst nur zum Kirchgang anzog, und kämmte ihr Haar, wie müde sie auch wurde. Und dann, als alles fertig war, stand sie in ihrer Kammer und fragte sich, worauf sie denn eigentlich wartete. Konnte sie sich nicht ebensogut gleich anziehen und losfahren? Wie ihr der Kopf brannte! Sie vermochte keinen vernünftigen Gedanken mehr zu fassen. Dieser eine war wohl der letzte gewesen für lange Zeit: gleich abzufahren und von der Nacht zu nutzen, soviel sie noch gab, denn schlafen würde sie ja doch nicht können, und es war besser, sie sparte an ihrer Ruhe, als daß der Wirtschaft morgen etwas abging. Ja, das war der letzte Gedanke gewesen. Alle anderen später kamen und gingen dunkel und traumhaft wie die Bäume in der Nacht, an denen sie vorbeifuhr. Das Anspannen, das Lenken, – das ging gar nicht in ihre Gedanken ein, dergleichen hatte sie zu oft getan, als daß sie es noch zu bedenken brauchte. Nur einmal im Leben fuhr sie, um ihr Kind heimzuholen, und dieses eine Mal geschah es wie in einem jäh ausgebrochenen Fieber, mit einer Ungeduld, als hinge es von Minuten ab, ob sie es noch bekäme, wo sie doch jahrelang ruhig hatte warten können, mit einer Traurigkeit und Freude zugleich, deren sie sich nicht einmal aus der Stunde zu entsinnen vermochte, in der sie es empfangen. Was war sie

damals auch für ein dummes Ding gewesen! Eigentlich mußte sie ja froh sein, daß sie ihren Kleinen erst jetzt bekam und daß er jetzt erst seine Mutter in ihr fand. Wie würde nun alles werden? Die Nacht machte die Welt so eng, daß sie gar nicht das Empfinden von einer großen, von einer fast unermeßlichen Ferne hatte, als ihre Gedanken zu dem jüngsten Sohn des Koiri-Hofes wanderten. Ihr war, als lebte er in einem nachbarlichen Kirchspiel. Sibirien – das mutete alle an wie der Tod. Wer dorthin kam, den sah man nie wieder, so wie man den Begrabenen nie wiedersah; ihr aber machte es gar nichts aus, ihn dort zu wissen. Vielleicht war er noch gar nicht dort angelangt, denn dieser weite Weg brauchte ein halbes Leben, erzählten die Leute. Dann war er vielleicht noch viel näher, als man dachte? Fern aber war er für sie auch in Sibirien nicht. Und sie, wenn es kein anderer tat, sie wollte die Bittschrift aufsetzen lassen, daß man ihn in all seiner Unschuld und Jugend begnadigte. Der Pastor sollte das Schreiben aufsetzen, das verhieß am ehesten Erfolg. Aber schließlich, wer es auch schrieb, abschlagen würde man die Bitte nicht, dessen war sie unbegreiflich sicher, so sicher, wie sie seiner Nähe war. Für jemanden, der nach einem Menschen recht von Herzen verlangte, konnte die Welt gar nicht groß sein. Alles würde am Ende noch einmal so gut werden, wie es nur werden konnte. Das wußte sie. Jetzt kam Andres heim, das war der Anfang, und für das Ende wollte sie sich bei der nächsten Kirchfahrt umtun.
Der Morgen dämmerte herauf, als sie schon über die Hälfte des Weges war. Die Bäume standen fest und klar im Frühlicht. Ihr Fieber kühlte sich, ihre Gedanken wurden wach und vernünftig. Und so, wie sie bei Sonnenaufgang ein Frösteln ankam, daß sie sich tiefer in ihr großes Tuch verkroch, so kamen sie nun auch viele Zweifel und Anfechtungen an. Zum ersten Mal dachte sie an die, die ihr den Kleinen abgeben sollten, an die Pflegeeltern, einen Schuster und sein Weib, die ihren kleinen Andres als Gespielen für ihr eigenes Kind, ein verkrüppeltes Mädchen, ins Haus genommen hatten. Denn hatte sie ihnen auch drei Jahre lang pünktlich den verabredeten Pflegelohn entrichtet und war es mit ihnen so ausgemacht, daß sie den Jungen einmal zurückbekommen könnte, – nein, sie grub die Zähne in die Lippen, wie sie es immer tat, wenn sie etwas überlegte –, nein, sich vorzustellen, daß die Leute ihr von heute auf morgen ihr Kind mitgaben, gelang ihr nicht. Wie sollten sie das auch! Es war doch ein Unsinn, zu denken, daß jemand ein Kind weggab, das er drei Jahre lang aus dem Gröbsten gebracht! Und gerade um dieses Unsinnige zu verlangen, fuhr sie hin . . . Und wie sollte alles werden, wenn sie es nicht hergaben oder wenn der Kleine gerade krank war? Oder

wenn sie es doch gaben und sie noch heute mit dem Kleinen zurückfuhr? Drei Jahre hatte sie es ohne ihn ausgehalten, aber jetzt konnte sie sich den folgenden Tag nicht mehr ohne ihn denken – und zugleich auch nicht denken, wie dieser Tag mit ihm sein würde. Würde sie sich jetzt auch darauf verstehen, ihn zu pflegen? Er war ja noch so klein . . . so klein, ja. Ob er wohl schon viel sprach?
Viele Fragen, die sie sich stellte, und die Morgenstille, durch die der Wagen rollte, gab keine Antwort. Sie mußte sich gedulden. Aber das Seltsame um all diese Fragen war, daß sie nie weiter als bis zu dem Kinde verlangt hatten, niemals den Vater gesucht, den es besessen, bevor es geboren ward. Er war tot. Weit, weit von hier lag er auf irgendeinem der Schlachtfelder. Der war wirklich weit und unerreichbar, den fanden nicht einmal mehr die Gedanken. Der andere aber, den der kleine Andres nicht zum Vater hatte, der war nahe und blieb es, auf dessen Hof wollten sie zusammen leben, das Kind und die Mutter, und ihn hüten bis zu dem Tag, an dem er wiederkam. Es war, als hätte die Magd sich einen langen Dienst gesucht, um ihrem Kinde so etwas wie ein Vaterhaus zu schaffen, das es bislang nicht gehabt oder doch nur zum Schein gehabt, und in allem Dienst und aller Mühe die Hoffnung auf eine neuen Vater. Verdienen wollten sie ihn sich, alle beide. Jeder Blick des Jüngsten vom Koiri-Hof, dessen sie sich entsann, jedes Wort, jede verstohlene Berührung, die sie miteinander getauscht in der Zeit, die sich in der Erinnerung ausnahm wie ein blühendes Feld, darüber später Hagelschloßen hinweggefegt waren, und endlich der Kuß, der eine Kuß, damals im Garten, als sie gerade aus der Badstube gekommen war und er sich dort zu schaffen gemacht hatte – um Holz nachzulegen, wie er anfangs verlegen gemurmelt –, das war wie ein Verspechen für sie und die Zukunft gewesen und blieb es. Ein Versprechen, das die Hoffnung nährte, die Erwartung vermehrte, ein Versprechen, darum es sich lohnte, vielerlei zu ertragen, ein Versprechen, wie es wohl nicht gebrochen werden konnte, nein, nie, – und fröstelte es sie auch vor Angst.

Ohne ein Fieber, eine merkwürdige Art Fieber, das nichts anderes hört und denkt als das, was es hören und sehen und denken will, ohne dieses Fieber – das wußte Olli später – hätte sie es nicht fertig gebracht, das Kind noch am gleichen Tage mit heimzubekommen. Was es da alles zu bezwingen gab! Die Pflegeeltern erstlich, die sich anscheinend der Hoffnung hingegeben hatten, daß der Kleine immer bei ihnen bleiben würde; dann die bucklige Pflegeschwester, die schon wie ein Erwachsenes verstand, daß man ihr den kleinen Bruder nehmen wollte, an dem sie so hing; und auch den kleinen Andres selbst, der mit der fremden Frau nicht mitgehen und alles, was sie an Herrlichkeiten versprach, nicht eintauschen wollte gegen die Schusterstube mit ihren Leisten und Hämmern; und endlich, beinahe das Stärkste von allem, sich selber. Ja, sich selber mußte sie bezwingen – oder das Mitleid, das sich in ihr gegen ihre eigenen Wünsche regte, das Mitleid mit den Kindern mehr noch als mit den Pflegeeltern, die wirklich gut zu dem Knaben gewesen waren. Weinend hatte die Schustersfrau ihr die Höschen und Hemdchen eingepackt, die Andres irgendwo, wo sie ihn nicht wiedersah, weiter tragen würde, und ihr selber hatten die Augen gebrannt, wie im Herbst beim Dreschen, wenn der Staub und die Spreu herumflogen, – nur hatte sie es um keinen Preis früher zeigen wollen als auf der Landstraße, den Bäumen und dem Jungen selber. Wie hart war sie gewesen! Daß sie es fertig gebracht hatte! mußte sie später immer wieder denken, ungläubig gegen sich selber, ungläubig, daß aus so vielen Tränen an jenem Tage so viel Zufriedenheit hatte entstehen können. Aber in der Zufriedenheit verbarg sich anfangs auch noch ein Stachel. Oft mußte sie denken, daß die Freude, die sie erlebte, anderen gestohlen worden war, die jetzt um genauso viel darbten, wie sie hinzugewonnen hatte. Nur wurde dieser Stachel mit der Zeit stumpf , und durch die neuen Sorgen, die sie sich mit ihrem Kinde zugleich in ihr Leben geholt hatte, riß sie ihn ganz aus. Um genauso viel Sorge, wie sie jetzt hinzubekommen, hatte sie die anderen erleichtert, dachte sie ebensooft. Nur das blasse bucklige Mädchen kam ihr mahnend in den Sinn. Seine Tränen ließen sich durch nichts stillen, bei ihm blieb sie in der Schuld. Aber wer wollte das wissen, vielleicht ging auch diese Schuld einmal gegen eine Guttat auf, die sie ihm erweisen konnte. Wenn nur der Junge sich wohl bei ihr fühlte! Darum ängstigte sie sich auf der Heimfahrt, als er klein und verweint auf ihrem Schoße hockte und heim verlangte in sein Zuhause, das nicht das Zuhause seiner Mutter war. Und als er, weil der Weg ihm zu lang wurde, einmal zu zappeln und zu nörgeln anfing und sich zu guter Letzt dabei naß machte, saß sie eine Weile wie zerschlagen neben ihm – so hilflos, wie wohl nie eine Mutter neben einem dreijährigen Kinde gesessen hat – und wußte nicht, wie sie ihn jetzt trocken bekommen sollte. Später mußte sie über sich selbst lachen. Es war wohl nur ihre Müdigkeit gewesen, was sie so verzagt gemacht hatte, und ihre Liebe zu dem Kleinen, die darunter litt, daß er um ihres Glückes willen einmal unglücklich werden und weinen mußte.

Aber sie hatte sich gefaßt. Das Bündelchen mit seinen Kleidern war ihr eingefallen, und mitten auf der Landstraße, während das Pferd langsam dahintrottete, hatte sie ihn umgezogen. Ach, wie hatte sie ihren ungeschickten Händen gegrollt, die in den drei Jahren seit seiner Geburt so manches zugelernt, aber immer noch keine Übung darin hatten, wie man einem kleinen Jungen die Hosen über die strampelnden Beine zieht.

Dann waren sie am Rabasilla-Krug vorgefahren, und von dort an war der Weg eine Herrlichkeit geworden, die ruhig hätte weiterwähren können, – wäre Andres nicht schon eingeschlafen, bevor sie auf dem Hof zu Ende war. Beim Rabasilla-Krug war Necke zugestiegen, ein schwarzer Welpe, der kaum aus den Augen gucken konnten und um den seine Mutter, die Hündin des Krügers, gewiß auch ein wenig trauerte, als man ihn ihr wegnahm, weil Olli gesagt hatte: erstens brauchten sie daheim einen Hund auf dem Hof, hatte doch der Illusti-Jüri ihren alten Lukas totgeschossen, und zweitens hätte Andres dann in Zukunft einen Wächter, wenn sie einmal nicht auf ihn achtgeben konnte, und drittens . . . drittens lief der Hundewelpe auf Andres zu, als Olli ihm, um ihn abzulenken, die jungen Hunde zeigte. Die Wirtstochter hatte die schwarzen Gesellen, die um ihre Mutter herumtollten, mit einem lauten Necke, Necke, Necke! gelockt, und dieser Ruf war dem Kleinen, den man ihm schenkte, zum Namen geworden.

So kamen sie am Nachmittag zu dritt auf den Koiri-Hof. Andres und Necke schliefen erschöpft von ihren Spielen auf dem Wagen. Und wenn früher die Magd durch die viele Mühsal, die sie auf sich genommen, über den Hof geherrscht hatte, so kam jetzt die Zeit, da sie neben ihrem Herrschertum durch die Mühsal lernen sollte, aus ihrem Glück heraus zu dienen. Sie lächelte stumm, als der alte Koiri beim Nahen des Wagens aus dem Hause trat, und ließ das Pferd seinen gewohnten Weg weitergehen. Es hielt vor dem Wagenschauer an, vor dem es abgespannt wurde. Sie selber aber blieb sitzen, bis der alte Mann über den Hof gekommen war und neben dem Wagen stand. Und auch dann rührte sie sich noch nicht. Er nahm die Zügel und warf sie dem Pferde über den Kopf. Geistesabwesend sah sie ihm zu, als ginge sie das alles gar nichts an. Dann schaute sie in ihren Schoß. Überlegte sie, wie sie nun absteigen sollte? Das war tatsächlich nicht ganz einfach, denn auf ihren Knien lag das Kind zusammengerollt, und zwischen seinen angezogenen Beinen und seiner Brust hatte Necke sich niedergelassen. Das Kind und den Hund aufzunehmen und dabei selber aussteigen – ohne daß die Schläfer erwachten –, verlangte so viel Behutsamkeit, wie Olli sie früher keinem Eierkorb hatte widerfahren lassen. Sie versuchte es, und weil es sich gerade so machte, daß der Alte die Leine am Zugholz löste,

streckte er ihr seine Hand entgegen und stützte sie. Und keiner der Schlafenden bemerkte, daß er in ein neues Zuhaus getragen ward. Doch auch das Mädchen merkte nicht, wie der Alte ihr einen Augenblick über die Schulter gestarrt und den schlafenden Knaben fast verstohlen betrachtet hatte. Sie merkte nicht, daß er ihr halb wach und verwundert und halb geistesabwesend nachblickte, als sie über den Hof ging, und sich dann erst daran machte, das Pferd vollends abzuschirren und in den Stall zu bringen.
Sie war gerade aus ihrer Kammer gekommen, worin sie alles niedergelegt, was sie mitgebracht und sich die Werktagskleider angezogen hatte, und stand, noch ein wenig verwirrt von der langen rumpelnden Fahrt, in der Küche, da erschien der Alte wieder auf der Schwelle und blieb bei ihr.
Ob alles gut gegangen wäre und ob er alles gefunden hätte, fragte sie ihn. Er nickte stumm und setzte sich hinter den Tisch. Sie fing an, den Herd zu heizen. Schweigen lag zwischen ihnen, wie es immer gewesen war; nur das Reisig zerbrach mit hellen Schreien übere ihrem Knie und lohte wimmernd unter den Kesseln. In der ganz dünnwandigen Wassertrommel begann es nach einer Weile zu singen. Nun wollte sie Kaffee kochen.
Als Olli sich aufrichtete, um nach der Büchse mit dem Kaffee auf dem Sims zu greifen, erschrak sie. Der Alte saß auf der Bank und starrte reglos zur Tür hinüber, zur Tür, – der Tür, die in ihre Kammer führte. Und als könnte sein starrer Blick die Schläfer anrühren und zum Erwachen bringen, vernahm sie in diesem Augenblick erst einen kleinen Fall hinter der Wand und dann ein Winseln und Kratzen an der Tür.
Daß dasK ind vom Bett gefallen sein könnte, war ihr erster Gedanke, und schon stürzte sie zur Kammer hin, aber als sie die Klinke ergriff, kam ihr der Hund wieder in den Sinn. Sie öffnete die Tür nur um einen Spalt, schaute aufs Bett mit dem schlafenden Knaben, – und unterdessen war der Hund, dessen Ungeduld und Warten eine kleine Lache neben der Schwelle verriet, schon in die Küche geschlüpft. Sie sah, wie er auf seinen schwachen Beinen über die Fliesen torkelte, geradewegs auf den Alten zu, und alsbald anfing, zu versuchen, ob er dessen Flechtwerkschuhe als einen einzigen Bissen in seinen hellrosa leuchtenden Rachen bringen könnte. Und der alte Koiri, der Alte – Olli war es, als schiene die Sonne nach jahrelanger Nacht ins Zimmer –, der Alte streckte seine Füße weit von sich und lächelte und lachte – und wippte den schwarzen puscheligen Köter, wenn der in sein Spiel vernarrt mit dem Bauch über einem Fuß lag, vorsichtig auf und nieder.

Das war eine Freude, wie sie sie nicht zu erleben gehofft hatte! Er lächelte, er lachte, er starrte auf den Hund und starrte dann wieder zur Tür, wie gespannt, ob von dort noch etwas kommen könnte, und war so versunken in das Schauen, daß man denken konnte, er wäre zum ersten Mal seinem Kummer entronnen.
Und dann erwachte das Kind.
Sie war gerade dabei, Kaffee einzuschenken und Brot zu schneiden, der alte Koiri hatte schon einen mit Butter bestrichenen Happen für den Hund zu seinen Füßen, – da fing der kleine Andres an zu weinen. Die Fremde, daß niemand bei ihm war, daß es nicht von fern her leise klopfte, wie er's von der Werkstatt gewohnt war –, all das beklagte er in seiner Verschlafenheit, und als die Tür sich auftat, konnte er anfangs auch die Frau nicht erkennen, die sich immer Mutter nannte und nicht die Mutter war, die gewohnte, die gute. Und Olli war nicht sparsam damit, sich seine Mutter zu nennen. Mutter tut dies, Mutter tut das, Mutter bringt, Mutter geht, Mutter gibt . . . so fing das meiste an, was sie sagte. Sie konnte sich nicht genug darin tun, dem Kleinen alles recht zu machen, so übereifrig und dienstfertig, wie kleine Jungen es nicht vertragen, denn sie werden vor der Zeit herrisch. So war es auch mehr ein störrisches Böcklein, was sie in die Küche trug und dem Alten mit vielen Entschuldigungen und Erklärungen, warum es Böcklein wäre, als ihren Andres zeigte.
Der alte Koiri stand da wie ein greiser, von bärtigen Flechten behangener Baum, der dem Zeitmaß der kurzlebigen Menschen entwachsen ist, und blickte den ungebärdigen Kleinen wortlos an. Es war ein anderer Blick als der, mit dem er den Hund betrachtet hatte, ein angestrengter, forschender, hinter dem viele Gedanken irrlichterten. Was suchte er in diesem Gesicht? Warum starrte er den Kleinen so unverwandt an? Mußte der sich da nicht fürchten vor ihm? Andres war nicht dazu zu bewegen, dem Großvater die Hand zu geben und guten Tag zu sagen; eilends suchte er Schutz hinter der Mutter Rock. Da freute sich die, daß er zu ihr kam. Sie hob ihn auf und ließ ihn auf ihren Schoß sitzen, gab ihm zu essen und zu trinken und sprach und sprach mit ihm und wußte gar nicht, daß es insgeheim der starre, glosende Blick von der anderen Seite des Tisches her war, den sie ablenken wollte. Necke tummelte sich schon unbeachtet auf den Fliesen, in das Ende eines Riemens verbissen, den er zwischen seine Milchzähne bekommen. Mit einem Male merkte Olli, daß der Kleine schamhaft das Gesicht an ihrer Brust verbarg. Da wagte sie einen Blick über den Tisch und ward noch der Spur eines Lächelns gewahr, das auf dem runzeligen, struppigen Gesicht gestanden hatte, – eines

närrischen Lächelns zwischen Verzückung und Wahnsinn. Und nun begann die Zeit ihrer Angst, ihrer unsäglichen, unerklärlichen Angst, die sie das Kind überallhin mitnehmen hieß, wo sie auch ging und wo sie stand, einer Angst, die sie nicht ertragen, wenn sie nicht bald aufgehört hätte, einer Angst, die deshalb doppelt hilflos war, weil sie sich um etwas ängstigte, was sie selber eben erst erhalten hatte und dem sie noch nicht so vertraut war wie andere Mütter. Wo und wann immer sie den Alten reglos dastehen und ihren Kleinen anstarren sah, zuweilen mit jenem Lächeln, das sie am ersten Tag über den Tisch hinweg bemerkt, war sie drauf und dran, den Jungen an sich zu reißen und wegzulaufen, damit er nicht immer dieses Lächeln und dieses Forschen sähe. Dem Kinde aber hätte sie damit eine große Enttäuschung bereitet, denn schon am zweiten Tag gewöhnte es sich an den stummen Großvater und verlangte, ihn an seinem Bart zu zausen, – zur Freude des Alten, dessen Gesicht sich dann in ein leuchtendes Grinsen verzog, wie in einem Triumph, den Olli nicht zu begreifen vermochte, so gut sie auch verstand, daß der Alte sich bei dem Kleinen rasch einschmeicheln konnte, wenn er ihn auf den Rücken eines der Pferde im Stall hob und unter Hü und Hott ein wenig reiten ließ. Um vor dem Kinde gegen den Großvater und seine Gunst zu bestehen, dachte sie immer neue Guttaten für Andres aus. Bald durfte er tun und lassen was er wollte, und machte davon weidlich Gebrauch, aber am Ende genügte ihr das nicht mehr. Sie ahnte selber nicht, warum sie das gerade jetzt tat, immerhin aber versuchte sie, den Alten auf den Gedanken an seinen jüngsten Sohn in Sibirien zu bringen. Er blieb stumm, als sie ihn fragte, ob er nicht zum Pastor fahren und sich eine Bittschrift aufsetzen lassen wollte, damit Mart bald frei käme. Er tat, als besäße er keinen Sohn mehr – oder aber keinen anderen als den Kleinen hier –, und doch schien es mitunter, als nagten auch wieder Zweifel an ihm, ob er in Andres wirklich einen Sohn besäße. Es konnte geschehen, daß er das zutraulich werdende Kind nicht an sich herankommen ließ. Nicht, daß er es wegstieß, nein, aber er ging ihm aus dem Weg und stand lange Zeit irgendwo und starrte den Kleinen von ferne an, immer fragender, immer gequälter. Großvater sagte das Kind zu ihm, und wann immer er diese Worte gehört hatte, schien er sich auf sich selber besinnen zu müssen, daß er es war! Aber wie war er es geworden? War er es nicht? Vater sagte jetzt auch Olli zu ihm, wie so oft in alten Zeiten, als dieser Name mit das erste gewesen war, was des Morgens im Haus gesprochen wurde, und abends das letzte. Lange – wie lange doch schon! – hatte er sich nicht mehr so angeredet gehört. Als es zum ersten Mal wieder geschah, zuckte er zusammen und riß die

Augen auf, als käme das Wort aus einer anderen Welt. Den ganzen Tag blieb er verstört von diesem einen Wort, wurde unruhiger denn je, ließ die Arbeit liegen und lief wie ein Göpelpferd fortwährend um den Knaben herum, stumm, den Kopf geneigt, als suchte er etwas und fände es doch nicht und könnte es niemals finden, wenn er nicht immer wieder den Knaben angesehen hätte: finster und starr, wie am ersten Abend, plötzlich mit einem wahnwitzigen Lächeln, so daß Olli von fern, wachsam wie ein Schwan über seinem Kind, jeden Augenblick bereit war, hinzuzustürzen und den Kleinen an sich zu reißen.

So war es auch an einem feuchten, warmen Abend, da das ganze Land in einen bläulichen Nebel versank und die Mücken wie zukkende Wolken gegen den Himmel zu sehen waren; alles Hörbare war ein rasendes Gesumm, bald hell wie von Hornissen, bald dunkel wie von Hummeln. Um diese Zeit dunkelte es erst spät, und kaum Nacht geworden, war es wieder Morgen. Es war kein rechter Friede mehr in der Nacht, das Leben war schon zu atemlos, zu nahe der Mitte des Jahres. Olli schlief in solchen Nächten schlecht und war froh, daß sie sich, als das Kind zu ihr gekommen war, einen Strohsack auf den Boden gelegt hatte. So konnte sie sich von einer Seite auf die andere wälzen und brauchte keine Angst zu haben, daß sie dabei das Kind bedrängte. Das schlief tief und fest in der Mutter Bett. Aber auch der Bauer fand in dieser Nacht keine Ruhe. Fortwährend hörte sie ihn im Haus herumtappen, einmal in der Küche, ein ander Mal auf dem Hof, und dann . . . nein, nicht auf dem Boden, obschon es so klang! Was sollte er auf dem Boden suchen?

Ein Geräusch an ungewohnter Stelle machte ihr Herzklopfen. Sie richtete sich auf und lauschte. Von oben her drang ein Schleifen und Kratzen, als schleppte jemand schwere Lasten über den Boden. Mein Gott, dachte sie, was will er da?

Im selben Augenblick aber – sie war so versunken ins Horchen gewesen, daß sie gar nicht bemerkt hatte, wie sich die Tür zwischen der halbdunklen Kammer und der Küche lautlos auftat –, im selben Augenblick redete die Dämmerung sie heiser an. Sie schrie auf. Das Kind drehte sich behaglich schnaufend auf die andere Seite. Aus der Ferne über ihr erscholl das Jammergeheul einer Katze.

Sie saß da und hielt die Hände unter das Kinn gepreßt und starrte auf die Tür, in der sie den alten Koiri erkannte. Sie hatte ihn nicht kommen hören. Er hatte irgend etwas gesagt, was, das wußte sie nicht. Sie starrte ihn an, starrte auf seine Rechte, die mit dem Dunkel der Tür verwuchs, auf die Rechte, die Hand, die . . . Wollte er sie ermorden? Sie ließ kein Auge von ihm, während ihre Füße einen Halt am Strohsack suchten, damit sie aufspringen und sich über ihr Kind werfen könnte, wenn er ihm ein Leid antun wollte. Aber wollte er das? Sie wollte ihn fragen, sie wollte etwas sagen, aber schon war es, als hielte er ihre Kehle umspannt und würgte sie, daß ihre Zunge trocken über die Lippen hing. Was wollte er denn? Barmherziger Gott! Wie lange stand er schon da und quälte sie . . .

Sag, flüsterte der Alte, und es klang wie das Fauchen des kleinen Räucherbalges, mit dem er die Bienen beschwichtigte, wenn er den Honig aus ihren Stöcken nahm, sag, hast du ihn von meinem Jungen?

Sie starrte ihn an und verstand ihn nicht.

Da begann er zu lächeln – sie konnte es gewahren, weil er aus dem tiefen Dämmern zwischen der Tür einen Schritt weiter ins Zimmer vortrat –, so zu lächeln, als ginge ihm eine Herrlichkeit auf, und fragte noch einmal, bittend wie ein Bettler: Sag doch, sag, hast du ihn von meinem Jungen?

Olli brachte die Lippen nicht auseinander. Sie schüttelte den Kopf, viele Male. Nein, nein, sie hatte ihn nicht von einem seiner Jungen! Hatte er das geglaubt?

Sag es, sag doch, bettelte er weiter, es soll alles gut sein, er soll alles haben, alles . . . Und er machte eine Gebärde, die den ganzen großen Hof zu umschließen schien. Olli aber, unbeweglich dasitzend, schüttelte nur den Kopf. Und dann endlich fand sie ein Wort. Nein! - Doch als sie das gesagt hatte, würgte sie es wie rasend, als müßte es ihr die Augen aus dem Kopf pressen mit den Tränen, die ihr über die Wangen rannen. Nein, nein! schluchzte sie und verbarg ihr Gesicht in den Händen.

Der Alte mußte noch eine Weile im Zimmer gestanden haben. Wie lange, das wußte sie nicht. Ihr war, als kehrte sie vom Grunde eines tiefen Wassers zurück, schneller und schneller, am Ende wie ausgespien von der Tiefe, da die Tür leise ins Schloß fiel. Das Zimmer war leer. Leer. Sie konnte sich nicht daran gewöhnen, saß eine Weile still da, kroch dann zitternd von ihrem Lager un ging mit bloßen Füßen zur Tür. Es war niemand da. Hinter dieser Tür und der Küche und der nächsten Tür – dort glaubte sie etwas zu hören. Sie kehrte zu ihrem Lager zurück und saß dort zitternd und weinend, als könnte sie nicht mehr aufhören. Nach einer Weile hörte sie Schritte. Dann wurde die Tür zum Vorhaus geöffnet, und die Schritte entfernten sich in die Nacht hinaus. Sie wollte aufspringen und zur Tür eilen und rufen, ihm nachrufen, irgend etwas, – was, das wußte sie nicht. Aber sie blieb noch eine geraume Zeit auf ihrem Lager, und der da weggegangen war, mußte schon weit sein, als sie endlich mit klap-

pernden Zähnen barfüßig auf den kalten Steinen der Treppe stand und Ausschau hielt. Sie sah nichts, und sie hörte nichts mehr. Mit gesenktem Kopf ging sie in ihre Kammer zurück und setzte sich zu dem Jungen auf den Bettrand. Nun waren ihre Tränen versiegt. Sie betrachtete das schlafende Kind, bis es unruhig wurde. Da erschrak sie, wendete sich ab und sah zum Fenster hinaus. Es war schon ein wenig hell im Nordosten. Der Tag war nicht fern. Nach einer Weile schnurrte ein kleiner grauer Vogel leise fiepend am Fenster vorbei, und bald danach begann im Garten hinter der Scheune die Singdrossel ihr Lied. Sie hörte das alles und hörte es nicht. Die Zähne in die Lippe vergraben, fragte sie sich, warum sie nicht ja gesagt hatte. Gewiß, es wäre nicht die Wahrheit gewesen und eine doppelt arge Lüge, weil sie immer von sich hätte fürchten müssen, daß sie insgeheim doch nur um des Hofes willen gelogen hätte, aber . . . Hätte sie ihn nach dem großen Unglück nicht doch wieder ein wenig glücklich gemacht?
Nun mußte sie bald zum Pastor; das mußte sie, sobald es anging. Aber wie weit war der Weg zu ihm, wie weit die Hoffnung in Sankt Petersburg, und wie weit, wie weit lag von dort aus noch die Gewißheit! Wie am anderen Ende der Welt. Jetzt, ja; vor einer Weile war sie noch ganz nahe gewesen. Warum hatte sie nicht ja gesagt! Mein Gott, mein Gott, warum hatte sie nicht ja gesagt?

Nun war wieder eine Hoffnung in ihm gestorben, und es schien, als wollte er nicht mehr zurückkehren zu diesem frischesten der vielen Gräber, vor die ihn sein herbes Geschick schon geführt. Noch nie war er so lange ausgeblieben wie diesmal; die Pflaumenbäume streuten derweil ihren Blütenschnee über das schwarze Gezweig; und zum ersten Male zermarterte die junge Magd sich den Kopf in Sorge und Angst, wo er denn sein könnte. Die Zeiten wurden unruhiger denn je. Hier auf dem Totenhof, der nicht im Land der Lebendigen zu liegen schien, merkten sie nichts davon, aber in den anderen Gesinden raunte und wisperte es, die Knechte ließen nach Feierabend alles liegen, was sie sonst noch erfreut hatte, und krochen in den Busch und hielten Versammlungen ab. Auch hieß es, die Wälder wären nicht mehr ganz geheuer, man hörte von Mord und Brand wie in der schlimmsten Zeit. Selbst das Vieh, das die Barone auf die Weide schickten, war nicht mehr sicher. Dem Henker auf Drostenholm hatte man ein paar Kühe in die Luft gesprengt. ‚Man', – wer waren diese Leute? War auch ihr Bauer auf seinen heimlichen Wegen einer von ihnen? Dann konnte es wohl nicht mehr lange dauern, und sie fingen ihn oder sie holten ihn, wie damals, als der Krüger ermordet wurde. Und ein zweites Mal kam er nicht zurück. Wie klar er in jener Nacht gesprochen hatte, ging ihr in den folgenden Tagen auf, so klar, wie sie ihn lange nicht mehr hatte sprechen hören. War es die Klarheit gewesen, die dem Menschen vor dem letzten Dunkel, aus dem kein Weg mehr herausführt, gewährt ist? Dann ... Sie vermochte es nicht zu Ende zu denken. Es war ihr, als hätte sie unbedacht eine schwere Pforte zugeworfen, die fortan nie wieder geöffnet werden konnte, weder für den, der hinter ihr stand, noch für jemanden, der vor ihr wartete. Um wieviel sinnloser noch war seine Gefangenschaft, wenn einmal das Gefängnis in Sibirien sich auftun und er wieder einen Sohn und Erben haben würde. Ob die Freude dann auch ihn erlöste? Aber sie tat so, als wäre es das Sicherste, was es gab: daß er zurückkehren würde, der Alte. Und dabei war ihm vielleicht etwas zugestoßen? Ob sie nicht lieber den Nachbarn bitten sollte, jemand von den Seinen zum Urjadnik zu schicken? Und wie konnte sie überhaupt hoffen, daß das Gefängnis in Sibirien sich auftun und der Junge eines Tages nach Hause kommen würde, wenn sie doch gar nichts dazu tat und nur mit Hoffnungen und Wünschen und – sie gestand es sich nicht ein – mit ihrer Liebe an seinen Gittern rüttelte. Aber sie durfte nicht den Hof verlassen und zum Pastor fahren, wenn niemand hier auf das Vieh achtgab und alles andere tat, wofür auf den Nachbarhöfen drei Frauensleute sorgten. Jetzt schon lief sie den ganzen Tag auf und ab, mit dem Jungen auf dem Arm oder huckepack wie das erstbeste Taternweib! Mein Gott, mein Gott! und alles wegen des einen Nein.

Im Dämmerlicht der immer helleren Nächte ging sie oftmals vor die Tür und hielt Ausschau, als könnte der Alte unversehens zwischen den Nebeln auftauchen, doch immer vergeblich. Und als er dann eines Nachmittags, zu einer Zeit, da sie ihn gar nicht erwartet und gar nicht an ihn gedacht hatte, vor ihr stand, da starrte sie ihn an wie ein Gespenst, das aus der Diele gewachsen war, und hatte es schon viele Male lautlos gesagt, ehe sie kaum vernehmbar flüsterte: Gott sei gedankt!

Sie sorgte für ihn wie für einen Totgeglaubten, und er kam ja auch wie sein eigener Schatten. Wenn man ihn ansah, schien es undenkbar, daß er noch einmal lächeln könnte. An den ersten beiden Tagen brachte die Magd es nicht über sich, ihm ins Gesicht zu sehen. Sie hatte Angst vor seinem Blick. Irgendwann einmal aber merkte sie, daß er gar keinen Blick mehr hatte. Seine Augen waren so seltsam glanzlos und dunkel geworden, als hätte sich irgend etwas zwischen die Welt und die Wahrnehmung in ihnen gelegt. Er war blasser geworden auf seinen rätselhaften Wegen und konnte zuweilen lange

Zeit mit geschlossenen Augen dasitzen, als hätte seine Unrast sich jetzt verzehrt und wäre nur eine unsägliche Müdigkeit nachgeblieben. Die Müdigkeit war es wohl auch, die ihn so fügsam machte. Und das war gut für den Hof. Jetzt konnte Olli, nachdem er sich erst einmal ausgeruht hatte, zu ihm sagen: Vater, macht dies und das! und durfte sicher sein, daß er die Arbeit anfing, wenn sie es ihm oft genug eingeprägt hatte.
Eine Woche nach seiner Heimkehr war es, als Olli ihn auf dem Hof allein ließ und zum Pastor fuhr, um sich die Bittschrift aufsetzen zu lassen.
Es war eine Fahrt, die ihr viele Hoffnungen einflößte, denn der Pastor, war er auch ein Deutscher und weidlich angefeindet worden, setzte ihr nicht nur die Bittschrift auf, sondern erbot sich, selber auch noch an den Kaiser oder an den Minister zu schreiben und zu Ollis Bitte die seine hinzutun; vielleicht vermöchte das mehr bei den hohen Herren. Er sagte ihr, daß er viel Kummer um die Koiri-Söhne gehabt hätte, denn er hätte für sie bei ihren Richtern eintreten wollen, weil sie ihm unschuldig des Mordes erschienen wären. Des Mordes nur, wohlverstanden, ihre Teilnahme an den Plünderungen wäre schon betrüblich genug! Als er aber bei den damals unentwirrbaren Gerüchten herausgefunden hätte, daß die drei tatsächlich mitangeklagt wären, da wären sie auch schon gerichtet gewesen. So wäre er zu spät gekommen. Der Hof läge im äußersten Zipfel des Kirchspiels. Was sich von dort her bis zum Pastorat weiterspräche, brauchte viel Zeit auf seinem Weg und würde in Zeiten der Aufregung nicht gerade verständlicher durch so viele Zungen, die ein Wort allzu leicht wögen. Ja, die drei! Sie wären alle drei bei ihm in die Konfirmandenlehre gegangen. Den Jüngsten hätte er am meisten gemocht. Und wer hätte damals gedacht, daß es mit ihnen solch ein Ende nehmen würde! Ja, ja, der Teufel, der hier so viele Anbeter gefunden hätte! Wie stünde es denn in der Gegend um den Koiri-Hof? Dort wäre es ruhig? Da könnten sie von Glück sagen! Je näher der Kirche, um so reger triebe der Teufel sein Werk. Hier hätte man in der Nacht vor dem Tag der Duma-Eröffnung eine rote Fahne auf dem Gotteshaus angebracht. Eine rote Fahne an Stelle des Kreuzes! Sie hätte ein Kind, wie er sähe? Wie alt es denn wäre und wo es getauft worden wäre? Und ihr Mann . . . ? Nur daß Andres' Vater im Krieg gegen die Japaner gefallen wäre, bewahrte sie vor einer strengen Ermahnung, nicht hoffärtig und lüstig zu sein, meinte Olli; der Pastor ließ es sein Bewenden haben mit guten Ratschlägen und Wünschen, die ihr das Blut in die Schläfen trieben. Dann aber wurde er wieder herzensgut und freundlich und sagte ihr, als wären sie von

nun an verbündet bis zu einem siegreichen Ende: nun müßten sie hoffen, daß die großmächtigen Herren in Sankt Petersburg Gnade vor Recht ergehen ließen und den Mart freigäben. Dann wäre er vielleicht zur Ernte wieder daheim. Jeder sollte den anderen wissen lassen, wenn er eine Antwort bekommen hätte. Die Bittschrift schicke er heute noch ab.

Er war wie ein kleiner König hier im Kirchspiel, der Pastor, auf einem Pastoratshof mit hundertvierzig Hektar Land, und hatte eine so überzeugende Art zu reden, daß seine Hoffnungen schon wie Gewißheiten klangen. Dazu lächelte er, der kleine, graustoppelige Mann in seinen hohen Stiefeln, der wie einer von den Eigenen, wie ein Bauer aussah: so breit wie lang, mit einer gesunden Röte im faltigen Gesicht und kleinen, pfiffigen Augen hinter den hohen Backenknochen. Er reichte ihr die Hand mit einem verständnisvollen Blinkern. So, jetzt sollte sie sich erst einmal Kaffee geben lassen und auch dem Jungen etwas zu essen, sonst würde ihnen ja ganz schwach auf dem Heimweg. Er selbst müßte noch aufs Feld. Wie denn bei ihnen auf dem Koiri-Hof die Wintersaat stünde? Gut? Ja, auch hier könnte man nicht klagen, aber jetzt müßte endlich einmal Regen kommen, auch der Klee brauchte ihn schon. Und die Sommersaat?

Sommersaat gab es auf den Koiri-Feldern nicht. Das Korn, das jetzt wuchs, hatten noch die Toten gesät. Nach ihnen war kein Säer mehr über die Felder geschritten. Nur ein paar Fleckchen Kartoffeln hatten sie im Frühling gesteckt.

Der Pastor wurde düster und fing mit seinen Fragen von vorn an, jetzt nicht als Seelenhirt, sondern als Bauer. Wie wollten sie denn im nächsten Winter das Vieh durchbringen, fragte er. Wer die Herbstbestellung machen sollte. Woher sie das Saatkorn nehmen wollten, wenn die meisten Felder jetzt brach lägen? Ob sie nicht Vieh verkaufen müßten und die Kälber schlachten; die Pferde fräßen sich auf diese Weise ja nur fett und steif! Er hatte gut fragen. Hundertmal wohl hatte sie selbst so gefragt, an jedem Tag, bei allem, was daran erinnerte, daß ein Hof nicht mit einem Jahr rechnen kann, sondern daß es im Frühling gilt, für den Winter zu sorgen. Bis jetzt lebten sie noch vom Werk der Toten. Wie sollte es werden, wenn das, was sie in die Scheuer gesammelt hatten, zu Ende war? – Sie saß in der geräumigen Pastoratsküche am weißgescheuerten Tisch, den Jungen auf dem Schoß. In einer Ecke putzte die alte Magd des Pastors Gemüse und hörte stumm zu, was der Herr mit der Koiri-Magd zu reden hatte. Der Pastor lehnte am Küchentisch und rieb sich das stoppelige Kinn. Er hatte schon zweimal gehen wollen, zweimal hatte der Bauer in ihm die eigenen Felder vergessen und weiter nach denen

des Koiri-Hofes gefragt. Er war selber ein guter Wirt auf seinem großen Hof und hatte in der Gemeinde soundso oft Vorträge gehalten, über Bienen- und über Geflügelzucht, über Schweinemast und Brutmaschinen, nach den neuesten Büchern, die er sich aus dem Ausland kommen ließ. Und gerade weil er auf dieser Welt so prächtig vorwärtskam, hatte man ihm am Zeuge geflickt und ihm vorgehalten, er sollte sich mehr um die anderen kümmern, – die bessere, wie er des Sonntags sagte; warum also gab er sich mit dieser schlechten so erfolgreich ab? Er aber war pfiffig wie der Teufel im Märchen und wußte tausend Schriftstellen auswendig, aus denen hervorging, daß es nicht gegen die reine Lehre verstieße, wenn man als Gottesmann auch ein betriebsames Weltkind in aller Rechtschaffenheit wäre und sich und den Seinen einen Groschen verdiente, und war der kluge, tüchtige, reiche Bauer geblieben, der er immer gewesen war. Jetzt, hieß es, schimpfte man nicht mehr auf den reichen Bauern in ihm, sondern man nannte ihn einen Überläufer. Er wäre gar kein richtiger Deutscher, sondern ein Este, und alles, was tüchtig an ihm wäre, hätte er von seinen estnischen Vorfahren, die reiche Gesindewirte im Fellinschen und allezeit und immer brave Esten gewesen wären. Die müßten sich im Grabe umdrehen, wenn sie sähen, wie ihr Enkel hier mit den Baronen liebedienerte und wie es ihm keine Ruhe ließe, selber einer zu werden.
Bestimmt war auch ihm dieses Gerede zugetragen worden, aber niemals hatte er darauf geantwortet, wie bei den Gehässigkeiten wegen seines Reichtums. Es war, als wollte er bei seinen Gemeindekindern nicht unnötig den Deutschen hervorkehren und bei den Deutschen nicht seine Großeltern voranstellen, die wahrhaftig Esten gewesen waren, aber nicht Bauern, wie man erzählte, um mit Wohlhabenheit auch schon alle Vorfahren seines Namens zu beladen, sondern biedere Küstersleute im Kreise Werro. Daß er Deutscher geworden wäre, soweit man das werden könnte, wäre nur denen ein Problem, die es noch nicht geworden wären, fand der Pastor, und im übrigen wäre das alles nur ein müßiges Geschwätz. Sowenig man als Landwirt einer Anglerkuh nachtrug, daß sie aus dem Lande Angeln stammte, oder darauf achtgab, ob sie schwarz- weiß- rot gefleckt war, sondern einzig und allein darauf, wieviel Milch im Jahre sie spendete, so wenig kümmerte es den Herrgott, ob ein Mann nun Este oder Deutscher war, wenn er rechtschaffen seine Arbeit tat.
An diesem Tag kam er, nachdem er sich in der Küche von der Magd auch eine Tasse Kaffee hatte einschenken lassen und alles erfahren hatte, was er hatte erfahren wollen, nicht mehr auf seine Felder. Olli aber hatte auf der Heimfahrt ein so hoffnungsvolles Herz wie seit der

seits der großen Rasenfläche kehrte der Weg in das Dunkel ein, aus dem er gerade hervorgegangen war. Und dort . . .
Ein heiliger Schrecken durchglühte ihn, ein Schrecken, der es gar nicht mehr zuließ, daß er sich anstrengte und sich prüfte –, ein Schrecken, in dem er sich kaum mehr empfand und nur fühlte, daß er dem Engel gegenübergestellt war, Auge in Auge, hingebannt vor der Liebe kristallenes Herz.
Sie hatte ihn vorüber gelassen. Nun, sah er, stand sie dort im Dunkel unter den Bäumen und Büschen; nun sah er sie überdeutlich, durch keine Ferne getrennt von der Gewalt der Erscheinung, wie sie sich von dieser Erde abzustoßen schien in den unendlichen Raum; nun sah er wieder das gebeugte Knie der Andacht vor dem unbegreiflichen Rätsel, dem alles Leben und auch ihr Leben geweiht war.
Und dann –, er ging um diese Zeit schon wie träumend weiter, dem Haus entgegen, das gleich der Finsternis selbst aus den Kronen der Bäume emporwuchs, ging weiter mit der um Erschreckendes und ganz Fernes geweiteten Sicht eines Menschen, der in langen Fasten geläutert ward und dem das Dunkelste mit einemmal durchdringlich, das anscheinend tiefst Vergrabene in die Nähe gerückt scheint –, dann war er nur noch dessen inne, daß sie ihn vorüber gelassen hatte, vorüber auf den Weg der Selbstverleugnung. Und er sah in der Ferne das Haus und die Toten, die der Engel versöhnen mußte; er sah die Schuld, in die sein Leben gestürzt ward, als er der Pflicht sein Antlitz leihen mußte und die Richtstätte zum Besitz erhielt. Von da an, ward ihm klar, hatte das hohle Recht der Gewalt seinen Richter bis auf den Tod verleugnet, und der Gemeinschaft der Seinen war er eine Bürde geworden. Worauf hatte die Ritterschaft sich berufen können, als sie das Opfer der Verleugnung von ihm verlangte? Auf das Gebot der politischen Macht, die immer nur unter Opfern erworben und erhalten wird, hätte er sich antworten können. Ihm aber kam wieder in den Sinn, was er dem Fremden am Nachmittag geantwortet hatte, und er antwortete auch sich selber so: Auf die Liebe, auf die Liebe zu diesem Land! Und während ihn der Spott des Fremden über das ‚messianische Bewußtsein' der Deutschen noch einmal anflog, hieß er gut, daß er geopfert worden war. Er war bereit, fortan als eine ruhmlose Würde auf sich zu nehmen, daß er schon einmal in seinem Leben gestorben war für dieses Land, und er war bereit, noch viele, viele Male zu sterben.
Nun bekam es auch einen neuen Sinn für ihn, daß hier im Lande Schwert und Kreuz bis auf diesen Tag vereint geblieben waren. Jetzt, dachte er, jetzt mußte auch er nach langen Jahren, da er in fremden Diensten den Degen geführt hatte, das Kreuz für dieses

Land auf sich nehmen, um seines eigenen Lebens willen und, wenn er darunter stürbe, damit die seinen hier leben konnten, und nicht nur die Deutschen, alle, das ganze Land.

Das Dunkelste wurde in diesen Stunden durchdringlich, das tiefst Vergrabene in die Nähe gerückt. Ihm war, als verweilte die unendliche Macht, die die Schicksale antreibt, ganz ungeteilt bei dem seinen. Denn an diesem Abend noch wurde ihm das Vergangene zu bestürzender Gegenwärtigkeit in dem Brief, der fast zwei Wochen gebraucht hatte, um ihn zu erreichen, und der wie für diese Stunden geschrieben schien, daß er eine Lücke schlösse, die der Schreiber sich einst selbst ausgebeten hatte –, einem Brief des Leutnants Wladimir Karlowitsch Möller.

Er hatte – seltsame Fügung! – keine Minute früher kommen können als eben jetzt, da Ovelacker die Anfahrt hinaufschritt. Und daß dieser Brief, der keinen Vermerk eines Absenders trug, unter dem grün abgeschirmten Schein der Leselampe, die eine Magd dem Heimkehrenden vorangetragen hatte, zu dieser Stunde geöffnet und nicht, wie alle übrigen, achtlos zur Seite gelegt wurde, verdankte er nur dem Markenbild der Germania, unter dem er den langen Weg zurückgelegt hatte. Der Brief und die Hand, die ihn hielt, die Lampe, deren dämmeriges Licht jenseits der Sammlung, die ihr Schirm gab, den Tisch mit seinen Bildern und die Umrisse der nächsten Gegenstände mehr ahnen als erkennen ließ –, minutenlang schien all das wie im Zwielicht einer stillen Sommernacht zu liegen, zwischen Ebbe und Flut. Wenn Leben in all dem war –, in diesen Minuten verschwieg es sich, weil nichts anderes sprechen konnte als der Brief, der mit der Überschrift: Mein verehrter Graf! begann und ohne jede Erklärung, wo der Schreiber sich befand und wie er dahin geraten war, sogleich das Anliegen aussprach, um dessentwillen er zur ungewohnten Feder gegriffen hatte.

Ich habe, hieß es da, den Kameraden Charusin, der mir bei der letzten Begegnung in Sankt Petersburg sagte, daß er Ihnen schreiben wollte, gebeten, eine Lücke in seinem Brief offen zu lassen. Er hat mir das versprochen. Doch ich weiß nicht, ob wir uns damals verstanden haben, ja ob wir überhaupt wissen konnten, was diese Lücke war. Jetzt weiß ich es, wenn ich es nicht gewußt haben sollte. Sie werden mittlerweile erfahren haben, was sich nach Ihrem Abschied von uns ereignet hat. So kann ich mir alle Vorbemerkungen schenken.

Ich bitte Sie um Verzeihung, daß ich damals nicht darüber geschwiegen habe, wie unser einstimmiges Urteil zustande gekommen war.

Haben Sie Verständnis für meine Handlungsweise! Ich habe nicht schweigen können! Ich gebe heute freiwillig zu, daß ich mich gegen das Gebot der Ehre vergangen habe. Wenn der Geltungsbereich der Ehre auch niemals abgesteckt worden ist –, sie ist doch auch so etwas wie eine für das ganze Leben getroffene Vereinbarung, was man tun darf und was nicht.
Ich lebte schon unter einem neuen Gesetz, als ich damals, allem Anschein nach, das alte noch für verbindlich erachtete, denn ich hatte ja meinen Dienst noch nicht quittiert. Daraus kann man mir einen Vorwurf machen, ich weiß es. Ich hätte sogleich meinen Abschied nehmen müssen. Diese Schuld erkenne ich freiwillig an, für sie muß ich um Verzeihung bitten, wenn sie, wie ich befürchten muß, in mehr als nur in mein Leben eingegriffen hat.
Ich habe damals gehofft, das neue Gesetz mit dem alten, unter dem ich Leutnant geworden war, vereinigen zu können. Ich mußte sehr bald bemerken, daß dies nicht möglich war. Vielleicht schon deshalb, weil meine Kameraden nach jener Nacht zu wachsam und argwöhnisch mir gegenüber geworden waren. Ich bin einem Duell mit unserem Kornett ausgewichen, solange es überhaupt möglich war, wie sehr auch seine Herausforderungen meinen Stolz verletzten. Ich scheute mich, dem Moloch einer Ehre, an die ich nicht mehr glaubte und der ich mich nicht mehr verpflichtet fühlte, abermals eine Gelegenheit zu bieten, in mein Schicksal mit einer Blutschuld einzugreifen. Meine eigene Schuld an den drei Brüdern dünkte mich schon viel zu schwer.
Erst als sich mir gar kein anderer Ausweg mehr bot, als eine Beleidigung erfolgte, wie ich nie zuvor einer ausgesetzt gewesen war –, da erst habe ich zur Waffe gegriffen. Aber auch da hätte ich den Kornett nicht gefordert, wenn nicht Zeugen diese Beleidigung mit angesehen hätten. Ohne die Zeugen hätte ich mich noch einmal verleugnet, wie schwer es mich auch angekommen wäre. Nun aber zerbrach mein Vorsatz, meine Ehre darein zu setzen, vor diesem immer wieder auf mich eindringenden Menschen ehrlos zu scheinen. Ich ließ ihn fordern.
Das traurige Ergebnis des einmaligen Kugelwechsels kennen Sie. Ich kann Ihnen und mir ersparen, die Verfassung zu schildern, in der ich mich nach jenem unglücklichen Duell befand. Genug, wenn ich sage, daß ich wochenlang gesonnen war, den Fehlschuß des Kornetts mit eigener Hand zu berichtigen. Ich reiste halb freiwillig, halb gezwungen ins Ausland, um das Verhängnis, dem ich erlegen war, hinter mich zu bringen. Eine Zeitlang lebte ich in der Schweiz, dann siedelte ich nach Deutschland über. Ich war immer am Rande der

Finsternis, mochte nun der letzte Streifen unter dem Licht Homburg oder Gotha heißen oder das lange, schöne Tal des Rheins sich hinabziehen, in dem man traurig wird, wenn man allein ist. Ich wurde an mir selber und an allem, was ich dachte, irre. Gestand ich mir ein, ehrlos gehandelt zu haben und ehrlos zu sein, so wußte ich mich gleich darauf zu überzeugen, daß Ehre, wie ich sie aufzufassen gelernt hatte, nichts mehr war, woran ich mich in meinem Leben halten konnte. Dienste in einer Kolonialarmee anzunehmen, wie es andere in meinem Fall getan hätten, gleichgültig, welche Nation diese Armee vertrat, widerstrebte mir aufs äußerste. Eher hätte ich verhungern mögen. Denn mir lag nichts daran, Soldat zu sein um des Soldatseins willen. Ich verlangte mehr für meinen Beruf. Nicht nur eine äußerliche Würde des Standes, nicht ein lohnendes Auskommen, nicht Ehren, die sich in Achselstücken spiegeln, sondern etwas viel Umfassenderes: einen inneren Standort, ein neues Lebensgesetz. Dieses alles meinte ich am ehesten in dem Land finden zu können, in das ich geflohen war, in Deutschland. Dieses fremde Land aber – das war etwas Überwältigendes – erkannte, erlebte und empfand ich mehr und mehr als meine Heimat! Sie werden wissen, daß meine Vorfahren nicht in Rußland beheimatet waren, sondern in Deutschland, so wie die Vorfahren Ihres Geschlechtes nach Rußland aus dem Lande kamen, in das Sie nun, verehrter Graf, zurückgekehrt sind. Es mag sein, daß Sie in den letzten Wochen, da ich die Ehre hatte unter Ihrem Kommando zu stehen, etwas Ähnliches erlebt haben wie ich in der Zeit, da mir mit einemmal die Augen für Deutschland aufgingen, und daß ich Ihnen damals unrecht tat in meinen Ansichten über Staatstreue, Unvoreingenommenheit und Selbstlosigkeit beim Dienst. Solche Ansichten kann ein junger Leutnant haben, der zuweilen russischer als die Russen selber sein möchte. Er bereut sie jetzt mit dem ganzen Eifer eines Bekehrten.
Da aber gerade, als ich etwas so Teures wie die Heimat wiedergefunden hatte, da streifte mich abermals das Verhängnis und drohte, mir das einzige, was ich nach allem Umherirren gewonnen hatte, auf besonders schmähliche Art und Weise zu entreißen.
Es war in Koblenz, einer Stadt am Rhein, die einige Berühmtheit genießt durch die Festungswerke, die dort aus alten Zeiten erhalten sind. Ich hatte mich schon zweimal vorher für kurze Zeit dort aufgehalten. Nun wurde mir dort in den frühen Abendstunden eines Tages zu Anfang des Sommers in meinem Hotel ohne weitere Förmlichkeiten ein Hauptmann gemeldet. Er wünschte mich zu sprechen, er hätte einen dienstlichen Auftrag. Die Ortskommandantur ließ mir unter Zusicherung von Stillschweigen übermitteln, man erachte es

für wünschenswert, daß ich die Stadt mit dem nächsten Zuge verließe, damit man nicht die Rücksichten außer acht zu lassen brauchte, die vorerst durch meinen Rang und meine Familie geboten schienen. Das Ansinnen erklärte sich entweder aus einer Verwechslung oder einer ganz unsinnigen Verdächtigung. Dieses festzustellen, führte ich, anstatt den Ort zu verlassen, eine Aussprache mit dem Kommandanten herbei, einer grauen Exzellenz, die mich sehr an den verewigten Feldmarschall gemahnte. Und von diesem Gespräch an datiere ich meine Ehrenrettung vor mir selber. Es war der große Glücksfall meines Lebens: der Anfang der Bekanntschaft mit dem Geist der deutschen Armee, in der ich, wie ich hoffen darf, fortan zu dienen die Ehre haben werde.
Ich habe dem ehrenrührigen Verdacht, die Aufgaben eines Geheimagenten unter dem Schein eines harmlosen Rheinreisenden zu verbergen, die größte Offenheit entgegengesetzt und erzählt, warum ich mich jenseits der russischen Grenzen aufhielt. Wie es kam, daß man mir glaubte, vermag ich nicht zu erklären. Ich weiß auch nicht, ob ich so viel Eifer verdient habe, wie man ihn mir später in einem immer weiteren Kreis von Offizieren dieser großen Garnison bewies: vergessen zu machen, was die Bekanntschaft herbeigeführt hatte. Eins nur weiß ich mit Sicherheit. Ich war hier zum erstenmal wieder in eine Gemeinschaft eingetreten, die äußerlich einige Ähnlichkeit mit der besaß, die ich gerade verlassen hatte; ihr innerstes Gesetz aber fing erst dort an, wo ich an dem Gesetz, unter dem ich mich bis zum Leutnant heraufgedient hatte, irre geworden war: bei der Ehre. Ich hatte Ehre achten, von anderen und von mir selber fordern gelernt als die ‚Schamhaftigkeit des Mannes', als das Befolgen aller Pflichten, die einem Ehrenmann zukommen, als die Erfüllung aller Gebote der Ritterlichkeit. Ich hatte mich in einer Nacht einmal gefragt, ob man von mir erwarten durfte, daß ich den Anspruch der Ehre erfüllte, wenn mein Gewissen widersprach. Konnte es eine Ehre ohne Gewissen und ein Gewissen ohne Ehre geben? Ich hatte in jener Nacht nicht den Mut zur Antwort gehabt und in die Forderung der Ehre eingewilligt, weil sie die Auffassung der Mehrheit vertrat. Ich glaube, daß ich damals Ehre mit Karriere verwechselt und mir nur der Karriere zuliebe ersparte, auf der Antwort zu bestehen. Welche Entscheidung es war, die mir solche Fragen abnötigte, wissen Sie, verehrter Graf. Später aber war die Frage selber die Entscheidung. Und bis zu dem Tage, da ich mich von meinem Kameraden Charusin verabschiedete, schien, wenigstens nach unserem Wissen und der herkömmlichen Auffassung, keine Lösung möglich zu sein.

Und sie ist wohl auch in Wahrheit nicht möglich, wenn die Entscheidung einmal mit ganzem Ernst gestellt wird. Angesichts des Todes. Jedenfalls ist nach meiner Ansicht die Ehre, die ich als Leutnant der russischen Armee kannte, nichts, womit man vor dem Tode, ob man ihn nun erleiden oder befehlen soll, bestehen kann. Denn ist die norme du corps, von der Charusin sprach, mehr als eine heiliggesprochene Satzung des Standes? Sie muß aber mehr sein als ein Standesgesetz, auf daß Himmel und Hölle an ihr zuschanden werden können und auf daß sie den Tod, wo er auch sei, groß und gerecht macht. Kann die Ehre einer Armee auf den Waffen ruhen? fragte ich mich. Nein. Nicht immer sind es und waren es die ehrenvollen Waffen, die den Sieg davongetragen haben. Die Ehre einer Armee ist die Ehre ihrer Nation, die sie aufgestellt hat. Hat die Nation keine Ehre, dann sind es Söldner, die ihr Dienste leihen, welche sie morgen zurückfordern können. Dem Vaterland aber fordert man nichts ab und nichts zurück.

Die Ehre des Degens muß mehr sein als der Ruhm, den die Waffe erringt. Sie muß von dem, der den Degen führt, tiefer Besitz ergreifen als nur in Rücksichten auf seinen Stand. Sie muß ihn in ein sittliches Gesetz binden, das stärker ist als der Tod und dauernder als das Glück. Sie muß die Zucht des Gehorsams, der dem Manne abgefordert wird, zu einem Sinnbild erheben für einen viel tieferen und größeren Gehorsam – vor dem, dessen Name verschwiegen sei. Ich glaube, die Ehre ist ein Glaube, und für meine Augen und für mein ganzes künftiges Leben hat dieser Glaube seinen Ausdruck gefunden in den Insignien von Degen und Bibel, den Insignien eines preußischen Offiziers.

Lassen Sie es daran genug sein, mein verehrter Graf. Ich habe Ihnen nur sagen wollen, daß nach unserer alten Auffassung von Ehre die Widersprüche zwischen Pflicht und Gewissen, vor die ich in jener Nacht des Feldgerichtes gestellt wurde, überhaupt nicht gelöst werden konnten, ohne das Gewissen zu verletzen.

Unser Kamerad Charusin sagte mir bei jener letzten Unterhaltung in Sankt Petersburg: ich hätte das Recht der freien Persönlichkeit gegenüber der norme du corps geltend gemacht. Das stimmt nicht. Oder das preußische Offizierskorps besteht aus lauter freien Persönlichkeiten – und hat dabei doch eine Norm und ist ein corpus, wie er wohl nur in Jahrhunderten sich zu bilden vermag. Es hat seine innere Überlieferung, ein sittliches Fundament. Das hat unser russisches Offizierskorps nicht. Dieses hat nur die Tradition der äußeren Macht. Es hätte also, bin ich überzeugt, eine preußische Lösung für die Widersprüche in jener Nacht gegeben. Ich ahnte sie damals schon, aber ich war nicht stark genug –, und wir alle waren Offiziere der russischen Majestät.

Ich nehme von Ihnen, mein hochverehrter Graf, mit ehrerbietigen Grüßen Abschied als Ihr immer ergebener Wladimir Karlowitsch Möller.

Am Ende des Blattes, auf dem der Schreiber unterzeichnet hatte, folgte eine Nachschrift von wenigen Zeilen. Sie lautete:

Das eine aber, wofür es keine Lösung gegeben hat: der Tod von nach meiner Überzeugung Unschuldigen, das zerstörte Leben eines nach Sibirien Verbannten. Wer wäre anmaßend genug, gutzuheißen, wenn die Vorsehung zu der Erleuchtung eines Menschen das Leben dreier auslöscht? Ich gestehe: um Ihretwillen habe ich die Möglichkeiten, durch einflußreiche Bekannte in der Residenz die Wiederaufnahme des Verfahrens gegen die drei Brüder erwirken zu lassen, vorerst verabsäumt. Aber lassen Sie doch tun, was möglich ist, um das zu erwirken! Jedenfalls so weit, wie es dem einzigen Überlebenden nützlich sein kann. Sie sind unschuldig gewesen, die drei, ich könnte mit meinem Leben dafür einstehen! Völlig unschuldig, ja!

Ovelacker wollte die Blätter schon wieder zusammenfalten und beiseite legen, da hielt er inne. Er mochte sich von ihnen noch nicht trennen und legte sie, die Falten glättend, auf den Tisch unters Licht. Einer, der ihn beobachtete, hätte sich gewundert. Unverwandt auf das oberste der Briefblätter starrend, nickte er vor sich hin, nickte, nickte, allem Anschein nach grenzenloser Zustimmung voll. Sein Blick, der allen von den schweren, gedrungenen Zeilen galt, erhaschte hier und da ein einzelnes, als haftete sich das von selber an, ein Wort ohne den Zusammenhang: Insignien . . . preußisch . . . eine Lösung . . . während der Geist dieses einzelne sogleich in die ganze Erzählung einordnete, die in Wirklichkeit über diese Blätter hinausging. Ihr Inhalt lebte in seiner Erinnerung mit Worten, deren Ton ihm im Ohr haftete, mit Worten, deren Sinn ein Teil von dem Sinn war, den er selber gesucht. Er nickte zu dieser Lösung: Gut, er war auf einem neuen Ufer, der Leutnant . . . Und er ertappte sich mit einemmal dabei, daß er die Nachschrift noch einmal Wort für Wort las: Das eine aber, wofür es keine Lösung gegeben hat . . . Seine Lösung –, die hatte Möller in seinem Brief scheinbar vorweggenommen. Er würde sie ihm später einmal mitteilen, dem preußischen Offizier.

Aber ob er's dann noch war? Er hatte niemals Anlaß gehabt, an Möllers Zähigkeit und Beständigkeit zu zweifeln. Und doch, meinte er jetzt, konnte das noch nicht sein letzter Schritt und das Ufer des Zieles sein. Irgendwann mußte das Zeitalter ihn einholen auf dem ro-

mantischen Wege, dem er sich ‚mit dem ganzen Eifer des Bekehrten' verschrieben.
Er war beim Geiste Scharnhorsts eingekehrt, als das nüchterne Reglement Suworows ihn unbefriedigt gelassen hatte; er hatte in jener eisgrauen Exzellenz zu Koblenz noch einen Abglanz des als Soldat großen und als Mensch frommen Feldmarschalls von Moltke gesehen. Aber glichen die heute mit frisch-fröhlichem Lärm marschierenden Enkel dieser Männer noch wirklich ihren stilleren Ahnen, die des Fluches bewußt waren, den die Waffe heraufbeschwört?
War Möllers neue Ehre wirklich die Ehre der preußischen Armee? Verwaltete diese wirklich Degen und Bibel als tägliches Rüstzeug, oder waren die bei ihr nur die Attribute auf dem Epitaph über eine große und ruhmvolle Vergangenheit? Ihn wollte dünken, die Gefahr läge nahe, daß Möller auf der Flucht vor seiner verworrenen, ohne Halt gelassenen Gegenwart Obdach in einer allzu vergangenen Vergangenheit gesucht hatte. Und von dorther würde er sich mit schmerzlicher Ernüchterung – in der er dann auch lernen mußte, Unschuld nicht mit Entschuldbarkeit zu verwechseln – zu einem neuen, gegenwärtigen Dasein durcharbeiten müssen –, ein Weg, der ihn vielleicht zu seiner eigenen Überraschung hinausführte aus dem, was er heute noch ein endgültiges Ziel wähnte. Er hatte Zeit. Sein Leben ging ja erst in den Mittag. Und jeder Tag hat seine Länge.
Eine sonderbare Innigkeit lag in dem Blick, mit dem er die Blätter betrachtete. Er sah aus, als wäre er mit allem versöhnt. Dann lehnte er sich im Stuhl zurück und strich sich mit der Hand über die geschlossenen Augen. Als er sie wieder öffnete, blieb er unbeweglich sitzen und starrte auf die Wand des kleinen Sekretärs, die vielerlei Schubladen barg. Der Lichtschein reichte nicht über die Platte hinaus, und hinter ihr lag tiefe Dämmerung, in der die Ranken aus hellerem Holz, die in das teefarbene Braun des Mahagonis eingelegt waren, geheimnisvoll lebendig über die ganze Wand strebten. Ihm war, als begänne hinter diesem Zauberrankwerk erst wieder die wache, wirkliche Welt. Hier träumte er, oder er erlebte dies alles schon zum zweiten Mal. Wie oft schon waren seine Wünsche diesem Augenblick vorausgeeilt! Nun war er gekommen, der Augenblick, und blieb; jetzt gab es nichts mehr zu wünschen. Ein letztes noch, aber wie nah war er auch dem! Und wenn dieses Letzte geschah, würde er wohl auch das Empfinden haben, es geschähe ihm zum zweiten Mal. Nun horchte er auf. Schritte im Gang, der leise Schritt des jungen Reuter! Er hatte so viel Zeit, die Papiere zusammenzufalten und wegzulegen; dann wurde geklopft, und gleich danach stand der Freund vor ihm.

Er kam mit einem Ungestüm, das man sonst nicht an ihm kannte und das nur etwas Dringliches bedeuten konnte. Ovelacker war erst aufgestanden, als der Freund ihm schon die Hand hinstreckte, und setzte sich dann gleich wieder an den Tisch. Daß der junge Reuter morgen ins eigene Haus übersiedelte, wußte er, und er hatte ihm schon das Geleit zugesagt; unvermutete Hindernisse, auf die er nicht gefaßt gewesen war, hatten sich anscheinend nicht ergeben; was also hatte ihn bewogen, hier so stürmisch Einlaß zu suchen?
Nichts, allem Anschein nach. Er setzte sich in einen Sessel, der dem Lichtschein entrückt war, schlug die Beine übereinander und rieb sich die mageren Hände, daß es anzuhören war, als lärmte eine Heerschar von Grillen. Ovelacker starrte mit geneigtem Kopf in die goldene Helle auf dem Tisch.
Der junge Reuter betrachtete ihn.
Hast du etwas Neues gehört? fragte Ovelacker dann, ohne sich umzuwenden.
Der Freund stützte das Kinn auf die Hände. Ja, höre . . ., begann er, aber weiter kam er nicht. Nach einer Weile fuhr er unschlüssig fort: Deshalb kam ich auch gleich zu dir. Ich bin nämlich eben erst zurückgekommen . . .
Es war, als wölkte ein schwärzlicher Staub im Zimmer. Die Stimme wurde darin hohl und noch heiserer. – Etwas Merkwürdiges hat sich zugetragen, begann der junge Reuter von neuem und räusperte sich, als belegte der Staub ihm die Stimmbänder.
Ovelacker saß da und starrte weiter auf den Tisch. Vielleicht war sein Kopf noch ein wenig mehr geneigt. In der Hand, die auf der Lehne des Sessels ruhte, zuckte es unter der gespannten Haut.
Ja, bestätigte der unentschlossene Gast sich selber mit einem tiefen, hörbaren Atemzug. Sein Kinn und seine Hände waren wie aus Stein zusammengefügt; den Blick hatte er niedergeschlagen. Wenn man ihn sah, hätte man denken können, daß er mit geschlossenen Augen dasaß. – Du bist totgesagt worden, weißt du das?
Ich weiß es, kam im nächsten Augenblick die Antwort, sehr ruhig, in den Lichtschein hinein gesprochen, und als der junge Reuter die Gestalt des Freundes jetzt ebenso unbewegt vor dem Licht gewahrte wie im Schweigen, war ihm, als tönte das Licht.
Ach, das weißt du? murmelte er überrascht.
Ja! war die Antwort. Ich bin tot, das weiß ich. Die glaubwürdigste und höchste Instanz, die es für die Leute auf dieser Welt gibt, hat es verkündigt. Nicht gerade der Kaiser, aber des Kaisers Minister.
So, das weißt du alles! wiederholte der junge Reuter. Ich dachte . . . Und was weiter?

Es ist eine seltsame Geschichte, begann er widerstrebend.
Erzähle!
Meinst du? fragte er den ruhigen Lichtschein über dem Tisch. Ich habe sie heute erfahren, gestern hat sie sich zugetragen, um die Mitternacht. Die ganze Gegend steht in hellem Aufruhr, ich habe so etwas noch nie erlebt. Es ist beinahe mittelalterlich!
Es handelt sich nämlich um den alten Bauern, von dem ich dir schon einmal erzählte, begann er vorsichtig und ließ Ovelackers Gestalt dabei nicht aus den Augen. Die bewegte sich jetzt so wenig wie zuvor. Zwar spürte Ovelacker den Blick und hörte aus der Stimme heraus, daß der Freund jetzt auf ihn einsprach, aber er wandte sich ihm nicht zu. Es hat sich folgendes zugetragen, begann der Erzähler mit einer Stimme, die harmlos klingen sollte: Gestern nacht, kurz nach Mitternacht, wurden etliche Leute in dem Kirchspielsdorf Alliklep darauf aufmerksam, daß auf dem Friedhof irgend etwas vor sich ging. Man sah dort einen schwachen Lichtschein und hörte ein Gemurmel, als ob mehrere Leute leise miteinander sprächen. Zuweilen klirrte es wie von einem Spaten, dann hackte und knirschte es, man hörte, wie Steine geworfen wurden, die Erde dröhnte, als schachtete dort jemand ein Grab aus, zwischendurch aber wurde es bis auf ein Prasseln, bei dem man vermuten konnte, es würfe jemand Erde mit einem kräftigen Schwung aus einer Grube heraus, wieder ganz still. Die das hörten, weckten andere; die anderen weckten noch andere; die noch anderen endlich den Landwächter, den Pastor und den Küster. Und durch den Pastor angefeuert, zogen die Leute nach einem schnell verabredeten Plan auf den Friedhof. Wie das alles zuging, kann man sich vorstellen, wenn man unsere Leute kennt und bedenkt, daß dies alles zwischen zwölf und zwei Uhr nachts geschah. Man fand auf dem Friedhof einen einzigen Menschen – den alten Bauern Koiri, mit allerlei Handwerkszeug, einem Spaten, einer Hacke, Brecheisen, Hammer und etlichen fünfzölligen Nägeln, völlig von Sinnen. Er stand in einer schon mannstiefen Grube, dort, wo das Grab seiner Frau gemacht worden war. Bei dem Licht einer Stall-Laterne war er an der Arbeit und, wiewohl schon völlig erschöpft, immer noch verbissen damit beschäftigt, das Erdreich auszuheben, um an den Sarg zu gelangen. Er weigerte sich heraufzukommen –, nicht bösartig oder tobsüchtig, nein, nur völlig besessen von dem Ziel, das er sich für diese Stunde gesteckt. Als der Pastor, der wie aus den Wolken gefallen war, ihn fragte, was denn das zu bedeuten hätte, gab er eine Auskunft, die die Männer grausen machte. Er erzählte: Man hätte ihm aus Petersburg geschrieben, der Henker wäre tot, und da hätte er sich über Gottes Gerechtigkeit gefreut und

nichts mehr begehrt, als sterben zu dürfen. Dann aber hätten die Nachbarn ihm gesagt, das stimmte nicht, der Henker lebte so lebendig wie nur je, und er hätte das glauben müssen, weil diese Leute ihn mit eigenen Augen gesehen hätten. Und nun hätte sein Weib, das mitsamt den beiden Söhnen bei Tag und bei Nacht um ihn wäre, ihm keine Ruhe mehr gelassen. Immer wäre sie an sein Bett gekommen und hätte ihm zugeflüstert, jetzt müßte er dem Henker etwas antun. Er hätte gar nicht mehr schlafen können. Bei Tag und bei Nacht hätte sie ihm in den Ohren gelegen –, das Weib, das da unten in der Grube in dem gewiß schon vermoderten Fichtenholzsarg lag! –, daß er das Beil oder die Sense, einen Stein oder einen Knüttel oder einen Nagel nehmen und den Henker totschlagen müßte –, immerfort, immerfort! Er hätte es schließlich gar nicht mehr aushalten können, soll der Alte da in der Nacht über die Tote geklagt haben. Denn er hätte das nicht tun wollen, um keinen Preis! Gott sollte Richter sein zwischen dem Henker und ihm! Das hätte auch Olli immer gesagt, wenn ihm böse Gedanken gekommen wären.
Zuletzt hätte er die Qual nicht mehr aushalten können. Auf die Brust gesprungen wäre sie ihm und hätte ihn gewürgt, mit schrecklichen Drohungen, wenn er nicht tun wollte, was sie befähle. Die Söhne wären ganz still gewesen. Sie hätten um sein Bett gestanden und nichts verlangt – nichts verlangt, aber auch der Mutter nicht gewehrt, wenn sie raste. Überhaupt wären sie ihm sehr kummervoll erschienen, die beiden, hätte der Alte erzählt. – Er hätte alle Bannsprüche gesagt, die er gegen Geister kennte; sie hätten nichts geholfen. Er hätte die Diele mit Nägeln und Scherben bestreut; sie wären trotzdem gekommen. Darüber hingeschritten wären diese Toten, am allerleichtesten die Frau. Da wäre er auf den letzten Ausweg verfallen, den man von alters her kannte: Solch unseligen bösen Toten müßte man mit starken Nägeln die Füße an das Sargholz heften. Dann vermöchten sie nicht mehr zu kommen. Dieses zu tun wäre er hier, und man sollte ihn um Gottes willen nicht stören. Gleich hätte er den Sarg erreicht und wollte sein Werk im Namen des Vaters und des Sohnes und des Heiligen Geistes vollenden. Gelänge es nicht, dann hätte er Angst, nach Hause zurückzukehren. Denn noch schrecklicher würde sie dann zu ihm sein und noch ärger in ihn drängen, das Böse zu tun, das er nicht über sich brächte. Nein, er wollte dem Henker kein Leid antun, Gott sollte Richter sein, Gott allein!
Als der junge Reuter so weit gekommen war, wunderte er sich über sich selber, wie er das hatte erzählen können. Und wie ging die Sache aus? fragte Ovelacker nach einer Weile.
Sie muß wohl friedlich ausgegangen sein, meinte der junge Reuter,

mit Gutzureden und Ermahnungen und Tröstungen, denn jetzt, heißt es, ist der Alte wieder zu Haus. Nur soll er einen Blutsturz bekommen haben. Und die Magd schläft bei ihm in seiner Kammer, damit er nicht mehr so allein ist. Die Leute sagen, er läge auf den Tod danieder. Aber eine Aufregung ist das im Kirchspiel! Wo man zwei beisammen sieht, kann man wetten, sie sprechen nur darüber.
Wo liegt eigentlich dieser Hof? fragte Ovelacker.
Der junge Reuter wußte das ungefähr, weil sein Verwalter es ihm beschrieben hatte, aber auch nur ungefähr, der Gegend nach; den Weg dahin hatte er nicht angeben können.
Mit einemmal schnellte Ovelacker aus dem Stuhl hoch. Der junge Reuter schrak zusammen.
Ich glaube, es ist bald Essenszeit! sagte er, es klang seltsam tönern, und ging aus dem Zimmer. Als er schon draußen war, im Dunkel oder im Halbdunkeln, denn die nächste Lampe leuchtete weit entfernt, sagte er noch etwas, was wie eine Verheißung klang: er würde gleich wiederkommen.
Gleich danach aber, und noch geraume Zeit später, ging er rastlos in seinem Schlafzimmer auf und ab. Wenn er an den Fenstern angelangt war, blieb er für etliche Sekunden stehen und schaute hinaus, wo Nacht lag, beinahe völlig finstere Nacht. Die Kronen der nächsten Bäume waren noch eben zu erkennen, eine ungeschlachte Finsternis, finsterer als der Himmel. Bläuliche und mondfarbene Sterne, die ein geduldiges Auge förmlich eilen sah, blitzten frohlockend. Nein, sagte er sich, es war zu dunkel. Selbst für einen, der den Weg ganz genau kannte. Und wenn er mitten in der Nacht dort ankam –, wer würde wach sein? Vielleicht der von den Geistern Gepeinigte. Aber welch ein neuer Schrecken für den, wenn sein Henker in der Nacht zu ihm kam, der Totgesagte und doch Lebendige! Er lag auf den Tod danieder, erzählten die Leute. Sollte das heißen, daß er im Sterben lag? Oder nur, daß er von diesem Lager nie mehr aufstehen würde? Wie es sich auch verhalten mochte, viel Zeit war ihm nicht mehr geblieben.
Mit einemmal hielt er auf seinem Weg inne und blickte so unverwandt vor sich hin, als sähe er jemandem fest ins Gesicht. Pjeschkow und Potapow –, waren die es nicht gewesen, die ihn damals in der Nacht hereingeführt hatten? Der Notar war im Zimmer gewesen und hatte ihn mitleidig angeblickt, den Alten. Wie deutlich er sein Bild aus jenen Sekunden bewahrte! Heute noch klang ihm sein Stammeln im Ohr. Mit einemmal fiel ihm so manches ein: Wie er auf der Bank gesessen hatte im Gerichtssaal! Wie er im Wald, als er mit dem Doktor zum Strand hinuntergeritten war, auf dem Weg gestan-

den hatte und der Doktor auf ihn hatte anlegen wollen! Und dann, unten im Park, als er ihn angerufen hatte! Und dann . . . wieder im Park, als der Bär, der erst ihr erschienen war und dann ihm selber in seiner Hilflosigkeit und Wehrlosigkeit am Boden. Das war das letzte Mal gewesen. Später hatte er ihn nie mehr zu Gesicht bekommen. Wäre es geschehen, so hätte es seinen Tod bedeutet; dann hätte der Alte dem Begehren der Toten willfahren und sich selber zum Richter über den Richter seiner Söhne machen müssen. Wußte er jetzt, warum der Alte sein Leben geschont hatte, als es in all seiner Wehrlosigkeit so wohlfeil dort unten im Park lag? – Das war es, was er so oft gefühlt hatte: daß er und dieser Alte unzertrennlich sein würden, bis einer von ihnen diese Welt verließ. So unzertrennlich, wie Gläubiger und Schuldner zusammengehörten. Aber erlosch eine Schuld, wenn ihr Gläubiger starb? Ja. Es wäre denn, der hätte einen Nachfolger für seine Forderung erkoren. Nun gab es für die Forderung dieses alten Bauern keinen Nachfolger mehr. Sie war an sein Leben geknüpft und erlosch mit diesem Leben, oder sie wurde gestundet bis zu der Stunde des großen Gerichtes über die Lebendigen und die Toten, derer er in seiner Ohnmacht auf dieser Welt sich getröstet. Jählings überfiel ihn die Frage, wozu er denn dorthin wollte und wie er sich dem Alten verständlich machen, ja was er ihm überhaupt sagen wollte. Doch mit einer Leichtfertigkeit heiligen Ernstes wehrte er diese Frage ab. Wozu? Einmal die Hand ihm drücken konnte er, einmal ihm danken, daß er allen Versuchungen widerstanden hatte. Mehr nicht? Ja . . . Er konnte ihm sagen, daß er versuchen wollte, dem Hof wieder einen Bauern zu verschaffen. Einen Koiri-Bauern, einen jungen. Nun hätte er genug gebüßt. Ja, dies und das, der Gründe waren genug, er brauchte sich nicht zu fragen. Jenseits aller Gründe von Gnaden der Vernunft war ein seltsames Zutrauen in ihm, daß es richtig wäre, was er tun, und richtig, wie er es tun würde. Aber es eilte. Diese Mahnung verließ ihn nicht. Es eilte. Die Zeit, die er bei Rechnereien über Wegstrecken und Zeiten, heimlichen Wegen zu heimlichen Zeiten, verbrachte, war verlorene Zeit. Als ob später nicht doch überall bekannt werden würde, wo er gewesen wäre! Später, ja; was später sein würde, ging ihn eben nichts an. Nur konnte er morgen nicht mit dem Freunde erst nach Tidenküll fahren und dann auf dem Heimweg diesen Hof suchen, von dem niemand recht wußte, wo er lag. Vielleicht war es dann schon zu spät, ja, bestimmt war es dann zu spät; irgendeine sonderbare Unruhe, die von der nüchternen Vernunft gar nicht zu fassen war, trieb ihn zur Eile. Warum aber wollte er sich auf Nüchternheit und Vernunft berufen? Schon von dem Augenblick an, da er dem Geist des Engels an der Stätte, wo

Angelika starb, gegenübergestanden hatte, war sein Weg wie in Traum und Trunkenheit gebannt worden. Vom Traum war ihm die mühelose Sicht ins Weite zuteil geworden, von der Trunkenheit die Überwindung der Schwere.

Er kam nicht gleich zu dem Freunde zurück, nicht bald und nicht spät –, eine Magd mußte ihm sagen, daß der Abendtisch gedeckt stünde und der Gast wartete. Dann erst kam er, ohne irgendeine Begründung für sein langes Ausbleiben zu geben. Wortlos nahm er seinen Platz ein, der junge Reuter rückte zu seiner Rechten nach. Eben war die Magd aus dem Zimmer gegangen, nachdem sie die Lichte, die auf den silbernen Leuchtern standen, noch einmal frisch geschnuppt hatte. Dem scheidenden Gast zu Ehren hatte die Mamsell ungeheißen ein festlicheres Mahl anrichten lassen. Ovelacker ergriff eine Schüssel . . . Da legte der junge Reuter dem Freunde die Hand auf den Arm. Überrascht blickte Ovelacker ihm ins Gesicht.

Dieses Gesicht war sehr blaß und sehr ernst. Er bäte, ihm zu verzeihen, sagte er mit seiner heiseren Stimme noch ein wenig unfreier als sonst, jetzt aber durch mehr als durch die Zerstörung der Krankheit, durch Leiden und Mitleid gefesselt. Er verstünde sich selber nicht ganz, wie er ihm vorhin diese Geschichte hätte erzählen können.

Ovelacker griff mit der Linken hinüber zur Rechten, auf der die beschwichtigende Hand lag, und wehrte zum fassungslosen Staunen des Freundes mit einemmal alle Entschuldigungen ab.

Wie anders hatte der junge Reuter sich diesen Abend gedacht, an dem er seine letzte Mahlzeit mit einem Würgen in der Kehle hielt. Nun aber, fand er, war einfach nicht mehr wegzudeuteln, daß Ovelacker nicht ganz bei sich selbst sein konnte. Wann jemals früher wäre er auf den Einfall gekommen, mitten während des Essens den Pferdepfleger in die Halle zu bestellen – so bald wie nur möglich, er hätte mit ihm zu sprechen –, ohne danach auch nur mit einem Sterbenswort anzudeuten, was ihn zu dieser Neuerung in den Sitten bewogen! Etliche Male trank er dem Freunde zu, ohne daß der mit Sicherheit wußte, ob er ihn denn auch wirklich gesehen hatte –, so fremd waren seine Augen, mit einem fiebrigen Glanz, und so unstet ihr Blick, der im Kreise irrte. Jedes Gegenteil von Ruhe und Sammlung schien er zu suchen, als wäre es ihm hilfreich, und als die Magd den Pferdepfleger ankündigte, kürzte er den Nachtisch und eilte hinaus in die Halle. Daß er bäte, ihn zu entschuldigen, war eine gemurmelte Andeutung geblieben.

Was er draußen in der Halle mit dem Pferdepfleger besprach, hörte der junge Reuter nicht. Er hatte auch gar nicht Zeit, darüber nachzudenken, denn Ovelacker kam bald zurück und setzte sich wieder

zu Tisch. Kaum aber hatte er bemerkt, daß der Freund mittlerweile mit dem Essen fertig geworden war, da schlug er vor, die Mahlzeit aufzuheben und den Kaffee, den es heute wie an einem Feiertag gab, in einem anderen Zimmer zu trinken. Er bestimmte dazu den größten aller Räume, die Bibliothek, als hätte er schon bei der Wahl im Sinn gehabt, was er dann, die zerbrechliche Tasse in der Hand, unablässig tat: auf und ab zu wandern, auf und ab –, während der junge Reuter wie in einem aberwitzigen Zwange nichts anderes tun konnte, als ihm vom Sessel mit einem trüben Blick auf allen seinen Wegen zu folgen: stumm, unbeweglich, wie das Gewicht einer Uhr, das den Pendel in Zeit und Ewigkeit an sich vorbeiziehen läßt und, selber fast reglos, alle diese Wege im Gange hält.
Der alle diese Wege im Gange hielt!
Selbstanklagen waren es, die ihn später, als er sich von Ovelacker mit der Ausflucht verabschiedet hatte, ihm wäre noch mancherlei zu packen verblieben, allein in seinem Zimmer, zwischen den unfertig umherstehenden Koffern, zur Untätigkeit lähmten.
Jetzt, in der Stille des Hauses, wollte es ihm so vorkommen, als hätte er diesen Abend nur geträumt. Aber nein, wenn ihn auch alles wie ein Alptraum und wie verhext dünkte – er wußte genau, wann das angefangen hatte. Im Geiste versuchte er noch einmal, dem Manne ins Gesicht zu schauen, der sich von seinem Platz am Schreibtisch erhoben hatte. Auch der schon, und nicht nur der andere, der nach dem Bericht auf dem Zimmer geflohen war – auch der schon hatte etwas Sonderbares an sich gehabt, als wäre er Geistern begegnet oder als hätte er seinen eigenen Tod wahrschauen müssen! War in seiner Abwesenheit irgend etwas geschehen, wovon er nichts wußte? Woher hatte er eigentlich erfahren, daß die Regierung ihn für tot erklärt hatte?
Es kam ihm wieder in den Sinn, wie sie einander kennengelernt hatten und was alles seitdem geschehen war. Hatten sie es geteilt? Nein, antwortete sich der junge Reuter. Immer war Entfernung zwischen ihnen geblieben, ein Raum, gerade breit genug, daß darin die Hitze oder die Kälte der ersten unmittelbaren Empfindungen ihr Mittel finden und sich ohne Gefahr durch Flammen und durch Fröste einander angleichen konnte. Und so sehr er diese Entfernung sonst liebte, weil sie einen gewissen Schutz bot – war sie es etwa, die ihn bislang nicht hatte ganz klar sehen lassen? Verbarg sie ein zweites Gesicht, einen anderen Menschen als den, den er kannte? Hatte sie ihm Eigenschaften verhehlt, die das Antlitz des Henkers formten und die Mythe nährten? – Eine fürchterliche Frage des Mißtrauens; er grübelte darüber solange er wach war. Er grübelte über alles, was er

wußte und kannte, angefangen von den Erzählungen des Notars. Es konnte kein tieferes Bangen um einen Menschen geben, als es an diesem Abend in ihm war, kein ratloseres. Ihm war vor dem nächsten Tag schon so bange wie vor dem ganzen künftigen Leben, das sich in eine ungewisse Nacht hinein verlor. Was konnte den Menschen retten, den die Geister der Toten den Lebendigen abforderten? Wo war der noch sicher, wenn nicht einmal, wie es heute abend geschienen hatte, vor sich selber? Mit einem Wust von Gedanken, der allmählich in unruhige Träume überging, dämmerte er ein.
Er wachte auf – wann? das bedachte er nicht – in dem Wahn, Pferdegetrappel vernommen zu haben und ein Stampfen und Schnauben, das sich ihm schon in den nächsten Minuten in den Takt dahineilender Züge verwandelte; aber die Fahrt währte nicht lange, da wurde er wach –, wach von einem gellenden Gelächter, wie er meinte, und seine Stirn beschlug schweißfeucht von Entsetzen und Angst. In der Finsternis lag er aufgestützt im Bett und lauschte, lauschte, lauschte mit angehaltenem Atem und einem Herzen, das ihm beinahe die Brust zerschlug. Dann hörte er in der Ferne das Wiehern eines Pferdes verhallen –, eines Pferdes, das einmal in der Nähe gewesen sein und ihm mit seinem Wiehern ein Gelächter vorgetäuscht haben mochte.
Gewißheit darüber zu haben, wie der Schreck zustande gekommen war, beruhigte ihn, aber auch diese Ruhe hatte einen Keim der Unruhe in sich, ein neues, fruchtloses Fragen: was denn ein Pferd mitten in der Nacht zu bedeuten hätte, wer da weggeritten oder weggefahren wäre. Er sah nach der Uhr, es war kurz nach halb vier, immer noch finstere Nacht. Der Pferdeknecht fiel ihm ein, der Pferdeknecht, der am Abend gerufen worden war. Am Abend ... Träumte er und träumte von einem zweiten Traum? Fassen konnte er nicht, daß dieser Abend wirklich gewesen war.
Da ritt er nun in der Nacht umher. Was hatte das zu bedeuten? Wohin? Wozu? Ob es tatsächlich Ovelacker gewesen war, der auf dem wiehernden Pferde gesessen hatte? Mein Gott! dachte der junge Reuter, ratlos, was da geschah und wozu es geschehen sollte; und nach einem Tag, da er von Geistern als von etwas Wirklichem vernommen hatte, flog ihn der Wunsch an, es möge doch gewährt sein, dem, der von dannen ritt, einen guten Geist nachzuschicken, den einen, den einen ...

Der aber hatte ihn ja vorübergelassen auf diesen Weg; in seinem Auftrag ritt er jetzt durch die Nacht.
Das Pferd schnoberte und trug den Kopf gesenkt, als wollte es sich

nicht auf den Reiter verlassen, sondern aus dem schwarzen feuchten Nachtboden wittern, wohin sein Weg ging. Ovelacker ließ es gewähren. Er spähte zur Linken hin, wo der Tag bald anbrechen würde, denn für das letzte Stück seines Weges, über das ihm die Karte nichts hatte sagen können, brauchte er das Licht. Wege hatte er eingezeichnet gefunden, auch Gesinde, vier oder fünf, aber welches von ihnen der Koiri-Hof war, galt es später zu erfragen, wenn er nicht nach den vielen Schilderungen, die er erhalten hatte, gleich den richtigen fand: den ‚allmählich zerbröckelnden', wie der Verwalter gesagt, den Totenhof, nach des Doktors Erzählung, auf dem das kleine Kind umherkroch.

Er hatte keinen Schlaf gefunden in dieser Nacht. Das meiste war ein dumpfes Dämmern gewesen. Aber auch wenn er die Augen geschlossen, hatte eine nicht abreißende Folge von Bildern und Gesichtern in der Finsternis gestanden, für die seine Stirn eine zu enge Behausung war. Sie hatte angefangen zu schmerzen, als würden die inneren Wände wundgerieben. Die kühle Nachtluft jetzt war eine Linderung, Besänftigung das undurchbrochene Dunkel, in dem er gar nichts zu erkennen begehrte. Er hatte das Gefühl, auch sein Kopf wäre ausgefüllt von dem feuchten, kühlen Dunkel um ihn herum, und die Augen waren offene Schleusen, durch die alles Innere mit dem Äußeren in Verbindung stand. Hin und wieder verdichtete sich die Finsternis in ihm zu einem Gedanken: wohin er jetzt ritt, und was er dort wollte – aber er ließ solche Gedanken schnell wieder fahren, hinaus in das dunkle Meer zwischen Mitternacht und Morgen, in dem Bäume und Büsche, wie von heimlichen Gezeiten getragen, vorüberschwammen.

Als er unweit der Kirche die große Landstraße überquert hatte und zum erstenmal auf fremder Gemarkung ritt, brach das Morgengrauen mit einem zähen Sichverengen der Landschaft an. Mit dem ersten fahlen Lichtschimmer von Osten her wurde sie wieder in ein Maß gebannt, hatte Fernen und Nähen und Stimmung.

Von den greisen Bäumen in der Feldmark her quarrten heiser die Krähen; dann waren es Hunde, die durch die Ferne blafften, und es konnte geschehen, daß ihm ein kleiner Vogel schwirrend über den Weg flog. Eine ganze Weile gewahrte er überall Leben und Morgenregsamkeit –, aber dann wurde es wieder so still, als kehrte die Nacht zurück, die doch eben aus den rosig glühenden Wolken zum Weichen gebracht ward. Diese Zeit zwischen Nacht und Tag hatte die seltsamste Stille, eine unentschlossene Stille, die danach verlangte, laut zu werden, und es doch nicht wagte. Es war, als stünde alles mit einem zum Schreien weit geöffneten Munde und verhielte den Atem, bis ein Zeichen käme oder ein übermächtiger Entschluß. Und währenddessen legte sich der Tau auf die große Offenheit, so eisig, daß es brannte und ein Dunst aufzusteigen schien wie Rauch. Schweigsam und von seinem Feuer gelähmt flogen die Krähen durch den Himmel, der hinter ihnen leer und verlassen lag, als wartete er nur darauf, daß ihn der Flug der torkelnden schwarzen Scharen abermals beschrifte. Nun aber öffnete sich überall zwischen dem Fernsten und dem Nächsten eine ungeheure zitternde Dunstblüte, die langsam ihre weißen, schwadenhaften Kelchblätter zum Himmel aufschlug. Als diese Blätter sich völlig geöffnet hatten und losgerissen von ihrem Blütenkorb hoch oben als Wolken davonzogen, lag auf dem Grunde eine ungeheure nackte, keusche und harte Klarheit. Und das war der Tag, ehe die Sonne kam, von der ein unausdenkliches Werk der Liebe und des Wärmens zu erhoffen sein mußte: eine Seele für diesen vollkommenen Leib. Dann auch erst würde sich ihm die Zunge lösen.

Ein Schrecken bemächtigte sich seiner, als er – es mochten wohl schon zwei Stunden nach dem Aufbruch vergangen sein – zum erstenmal Häuser erblickte. Zwar lagen sie noch weit in der Ferne, aber es waren Wohnhäuser, das erkannte er sogleich, und nicht nur die kleinen Scheunen, die das Heu aus dem Bruchwald bargen. Um einen Hauch dunkler als die silbrige Frühe stieg der Rauch aus ihren Schornsteinen empor. Menschen waren noch nicht zu sehen, aber die Felder, die um die Häuser herum lagen, waren denen wie eine stumme Gesellschaft. Nachdem er eine zweite Landstraße gekreuzt hatte, begann der Weg allmählich abschüssig zu werden und führte gerade auf die Häuser zu. Um jedes der weithin verstreuten Gesinde zu erreichen, mußte er sich später noch häufig verzweigen. Ovelakker verhielt das Pferd und überlegte. Nein, dorthin wollte er nicht! Ihn befiel die Scheu vor Menschen, Scheu vor seiner Frage nach dem richtigen Weg, die sich gleich in vier, fünf Gesinden herumsprechen würde, Scheu vor neugierigen Blicken und argwöhnischen Verhören. Lieber wollte er allein weitersuchen, bis er den richtigen Hof fand, oder bei einer abgelegenen Kate um Auskunft bitten, irgendwo dort, wo seine Frage noch eine Weile bei wenigen Menschen blieb. Sonst aber konnte er ... Zurückreiten? Jäh, daß das Pferd unter ihm zu tänzeln begann, drehte er sich um, wie gerufen, und schaute dorthin, woher er gekommen war. Er hätte nicht blasser werden können, als er schon war, aber ein Gefühl des Traumhaften nahm immer noch zu. Ringsumher war ihm alles fremd: Bäume, Felder, Häuser; fremd und wie über sich selbst hinaus gesteigert war ihm sein eigenes Dasein. Bald würde die Sonne aufgehen. Schon glichen die flockigen Wolken über dem östlichen Horizont einem riesigen Strauß erblühender Rosen. Und die kalte Luft, die er einatmete, füllte ihm die Brust als etwas Berauschendes zu dem Rausch hinzu, in dem er sich seit dem vergangenen Abend befand. Unablässig versuchte er zu fassen, klar und nüchtern zu fassen, daß er es war, der hier im Sattel saß. Es gelang nicht. Und mit einemmal, wie aus einer panischen Angst, daß doch noch eine Einflüsterung Macht über ihn gewinnen könnte, riß er sein Pferd auf einen schmalen Feldweg zur Linken, ließ die Häusergruppe in der Ferne zur Rechten liegen und sprengte, als müßte er schnell einen Kreuzweg hinter sich bringen, ins Ungefähr hinein, in dem ein Wasserlauf zwischen dichtem Gebüsch seine Richtung kreuzte. Was hinter der Wand dieses Buschwerks lag, wußte er nicht. Er erfuhr es erst, als der Schritt des Pferdes hohl zu klingen begann und er die Knüppelbrücke erreicht hatte, die in dem dunkelblättrigen, feucht duftenden Gebüsch, wie in eine gewaltige Mauer eingelassen, dalag. Nun erblickte er ein Tal, und darin lag, durch eine Wiesenbreite von dem Saum des Waldes jenseits der Sohle getrennt, ein großes, im Viereck gebautes Gesinde, auf das der abschüssige Weg vor ihm zwischen brachen Feldern gerade zuführte.

Hier war es, wo ihn zum erstenmal der Tod anwehte, kühler als jeder irdische Morgen, wie ein Luftzug aus einer geöffneten Gruft. Alle Felder hier waren unbestellt, die Äcker mannshoch überwuchert von Hederich und Disteln –, ein Meer von schwefeligem Gelb, in dem das Trauerviolett der Disteln zu dieser frühen Stunde noch nicht voll erglühte. Zur Rechten – das sah er, als ein schmaler Sattel in der Halde ihm einmal den Blick dorthin freigab – kündigte eine Gruppe eng beieinander stehender Bäume ein anderes Gehöft an; aber er dachte nicht daran, sich dorthin zu wenden, auch nicht, als ein schmaler, tief ausgefahrener Feldweg zu diesem Gesinde abbog. Er ritt die Halde hinab, immer tiefer, bis er so weit gekommen war, daß der große silbergraue Hausgiebel mahnend vor ihm aufstieg. Da hielt er das Pferd an und stieg aus dem Sattel. Es war ein kraftloses Sich-hinabgleiten-Lassen vom Pferde, neben dem er noch lange Zeit mit schlaffen Knien stehen blieb. Verloren sah er vor sich hin. Er wußte nicht, woher, aber von dem Augenblick an, da dieses große Gehöft auftauchte, hatte er gefühlt: dies war sein Ziel –, und hatte es sich doch nicht eingestehen wollen, hatte seinen Anblick gemieden, hatte auf die bunte Mauer des Waldes in der Ferne geschaut und die brachen Felder so zu betrachten versucht, als hätten sie nichts anderes zu klagen als ihre Brache. Und als er jetzt auf die verwitterten Mauern des Hofes schauen mußte, weil sie das ganze Blickfeld einnahmen, auf die silbrigen Dächer, in denen sich die Fäulnis wie ein heißhungriger Grind weiterfraß, auf die nackten Gerippe der Firsthölzer bei den kleinen Schuppen, unter denen das faulende Stroh weggerutscht war und, wie eine Schneewächte, über den Türen aufgestaut hing, auf die Wagen, die da unter freiem Himmel standen und verdarben, auf den großen Hofplatz, der bei einem anderen Gesinde selbst nach dem Einfahren des Korns nicht von so viel Halmen besät sein konnte, auf den Kranz aus abgefallenem Mörtel, der um jedes der untermauerten Häuser lag –, da war ihm, als sähe er zum ersten Male wieder sich selbst ins Gesicht, ohne Betrug und Beschönigung, und der Hof stand dort wie ein wildes, langgezogenes Jammergeheul oder wie ein erstickter Seufzer, für den es keine Hoffnung mehr gibt. Das graue, nüchterne Morgenlicht ersparte dem Auge nichts von der Verwüstung. Nicht an der verwitterten Scheune und nicht an den Ställen, deren Türen mit einem dagegengestemmten Balken geschlossen waren, nicht an den zerbrochenen Scheiben und den wenigen heilen, die erblindet waren, und nicht an dem Schleifstein, der auf abgefaulten Füßen nicht zu stehen vermocht hatte und jetzt wie hingeschleudert dalag: ein Aas, von dem bis auf das rostrote Eisen und den ungenutzten großen Stein alles verfault war. Den Brunnen umblühte ein dichtes Gebüsch von Kamillen und Hahnenfuß, als würde mit seinem Wasser niemand mehr getränkt; alles Hölzerne an ihm war zersplittert und zerschunden. Und ob nur hier so schwer von Trübsinn und Gram –, die Luft drückte den Rauch hernieder, der auf anderen Gehöften kerzensteil aus den Essen kam. Es mußte schlechtes Holz sein, das da drinnen verbrannte, feuchtes und krankes, zur Unzeit geschlagen. Wie mit Schwefel gewürzt strich der Rauch gelb und stickig zwischen den Mauern einher. Man hätte den Kreis suchen mögen, den Kreis rund um das Haus und die Felder, in den einmal gebannt worden war, was hier lag: der Tod, der Verfall, eine schleichende Auszehrung der Gestalt, der die Kraft genommen war, sich zu erhalten.

Ovelacker hatte das Pferd am Torpfosten festgebunden. Er stand da, blickte in den Hof hinein und zurück auf die Lehne der brachen Felder und schien unentschlossen, ob er weiter vordringen sollte. Er atmete schwer. Ohne es zu wissen, reckte er den Kopf und holte so tief Luft, wie es ihn verlangte. Mit einemmal dann stieß er sich von dem Pfosten ab und ging wie mit erfrorenen Füßen und mit tauben Schritten tiefer in den Hof hinein.

Er ging, ohne noch einmal stehen zu bleiben, in das Haus hinein, das ihn das Wohnhaus dünkte; aus seinem Schornstein quoll Rauch, zu seiner Tür führten ein paar morsche Stufen hinauf. Und sein Ent-

schluß, ein Ende zu machen und endlich auszuführen, was er sich vorgenommen hatte, war so groß, daß er gar nicht mehr wußte, wie er alles tat.
Er klopfte leise an eine braune Tür, von der die Farbe abblätterte, aber es öffnete niemand. Auch als er lange Zeit gewartet und das Pochen wiederholt hatte, zeigte sich kein Mensch. Da trat er ungebeten ein. Er ließ die Tür offen, damit Licht in den Vorraum fiel, den er jetzt betrat und der sonst ganz dunkel lag –, wie von Schlangen gehütet. Denn von der Decke herab und von den rohen Wänden her schoß verhärtetes Riemenzeug gegen ihn vor. Abermals hielt er inne, er stand vor einer zweiten Tür, doch abermals kam ihm niemand entgegen, und keine Stimme wurde von drinnen laut. Die zweite Tür war nur angelehnt, ein warmer Hauch strich durch den Spalt, und dazu vernahm er ein eintöniges Geräusch, als zitterte der Deckel über einem Topf, dessen Inhalt am Sieden war. Der warme Hauch und das Geräusch kamen aus einem neuen Dunkel.
Aber es war nur eine Dämmerung, tiefe Dämmerung in einer unaufgeräumten Küche. Er betrat sie, als er auch die zweite Tür geöffnet hatte. Dämmerung über einem fußhohen Belag von altem Stroh, das bei jedem Schritt sprühte und knisterte. Die Tür war hinter ihm zugeglitten. Seine Augen konnten sich nur allmählich an diesen Raum gewöhnen, in dem es niemals richtig Tag zu werden vermochte. Rechter Hand von der Tür war ein schmales Fenster in der Wand, durch das ein schwacher Lichtschein gerade auf den Herd fiel. Vor dem Herd lagen Reisig und die Stücke eines alten Zaunes, um das schwelende und zischende Feuer zu nähren. Als einziges stand ein großer schwarzer Kessel auf dem Feuer, in dem es brodelte und unter dessen Deckel hervor ein weißgelblicher Schaum zischend auf die Herdplatte floß. Der verdampfende Schaum erfüllte den ganzen Raum mit einem säuerlichen Brodem. Gleich neben dem Herd zur Rechten führte eine Tür in einen angrenzenden Raum, und gegenüber zur Linken . . . dort – das fühlte er mehr, als daß er es durch das Klappern des Deckels auf dem Topf vernehmen konnte –, dort waren Menschen! Die Tür aus der Küche in jenen Raum stand nur angelehnt; ihm kam es vor, als sickerte durch den schmalen Spalt ein Lichtschein.
Hatte denn niemand ihn gehört? Oder wurde hier, wenn man sein Kommen gehört, jemand erwartet, der so bekannt und so vertraut war, daß er wie ein Kind des Hauses ein- und ausgehen durfte? Alles blieb so still, daß er es überdeutlich hören konnte, als weit in der Ferne – vielleicht aus den Ställen – ein Hahn zu krähen begann. Dreimal. Und mit einemmal, als wäre dieses das Zeichen gewesen,

fing hinter der Tür, der er sich bis zur Schwelle genähert hatte, eine dünne, fistelnde Stimme zu sprechen an. Eintönig, als läse sie vor, kam Wort um Wort mit der gleichen Betonung, ein Geriesel von Worten, die einen frommen Sinn haben mochten. Ihm ging die Bedeutung nicht auf. Bevor er es wußte, hatte er die dünne Klinke in der Hand, zog die Tür langsam in den Küchenraum hinein auf und betrat auf dem Lichtkeil, der ihm entgegen kam, eine dumpfe, heiße, niedrige Kammer.

Das erste, was er erblickte, war eine hochgewachsene Frauengestalt. Sie stand dicht neben der Tür zur Rechten und kehrte ihm den Rükken zu, regungslos. Aber mochte auch die dünne Stimme der Vorleserin, ohne innezuhalten, in das Schweigen rieseln, sie hatte gehört, daß jemand gekommen war! Sie kehrte sich langsam zu ihm um, sie . . . Sie hatte jemand anderes erwartet! Ovelacker sah, wie ihr Gesicht, in dem zuerst etwas wie eine traurige, bedeutsame Mahnung, leise zu sein, gelegen hatte, sich in einem nicht auszudenkenden Schrecken verzerrte. Der Mund klaffte auf wie zu einem Schrei, und die Arme, die unter einem großen Umschlagtuch verborgen gewesen waren, griffen verstört zum Kopf, ihn zu schützen, indes die ganze Gestalt sich zurücklehnte und rückwärts, um jeden Preis rückwärts zu entweichen versuchte. Das aber gelang ihr nicht. Sie hatte am Fußende eines breiten Bettes gestanden, neben dessen Kopfende, beim Schein dreier Kerzen, ein Buch auf den Knien, ein uraltes, verkrümmtes Weib saß, mit rotgeränderten Augen hinter einer Brille. Und in dem Bett, so flach ausgestreckt, daß man den Körper sich beinahe gar nicht abzeichnen sah unter der Decke, lag ein uralter Mann mit bärtigem, wachsbleichem Gesicht.

Alles geschah gleichzeitig in dem flackernden Licht der drei Kerzen: Die Gestalt der Frau am Fußende des Bettes kauerte sich mit vor Entsetzen verzerrtem Gesicht und Händen, die sich in einer Bewegung der Abwehr und Angst erhoben, tief in die Ecke, immer kleiner werdend, als suchte sie an der Erde Schutz. Dem alten Weibe auf dem Schemel neben dem Kopfende entfiel das Buch. Das Rascheln der Seiten hörte sich an, als stieße ein Fuß in welkes Laub. Wie gebannt blieb die Alte auf ihrem Schemel hocken, das runzelige Antlitz halb zur Tür gewandt. Ihn zahnloser Mund stand weit offen, aus seiner Tiefe irrte etwas hervor, was ein Seufzer und Juchzer zugleich war: die Stimme des Schreckens selbst, den alle Sinne verlassen hatten. Nur die Gestalt unter der Decke regte sich nicht. Nichts an dem wächsernen Haupt verzog sich. Schatten, die ihm die flackernden, wie Lanzenspitzen nach allen Seiten zielenden Flammen der Kerzen warfen, spielten in seinem Bart. Und zu diesem Schrecken und dieser Unberührtheit erhob Ovelacker, indes er leise ein paar Schritte weiter vortrat, ohne daß er es wußte, beschwichtigend die Hand. Nun stand er neben dem Bett. Die Alte starrte ihn immer noch an; die Frau war aus der Ecke hervorgekommen und hielt sich dicht neben der Tür, ihn anschauend, immerfort ihn anschauend. Die Magd! wußte Ovelacker im selben Augenblick; es war ein Mädchen von seltsam ernstem Blühen. Habt keine Angst! flüsterte er. Wie oft hatte er sich diese Worte heute nacht zurechtgelegt! Jetzt aber, da er sie sprach, wußte er es nicht mehr. Sie kamen ihm über die Lippen, ohne daß er sie hatte sagen wollen. Nach diesen Worten schien die Magd wieder zu Leben zu erwachen, man sah es an einem Zittern in dem großen dunklen Tuch, das sie um sich geschlagen hielt, und die verkrümmte Alte, die von ihrem Schemel halb aufgestanden war, setzte sich mit einem leisen Ächzen wieder hin. Ängstlich schnell richtete ihr Blick sich auf das Bett mit dem Kranken. Es hatte den Anschein, als wollte sie sich überzeugen, daß sein Kopf noch da war, aber sie fand noch nicht die Ruhe, bei dem Anblick zu verweilen. Unaufhörlich sah sie zu Ovelacker auf, der neben dem Bettrand stand. Auch das Mädchen, das weiterhin an der Tür verharrte, ließ keinen Blick von ihm. Ovelacker aber entging das alles. Ohne die beiden Menschen neben sich zu beachten, starrte er in das Antlitz zwischen den Kissen. Sollte das der Mensch sein, den er . . .? Er setzte sich. Das Bett gab unter seinem Gewichte tief nach, und der Daliegende ward ihm um ein weniges näher gerückt.

Er starrte auf die Hände, die willenlos gefaltet auf der Decke ruhten, magere Hände, wie aus schrundig gewordenem verwittertem Elfenbein, die gebrochenen Nägel wie Krallen. Aber das Haupt, darum das Barthaar wie eine grauweiße Wolke lag! Wie ausgekerbt war es mit seinen Furchen und Falten und abgemagert bis auf die Haut, die sich wächsern über die Knochen spannte. Die geschlossenen Augen waren zwei dunkle Hügel unter den buschigen Brauen. Der Mund war nicht zu erkennen. Stoßweise zitterte hin und wieder der Bart dort, wo er sein mußte, und der Adamsapfel in dem nackten dünnen Hals bewegte sich schwach.

Sollte das der Mensch sein, den er . . .? Er richtete sich auf. Seine Hand winkte dem Mädchen, das inzwischen immer noch nicht näher herangekommen war. Jetzt sollte sie es tun, und doch war es nur ein halber Schritt, den sie tat.

Ist das . . . ist das der alte Koiri? fragte Ovelacker.

Sie sagte kein Wort. Sie nickte nur, viele Male.

In diesem Augenblick aber stieß der Kranke einen Seufzer aus. Ovelacker war aufgesprungen. Alle schauten sie auf das Bett.

In dem Gesicht des Kranken hatten sich die Augen aufgetan. Sie starrten nach oben, richtungslos, und erst allmählich schien ein Wille ihren Blick zu lenken: zu der Alten hin, die sich mit Seufzen und Klagen näher drängte; dann zum Fußende hin, wo sie trotz der größeren Entfernung sogleich das Mädchen zu gewahren schienen; und dann kam in den Blick eine lange Starre. Er hatte Ovelacker gefunden.

Staunend öffnete sich der bärtige Mund, ungläubig weiteten sich die Augen, unter der Decke wurde es lebendig. Sie hob sich über einem kraftlosen Knie, das sich beugen wollte. Der Atem pfiff und rasselte in der eingefallenen Brust. Und der Bart lichtete sich über dem Munde, der sich unaufhörlich auftat und wieder schloß. Wie lange das währte, wußte niemand, denn der Augenblick, bevor es mit allem zu Ende war, löschte jede Erinnerung aus.

Mit einemmal, wie von einem Schlag getroffen und wie mit Kräften begabt, für die sein todesmatter Leib nicht allein die Quelle sein konnte –, wie aus übermächtigem Schrecken und aus Freude zugleich zuckte der Sterbende zusammen, und im nächsten Augenblick lehnte er, auf die Ellbogen gestützt, zwischen den Kissen. Mit glühenden Augen starrte er Ovelacker an, in einem Erkennen, darin er keine Worte fand, und sein Gesicht verklärte sich in ein entzücktes Lächeln, das nur eines von den dreien hier in der Kammer kannte – oder wiedererkannte: die junge Magd. Es war das Lächeln, das sie früher einmal auf seinem Gesicht erblickt hatte, an dem Abend, da er zum erstenmal ihren Knaben gesehen. Es war das Lächeln seiner größten Hoffnung, und in diesem Augenblick gab es niemand, der sie ihm raubte.

Oh, mein Gott! entrang es sich ihm langsam, Wort für Wort, mit langen Pausen dazwischen, während sein Mund zitterte und die Stirn sich mit schweren Schweißperlen beschlug. Und noch einmal, nicht wie aus dem Mund eines Menschen allein, sondern eines ganzen staunenden, erlösten Menschengeschlechtes: Mein Gott, mein Gott! Der Herr ist . . .!

Der Fall zurück in die Kissen entriß ihm das Wort. Sein Mund aber blieb offen, die Augen standen weit aufgetan, aus dem Bart spielte ein Schatten über die wächserne Haut, und wo der Schatten einmal hinübergehuscht war, entspannte sie sich zu einer unsagbaren Sanftheit, in die nach kurzer Zeit das ganze Antlitz gebettet lag. Nur in den Händen zuckte es noch, zugreifend und lösend, wollte es scheinen, bis die Alte sie, eine jede einzeln, zum Kinn hinaufführte, faltete und den staunenden Mund damit schloß.

Dann kauerte sie sich auf den Schemel vor die drei Kerzen, hob das

Buch auf, rückte die Brille zurecht und begann in den Seiten zu blättern. Keinem von den beiden anderen Menschen, die hinter ihr standen, schenkte sie auch nur einen Blick. Sie starrte in das Buch; ihre Hände hatten aufgehört, in den Seiten zu blättern. Und ohne daß man sie hätte Atem holen hören, kamen ihr mit einemmal Worte über die Lippen, in eintönigem Fisteln, wie ein dünner herbstlicher Regen in der Stille der Nacht.

Ovelacker nahm das Mädchen am Arm und ging mit ihm leise hinaus.
Er blieb nicht mehr stehen, bis er draußen war, und auch dort tat er noch etliche Schritte, um nicht die Stimme zu hören, die aus der Kammer drang. Das Mädchen war gefolgt. Wartend stand es hinter ihm, in das große Tuch gehüllt, das an eine Trauertracht gemahnte, an Waisentum und Witwenschaft.
Die Sonne war aufgegangen und schien auf das breite Dach der Scheune. Der Hof lag im Schatten. Aus dem Stall krähte immer noch der Hahn, und dazwischen war ein Kettenrasseln zu vernehmen. Unter der Regentraufe, wo sich von dem Tau, der vom Dach getropft war, eine seichte Lache gesammelt hatte, hockte eine Bachstelze knicksend im Bad.
Weißt du, wer ich bin? fragte Ovelacker das Mädchen. Er hatte sich, wie unschlüssig, nur halb zu ihr umgewandt.
Sie nickte und zog dabei ihr Tuch fester um die Schultern. Er sah, daß sie sehr ordentlich und sauber war. Nur eine Haarsträhne, die sich gelöst hatte, hing ihr ins Gesicht hinein, in dem so viel Schatten lagen, wie sie dunkle Nächte verwacht. Der Morgenwind ließ das Haar hin und her wehen, bis sie es, mit einer Hand aus dem Tuch hervorgreifend, zurechtstrich.
Brauchst du Hilfe hier auf dem Hof? fragte er sie.
Ach nein . . ., flüsterte sie nach langer Zeit verlegen.
Ich werde schreiben, daß der . . . der Junge kommt! fügte er in seinem mühsamen Estnisch hinzu, ohne auch nur im mindesten zu zögern, ohne daß sein Stolz sich dawider empörte. Nein, freundlich geschah es, und mit einem Vertrauen in der Stimme, als besprächen sie hier ihre seit langer, langer Zeit gemeinsamen Sorgen.
Ist es dir recht?
Sie nickte und sah ihn zum erstenmal offen an. Es war ein schönes, starkknochiges Gesicht voller Heimlichkeiten.
Denn so kann es hier doch nicht immer bleiben, fügte er hinzu.
Nein, gab sie leise zu.
Und was willst du tun, bis er zurückkommt? – Er hatte gemeint: wie

sie mit der Wirtschaft zurechtkommen wollte, da sie doch ganz allein war und noch für ein Kind sorgen mußte.
Warten . . ., war alles, was sie über die Lippen brachte. Überdem begann, bis auf den Hof hinaus deutlich vernehmbar, ein morgenmunteres Kind schallend nach der Mutter zu rufen. Das Mädchen schrak zusammen und wandte sich unwillkürlich zur Tür; dann aber schienen sie Bedenken anzukommen, ob sie den fremden Herrn so einfach stehen lassen durfte, und sie hielt inne, entschlossen, hier zu bleiben, bis der Herr sie entließ, mochte sich das fröhliche Rufen des Kindes auch wider die frommen Psalmen am Totenbett vergehen. Ovelacker aber winkte ihr grüßend zu und ging zum Hof hinaus. Als er bei seinem Pferd angekommen war, hatte sich die Tür schon lautlos hinter dem Mädchen geschlossen. Das Kind war verstummt, und das ganze Anwesen lag wie ausgestorben unter der Morgensonne. Nur der Rauch aus dem Schornstein zeugte für das Leben darin. Bläulich entquoll er dem Mauerwerk, und je höher er in den Himmel stieg, um so rosiger strahlte er auf, bevor er sich in der herben Luft verlor.

Klassische Romane und Erzählungen

dtv

2001 Honoré de Balzac: Tolldrastische Geschichten. Mit 425 Illustrationen von Gustave Doré. Dünndruck-Ausgabe
2003 William M. Thackeray: Jahrmarkt der Eitelkeit. Mit 185 Illustrationen des Autors. Dünndruck-Ausgabe
2004 Hans Jakob Christoffel von Grimmelshausen: Der Abenteuerliche Simplicissimus Teutsch. Dünndruck-Ausgabe
2005 Stendhal: Rot und Schwarz. Dünndruck-Ausgabe
2006 Honoré de Balzac: Verlorene Illusionen. Dünndruck-Ausgabe
2007 Maxim Gorki: Autobiographische Romane. Dünndruck-Ausgabe
2008 Emile Zola: Nana. Dünndruck-Ausgabe
2009 Alexander S. Puschkin: Erzählungen. Dünndruck-Ausgabe
2010 Charles de Coster: Thyl Ulenspiegel. Mit 150 Holzschnitten von Frans Masereel
2011 Fjodor M. Dostojewskij: Der Idiot. Dünndruck-Ausgabe
2012 Honoré de Balzac: Szenen aus dem Privatleben. Dünndruck-Ausgabe
2013 Daniel Defoe: Robinson Crusoe. Dünndruck-Ausgabe
2014 Robert L. Stevenson: Der Selbstmörderklub und andere Erzählungen. Dünndruck-Ausgabe
2015 Mark Twain: Tom Sawyer und Huckleberry Finn. Dünndruck-Ausgabe
2016 Honoré de Balzac: Glanz und Elend der Kurtisanen. Dünndruck-Ausgabe
2017 Maxim Gorki: Drei Menschen. Die Mutter. Dünndruck-Ausgabe
2018 Adalbert Stifter: Der Nachsommer. Dünndruck-Ausgabe
2019 Fritz Reuter: Das Leben auf dem Lande (Ut mine Stromtid). Dünndruck-Ausgabe
2020 E. T. A. Hoffmann: Die Elixiere des Teufels. Lebens-Ansichten des Katers Murr. Dünndruck-Ausgabe
2021 Alessandro Manzoni: Die Verlobten. Mit 440 Illustrationen. Dünndruck-Ausgabe.
2022 Charles Dickens: Die Pickwickier. Mit 42 Zeichnungen von Seymour und Phiz. Dünndruck-Ausgabe
2023 Maxim Gorki: Ein Sommer. Das Städtchen Okurow. Matwej Koshemjakin. Dünndruck-Ausgabe
2024 Fjodor M. Dostojewskij: Schuld und Sühne. Dünndruck-Ausgabe

Schläfer zu treten. Mit einem Male da, ohne jeglichen Zusammenhang, fiel ihm Wladimir Karlowitsch Möller ein. Es hatte den Anschein, als gehörte bei ihm nur ein gewisses Maß von Sammlung dazu, um ihm den Leutnant gegenwärtig zu machen. Jetzt aber war es, als hielte der beschworene Schatten Möllers dem Licht nicht stand, in das er gerufen worden war. Ohne Wesen und Wirklichkeit floh er, weil ihm nicht mehr die Gabe ward, mit der er ihn an sich gewöhnt: das Blut von seinem Blute und das Dunkel von seiner eigenen finsteren Feste. Im Lichte des Engels wurde er ein Schemen. Ja, so war sie: eine Sonne; so war sie . . . Aufgestützt im Bett versuchte er in sie hineinzuschauen, und das gelang ihm, ob es auch keinem jemals gelungen war, unbewehrt in das Gestirn des Tages zu schauen. Er aber hätte mit den Händen nachzuzeichnen vermocht, wo ihr Haar begann und wo der Knoten sich im Nacken anschmiegte. Nur faßte er nicht mehr als das Ungefähre. Ganz neue Organe des Spürens mußten ihm werden, wollte er die Stirn tastend nachbilden, dieses unaussprechlich reine weiße Rund mit dem Bogen, darunter die Fenster waren, blau wie ein gewitterlichtiger Schiefer, die vermittelnden Fenster zwischen Innen und Außen. Die Nase ein strenger Grat, aber ach, neben ihm war der Abfall in die Wangen nur ein zärtliches Gleiten, denn alle Strenge verflog in dem Strudel eines winzigen Grübchens, dem auch der von irgendeinem geschlechteralten Gram geschnittene Mund nicht den Zauber kindlicher Unwissenheit zu rauben vermochte. Nein, ebenso leicht war es, eine Wolke zu beschreiben oder ihre Form nachzutasten. Wer rührte je an die Gestalt, der erst das Licht hinter dem Stoff Form und Wesen schenkten! Groß und hell, mit dem wie Kupfer sprühenden Haar gleich einer Helmzier, schien dieser geliebte Mensch sich ins Licht aufzulösen. Das Dunkle, Ältere, Erkaltete des Bruders verkörperte den völligen Gegensatz. Sein Haar war schwarz, mondblaß die Haut, mit einem wachsgelben Schimmer, den die Jahre der Krankheit darübergehaucht hatten. Klein stach er gegen die Größe der Schwester ab, wenn er auch ehedem gewiß nicht so unheimlich mager gewesen war wie jetzt. Weiträumig wirkte sein geistvolles Gesicht mit den tiefen Augenhöhlen unter den gewölbten Brauen, und jedem, der ihn ansah, mußte die Vermutung kommen, daß hinter dieser ausladenden Stirn alle Gedanken bis zur Gestalt, alle Vorstellungen bis zur Leibhaftigkeit ausreifen konnten. Es war die Stirn, die einem Goldschmied hätte eigen sein können. Hinter ihr wohnte das Wissen um rechtes Maß und edle Form, während die asketische Magerkeit in den Wangen und um das Kinn bezeugten, daß der Werkvermählte sich vor dem Schwelgen bewahrt hatte, in dem der Sinn unter gehäuften Formen erstickt. Es war ein Antlitz von der haarfeinen Grenze zwischen Leben und Tod. Unzählige, Rissen ähnliche Fältchen um den fühlsamen Mund, die wie von Schatten umzeichnete Nase und das Schläfenhaar, über das es wie ein Reif hinweggegangen war, gaben Kunde, daß dieses Leben oftmals unter dem kältenden Anhauch aus einem anderen Reich gezittert hatte. Vielleicht hatte ihn nur die Wachsamkeit seiner Schwester am Leben erhalten. Nachtdunkel un voller Wissen waren ihm davon seine Augen geblieben. In jedem Lächeln zersplitterte sein Gesicht, so daß seine Freude sich denen, mit denen er lachte, jetzt aus den vielen spinnwebfeinen Fältchen, die ihm sein Leiden hinterlassen, mitteilte. Das war sein geheimes Wunder. Er sprach immer leise, um seine kranke Kehle zu schonen; bisweilen ging seine Stimme in ein Krächzen über, und sprach er da gerade über etwas, was ihm sehr am Herzen lag, dann schien ihm jede Sekunde zu einem Kampf mit dem Schicksal zu werden, zu einem Kampf voll unmenschlicher Anstrengung, – den er mit einem trüben Lächeln und einer Bewegung der leeren Hand: was nützte es, er könnte nun einmal nicht mehr! vor seinen Zuhörern abschloß.

Atem und Stimme versagten ihm, das war nicht zu ändern. Nach solchen Anstrengungen vermochte er sich geraume Zeit nur mit einem tonlosen Rascheln zu verständigen, und das Seltsame war, daß gerade er einmal vielen Menschen als die Stimme gewordene Unbestechlichkeit in allen Fragen des baltischen Landesrechts gegolten hatte. Er entstammte einem Haus mit jahrhundertealten politischen Traditionen und war in ihm beheimatet geblieben. So weit ihn sein Geschick später auch in der Welt und in den Wissenschaften umhergeführt hatte, – er war in einem besonderen Sinne niemals über die Schwelle seines angestammten Hauses getreten. Auch das Morgenrot dieses Jahrhunderts hatte ihn nicht von dem Fenster skeptischen Beobachtens weggelockt.

Er hatte einst in Dorpat das Studium beendet und sich gerade angeschickt, in einer Dozentur zu festigen, was er, eigentlich noch ein Lernender, in höheren Semestern erworben hatte: seinen einzigartigen Ruf als Kenner des baltischen Landesrechts (den die Ritterschaften mannigfach anerkannt, wenn sie ihn mit der Abgabe von Gutachten in verfassungsrechtlichen Fragen beauftragt hatten), als seine Krankheit über ihn hereinbrach. Und ihn, den glühenden Hüter der Tradition, den feurigsten Kämpfer für eine unerbittlich konservative Landespolitik gegen die russische Willkür und ihre nicht aufzuzählenden Verstöße gegen den Geist und den Wortlaut der alten Traktate, – ihn, die zur Stimme gewordene Wahrheit des Rechtes, die in

Klugheit gepanzerte Beharrlichkeit, die auf die alten Sicherungen und Freiheiten drang, ihn ließ das Schicksal jäh, beinahe von einem Tag auf den anderen, die Unsicherheit und die Unberechenbarkeit des Künftigen: Umsturz, Wandel, Trug des Scheins, alle, wogegen er sich aufgelehnt, in seiner eigenen Brust entdecken. Es verschlug ihm die Stimme, als die Krankheit ihren Herd verbreiterte und aus der Brust in die Kehle vordrang. Ein kurzes Siechtum und ein rascher Tod schienen damals das einzige, was er noch zu erwarten hatte, wenn er nicht sogleich das Land verließ und sein Geschick allen Wechselfällen bei dem Versuch einer langsamen Genesung anvertrauen wollte. Da hatte er, der Wächter der Sicherheiten, sich zu dem Unberechenbaren entschlossen. Seine Schwester, auf alles verzichtend, was aussichtsreich winkte: Heimat, Gesellschaft, ein Heim, eine Aufgabe in der Standesgemeinschaft, war ihm gefolgt. Und nur sie war für kurze Zeit heimgekehrt, als die Eltern rasch hintereinander starben. Dem Bruder hätte der Weg aus dem warmen Süden hinauf in die Düna um diese Zeit noch ein Wagnis bedeutet, dem der Tod Pate stand. Ja, damals war es noch zu früh für die Heimkehr gewesen. Einmal aber, einen größeren Wunsch hatten beide nicht gekannt, einmal hatten sie zurückkehren und für immer in der Heimat sein wollen. Dieses eine Mal für immer hatte das Urteil der Ärzte gewähren müssen, daß nun die Krankheit des Bruders nach aller Voraussicht zu dauerndem Stillstand gekommen wäre und der Wechsel des Klimas keine Gefahr in sich trüge.

In diesem Frühling war das Urteil gefallen: ohne Gefahr sollte der Kranke wieder in seine Heimat dürfen. Da aber, schon von weit her erkennbar, denn der Feuerschein der brennenden Güter hatte in die ganze Welt geleuchtet, war die Heimat auch für die Starken voller Gefahr gewesen. Etliche Tage hätten sie geschwankt, was sie tun sollten, hatte der junge Reuter erzählt; als aber die Nachricht kam, daß er zum Besitz in diesem Lande berufen worden wäre, zu festem Besitz, aus dem die Familie unter gunstlosen Umständen vor mehr als zwei Generationen sich nicht gerade leicht gelöst hatte, um sich dem Literatenstand zu verschreiben – da wäre ihm gar keine andere Wahl mehr geblieben. Nur hätte er den Weg in den Norden langsam, wie in Stufen, genommen und hier ganz von neuem angefangen.

Was in ihm während der mehr als acht Jahre, die er in der Fremde verbracht, innerlich vorgegangen war, und was für ein Ende er, abgesehen von der langen, gefahrvollen Zeit in der Nähe des Todes, gefunden hatte, daß er sich nun hier anschicken durfte, ganz von neuem anzufangen, – das verschwieg er. Schon im Ungefähr des Vergleichens war jedem erkennbar, daß ein anderer als der, der einst ausgezogen, heimgekehrt war. Wohl aus dem Bemühen, seine Stimme zu schonen, hatten Bruder und Schwester sich angewöhnt, sparsam, leise und andeutend miteinander zu sprechen. Die Verhaltenheit ihrer Mitteilungen füreinander machten es jedem Dritten anfänglich schwer, sie zu verstehen. Dazu aber war bei dem jungen Reuter noch jene Erschütterung merkbar geworden, die ein schon einmal dem Untergang preisgegebener Geist, der alle Sicherheiten hat schwinden sehen, nie zu verleugnen vermag. Der vom Siegen geträumt und das qualvolle Überstehen durchwacht hatte, behielt ein Lächeln aus Not, ein Lächeln zwischen Gram und dankbarem Glück. Dieses Lächeln zersplitterte in den Fältchen seines Gesichtes. Es hatte das Wehe und Wunde einer stündlich verhehlten Verzweiflung, die besiegt werden muß, dafür aber brannte jetzt in seinen einstmals eiferglühenden Augen eine zärtliche Liebe zum Leben.

Lange dem Tod vertraut, hatte er im Leben einen anderen Sinn und andere Zusammenhänge erkannt, als er sie früher verfochten hatte. Fechten, – dazu war er jetzt überhaupt nicht mehr der Mann und der Geist! Das Leiden hatte ihn erst mit dem Empfinden für die Unsicherheit des Daseins und dann mit Nachsicht und Duldsamkeit begabt. Er schien seinem Geheimnis: wie es ihm zu leben möglich sei, viel zu gehorsam, als daß er jetzt noch Meinung mit Meinung bekämpfen wollte. Alles, wovon er abgestoßen wurde, befragte er eher mit listigen, spöttischen Fragen, in denen die Schärfe spürbar wurde, die man ihm früher bei seiner Aussage des Rechtes nachgerühmt. Der Tod hatte ihm den Blick verrückt. Er sah das Leben jetzt ganz woanders als früher. Er hatte mit den politischen Traditionen brechen oder in einem gereinigten Sinne zutiefst an ihnen anknüpfen müssen: nicht dort, wo er sie früher mit glühender Beredsamkeit verfochten, in den Formen und Überlieferungen, die mit fast kirchendogmatischer Gewähr den Geist beschworen, sondern an der lebendigen, zeugenden und sterbenden Schicksalsgemeinschaft. In solchen Zusammenhängen war er konservativ wie nur je. Kein Wort – so wägend er's sprach – war ihm freudig genug, die deutschen Vereine willkommen zu heißen, die in der Not der Revolution ‚mit der zaristischen Freiheit' entstanden waren. Er schwärmte von ihren Idealen, Wächter des Volkstums zu sein, die sie selber kaum richtig erkannt hatten, und hätte sich am liebsten kopfüber in ihre Arbeit gestürzt, damit sie nicht nur die Stände an sich zögen, die von eh und je durch eine politische Überlieferung erhalten und geformt worden waren: Adel und Literatentum, sondern auch das Kleinbürgertum und vor allem das Handwerk, das beinahe völlig unter den Undeutschen aufgegangen war. Er wollte mehr als nur Vereine, er wollte stärkere, länger anhaltende Impulse als den Hang zu spießiger Geselligkeit, die gleich in Selbstgenügsamkeit ausartete, er wollte das größere Leben in der Gemeinschaft. Vielleicht – vielleicht nur – wäre er aus diesem Grunde sogar bereit gewesen, die Einschränkungen und Zurückhaltungen aufzugeben, die ihm sein eigener Stand auferlegt hatte, oder er wäre in einen Kampf auf Leben und Tod geraten zwischen der Treue gegen die Mächte, die sein Geschlecht, seine Erziehung und seine Ideale von ehedem geformt hatten, und der Verpflichtung, in die ihn die Belehrung band, die er vom Schicksal erfahren hatte. Standespolitik, in der das Wohl aller Landesbewohner gesetzgebende Stimme besaß, oder Schicksalsgemeinschaft aller Deutschen und dann eine bedingungslos deutsche Politik, – das war eine Entscheidung. Er sah sie gefallen in dem Dammbau wider alles Undeutsche, den man in jenen Tagen begann. In Kurland, Livland und Estland sollten Güter aufgeteilt und die Ländereien mit deutschen Bauern besiedelt werden, die aus Wolhynien und anderen deutschen Bauernkolonien Polens kamen. Das Ziel war der deutsche Erb- und Eigentumshof neben dem Rittergut, der treue Gefolgsmann für den Burgherrn, der seiner deutschen Berufung Gehorsame neben dem aufrührerischen Knecht. So sah der junge Reuter es an. Und übersah, daß der, den er den aufrührerischen Knecht nannte, seit Jahrzehnten von den Rittern selber seinem Boden treu und pflichtig gemacht worden war, daß er aufgehorcht und unter deutscher Bemühung gelernt hatte, seinem Dasein in diesem Lande gehorsam zu sein, daß seit Jahrzehnten die Wachsten dieses Volkes zum Glauben an ihr Volk gelangt waren und diesem Glauben so stürmisch und verbissen dienten, wie nur der Neubekehrte seinem Glauben zu dienen vermag. Er konnte und wollte nichts einsehen, wenn Ovelacker zweiflerisch äußerte, daß es nicht so viele deutsche Bauern gäbe, wie ihrer nötig sein würden, und nicht so viel freies Land, sie anzusiedeln, damit dieses Land deutsch durch sie würde. Ihm, sagte Ovelacker bei solchen Gesprächen, ihm schiene das Ziel immer noch ein politischer Ausgleich zwischen Deutschen und Undeutschen und endlich die Reform der Landesgesetze, die man auf seiten der Deutschen längst begehrt, aber von seiten der Regierung immer zu vereiteln gewußte hätte. Längst wäre es zu spät, den nationalen Eigenwillen der Esten und Letten nicht in Rechnung zu stellen. Hätte sich das Deutschtum nicht kürzlich erst in der baltisch-konstitutionellen Partei für den innenpolitischen Kampf eine übernationale, alle Landesbewohner umfassende Gemeinschaft schaffen wollen und dabei eine schmähliche Niederlage erlitten? Die undeut-

schen Völker ordneten sich nicht mehr ein, am wenigsten jetzt, da der in den ältesten Schichten des Deutschtums wurzelnden Ritterschaft die Führung entglitten wäre.
Dieses nicht einsehen zu können, hatte der junge Reuter einen zu klaren Blick in die Wirklichkeit. Die Lebenslinie oder, viel richtiger, die Todeslinie des deutschen Volkstums war ihm völlig vertraut geblieben, und so wie der Mensch erst ganz verarmen muß, um den Reichtum recht glänzen zu sehen, und selbst zur Unfruchtbarkeit verurteilt sein muß, um den Segen der Fruchtbarkeit ermessen zu können, wie er Leiden erfahren muß, um die Gesundheit zu rühmen, so bekannte er düster: Sie alle, wie hochpolitisch sie auch redeten, stellten die Zukunft so ins Feld, wie man einen ungedeckten Scheck weggibt, um damit etwas zu begleichen. Denn die Deutschen hierzulande hätten gar keine Zukunft mehr. Von Jahr zu Jahr würden ihrer weniger, – bald zu wenige, als daß das schöne Wort des Heinrich von Lettland von den Wenigen dann noch eine Anwendung finden könnte. Sie stürben und stürben, und es würden von Jahr zu Jahr weniger Kinder geboren; viele weniger legte man in die Wiege als in den Sarg. Die trübseligen Zahlen, die man in dieser Beziehung ernten könnte, stellten einen mindestens ebenso getreuen Spiegel des Lebens dar wie eine Sammlung von Landtagsbeschlüssen – oder einen Spiegel des Todes, dieses zu sagen wäre hier ebenso richtig. Welche Unsterblichkeit aber würde mit solch einem müden Tod erstorben?
Ganz still war es, da erwachte Ovelacker. Aus den zu Erinnerung verdunkelten Räumen der Seele ragten Gestalten und Geschehnisse in die Gegenwart, in das gleißende Licht, das zum Fenster hereinfiel, und aus einem brausenden Chor der Vergangenheit flatterten durch das kurze Schweigen im Schlafe Stimmen ihm nach in die Stille. Es war totenstill, ja. Das Licht war so körperhaft dicht, daß es unter seinem Niederprall alles ersticken zu können schien mit bleierner Schwere. Irgendwo knackte ein Blech, es knisterte in haarfeinen Sprüngen, und ein Rieseln, ein dünnes, singendes Rieseln glitt in die Tiefe der Lichtstille spurlos hinab.
Am anderen Morgen hatte er über die Heimsuchung geseufzt, unter dem ersten Anhauch der Hitze gelitten, als sollte sie ihn verbrennen, und sich nichts sehnlicher gewünscht als einen niedrigen, wolkenverhangenen Himmel, Regen, Regen, nichts als Regen, glucksenden, sickernden, perlenden, trommelnden, triefenden Regen. Heute aber war er ruhig. Kein Seufzer. Er schaute hinaus auf den blendend hellen Platz vor dem Hause, in dem selbst die Schatten nur eine leichte Trübung waren. Alles Feste schien nahe daran, sich aufzulö-

sen. Die hellen Wände der Häuser wollten im Licht zerfließen. Nichts Lebendiges regte sich auf dem Platz. Jeder Aufenthalt in dem feuerbeladenen Kreis schien tödlich zu sein. Die Blumen in den Rabatten waren ergraut. Fahl und farblos wie die papierenen Wände von Wespennestern hingen die Blätter herab. Ein Windstoß, und sie mußten verfliegen wie Asche. Aber nicht nur die Windstille war es, – ein lähmender Zauber bannte alles in seinen alten Bestand. Keine Zeit, keine Macht war zum Wirken gelöst. Die Pferdehufe, die nach einer Weile vernehmbar wurden, klangen hohl. Sie schienen unter dem glühenden Mantel der Stille hervorzuhallen, mitunter zu schwach, um hörbar zu werden, wie der erlahmende, fieberwirre Herzschlag der von einem Zauber geschlagenen Schöpfung.

Der Verwalter kehrte auf den Hof zurück.

Düster wie eine aufsteigende Gewitterwand war der Alte, als er sich eine Weile später mit dem Gutsherrn traf. Es war etliche Wochen her, daß er einen Frühstücksschnaps angenommen hatte, bei dieser Hitze schlug er ihn aus. Es wäre einem zumute, als trocknete das Mark in den Knochen, meinte er. Der hochgeborene Herr sollte sich bei der Heu- und Klee-Ernte auf das Schlimmste gefaßt machen. Regen fiele in diesem Sommer anscheinend überhaupt nicht mehr, also wollte er jetzt mit dem Schnitt anfangen lassen. Und dann sollte man sich mit dem Gedanken vertraut machen, daß der Bestand der Herde zum Winter vermindert werden müßte. Ohne daß man beträchtliche Mengen Futter für teures Geld hinzukaufte, könnte man die Herde nicht halten. Wenn nur die Schlachtviehpreise nicht ins Bodenlose fielen! Er wollte einmal beizeiten mit Jossel Schein aus Walk, dem Viehhändler, ein Wörtchen darüber reden. Einen Teil könnte man vielleicht in die Mast setzen . . . Wie der hochgeborene Herr meinte?

Es war eitel Höflichkeit, daß er dem Herrn eine Meinung anbot, das wußte Ovelacker. Zuweilen hatte er sich den Spaß erlaubt, zweiflerisch zu tun, und dann jedesmal ein beschlußfestes: Na ja, wird gemacht! zu hören bekommen, das ihm verriet, der alte Thomasson hatte die Sache bei sich selber schon längst unwiderruflich ins reine gebracht. Wenn er jetzt mit einem lauten: Na ja, wird gemacht! den Bart beiseite strich, strich er auch diese Art von Höflichkeit wieder von der Tagesordnung. Heute wollte er gern etwas über das Ergebnis der Treibjagd im Walde und über den Kreischef hören. Die Leute stünden in einem heiligen Schrecken, berichtete er, seitdem die Kreisbehörde so tatkräftig eingegriffen hätte. Doch als er die Höhe der Unkosten für den Unterhalt der vier Landwächter vernahm, knurrte er grimmig: Sündengeld, Sündengeld!, heiterte später wie-

der ein wenig auf, wurde dann aber endgültig die schwärzeste Gewitterwand, denn nun kam in seinem Bericht die Brennerei an die Reihe. Es gab keine Arbeiter oder jedenfalls keine anderen Arbeiter als die, die eben hier waren. Das war ein Ergebnis all seiner Bemühungen, mit dem Unternehmer zu einer neuen Vereinbarung zu gelangen.
Der Alte starrte ins Leere. Mit einem Mal war er wie geistesabwesend geworden. Nach einer Weile knöpfte er sich ächzend den obersten Knopf an seinem Kragen auf und ließ die Hand ermattend fallen. Schwer wie die eines Toten schlug sie ihm gegen das Bein. Seine Augen, die sonst so herzhaft blau waren, schienen trübe, von einem weißlichen Gespinst überzogen.
Wie es mit dem Militär stünde, begehrte er endlich zu wissen, und dabei klang seine Stimme ungeduldig.
Das hätte der Kreischef zwar in Aussicht gestellt, aber ob es käme und wann es käme, darüber wäre er zuviel befragt.
Aber es sollte kommen, und zwar bald, wollte er dem Kreischef geraten haben!
Ein nicht ganz begreiflicher Zorn schien in dem Verwalter zu schwelen; er war ebenso plötzlich ausgebrochen, wie zuvor die Mattigkeit ihn überfallen hatte.
Ob er neue und wichtige Gründe hätte, Militär anzufordern, Gründe, die man dem Kreischef mitteilen könnte.
Der Verwalter machte eine unwirsche Bewegung. Dann aber schien ihm einzufallen, daß er kein Selbstgespräch hielt. Er deutete die gleiche Bewegung als eine Gebärde der Verzweiflung an.
Wer seine Leute kennt, merkt doch, was die Glocke geschlagen hat, hochgeborener Herr! Es ist nichts Gutes im Gang. Ich wette, zehn von zwanzig unserer Pächter haben einen Freitisch und Kostgänger – und sagen uns kein Sterbenswörtchen davon, so lästig der Besuch ihnen auch ist. In manchen Kirchspielen, erzählt man mir, sollen Proklamationen verteilt worden sein, die bei Androhung schwerster Strafen verbieten, Johannisfeuer anzuzünden und den Abend nach alter Art zu feiern. Unsere Jungen aber schleppen schon Reisig bei der Mühle zusammen; niemand hat es verboten; ich auch nicht; also wäre es wohl erlaubt?
Ovelacker war einen Augenblick stumm. Es hatte ihm den Anschein, als wollte der Verwalter weitersprechen. Der Alte aber schwieg, starrte vor sich hin, wühlte mit der Linken in seinem Bart. Zum Verzweifeln! brummte er schließlich und stand auf, blickte aus dem Fenster in den brennend hellen Hof.
Er würde den Kreischef an sein Versprechen erinnern, meinte Ovel-

acker und sagte dann, daß er in den nächsten Tagen viel unterwegs sein würde, um seinen Gästen die Gegend zu zeigen. Ein Bote tags zuvor ins Stranddorf genügte doch, um von einem der Pächter dort ein Boot und Leute zum Rudern zu bekommen, nicht wahr? Er wollte mit seinen Gästen auf die Inseln. Der Alte nickte. Das mochte ein Bejahen der Frage sein. Aber Worte fand er erst für die Beschwörung: Seien Sie um Gottes willen vorsichtig, hochgeborener Herr. Nun erst recht, mit den fremden Herrschaften!

Er wollte sich nicht klüger machen als ihn, den Erfahrenen, mit Land und Leuten Vertrauten, erwiderte Ovelacker lächelnd, aber schon einmal hätte er ihn gefragt: ob er ihn zum Gefangenen seiner Schrecklichkeit machen wollte. Natürlich würde er vorsichtig sein, und die Inseln schienen ihm vorerst auch noch ein recht sicherer Ort für ihn, ja vielleicht der sicherste!

Wenn aber nun andere, die ebensoviel zu verlieren haben, das auch gefunden hätten? fragte der Alte.

Man sah ihm an, daß die Frage in einer jähen Eingebung über seine Lippen gekommen war; und nun erst, da er sie ausgesprochen hatte, bedachte er sie. Der Schreck war allen Gedanken vorausgeeilt, wie aus einem Zweiten Gesicht, – wie die Frage selbst, die ihm jetzt ein Entsetzen einflößte, weil sie ihm, dem Fragenden, selber unerklärlich blieb. Er verstand sich nicht mehr, das war das Schlimmste. Und der Graf – war das am Ende nicht noch schlimmer? – verstand ihn auch nicht.

Wie Sie meinen, murmelte Ovelacker nach einer Weile.

Ich dachte nur so . . . entpreßte sich der Verwalter, nahm seine Mütze und verabschiedete sich.

Das Verschwiegene trennte sie. Sie konnten einander nichts mehr sagen. Zum ersten Mal, ja, zum ersten Mal. Ein Verhängnis war stärker gewesen als ihr Vorsatz, in guten und bösen Tagen einander zu sagen, wie sie es meinten.

Ovelacker fand Bruder und Schwester zum Frühstück auf ihn wartend, und mit dem Augenblick, da er Angelika erblickte, hatte er alles vergessen, was nicht ihr Leben war. Ob sie einen guten Traum geträumt hätte, fragte er sie heiter, als sie sich zu Tisch gesetzt hatten. Da lächelte sie zum ersten Mal an diesem Morgen – zum ersten Mal, jetzt erst ging es ihm auf! Warum aber erst jetzt? – und bekannte, ja, ihr wäre der Traum erstaunlich genug vorgekommen. Denn ihr hätte geträumt, daß sie im Wald einem großen braunen Bären begegnete, mit dem sie es auf einen Ringkampf hätte ankommen lassen sollen. Sie aber wäre aus Angst weggelaufen, und als sie sich umgesehen, hätte dort, wo ihr der Bär erschienen war, nur ein alter Mann ge-

standen und freundlich gewinkt. – Ob dieser Traum ihm genügte. Ob das alles wäre, ob der Traum so geendet hätte, fragte Ovelacker und hatte das Gefühl, jeder müßte ihm ansehen können, wie schmerzhaft ihm das Blut zum Herzen strömte und wie ihm die Lippen zitterten. Er hatte nur gefragt, um Zeit zu gewinnen, er hatte irgend etwas sagen wollen, um nicht gleich antworten zu müssen.
Ja, antwortete Angelika, aber als Ovelacker in dieses Ja hineinhorchte, wußte er, daß dieses nicht der ganze Traum gewesen war.
Ja, wiederholte sie leichthin, fehlt etwas?
Nein, stammelte er mit verwirrtem Lächeln und knüpfte daran, daß er diesen Traum ihr nicht aufgegeben hätte, wie man ein Gedicht zum Auswendiglernen aufgibt. Er wäre nur überrascht, daß sie gerade solch einen Traum gehabt hätte. Er könnte sich einen schöneren denken.
Ja, warf sie ein, aber das klang wie geistesabwesend. Und wie hätte er auch wissen sollen, daß sie dieses Ja zu dem Ende des Traumes sagte, das sie ihm verschwiegen hatte: zu der Freude, die sie empfunden, als sie auf der Flucht vor dem Bären in der Ferne ihn erblickt hatte, ihn, immer deutlicher und immer näher, als die gewisse Rettung, – und zu ihrer Verzweiflung, als sie, schon dicht bei ihm, mit einemmal gemerkt hatte, daß er gar nicht da war, weg, in nichts zergangen.
Nun, sie hörte nur halb hin, nun fing Ovelacker an, über Bären zu sprechen. Seine Buschwächter hätten bis jetzt alljährlich etliche standfeste Bären ausgemacht, und wäre der junge Reuter ein Freund der Jagd, dann könnte man späterhin einmal daran denken, ein Treiben anzusetzen. Wie es in den Tidenküllschen Forsten mit dem Wildbestand war, wußte er nicht; doch wollte er annehmen, daß es dort ebensoviel gab, das Wasserwild ausgenommen, für das etliche der verschilften Buchten am Drostenholmschen Strand ein Paradies waren. In diesem Frühling noch hatte er auf einem abendlichen Ritt eine Unmenge von Reihern betrachten können, und Enten und Gänse fielen gerade um die Zeit des Vogelzuges in Mengen ein, wie er sich nie hätte träumen lassen.
Angelika lachte auf.
Sie haben mir einen Nimrodtraum gesandt, sagte sie, und mir gleich einen Bären aufgebunden!
Er sah sie stumm an.
Erzählen Sie weiter! meinte sie, unter seinem Blick verwirrt. Sie wäre nur so darauf gekommen, als sie ihn von Träumen hätte sprechen hören.
Der junge Reuter warf aus tausend Fältchen einen belustigten Blick

auf seine Schwester. Er kennte sie gar nicht wieder, meinte er zu Ovelacker. Das stillste Mädchen auf Sizilien – und hier eine Amazone!
So wäre es recht. Dann verstünde sie doch auch mit Waffen umzugehen . . .?
Nur mit der einen, über die alle Frauen geböten, warf der junge Reuter lächelnd ein. Seine Schwester errötete und blieb still.
. . . Denn sein Verwalter, mit dem er vorhin gesprochen hätte, steckte voll düsterer Andeutungen, was die Zukunft beträfe. Nach denen zu urteilen wären waffenfähige Gäste das Schönste, was ein Hofherr sich in diesen Zeiten wünschen könnte. Als einem alten Dorpater Burschen wäre ihm gewiß der Säbel vertraut. Ob auch der Revolver?
Nun erwarte er nur noch eine kurze Einführung in Strategie und Fortifikationswesen und dazu eine Anleitung, wie man Sandsäcke füllte! rief der junge Reuter krächzend. Was denn geschehen wäre, ob sie sich in Verteidigungszustand setzen müßten.
Wenn es nach seinem Verwalter ginge, ja. Aber nun hoffte er, der alte Thomasson sähe Gespenster, wenn er auch die Bevölkerung besser kennte als sie alle. Vor einer halben Stunde erst hätte er behauptet, daß nichts Gutes bevorstünde, ja, rundheraus gesagt, Schlimmes. Und das legte ihnen hier einen gewissen Zwang auf. Er hätte vorschlagen wollen, daß sie morgen auf die große Insel in der Bucht führen, doch sein Verwalter, als er ihm davon erzählt, hätte beschwörend abgeraten. So schrumpfte ihnen die Welt ein. Aber was die Geschwister hier erlebten, wäre ihnen ja nur eine Vorschule für die Nöte, die sie später in Tidenküll auszustehen haben würden, wenn er auch nicht übersehen wollte, daß Reuter bei den Leuten anders klang als Ovelacker. Übrigens nannte ihn wohl auch kein Mensch weit und breit so. So harmlos, so . . . freundlich.
Je länger er gesprochen hatte, um so mehr war es gewesen, als versteinerten die Gesichter der Geschwister. Das Klappern und Klingen des Geschirrs auf dem Tisch nahm Leben an. Einmal schrie es, ein ander Mal knirschte es; das Glas, wo es sich mit Glas berührte, gab ein leises Ächzen von sich. In breiten Strömen flutete das Sonnenlicht von der Parkseite her ins Zimmer und ließ den Samowar blitzen. Die Staubkörnchen, die in den Sonnenbahnen glühten, schienen Fünkchen zu sein aus der geheimen Spannung um den Tisch. Und aus den versteinerten Gesichtern fühlte Ovelacker mit einem Mal einen starren Blick, einen gebannten, der sich nicht mehr abwenden zu können schien. Angelika betrachtete ihn. Er lächelte ihr zu, und wie zur Sühne machte er gleich danach den Bruder darauf

aufmerksam, wie die Sonnenstrahlen vom Fenster her ihr Haar streiften, so daß das goldene Blond in sich zu glühen schien.
Der junge Reuter pflichtete mit einer Art höflichem Staunen seinen Beobachtungen bei.
Gleich danach sagte Ovelacker verlegen, sie sollten ihm solche Freimütigkeiten vergeben. Was den Umgang mit Menschen in diesem Hause beträfe, wäre er ein Stümper und Anfänger. Wollten sie, wie es verabredet gewesen wäre, jetzt nach dem Frühstück ein wenig in die Ställe gehen, oder hätten die Geschwister andere Pläne? Seine Stimme klang freier. Die beiden waren voll des lebhaften Eifers. Und der helle Tag zerstreute den Trübsinn der Andeutung, als Ovelakker, da sie durch den Park hinter dem Gutshaus zur Brennerei hinübergingen, sagte: Nun müßten sie das Gut abermals als eine belagerte Festung betrachten und versuchen, so viel von ihrem Lebensinhalt wie nur möglich innerhalb der Tore zu finden. Draußen, wenn auch im Unsichtbaren, läge der Feind. – Und abermals, bemerkte das Mädchen, wandte er sich um und schien sich zu vergewissern, ob aus dem Park niemand ihnen folgte. Lag der Park vor den Toren? fragte sie sich. Die Unruhe Ovelackers schien hier über die Pforte und von dem Gartenaltan her über den flammenden Wall der Geranien wie von der äußersten Bastion ins Feld zu spähen, auf dem das Verderben sie eingeschlossen hielt. Was aber sollte dort zwischen den niedrigen Büschen, auf den weiten Rasenflächen mit ihren Baumgruppen, neben den nächtigen, kaum fließenden Wassern und in den duftenden, von Bienen umsummten Rabatten lauern? Sie würde ihn fragen müssen, dachte sie. Doch so, wie in der blendenden Helle des Tages nichts mehr gesammelt in seiner Form verharrte, sondern zu zerfließen und zu zersprühen schien unter dem gewalttätigen Aufprall des Lichtes, so zerstob auch diese Frage, und wo ein Teilchen von ihr den traf, dem sie an allen Kreuzwegen ihrer Sinne, ihrer Gedanken und ihrer Empfindungen begegnete, da wurde daraus ein stummes Fragen mit immer neuen Inhalten, aus immer quälenderen Ungewißheiten, – ein Fragen, das sie nur zu stillen vermochte, wenn sie, in einem fraglosen, hingebenden Überschwang des Gefühls stumm, ihn betrachtete, der neben ihr ging, stand, sprach, so wie der Schiffbrüchige, der mit dem unwendbaren Wogenzug dem Land zutreibt, noch ehe er, von letzter Vernichtung bedroht, im Kampf mit der Brandung die ersehnte Feste des Ufers erfährt, aus der Ferne von einem Wellenberg her, der ihn mit sich über die grundlose Tiefe erhebt, das Land als ein Ganzes, als das große, unerschütterte, selige Ziel und Ende seiner Bedrängnis schauen darf. Und er, wußte er, daß er mit seinem Gleichnis von der

belagerten Stadt alles Geschehen seltsam vorgedeutet hatte? Er fragte sich nicht, wo die Tore lagen und wo ihr Leben äußerlich an Gefahren grenzte. Es war nun alles verinwendigt; ja zuweilen kam es vor, als stünde er selbst mit einem Teil seines Lebens vor Toren und lauschte darauf, was einem anderen Teil seines Lebens in der Verborgenheit dort widerfuhr. Durch das Getrenntsein hindurch währte eine unerklärliche Beziehung mit jenem anderen Teil seines Lebens, beinahe so, wie den Verwundeten noch das zerschmetterte Glied schmerzt, das ihm der Arzt schon vom Körper getrennt hat. Es war nun so viel eingestandenes Gefühl in ihm, daß es jedes Wort zwischen ihnen zu beseligendem oder tödlich kältendem Erlebnis wandeln konnte, und in dieser Bangnis blieb immer wieder nur der Blick eine Festigung, das Anschauen, die Begegnung im Bilde. Hätte er nur nicht, wenn er vor ihr stand und ihr in die bald unwissend strahlenden, bald in forschender Angst wie von Schatten überflogenen Augen sah, das unerklärliche Gefühl einer tiefen Verschuldung gehabt! Einer Schuld gegen sie, die weit über das Verschwiegene hinausreichte in Bezirke, von denen er selber noch nie deutlich gewußt! Einer Schuld, die er gleichsam schon vor seiner Erschaffung auf sich geladen und dann mitgenommen hatte in sein Leben, um sie jetzt zu ihrer Gefahr, zu ihrem Bangen, zu ihrem Leid zu vermehren.

Sie waren in die Ställe eingetreten, die fast leer standen, denn das meiste Vieh war auf den Weiden. Die wenigen Tiere so ungeheuer wirklich in dem gedämpften Licht aus den spinnwebenverhangenen Fenstern, – nur wie hineingezaubert in ihre Wirklichkeit standen sie da mit mahlenden Mäulern und zitternder, wie von elektrischen Schlägen leise durchzuckter Haut, jede eine Persönlichkeit in ihrer Vereinzelung. Hinter ihrem glänzenden Blick schien die dunkle Macht zu warten, die sie gebannt hielt. – Man sprach über die Nützlichkeit der Tiere, und als der junge Reuter bewunderndes Staunen verriet, daß Ovelacker es gelernt habe, sich in so kurzer Zeit in den Betrieb eines großen Gutshofes mit seinen verwickelten Verhältnissen einzuarbeiten und die Kenntnisse zu erwerben, die man sich in der Vollkommenheit wahrscheinlich doch nur dank angeborenem Instinkt aneignen könnte, lächelte der Belobte. Er meinte, daß er sich nur etwas tiefer als andere Erben eines baltischen Gutshofes hätte besinnen müssen – und empfand diese Antwort augenblicklich als Lüge.

‚Sie werden nie aufhören, einer der Unseren zu sein' . . . klang es ihm in den Ohren; zugleich aber spürte er, daß auch dieses nicht mehr gültig war. Gültig war nur noch das eine, das Wunder. Auch hier, zwischen seinen Besitztümern, auf deren Mehrung ein treuer Gutsherr bedacht sein mußte, auch hier lebte sein Leben nicht mehr. Sein Leben rührte von außen her an seine Seite –, oder rührte es sich schon in ihm? Mit einem Mal erfüllte ihn ein Empfinden, von dem er meinte, daß er es schon einmal gehabt haben müßte, und weiterschlendernd zu einem anderen Stall und anderen Tieren in der lichtstarken Freiheit zwischen den Häusern, wußte er, wann er es gehabt hatte: am Morgen, vor dem Erwachen. Auf der fließenden Grenze zwischen Unbewußtheit und Bewußtsein hatte er das Gefühl gehabt, als läge jemand neben ihm, und nichts sehnlicher wünschen wollen, als daß dieses Gefühl der Nähe immer weiterwähren möge. Nur hatte er da nichts zu wünschen vermocht und sich widerstandslos dem überlassen müssen, was weiter mit ihm geschah. Nichts hätte beglückender gewesen sein können als diese völlige Anspruchslosigkeit. Mit der Zeit spürte er seine eigene Leere von dem Leben neben ihm erfüllt. Es war wie der Einhauch eines neuen, lebendigen Odems gewesen, in diesem Odem hatte er das geliebteste Wesen gespürt, und erst mit dem Aufgehen der Geliebten in seinem Dasein war er zum bewußten Leben erwacht. Und von dieser Stunde an, spürte er, blieb es traumhaft, wenn er es nicht zu ihr hin lebte. Es blieb unwirklich, weil er es dann nur aus den lockeren Hüllen bestritt und nicht aus dem Kern, den seine Liebe durchglühte, bis sie die Schlacken eines dumpfen Nur-Erleidens verzehrt hatte und die Schuld besiegt, die ihn bisher gelähmt. Ging das Geschick in der Rechnung auf, daß der, der so viel Leid beschworen hatte, ebensoviel Glück in die Welt bringen müßte? Welch ein törichtes Einmaleins, in das er sein Leben zwängen wollte! Wann wäre denn nicht ein Wunder vonnöten gewesen, um zu entsühnen! Was fragte er überhaupt noch so viel, da das Wunder doch vor ihm stand in all seiner Hoheit und Unbegreiflichkeit! Lieben, nur lieben, – ach, wenn er das ganz getan hatte, stand die Welt von den untersten Gründen verwandelt, er war von neuem geboren und hatte seinen Namen vergessen und vergessen lassen.

Nun überkam ihn jäh eine nie vorher gekannte Heiterkeit. Sie war wie ein Rausch, der sich mit jedem Atemzug, in den etwas von dem Menschen neben ihm hineingemengt war, und mit jedem Blick zur Rechten auf den Nacken und das geknotete Haar vermehrte. Wie Schicksalslosigkeit genoß er dieses neue Gefühl. Er lebte nur noch, wo er liebte, und von dieser lebendigen Liebe aus schien ein Weg weiterzuführen ins künftige Leben und in eine künftige Liebe zur Welt im geringen und im großen. Zwar gab es irgendeinen ernsten Geist in ihm, der dawider riet, daß das Geschick von einem anderen

aus, mit dem es vereint worden war, zu leben wäre oder daß eine Schuld, die sich ein Antlitz geliehen, vor der Zeit zu sühnen wäre, da sie das Gesicht verlor, aber die Liebe ließ auch diesen Geist verstummen. Sie hatte den Schatten Möllers verscheucht, und sie war stärker als die Vorstellungen, die ihm Stunden des Schreckens vererbt hatten; sie war Wirklichkeit und alles andere nur wie ein Traum.
Zwischen den letzten Stallgebäuden des Wirtschaftshofes trafen sie den Verwalter. Er stand da und kaute an einem Strohhalm und blickte in Gedanken versunken auf etwas, was nur für ihn geschah. Als er die Stimmen vernahm, wollte er sich davonmachen, aber es war schon zu spät. Wie wenig Laune der Alte auch anfänglich zeigte und wie ungläubig abwartend er den Gutsherrn musterte, mit dem für ihn eine nicht so schnell faßliche Veränderung vorgegangen schien, – bald sah er sich genötigt, ein wenig aufzuheitern. Blieb er auch linkisch und verlegen, so sagte er doch, was er zu sagen hatte. Dessen war genug, namentlich mit dem jungen Herrn auf Tidenküll, und während er mit dem voraufschritt und Feldwirtschaft, Wiesenaufbesserung und Kraftfutterbestellung erörterte, folgten Angelika und Ovelacker ihnen eine Weile stumm in die Felder hinaus, aus denen schläfrige Lerchen leise trillernd aufflogen. Sie schienen in den tiefen Fahrspuren des Weges, darin Kühle und Feuchte sich in den Tag hinein hielten, Schutz gesucht zu haben vor dem Licht, das herniederflammte. Schon wogten die Wälder in einem bläulichen Dunst.
Wie es eigentlich wäre, hörte Ovelacker sich mit einem Mal gefragt, ob der Park vor den Toren oder hinter den Toren läge.
Die Luft war so leicht um ihn gewesen; jetzt schien sie sich unversehens in eine träge Zähigkeit zu verwandeln. Der Park? fragte er, über die Felder blickend, der Park? – Es war, als gewänne immer derselbe Geist Macht über ihn, der Anwalt von allem, was ihn den Sorgen verhaftet hielt. Der Park? Lächelnd bieb er stehen und sah ihr ins Gesicht. Darin schien ihm ein Abglanz aller Farben rundumher zu leuchten. Das Violett der Kornraden, das grünliche Weiß des wilden Kümmels, das Gelb und Gold des Leinkrauts, ja die selige Bläue des wolkenlosen Himmels, das saftige Grün der Gräser am Wegrand und das falbende der Felder, – alles hatte seinen Widerschein in der Innigkeit, die von dem Antlitz strahlte. Er sah, wie sie atmete, wie die Schultern sich hoben und senkten; er sah, daß ihre Stirn dicht unter dem Haaransatz, wo ein feiner Flaum wie Weizengold sproß, betaut war; er sah sie in diesen Sekunden von der seligen Höhe seiner Liebe herab, von der ihm war, als könnte sie niemals wieder so hoch hinauf gelangen, und während ihm abermals die Heiterkeit wie von

überall her zuströmte, sagte er lachend: Hinter den Toren, hinter den Toren! Nur am Abend, wenn es nicht mehr taghell wäre, müßte sie einen Wächter haben.
Ihr Gesicht übergoß eine flammende Röte, als wäre jäh ein Feld feurigen Mohns vor ihr aufgeblüht. Alles, was sie verschwieg, sammelte sich in der kleinen Grube ihrer Wange: ein Mutwille, eine Verschämtheit, ein bis nahe zur Unsichtbarkeit verdichteter Überschwang, in dem sie ihn anschaute.
Da, mit einem Mal, fühlte sie, daß seine Hand die ihre nahm. Sie ließ es geschehen, und wie vom Grunde ihres Herzens herauf kam langsam ein Lächeln, das sich auf ihren Zügen verlor. Von nun an schien der ganzen Welt dieses Lächeln mitgeteilt zu sein, auf jedem Lichtstrahl, in jedem Busch und Halm, in jeder Blume war es enthalten, und vor den zitternden Lichtreflexen in der goldenen Bräune der Wasser im Park konnte der Liebende erschrecken ob seiner gesammelten Nähe. Die Geliebte selbst, war es, hatte lächelnd hineingeschaut und dem stillstehenden Wasser ihr Spiegelbild anvertraut.
Sie holten die beiden Vorausgegangenen ein, die in einem großen Bogen gen Westen zur Windmühle strebten, immer noch in Gespräche über Feldbestellung und Viehzucht vertieft, denen der junge Reuter jetzt aber nur noch mit Mühe folgen zu können schien. Er hatte aufgehört zu fragen, seine Antworten klangen zerstreut.
Ich müßte Sie noch vieles fragen, sagte Angelika, als sie den Voraufgehenden dicht auf den Fersen waren. Ihre Stimme bemühte sich, die Worte wie beiläufig zu sagen, damit sie die anderen nicht aufhorchen ließen, und sie sprach schnell, als wäre eben die letzte Gelegenheit, etwas zu sagen.
Er könnte es auch von selber erzählen, erwiderte Ovelacker darauf. Nun schauten sie einander nicht mehr an. Und das war es vielleicht gerade, was sie unsicher machte, als der Bruder, der ihre Schritte und ihre Stimme gehört hatte, stehenblieb und sich nach ihnen umsah. Ein trübes, fragendes Lächeln schien auf seinem Gesicht zu stehen, ein Lächeln, das etwas erkunden wollte, was sie selber einander noch nicht mit Worten eingestanden hatten. Kaum wartete er, bis sie sich zu ihnen gesellt, da hängte er schon seinen Arm bei der Schwester ein, und langsameren Schrittes gingen sie weiter. Er wäre in einer halben Stunde Unterhaltung klüger geworden als durch zwanzig Bücher, meinte er lachend; Ovelacker sollte sich beneiden lassen, solch einen kundigen Landwirt als Verwalter zu haben.
Des Herrn von Reuter eigener auf Tidenküll wäre nicht schlechter, wehrte der Verwalter ab, bevor noch Ovelacker etwas dazu gesagt hatte.

Ja, ohne Thomasson wäre er verraten und verkauft, kam Ovelacker der Höflichkeit gegen den Alten nach. Was die Wirtschaft beträfe, würde er sein ganzes Leben lang nicht so klug, wie Thomasson es schon in den Windeln gewesen wäre.
Der Verwalter murmelte etwas von alter Landrasse, was sich ebenso auf ihn beziehen konnte wie auf die Rinderherde, deren scherbende Glocken schon geraume Zeit zu hören gewesen waren. Jetzt sah man sie in der Weidekoppel zwischen den dichten Haselnußbüschen aufleuchten.
Nur eins, eigentlich nur eins hätte er ihr zu sagen, hörte Angelika dicht neben ihrem Ohr, als sie den Graben neben der Allee überquerten und der Bruder schon am jenseitigen Hang aufwärts stieg. Während sie den Schritt über das beinahe ausgedorrte Wässerchen tat und ihr Arm sich auf seine Hand stützte, sah sie ihn an. Alles, was man zwischendurch miteinander gesprochen hatte, war wie weggeweht; es gab nur ein Gespräch, in dem Rede und Antwort einander folgten, mit langen Pausen dazwischen, gewiß, aber doch nur dieses eine Gespräch. Gingen sie jetzt, nachdem sie die Allee überquert, zwischen dichtem Gebüsch auf einem schmalen, von Hütejungen ausgetretenen Pfad zur Mühle hin, die unter der prallen Sonne zwischen niedrigen, verworrenen Schatten bläulichen Wacholders auf einer steinigen Halde stand, – alles, was sie auf diesem Weg miteinander sprachen, schien nicht haftenbleiben zu können. Es verwehte, kaum daß es gesagt ward, und als allmählich die fächelnde Schwinge von Osten her erlahmte und die glühende Stille einer Mauer gleich stand, da verging jedes Wort so spurlos wie die hauchdünne federnde Haut einer Seifenblase, und die Bedeutung, die es gehütet, verflog ins Nichts. Nur die ungesprochenen Worte zwischen ihnen beiden, tief eingeborgen ins Schweigen, hatten Bestand.
Einen Tag noch, dann war Sankt Johanni! Hier, neben dem in der Wärme knisternden Mühlengehäuse, dessen Wände von den Wettern blaugrau glänzten wie Schiefer, hatten die Jungen angefangen, Reisig zusammenzutragen: auf der Südwestseite der Mühle, damit der Windhauch, der nun schon seit Wochen und aber Wochen aus Nordosten wehte, die Funken nicht tückisch ins Gebälk hineintrug. Überdies wollte der Verwalter den Leuten noch einmal gebieten, scharf aufzupassen; auch nicht der kleinste Brand durfte in der trokkenen Grasnarbe um sich greifen, die Verläßlichsten sollten ihm Bürge stehen.
Das Meer! rief in diesem Augenblick, da das Gespräch durch den Verwalter wieder ins Praktische zu gleiten schien, Angelika mit jubelnder Stimme und zeigte nach Norden hinaus, wo über der er-

starrten Woge des Strandwaldes ein seliges Blau leuchtete, wie ein eigener Himmel über den Waldwipfeln in der Ferne.
Und dort kämen die Inseln zum Vorschein, sagte Ovelacker. Was von hier aus gesehen als eine Halbinsel des Strandwaldes ins Meer hinausragte, wäre in Wirklichkeit die nördliche Spitze des bewaldeten Metsalaid. Den südlichen Teil der Insel verberge der so viel nähere Strandwald. Und dort hinten schwämme das kleine Heinalaid auf seinem Luftspiegelbild! Welch eine Hitze müßte über dem Wasser brüten! Und es sähe auch heute nicht danach aus, als käme Regen.
Jeden Tag klopfte er vier-, fünfmal an sein Wetterglas und rüttelte daran wie ein Gefangener an seinen Gittern, aber das Ding wollte einfach um keinen Strich mehr fallen, grollte der Verwalter.
Da lägen nun Heinalaid und Metsalaid wie die Inseln der Seligen, und sie dürften nicht einmal für ein paar Stunden hinfahren, meinte Ovelacker. Der Verwalter blieb bei seinen Sorgen um den Regen, der nicht kommen wollte, ganz allein. Und er betrachtete auch die Inseln der Seligen nicht. Selig wollte er sein, wenn das Wetterglas fiele oder wenn am Horizont eine Wolkenbank aufstiege, die einen tüchtigen Gewitterregen verspräche. Eben hatte er so etwas wie einen Hoffnungsschimmer entdeckt. Im Westen schien es trübe werden zu wollen. Die Wetter von dort her waren weniger verschwenderisch mit Blitz und Donner, aber regenreicher als die von Osten, glaubte er im Laufe der Jahre festgestellt zu haben. Doch allmählich war es wohl Zeit, daß er wieder auf die Heuschläge kam! – Gut, er brauchte sich hier nicht zu verabschieden, die ganze Gesellschaft schlug den Weg zum Hofe ein. Er ging mit, trennte sich erst bei der Einfahrt von seinen Begleitern und stiefelte nachdenklich in den Hof hinein. Einer von den Nachtwächtern, die bis in den Tag hinein schliefen, hockte vor dem Aufgang zur Leuteherberge und grüßte. Die Borstenrussen hatten schon wieder einmal Mittag gemacht. Fortwährend ruhte die Arbeit, sie ruhte mehr, als sie vorwärts kam, meinte der Verwalter. Er stand mißvergnügt mit zwinkerndem Blick eine Weile vor seiner Tür und betrachtete den menschenleeren Bauplatz, ehe er sich das Frühstück gönnte. Während des Essens hörte er einen Wagen in den Hof rollen. Er zog die Uhr und nickte. Als nach geraumer Zeit ihm die Schwester die Zeitungen auf den Tisch legte und etliche Briefe, denen der Alte schon durch den Umschlag hindurch ansah, daß darin J.W. Mündel in Riga Gummischläuche und W. Minuth zum soundsovielten Male seine Hilfe bei der Aufstellung der Brennereieinrichtung anbot, das Englische Magazin Redlich Bienenzuchtartikel, Hermann Stieda seine Düngemittel und Moritz

Feitelberg all das, was allein auf seinem Briefbogen vermerkt überwältigend war, da angelte er sich wortlos die ‚Nordlivländische' neben die Tasse und begann die Seiten zu überfliegen.
Als er Überschriften von der Art wie: Banden im Dünagebiet, Ein Denkmal für erschossene Revolutionäre von unbekannter Hand, Neue Taten der Bestialität, Kehrt zurück, die Heimat ruft! Eine Mahnung an kurländische Gutsbesitzer im Ausland, Offenherzigkeiten der lettischen Sozialdemokratie, Anarchistische Schandtat, Bankbote erschossen, Straßenkampf um eine Geheimdruckerei, Mordanschlag auf Baron Campenhausen . . . gelesen hatte, schob er den Teller mit Entschiedenheit zurück, faltete die Zeitung zusammen und verließ das Haus. Der Milchkutscher, der die Post mitgebracht hatte, spannte gerade das Pferd aus. – Etwas Neues? knurrte der Verwalter ihn an.
Der Kutscher nahm die Mütze ab. Nein, es gäbe nichts Neues.
Der Verwalter ging ein paar Schritt weiter und blieb vor einer sperrangelweit geöffneten Stalltür stehen. Es sah aus als studierte er, wie dämmerig es da drinnen und wie hell es hier draußen war. Der Kutscher hatte sich wieder an die Arbeit gemacht. Jetzt aber schien ihm etwas eingefallen zu sein. Er sah mehrere Male zum Verwalter hinüber, ob der wohl achtgäbe, und als es sich so traf, daß er ihm einen Blick zuwarf, fragte er: Wird ein Johannisfeuer sein? – Warum? war das erste, was der Verwalter entgegnete. Er hatte nicht im geringsten nachgedacht. Natürlich würden die Jungen eins abbrennen, er hatte doch heute erst noch ihre Vorbereitungen bei der Mühle gesehen. – Warum fragst du? Das weißt du doch selbst! sagte er zu dem Kutscher. Nun gut, schien dessen Gesicht auszudrücken, also hätte er recht behalten. Er wäre nämlich gefragt worden, fügte er jetzt hinzu, und er hätte gesagt: Ja, es würde eins sein.
Von wem er denn danach gefragt worden wäre.
Dem Kutscher war anzusehen, daß er gut wußte, wie wenig den Verwalter seine Auskunft freuen würde. Er hätte auf der Landstraße Leute getroffen, die sich danach erkundigt hätten, Fremde, er kännte sie nicht . . . Haben sie auch gefragt, wo es abgebrannt würde? nahm der Verwalter ihn ins Verhör.
Ja; bei der Mühle, sagte ich ihnen, aber das schienen sie schon zu wissen.
Wie diese Leute ausgesehen hätten, begehrte der Verwalter zu wissen, aber als er verworrene Schilderungen von schwarzen Jacken und Schaftstiefeln erhielt, bei denen er ebensogut an sich selber denken konnte, ging er unwirsch davon. In welcher Richtung die Fremden gegangen wären, fragte er den Kutscher von fern noch einmal

und erfuhr, sie wären überhaupt nicht gegangen und in keiner Richtung, denn sie hätten am Wege gesessen.
Was für eine Teufelei steckte nun wieder dahinter? grübelte der Verwalter, als er sein Pferd bestieg. Aber mußte denn unbedingt eine Teufelei dahinterstecken? An den Johannisfeuern traf sich doch alles. Man besuchte einander, man verprügelte einander, wenn man sich ungebeten einstellte oder wenn die Besucher den Einheimischen bei den Mädchen ins Gehege kamen. Die Fremden konnten ja auch ganz harmlos gefragt haben, weil sie die Absicht hatten, dabei zu sein. Aber daß es Fremde waren! Fremde kamen nicht, jedenfalls nicht so fremde Leute. Wohl konnte man Burschen vom Nachbardorf und -gut erwarten, Burschen vom Strande und von den Kätnerstellen, aber die waren nicht so fremd, daß sie den Milchkutscher hätten fragen müssen. Ob er den Grafen noch einmal an das Militär erinnern mußte? Bestimmt hatte er vergessen, den Kreischef anzurufen. Heute bei der Abendandacht oder schon vorher, wenn er ihn einmal zu Gesicht bekam . . . Sieh an, da bequemten sich ja auch die Borstenrussen, wieder ein wenig zu arbeiten! Unter dem Klingen der Maurerkellen und dem Dröhnen der Axtschläge ritt der Verwalter auf die Wiesen hinaus.
Wie eine Glocke dröhnt solch ein Balken! dachte er und lauschte auf den Klang, der in der feurigen Luft stand. Oder war das schon Donner aus der Ferne? Es war zum Zerschmelzen heiß geworden. Und wie der Glockenmantel der ehernen Stille im Feuer des Mittags zerschmolz, so erstarb auch das Tönen.
Ob die Bande nach seinem Donnerwetter am Morgen jetzt wohl gehörig bei der Arbeit war? fragte er sich. Vielleicht lagen sie wieder unter den Büschen und schliefen oder redeten sich die Zunge lahm. Hoffentlich erfuhr der Herr nichts von diesem kleinen Aufstand, mit dem er am Morgen ganz im stillen fertig geworden war. Nein, bestimmt würde er nichts davon hören, – durch wen auch? Er, der Verwalter, würde seine Zunge hüten, schon allein vor Scham, daß seinen Leuten, auch den vernünftigsten und verläßlichsten unter ihnen, dergleichen hatte beifallen können. Streik und Aufbegehren am hellichten Junimorgen! Bei der Arbeit wäre kein Segen, Gott hätte das Land verflucht, daß kein Regen kam! Da merkte man die Sünde des Gutsherrn! Dort und dort und dann und dann wäre es ganz ähnlich gewesen. Als der lustige Baron Wetberg, kaum daß er seine herzensgute Frau unter die Erde gequält, das Lotterleben mit der polnischen Gräfin begonnen, hätte Gott ebenfalls seine Felder mit Dürre geschlagen; und als der gewalttätige grimme Herr von Lechts endlich gestorben wäre und man ihn vierspännig zur Kirche hätte fahren

wollen, wäre ein Gewitter gekommen, und der Satan hätte das Gespann mitsamt allen vier Pferden und dem Sarg in den Sumpf gejagt, in dem man sie nie wieder gefunden hätte!
Das unschuldige Blut, das der Henker vergossen hätte, würde seinen Feldern und Wiesen an dem Regen abgezogen, der nicht fiel. Am Ende würden sie mitschuldig, wenn sie solch einem Herrn dienten. Nicht umsonst hatte des Verwalters Wiege in einem Pfarrhaus gestanden! Über den lieben Gott konnte er auch ein Wörtchen mitreden, und das hatte er heute morgen weidlich getan: im Namen eines bitterbösen Jehova, der ihn, den Verwalter, wie mit Blitzen seines Zornes begabt hatte, – und dann hatte der Fluch sich so schweigend von den kümmerlichen Wiesen gehoben, wie er sich mit dem Geschwätz der Schnitter darauf niedergelassen. Arbeiteten sie jetzt . . .? Nun konnte der Verwalter die ersten Schnitter in der Ferne ausmachen. Aber Gott sollte einen behüten, der ihnen zusah! Wie ein lahmer Krähenflügel ging die Sense durch das drahtige Gras, fand der Alte, und die Rechen glitten so langsam, als kratzte die Schnitterin sich unentschlossen den Kopf. Was war denn nun wieder geschehen?

Neue Taten der Bestialität, Banden im Dünagebiet, Ein Denkmal für erschossene Revolutionäre von unbekannter Hand, Kehrt zurück, die Heimat ruft! Eine Mahnung an kurländische Gutsbesitzer im Ausland, Offenherzigkeiten der lettischen Sozialdemokratie, Mordanschlag auf Baron Campenhausen. Gibt es denn keine Verständigung? Die Letten und wir, die Esten und wir, Liberal oder feudal? Der Generalgouverneur fordert telegrafisch Verstärkung der Truppen . . . Das wäre das Gesicht ihrer Zeit, meinte Ovelacker und ließ die Zeitung sinken, aus der er dem jungen Reuter die Überschriften vorgelesen hatte.
Der blieb stumm und setzte ein unsicheres Lächeln auf. Nicht eben hoffnungsvolle Zustände, sich ein neues Leben hierzulande einzurichten, meinte er schließlich. Was aber den Aufruf an die im Auslande weilenden Gutsherren betraf, so hätte er den gern mit unterschrieben. Auf der ganzen Reise nordwärts hätte er immer ein wenig beschämt zur Seite gesehen, wenn er Balten im selbstgewählten Exil getroffen hätte – und mit der Zeit einen ganz schiefen Blick bekommen, so viele wären ihrer gewesen, gestand er lachend ein. Doch sobald die Agitation nachließe, wäre mit den Esten und Letten im Handumdrehen fertig zu werden, mochten auch ihre Ansichten darüber auseinandergehen, wie sie schon festgestellt hätten. Wenn er die Lage so düster wie Ovelacker sähe, dann würde er heute noch

Befehl geben, die Arbeiten auf Tidenküll einzustellen. Die Landarbeiterfrage, die in der letzten Zeit so dringlich geworden wäre, dürfte einzig und allein durch die Heranziehung von Deutschen gelöst werden, und mit denen müßte dann nicht Sozialpolitik getrieben werden, sondern Deutschtumspolitik.
Ovelacker war in der Stimmung, ihm unablässig recht zu geben. Durchaus, durchaus! sagte er fröhlich, auf und ab gehend, und blickte zum Fenster hinaus, wo ihm die Blätter der Bäume durch einen trockenen Glanz auffielen, als wären sie aus Leder. Hier in der Bibliothek war es kühl, draußen aber schloß sich einem die Hitze schon nach wenigen Minuten wie ein eiserner Reifen um die Stirn. Durchaus . . . Die Sorgen drangen nicht mehr bis an ihn heran. Etwas anderes zogen sie begierig an, und dieses andere hatte schon geraume Zeit auf sich warten lassen. Durchaus . . . Dem jungen Reuter war aufgefallen, wie fremdartig Ovelacker zuweilen sprach. Noch konnte er den Petersburger nicht verleugnen, am wenigsten in der Sprache. Sein Denken, – weiß Gott, das war hier so zu Haus, als hätte er das Kirchspiel nie verlassen. Er war ohne einen Aufruf in der Zeitung zurückgekehrt, – er, den doch genug davon hätte abhalten können! Aber ganz so schwierig hatte er sich die Lage ihres Gastgebers auch nicht vorgestellt! Gewiß, er sprach darüber nicht oder hatte nicht mehr als einmal kurz darauf angespielt, aber an so manchen Ecken und Enden schimmerte etwas durch, ohne daß er es gemerkt hatte oder wissentlich durchschimmern lassen wollte. Er lebte hier schon so lange allein, daß er, wie alle einsamen Menschen, nicht mehr recht wußte, wie weit seine Geheimnisse anderen offenkundig waren. Anscheinend hatte er das Verbergenkönnen verlernt, das ein reger Umgang mit Menschen schult. Aber auch er, der einmal so etwas wie ein Diplomat der ritterschaftlichen Regierung hatte werden wollen, – auch er war aus der Übung gekommen, heute vormittag auf dem Spaziergang, als die beiden den Verwalter und ihn eingeholt hatten . . . Er konnte sich nicht so schnell dareinfinden, nein, er mußte sich erst dazu überwinden. Im Wege stehen ihrem Glück? Nein, nein, nichts wollte er weniger . . . Da kam sie ja!
Das bemerkte er jetzt erst. Hätte er Ovelacker betrachtet, – er hätte ihr Kommen schon geraume Zeit früher aus dessen Gesicht lesen können. Doch schon die erste Frage, mit der die Schwester ins Zimmer trat, übte auf dieses Gesicht eine unheimliche Wirkung aus. Warum haben Sie mir nicht gesagt, daß man den Bären, von dem man träumt, in Ihrem Park wiederfinden kann? Sie lächelte, als sie unweit der Tür stehenblieb und ihn anblickte, aber durch dieses Lächeln noch geisterte ein Schrecken, den sie ausgestanden hatte, und

auf dem Grunde der mutwillig klingenden Frage schlich die Angst. Ein Bär – im Park? fragte Ovelacker tonlos.
Mit was für Erlebnissen sie aber auch aufwarten könnte! rief der junge Reuter, der lange Zeit sprachlos gestanden hatte und jetzt anfing, Ovelacker zu bedauern. Sie könnte nichts dafür, erwiderte seine Schwester. Sie wäre ganz arglos im Park umhergegangen, und da hätte ihr mit einem Mal auf wenige Schritt Entfernung, zwischen den Büschen halb verborgen, der Bär gegenübergestanden, das heißt, ein uralter Mann, genau derselbe, den sie im Traum gesehen hätte. Er hätte dagestanden und sie angestarrt. Sie hätte wie festgenagelt Halt gemacht, – wie lange, wüßte sie nicht. Dann hätte sie es mit der Angst zu tun bekommen und ihn angeredet, was er hier suchte – in welcher Sprache, wüßte sie gar nicht mehr –, und da hätte er nichts weiter getan, als halb verlegen, halb freundlich vor sich hin gelächelt. Und dann, dann wäre sie weggelaufen, es wäre ihr zu unheimlich geworden mit dem Alten.
Es täte ihm leid, daß sie so schreckhafte Überraschungen hätte ausstehen müssen! sagte Ovelacker, aber alles, was er sagte, klang wie ein schlaftrunkenes Murmeln, ob er dabei auch mit weit ausholenden Schritten auf und ab wanderte. Wahrscheinlich wäre es der Gärtner gewesen, den sie da aufgestöbert hätte. Der wäre ein wenig sonderlich, aber ganz harmlos, ganz ungefährlich. Nur wollte er, damit dergleichen sich nicht wiederholte, die Anweisung geben, daß er sich hinfort anders betragen und sich zu erkennen geben sollte. Oder wollten sie alle einmal gleich nachforschen, wie das hätte zugehen können?
Ach nein, sie bäte, einen Augenblick sitzen zu dürfen. Um die Wahrheit zu sagen, – ihr wäre ganz schwach geworden, gestand Angelika mit einem verlegenen Lächeln ein. Tröstend setzte der junge Reuter sich auf den Rand des Sessels, in den sie sich hatte sinken lassen, und klopfte ihr begütigend auf die Schulter.
Ovelacker wanderte weiter im Zimmer umher. Es sah aus, als umkreiste er den Platz der Geschwister. Nach einer Weile hielt er inne. Wenn es ihnen nichts ausmachte, sähe er gleich selber einmal nach dem Rechten, sagte er finster. Dergleichen dürfte sich nicht wiederholen! Und kaum hatte er das gesagt, da war er auch schon zur Tür hinaus.
Die Geschwister hörten ihn die Treppe hinuntergehen. Nach einer Weile vernahmen sie Schritte auf dem Altan, die zum Garten hinabstiegen und sich auf den sandbestreuten Wegen verloren. Keins von ihnen hatte bislang ein Wort gesagt. Angelika saß da und preßte sich die geballten Hände in die Augenhöhlen; der Bruder klopfte ihr bis-

weilen sacht auf die Schulter. Ob es denn so schlimm gewesen wäre. Sie hatte es kaum gehört, da stand sie auf und fing an, sich heftig zu schelten, daß sie töricht gewesen und daß gar nichts geschehen wäre; nur . . . erschreckt hätte sie sich, gab sie zu, mit zaghafter Stimme, und ihre Augen sahen aus, als hätten sie geweint, obschon sie jetzt lächelte und immer noch mit sich selber zürnend sagte: Nun müßte der Graf bei dieser Hitze im Park umherlaufen und ihre Träume suchen! Aber, mochte der Bruder ihr das glauben oder nicht, ganz wie der Alte im Traum hätte dieser – Gärtner ausgesehen.
Dem Bruder entging es nicht, daß sie nach dem Worte Gärtner erst suchen mußte, und ihre Stimme hatte ein Zögern in sich, als fände sie nur widerwillig zu dieser Erklärung, die Ovelacker ihnen gegeben hatte. Der junge Reuter aber schwieg dazu. Irgendeine innere Stimme riet ihm, nicht mitentscheiden zu wollen, wo der Traum endete und wo die Wirtklichkeit angefangen hatte.
Müde macht einen die Hitze! meinte er nach einer Weile gähnend. Er wollte nach dem Essen ein wenig ausruhen. Angelika ging darauf nicht ein. Sie trat ans Fenster und starrte in den Park hinunter, in dem für sie alle Wege immer noch in den eben ausgestandenen Schrecken führten. Vergebens hielt sie Ausschau, ob Ovelacker zurückkam. Das steile Sonnenlicht prallte in die menschenleere Stille, Libellen zuckten pfeilschnell mit einem metallischen Surren durch die Luft. Er kam nicht. Nach geraumer Zeit wurde die Mittagsglocke geläutet, und unter ihrem hellen, blechernen Schall schlief das Klingen der Maurerkellen bei der Baustätte allmählich ein. Für kurze Zeit war es totenstill auf dem Hof. Dann trug die Luft ein schläfriges Geschwätz heran. Die Schnitter kehrten vom Felde heim. Und dann kam auch Ovelacker zurück. Er entschuldigte sich wegen seines langen Ausbleibens, doch hätte er noch mit der Kreisstadt telefonieren müssen. Er hoffte, daß man ihn dort verstanden hätte; trotz unbeschädigter Leitungen wäre das nur eine Hoffnung, denn die Hitze brauste in den Drähten, daß einem das Hören vergehen könnte. Merkwürdig, ja, aber er hätte das eben erfahren: die Stille, die vollkommen lautlose Wärme könnte in den Kupfersträngen des Telefons wie eine Brandung tosen. Wenn jetzt alles gutginge, bekämen sie ein Detachement Kosaken ins Pfarrhaus; das sollte als Quartier dienen, denn es stünde leer. Die Versorgung übernähmen die Kirchspielsgüter gemeinsam. Alle hätten sie Nutzen davon, wenn die Unsicherheit aufhörte. Sein Verwalter schiene auf das Militär gewartet zu haben wie ein Kind aufs Christfest . . . Aber nun wäre es an der Zeit, zum Essen zu gehen. Ob sie gleich mitkämen? Am Nachmittag könnten sie Besuch erwarten. Der Doktor hätte sich an-

gemeldet und freute sich ganz besonders, die Bekanntschaft der Geschwister machen zu dürfen, die sie nun, wie er hoffte, nicht so bald zu erneuern brauchten, ob auch Tidenküll von alters her zu seiner Pfründe gehörte. Vielleicht führen sie dann an den Strand? Der Doktor wäre auf den ersten Blick ein wenig sonderlich, darauf wollte er sie schonend vorbereiten, jedoch im Grunde genommen ein ausgezeichneter Mensch. Ob ihre Knie noch zu schwach wären, allein zu Tisch zu gehen? Er böte sich gern an, sie zu führen . . .
Angelika errötete. Sie hätte sich wirklich sehr erschreckt, beteuerte sie. Er lächelte, und als wollte er selber nicht gern daran erinnert werden, sagte er schnell: Sprechen wir gar nicht mehr davon, es soll nicht noch einmal geschehen, sonst erklären wir einfach, daß der Park vor den Toren liegt.
Irgend etwas in seiner Art zu sprechen und dazu etwas Unstetes in seinem Blick und ein krampfhaftes Bemühen, ja keine Stille eintreten zu lassen –, all das nahm ihr die Sicherheit, die seine Worte ihr eingeflößt hatten. Und als nach dem Essen der Bruder sich auf sein Zimmer begab, um ein wenig zu ruhen, wie er noch einmal sagte, überging sie es abermals mit Schweigen. Wenn das eine Aufforderung gewesen sein sollte, mitzukommen, – sie tat, als hätte sie die nicht gehört. Nur blickte sie, als er gegangen war, beschämt in ihr Täschchen und beschuldigte sich seufzend, daß sie gar nicht mehr gut für ihn sorgte, hätte sie doch schon wieder einmal vergessen, ihm seine Arznei zu geben, deren Vorrat sie verwaltete. Früher, das könnte sie beteuern, früher hätte sie kein einziges Mal ausgelassen, immer hätte er sie pünktlich bekommen.
Früher, ja früher, sagte Ovelacker. Gegen früher hätte sich so vieles geändert . . .!
Sie schwieg dazu.
Nun kam anscheinend die Magd, um den Eßtisch abzuräumen, denn es näherten sich Schritte dem Zimmer. Aber nein, sie entfernten sich wieder zur Treppe hin, verwandelten sich in ein langsames Steigen und verhallten im Haus.
. . . Nun, er würde nicht gleich davon sterben, wenn er ein paarmal ohne seine Pillen blieb; gut, daß er umgekehrt war. Aber daß sie es jetzt vergaß, daß sie vergessen konnte, worin sie bis jetzt ihren Lebenszweck erblickt hatte . . .! Nein, er durfte ihr nicht gram sein, das konnte nicht ihr Lebenszweck bleiben, um so weniger, je mehr er selber zur Einsicht kam, daß der andere Lebenszweck der höhere war. Es war wohl nur die niederträchtige Gewohnheit, die ihm die Kehle ein wenig eng machte. Schlafen mußte er, ein wenig schlafen. Die verirrte Hummel im Zimmer mit ihrem Gesumm, das leise,

kaum hörbare Klappern der Läden im Luftzug, das Flirren der Lichtstreifen, die durch das Gitterwerk gegen die Wände fielen – nichts störte ihn. Mochte sie nur ihr Glück dort finden, wo sie es gesucht hatte. Er warb um sie, hatte es von der ersten Stunde an getan. Wer wollte ihm das neiden! Er – er selber mußte ein wenig selbstloser werden, durfte nichts mehr für sich allein verlangen, dies nicht gerade, nicht dies, wie lieb es ihm auch war. Ihm, ja. Warum sollte es da nicht auch anderen lieb werden? So lieb wie ihm niemals, nein, aber lieb genug, um es für sich zu begehren. Kamen die beiden Höfe Tidenküll und Drostenholm wieder in den Besitz *einer* Familie, wie sie es vor zweihundert Jahren eine Zeitlang gewesen waren? Dann konnte er sich in den neuen Giebelzimmern einrichten, die ihm schon auf dem Plan so am Herzen gelegen hatten, und mit der Arbeit fortfahren, die er vor Jahren begonnen hatte, ehe die Krankheit gekommen war. In Italien war nicht das rechte innere Klima für sie gewesen. Hier, in dem Lande, von dem sie handelte, hatte er sie beenden wollen, die Abhandlung über ‚Die Bedeutung der Lösung Estlands und Livlands aus dem schwedisch-absolutistischen Staatsverband und die Entwicklung des baltischen Landesrechtes bis in die jüngste Zeit'. Wer aber konnte an Häuser denken, die noch nicht unter Dach waren und deren Mauern sich auf das Chaos gründeten! Militär sollte kommen, zur Aufsicht, gut; aber wehe dem, von dem die Rede ging, er hätte es gerufen! Wie ein Zwingtvogt würde er angesehen werden. Was konnte einen schlimmeren Klang haben und verhaßter sein als: Henker? Er hatte das Schlimmste schon vorweggenommen. Gut, daß sie nichts davon wußte . . . Oder nicht gut? Eigentlich war es seine Pflicht, ihr alles zu erzählen, damit sie wußte, welch einen Haß sie mit ihm teilen mußte. Wie aber kam es, daß er so wenig Verkehr mit seinen Nachbarn hatte? Gewiß, eben war nicht die Zeit der Besuche von Hof zu Hof, und doch hätte man auf Drostenholm ein wenig mehr davon merken müssen, daß es nur eins von den fünf Gütern im Kirchspiel war. Nun war Ovelacker ja noch nicht lange hier, die Zeit der Geselligkeit kam erst im Herbst, aber . . . Warum dachte er über all das nach? Er hatte doch schlafen wollen! Ja, nun wollte er schlafen. Am Nachmittag kam der ein wenig sonderliche Doktor, und sie führen zum Strande . . . Ein Stück Wasser hätte zu Tidenküll gehören müssen, jetzt lag der Ovelackersche Besitz dazwischen und trennte sie vom Meer. Aber man konnte ja nicht alles haben. Er hatte viel zu lange alles bekommen, was er sich wünschte. Nur das eine nicht ganz. Und würde es nie bekommen. Wie mußte es sein, einen Menschen wie Angelika . . . Nein, er wollte schlafen! Lange Zeit lag er still auf dem Rücken und sah zur

Decke. Dann mit einem Mal kam ihm zum Bewußtsein, daß er unablässig gelauscht hatte, – gelauscht! Auf was denn? Das wußte er selber nicht. Es war ganz still. Aber kaum, daß er es festgestellt, begann die Hummel im Zimmer zu summen, einmal nah an seinem Bett, ein ander Mal fern, wie vor den Fenstern, und da meinte er, ihr Gesumm müßte ihm eine Weile, während es schwieg, gefehlt haben, so daß er um so mehr danach lauschte. Jetzt schlang es sich abermals wie ein weicher goldener Faden im Zimmer, in regellosen verworrenen Figuren; es war, als müßte man zusehen können, wie er sich um die Lampe legte, um das Bett, um den Tisch, in weichen Schlingen und Kreisen durch den langsam ergrauenden Raum einer großen Ruhe. Es war ganz still im Haus. Draußen und Drinnen gingen unterschiedslos ineinander auf. Die Schränke standen nicht regloser als die Bäume, der Tisch nicht, nicht die Stühle; der Fußboden lag ein zweites Mal ein wenig tiefer vor den Fenstern, und der geschorene Rasen war so weich wie der Teppich im Zimmer. Die Luft war die gleiche, immer die laue, unbewegte Luft, die so dicht anmutete wie ein Wasser und von der man sich hätte vorstellen können, daß sie plätscherte, wenn eine Armbewegung sie zerteilte, und in blinkenden Tropfen langsam fiele. Es war nicht der Gärtner gewesen, hatte er eben gesagt, nach einem Zögern, in dem ihr sein Blick begegnet war. Wie gut, sie hatte nicht zweimal zu fragen brauchen, und auch ihre erste Frage war ja nicht drängend gewesen, sondern nur eine Frage mit einem Warten darin, beinahe schon mit einem Wissen, das er nur hatte zu bestätigen brauchen: War es vorhin der Gärtner?
Nein, es war nicht der Gärtner.
Sie hatte es gewußt. Wer war es denn?
Mein Gläubiger, sagte er mit einem Lächeln und nahm sie beim Arm. Er hob ihn sacht, legte seine Linke unter ihre Hand und küßte die. So gingen sie auf den Altan. Wer immer jetzt im Park am Rand der dichten Büsche war, der sah, daß er ihre Hand an seine Lippen hob und sie küßte.
Ihr Gläubiger? fragte sie, starr geradeaus sehend.
Ja, mein Gläubiger, wiederholte er und führte sie die Stufen hinunter.
Warum führte er sie wieder in den Park? – Ist er immer noch da? fragte sie und zögerte, weiterzugehen. Kaum, sagte er. Ich habe vorhin den ganzen Park von Leuten absuchen lassen, sie haben nichts gefunden, niemand. Er wird weggegangen sein. Er tut auch nichts, haben Sie keine Angst vor ihm!
Aber was ist das alles? stieß sie gequält hervor, was ist das für ein Gläubiger? Wer kann . . .

Er lächelte abermals, es war nur ein kaum sichtbares Zucken um seinen Mund. Meine Vergangenheit, sagte er dann. Sie wissen es doch.
Ich weiß davon nichts, flüsterte sie tonlos und schüttelte heftig den Kopf, ich weiß nichts davon!
Sie sagten, Sie müßten mich so vieles fragen, heute vormittag war das . . . Wollen Sie etwas darüber wissen?
Ja, vielleicht auch darüber. Aber lassen Sie uns zurückgehen, bat sie.
Sie kehrten um und standen an der Brüstung des Altans. Mit gesenktem Kopf begann Angelika die verwelkten Blüten aus den großen Dolden der Geranien zu zupfen.
Ovelacker sagte, daß er ihr davon erzählen müßte. Nicht weil es wissenswert oder fesselnd wäre, nein, sondern . . . Er war um die Begründung verlegen. Nun ja, bevor er ihr etwas anderes zu sagen haben könnte, müßte sie davon erfahren. Man nannte ihn hier in der Gegend und wohl im ganzen Lande schon den Henker; und . . .
War das ein Zusammenzucken gewesen? Zog sie ihren Arm zur Seite, damit er ihm nicht zu nahe wäre? Warum hielten ihre Hände wie gelähmt inne in dem feurigen Wall der Blumen? Sie stand und rührte sich nicht, ihr Kopf war gesenkt, er sah den Schlag ihres Herzens am Hals in einem winzigen Zucken unter der Haut. Die Finger waren reglos, wie aus Wachs hingen sie in die bitterlich duftenden Blüten hinein.
Soll ich noch weiter erzählen? fragte er, von einer Traurigkeit überwältigt, die ihn wünschen ließ, dieses alles wäre nur ein Traum, und das Verlieren wäre nicht so nah, wie er es zu spüren meinte.
Aber ja! sagte sie nach einem kleinen Zögern sehr fest, und was er nie erwartet hatte, geschah: sie sah auf, sah ihm ins Gesicht, und ob auch ihre Augen in Tränen glänzten, war ein wunderbare Gefaßtheit in ihnen, eine Zärtlichkeit, ein Vertrauen – ach, so vieles und so Unsägliches, daß er sie hätte an sich reißen mögen, um all das Finstere zu überschlagen und gleich das einzige zu gestehen, das noch wirklich war: daß er sie mehr liebte als sein Leben.
Was Sie mir auch erzählen könnten, sagte sie leise, ich würde . . . Sie brach ab; was sie noch hätte sagen wollen, verschwieg sie und machte sich wieder an den roten Blüten zu schaffen.
So hören Sie denn, sagte er, und unbeweglich neben ihr stehend, erzählte er ihr die ganze Geschichte des winterlichen Feldzugs, das Schicksal Möllers, Charusins und Kosljaninows, alles, was er von dem alten Koiri wußte, alles, was er selber darüber gedacht, wie er unter vielem gelitten, wie er sich gewehrt und vor sich selber gerechtfertigt hatte und was, nach seinem Ermessen, daraus noch entstehen konnte. Und wie um ihr nichts zu ersparen und nichts zu be-

schönigen, gebrauchte er immer wieder den Namen Henker für sich selbst. Aber als ginge das eine in das andere über, ohne daß es da eine einzige Stufe gab, und als wäre die lange Geschichte vom Henker, von den Offizieren und dem alten Bauern nur ein verworrener Weg gewesen, bekannte er sich mit einem Mal am Ziel – bei ihr. Er sagte nicht, daß er sie liebte; er sagte, daß alles wieder einen Sinn für ihn hätte und die Vergangenheit damit völlig abgetan wäre; denn was ihn jetzt noch anginge, wäre nur sie, einzig und allein sie. Mit ihr wäre sein Leben beschlossen. Er hätte ihr das schon gestern sagen können, – und er würde das nie widerrufen können, fügte er noch leiser hinzu, bis an sein Lebensende nicht.
Ihre Hände verweilten immer noch im Feuer der Blumen, wie zu porzellanener Reinheit ausgeglüht von dem roten Brand. Er legte seine Rechte über sie und schloß sie ein. Beinahe unmerkbar spürte er eine Bewegung in ihnen. Es war, als schlüge nur ihr Blut zu ihm hin; alles andere blieb reglos. Auch der Kopf, den sie gesenkt hielt, als erwartete sie einen Schlag. Und ihm war mit einem Mal alles so seltsam leicht geworden. Er dachte nichts, er hörte nichts; was er sah, war nur der dunkle, rötlichblaue Hof in manchen der Bläter, der so aussah, als läge dort, was nicht rein und befreit genug war, um in der lohenden Blüte zu verbrennen.
Manches habe ich geahnt, sagte sie, und er wußte kaum, woher die Worte kamen, denn sie sprach, ohne daß er irgend etwas an ihr sich bewegen sah. Und das letzte, fuhr sie fort, das alles, das habe ich mir . . .
Sie wandte ihren Kopf, als wollte sie ihm das von Angesicht zu Angesicht sagen, aber mit einem Mal schweifte der Blick unruhig an ihm vorbei zur Tür. Ich glaube, da kommt jemand! flüsterte sie hastig. Auch Ovelacker hörte jetzt Schritte, die sich näherten, Stimmen, ein Besucher wurde auf den Altan gewiesen, dort wäre der Herr.
. . . gewünscht! hörte er sie sagen, laut, wie einen einzigen Glokkenschlag. Er sah, daß sie ihm zulächelte, während sie, in Haltung und Miene Unbefangenheit vortäuschend, sich der Tür näherte, in der der Besucher jeden Augenblick erscheinen konnte.
Er blickte ihr nach, als ginge sie fort, als hätte er Zeit, ihn nachzublicken, und bliebe allein und könnte sich sammeln, als käme niemand, wo doch in diesem Augenblick der Doktor . . . Es kostete ihn unsägliche Anstrengung, sich von der Brüstung zu lösen, noch viel mehr Anstrengung, es ihr an Unbefangenheit gleich zu tun. War es der bitterliche Duft der Blumen, der ihn so müde und so verwirrt gemacht hatte? Der Doktor!

Der Doktor, ein wenig flotter und sorgfältiger als sonst gekleidet, in einem schwarz-weiß gewürfelten Reitanzug, mit rot und weiß gepunkteter Krawatte und funkelnden Stiefeln, trat auf den Altan. Er wirkte beinahe gespenstisch in seinem Staat, wenn man die starren Züge seines Gesichtes betrachtete, die schläfrigen Augen unter den gedunsenen Lidern und die hölzerne Geläufigkeit seiner Bewegungen, die nicht mehr von Leben erfüllt schienen, sondern wie von den Gesetzen unsichtbarer Scharniere erzwungen. Hinzu kam, da er besonders formvollendet auftreten wollte, das Formelhafte seiner Sprache. Bitte gehorsamst, – wahrhaftig, ob auch Ovelacker glaubte, nicht recht gehört zu haben, ‚bitte gehorsamst' kam es aus seinem Munde, wenn er Angelika ansprach. Wie er in seinen wahren, besten Stunden sein konnte, lag heute so tief versteckt unter seiner Zurüstung, daß es sogar Ovelacker war, als käme hier ein Fremder, mit dem er noch nie ein Wort gewechselt. Und selbst die Neuigkeiten, die er zu berichten hatte, brachte er auf eine Art vor, daß ihr Inhalt und ihre Bedeutsamkeit unter der Form kaum zu erkennen waren. Jeder seiner Zuhörer mußte sie erst von dem Beiwerk reinigen und in seine Sprache übersetzen. In der hätten sie kurz besagt, daß sich wie mit Windeseile im ganzen Kirchspiel die Nachricht von der bevorstehenden Ankunft eines Zuges oder einer Sotnie oder gar eines ganzen Regimentes Kosaken herumgesprochen hätte. Sie sollten im Pastorat Quartier beziehen, und den finsteren Ruhm, sie gerufen zu haben, – den haben wieder einmal Sie geerntet, lieber Graf, sagte der Doktor mit einem knarrenden Lachen, das in eine Grimasse überging.
In Angelikas Augen dunkelte es. Sie sah Ovelacker an, der mit einem hilflosen Achselzucken die Asche von seiner Zigarette streifte. Die alte Geschichte . . . murmelte er. Aber weiß man auch, wann die Truppe einrücken soll? fragte er den Arzt.
Es heißt, noch heute, gab der zur Antwort.
Dann müßte er sich um die Lieferungen kümmern, die auf Drostenholm entfielen, und mit seinem Verwalter sprechen. Vielleicht entschuldigten seine Gäste ihn für ein paar Minuten, meinte er und ging. Als er nach einer kurzen Beratung mit dem alten Thomasson zurückkehrte, sprang Angelika auf, wie sie es nicht stürmischer getan haben könnte, wenn er tagelang ausgeblieben wäre. Nach ihr erhob sich der Doktor mit einem leeren Lächeln aus seinem Stuhl, doch anstatt seine Aufmerksamkeit den beiden anderen zuzuwenden, legte er unbekümmert den Kopf in den Nacken, als wäre der Himmel seine Gesellschaft, und fing an, in seine wolkenlose Bläue zu spähen. Wie lange er das noch getan hätte, – wer weiß! Weil aber

Ovelacker auf dem Fuße der junge Reuter folgte, mußte er sich dem Altan mit seinen Menschen widmen. In einem jähen Wechsel seiner Stimmung, als hätte er gemerkt, daß Aufputz bei den Geschwistern nicht verfing, begrüßte er den hinzutretenden Bruder still, fast ehrerbietig und befliß sich nun den ganzen Tag einer melancholischen Zurückhaltung vor den dreien, die es manchmal scheinen ließ, als wäre er seines Kommens nicht mehr recht froh. Und doch war er einverstanden, als der Graf den Vorschlag machte, daß sie, der Arzt und er zu Pferde, die Geschwister in einem leichten Wagen, an den Strand aufbrechen und dort die Kaffeemahlzeit halten sollten, nur daß er da wieder noch stiller wurde, als Angelika bis zur Abfahrt, zu der unterdessen auch im Stall gerüstet wurde, aus ihrer Gesellschaft verschwand, um mit der Mamsell alles Nötige vorzubereiten. Er murmelte etwas von ‚kostbarem Leben', als er, bevor er in den Sattel stieg, seinen Revolver versorgte, und auf dem Weg durch den Wald ritt er in grimmiger Wachsamkeit, daß man immer zweimal fragen mußte, bis man Antwort von ihm bekam. Ja selbst bei der Kaffeetafel im Freien, die Angelika ihnen auf einem großen, wie zum Tisch geschickten niedrigen Findlingsblock gedeckt hatte, wählte er sich einen Platz, der Argwohn verriet. Er wollte die Seite, von der ihnen Gefahr drohen konnte, im Auge behalten: den Waldrand; und über die Tasse hinweg warf er zu Ovelackers Belustigung finstere Blicke auf die grüne, wirre Mauer, während den anderen der Ausblick auf das blitzende Halbrund des Meeres blieb.
Sie sind von einer göttlichen Sicherheit! bemerkte er einmal leise zu Ovelacker, und der wußte nicht, ob es Rüge oder Bewunderung war.
Ob er der Ansicht wäre, daß er es in irgendeiner Beziehung an Vorsicht fehlen ließe? fragte Ovelacker.
Nein, nein, antwortete der Doktor, aber diese Verneinung schien nur ein Ausweichen zu sein. Und im stillen stellte er auch ganz andere Überlegungen an. Wenn er solch einen Besuch bei sich hätte, meinte er, dann . . . Verstohlen betrachtete er Angelika, die zwischen ihnen umherging und das Geschirr in den Korb zurück packte, den die Mamsell ihnen höchst eigenhändig gefüllt hatte, – glaubte die sich doch allein im Besitz der Erfahrung, was bei einem solchen Ausflug gebraucht wurde und was man über dem Reiz der großen Veränderung entbehren konnte. Sie kniete nieder und sammelte ein, sie sprang mit den klirrenden Tassen auf, die Herren halfen ihr, er selber, der Doktor, nicht weniger als Ovelacker und der Bruder, – insgeheim aber baute er doch an Mauern, hohen, dicken Mauern, als hätte er einen Kronschatz zu hüten, an Türen, die keine Axt durch-

schlug und keine Kugel durchdrang. Wie sicher wollte er sie hüten! Wie hinter Tag und Nacht und der Tiefe des Weltmeeres, – er! Unvorsichtig war der Graf deshalb natürlich nicht, nach Menschenermessen; aber wo die Erdbewohner nun einmal in überwiegender Mehrheit aus Teufeln bestanden?

Je weiter es auf den Abend zuging, um so mehr hatte er das Empfinden, daß er eine Schar ausgelassener Kinder behütete. Daß der Graf derartig aufleben konnte! Und daß diese junge Dame so voll närrischer Launen steckte! Der Bruder selbst geisterte mit in dem Reigen der Arglosigkeit, ob auch um etliches leiser und dunkler. Wie alt war er gegen sie alle! Ein struppiger Geier, dem ein Gefängnis seit Jahr und Tag die Schwingen zerschlissen hatte. Nur noch dahocken konnte er, alles mit anschauen, die Welt in ihrem Triebwerk auseinandernehmen, ohne sie dann je wieder zusammensetzen zu können. Bisweilen nur, wenn er in Vollmondzeiten die abendliche Menge der hilfreichen Gifte ein wenig steigerte und sich beherzter als sonst von den quälenden Tagen befreite, dann nur fügte es sich spielend zusammen: Geträumtes, Geahntes, Gewolltes, Gelassenes, zu einer seligen Ganzheit, der er selbstzerstörerisch den Schlaf angeboten hatte und nicht den Werktag. Doch hätte es sich denn jemals einem Tag gefügt! War es nicht an die Nacht und an den Mohn gebunden? Der dämmerige Wald auf dem Heimweg hatte in ihm einen erbarmungslosen Wächter für das geringste Geräusch, das die Hufschläge der Pferde und das sachte Rollen des Wagens übertönte, einen wachsamen Späher für jeden Busch, jeden Baum. Als sie den Hof erreichten, war er müde wie nach einer der schnellen Operationen, die er zuweilen beim Licht von etlichen Kerzen und zusammengeborgten Lampen in einer Bauernstube vornehmen mußte. Der dämmerige Abend, der nie in Nacht versinken würde, kam ihm verfinstert vor, als zögen schwere Wolken über den Himmel; das Buschwerk, das die Anfahrt säumte, schien das Haus zu belauern, wie im Spätsommer mit seinen dunklen, ausgestirnten Nächten, wenn nach dem Volksmund der Troll im Busche saß. Die Ruhelosigkeit der Welt um diese Jahreszeit hatte angefangen, ihm ins Blut überzugehen, – aber ach, anders als in vergangenen Jahren! Jetzt ersehnte er sich Finsternisse, in denen jeder Gedanke zerschellen durfte.

Er bäte gehorsamst, ihn entschuldigen zu wollen, lehnte er mit einer lahmen Begründung ab, als er aufgefordert wurde, noch zu bleiben, aber als Ovelacker ihn einlud, Sankt Johannes zu Ehren am nächsten Abend schon vom Abendessen an sein Gast zu sein, sagte er so freudig zu, daß es jeden Verdacht zerschlug. Wie sehr ihm heute abend daran gelegen sein mußte, schnell nach Hause zu kommen, hörten

sie dem Hufschlag seines Pferdes an. Kaum daß er durch die Einfahrt hindurch war, trieb er es zu eiligem Galopp an, der nicht abbrach, solange er überhaupt vernehmbar blieb, und als ritte eine halbe Schwadron mit ihm, erscholl von den Weiden her die schnaubende Jagd der dort aufgestörten Pferde. In diesem gespenstischen Lärm kam den Zurückbleibenden der einsame Reiter aus dem Ohr.
Und es hatte den Anschein, als wäre in dem Doktor, da er die Geselligkeit ausschlug, schon ein Vorgefühl davon gewesen, daß die Gesellschaft sich gar nicht zusammenfinden würde, einerlei ob mit ihm oder ohne ihn. Er hatte sich vorweggenommen, was die Geschwister wie aus heimlicher Übereinkunft bald nach der Abendmahlzeit erbaten: sich zurückziehen zu dürfen. Der junge Reuter mit der Begründung, daß der Luftwechsel ihm vorerst noch eine schwere Arbeit bedeutete, von der er sehr ermüdet wäre; Angelika schloß sich seinem Wunsch mit ängstlicher Schnelligkeit an. Von einem Beisammensein zu dritt fürchtete sie, daß es drei Einsame quälen würde, weil keiner mit dem anderen vereint und auch keiner einsam genug für sein Verschwiegenes war. Ja, sogar das Alleinsein mit Ovelacker, wenn sie dem Bruder nicht folgte, fürchtete sie. Ihr war es, als müßte sie erst noch einmal ganz zu sich selber kommen, bevor sie . . . Wollte sie sagen: außer sich geriet? Etwas Ähnliches spürte sie kommen, halb mit Angst, halb mit Glück, wie die schwere Stunde, die ein neues Leben schenken sollte. Sein Leben, sein neues Leben. Und einmal, bevor dies alles hereinbrach, wollte sie mit dem Bruder sprechen. Sie spürte, was in ihm vorging, sie las es aus seinen Augen, sie hörte es, wenn er mit ihr sprach: es war wie ein Abschied in großer Besorgnis. Ob er heute abend davon anfangen würde?
Er fing nicht an. Zwar ging Angelika mit ihm in sein Zimmer, stand da, rührte dieses und jenes an, trat ans Fenster und sah in die Dämmerung hinaus, aber der Bruder sprach nicht oder sprach doch nicht davon, von dem einzigen, darüber sie sprechen wollte. Gute Nacht! sagte sie zu ihm, aber er überhörte sogar, daß es wartend klang, wartend, daß er sie bäte, noch ein wenig zu verweilen. War er wirklich so müde? Mit einem Mal wurde ihr das Herz schwer. Sie fragte, ob er ihr wegen irgend etwas böse wäre. Da schalt er sie mit zärtlichen Namen und küßte ihr die Hand zum Abschied wie jeden Abend. Gute Nacht! Nun war es ihr, als wartete er sogar darauf, daß sie bald ginge. Wie er ihr die Hand auf die Schulter legte und sie zur Tür geleitete, – das war anders als sonst, oder sie sah aus einem unerklärlichen Schuldgefühl Gespenster. Als sie in ihrem Zimmer stand, horchte sie lange Zeit ins Nebenzimmer, lauschte auf seine Schritte, achtete darauf, ob er all die Gewohnheiten befolgte, die sie in jahre-

langem Zusammenleben an ihm bemerkt hatte, und wurde allmählich arglos. Alles vollzog sich nach den Gewohnheiten, in denen Menschen versuchen, sich über das Chaos, das ihnen allstündlich droht, hinwegzutäuschen.
Sie selber besaß keine Ordnung, die sie dem Aufruhr entgegenzustellen vermochte, der in ihr war. Ertragen, geduldig sein unter ihm, wach sein, das war das Gebot, – und in Gedanken sich nicht zu erstehlen, was sie sich vorhin freiwillig abgeschlagen hatte: bei ihm zu sein. Einmal, nach geraumer Zeit, hörte sie vor dem Haus Schritte, aber sie verwehrte es sich, aufzustehen und aus dem Fenster zu spähen, ob er es war. Was, dachte sie, was hatte sie bei sich erforschen wollen, als es sie nach dem Alleinsein verlangte? Hatte sie sich noch einmal fragen wollen, ob sie ihn liebte, wahrhaftig liebte, auch nach all dem, was er ihr heute mittag erzählt? Das wäre ein törichter Wissensdurst gewesen. Sie fühlte es ja doch, daß sie . . . Ach, wer nannte das Fühlen! Es gab kein Gefühl mehr in ihr, das nicht schon die Liebe selbst war. Und je mehr er ihr von seinem Schicksal erzählte, um so mehr wurde sein Schicksal das ihre, jetzt und in alle Zukunft. Sein Schicksal . . . War es sein Schicksal, darin ihres aufging, das den Bruder so besorgt um sie erscheinen ließ? Hatte er Angst um sie, wo sie doch fühlte, daß der Sieg bei ihr lag, was auch immer kommen mochte? Wie lange sie schon dagelegen hatte, wußte sie nicht, als sie zaghaft den Namen des Bruders durch die Wand rief. War er wach, dann mußte er sie hören, und sie würde zu ihm gehen und selber anfangen, davon zu sprechen. Aber er hörte sie nicht, er schlief, ja, – mußte schlafen, sonst hätte er geantwortet. Noch einmal rufen konnte sie nicht, es gingen Schritte ums Haus . . . Seine Schritte? Sie blieb standhaft und sah nicht nach, wer es war. Der Alte, der Gärtner, – der Bär konnte es doch nicht sein! Ein wenig Fragen war in den Gedanken gemischt, doch es beschwichtigte sich. Natürlich konnte er es nicht sein. Hatten sie nicht gestern nacht vier Wächter gezählt, als sie aus der Allee gekommen waren? Einer von diesen Wächtern mochte es sein.
Ein Wächter war es, aber ein fünfter. Ovelacker hatte keine Ruhe finden können im Haus. Er war aus einem Zimmer ins andere gewandert und hatte sich in jedem für eine Weile niedergelassen, verlangte aber bald ins nächste. Wo war der Raum, der ihn jetzt beheimaten konnte? Einen gab es, doch der lag noch tiefer verinwendigt als alle Räume, die dieses große Haus barg. Nun fand er nur noch Herberge in einem Herzen. Aber das Licht, das graue Licht der Sommernacht, das durch jedes der Zimmer geisterte, die er aufgesucht! Floß es nicht auch in ihr Fenster hinein? Das Licht, in dem al-

les sich vereinte, war es, was ihn hinaus verlangen ließ. Wenn er durchs Haus wanderte, in dem die lichtlosen Ecken und Winkel wie Abgründe gähnten, war ihr Zimmer ihm viel weiter entfernt, als wenn er draußen umherging, wo jeder gedachte Punkt im geisterhaften Raum von einer Strömung erfaßt sein konnte, die ihn allmählich hinauftrug zu ihren weit offenen Fenstern. Kaum aber hatte er im Garten gestanden, da bedachte er sich und kehrte noch einmal ins Haus zurück, und als er es gleich danach abermals verließ, trug er eine Waffe in der Tasche. Der Gedanke an die Waffe war ihm von einem Augenblick zum anderen gekommen, und nichts hätte den Wechsel seiner Stimmung sinnfälliger machen können als der kalte Stahl, um den sich seine Hand schloß. Nun wollte er die Posten revidieren, wie er es schon als junger Leutnant getan. War er von göttlicher Sicherheit, wie der Doktor behauptet hatte? Keiner der Wächter, die er suchte, hätte in der Halbhelle gewahren können, wie tief die beiden Falten waren, die seine Mundwinkel herabzogen. Sicher? Sicher war er nur hinter dem Rücken des Engels, nur dort war er von wahrhaft göttlicher Sicherheit! In dieser Nacht hätte man eher sagen können, daß er sich bemühte, in die alten überlebten Pflichten wieder so diensteifrig zurückzufinden, wie er sie einstmals erfüllt. Gehorsam, nichts weiter verlangte er von sich selber, wachsame Augen und Ohren und Kaltblütigkeit. Wie dieser jähe Wechsel seiner Stimmung hatte geschehen können, war ihm selber nicht klar. Vielleicht weil er sie so hilflos wußte wie ein schlafendes Kind, – und die Nacht, die Nacht so gefahrenschwanger. Es war schwül geworden, der Tau blieb aus. In dem grauen Himmel schienen Rußflocken zu treiben. Bisweilen fuhr ein jähzorniger Windstoß in die Kronen der Bäume, ließ sie aufrauschen und gleich wieder verstummen. Es erinnerte an den Herbst, wenn bei Sonnenuntergang ein Starenschwarm mit Prasseln und Flattern in seinen Schlafbaum einfiel. Nun aber stöhnten die Zweige, in denen der Wind zu wühlen begann, und wenn er schon wieder von ihnen abgelassen hatte, ging noch ein Ächzen in ihnen um, mit dem das Laubwerk sich ordnete, wie ein Nach-Atem-Ringen in der dämpfigen Luft. Längst waren die wenigen Sterne in einem weißgrauen Brodem erloschen. Von überall her vernahm er die Unruhe der Tiere in den Ställen und auf den Weiden. Sie wälzten sich wie in quälenden Träumen und stampften und rissen an ihren Ketten. Das Klirren drang überallhin, als klirrte es gerade über und unter und dicht neben einem, als wenn die ganze Nacht sich aus ihrem Schauer losreißen und dem Morgen entgegenfliehen wollte, der nicht mehr weit war. Bislang hatten die Wächter alles in Ordnung gefunden, aber ihre Hunde wären unruhig, sagten sie, freilich nur so unruhig wie alle Tiere. Es zöge wohl ein Gewitter herauf, meinte einer, er wollte es einem Ameisenhaufen angemerkt haben, und drüben im Osten hätte es etliche Male ein Wetterleuchten gegeben. Auch wäre der Tau ausgeblieben . . . Das war es, was die Nacht so unerlöst und wie mit Unfruchtbarkeit geschlagen sein ließ: daß der Tau sich nicht herniedergesenkt hatte und ihr heißes Leben gekühlt, daß die Luft ein schwüler Brodem und die Erde stäubend trocken geblieben war. Verdammnis lag in der Dämmerung, keine Seele hätte gewußt, wo und wie, aber jede spürte den Fluch.

Ovelacker versank in einen wirren Halbschlaf, als er sich endlich niedergelegt hatte, und als er am Morgen erwachte, fühlte er sich wie unter seinem eigenen Grabhügel verschüttet. Er rang schon mit seinem ersten wachen Atemzug nach Luft, aber es war nur ein vom Sonnenlicht durchglühter Nebel, den er in langen Abständen mit weit offenem Munde einsog, und auf dem ganzen Hof herrschte eine Stille, unter der alles Leben gestorben schien.

Es lebten noch Menschen, gewahrte er später, aber sie schlichen dahin wie die Schatten, wortkarg, als wäre ihnen die Zunge verdorrt, und schon am Morgen müde, als hätte sich der letzte Werktag ohne eine Nacht dazwischen an diesen neuen gereiht. Als in den ersten Vormittagsstunden der Leutnant einer halben Kosakenschwadron, die am späten Abend Quartier in dem verlassenen Pastorat bezogen hatte, sich bei ihm melden ließ, um ihm nach der Anweisung des Kreischefs seinen Besuch zu machen und mit ihm zu beraten, wie die Reiter sich ihren Sicherheitsdienst einteilen sollten, da begegnete der junge Offizier erstaunten Blicken, und alle schienen insgeheim zu fragen, wie er denn hierher gekommen sei. Einer, der sich einen Weg durch einen Feuerbrand oder durch eine Sturmflut gebahnt hatte, konnte nicht überraschender kommen als er auf dem Rücken seines Pferdes von der nahen Kirche her. Zwischen der und dem Gutshof aber lag alles Land in einem schwefelig glühenden Dunst, darin jeder Atem eines Lebenden ersticken zu müssen schien.

Ganz ohne Schaden zu nehmen, hatte der junge Offizier ihn wohl auch nicht durchritten. Schweiß perlte ihm über das Gesicht, sein Atem ging schwer, und seine Stimme klang schläfrig. Es hatte den Anschein, als müßte er sich auf alles besinnen: auf sich selber, wo er war und was seine Pflicht erheischte. Mühsam lächelnd gab er zu, daß der Ritt eine Anstrengung gewesen wäre, und beim Frühstück, zu dem Ovelacker ihn einlud, machte er den Eindruck eines Menschen, der ein Gift in sich wirken spürt und eisern danach trachtet, Herrschaft über sich zu bewahren, solange seine Widerstandskraft reicht. Er verabschiedete sich beinahe über Gebühr schnell unter dem Vorwand, daß er bei seiner Truppe nötig wäre, und wiederholte die Vereinbarungen, die er mit Ovelacker getroffen, unbewegt und eintönig, wie aus einem übermenschlichen Pflichtbewußtsein, das unter dem glühenden Anhauch dieses Tages immer noch nicht gelähmt war. Es war eine ganz ruhmlose Tapferkeit, die Ovelacker mit ihm langsam davonreiten sah, und erst als er verschwunden, war ihm sein junges gebräuntes Gesicht mit dem strähnigen blonden Haar, den beinahe weißlichen Augenbrauen und den überhellen, bernsteinfarbenen Augen gegenwärtig zu einem ernsten Gedächtnis, das die Erinnerung an sein freundliches Lächeln, in dem seine Lippen eine Reihe großer weißer Zähne entblößt hatten, nur noch lebhafter machte.

Der junge Reuter meinte mit einem unverhüllten Blick aus der dunkelsten Tiefe seiner Augen und mit liebevoller Nachdenklichkeit: dieser jünglinghafte Offizier wäre wie in Begleitung seines Todes bei ihnen erschienen, – anders könnte er nicht andeuten, was ihn an ihm bewegt hätte. Hoffentlich vertrüge er sich noch recht lange mit diesem Begleiter. Auch auf Angelika hatte der Bote eine seltsame Wirkung gehabt, obschon es ihr kaum möglich sei, sie zu beschreiben, wie sie sagte. Es ginge etwas Unfaßliches von ihm aus, ihn umwitterte etwas, sie wüßte nicht, was. Vielleicht hätte es in seinen Augen gelegen, diesen seltsamen, bernsteinfarbenen Augen voller Falkenschärfe, die einfach zu klar wären für einen ins Irdische Geschickten . . .

Oder war all das Deuteln und Rätseln, was es mit diesem Menschen auf sich hätte, eine Ausgeburt dieses Tages, der einen so, wie sich das himmlische Sankt Elms-Feuer in der gespannten Atmosphäre nur an den äußersten Enden der irdischen Erscheinungen entzündet, mit den feinsten Verästelungen der sinnlichen Wahrnehmung etwas Übersinnliches erkennen ließ? Sie alle war eine Ahnung angekommen von der Besonderheit des flüchtigen Besuchers, der selber willentlich und wissentlich nichts dazu getan hatte, sich ins Licht zu setzen. Wer aber konnte wissen, ob nicht in ihm ein Bote ihres gemeinsamen Geschicks, das noch unerfüllt war, sie aufgesucht hatte! Seine Erfüllung mußte nahe sein, denn noch öfters an diesem Tage sprachen sie von dem Leutnant, als gehörte er schon zu ihrem Leben, so wie er zu der Gegend gehörte, in die ihn sein Kommando geführt. Ja, als folgte der junge Offizier in einem geheimnisvollen Auftrag, von dem er selber nichts ahnen mochte, dem uralten Gesetz, daß der Bote des Schicksals dreimal zu erscheinen hat, ehe sich der große Wechsel vollzieht, begegnete er den Bewohnern des Gutshauses noch zweimal an diesem Tage. Was ihn veranlaßt haben konnte, so bald nach seiner Rückkehr ins Pastorat mit sechsen seiner Reiter wieder aufzubrechen und sich abermals in die kochende und brodelnde Schwüle unter dem Mittagsgestirn zu begeben, war schwer herauszufinden. Ovelacker veranschlagte, daß er in seinem Diensteifer heute noch die Anwesenheit seiner Truppe augenfällig machen wollte als eine Warnung, das Fest nicht zu Ausschreitungen zu benutzen; denn ein Verlangen, die Gegend kennenzulernen, traute man keinem Menschen an diesem Tag zu. Der junge Leutnant grüßte ernst vom Pferd herunter, als er seines Gastgebers und der beiden anderen Hausbewohner ansichtig wurde. Ohne daß zwischen ihnen ein Wort gewechselt worden wäre, kam der kleine Trupp aus der Sicht. Auf seinem Heimweg ritt er an dem Gutshaus in größerer Entfernung vorbei, doch immerhin nahe genug, daß man von den Fenstern aus deutlich gewahren konnte, wie der voranreitende Offizier sein Pferd verhielt und geraume Zeit die Häuser zu seiner Linken betrachtend dahinritt, ehe er, der sich nun im Sattel hätte umwenden und seinen Leuten zuviel von seinem Interesse hätte verraten müssen, zur ungeteilten Aufmerksamkeit für das Gelände vor ihm zurückkehrte. Um diese Zeit sah es schon aus, als ritte der Trupp gleich einer herniedergesandten Verkörperung des Krieges in seine düstere Heimat zurück, denn Pferde und Reiter hoben sich gegen eine riesige schwärzliche Wolkenbank im Westen ab. Als eine Sturmbö staubgeballt ihnen entgegenheulte, waren sie noch schattenhaft zu sehen, doch als es, ebenso jäh, wie der Sturm aufgestanden, wieder völlig still geworden war und die Luft sich reinigte, waren sie den Blicken entschwunden. Um diese Zeit kehrten die Arbeiter von den Wiesen und Feldern heim. Der Gewitterwand im Westen hatte sich drohend eine im Osten gegenübergestellt, in jeder lauerte ein Sturmwind, der einmal von hier und ein andermal von dort hereinbrach, und die menschenleere Flur lag wie zum Kampf dieser beiden Wolkenheere verlassen unter dem fahlen Licht, das sich zwischen den Finsternissen in Ost und West noch eine schmale Gasse frei hielt. Der Kampf aber ließ auf sich warten. Drohend und Furchtbarkeit in sich aufgehäuft verharrten die Wetterwände an den Horizonten. Jedes Gewölk, das ihrer innersten Macht in den Scheitel des Himmels voraufeilen wollte, schienen sie wieder zurückzurufen. Mit dumpfem Grollen schrien sie gegeneinander an, keine aber löste sich von ihrem breiten Lager und überzog den freien Raum mit ihren Scharen, obschon die Dämmerung, die allmählich hereinkroch, so tief war, als hätte sich nun auch die schmale Gasse des Lichtes geschlossen.

Nach der sechsten Stunde kam eine Finsternis über das Land, und die Sonne verlor ihren Schein. Jedes Geräusch erstickte in lähmender Stille. Selbst der Donner verstummte. Lautlos flammten die hohen Fronten auf, schwefelig gelbe Gebirge wuchsen für Sekunden aus der Schwärze empor und waren gleich wieder versunken, – und dann kam eine Kühle, eine grenzenlose Kühle, in der alles sich neu belebte, herangeflutet, Vorbote einer gewaltigen, ganz stillen Macht, die zu groß war, als daß sie nicht das Leben eine Weile gewähren ließ, das sich unter den anderen Mächten ängstlich versteckt hatte. Zwischen den still verharrenden Finsternissen rüsteten die Leute, zuversichtlich geworden, zum Feuerfest. Schon waren die Badstuben leer bis auf ein paar alte Weiblein, die es nicht mehr nach der Mühle lockte, und die Flaschen mit dem brennenden Trunk in den Taschen verstaut. Die Ziehharmonika hing dem Spielmann über den Rücken, als er noch den letzten Bissen der Abendmahlzeit kaute. Die Vorhut der Jungen rannte schon zur Mühle hinauf. Fürwitzige äugten in die Ferne, ob da ein Feuer zu sehen wäre von anderen Gemeinden oder von Gütern, – aber nein, nur der flammende Schein aus den Wolken übergoß die Ferne mit Licht, und manchem wurde es dabei abermals bange, bis die Gesellschaft, die sich unaufhörlich mehrte, ihm Mut eingab. Schon erscholl aus dem Grunde der Finsternis das übermütige Juhuen von einem, der die Flaschen vorzeitig geöffnet hatte, die Mädchen kreischten, weil es so dunkel war und weil die Burschen sich jetzt schon Freiheiten wie nach Mitternacht erlaubten, es rannte und raste um die Mühle herum, es lag und labte sich auf dem branddürren Rasen, unter den dichten Haselbüschen war ein Kichern und Kosen, wie es nur einmal im Jahr im Schwange stand: am Abend des Täufers. Langsam und bedächtig schlurften von da und dort ältere Männer herzu und suchten sich Gesellschaft bei ihresgleichen, die noch langsamer und bedächtiger an einer anderen Ecke aufgetaucht waren. Die standen und sprachen in ihre Jugend zurück, die sie vor den Sorgen hatten liegen lassen, und wandten sich wie nach ihrer Zukunft um, wenn es in dem riesigen dürren Flügelkreuz der Mühle einmal knackte. Sie starrten auf die Wolkenwände und fragte einander nach dem Regen und warum weithin in der Runde alles dunkel blieb . . . Irgendeiner sagte, daran wäre der Henker schuld, der sie von Soldaten bewachen ließ, als wären sie Verbrecher. Dieses Wort schlug Wurzel. Mit einem Male ereiferten sie sich alle über den Kampf des Landvolkes, über die Opfer, die er schon gekostet, und über die Schwarze Sotnja, die ihnen aus dem Pfarrhaus drohte. Sie fingen an, nach den Flaschen zu greifen und sich einen Trunk anzubieten. Und nach einer Weile wollten sie Feuer sehen.

Ihr wildes Rufen nach Feuer hörte man bis zum Gutshaus hinüber.

Was denn in die sonst so ruhigen Leute gefahren wäre, fragte Angelika, als sie mit Ovelacker allein auf dem Altan stand.
Er wüßte es nicht, gab Ovelacker zur Antwort. Das Schreien wäre wohl ihre Art, fröhlich zu sein.
Aber es klänge böse, beharrte sie. Wenn man nicht wüßte, daß die Soldaten so nahe wären, könnte es einen besorgt machen. Ob er nicht glaubte, daß der Leutnant in dieser Nacht Patrouillen hinausschicken würde. Wenn er diesen Zug befehligte –, was hätte er angeordnet? Er lachte. Das wüßte er nicht. Was er für die Reiter angeordnet hätte, könnte er sich nicht vorstellen. Er selber wäre wahrscheinlich zu ihr geritten.
Sie schwieg dazu. Nach einer Weile sagte sie mit einem Aufatmen, es wäre seltsam, daß man jetzt wieder anfinge, ein Mensch zu sein. Den ganzen Tag wäre die Unruhe am Himmel zu groß gewesen, als daß man sich selber wahrgenommen hätte.
Den Doktor schon zu erwarten, wäre noch ein wenig zu früh, und auch ihr Bruder ließe auf sich warten. Ob sie nicht bei der Kühle ein wenig im Garten auf und ab schlendern wollten. Sie könnten ja in der Nähe des Hauses bleiben, um gleich zur Stelle zu sein, wenn einer von den beiden käme, schlug er vor.
Ja, sagte sie leise.
Und das war ein Augenblick, da er sich nicht mehr hätte rühren mögen, nein, – nur schauen, still und unverwandt sie anschauen. Ja, tönte es ihm bis ins Herz hinein nach, ein Ja wie in einem himmlischen Gehorsam, das nur zu ahnende Einverständnisse in sich schloß. Vor der ersten Stufe der Treppe in den Garten hinunter streckte sie die Hand nach seinem Arm aus. Er blieb stehen. Er konnte nicht weiter, ohne sie zuvor angesehen zu haben. Wie sie da stand im weißen Kleid, die Linke lose auf seinen Arm gelegt, – nicht daß er sie hielte, sondern nur, daß sie einander nicht verlören in dem dämmerigen Raum, – ihm war, als käme dieses Bild ihm nie wieder in seinem Leben aus den Augen. Ein Knie war gebeugt und zeichnete sich gegen das Kleid als eine tief verhüllte Gebärde der Demut ab oder als stiege sie schon über diese Stufe hinaus in einen Raum, der über jenem begann, in dem ihr Fuß eben noch auftrat.
Was ist? fragte sie ihn, als er regungslos dastand.
Er hätte an den Engel gedacht, von dem er nach einer sehr bedrängten Nacht geträumt, sagte er. Damals . . . Von Stufe zu Stufe wurde es ihm leichter, Worte zu finden, und all seine Worte kamen ihm wie aus einem übermächtigen Geheiß von den Lippen. Er wußte, daß sie in einer Frage enden mußten, und diese Frage floh vor ihm her auf dem Band des Weges, das mit seinen Schleifen und Schnörkeln spie-

lerisch einmal hingeworfen schien um die einsamen Baumgruppen und vor die dunklen Säume des Buschwerks zur Rechten. Sie ergab sich erst dort, wo der Weg in einer Kehre der feldwärts geschlungenen Schleife des Baches folgte und die Büsche in selten gelichtetem Wuchern bis ans Wasser reichten, dort, wo das Haus unsichtbar geworden war. Dort holte er sie ein, und dort setzte er seinen Schritt über sie hinweg. Ob dieser Traum sich erfüllen könnte . . .? Er blieb stehen und ergriff ihre Hände.

Sie sah ihn lange an. Ihre Augen waren voll unergründlichem Ernst. Ich weiß es nicht, sagte sie leise. Ich möchte ihn nur gern erfüllen . . . Und dann umschlang sie seine Schultern.

Wie der Schlag einer Uhr, deren Kraft zu Ende ist, klang das Anpochen der großen Tropfen, die in die Bäume fielen, einmal mit einer langen Stille zwischen den Schlägen, dann für einen Augenblick unmeßbar oft. Aber das Leben, das er auf ihren Lippen fand, maß keine Zeit. Und als sie weitergingen, war es wie im Traum. Regnete es? Das waren Tränen eines nie zuvor gekannten Glückes. Zuckte der Himmel von Blitzen? Erleuchtungen waren das, Erleuchtungen, – wie in der jähen Schärfe eines Blitzes bescherte Einsichten, die viel zu übermächtig sind, als daß ein Gedanke sie, bevor es wieder dunkel geworden ist, ermessen könnte. Mit einem Mal aber zuckte es feurig zwischen den Büschen auf, ein Knall schmetterte wie dicht an seinem Ohr. Er spürte, wie Angelika zögerte, und begriff nicht, was geschehen war, als er zwischen einem winzig feinen Funkensprühen unter den nahen Zweigen und ineinander rollenden Donnern einen Stich in der Brust fühlte, einen Schlag, der ihn beinahe umwarf –, und dann rauschten ihm die Büsche in den Ohren, als hätte ein Orkan sich in sie geworfen. Die Dämmerung schwankte heran und warf sich über ihn mit Weg und Baum; er stöhnte und bemühte sich zu erkennen, wo Angelika war. Sie war nicht mehr da, nirgends fand er sie, er schaute um sich und sah sie nicht. Sein Mund füllte sich heiß und würgend, er brach in die Knie und mußte sich aufstützen, um nicht umzusinken, – da glitt er mit seinen Händen von einem glatten Kleide ab, weil der Schmerz sich wie mit einem Messer durch seine Schulter bohrte.

Wo war er? Wie lange er darüber nachgedacht hatte, wußte er nicht. Er erwachte an seinem Fragen und sah Angelika hingestreckt liegen. Er selber kauerte auf den Knien neben ihr in der Dämmerung zwischen Bäumen und Büschen, und es regnete und regnete. Die Tropfen trommelten über ihm in das Laub der Bäume. Warum lag sie hier so still? fragte er sich. Mit einem Mal, nicht als eine Antwort auf seine Frage, sondern unvermutet, wußte er alles und hatte keine Gedanken mehr. Er zwängte seine Hände unter sie und versuchte sie aufzuheben, aber dabei fühlte er wieder einen so glühenden Schmerz, daß er keuchend innehielt. Bei jedem Atemzug quoll es ihm heiß aus der Brust in den Mund. Er fühlte es steigen und steigen und hatte Angst, er müßte ertrinken in dieser Quelle, die nicht aufhören wollte zu sprudeln. Dann aber, während es schon wieder um ihn her nachtete, zerrte er die Reglose an den Schultern ein Stück weit des Weges –, bis er mit einem Mal rücklings und schmerzlos ins Leere fiel.

Er sah aus weit geöffneten Augen ein schattenhaftes Ungeheuer auf sich zukommen, einen gewaltigen Affen oder einen Bären, der aufrecht ging, und streckte die Hand aus, um ihn im Liegen von sich abzuwehren, aber das Ungeheuer achtete seiner nicht und stapfte näher heran. Entsetzen kroch über ihn, als er sich hilflos preisgegeben wußte, und er schloß die Augen, um nichts mehr zu sehen. Aber solange er von sich selber wußte, geschah gar nichts mit ihm. War er allein? Er öffnete die zitternden Lider . . . und sah nichts anderes über sich als ein gewaltiges, bärtiges Haupt, das in grundlose Nacht überging.

Das andere sah er nicht mehr und hörte er nicht mehr: daß ein alter Mann stolpernd und strauchelnd mit triefendem Haar und Bart die Wege entlang rannte, in den Gutshof hinein und wieder hinaus, die Allee entlang, weiter und weiter durch den wie zu einer Wassersäule zwischen Himmel und Erde gewordenen Regen, immerfort schreiend, mit verzerrtem Gesicht und glühenden Augen –, aber was er schrie, hatte auch von denen, die ihn sahen und hörten, niemand verstanden, als er in der Finsternis verschwunden war.

Er konnte schon wieder im Sattel sitzen und ritt umher, ein wenig nach vorn geneigt und in die linke Schulter gekauert. Auf langen Heimwegen ritt er mit fest zusammengepreßten Lippen, und seine Recht, die die Zügel führte, machte bisweilen eine selbstvergessene Bewegung zum Herzen hin, als müßte sie dort einen Schmerz beschwichtigen, der sich anschickte, durch den ganzen Körper zu rasen. Dann wischte er sich mit dem Handrücken über die Stirn, um die Tropfen abzufangen, die dort herniederrannen, Tropfen, die Schweiß sein konnten oder Tropfen von dem Regen, den der Wald in brausenden Windstößen von sich warf, während das niedrige Gewölk am Himmel sich nur für kurze Zeit teilte.

Er lebte, aber er ritt im Tode umher, als ob der eine finstere geballte Wolke wäre, zu der die düstere Glorie sich verdichtet hatte, die ihn schon immer umgab. Wo waren die Winde, sie zu vertreiben, wo die Waffen, sie zu zerteilen, wer sprach Gebete, sie zu erleuchten und zu einer Feuersäule zu machen über der Wüste seiner Wege? Von seinem ersten Ausritt an führte er keine Waffe mehr bei sich. Und ob er jetzt auch den Tod hätte suchen mögen, – ihn rührte nichts an, seitdem ein anderer einmal auf sich genommen hatte, was ihm zugedacht gewesen war. Er hatte seinen Tod versäumt und lebte, aber er vermochte keine Stunde mehr von dem Schatten zu befreien, den die Sinnlosigkeit eines vergeblichen Opfers warf. Ihn hatte der Glaube verlassen, und es gab für ihn keinen Geist, den er hätte anrufen mögen. Spurlos erlosch jeder Gedanke, der weiter wollte als bis zum Schicksal der Geliebten, und Erinnerung an sie . . . Wer vermöchte es, sich in der Gegenwart seiner selbst zu erinnern? Es waren viele Tage vergangen seit dem gewitterdunklen Mittsommerabend, aber er hatte sich noch um keinen Zoll erhoben von der, neben die er auf dem Parkweg ins Grundlose hingestürzt war.

Und was von ihm war das schon, was man heraufgezogen hatte ins Dasein unter Menschen! Seinen Atem, der im Blut der durchschossenen Lunge zu ersticken gedroht hatte, den Schlag seines Herzens, der im Erlahmen gewesen war, ja; aber sein Leben? Nein; und wenn auch ein Leben, dann doch nicht das Verlangen danach, zu leben. Das war bei ihr geblieben, – bei ihr, für die er hatte leben wollen. Und der Doktor, der ihn hinaufgezwungen hatte aus der seligen Finsternis der Ohnmacht ins Licht der Besinnung, ins Bewußtsein, mit flammenden Schmerzen gepaart, ins Dämmer der Linderungen, die eine Täuschung waren, – hätte das Leben, das sein Leben werden sollte, sich einen Helfer wählen können, der seiner Hoheit noch abtrünniger war, ob auch die Hände dafür wirkten? Gab es einen Unglücklicheren als den, der sich bemüht hatte, ihm Glauben an das Leben einzuflößen, einen Verzweifelteren als den, der ihm Fassung befahl, einen enttäuschteren Paten für die Hoffnung, aus der das Verzagen sich übersteht? Der Doktor, ja, der Doktor . . .

In der seltsamen Verschwisterung mit Gegenständen, die so blaß und unwirklich geblieben waren, als hätte er sie nur hinzugeträumt, erinnerte Ovelacker sich an das Gesicht des Doktors, das einmal über ihn geneigt gewesen war und ein ander Mal fern am Horizont der Finsternis, die sein Erwachen umgab, aber unverwandt immer, unverwandt; er erinnerte sich daran wie an einen ahnungsvollen Augenblick der Kindheit, der über Jahre und abermals Jahre der Wandlung immer wieder auftaucht, bis später einmal Erkennen und Erfüllung das einst nur Geahnte in die Wirklichkeit heben.

So wie jede Kreatur sich eine tiefe Anhänglichkeit bewahrt an den, den sie im ersten Erwachen wahrnimmt: das Kind an seine Eltern, das junge Tier an seinen Herrn, so war Ovelacker mit dem Doktor verwachsen, der Tage und Nächte an seinem Krankenlager gesessen hatte. Vielleicht nicht wirklich Tage und Nächte, aber immer dann bei Tag oder bei Nacht, wenn er die Augen aufgetan hatte und bei Besinnung gewesen war, – Besinnung, die nicht hatte fragen dürfen, der Wunde wegen. Sein ganzes Leben, das anfangs noch wirr zwischen Fieber und Angst und Vergessen gelegen hatte, war ihm vom Doktor gekommen in einem halblauten Bericht, der voller Stocken und Stammeln gewesen war, voll langer Pausen, in denen es den Eindruck gemacht hatte, als wartete der Arzt darauf, daß sein Pflegling die Kraft, ihm zuzuhören, verlor und wieder die Augen schloß und einschlief. Er schien sich in diesen Pausen hörbaren Atems selber erst einen Weg suchen zu müssen für seinen Bericht. Für das Verstehen? Ach nein, schon längst verstand er nichts mehr; er war nur darauf bedacht, daß der andere sich nicht unnütz bemühte, all das zu verstehen, was geschehen war.

Aber Angeli . . . aber die Baronesse, die Baronesse! hatte Ovelakker mit wunder Brust geächzt. In diesen Sekunden hatte er noch so viel Geistesgegenwart, nichts entblößen zu wollen von den letzten Minuten vor den Blitzen aus dem Gebüsch.

Er sollte nicht sprechen, auf keinen Fall sollte er sprechen! Der Wunde Zeit lassen, zu verheilen! Er würde alles von ihm erfahren, er möge ihm nur Zeit geben und sich nicht unnötig ereifern! Also . . . haarscharf an der Baronesse vorbeischießend, hätten die Banditen ihn erwischt! Er könnte von Glück sagen, es wäre ein sau-

berer Durchschuß mit glatten Wundrändern, als bestünde er aus eitel Speck, haha! Jetzt dürfte er es ihm, dem Doktor, nicht gar zu schwer machen, den Schaden zu heilen.
Aber sie lag doch . . . wollte er anfangen und den Redefluß des Doktors eindämmen, bei dem ihn ein Argwohn gepackt hatte: der versuchte ihn einzulullen und seine Gedanken dorthin abschweifen zu lassen, wohin er sie haben wollte. Und als wäre er dem fremden Willen und seiner eigenen Versuchung, nachzugeben, so weniger hilflos ausgeliefert, machte er einen Versuch, sich aufzurichten. Im selben Augenblick aber war der Doktor über ihn her. Ob er denn darauf versessen wäre, eine neue Blutung hervorzurufen? Ohnehin wäre der Heilungsvorgang bei dieser feuchten Luft viel langwieriger! Er sollte einmal hinhören, wie es regnete! Regnete? Nein, goß! Nun wäre der große Regen gekommen. Wie das rauschte, nicht wahr? Ein Klimpern und Strählen und Pochen hing ums Haus. Der große Regen! Der wäre sein bester Freund, wenn er hier lag, der beruhigte das Gemüt nach dem ausgestandenen Schrecken . . . Wollte er wieder schlafen? Gut, lieber Graf, schlafen ist das Richtigste. Nur die Augen zu und auf den Regen gelauscht!
Er hatte es versucht und war eingeschlafen. Für wie lange, wußte er nicht. Als er zwischendurch einmal die Augen aufschlug – waren da unbemerkt Tage vergangen oder nur Minuten? –, saß der Doktor immer noch an seinem Bett, wie versteinert im Wachen, mit offenen Augen, aber so starren Blickes, als schliefe er selber, und seine Stirn war von schweren Tropfen besät. Saß er im Regen? Regnete es auf ihn? Er selber hatte vom Regen geträumt und fühlte sich völlig durchnäßt. Dann schien ihm, sie lägen unter der Mühle, denn ein Windmühlenflügel zerteilte den Raum. Kaum aber vermochte er wieder um sich zu schauen, da – war das noch zur selben Zeit? –, da sah er eine Lampe neben dem Bett brennen, und der Doktor saß da, als wäre er seit Jahr und Tag nicht mehr aufgestanden, und wischte sich die Stirn. Riesig, in ungeschlachten Finsternissen, irrte an der Wand der Schatten mit. Mühsam lächelnd sah der Arzt seinen Pflegling an. Der Regen . . ., murmelte er, und das ging Ovelacker schon wieder in einem neuen Traum auf, unter dem das Fieber flammte.
Er fragte immer wieder nach Angelika und verlangte sie zu sehen, zuletzt nur noch ganz leise und flehentlich, als könnte ihn das näher zu ihr bringen als Ungeduld und Ungestüm, aber der Doktor versagte es ihm. Anfangs sagte er, er müßte sich schonen, und später gab er die Auskunft, sie wäre verwundet und könnte nicht kommen, es ginge ihr aber viel, viel besser als ihm.
Er fragte nach Andreas, dem Bruder, und verlangte ihn zu sehen. Da

hieß es, der pflegte die Schwester und könnte nicht kommen. Überhaupt wäre es besser, er verschonte sich mit Besuchen, bis er wieder zu Kräften gekommen wäre. Doch als er nicht nachgab und immer drängender wenigstens nach dem Bruder verlangte, da . . . Wohin, grübelte er später, in einsamen Stunden, wohin war die Tür aufgegangen, wohin und woher? Zwischen zwei Traumgeschichten? Aber sie hatte sich aufgetan, weit wie im Märchen, wenn die Prinzessin eintritt, oder weit wie im Winterpalais vor der Majestät des Kaisers, so eigentümlich langsam, mit einem Gebt acht! in jedem Zoll. Hereingekommen war der junge Reuter, scnell und geisterhaft leise und wie auf vorgezeichneter Bahn, ohne nach links oder nach rechts zu schauen. An seinem Bett hatte er innegehalten und seine Hand berührt. Und bis in die Träume hinein kehrte ihm dieses leichte Aneinanderrühren mit der kalten, mageren Hand des Gastes wieder. Später erst wußte er um das strahlende Lächeln, das für die Sekunden der Berührung auf dem Gesicht des Bruders gestanden hatte, um diese unendliche Gebrochenheit, die dem Glanz Wiege war, um dieses Zerscherben, aus dem eine große, helle Ganzheit strahlte. Kaum aber hatte dieses Lächeln über ihm geleuchtet, da war der junge Reuter auch schon draußen gewesen, schnell wie ein Schatten unter eilendem Licht, – und ihn bestürmte indessen die große Glut, die in den folgenden Tagen sein ganzes Leben und Denken einschmolz. Das Gegenwärtige und das Erinnerliche und das längst Vergessene. Alles war diesem großen Feuer geweiht. Er mußte ihm seine Kindheit geben und seine Jugend, alle Verschuldungen und alle Beseligungen, alle Zweifel und alle Hoffnungen, das Versäumte und das Geleistete, alles. Er mußte ihm die sparsame Wärme der Biwakfeuer in der Frühe opfern und das jache Sprühen im Blut bei den Hornsignalen, den lodernden Ehrgeiz und das Schleichen unter Gewohnheiten, die Entscheidungen und die lässigen Umwege um klare Gebote, alles. Die Tode, an denen er Anteil gehabt, und die Leben, die er mitgelebt, aber die Tode vor allem, viele Tode in einer Nacht, ein großes bärenhaftes Totengesicht, das aufstand für alle. Er mußte seine Schuld eingestehen und seine Reue, seine Einsichten und seine Verfinsterungen, seine Qualen und seine Besänftigungen, alles, – alles vor den Ohren eines einsamen Wächters. Was blieb ihm danach? Was bekam er zurück? Was floß aus dem glühenden Schmelztiegel durchfieberter Tage und Nächte in den Augenblick des Erwachens, um von nun an in seinem eigenen mählichen Erkalten hinter der Form eines neuen Lebens der tief eingeschlossene Kern zu sein? War ihm auch manchmal in einem Zwielicht der Gesichte und einem zwischen Außen und Innen gespaltenen Hören, als ginge ein Rollen von

Wagen ums Haus und als drängten sich noch viel mehr Gestalten um sein Lager, – was wurde da geholt, und was wurde weggebracht? Wer kam, um ihn anzuklagen, und wer, um ihn zu entsühnen?
Er wußte es nicht, als er zum ersten Mal erwachte, er wußte von gar nichts. Der Doktor saß bei ihm und lächelte zufrieden, daß er wieder da wäre, so früh, ja. So früh, kam es auch ihm selber vor, wie vor Tau und Tag, wie in der nüchternen Kühle eines Ganz-und-gar-Ausgeglühtseins. Er war fremd bei sich selber, als müßte nun ein langsames, schweres Vertrautwerden anheben. Bis in irgendeinen dunklen Kern hinein war er noch nicht verwandelt, einen Kern, für den keine Fieberglut des lebendigen Leibes stark genug gewesen war, und aus eben diesem Kern wuchsen ihm die Erinnerungen in seine Tage, die Erinnerungen an das alte Leben.
Wieder die Fragen. Wieder die Antwort. Eine neue Antwort, doch über dieser hatte er die erste vergessen. Sie wäre in die Stadt gefahren, sagte der Arzt, die kleine Verwundung hätte es nötig gemacht. Der Bruder mit ihr. Darum war das Haus so still. Nichts regte sich darin. Nur er, er und sein Wächter, wie in einem Gehäuse, vergessen vom Jüngsten Tag, der inzwischen einmal gekommen war. Er lag hinter dem Regen wie hinter der Wasserschleppe, die über das Wehr rauscht. Tage und Nächte, in Erwartung gelebt. Die Genesung kam, aber auf die wartete er gar nicht, sie kam so undankbar unbeachtet von ihm. Und dann der Nachmittag, an dem all das zerriß, was er sich in den verworrensten Stunden, in den Untergängen und in den Neuwerdungen heilig heil erhalten hatte: das Vertrauen in die Wirklichkeit und Wahrhaftigkeit dieser Welt zwischen Traum und Wachen, in der er – wie lange schon? – lag.
Lieber Freund, sagte der Arzt, sie hat Ihnen das größte Opfer gebracht. Sie leben noch, weil sie tot ist. Jetzt dürfen Sie es wissen. Durfte er es da schon wissen? War er stark genug für den Schmerz? Schmerz, Schmerz! Er hätte lügen müssen, wenn er hätte behaupten wollen, daß er Schmerzen gelitten hätte. Nichts hatte er gelitten, gar nichts. Er lag, es war eine neue Ohnmacht, in der er lag: taub im Fühlen und Denken, ohne ein Empfinden davon, daß er lebte. Er lebte gar nicht. Er lag da, vom Tode ausgestoßen und doch gestorben. Kein Lebender, nein, kein Toter, nein, ein Abgestorbener, – wie lange, wußte er nicht. Tage und Nächte und nochmals Tage und Nächte. Schlaflos, aber auch nicht wachend, atmend nur, eben noch so tief atmend, daß das Herz weiter schlug. Schmerzen, die kamen erst später. In heißen, würgenden Attacken, in unablässig bohrenden, fressenden, mahlenden Ungeheuerlichkeiten seines Empfindens bei Tag und bei Nacht. Im Anfang war Leere, grenzenlose Lee-

re, und es gab später keinen Tag, an dem nicht der Anfang wenigstens noch einmal für Minuten wiederkehrte. Fortwährend geisterte das Nichts um ihn herum, ständig trennte ihn nur eine hauchdünne Wand von der Tiefe, die nie zu Ende gedacht werden kann.
Und der Doktor redete, und der Doktor schwieg und stand am Fenster, ihm den Rücken zugewandt. Er wollte ihm den Glauben zurückgeben, er befahl ihm gefaßt zu sein, er hieß ihn hoffen, – wie in einer wilden Auszehrung redete dieser Mensch um des Nächsten willen, der da lag und schwieg. Eigensinnig? Nein, abgestorben von jedem Gefühl, ein toter Ast an des Lebens lebendigem Baum, sinnenlos unter einer zermalmenden Schwere der Sinnlosigkeit, einer, der kein Schicksal mehr begehrte, gar nichts mehr.
Dann kam ein Tag anderen Fragens, viel später erst. Er wollte wissen, was geschehen war in der langen Nacht, während seiner Träume und des Fiebers. Schnell wollte er es wissen und genauso viel, wie dem Doktor gerade einfiel; was er hörte, sollte ihm wie ein fremdes Zimmer aufgetan werden, in das er hineingehen und mit dem er sich vertraut machen wollte, wenn er wieder ganz allein war. Der Doktor verstand ihn. Er, der so viel von seinem eigenen Schicksal hatte auszehren lassen für den, der keins mehr begehrte, er berichtete jetzt mit einemmal, als läse er alles aus der Zeitung vor.
Sie war schon tot gewesen, als man sie gefunden hatte, sie alle beide, dort hinten im Park. Nicht einen Augenblick, den es kostet, um etwas zu begreifen, konnte sie gelitten haben. – Ja, auch im Sterben hatte sie nicht über ihr Gefühl hinaus verlangt, dachte Ovelacker später. Ein Schuß ins Herz, eine Rose am Mieder; so war es gewesen. Man hatte sie begraben am dritten Tag, als er noch im Fieber gelegen hatte. Hier in Drostenholm, neben der Kirche, im Erbbegräbnis der Patronatsherren. Er scheute sich, zu sagen: im Gewölbe der Herren auf Drostenholm. Von nah und fern waren Menschen gekommen, alle Nachbarn, der Notar aus der Kreisstadt, sehr viele, ein Fahren auf allen Wegen in allen vier Winden, niemand hatte sich damals gefürchtet. Der Tod –, wie konnte er mehr verlangen, wo er doch einmal mühelos so viel bekommen hatte! Der Bruder war der einzige Leidtragende ihrer Familie gewesen. Lange Zeit hatte er hier auf Ovelackers Genesung gewartet, jetzt war er für zwei Tage nach Tidenküll gefahren – wozu, das wußte man nicht. Einmal hatte er gesagt, er wollte es aufgeben, verkaufen, auswandern; einem anderen hatte er angedeutet, nun bliebe er erst recht. Er wußte es wohl selber nicht, nocht nicht; er hatte selber so etwas wie ein halbes Leben verloren. Und die Mörder? Eine Verhaftung hätte man gleich am zweiten Tag vorgenommen, das wäre nun schon lange her: einen alten

Bauern. Auf den wäre der Verdacht gefallen. Eine lange Geschichte, aber – ja, zum Schluß hätte sich seine Schuldlosigkeit erwiesen. Nicht Unschuld im allgemeinen, nein, Schuldlosigkeit dabei. Die Mörder hätten noch andere Opfer verlangt, ehe sie sich ergeben hätten . . .

Ob er nicht müde wäre und ausruhen wollte? Weiterhören? Nun also: Die Mütze im Park, die auf die Spur des alten Bauern geführt hatte, war belanglos gewesen. Es hatte sich eine andere Spur abgezeichnet, die hatte zum Strand hinunter geführt, übers Wasser, zu der großen Insel, auf der das Gut einen Buschwächter hielt. Eine Angeberei hätte die Behörden darauf gebracht, wie er sich denken könnte. Und nun wäre ein Detachement der Truppe, die im Pastorat lag, mit dem jungen Leutnant an der Spitze dorthin aufgebrochen, in mehreren Booten, an die zwanzig Reiter, der Offizier vornweg. Was eine Durchsuchung des Waldes dort ergeben könnte, hatte man bei der Ausfahrt nicht gewußt, aber schon vor der Landung war es klar geworden. Rasendes Gewehrfeuer hatte die Soldaten empfangen und den jungen Leutnant, der hochaufgerichtet im vordersten Boot gestanden hatte, als ersten tödlich getroffen. Später waren ihm noch zwei seiner Leute gefolgt, von den Verwundeten nicht zu reden, aber dafür war auch kein einziger von den sechs Schützen im Uferdickicht mit dem Leben davongekommen. Wie die wilden Tiere hatten die Kosaken sich auf die Kerle gestürzt und an ihnen vollbracht, was über jedes Zivilrecht hinausging, so erbittert waren sie gewesen, förmlich von Sinnen vor Wut. Und der Buschwächter, den sie dabei überrascht hatten, als er gerade mit seinem Boot flüchten wollte, war auch erst am dritten Tag vernehmungsfähig gewesen. Da aber hatte er alles gestanden. Der Graf müßte es in seinem Besitz verschmerzen, wenn es jetzt kein Buschwächterhaus dort auf der Insel gab. Die Soldaten hatten sich eingebildet, das gehörte ihrem Gefangenen, und hatten keinen Stein auf dem anderen und keinen Span unverbrannt gelassen. Sie hatten an Ort und Stelle Feldgericht gehalten, gemeine Soldaten, ohne andere Ermächtigung als durch ihren Grimm. Sie waren ihrem Leutnant ergeben gewesen wie Hunde ihrem Herrn, und dieser junge Mensch . . .

Ob er nicht müde wäre und ausruhen wollte? Nein? Weiterhören? Wenn es nur nicht zuviel wurde für ihn! Nun also: Dieser junge Mensch . . . Schon wieder brach der Doktor ab, Stimme und Blick wurden ihm unsicher, und ganz obenhin kam dann seine Frage, ob es Ovelacker bekannt wäre, daß er selber einmal in einem Kosakenregiment gestanden hätte. Er nickte? Ja? Nun also, dieser junge Mensch . . . Als er ihn im Tode gesehen hatte, wäre ihm mit einem

Schlage seine eigene Soldatenzeit eingefallen, seine Wünsche damals, seine Ideale, wie er sich einen ruhmvollen Tod gedacht, was er von der Glorie geahnt hatte. Der Tod hatte den jungen Menschen unheimlich verjüngt, und in den bleichen Zügen, die so ruhig gewesen waren, als schliefe er mit einem schönen Traum, hatte ein Lächeln geleuchtet, davon sich keiner eine Vorstellung machen konnte, der es nicht selber gesehen hatte. Er war in seine Heimat übergeführt worden, irgendwohin in der Gegend von Kostroma. Dort war sein Geschlecht besitzlich, hatten die Soldaten zu berichten gewußt. Unlängst noch war an den Kreismilitärchef eine Anfrage ergangen, wie sich das Unglück hatte ereignen können und wie die näheren Umstände gewesen wären. Unter der heimgesandten Hinterlassenschaft des Toten sollten sich Aufzeichnungen aus der letzten Zeit seines Lebens mit seltsamen Andeutungen und schier hellsichtigen Ahnungen befunden haben.

Schweigen, lange Zeit Schweigen. Endlich, so daß dem Doktor spürbar ward, er hätte nun die letzte Auskunft zu geben, war ganz leise die Frage gekommen: Und der alte Bauer? Wer war das?

Der Bauer? Ach der! Korras hieß er, glaube ich, oder so ähnlich. Den hat man freigelassen.

Und dann war er gegangen, der Arzt. Die Türen in den fremden Raum, den er aufgetan, waren weit offen geblieben; und allein, Schritt um Schritt, einmal durch das eine Schicksal und das nächste Mal durch das andere, hatte er in das Schweigen nach den Abgeschiedenen eintreten können. Angelika, der junge Offizier mit der Aureole des Todes – alles wollte wissend vertraut und zu Lehen genommen werden. Ein Raum des Schweigens, ein Raum, hinter dessen dünnen Wänden das Nichts geisterte, ein Raum wie die Herzkammer des Todes selbst, in dem alle Berührungen Wesensloses streiften, unendliche Kälte – an der er zuletzt mit etwas wie unwilligem Staunen merkte, wie warm das Leben noch in ihm war. Daß das Schicksal die verschwistert hatte, die sich kaum gekannt und sich nicht geliebt hatten, daß er nicht einer der Ihren war, daß er unauflöslich geblieben war, auf einem anderen Ufer, und ganz allein.

Freundschaft, Vertrauen – grüne Triebe an des Lebens Baum, die der Geist der Liebe ernährte. Er aber war in der Eiskälte von Tagen und Nächten, die er nie einem Lebendigen würde verraten können, abgestorben. Der Baum ernährte ihn nicht mehr. Hätte er bei den Toten sein können, die das verborgene Wurzelreich der Lebendigen sind –, von dort her vielleicht hätte er Kunde heraufgeschickt, so, wie alle

Toten Lebendige suchen, durch sie zu zeugen, ohne daß ihr Geheimnis bricht.

Zwei Kohlen, nahe genug beieinander, erfüllt von der Kraft eines Gestirns, das ihnen untergegangen ist, aber es fehlte ihnen der Funke, der von einem zum anderen übersprang und sie glühen und füreinander leuchten ließ. Sie blieben kalt einander gegenüber, der junge Andreas von Reuter und er. Jeder enthielt dem anderen vor, was ihnen beiden gemeinsam war; jeder bewahrte sich seine Liebe und seinen Schmerz als eine streng umschwiegene heilige Mitte, von der er die Kraft zum Leben nahm. Und, so hatte es den Anschein, auch in ihrem Umkreis wollten sie einander eher meiden.

Dabei gab es Verschuldungen, niemals ganz einzugestehende, die Ovelacker dermaßen quälten wie die Meute das Wild. Er erlitt ihre Wut in den letzten Tagen seiner Genesung, als er schon im Bett saß und zum Fenster hinausschaute, ganze Tage in ein einziges Schauen verschenkte: auf die Kronen der Bäume, die sich in Regen und Wind unruhig hin und her warfen und nach Licht verlangten, das nicht kam, auf die Vögel, die vorbeischwirrten, immer in Eile, um ein Obdach besorgt, auf den Flug der Krähen gegen Abend, der den Himmel erwartungsvoll und leer machte für die unmerklich wachsende Nacht. Wo lag seine Schuld? Er meinte: darin, daß er unter die Schuldlosen gegangen war. Mit dem Mal der Verdammnis, das die Rache sucht, bis sie sie findet, hatte er hinter dem Rücken der Arglosen Entsühnung gesucht. Er hatte gewußt, daß er der Henker war. Warum also hatte er das Gesetz durchbrochen, das dem Henker eine Freistatt in der Verfemung gewährt, und hatte sein Haus mit Ahnungslosen gefüllt, die die Gefahr nicht kannten und für ihn leiden mußten? Er hatte seine Liebe auf eine Lüge gebaut, kam es ihm vor, nicht bei ihr, nein, denn ihr hatte er alles erzählt, aber bei ihrem Bruder. Das war seine Schuld, und das hatte das Unglück heraufbeschworen. Wer lud sich in seine Hölle Gäste ein!

Nichts war ihm schwerer als dieses Selbstgespräch mit dem Gewissen. Und vielleicht hallten dessen Einflüsterungen bis in die feinen Ohren des jungen Reuter nach, denn als der am zweiten Tag aus Tidenküll zurückkehrte, schien er zurückzuschrecken vor ihm, ob er nun seine Stunden in Schweigen verbrütete oder ob er mit ungestümer, beinahe fiebriger Aufmerksamkeit um ihn warb.

Der junge Reuter war älter geworden, als er zurückkam, um vieles älter in kurzer Zeit. Sein Gesicht schien kleiner geworden, die dunklen Augen lagen tiefer in den Höhlen, das Lächeln war noch zersplitterter, und stärker als der Klang der Stimme war ein Geräusch, als ob Sandpapier gegeneinander gerieben würde. Aber es lag eine neue Festigkeit in den Zügen, eine verschlossene, die ein uneingestandener Gram hervorgemeißelt hatte. Er hatte in Tidenküll mit dem Bau des Gutshofes fortfahren lassen. Mit einem Lächeln, das so viel Trotz in sich trug, wie man überhaupt von ihm erwarten konnte, bekannte er: ja, er baute. Am Rande des Grabes. Er wollte bleiben, denn bei den Toten wäre ebensoviel Heimat wie bei den Lebendigen. Das aber schon deutete er nur mit zaghaft umschreibenden Worten an. Er baute, nicht so hoch hinaus und nicht so weit und breit, wie die Pläne es ursprünglich vorgesehen hatten, sondern nur so groß, daß es Herberge für ihn allein gab, und einstöckig – um das Treppensteigen zu ersparen, wenn ihn die Gicht überfiel. Das war die Erklärung. Ovelacker saß aufgerichtet im Bett, der junge Reuter neben ihm. Es wird nicht viel trockene Ecken in deinem Haus geben, sagte Ovelacker. Bei diesem Regen . . .

Der junge Reuter schien aufzuhorchen. Aus dem Haus aber drang kein Geräusch herauf. Von draußen her? Draußen wurde es dämmerig. Wir sind unter Dach, meinte er. Und nach einer Weile, ein wenig zaghaft: Du mußt kommen und es dir ansehen, wenn du aufgestanden bist.

So sprachen sie in der ersten halben Stunde nach der Rückkehr des jungen Reuter aus Tidenküll, und von da an, ohne Übereinkunft, ohne Flasche und Glas und Umarmung, sagten sie du zueinander. Doch es schien, als wollten sie noch scheuer verleugnen, wer sie zusammengeführt hatte. Die Tote blieb ein Schweigen zwischen ihnen, ein Raum von solcher Macht, Halt zu gebieten, daß sie immer einsilbiger wurden. Doch allein schon die Stimmen, ihre Stimmen, die sie auf so seltsame Art verbrüdert hatten! Es konnte geschehen, daß sie dasaßen und über das Wetter sprachen und über die schlechten Ernteaussichten: wie die Wintersaateule und die Ackerschnecke hausten, wie die Kartoffeln ertranken und das Korn zu verfaulen drohte – und im Zuhören, was der andere zu sagen hätte, zugleich in sich selber hinein lauschten: wer von ihnen beiden dies oder das gesagt hatte, woher die Worte kamen, die zwischen ihnen das große Schweigen anschlugen. Sie waren gleich leise geworden, der Atem ging Ovelacker jetzt beinahe so mühsam wie dem Freunde; alles Gesagte zwischen ihnen, von wem es auch kam, hatte ein Klirren in sich: den verheimlichten Sprung. Und zugleich, stillschweigend, jeder mit einer winzigen Andeutung davon in seiner Haltung –, zugleich war es wie ein Lauschen in ihnen, mehr als Erinnerung: Nachhall einer Stimme, die selber wie der Nachhall einer angeschlagenen Glocke gewesen war. Dieses Lauschen raubte ihnen für lange Zeit die Sprache.

Wie es dabei eigentlich zuging, daß Stunden, ganze Nachmittage und Abende um sie herum verstrichen, wußten sie nicht. So still sie waren, so karg ihre Zerstreuungen – in ihnen und rund um sie her jagte enteilende Zeit, um so schneller, je mehr sie unbemerkt blieb. Erinnerte Ovelacker sich des ersten Aufstehens, der ersten Wege zwischen Bett und Fenster – später war jeder der Schritte wie mit Meilen ausgemessen in der Zeit, die vergangenen Stunden muteten ihn an wie ein Berg, der unmerkbar durch viele, viele kleine Augenblicke zusammengerieselt war. Von Tag zu Tag trat der Körper unabhängiger in die alten Rechte und Gesetze ein, Geist und Seele aber versagten ihm die Folge. Er war gestorben und doch nicht tot. Gespenstisch und wiedergängerisch kam er sich vor, wenn er des Nachmittags, auf den Stock gestützt, allein durch sein Haus ging, und als erreichte er damit die Freistatt, die seiner Daseinsform und seinem Zustand angemessener war als der geborgte Anschein eines Lebendigen, kehrte er früh am Nachmittag zu seinem Lager zurück und schlief einen langen Schlaf der Erschöpfung. Dann kam der junge Reuter – aus Tidenküll oder aus der geheimnisvollen Unbemerktheit, in der er sein Leben führte, wenn er gar nicht ausgefahren war, und sie verbrachten den Rest des Tages bis zu seinem frühen Ende gemeinsam. Er im Bett, aufgestützt, der Freund in einem hohen Stuhl daneben: schweigsam, scheu voreinander, oder aber bei Gesprächen, die kunstvoll weit um ihre Gedanken herumführten.
Der Mann auf dem Hof, mit dem der junge Reuter am meisten umging, war der Verwalter. Der hatte jetzt auch Zeit genug, gesellig zu sein, und gab ingrimmig ein Vermächtnis, was man als tüchtiger Landwirt im Lauf eines Jahres zu tun hätte – wohlverstanden: wenn mit dem Wetter alles im Lot war und nicht, wie jetzt, auf den Kopf gestellt! Um diese Jahreszeit Winterarbeiten! Jawohl, Winterarbeiten im Juli, aber der Regen ließ es nun einmal nicht anders zu. Es mußten den Leuten erst noch Schwimmhäute wachsen, ehe sie sich auf die Felder wagen konnten, hatte der Alte gesagt. Ob er morgen den Gutsherrn besuchen dürfte?
Vier- oder fünfmal schon hatte er anfragen lassen und immer den Bescheid bekommen, der ihm auch nach dieser Frage ward: Nein, morgen lieber noch nicht. Er möge nur alles nach seinem Kopf machen.
Und dann die Politik: die große und die kleine.
Die Duma revoltierte, die Reden wurden immer aufrührerischer, nun hieß es, Stolypin wollte sich das nicht mehr lange anhören und der Majestät vorschlagen, diesen Klub frecher Schwätzer aufzulösen und Neuwahlen nach einem verbesserten Wahlverfahren auszu-

schreiben. Nicht die Zahl sollte triumphieren, nicht die Menge: die Stände sollten wählen. Anscheinend bereitete man sich auf einen schärferen Kurs vor. Die Revolution war überwältigt worden, die Liberalität hatte sich überlebt und nur zu einer Vermehrung der Untaten geführt, bald würde es wohl wieder etwas strenger hergehen. Und die kleine Politik, die baltische Landespolitk, die für jeden Bewohner der drei Provinzen in Wahrheit die große war, in der es um Sein oder Nichtsein ging?
In Riga tagte unter dem Vorsitz des Generalgouverneurs immer noch der ‚Baltische Conseil' und würde es wohl in alle Ewigkeit tun, ohne daß sich in dieser Zeit des Abwartens der politische Neubau des Landes dabei erheben konnte. Nur auf dem Lande baute man auf, was zerstört worden war, die Gutsbesitzer allein konnten nicht warten, denn das Jahr schritt voran und erheischte den voraussinnenden Dienst. In diesen Dienst schien der junge Reuter mit soviel Hingabe eintreten zu wollen, daß es Verdacht erregen konnte bei Menschen, die seine Interessen in der vergangenen Zeit gekannt hatten. Er sprach über ein kunstgerecht angelegtes Futtersilo, als wöge der Erfolg damit eine Verfassungsreform doppelt auf, und oftmals war seine Unbeschwertheit so gut geheuchelt, daß ein Fremder glauben durfte, die Historie wäre für ihn mit dem Tage zu Ende gewesen, an dem er der verbriefte Herr auf Tidenküll ward. Und dabei nahm sich sein Umgang mit Maschinen und Werkzeugen – schon wenn er es nur erwähnte – so aus, als ginge es ihm um seltenes, kostbares Porzellan. Wenn er sich in dieser fremden Welt lange aufgehalten hatte, war er noch blässer als sonst, und in seinem Gesicht mit den grauen, wie vom Staub ausgefüllten Furchen begann es zu zukken, weil auch der ehrgeizige Wille einmal das Joch abwerfen wollte. Da konnte es geschehen, daß Ovelacker ihn fragte, ob er nun auch die Bauern kennen gelernt hätte, die zum Hofgebiet gehörten, und wie sie sich dem Anschein nach zu dem neuen Herrn stellen wollten. Der junge Reuter hatte mancherlei Leute kennengelernt, ja. Sein Verwalter hatte keinen vorübergehen lassen, ohne ihn dem neuen Herrn zuzuführen. Viele waren es um diese Jahreszeit nicht gewesen. Zudem bekam man aus diesen verschlossenen Leuten nichts heraus. Es gäbe auch nicht mehr das alte patriarchalische Verhältnis zu den Leuten, damit müßte man sich abfinden, hatte sein Verwalter gesagt, der ja eigentlich selber ein Este war. All diese Leute kämen nicht mehr ganz zurecht mit sich selber und ihrem Gewissen, mit den Anschauungen und Meinungen, in denen sie bisher gelebt. Nicht selten hätten die Familien sich zerstritten und in Neuerer und Verehrer des Alten geteilt, und obwohl dieser eine Mann nichts täte,

was wider die Ordnung und das Gesetz verstieß, – einer im Kirchenspiel, ein alter Bauer auf einem abgelegenen Gesinde, hielte alle in Bann. Durch nichts anderes als durch sein Schicksal machte dieser Alte öffentliche Meinung. Er verbreitete keine Lehre, nein, sondern einfach sein Schicksal als einen Bann über die Gemüter. Und so, hatte der Verwalter ihm weiter erzählt, wäre es merkwürdig, daß eigentlich niemand mit diesem Alten Umgang pflegte, daß aber bis ins nachbarliche Kirchspiel und noch weiter entfernte hinein der Inhalt seiner Tage, seine Leiden und seine Freuden bekannt wären. Unter all den namenlosen Bauern, die da verstreut und eigenbrötlerisch ihre Ackerkrume bestellten, hätte dieser eine die Weihe eines Unglücks erhalten und es zu so etwas wie einer Auserwähltheit im Leiden gebracht, ein Hiob ihrer Tage.
Wie denn der Alte hieße? fragte ihn Ovelacker, erst nach einer geraumen Weile, als hätte er es sich aufgegeben, geduldig zu sein.
Das wußte der junge Reuter nicht. Unter den vielen Namen, die er jetzt hörte, hatte er dessen Namen vergessen.
Aber er hatte diesen Hiob doch nicht selber kennengelernt?
Nein! Der war ja nur ein Raunen, ein Bann. Wozu bedurfte es da des leibhaftigen Menschen?
Aber hatte er denn nicht in Erfahrung gebracht, wodurch dieser Alte die Weihe und Auserwähltheit erhalten hatte?
Der junge Reuter schien auf irgendeinen unvermuteten Anruf zu lauschen, auf eine innere Stimme, eine Wahrnung. Nein! sagte er dann schnell.
. . . Ein Märtyrer also war er geworden, Saatgut der künftigen Gerechtigkeit! Er, dessen Name ihm niemand erst noch zu sagen brauchte! Was war mit ihm geschehen, seitdem er das letzte Mal in sein Gesicht geblickt hatte – dieses Gesicht, bei dessen Vorstellung es ihn heute noch wie von einem Todesschauer überlief? Oft konnte er daliegen und über diesen Menschen grübeln, der ihn nicht das geringste anging, wie er es sich als Grille verwies, während er schon wußte, daß nicht das Grübeln, sondern der hochfahrende Verweis die Grille war. Und unversehens, zu einer Zeit, da er gar nicht damit gerechnet hatte, hörte der Verwalter sich zu seinem Gutsherrn gerufen.
Der Alte hatte erwarten müssen, einen müden, verhärmten, leidenden Herrn zu finden, und nun traf er den Grafen bei Kräften, wie es ihm vorkam, eigentlich ganz gesund aussehend an. Gewiß, er war sehr blaß, aber das fiel bei ihm nicht sonderlich auf, und wann hatten sie früher jemals ein so nüchternes Gespräch geführt wie heute? Er fragte nach jeder Kleinigkeit auf dem Hof. Es schien, als gäbe es

nichts, was ihm in diesen Wochen aus dem Gesicht gekommen wäre, als hätte er fortwährend aus dem Fenster geguckt und überlegt, was man wohl jetzt im Stall und auf den Feldern täte. Zuletzt wollte er – vielleicht noch ein Spürchen nüchterner – wissen, wie es bei den Leuten stand.
Gut, gab der Alte zur Auskunft. Noch nie war der Herr bei den Leuten so beliebt gewesen wie jetzt. Das war eine ungenaue Auskunft, eine flüchtige, aber sie genügte dem Grafen. Nach den Kartoffeln hatte er sich eingehender erkundigt.
Sie waren fertig, der Alte wollte gehen.
Noch eine Frage, lieber Thomasson . . ., hielt Ovelacker ihn mit einem Mal zurück. Sollte die ganze mühsam geleistete Arbeit an ihrem Schlußstück scheitern?
Wie . . . sagen Sie einmal, wie ist nun diese Sache mit dem alten Koiri geworden?
Mühelos, beinahe etwas zu mühelos für die Frage nach einem Menschen, der ihn nicht das geringste anging, kam ihm der Name über die Lippen.
Ach so, der! meinte der Alte und brachte die Worte ein wenig undeutlich heraus. Wie Sie wollen, hochgeborener Herr, aber . . . das ist eine . . . eine lange Geschichte.
Lassen Sie hören, meinte Ovelacker so gleichmütig, wie es ihm möglich war.
Aber der Alte fing nicht an. Ihn schien eine Verwirrung zu überfallen und ein Schrecken, wie damals, als er auf der Insel Gefahren gewittert hatte, aus denen wenige Tage später das ganze Unheil entstanden war. Das . . . stammelte er endlich und wußte nicht weiter und starrte den ruhig Daliegenden an, der so tat, als bemerkte er nichts.
Das rühre so vieles auf, was man besser vergessen soll, hochgeborener Herr, meinte der Alte leise, und seine Verlegenheit ließ ihn lächeln.
Vergessen? Ovelacker lachte auf. Erzählen Sie! – Unausgesetzt starrte er auf das Fußende seines Bettes. – Also, er war damals hier, begann Ovelacker unvermutet, und kam dadurch in Verdacht, stimmts?
Ja, fiel der Verwalter dankbar ein. Der Graf hätte ihn vielleicht noch gesehen, im Park, oder nicht? Warum er dagewesen war, hat er später nicht zu erklären gewußt, und das verstärkte den Verdacht gegen ihn. Aber er hat keine Waffe bei sich gehabt, das stellte sich klar heraus. Die ihn weglaufen sahen, haben kein Gewehr gesehen, und einen Revolver hat er nie besessen. Ganz genau etwas sehen konnte

ja bei dem Wolkenbruch damals niemand, aber es war tatsächlich so, das hat man ermitteln können. Was seine Anwesenheit verraten hatte, das war seine Mütze, eine alte Lammfellmütze; die lag im Park. Und nach dem Fund dieser Mütze und nachdem man ihn nun einmal hatte weglaufen sehen, wurde er noch in derselben Nacht verhaftet . . . Das heißt, er wurde gar nicht verhaftet. Als die Landwächter den Hof umstellten – es war ein ziemliches Aufgebot, weil man nicht wußte, ob er sich verteidigen würde –, da lag er zu Bett, der Alte, ganz allein in seiner Kammer. Nur noch eine Magd mit ihrem Kind war im Haus, habe ich mir erzählen lassen. Man konnte kein Wort aus ihm herausbekommen, dermaßen schüttelte ihn der Fieberfrost. Er mußte, schon halb ohne Besinnung, nachdem der die obersten Kleidungsstücke ausgezogen hatte, unter die Decke gekrochen sein. Die Kleider fand man vor dem Bett. Er wehrte sich nicht, als man ihn abzuholen kam, ja er schien niemand zu erkennen und brabbelte ganz unverständliches Zeug. Er war auch gar nicht mehr zu holen, denn als man ihn aus dem Bett riß, fiel er zu Boden wie eins von den nassen Kleidungsstücken, die dort lagen.
Der Verwalter schien sich mit einem Mal wieder lange besinnen zu müssen.
Und weiter? fragte Ovelacker; seine Stimme klang scharf. Nichts weiter, gab der Verwalter zurück.
Aber wie wurde denn der Verdacht gegen ihn entkräftet?
Man verhörte die Magd. Was dabei herauskam, bestärkte und entkräftete den Verdacht, beides zugleich. Und der alten Koiri?
Den konnte man nicht fragen, der war krank. Man ließ ihn, wo er lag. Man wollte vorsichtig mit ihm umgehen, er hatte schon einmal, als der Krüger ermordet wurde, wenn der hochgeborene Herr sich darauf noch zu besinnen vermochte, unter einem falschen Verdacht zu leiden gehabt, und außerdem . . . Er ist ein bekannter Mann geworden im Laufe der Zeit, meinte der Verwalter ausweichend. Außerdem hoffte man doch, mehr mit ihm zu erreichen, wenn er wieder gesund war. So ließ man ihn liegen, wo er lag, freilich mit einem Posten vor der Kammertür, weil er als Gefangener in Untersuchungshaft galt. Niemand sollte ihn besuchen und mit ihm sprechen dürfen, nicht einmal die Magd. Nur ein Doktor wurde zu ihm geholt, stellte eine schwere Lungenentzündung fest und sagte der Behörde, daß man den Sarg gleich mitnehmen sollte, wenn man entschlossen wäre, ihn jetzt bei seinem Fieber in die Kreisstadt zu bringen. Die Fahrt würde er nicht überstehen. – Und jetzt?
Jetzt hat er die Schwindsucht, erzählt man, und wohnt wie die Sage selbst auf seinem allmählich zerbröckelnden Hof. Er will nicht ver-

kaufen, auch jetzt nicht; das heißt, es ist wohl die Magd, die das nicht will. Die wartet immer noch auf den jüngsten der Söhne.
Wo ist denn der?
In Sibirien, sagte der Verwalter leise, und schon im selben Augenblick, das Wort konnte noch nicht ganz ausgesprochen sein, richtete Ovelacker sich auf den Ellenbogen auf und sah den Verwalter an, als hätte der ihm eine schaudererregende Neuigkeit erzählt.
Erzählen Sie weiter, meinte er nach einem Augenblick und ließ sich wieder in die Kissen sinken. Der Verwalter aber war zu verwirrt, als daß er gleich Worte hätte finden können.
So, so, er will nicht verkaufen, das heißt, die Magd will es nicht . . . hörte sich der Verwalter gemahnt.
Nein, er will nicht, obwohl er gute Angebote bekommen haben soll, fügte er säumige Berichterstatter jetzt endlich hinzu. Es soll überhaupt viel gekauft werden hier in der Gegend. Das klang wie eine Frage. Ovelacker überhörte sie.
Und der Posten? fragte er beharrlich weiter.
Der ist längst weg.
Und der Sohn?
Der ist noch nicht gekommen. – Meint der Graf, daß er jemals wiederkommt?
Ja . . . Nicht wie eine Antwort klang das: Ja, er würde kommen, aber auch nicht nur wie ein zweiflerisches: Ich weiß es nicht. Der Verwalter horchte ihm nach, bis er in die unwegsamsten Vermutungen hineingeriet.
Also wurde er damals gesund, und man verhörte ihn?
Als die Verhöre im Gang waren, geschah das hier . . . das hier auf der Insel, und damit war der Verdacht entkräftet. Der Buschwächter hat ja alles gestanden.
Ja, sagte Ovelacker, ein neues Ja, aber diesmal war es nur ein leerer Schall. Und nun lebt er also und wartet . . .
Wartet? Das tut wohl mehr die Magd! warf der Verwalter ein; der Alte selbst, der, ach . . .!
Es ist gut, lieber Thomasson, schloß Ovelacker. Nun weiß ich Bescheid! Und als der Verwalter erleichtert gehen durfte, schien der Daliegende das gar nicht zu bemerken, so unverwandt blickte er vor sich hin, nachdem er mit einer seltsamen Zerstreutheit Abschied genommen hatte.
Diese Zerstreutheit hatten schon viele an ihm bemerkt. Sie war eine Flucht vor Weitläufigkeiten oder selbst nur oberflächlichen Festigungen an den Beziehungen zwischen ihm und seiner Umwelt, eine Flucht zurück zu einer Beschäftigung in ihm selber, die er widerwil-

lig hatte unterbrechen müssen, als man ihn angeredet oder ein Wort mehr gesagt hatte, als unvermeidlich gewesen war. Hätte ihn jemand beobachten können, während er dalag oder am Fenster stand, – nie wäre dem Beobachter der Gedanke gekommen, der Müßige sei wirklich ohne Beschäftigung. Nein, der Ausdruck einer Anstrengung in seinem Gesicht, den es schon immer gehabt hatte, war jetzt über jedes Maß gestiegen, bei dem das Leben noch erträglich scheinen konnte.

Was hatte er gewollt?

Der Bauer, immer der eine Bauer. Der Namengewordene, der Träger der Weihe, der Hiob. Koiri hieß er; wo sein Hof lag, wußte er nicht. Ein zerbröckelnder Hof, hatte der Verwalter gesagt. Was aber war natürlicher, als daß er zu ihm ging und sich seine Rechnung stellen ließ, gleichviel, ob er die Schuld, wenn es sie überhaupt gab, einlösen konnte! Nur durfte er von diesem Plan niemandem etwas erzählen, vor allem dem jungen Reuter nicht. Man würde ihn auslachen und jenen herrnhutischen Gutsbesitzern des vergangenen Jahrhunderts zur Seite stellen, die den Tagelöhner Bruder genannt und ihm die Füße gewaschen hatten beim Liebesmahl, – bis der Tagelöhner jetzt in der Revolution den gewaschenen Fuß benutzte, um dem Bruder Gutsherr Tritte zu versetzen. Aber wenn es nach dem vergeblichen Opfer des Engels überhaupt noch eine Lösung gab, – wie und wo eher als durch den, bei dem alle Welt ihn als Schuldner verschrie? Seltsam, daß er noch nie darauf gekommen war! Oder fieberte er, würde er später wieder all das, was ihm jetzt das Klarste erschien, als den krausesten Wahn verlachen? Nein, nein, wie oft schon hatte er sein Leben einem Bach verglichen, der lange Zeit helle, klare Wasser zwischen seinen Ufern gesammelt hat, bis sich mit einem Mal ein dunkles, trübes Rinnsal in ihn ergießt, von dem sein Lauf bis zur Mündung nicht wieder klar werden kann, wenn es nicht gelingt, dieses dunkle Rinnsal abzudämmen oder zum Versiegen zu bringen. Irgendwo, und sein innerstes Gefühl aus unzähligen Stunden sagte ihm: wo –, irgendwo konnte er es finden, wenn er nur suchte. Einmal hatte ein Leidensgesicht in sein Leben geblickt, und dieses Gesicht, das wie das Antlitz der Schuld selber gegen ihn anschrie, würde sich fortan vor jedes andere in seinem Leben drängen, in dem er sein Glück und seine Schuldlosigkeit wie im Spiegel zu sehen begehrte. Schon war ihm, als hätte nicht nur sein Anteil an Schicksal und Schuld dieses Gesicht gezeugt, sondern als hätten tiefere Vergangenheiten sich darin ein Zeugnis geschaffen und als wäre ihm nur die unselige Weihe geworden, der vom Schicksal Auserwählte für die Begegnung mit diesem Gesicht über die Zeiten hinweg zu sein: einer von denen, die immer wieder einmal geboren werden müssen, um den Hader, der in allem vergossenen Blut schwärt, der Versöhnung näherzubringen. Dann aber wieder packte ihn ohnmächtiger Zorn, der wie ein Wirbelsturm in ihm raste und, weil es nichts gab, daran er sich austoben konnte, den finsteren, schleichenden Gram zurückließ. Die Einsicht, wieviel ihm zerstört worden war, überwältigte alle Pläne. Und nun sollte er Versöhnung suchen mit dem Menschen, der Anfang und Ursprung all seines Unglücks gewesen war? Das erschien ihm als ein Verrat an der Würde der Toten. Er versuchte sich vorzustellen, wie es gewesen wäre, wenn er Angelika auf diesem Weg zu seinem vermeintlichen Gläubiger hätte mitnehmen können. Hätte nicht schon allein die Scham solch ein Unterfangen verboten, ja selbst den Gedanken daran? Doch entweder besaß er jetzt keine Scham mehr, oder die Vorstellung war so hirnverbrannt, daß sein Gefühl sie nicht in sich aufnahm, sie nicht guthieß und nicht verwarf, – am Ende blieb dieser Plan sein Plan. Und dann kam ein Augenblick, der ihn vollends verwirrte. Es war die jähe Eingebung: warum hatte der Alte ihn nicht getötet? Damals hatte er dagelegen, ohne sich wehren zu können; das wußte er, und das hatte der Alte auch gewußt. Der hatte ihn nur angestarrt, das war ihm noch erinnerlich, und dann? Dann erlosch sein Gedächtnis, dann mußte er Alte weggerannt sein. Und dabei hatte er doch nicht wissen können, ob sein Feind wirklich tot war! Warum hatte er ihn nicht getötet, unter seinen Stiefeln zertreten oder mit einem Stein erschlagen, endlich Rache genommen an dem vermeintlichen Mörder seiner Kinder, wenn er, Ovelacker, ihm doch als der Mörder galt? Was für einen seltsamen Widersacher besaß er in diesem alten Bauern, der sein Leben geschont hatte, als es so wohlfeil dalag! Mit welcher Gerechtigkeit aber wollte dieser Anstifter zum Mord ihn, den Richter über seine Söhne, Mörder nennen? Schon war er abermals drauf und dran, seinen Stolz aufzurufen und den Entschluß, zu ihm zu gehen, als eine alberne, gefühlsselige Preisgabe seiner Ehre abzutun, – hätte es ihm da mit einem Mal nicht schon die viel schmerzlichere Preisgabe bedeutet, den Entschluß fahren zu lassen. Der hatte ihm mittlerweile schon so etwas wie Frieden beschert, eine Linderung oder eine Lösung, die stärker waren als der Bann, den man über ihn verhängt. Ob er da nicht doch ein letztes Mal versuchen mußte, aus der Hölle des Hasses auf ein neues Ufer zu gelangen? Er brauchte gar nicht einmal das Paradies der Liebe zu begehren! Nur ein Ufer, wo er seinen Namen vergaß und seine Zweifel, wo die Erinnerung sich beschwichtigen ließ und die Toten vom ihm wichen, weil er in einen Bereich ging, in den sie nicht folgen konnten: in ein neues Leben. An dem Tage, an dem er sich das fragte, wurde ihm für den folgenden Tag der Besuch des Kreispolizeichefs angekündigt, und es sollte ihm Namenlosigkeit, Vergessen und Vergessenheit angetragen werden als Geschenk: ein müheloses neues Leben, kaum zu fassen!

Doch es war so. Der Kreispolizeichef, von dem Ovelacker gewähnt hatte, er käme, um ihm einen Höflichkeitsbesuch abzustatten oder weil er in dieser Gegend zu tun gehabt und noch irgendwelche Fragen an ihn zu richten hatte – belanglose, da die wutentbrannten Kosaken den Gang der Gerechtigkeit beschleunigt –, der Polizeichef ging, als Ovelacker eintrat, mit unsteten Blicken in der Bibliothek auf und ab. Das schwarze Tuch seiner Uniform war heute makellos gebürstet, und seine Wangen waren frisch rasiert, wenn auch die Haut faltig um die spitz vorspringenden Knochen hing, in allen Vertiefungen mit einem schwärzlichen Anflug, der in dem Alter eines wahren Bündels von goldenen Fangschnüren wiederkehrte, die ihm von seiner linken Schulter fielen. Von Zeit zu Zeit strich er sich über das schüttere Haar und spähte um sich, und wenn die Bewegung der Hand in einem halb besorgten, halb verbindlich glatten Schmeicheln um das eckige Kinn endete, ehe sie zwischen dem dritten und vierten Knopf des Uniformrocks zur Ruhe kam, schien auf seinen dünnen Lippen der Anfang einer langen Salbaderei zu lauern, – zu lauern wie der Blick, mit dem er sich argwöhnisch und pfiffig zugleich umsah. Wenige Augenblicke später konnte es geschehen, daß er mit schläfriger Miene am Fenster stand und in den nebelsprühenden Park hinaussah, bis er unvermittelt, mit einem fast geschmeidigen Ruck, die Wanderung wieder aufnahm. Einem Teufelchen in der Flasche glich er, fand Ovelacker, als er in die Bibliothek eintrat.
Beileid und Bedauern, die er aussprach, kamen dem Kreischef wie eine verstohlen gemurmelte Bannformel über die Lippen, die sich beim Sprechen kaum bewegten. Deutlicheres gab sein Mund erst von sich, als er mit einem kaum verhehlten neugierigen Blick auf die immer noch etwas verkrümmte Gestalt des Hausherrn sagte, er schätze sich glücklich, den Grafen schon wieder gesund und munter vorzufinden. Das ‚munter' klang aus seinem Munde zum Flackern der Augen wie ein wohlgezielter Hohn. Er hätte davon schon in der Stadt gehört, und deshalb wäre er gekommen. – Wie durch ein Zauberkunststück hatte er mit einem Mal ein Zigarettenbehältnis aus schwärzlich angelaufenem Silber in den Händen und drehte und wendete es voller Unrast.
Ovelacker schob ihm vom Tisch ein anderes zu; bitte, er selber rauchte noch nicht. Der Polizeichef griff hastig nach einer Zigarette,

schweigend schlug er Feuer, zündete an, – seine ersten Worte kamen aus dem Rauch, der unbeweglich vor seinem Gesicht verharrte, bis er ihn mit einer Handbewegung zerteilte und sich dabei ein wenig zu seinem Gegenüber vorbeugte. Der Genuß des lang entbehrten Vergnügens hatte sein Gesicht jählings, wie unter der Wirkung eines schweren Giftes, in graue Schlaftrunkenheit gebannt. Hätte ... der Graf ... Die Worte rollten ihm langsam über die Lippen, als wolle er Zeit gewinnen, seinen Genuß auszukosten. Dann mit einem Male zerschnitt ein Lächeln sein Gesicht, – ein Lächeln, so unerwartet und so aberwitzig zu dem Inhalt seiner Frage, daß man hätte erschrecken können: Hätte der Graf irgendwelche Klagen, derer er als Kreischef sich annehmen könnte, um Abhilfe zu schaffen oder um sie an höhere Stellen weiterzuleiten? Ovelacker schüttelte den Kopf. Nein, sagte er, ohne jeden Eifer. Und nun schien es der Kreischef darauf anzulegen, daß er die Verbindung mit den Klagen und den höheren Amtsstellen nicht wieder verlor. Er allein sprach, meistens in Andeutungen; aber es konnte geschehen, daß er unversehens deutlich wurde, bis er diese Deutlichkeiten dann ebenso schnell wieder hinter unbestimmten Andeutungen versteckte. Schweigend saß Ovelacker da, mit einer Art höflichen Gewährenlassen, der Kreischef ahnte nicht, daß er mit seiner Beredsamkeit dem stummen Zuhörer bisweilen spukhaft erschien.
Nun, sagte er, wollte er den ganzen Gang der Sache nicht noch einmal gegenwärtig machen, um den Grafen zu schonen. Die Polizei hätte damals vor entmutigend schweren Rätseln gestanden, und ihre Lösung hätte ja leider auch das Leben eines hervorragenden jungen Offiziers gekostet, an dessen Schicksal man höchsten Ortes tiefen Anteil genommen hatte. Er bekäme jetzt noch Anfragen von Amtsstellen und Angehörigen des Toten. Doch auch die Schicksalschläge, die der Graf erlitten hätte, wären tiefem Mitgefühl begegnet, und da er dank einer gütigen Vorsehung verschont geblieben wäre, trachteten natürlich alle Behörden danach, daß solche Vorkommnisse sich nicht wiederholten, wie schlecht, ja, ehrlich zugegeben, wie überaus schlecht auch die Aussichten dafür wären. Sehr schlecht! betonte der Kreischef wie das Sela seines Psalms.
Der Graf wäre sein Sorgenkind im Kreise, wenn er sich so ausdrükken dürfte. Auf der einen Seite die liebevolle Aufmerksamkeit, die ihm höheren Orts ob seiner Verdienste gezollt würde und die er, der Verantwortliche des Kreises, unaufhörlich in neue Sicherungsmaßnahmen umzumünzen hätte; auf der anderen Seite eine nicht zu bändigende und nie ganz zu durchschauende Unermüdlichkeit im Ersinnen von Anschlägen gegen ihn, angefeuert durch jedes Opfer, das

Recht und Gerechtigkeit bisher schon gefordert hätten. Natürlich wäre es ihm eine Ehre, einen so verdienten Mann wie den Grafen zu schützen und damit auch einen beruflichen Ehrgeiz zu befriedigen, aber wie schwer es wäre, davon hätte der Graf gewiß keinen rechten Begriff. Vielleicht so schwer wie – er warf einen Blick gut gespielter Verzweiflung zum Fenster hinaus –, so schwer, wie es sein müßte, bei diesem Wetter auf eine gute Ernte zu hoffen.

Ja, meinte Ovelacker zögernd. Wie zur Bestätigung warf sich der Wind gegen die Fensterscheiben und hängte eine Schleier aus Regen und Regendunst vor ihnen auf. Mit Augenblickesschnelle schien es im Zimmer zu dämmern.

Trostlos, sagte der Kreischef und schilderte, wie die Straße aussah, auf der er gekommen war, – nicht ohne der sechs Reiter Erwähnung zu tun, die zu seiner Sicherheit mitzunehmen er für unerläßlich erachtet hatte. Er, der doch seine persönliche Sicherheit darauf bauen durfte, daß ihn kein besonderer Haß verfolgte!

Um wieviel gefährdeter aber war nun erst ein Mensch, der nicht über die gleichen Machtmittel gebot wie er und der damit rechnen mußte, daß er besonders verhaßt war!

Ovelacker schaute das irrlichternde Mienenspiel des Polizeichefs an und fragte sich, was der mit diesen Andeutungen beabsichtigen mochte.

Ob dem Grafen von seinen Gewährsleuten nicht schon etwas zugetragen worden wäre, was er auch ihm mitteilen könnte, damit er Vorkehrungen träfe?

Er hätte keine Gewährsleute, erwiderte Ovelacker, und wäre in der letzten Zeit mit der Außenwelt gar nicht in Berührung gekommen. Keine Gewährsleute zu haben, rügte der Polizeichef als eine grobe Unvorsichtigkeit. Er könnte dem Grafen an Dutzenden von Beispielen belegen, daß es wichtiger wäre, zehn verläßliche Leute im Volk zu haben, die einen mit Nachrichten versorgten, als hundert Polizisten in Bereitschaft. Alles, beinahe alles käme auf die ‚Regenwürmer' an, wie er diese Leute bisweilen im Scherz zu nennen pflegte; sie lockerten den Boden und könnten einem sagen, was unter der Erde vor sich ginge, – dort wohin man sonst nie Einblick bekäme. Sein Beruf hätte ihm gewiß ein Ideal gezeichnet, das für Menschen anderen Schlages weniger verlockend erscheinen dürfte.

Ganz richtig, pflichtete der Polizeichef zu Ovelackers Erstaunen bei, und mit unleugbarem Hohn in der Stimme erklärte er, die Kinder des Lichts brauchten ja wohl nicht zu wissen, mit wieviel Mühe ihnen die Sonne in der Bahn gehalten würde. Die Hauptsache wäre, irgend jemand hielte sie fest. Doch es kämen Augenblicke, da dieses keiner mehr vermöchte! Keiner mehr! Auch der beste Polizeichef nicht! Solche Augenblicke gäbe es, es hätte sie für sehr viele Menschen schon allzuoft gegeben! Nun, Gott sei Dank, wenn er recht verstanden hätte, wäre dem Grafen von neuen Gärungen und Anschlägen in seiner Umgebung nichts bekannt. Er – nun bestände natürlich ein großer Unterschied zwischen ihnen –, er könnte sich dieser Unwissenheit leider nicht erfreuen. Ganz im Gegenteil! Natürlich täte er, was nur in seinen Kräften stünde, alles, jederzeit, und brauchte den Teufel nicht an die Wand zu malen, aber wenn nun . . .

Mit Schlangenschnelle kam Bewegung in den langen düsteren Mann.

. . . wenn nun seine Kräfte ihn einmal verließen? Wie? Was dann?

Bewegung und Frage kamen Ovelacker wie schlecht gespieltes Theater vor.

Wie? fragte der Kreischef mit grämlich herabgezogenen Falten um den Mund und mit starrem Blick, in der nächsten Sekunde aber lächelte er, – wie, wenn seine Kräfte nun einmal die schwächeren wären gegenüber anderen? Was dann?

Nichts wäre dann, antwortete Ovelacker augenblicklich, gar nichts.

Aber ich bitte Sie! rief der Polizeichef mit gönnerhafter Nachsicht in Stimme und Mienenspiel. Nein, davon wollte er nichts hören! Ein so verdienter Offizier wie der Graf, mit den besten Beziehungen, mit diesem Besitz, diesen Aussichten, und dann: nichts wäre dann . . . Nein! wenn er sich die Freiheit nehmen dürfte, das zu sagen – er müßte zuvor erklären: er wäre ein rechtgläubiger Christ! –, das hieße Gott versuchen! Und das, nein, seine Einstellung dazu müßte der Graf sich denken können. Seine Einstellung als Christ, ganz zu schweigen von seiner amtlichen Stellung, in der ein neues Unglück, das den erlauchtesten seiner Schützlinge betraf, auch nicht gerade eine Empfehlung für ihn bedeuten würde. Schwere Schicksale, gut, schwere Schicksale, – wozu wären sie da, wenn nicht: um leichter gemacht zu werden? Das verlangte die Moral, wenn er so sagen dürfte, und von einem Diener des Staates, als der der Graf sich nach seinen Diensten noch immer betrachten müßte, verlangte das die Staatsordnung, die Bedachtheit auf das Wohl des großen Reiches. Dem müßte sogar die Eigenliebe Opfer bringen, ja – das wäre an sich eine gefährlich Lehre – selbst die Wahrheit! Wie? Nicht wahr? Sie pflichten mir doch bei: auch die Wahrheit! Unter aufgeklärten Geistern dürfte man das aussprechen. Er hätte diesen gefährlichen Lehrsatz in seinem Beruf erlebt und erhärtet gefunden.

Dieser Beruf aber . . ., wollte Ovelacker anfangen.

Der Polizeichef fiel ihm ins Wort: Ist nicht der meine, wollten Sie sagen. Ganz richtig, seien Sie darüber froh! Mein Beruf aber hat mir den Wert der Lüge im Dienste der Wahrheit bewiesen, zum Wohl der Staatsordnung, meine ich. Und in der Religion sind die, die sich selber verleugnen, die Verherrlicher unseres erhabenen Glaubens, nicht wahr? – Ja, so ist es! bestätigte er sich selbst, als Ovelacker dazu schwieg.

Da fällt mir ein, begann der Kreischef von neuem, kennen Sie den Oberst Suworin von den Ismailow-Dragonern, den Stadtkommandanten von Moskau während der Unruhen im vorigen Jahr, die zu dem ‚blutigen Sonntag' führten? Ovelacker kannte ihn nicht.

Nein, erklärte sein Besucher, Sie können ihn wohl kaum kennen, er ist ein älterer Mann, ganz und gar nicht Ihr Jahrgang. Aber es hätte ja zufällig so sein können, und manchmal kennen sich Menschen, die in gewisser Hinsicht zusammengehören, entgegen aller Wahrscheinlichkeit. Dieser Oberst Suworin ist der Stolz unserer großen Armee, das Muster eines tapferen Soldaten: aufrecht, ehrlich, gemütvoll, gerecht in aller Strenge, die geboten ist, ohne weichliche Scheu vor Härten, die sich nun einmal nicht vermeiden lassen, namentlich wenn man in diesen Zeiten Kommandant einer Stadt wie Moskau ist, – in diesen Zeiten! Nun ja, diesen verehrungswürdigen, geliebten und geachteten Menschen haben wir nicht mehr zu schützen vermocht. Es ging nicht, bei aller Verehrung und Liebe nicht, trotz aller Umsicht und Sorgfalt in unseren Vorkehrungen, deren es ja viele gibt. Es ging einfach nicht. Jeder kannte ihn, er war eine stadtbekannte Persönlichkeit, und der Haß hat vor der Liebe das längere Gedächtnis, – bei unseren Revolutionären, Sie verstehen. Die Revolutionäre hatte der Oberst an jenem Sonntag, der Tausenden das Leben kostete, mit eiserner Hand unterdrückt. Es gab Tausende, deren Leben man von diesem einen, der den Befehl zum Schießen gegeben hatte, zurückforderte. Nicht fünf Attentate haben wir rechtzeitig zu verhindern gewußt, nicht fünzig, nein, noch mehr! Aber es ging nicht, und der Oberst hätte, wenn das so weitergegangen wäre, verrückt werden müssen vor Argwohn und Vorsicht. Sie werden ihm das nachfühlen können: kein Bett mehr sicher, kein Bissen mehr rein, kein . . . An Ausfahren oder Ausgehen kaum noch zu denken. Wie sollte da ein so pflichteifriger Mann sein Amt verwalten! Eine wahre Hölle, für ihn und für uns. So ging es nicht weiter, nein. Unsere Revolutionäre arbeiteten wie die Geister: unsichtbar, leise, unüberwindlich. Tausende von Toten, – sie alle zurückgefordert von einem Leben! Das kann die beste Polizei auf die Dauer nicht verhindern. Und denken Sie: diese Hölle ist ein Himmel geworden, eine Seligkeit, für ihn und für uns, – auf Ehrenwort! Er hat in aller Stille

seinen Dienst quittiert, in Ehren und mit Genuß aller Gnaden, versteht sich, hat seinen Bart geopfert, hat einen neuen Namen bekommen und einen neuen Paß, mit dem eine besondere Rente verbunden ist, und lebt nun ein neues, glückliches Leben, Herr Tjelepnin oder wie er jetzt heißt, ich weiß es nicht, in San Remo, Wiesbaden, Homburg oder sonst irgendwo, und wenn Suworin vergessen ist, kehrt er eines Tages ins alte Rußland zurück, – erst dann, versteht sich, das war die Bedingung für diese Lösung. Wir werden ihm sagen, wann es an der Zeit ist. Nicht wahr, Sie sind sprachlos? Ja, immer noch richtet sich das Glück nach dem Verdienst!
Und was sagt das Kriegsministerium zu dieser Lösung, was sagt das Regiment, das Offizierskorps? fragte Ovelacker.
Aber ich bitte Sie! Das war doch eine Lösung von ganz oben her! Und was hätte es für einen Zweck haben sollen, das zu mißbilligen, was uns für das Glück dieses verdienstvollen Mannes das Richtige schien? Warum auch! Finden Sie etwa nicht, daß diese Lösung ganz hervorragend und menschlich war?
Was er gegenüber so hohen oder gar allerhöchsten Beschlüssen fände, wäre wohl unwichtig. Vielleicht hätte der Oberst nur seiner Pflicht gehorcht, das könnte er nicht erkennen; oder man hätte diese – bisher in der Armee nicht übliche – Selbstverleugnung mit einem Befehl von ihm gefordert, mit einem Befehl wie vor dem Feinde!
Das beruhigte ihn, meinte der Polizeichef, ja, das beruhigte ihn sehr.
Ach! warf Ovelacker ein; es klang, als täte es ihm leid, wenn der Polizeichef sich seinetwegen unnötige Sorgen gemacht hatte.
Denn das Ministerium hat auch Sie dieses Gunstbeweises für würdig erachtet und hat mich beauftragt, Ihnen das mitzuteilen.
Wer? . . . Mich? . .. Welches Ministerium?
Der Anblick seines Gegenübers erweckte in dem Polizeichef Unbehagen. Das Ministerium des Innern, erwiderte er beinahe betreten, wahrscheinlich wohl im Einvernehmen mit dem Justizministerium.
Mich? wiederholte Ovelacker nur; das war alles, was er sagte.
Ja, versuchte der Polizeichef so unbefangen wie nur möglich zu bestätigen. Das hielt schwer, wenn er den ansah, der dieses Gunstbeweises gewürdigt worden war.
Ovelacker war das Blut aus dem Gesicht gewichen. Totenbleich, aber regungslos –regungslos bis auf ein Zucken in seinen Händen, die sich um die Lehne des Sessels klammerten –, starrte er den Besucher an. Sein Gesicht, – das waren für den Polizeichef beinahe nur noch die dunkelnden, aufgerissenen Augen.
Oberst Suworin nahm diese Gunst mit Dank an, fand er geraten zu sagen.

Vielleicht war Oberst Suworin sein Leben wichtiger als mir das meine, gab Ovelacker nach einer Weile zurück. Ich habe mich nicht bei meinem Schicksal beklagt, als man mich ermorden wollte. Ich habe nur unbillig gefunden, daß es Unschuldige traf, vollendete er mit großer Mühe.
Aber so nehmen Sie doch die Gelegenheit war, die Unschuldigen in Zukunft vor diesem Schicksal zu bewahren!
Wie hätte Ovelacker ihm sagen können, daß es in Zukunft keine Unschuldigen mehr geben würde, oder keine, die er mit seinem Schicksal verband. Er schwieg. Der Polizeichef deutete es so, daß er ihm die Antwort schuldig bleiben wollte, und redete weiter auf ihn ein. Eine Weile ließ Ovelacker ihn gewähren. Dann unterbrach er die sich wiederholenden Beschwörungen mit einem schroffen: Genug!
Der Polizeichef sah ihn unsicher an.
Man kann von einem Soldaten Selbstverleugnung vor dem Feinde verlangen, sagte er mit großer Festigkeit, und er wird als Soldat sein Leben hingeben. Wo aber ist der Befehl, der sein Gewissen und seine Ehre und seinen Stolz zu Feinden erklärt und ihn weiterleben heißt nach einem schimpflichen Ende? Wo? frage ich Sie. Enthält meine Dienstliste Verfehlungen, die es mir nahelegen müßten, diese Gunst anzunehmen, weil man mich aus irgendwelchen Gründen schonen will, obwohl man mich zu einem Tunichtgut erklärt hat?
Es geschähe doch alles nur wegen seiner Sicherheit, beschwor ihn der Polizeichef.
Die unsichere Existenz eines Verschwiegenen, eines lebendigen Toten, der nur noch von der Gnade des Polizeidepartements lebt, – ist die ehrenvoll? Sicher? Mit einigem Stolz zu behaupten?
Aber der Oberst Suworin . . .
Er mag Gründe gehabt haben, diese Art Leben dem Tode in Moskau vorzuziehen. Ich habe diese Gründe nicht, erkläre ich Ihnen. Ich habe nichts getan, was mit der Ehre unserer Armee und dem Buchstaben und Geist des Kriegsgerichts unvereinbar wäre, und erkenne nur den Standpunkt und das Urteil der Armee an.
Aber er versicherte ihm, begann der Kreischef eifervoll, weil die Häufigkeit, mit der das Wort Ehre verlautet war, Besorgnis bei ihm erweckt hatte, dieser dunkle Begriff, der sich für jeden mit anderen Ansprüchen erhellte, könnte auch ihm noch lästig werden, – er versicherte ihm, daß der Oberst Suworin es mit seiner Ehre vereinbar gehalten hätte, dem Wunsch des Ministeriums nachzukommen, und daß dieses Verfahren von höchster Stelle her inspiriert wäre. Und wenn der Stadtkommandant von Moskau, der berühmte Oberst Suworin . . .

Wenn die Auffassung von Ehre in der russischen Armee und im Kriegsministerium mit der Billigung dieses Verfahrens vereinbar wäre, vereinbar mit der Billigung . . . dieses Verrats an der Pflichttreue russischer Offiziere und an dem im Namen des Kaisers proklamierten Recht, dann müßte er mit Bedauern Unterschiede feststellen zwischen dieser Auffassung und der seinen, die ihm früher nie aufgegangen wären. Diese Art von Tod hätte nichts mit Tapferkeit und Selbstverleugnung zu tun. Der Staat, der dieses Verfahren mit der Ehre seiner Waffenträger vereinbar hielte, besäße selber keine Ehre mehr.

Er wollte ihn unterbrechen, bevor er noch freiheitlichere Anschauungen verträte, griff der Polizeichef mit einem eigentümlichen Blinzeln ein.

Wenn sie ihm zu freiheitlich vorkämen, dann wollte er seine Uniform anziehen und in Petersburg bei dem Minister selbst damit aufwarten!

Um Gottes willen! rief der Kreischef mit gespieltem Entsetzen. Diese Vorgänge – er machte eine unbestimmte Gebärde – wären doch viel zu delikat für solch ein Verfahren! Dann aber stimmte ihn die nahezu unumstößliche Gewißheit, daß sein Anliegen gescheitert war, mißmutig; er wurde schweigsam und dachte nach, ob er es falsch angefangen hätte.

Er verstünde den Grafen nicht, warf er von Zeit zu Zeit in das Gespräch, das sich jetzt nur noch hinschleppte; und dann kam eine Drohung aus seinem eigenen Amtsbereich: Er wäre beim besten Willen nicht imstande, dem Grafen sein Leben lang die außerordentlichen Schutzmaßnahmen zu gewähren, die er seit dem Unglück getroffen hätte. Nur die ordentlichen Maßnahmen könnte er versprechen, diejenigen, die der Staat jedem seiner Bürger gewährte. Und bei deren erwiesener Unzulänglichkeit in außerordentlichen Umständen, wie sie für den Grafen gälten, könnte er sich natürlich nicht verbürgen, daß sie sich nicht einmal als unzureichend erwiesen, um so mehr, als er ihn darauf hinweisen müßte, daß für die nächste Zeit leider nicht mit einem Abflauen der Stimmungsmache gegen ihn zu rechnen wäre, sondern, nüchtern gesprochen, mit der Wiederholung von bewaffneten Anschlägen. Vielleicht könnte das Anerbieten des Ministeriums nur recht würdigen, wer die Schwierigkeiten bei solchen Sicherheitsvorkehrungen kännte, wie sie für ihn, den Grafen, nötig wären. Er als Polizeichef könnte das. Und dazu übersähe er jetzt schon die Gefahren, welche die nächste Zukunft für das Wohlergehen des Grafen bringen würde. So mußte er es leider als eine Art Selbstmordversuch betrachten, wenn der Graf das Angebot

heute schon rundweg abschlüge.
Und wie stünde er zu einer Aufklärung des Volkes über den Irrtum, in dem es sich, was ihn beträfe, befände und aus dem heraus es die Waffe gegen ihn richtete, fragte Ovelacker. Nicht daß er eine Stimmungsmache zu seinem Besten veranlassen wollte, aber warum hätte man nie versucht, die Bosheit, die ihr Entstehen der Lüge und dem Irrtum verdankte, dadurch zu bekämpfen, daß man die Lüge entlarvte und den Irrtum aufklärte?
Ob er sich davon im Ernst etwas verspräche! rief der Polizeichef belustigt. Als ob nicht jeder Patriotismus sich zu einem Teil vom Irrtum, ja von der Lüge nährte! Der russische, der deutsche, der estnische, der lettische und wieviel andere noch! In jedem lauten Ja zu den eigenen Zielen und Idealen schrie ein noch viel lauteres Nein zu den Zielen und Idealen anderer Völker mit. Ach ja, da hätte der Graf Illusionen! Er freilich wüßte zwischen den Sicherheiten, welche die Krone böte und denen, die seinem Schicksal bevorstünden, wenn er die ersten ausschlüge, anders zu wählen.
Er hätte geglaubt, unterbrach Ovelacker ihn, daß der Polizeichef die Antwort auf das Anerbieten, die er ihm vorhin gegeben hätte, als eine endgültige und unwiderrufliche hätte auffassen dürfen. Oder müßte er sie ihm wiederholen? Nein, lautete sie, zu seinem Bedauern für ihn, den Verantwortlichen des Kreises, aber er hoffte, daß der Widerruf der außerordentlichen Sicherheitsvorkehrungen ihn auch von den außerordentlichen Sorgen, die er ausgestanden hätte, befreien würde. Er wollte sich gern mit dem Schutz begnügen, unter dem jeder andere Bürger auch stünde.
Der Kreischef stand grämlich auf und klopfte Asche von seinem Uniformrock; er setzte sich wieder, als Ovelacker ihm ein Glas Wein anbot, von dem ein paar Tropfen in den grauen rissigen Falten um seinen Mund lange Zeit hängen blieben; er nahm mit unverhohlenem Mißmut Abschied. Die drei Blutstropfen unter den Pakt, den der mitgebracht hatte, bekam er nicht. Die Bäume bogen sich ächzend, als er davonfuhr, und überschütteten das Verdeck seines Wagens mit Tropfen, die hart wie von einem Sturzregen auf der Plane aufschlugen. Die mitreitenden Soldaten, je drei auf einer Seite, schlugen den Kragen hoch. Der Kutscher holte mit der schweren Peitsche aus, als wäre sie eine Schlinge, die ein fernes Wild umstricken sollte. Düster, zugeknöpft bis unters Kinn, saß der Polizeichef in dem dämmerigen Schirm des Verdecks. Seine Zunge wanderte unruhig von einem Mundwinkel in den anderen. Mitten in irgendwelchen Überlegungen schlief er ein, in die Ecke gelehnt, bis der Wagen auf der ausgefahrenen Straße gegen ein Schlagloch stieß und ihn mit dem Kopf bis

unter die Stäbe der Plane schnellen ließ. Dann fühlte er auf der ganzen Heimfahrt seinen Magen, nicht als Schmerz, sondern als peinigendes Gefühl der Leere mitten im Leibe, als eine saugende Sucht nach irgendeiner Festigkeit, um dieses leere Nichts damit zu ersetzen. Nach einer Weile, wie um sich abzulenken oder um die Rechnungen zu prüfen, die er im Kopf angestellt hatte, zog er ein abgegriffenes schwarzes Merkbuch aus der Tasche und suchte, eifrig den Zeigefinger benetzend, nach einer bestimmten Seite. Als er sie gefunden hatte, zeigte sie sich über und über mit Zahlen bedeckt: mit Ausrechnungen der Hundertsätze von hohen Beträgen, Hundert- und aber Hunderttausenden von Goldrubeln; die Schlußsummen wiesen in einer der Rechnungen dreißig-, in einer anderen vierzig-, in noch anderen über fünfzigtausend Rubel auf, je nach dem Kapital, von dem sie errechnet waren. Auf einer der nächsten Seiten waren, mit ihren Anfangsbuchstaben abgekürzt, etliche Namen verzeichnet, und hinter jedem Namen stand ein kleiner Betrag angemerkt, einmal fünfhundert Rubelchen, ein ander Mal nur dreihundert, – alles zusammen aber erreichte unter einem neuen Strich doch wieder eine stattliche Höhe, die sich nur vierstellig wiedergeben ließ. Dieser vierstellige Betrag war ein wenig weiter unten in einer neuen Rechnung von einem fünfstelligen abgezogen, und als Schlußsumme ergab sich nach Abzug aller Unkosten, die mit den abgekürzten Namen verknüpft waren, ein fünfstelliges Lieblingsnetto von beträchtlicher Höhe. Das starrte der schwarze Zauberer lange Zeit grämlich an. Dann steckte er das Büchlein in die Tasche und schlug mit Mühe Feuer für eine neue Zigarette. Der feuchte Luftschwall, der unter die Plane drängte, blies es ihm etliche Male aus. Doch als der Tabak in Brand geriet, erfüllte den dämmerigen Raum unter dem Verdeck ein dichter, wohlriechender bläulicher Schwaden, in dem der Zauberer sich einzunebeln schien, denn der Fahrtwind zog nur ein Fähnchen des Rauches zu beiden Seiten von seinem Sitz ab ins Freie. Hinter dem bläulichen Nebel lebte er ungesehen. Nur das winzige Glutpünktchen der Zigarette verriet sein Dasein. Dann erlosch aber auch dieses, und der Wagen trug einen Schlafenden fort.

Schlaf hinter den Lidern dessen, den er besucht, war der Zauberer nicht, noch viel weniger war es der Pakt, den er gebracht und wieder hatte mitnehmen müssen, und am allerwenigsten ließ Ovelacker das Ansinnen schlafen, das ihm nur einen Tag später in einem Briefe gestellt wurde – nur einen Tag später, in einer für ihn nicht erkennbaren, aber doch zu argwöhnenden Verbindung mit dem Besuch –, das Ansinnen, Drostenholm und Wargel zu verkaufen. Den Nachrichten zufolge, die sie erhalten hätte, beehrte die Don-Agrarbank sich, ihre Absicht zu äußern, unter gewissen Umständen den Besitz des Grafen zu ihren Aktiven zu schlagen. Sie sähe seiner Antwort entgegen und bäte um Antwort, unter welchen Bedingungen der Graf zu einer Übergabe seines Besitzes geneigt wäre.

Als er diesen Brief gelesen hatte, wurde Ovelacker von einer übernatürlichen Klarheit erfaßt. Sein Schicksal erfüllte ihn bis zur letzten Möglichkeit des Empfindens. Irgendwie aber – er erriet den Zusammenhang niemals –, irgendwie war in diesem Empfinden des eigenen Geschicks die Erinnerung an den Leutnant Möller aufgelöst, gleich einer Essenz, die auch noch in der äußersten Verdünnung spürbar ist. Und wenn in den Stunden und Tagen, da er sich mit der Entscheidung seines Geschicks beschäftigte, das Bild eines anderen Menschen wie aus dem Zwielicht zwischen Räumem, für die er sich in freier Wahl entscheiden konnte, geisterhaft zu ihm hinüber sichtbar wurde, dann war es das Bild des Leutnants in der Nacht seiner Entscheidung. Er sah seinen Besitz, in den er berufen worden war: die Bäume, Wiesen, Felder, das nur halb zu erkennende riesige Viereck der Viehburg. Er hörte auf die Geräusche der Arbeit, die unter den – gleich einer breiten Brust über die Häuser gespannten – Dächern hervor zu ihm drangen. Seine Welt, zu ihm hingewachsen, in seinem Leben stehend und aus seinem Leben hinauswachsend in das Leben dessen, den er zum Erben nach sich erhob.

Und nun: dieses alles sehend mit nie gewahrter Schärfe, seines Lebens und des Besitzes, in den es berufen worden war, ganz inne, – nun kam ihm der Ruf in ein neues Leben der Selbstverleugnung und in einen neuen Reichtum, der durch Untreue gegen sich selber erworben werden sollte, wie eine finstere Magie vor. Namenlosigkeit, gut, aber kein falscher Name; Vergessen, ja, aber nicht Vergessenheit; Erlösung vom Haß, ja, aber nicht um den Preis, in einer Leere unterzugehen, die auch keine Liebe mehr erreichte; Sicherheit, ja, aber wer bedrohte einen Niemand? Nur ein Schemen konnte dort dämmern, wohin die Magier in Sankt Petersburg ihn riefen, nur ein Schatten, der sich seine Sicherheit erworben hatte, als der Mensch sein Gewissen, seinen Stolz, seine Pflicht, seine Ehre, sein Leben und seinen Tod verriet. ‚Dies alles sei dir untertan, wenn du niederfällst und mich anbetest . . .‘ Gotteslästerung war es, wenn er dem Ansinnen der Mächtigen in dieser Welt willfahrte!

Thomasson, sagte er, als der Verwalter am Abend zu ihm kam, um ihm zumelden, jetzt würde man mit der Aufstellung der Brennereimaschinen anfangen, Thomasson, ich habe ein gutes Angebot bekommen, Drostenholm und Wargel zu verkaufen. Was meinen Sie, wieviel sind wir wert?

Oh, oh, sagte der Alte verwirrt, oh, hochgeborener Herr, ich dachte mir's schon! Aber ich könnte es Ihnen eigentlich nicht verdenken, nein . . . Er setzte sich schnell, noch gar nicht dazu aufgefordert. – Mein Gott, ja, er könnte es dem hochgeborenen Herrn nicht verdenken, murmelte er. Dann wurde er still.
Aber wenn ich mir das selbst verdächte, wenn ich selber das für völlig unmöglich hielte, - könnten Sie mir das nachfühlen?
Sie wollen nicht verkaufen? Bestimmt nicht?
Niemals! wollte Ovelacker sagen, da hatte der Alte schon seine Rechte gepackt und schüttelte sie in unbändiger Freude. Und jetzt bekannte er auch, daß er schon eine Glocke davon hätte läuten hören, ja, und sich schwere Sorgen gemacht, seit geraumer Zeit.
Aus dem Gespräch über die Brennerei wurde an diesem Abend nichts, und das schadete nichts, bekannte der Alte beim Abschied, die Sache eilte gar nicht. Er wäre schon so oft ohne einen dringenden Anlaß gekommen, nur mit dem Wunsch, der Graf möge doch endlich wieder Anteil an seinem Hof nehmen. Hätte er ihn so manches Mal mit unnützem Kleinkram behelligt, so wäre das nur geschehen, weil er den Grafen mit den Sorgen des Hofes aus den eigenen tiefen Sorgen zu seinem Hof hätte zurückrufen wollen; er möge ihm das nachträglich nicht mehr verargen. In den Feldern, im Wald, in den Ställen, – überall da wäre einem der liebe Gott oftmals recht nahe und gäbe einem Trost ins Herz. Das wäre seit langer, langer Zeit wieder ein guter Abend! Er wollte nicht vergessen, wer ihm den beschert.
Ich könnte verkaufen, sagte Ovelacker am selben Abend unvermittelt zu dem Freunde; die Don-Agrarbank macht mir das Angebot.
Aha! nickte der junge Reuter. Während der nächsten halben Stunde fiel zwischen ihnen kein Wort darüber. Dann stellte der junge Reuter, scheinbar mit tiefem Ernst, die Überlegung an: Was mag sie im Wappen führen? Quer durch einen Fluß, zur Rechten einen Acker und zur Linken eine Wechselbank? – Sie hatten früher einmal über die neuen Wappen frisch geadelter Beamtengeschlechter in Rußland gespottet, die alle Bestandteile ihres Namens, die sich verbildlichen ließen, ins Wappen rückten, und dazu noch den Lieblingshausrat, – einen wahren Schaukasten, recht naturgetreu gemalt.
Ovelacker fragte, warum er sich ein Wappen für diese Bank vorstellte.
Er dächte sich das in den Giebel des Hauses, erwiderte er. Der wäre dafür wahrscheinlich nicht groß genug.
Nein, das hätte er auch schon gedacht: für solch ein Wappen wäre da kein Platz mehr.

Der junge Reuter nickte stumm und schien sich insgeheim über irgend etwas zu freuen. Wenn doch auch nur die anderen kleinere Giebel gehabt hätten! meinte er nach einer Weile. Fürstenhof, Tundenküll, Streitberg und Püsterort sind verkauft, habe ich gehört. Drei an die Don-Agrarbank, eins an die estnische Bauernbank. Zu guten Preisen. Alles wandert nach Deutschland aus, genau wie in den achtziger Jahren. Aber was machen sie da? frage ich mich. Die ererbte Bedeutung der Familien, die jede Generation zu einem Teil neu erwerben mußte, ist durch Geld nicht zu erlangen. Also müssen sie andere Güter dagegen eintauschen: nationalen Patriotismus, Freiheit, eine gute Regierung, gute Schulen und religiöse Duldung. Das alles ist in Deutschland zu haben, wenn man hier land- und friedlos geworden ist. Aber ist man das jetzt schon? Wirklich und wahrhaftig? Jetzt schon?

Nein, erwiderte Ovelacker und fügte später hinzu: Erklärte man sich voreilig in diesem Land als nur geduldet und strebte fort, oder verkleinerte man das Recht und die Pflicht eines Lebens hier, aus Bequemlichkeit oder um die Schwäche eines politischen Systems zu verhehlen, dann käme ihm das so widerwärtig vor wie die Taten einer Kindsmörderin und eines Leichenschänders. Es wäre ein so hohnlachendes Verbrechen an der Leistung derer, die hier seit Jahrhunderten in ihren Gräbern lägen, und ein solcher Frevel an der Zukunft der Kommenden, daß er den Menschen nicht kennen möchte, der sich mit der Verantwortung dafür belüde. Freilich, wenn der Augenblick einmal käme, da man sich für land- und friedlos erklären müßte, – aber auch dann . . .

Wer würde sich mit wem darüber einigen wollen, wann dieser Augenblick gekommen war? warf der junge Reuter zweiflerisch ein. Nach einer Weile erst, er mochte inzwischen zum Anfang ihres Gespräches zurückgedacht haben, fragte er leise: Also weiter?

In Gottes Namen weiter! sagte Ovelacker mit fester Stimme.

Für kurze Zeit schien ein tiefes Ausruhen ihn zu überkommen. Dann aber, als wäre das die erste Sturmbö einer aufsteigenden Unwetterwand, vergewisserte er sich mit einem rätselhaften Unterton in der Stimme: der Freund dächte doch wohl nicht daran, bald aus Drostenholm wegzuziehen?

Kaum hatte der junge Reuter die Auskunft gegeben, er nähme es mit Dank an, wenn er weiter bleiben dürfte, denn sein Haus stände wohl unter Dach, aber es wäre noch längst keine Wohnstatt, zumal jetzt die Fahrerei anfinge, weil mancherlei für die Einrichtung aus der Stadt besorgt werden müßte, – eine schreckliche Arbeit für einen Mann! – kaum hatte er diese Auskunft gegeben, da trocknete Ovel-

acker sich mit dem Tuch die Stirn und machte ein paar vergebliche Anstrengungen, etwas zu sagen.
Ob ihm unwohl geworden wäre, fragte der junge Reuter besorgt und stand auf.
Nein, nein, wehrte Ovelacker ab und bat ihn, sich nicht zu beunruhigen; vielleicht spukte ihm das Fieber ein wenig im Leibe, ja, gewiß wäre es so. Der gute Doktor käme mit einem Mal so selten.
Reisepläne hätte der, wie er gehört, wußte der Freund zu berichten. Er hatte ihn auf dem Wege nach Tidenküll getroffen, das heißt nicht auf dem Wege zum Hof, sondern in die Nachbarschaft dort, zu irgendeinem brustkranken Bauern. Es herbstelte ihn, mitten im Sommer, hätte er gesagt; er wollte in den Süden, ein wenig früher als sonst, aber er würde auch früher alt als andere. Nun hätte er sich ein großartiges System für das Spiel in Monte Carlo ausgedacht, eine bestimmte Reihenfolge in der Abwechslung von Rot und Schwarz, auf die man setzen müßte, – wie die gewesen wäre, brächte er nicht mehr zusammen. Er war in der Tat recht stark gealtert, der Doktor.
Teilnahmslos hatte Ovelacker den Bericht angehört. Seine Lippen zuckten. Einmal sah es aus, als wollten sie Worte, die ihm schon auf der Zunge lagen, für alle Zeit zurückhalten, und ein ander Mal war es, als setzte er zum Sprechen an.
Es ist nur, überwand er sich mit einem Mal, ich . . . ich habe so schlechte Nachrichten!
Der junge Reuter verstand ihn nicht; sein Blick war voller Besorgnis und Ratlosigkeit. Schlechte Nachrichten? fragte er, über wen?
Über mich, gab Ovelacker mit einem gezwungenen Lächeln zur Antwort.
Vom Doktor?
Nein, – vom Polizeichef.
Ach so, meinte der junge Reuter nach einer Weile tonlos.
Welche Art Tonlosigkeit war das? Ovelacker heftete den Blick auf seinen Freund, als käme ihm alles darauf an, darüber Klarheit zu gewinnen.
Der junge Reuter sah ihm mit dem Anflug eines Lächelns, das ermutigen sollte, entgegen. Jeder fürchtet, was ihm gefährlich scheint, meinte er; mir ist ein Arzt unheimlicher, trotz ausgiebigem Umgang mit Ärzten, oder gerade dadurch! Polizeigewaltige fürchte ich nicht.
Aber wenn sie mir schlechte Nachrichten über mich bringen, geht das nur dich an.
Warum? Jetzt verstünde er nichts mehr.
Anscheinend, klärte Ovelacker ihn widerwillig auf, in jedem Worte

Scham und Stolz überwindend, anscheinend dürfte fortan niemand mehr um ihn sein, der sein Leben lieb hätte, – und niemand, dessen Leben ihm selber so lieb wäre wie das eigene.
Nun – der junge Reuter erhob sich langsam, sein sonst immer blasses Gesicht war von Röte überhaucht –, nun war der Bann gebrochen, zum ersten Mal. Und als fürchtete er, nicht weitersprechen zu können, wenn er jetzt nicht eilig fortführe, begann Ovelacker mit etwas wie Ungestüm.
Nach der Auskunft des Polizeichefs müßte man damit rechnen, daß der Versuch gemacht würde, für die Toten der jüngsten Vergangenheit Rache zu nehmen, nicht zu reden von der Rache für die anderen alle . . . Das klang, als beschwörte er eine so riesige Schar, daß sie, die beiden Lebendigen, kaum noch Platz im Raum zu finden vermöchten. – Einmal hätte er die Gefahr unterschätzt – oder verleugnet, wenn das des Freundes Überzeugung wäre –, und dabei hätte er mehr als sein Leben drangegeben, viel, viel mehr! – Er saß hastig atmend im Sessel und machte eine Gebärde, als wollte er alles andere abwehren, um nur noch dieses eine sagen zu können: Bleib nicht hier, wenn du dir ein Haus auf dieser Welt baust, um einmal darin leben zu können! Zieh aus, lieber heute noch als morgen, denn du weißt . . . Er konnte nicht weitersprechen. Der junge Reuter kam zu ihm. Ich begreife nicht, sagte er mit gespielter Nachdenklichkeit, hinter der er seine Erregung verbarg, und weiter, als legte er es darauf an, sich in eine Kritik der Form zu vertiefen, um nicht auf den Inhalt eingehen zu müssen –: ich begreife das nicht! Die Polizei kündigt den politischen Mord an, ohne im voraus zu versuchen, ihn zu verhüten? Der Polizeichef hat dir diese Mitteilungen gemacht? Auf welche Art und Weise gedenkt er, dich und den Hof zu schützen? Wenn die Angehörigen aller Verbrecher, die man auf dieser Welt schon gerichtet hat, die Freiheit besessen hätten, an den Richtern Rache zu nehmen, – lebten dann überhaupt noch Menschen?
Wir sollen, scheint's, alle fallen, murmelte Ovelacker, Schuldige und Unschuldige. Man hat mir erklärt, daß man mich nicht mehr schützen kann oder jedenfalls nicht besser schützen als jeden Schneider oder Schuster.
Der junge Reuter versank in nachdenkliches Schweigen. Dann fragte er: Und deshalb soll ich wegziehen? Weil man vielleicht mich treffen könnte?
Ovelacker nickte.
Und dieses Leben wagt man dir zuzumuten?
Das liegt ganz an mir. Man hat mir ein besseres angeboten.
Und warum nimmst du es nicht an?

Der Polizeichef besuchte mich im Auftrag des Ministeriums, begann Ovelacker zögernd. Und während seine Lippen sich mechanisch bewegten und seine Zunge mit einem seltsamen Gefühl der Betäubung Worte formte, erzählte er dem Freunde von dem Angebot. Sein Blick, der unverwandt auf einen Fleck starrte, schien an den Lippen eines Unsichtbaren zu hängen, als empfinge er von ihm diese Worte. – Wir wollen darüber nicht mehr sprechen, schloß er den Bericht. Der junge Reuter nickte. Später einmal hatte es den Anschein, als wollte er doch noch etwas sagen, da aber verwehrte er sich's, machte eine rasche Handbewegung und stand wieder auf.

Ich habe Erben, sagte er nach geraumer Zeit mit einem Mal – es schien ihn wie Erleichterung zu überkommen –, und du hast Erben. Also können wir beide ruhig sterben. Das haben noch weniger ehrenvoll, als es uns vielleicht bestimmt ist, schon viele früher gemußt, und doch stehen die Höfe noch. Die Wappen sind da, und die Felder sind da, die Ställe sind voll, die Häuser haben so viel Kinder, daß es immer noch ein paar gibt, die ins Erbe eintreten können. Man bekommt uns ja doch nicht ganz tot, wie sehr man auch möchte; es lebt zuviel von uns weiter . . . Warum also sollte ich ausziehen? Wir könnten jetzt nur unser Testament machen, wir beide. Er lächelte. Und außerdem habe ich gedacht, daß es jetzt, seitdem du aufgestanden bist, hier wieder ein wenig lebendiger werden könnte. Nimmst du schon Besuche an?
Besuche? Ich? fragte Ovelacker. Kein Mensch hat sich jemals zu mir getraut, abgesehen davon, daß man meine Antrittsbesuche erwiderte. Will mich denn jemand besuchen?
Eine Freude zitterte unter dem ungläubigen Staunen, schien es dem jungen Reuter. Soweit mir bekannt ist, sagte er, wollten dich etliche Menschen gern besuchen. Als sie das letzte Mal hier waren, konnten sie es nicht.
Wann waren sie denn . . . wollte Ovelacker anfangen, aber nur die Verwunderung der Frage erschien auf seinem Gesicht; über die Lippen kam kein Wort. Das Wagenrollen, das er in seinem zwischen Außen und Innen gespaltenen Hören vernommen hatte, die Gestalten, die sich um ihn gedrängt hatten . . . Jetzt wußte er, was damals geholt worden war! Und was war gebracht worden? War überhaupt etwas gebracht worden? Ahnen und Hoffen wollten es finden, wenn es so lange im Verborgenen gelegen hatte. Die damals, als er im Fieberwahn lag, gekommen waren, ihn anzuklagen, – wer von ihnen hatte die Entsühnung gebracht? Oder war die ihm gar nicht gebracht worden, sondern bei ihm geblieben – dieses eine, Unsagbare, das in

keinem irdischen Grab Herberge fand: die Liebe des Engels, der Sinn allen Opfers?
Er sah den Freund an, als hätte er Mühe, ihn zu erkennen, aber nur einen Augenblick lang. Bitte jeden zu kommen, der kommen will, sagte er dann. Alle, die ihr Testament gemacht haben, sind willkommen. Vielleicht, flüsterte eine neue Ahnung in ihm, als er den jungen Reuter mit einem Lächeln zustimmen sah, vielleicht lag der Sinn des großen Opfers, das sie der Gemeinschaft mit ihm entrissen hatte, darin: daß ihre Liebe ihm wieder eine Gemeinschaft mit den Menschen schenkte? Ihre unsterbliche, ewig weiterwirkende Liebe! Im nächsten Augenblick aber schon lehnte alles in ihm sich wider dieses Gesezt im Gang der Geschicke auf. Welch eine Anmaßung lag in solch einem Trost! Als ob er nicht viel lieber allein und geächtet mit ihr zusammengelebt hätte, als ohne sie in der weiträumigsten Bekanntschaft und Freundschaft! Doch wie er auch haderte und redete, – die Ahnung achtete dessen nicht auf dem Weg, den sie suchte, und von dieser Stunde an war ihm noch häufig, als dürfte er nur noch durch das kristallene Herz der großen opfernden Liebe in die Welt blicken und leben.
Das wird sie nur freuen, sagte der junge Reuter.
Ovelacker fuhr wie aus tiefen Träumen hoch. Freuen? Wen? dachte er angestrengt. Aber er vermochte es nicht zu ergründen, nicht eher, als bis der junge Reuter ihm erzählt hatte, daß er in Tidenküll häufig Besuch von Nachbarn bekäme, die ihm mit Rat und Hilfe zur Seite stünden, und daß keiner von denen jemals versäumte, mit großer Anteilnahme auch nach ihm zu fragen.
Die Nachbarn.
Angelika, hatte er gedacht.
Aber die Toten lebten ja doch in einem viel größeren Raum.
Und vielleicht stieß er gerade deshalb immer wieder von jedem Gedanken, von jedem Tun und jedem Lassen gegen das eine furchtbare Ereignis, immer an eine neue Seite von ihm, und jedesmal, schien es, an die allerschmerzlichste. Am Ende war es, als schachtete hinter jeder Freude die Traurigkeit sich um so tiefer aus, als begänne hinter jedem Trost das Leid sich immer unerbittlicher zu verhärten, als käme, je weiter er sich von dem Geschehenen entfernte, seine Unmittelbarkeit fortwährend näher und als stiege, was nach allen Gesetzen in Zeit und Raum versinken müßte, nur immer höher ihm zu Häupten als ein finsterer Berg an. Das war für ihn so etwas wie die Entdeckung einer zweiten, unheilvollen Wirklichkeit, der Wirklichkeit, die Lebenden und Toten gemeinsam ist.
Wer einen Schmerz in dieser zweiten Wirklichkeit beheimatet wis-

sen mußte, war allstündlich gefeit gegen das Ungefähre, gegen das Allzugeläufige, gegen die Unwirklichkeit, die sich das Herzblut bei der Leistung erläßt. Nein, dieser Berg eines Todes war durch nichts, was dem Wort verhaftet blieb, abzutragen, und wenn es ihm einmal in irgendeiner Stunde so schien, – in der nächsten stieß er dort, wo er Freiheit gewähnt hatte, an eine steinerne Wand, die nichts zu verrücken vermochte und die überstiegen – oder umgangen werden mußte. Der Schmerz war ein schroffes Gebirge, das noch in den Ebenen und weit entfernt von der Mitte des Augenblicks in den Flächen der Jahre wiederkehrte, als wäre er unterirdisch mit weitergezogen und würfe die Gelassenheit der Seele dort jählings zur Seite. Wie das Werkzeug geschaffen war, das diesen Berg einmal für alle Zeiten einebnen oder seine verwehrende Höhe in eine fruchtbare Tiefe verwandeln konnte, – das wußte er nicht, und das vermochte er wohl auch nur mit dem Einsatz seines ganzen Lebens zu erfahren. Leben! war also seines Willens Losung.

Er konnte schon wieder im Sattel sitzen und ritt umher, ein wenig nach vorn geneigt und in die linke Schulter gekauert. Auf langen Heimwegen ritt er mit fest zusammengepreßten Lippen, und seine Rechte, die die Zügel führte, machte bisweilen eine selbstvergessene Bewegung zum Herzen hin, als müßte sie dort einen Schmerz beschwichtigen, der sich anschickte, durch den ganzen Körper zu rasen. Dann wischte er sich mit dem Handrücken über die Stirn, um die Tropfen abzufangen, die dort herniederrannen, Tropfen, die Schweiß sein konnten oder Tropfen von dem Regen, den der Wald in brausenden Windstößen von sich warf, während das niedrige Gewölk am Himmel sich für kurze Zeit teilte.

Er lebte, aber er ritt im Tode einher und mußte weite Wege reiten, um dem Leben ein winziges Stück näherzukommen. Was aber waren alle diese Wege gegen den einen, der ihn bei seiner Kürze weiter gedünkt hatte als alle Wege auf dieser Welt: gegen das winzige Stück Weges, das er einmal hatte zurücklegen müssen vom Innenraum zur Außenwelt! Am schwersten angekommen war ihn nach dem langen Sichverschließen der kurze Weg durch das Haus, vor das Portal, zur Treppe, von ihrer letzten Stufe aufs Pferd, – weil er sich nicht die Kraft zugetraut hatte, es von der ebenen Erde aus zu besteigen. Es war wie ein Gleichnis gewesen, daß er noch nicht die Kraft besaß, in sein Leben und seine Gewohnheiten von der Erde her einzutreten. Noch stand er in einem Zwischenreich. Und in dem Empfinden davon mußte er sich bei hellem Tage auf Feld und Hof seiner selbst vergewissern, als könnte er sich sonst selber nicht glauben und erschiene sich nur als sein eigenes Gespenst. In der ersten Zeit schlug ihn gegen Abend ein leichtes Fieber, und jedes Fieber verwandelte ihn noch einmal schützend zurück in die Botmäßigkeit unter ein anderes Gesetz, als wäre er nach einer Herrschaft des Winters zu früh erwacht und dürfte noch einmal einschlafen, bis der Frühling wirklich gekommen wäre. Die Bedienten oder sein Freund fanden ihn etliche Male, wenn er von einem langen Ausritt müde heimgekehrt war, in halbnassen Kleidern vor dem Kaminfeuer sitzen, das er sich angezündet hatte. Dort war er in einen leichten Halbschlaf gesunken, unter dem es wie ein sich erst allmählich verflüchtigender Rausch lag, bevor der Nachtschlaf sich mit der Schwere einer Erschöpfung über ihn warf. Aber er lernte auch wissen, daß eine jede Stufe leibhaften Lebens mit anderen Vorstellungswelten verbunden ist, mit bildhaften oder blassen, von der Erscheinung gelösten. Da sein Leben sich nun mit erstarkenden Kräften immer inniger dem Leibe verband, gab es Nächte, da er aufschrie im Traum, weil ihn beim Anblick der Geliebten ein Hunger aushöhlte, oder Tage, da er in dem großen Speisezimmer vor dem Altan zum Fenster hinausschaute und sich jäh abwenden und in irgendeiner Rastlosigkeit Zuflucht suchen mußte, um das Bild zu verdunkeln, das ihm wie eine Vision der Leibhaftigen mit unbeschreiblicher Süße und Anmut erschienen war. Es kamen Tage, da er, um den Hunger zu stillen oder um vor dem Wähnen in die Wirklichkeit zu entrinnen, jählings von dort aufbrach, wo er gerade saß oder stand, und das ganze Haus wie eine Vorhölle oder einen Vorhimmel durchschritt und dann in der Verdammnis oder im Paradies selber stand: in ihrem Zimmer, das unverändert geblieben war und das ihr Leben so seltsam leibhaftig festhielt, für ihn, damit seine Sehnsucht hin und wieder damit getäuscht werden könnte – geblendet, weil sie fühlte, nur fühlte, und doch nicht sah. Die schweren Tage und Nächte, gnadenlose, in Verlangen und Sehnsucht durchwachte. Einmal hatte er dieses Zimmer zum ersten Mal wieder betreten. Da hatte er alles Vorstellbare jenseits der Schwelle zurücklassen müssen. Niemand war mit ihm gewesen, nur sie war überall gegenwärtig. Es war wie die mystische Hochzeit mit dem Schatten selber gewesen. Später dann kam das lange Austragen des Schicksals unter dem unverrückbaren Joch. Wenn er jetzt im Zimmer stand, waren schon Gedanken in ihm, Empfindungen, Bilder – ihr Leben war aus der mystischen Erscheinung zurückgeflohen ins Erinnern hinein. Und jedes Ding, das er ansah oder berührte, jede Empfindung, ja die Zeit selber, die er um sich spürte – alles war abermals eine steile, eisige Wand vom großen Gebirge der Schmerzen oder, beinahe noch schlimmer, war wie von Blut erwärmt und weich und duftend, mit einem leisen glockenhaften Lachen, das verhalten darin gewohnt und sich in der Macht von Vorstellung und Erinnerung gelöst hatte für immer. Das Brennen seiner Leidenschaft, die nie gekühlt worden war, überhitzte die Erinnerung und ließ solche Vorstellungen von einem weizengoldenen Haarflaum, von der Glätte und dem Ebenmaß ihrer Glieder, von der Farbe ihres Haares und seinem Duft in ihm aufkommen, daß er wie einen beschwichtigenden Heimweg suchte, was vorhin eine Flucht gewesen war: den Weg zurück in den Hunger und das Wähnen. Die waren erträglicher als diese qualvolle Speisung, bei der er hungriger wurde, als er's gewesen, wahrhafter als diese Scheinwirklichkeit, die, wie er insgeheim spürte, die Keuschheit brach. Denn die Toten wehren sich ihres Leibes. Sie gehören dem Mond, der den Abgeschiedenen scheint. Sein Platz aber war unter der Sonne der Gegenwärtigen.

Sie kamen. In einer Unberührtheit, die jedes Wort von ihm hätte wichtig machen und jeden Beweis seiner Aufmerksamkeit zum Ereignis erheben müssen, fand Ovelacker sich bald nach der Ankündigung des Freundes immer wieder von Besuchern umgeben. Das Seltsame geschah: Reiter trabten die Allee hinunter, Wagen rollten an, fremde Pferde standen für kurze Zeit in den Ställen auf Drostenholm. Die Leute konnten wieder aus den Türen schauen, wenn ein Hufschlag erklang oder ein Wagenrollen nahte, denn jetzt mußte das nicht nur den Verwalter oder den Milchkutscher verheißen, sondern es konnten ebensogut Fremde sein, die es immer wert waren, angeschaut zu werden. Das Seltsame geschah: die Anfahrt zum Gutshaus brauchte wieder den Rechen und den Besen, ja mitunter auch einmal Schaufel und Fegeblech, denn seit dem einen Tag, da der Weg wie aufgepflügt dagelegen hatte, mit frischem Tannengrün in allen Furchen, gab es jetzt wieder Spuren, die getilgt werden mußten, damit er für den nächsten Gast wie unberührt dalag. Wie seit eh und je sollte einen jeden beim Nahen das festliche Gefühl überkommen, er wäre der erste, aber nun kam in Wahrheit ein jeder zum ersten Mal oder zum ersten Mal wieder, seit langer Zeit. Weiter viel Seltsames, und nahm es sich auch nur in den Augen einer Magd so aus: es gab in der Garderobe des Gutshauses zur Rechten der Halle wieder Mäntel und Joppen und Hüte, zwischen denen die Magd sich nicht auskannte, und dazu lederne Riemen, die sich die Fremden abgeschnallt hatten, Riemen mit einem ledernen Behältnis, darin etwas Schweres, Längliches stak, das sehr wohl eine Waffe sein konnte. Und des Seltsamen mehr für die Mamsell, die in stillen Zeiten behäbig geworden war und jetzt wie eine schwere, vollbelastete Bark durchs Haus gesegelt kam: die Mamsell ward außer der Ordnung zum Herrn beschieden und in ein Verhör verwickelt, was sie diesen und jenen Gästen vorzusetzen gedächte. Aber das Allerseltsamste: es gab Stunden, in denen das Haus von Stimmen widerhallte, von lebendigen Stimmen, plaudernden, rufenden, lachenden, vertraulich in einen Winkel gedrängten – und dahinein mischte sich das Knallen der Kaminfeuer, die man in etlichen Räumen angezündet hatte, weil der Sommer so regnerisch und kühl war, daß man sich in den November versetzt fühlen konnte. Ja, die Feuer redeten und riefen und lachten mit in flammenden Zungen.

Den Gästen war die Zunge anfangs lahm. So mancher von ihnen gestand sich, daß ihn beim ersten Mal, da er dieses Haus betrat – oder wieder betrat –, ein Gefühl für das Ungewöhnliche seines Besuches beschlichen hatte. Zu allermeist versippt mit denen, die er hier als Gäste gleich ihm antreffen würde, oder wenn nicht durch gemeinsames Blut und irgendeine noch so weitläufige Verwandtschaft, dann durch Bekanntschaft und unzählige gemeinsame Erinnerungen von Burschenzeiten in Dorpat, von Terminen in Reval oder in Riga, von Ämtern und Landesdiensten her ihnen verbunden – mit dem, den er besuchen wollte, verband ihn die dreimal weitläufigere Verwandtschaft über Schwestern und angeheiratete Schwäger nicht als etwas Lebendiges, sondern höchstens einer kunstvollen Rechnung nach, und Erinnerungen besaß er nur an Reden und Raunen über ihn! Wenn man einmal über ihn gesprochen, hatte man ihm Beifall gezollt, ohne ihn das je erfahren zu lassen, aber im Grunde genommen hatte der Beifall auch nicht dem Manne und Menschen gegolten, den man jetzt kennenlernte, sondern der Arbeit, die er als Offizier und Richter geleistet. Später, als Ovelacker zum Besitzer von Drostenholm geworden war, galt der Beifall dem Prinzip, das er ihrer Ansicht nach verfolgte: sich nicht unterkriegen zu lassen. Mancher hatte ihn plump beneidet darob, daß er einmal von Rechts wegen die Gelegenheit hatte nützen können, unter dem Mordgesindel mit Pulver und Blei aufzuräumen; anderen war er dadurch ins Zwielicht zwischen Schauder und Größe gerückt; aber wenn er und sein Schicksal um dieses Land die meisten bisher gleichgültig gelassen hatte – sie alle waren an seine Seite gerufen worden von der, die an seiner Seite gefallen war. Ja, sie waren Egoisten auf ihre Art und, was den ‚Vorzug' des Umganges mit ihnen betraf, von einer trotzigen Feudalität. Aber sie alle waren Kavaliere, und ohne daß sie sich dies in Systeme zurechtgelegt: nichts achteten sie höher als das Opfer einer Frau. So schien es, als hätte der Tod Angelikas Ovelacker beschert, was das Land und sein Dienst an ihm nicht zu gewähren vermocht. Wer aber konnte wissen, ob nicht diese junkerlichen Herren die Verehrung für die Tote der Ehre ihres Landes, der Liebe zu ihm und dem Dienst an ihm gleichstellten – als ob die Jungfrau, in deren Namen das Land einst blutig erobert und der Dienst an ihr, der die ‚terra Mariana' geweiht worden war, noch einmal lebendige Wirklichkeit werden sollte in dem Opfer, das ein liebender Mensch mit seinem Leben dargebracht hatte? Dem lange gemiedenen ‚Henker', der in einer politischen Zwangslage als Richter hatte Blut vergießen und dafür den Haß eines ganzen Volkes hinnehmen müssen, winkte so etwas wie Erlösung in der Gemeinschaft, die er sich mit seiner Liebe errungen hatte und um die eine größere Gemeinschaft seines Standes Wache hielt. Denn: ein Geheimnis, wie es sich mitgeteilt hatte, aber es gab unter den Gästen keinen, der nicht davon ausging, daß es eine Braut gewesen war, die der Mordanschlag auf den ‚Henker' von der Seite Ovelackers gerissen hatte. Das band Männer dieses Landes womöglich noch stärker in den Dienst an allem, was von einer verehrten Toten lebendig geblieben war. Wie aus alter Überlieferung wußten doch die meisten von ihnen noch, was ein Kavalier und was die Pflicht eines Kavaliers auch in der Liebe war. Das konnte nicht nur die Macht eines Bildungsideals zustande gebracht haben, eines Bildungsideals, das ihre Art, ihr Wesen und seine Lebensformen schon zu einem Begriff in der Sprache der Gebildeten außerhalb ihres Landes gemacht hatte. Denn nicht Bildung hatte man als Höchstes von ihnen gefordert; gut, wenn sie sich die nebenher auch noch erwarben. Charakter forderte man von einem Edelmann, Mannhaftigkeit, das, was sie selber untereinander als ‚anständig' und ‚gut baltische Art' bezeichneten.

Nein, als blutleere Ästheten, die in sagenhaften Schlössern die Erlöse aus Roggen und Kartoffelschnaps in Kunstschätzen anhäuften oder überall dort, wo die Welt noch Raum genug für das Abenteuer bot, als die letzten Aventuriers das ungebärdige Blut zur Ruhe brachten, das sie von ihren Ahnen geerbt –, als dies oder eine Ansammlung von Originalen konnten die nicht gelten, die von nun an in den hohen Räumen des Gutshauses zu Drostenholm Einzug hielten: die Herren von Berend und von Bremen, die von Emme und von Friesel, von Hagemister, von Hastfer, von Helffreich und von Huegenen, der Herr Löschern von Hertzfeld, mit drei Herzen im Wappen, die Barone von Bellingshausen und von Buxhoeveden, der Edle Baer von Hüfthorn, mit Bär und Sternen im Siegel, und wie sie alle heißen mochten: Nachbarn – was nicht zu bedeuten brauchte, daß sie sehr nah bei Drostenholm wohnten, Nachbarn und Anhang. Sie waren auf den Feldern der väterlichen Güter aufgewachsen und hatten, von den Zeiten auf der Dom- und Ritterschule zu Reval, der dörptschen Burschenherrlichkeit und der Kavalierstour in den Westen abgesehen, in den Wäldern der großen Jagden ihre männliche Erziehung genossen. Die meisten von ihnen waren nicht märchenhafte Grundherren, sondern Großbauern in einem kargen Land, sonnengebräunte, meist hochgewachsene Männer von einer hervorstechenden Noblesse im Auftreten: die Ältesten ihrer Familien, die den väterlichen Hof übernommen und Sitz und Stimme im Landtag besaßen, die jüngeren, deren Ehrgeiz sich einem Beigut zugewandt hatte, das sie zu einem Hauptgut heraufzuwirtschaften trachteten, und noch jüngere, die in den Literatenstand strebten und Arzt oder Pastor oder Jurist werden wollten, weil die Russifizierung ihnen die Armee verleidet hatte. Manche hatten etwas von der Weiträumigkeit in sich, in der sie lebten. Sie lag in ihren Schritten, an denen sie sich auch auf dem Markusplatz erkannt hätten, in ihren Bewegungen, die weit ausholten, wie zum Säen, in ihrer Sprache und in ihrem breit und laut dahinrollenden Lachen. Die Kargheit ihres nordischen Landes ließ sie das Reichliche lieben, in gutem Essen und kräftigem Trinken und Großzügigkeit in ihren Gefühlen. Anderen lag der dörptsche Geist wie ein erregender Bazillus im Blut; eine innere Beweglichkeit und Behendigkeit zeichnete sie aus, eine besondere Art von Geistigkeit, die einst einen leuchtenden Weg zwischen christlichem Idealismus und orthodoxer Frömmelei gegangen und überall dort am sichtbarsten geworden war, wo sie sich am Widerspruch hatte nähren können.

Ein jeder von diesen Gästen brachte zu seinem Ruf noch den anderen, geheimeren mit, in dem seine Familie stand: entweder leidenschaftliche Jäger zu sein oder Reiter, ausgezeichnete Landwirte, Viehzüchter von Gnaden, Schöngeister, Frömmler; niemand konnte mit sich allein, wie aus einem Nichts, hervortreten; die Taten seiner Vorfahren folgten ihm nicht weniger nach als ihre Untaten, ob es einen Hang zur Roheit bei ihnen gegeben hatte, einen zum Trunk, zum Ludern und Spielen. In der Summe, die ein jeder darstellte, war dem langen Gedächtnis des Landes (ohne daß es geschriebener Geschichte bedurft hätte) immer gegenwärtig, aus welchen Einzelposten diese Summe zustande gekommen war. Das waren sie.

Und da war er.

Man mußte seiner auffallenden Blässe anrechnen, daß er auf den Tod krank gewesen war. Aber auch dann: er schien nicht so selbstsicher und ohne Sprünge in seine Haut hineingeboren zu sein wie sie. Es gab Risse an ihm, die erst sichtbar wurden, wenn ein Gefühl ihn erfüllte, und dann, konnte man annehmen, würde dieser andersgeartete Geist sich auch andere Krankheiten suchen als der ihre. Wenn er unter seinen Gästen weilte, sah manches nach einer Schüchternheit aus, die ihm in ihren Augen schlecht anstand; aber es war wohl auch gar nicht Schüchternheit, sondern der Schatten eines Empfindens, das mehr empfand, als Herrenart sich erlauben darf, ohne Schaden zu nehmen. Sie, seine Gäste, empfanden eigentlich immer nur so viel und so stark, wie ein Herr darf, ohne der Wegbereiter der Anarchie zu sein, selbst die freiesten Geister unter ihnen. Sie blieben Herren auch darin, gelehrte Herren und geistliche Herren, und sicherten ihrem Stande in diesem Land eine Eigenart zwischen Enge und Machtfülle. Ihr ganzes Denken und Fühlen war von der Sendung, Herren zu sein, begrenzt. Wer sich mehr gewährte oder, ohne daß er es zu ändern vermochte, mehr zum geistigen Leben brauchte, trat einen Teil der Herrschaft ab. Aber – das war die entscheidende Frage für die Gäste, und daß sie sich in den Stunden des Zusammenseins mit ihm von selber beantwortete, war wohl eines jeden geheime Erwartung –: war Ovelacker einer der Ihren? Sonderlichkeiten, die sie an ihm bemerkten, hätten nie vermocht, irgendeinen Einfluß auf die Entscheidung auszuüben. Seine Sonderlichkeiten zu haben, war der Mensch da, und hier lag genug freier Raum zwischen einem jeden und seinem Nächsten, daß die Sonderlichkeiten des einen die des anderen nicht störten. Von Sonderlichkeiten erhielt sich das ganze Land, wenn die sich nur unter das eine allgemeine und verbindliche Gesetz beugten, das im Grunde genommen niemand in Worte zu fassen verstand. Und dieses Gesetz – wie, gehörte er nicht insgeheim zu denen, die es für diese Zeit gegeben hatten und immer noch gaben? ‚Ausharren, das wird die Summe unserer Poltik sein . . .' Ja, als sie mit ihm zusammengesessen und über alles gesprochen hatten, was sie bewegte: daß das Mißlingen des Attentats auf Stolypin ein Glück zu nennen wäre, ein Glück die Wiedereinführung der Feldgerichte, ein Glück Auflösung der Duma; als sie mit ihm zusammen ausgeritten waren, mit ihm einen Schnaps getrunken, ihn ihren Frauen oder Müttern und Schwestern vorgestellt hatten (für die er, der seine Braut verloren, jetzt schon ein wenig der romantische Held war) – nach all dem gab es keinen Zweifel mehr: er gehörte zu ihnen, wenn sie ihn auch in manchem nicht immer so verstehen würden wie ihre Vettern Stackelberg oder Maydell zum Beispiel. Bei den älteren Damen drückte sich diese Zustimmung darin aus, daß sie es liebevoll übernahmen, für ihn festzustellen, mit wem alles er nun eigentlich verwandt war. Wie reizend, er war ein Großneffe von Woldemar von Gruenewald! Aber da war es doch eigentlich seltsam, ja, rundheraus gesagt, eine Schande, daß die Ritterschaft völlig stumm blieb bei den Schmähungen gegen ihn, die in jeder estnischen Zeitung standen, daß sie tatenlos war in dem stillen Krieg wider ihn, ohne Einfluß auf die Ämter in Sankt Petersburg, die seine Pflichterfüllung mit Verleugnung belohnten. Diese Pflicht aber nun – nein, nein, Gott mochte geben, daß darüber Gras wuchs! Damit, daß er diese Pflicht erfüllt hatte, konnte man ihm auch heute noch keine Freunde gewinnen, dem . . . Henker. Erbarmung, Erbarmung!, daß dieser freundliche, angenehme Mensch so viel Blut vergossen hatte! Es hatte sein müssen, natürlich, eigentlich großartig von ihm, aber . . . Geheimnis: anscheinend konnten zu viele nicht einmal an Menschenblut denken, geschweige es sehen. Seine lichte Glorie war die Liebe, die ihn für kurze Zeit umgeben hatte, seine düstere, viel dichtere und düstere Glorie der Haß, der nach ihm zielte, die Toten, die ihn riefen. Und so mancher schwache Mann sagte tagsüber, was seine Frau in der Nacht laut gedacht. Sie waren Egoisten auf ihre Art. Sie wollten nicht mehr Haß teilen, als ohnehin auf sie, die Herren des Landes, entfiel.

Aber die Ritterschaft . . .!

Der junge Reuter hatte diesen Anruf als erster getan, unter Freunden und Bekannten von ihm, die den Herrn von Drostenholm jetzt kennengelernt und sich mit seinem Schicksal etwas eifriger beschäftigt hatten. – Aber die Ritterschaft, warum unternahm die nichts? Sie stand doch sonst für jedes ihrer Mitglieder ein, wenn die öffentliche Meinung der Undeutschen zu Unrecht über diesen Mann herfiel! Warum tat sie es nicht auch diesmal, warum hatte sie es nicht schon längst getan? Selten, so weit die Erinnerung reichte, selten hatte ein Mann so viel über sich ergehen lassen müssen, und niemals, niemals ganz allein. Immer hatte die Ritterschaft als die höchste Autorität des Landes für ihn gezeugt, es haftete dem beinahe etwas Feierliches an, wie wenn sich Schilde auf einen Ruf hin erhoben.

Es setzte ein Fragen und Antworten von Gut zu Gut ein; der junge Reuter leitete das Gespräch anfangs nicht ohne Geschick. Aber was bezweckte er damit? So etwas wie eine öffentliche Meinung? Das konnte es nicht sein. Er mußte wissen: was in den Sälen gesprochen wurde, kam nicht unter die Leute. Was also, wenn es mehr als der übliche Klatsch sein sollte – was versprach er sich von diesem Fragen?

Er merkte zu spät: der einzige, der nicht gefragt wurde, war er selber; und dieser Umstand verleidete ihm die Teilnahme an dem Gespräch. Zwar hatte er die Frage aufgeworfen, mit der ganzen Autorität in der Beurteilung von Standesfragen, die er genoß, doch nun hatte die Frage sich selbständig gemacht, und wie sie von anderen beurteilt wurde, verschwieg man ihm als dem Hausgast des Drostenholmschen Gutsherrn. Ja, die Frage lebte; und nach seinem Geschmack zu lange, als daß sie nicht anfangen mußte, peinlich zu werden.

Er hatte nur soviel Zeit für sie vorgesehen, daß er das Gefühl haben durfte, er hätte sich über die öffentliche Anteilnahme vergewissert. Gleich danach hatte er etwas unternehmen wollen. Nun eilte es für ihn, nun unternahm er's schneller, als er gedacht; den Anlaß gab ein Morgen, an dem er zu sehr früher Stunde das Gutshaus verließ, um in die Stadt zu fahren. An diesem Morgen fand er auf der großen Treppe vor der Anfahrt seinen Kutscher, zwei Mägde und einen Nachtwächter unter der Aufsicht des Verwalters damit beschäftigt, Ströme heißen und kalten Wassers über die Stufen zu gießen und harte Besen so behutsam über die Kalksteinfliesen zu führen, daß sie ganz wenig Geräusch verursachten und dabei doch fest genug ansetzten, um etwas zu entfernen, was dort – dem Anschein nach – eine Nacht lang Zeit gehabt hatte, in alle Poren des Steins einzudringen: eine riesige rote Lache.

Der junge Reuter stand fröstelnd eine Weile in der regendunstigen Frühe und sah sich das mit an. Ringsum wanderten die Stare umher, die alten und dazu die flügge Brut, die sie, weiß Gott, wie, in der Regenzeit großgebracht hatten. Sie standen zwischen den Grashalmen im Rondell und schauten wachsam mit gerecktem Hals auf die Arbeitenden, als müßten auch sie zur Kenntnis nehmen, was hier vorgefallen war. Blut? fragte der junge Reuter.

Vielleicht Blut. Ich will gar nicht untersuchen, was es ist, wenn es nur wegkommt, sagte der Verwalter griesgrämig.

Sonst ist alles in Ordnung? fragte der junge Reuter und sah mit Befriedigung, daß sein Kutscher die Arbeit niederlegte, zu der ihn der Verwalter mit herangezogen hatte, und jetzt den Wagen bestieg.

Ja, sonst ist alles in Ordnung, gab der Verwalter zur Antwort, aber ohne es zu wissen, steckte er die Hand in die Tasche, in die er den erbärmlichen Wisch gesteckt, die Drohung: seine Richter wären nicht müßig, hochachtungsvoll: das Komitee.

Der junge Reuter bestieg den Wagen, ließ sich in den Reisemantel helfen, wickelte sich die Decke um die Knie und fuhr ab. Er war den ganzen Tag zerstreut und brachte es bei seinen Einkäufen zu einem heillosen Durcheinander; zum Glück bemerkte er es meist, während er noch in der Stadt war, manches aber kam erst nach Wochen an den Tag, und noch viel später war ihm zuweilen, als könnte er diesen Tag zu einem Stichtag in der Zeitrechnung machen, oft genug wurde er an ihn erinnert.

Er kam an diesem Tag nicht besonders früh nach Haus, aber was er so viele Stunden bedacht hatte, vertrug es anscheinend nicht, noch länger im Kopf zu bleiben. Kaum heimgekehrt, noch im Mantel, vermerkte er sich's auf einem Blatt Papier, schrieb es am nächsten Tage nach unzähligen Verbesserungen ins reine und schickte es dann ab. Denn es war nicht für den lieben Gott bestimmt als eine der unendlich vielen Fragen, die an ihn gerichtet werden, und nicht für die Erben seiner Papiere. Lange genug hatte er sich selber gefragt und, für seinen Geschmack, schon viel zu lange andere fragen lassen. Jetzt wollte er einmal die fragen, die es anging: die Ritterschaft. Warum schwieg sie und ließ es überhaupt dazu kommen, daß man fragte?

Er hatte genug Bekannte in der ritterschaftlichen Kanzlei, unter den Kreisdeputierten und, wenn auch in erhabener Entrücktheit, im Landratskollegium. Also durfte er sicher sein, gelesen und erwogen zu werden. Warum, fragte er in seinem Briefe, warum nahm die Ritterschaft als die berufene Vertreterin nicht die Interessen des Grafen von Ovelacker wahr? Er gab den Sachverhalt, sehr behutsam geschildert – das hatte die vielen Verbesserungen erheischt –: was schon geschehen war, die gegenwärtige Lage, die Aussichten für die Zukunft. Ihn, den alten Ekstatiker des Rechtes, überkam noch einmal etwas wie Feuer, und er lieh es dem Leben und dem Glück seines Freundes. Geschrieben, gesiegelt, nun ging es ab. Nun fing er an zu warten. Mitunter aber, im Gespräch mit Bekannten und Freunden, entschlüpfte es ihm schon wider Willen einmal: er wäre überzeugt, daß die Ritterschaft jetzt etwas unternehmen würde! Wie sollte es denn so weitergehen: Drohungen über Drohungen, die Soldaten zurückgezogen aus ihrem Quartier im Pastorat, wie der Kreispolizeichef angekündigt hatte, und Ovelacker ritt tagein, tagaus umher – ohne Waffe, einfach, weil er keine mehr bei sich haben wollte, aus einer Grille, gegen die jede Besorgnis machtlos war. Er selber, der junge Reuter, hatte zwei gewaltige Naganpistolen geladen im Wagen liegen, wenn er nach Tidenküll hinüberfuhr – zwei Pistolen und, wie er sich lächelnd hatte eingestehen müssen, nicht einmal *eine* Hand, die noch stark genug war, mit diesen gewaltigen Schießprügeln umzugehen, ohne den Lauf irgendwo aufzustützen. Diese Fahrten nach Tidenküll! Es gab Stunden, da ihn seine Verstädterung, wie er es nannte, mit einer großen Verzagtheit schlug. Er fand sein Haus immer noch nicht weiter gediehen vor, als bei seinem letzten Besuch, oder scheinbar nicht weiter gediehen, denn selbstverständlich war irgend etwas inzwischen getan worden. Und dennoch: wenn er mit hochgeschlagenem Kragen blaß und fröstelnd zwischen dem Bauschutt umherstieg, oftmals stehen blieb und sinnend das Unfertige betrachtete, schien er zu erwägen, ob es noch zeitig genug fertig werden und ob die Anspannung, die er insgeheim von sich gefordert hatte, lange genug vorhalten würde. Auf der Heimfahrt quälte er sich mit Fragen, ob er nicht auch zuviel Geld aufgewendet hätte für sein bißchen Leben und sich bescheidener mit einem Zimmer irgendwo zur Miete hätte begnügen sollen. Das Ärgerliche war, daß die niedergebrannten Stallungen und was da noch alles im Dezembersturm draufgegangen war, schon neu erbaut dastanden. Dafür hatte der Verwalter gesorgt, der den Arbeitern eine wahre Gottesgeißel war, wenn sie sich nach seinen Begriffen zuviel Zeit gelassen hatten. Aber auch er hatte keine Zeit zu verlieren! Das fühlte er, der Verwalter seiner Gesundheit – oder Krankheit, wie man es nehmen wollte. Was ihm neben allen Freuden, die das Bauen gewährte, oftmals einen Schauder über den Rücken jagte, war die Angst, daß er, wenn das Haus endlich einmal fertig sein würde, um alle Freuden darin geprellt und abermals dazu verurteilt werden könnte, sein Leben in der Fremde zu verbringen. So wurde ihm alles, was er tat, um sich die Zukunft zu sichern und zu verschönen, zu einem geheimen Wettlauf mit dem Tode, und er war sicher, daß auch der nichts ungetan ließ, den Sieg an sich zu reißen. Wie eine unheilvolle Verzauberung, die zu lösen er aber keine Kraft mehr aufwenden wollte, spürte er, daß er in allem stehen blieb. Neue Einsichten vermochten seine alten Ansichten nicht mehr zu ändern. Was hatte ihn so erstarren lassen? fragte er sich. Schmerz? Vielleicht. Es gab bestimmte Zeichen, wenn er die einmal empfangen hatte, wandelte der Mensch sich nicht mehr. Und war das nicht schon der Anfang des Todes?

Seine Erregung, als er hörte, der Deputierte für diesen Kreis wäre, vom ritterschaftlichen Ausschuß gerufen, in die Stadt gereist, schien diese verzichtende Gefaßtheit Lügen zu strafen. Was würde nun geschehen? Er sah es als ein gutes Zeichen an, daß der Herr von Rechenberg auf Wallisaar vor den Ausschuß gerufen worden war, denn was nun auch geschehen mochte: auf jeden Fall würde man die Sache aufgreifen. Wie aber kam es, daß Ovelacker in diesen Tagen – obwohl er doch gar nichts von seinem Brief wußte – gerade ihn ins Vertrauen zog und ihm, unter merklichen Hemmungen zwar, die Frage stellte, ob der Freund sich denken könnte, daß eine Anfrage an die Ritterschaft nicht von vornherein als ein Versuch angesehen würde, die Verantwortung von sich abzuwälzen. Eine persönliche Verantwortung hätte er ja doch nicht gehabt, oder jedenfalls keine andere als die, auf die er seinen Eid geschworen; in die sachliche Verantwortung, wenn sie an ihm persönlich gerächt werden sollte, könnten sich nach seiner Auffassung Staat und Land, Ministerium

und Ritterschaft teilen. Ihm wäre der Gedanke gekommen, der Ritterschaft diese Auffassung zur Kenntnis zu geben.
Er hätte es schon für eine selbstverständliche Freundespflicht gehalten, der Ritterschaft diese Ansicht zu unterbreiten, erwiderte der junge Reuter verwirrt, einmal im Zweifel darüber, ob er es eingestehen sollte, und ein ander Mal überzeugt, daß er es sagen müßte, denn nichts wäre ihm so gegen die Absicht geraten, wie daß er eines Tages als heimlicher Wohltäter vor Ovelacker hätte dastehen sollen. All die Vorhaltungen Ovelackers: wie er das habe tun können, warum er sich noch zu allem hinzu mit seinen Angelegenheiten beschwerte, nahm er nicht ernst. Er meinte spüren zu können, daß Ovelacker sich herzlich befreit fühlte, nicht zum Bittsteller für sich selber werden zu müssen. Etwas anderes aber legte sich ihm schwer auf die Seele: die Hoffnung des Freundes, für den er geschrieben hatte. Es hatte den Anschein, als traute Ovelacker ihm selbst Unmögliches zu. War es Dankbarkeit oder die Überzeugung, daß etwas, was er anfing, nicht schlecht ausgehen konnte? Stand dahinter die freundschaftliche Zuneigung, die einem anderen so gern mehr Fähigkeiten zueignet, als in Wirklichkeit vorhanden sind? Jedenfalls erging Ovelacker sich noch zu dieser Stunde in Beteuerungen: was da hätte getan werden müssen, hätte niemand besser tun können als er! Nun wollte er überhaupt nicht mehr zweifeln, daß . . .
Aber nun wollte der junge Reuter anfangen zu zweifeln, obschon er nicht wußte, wovon sein Zweifel sich nähren sollte, denn auch seine Kenntnis darüber, was die Ritterschaft bisher zu ihrer Untätigkeit veranlaßt hatte, reichte nicht weit.
Am nächsten Tage schon, als er nach Tidenküll fuhr, begegnete ihm das Wallisaarsche Gespann, das den Kreisdeputierten vom Bahnhof abholen sollte. War die Entscheidung gefallen? Er war beim Prüfen der Bauarbeiten flüchtig und gab Anweisungen, die er eine Stunde später schon widerrief. Er ließ jetzt bei dem Bau so verfahren, daß das Haus im ganzen noch später fertig wurde, als vorgesehen, aber daß er etliche von den Zimmern schon bewohnen konnte, wenn . . . Nun, nicht gerade so, daß da über anderen erst das Dach gedeckt wurde, aber so ähnlich. Die Schwelle zur Haupttür, zum Beispiel, würde noch nicht eingelassen sein, wenn er schon durch einen Nebeneingang eingezogen war. Das war sein neuer Plan. Und nun schickte er sich an, die Möbeltischler aufzusuchen, die er aus der Stadt hatte kommen lassen und die in einer großen Kleete damit beschäftigt waren, so viele von den Möbelstücken auszubessern, wie man damals aus dem brennenden Haus hatte retten können. Ihrer besinnlichen Arbeit sah er am liebsten zu, ihre Arbeitszutaten roch

er am liebsten. Nicht Mörtel, nein, nicht Teer und Werg, aber Firnis, Schellack und dann und wann ein noch unbearbeitetes Stück dunkles Holz, Palisander vielleicht, zu einer Einlage für ein Schloß, duftend und edel wie ein dunkles Stück Spezerei.
Flüchtigkeit, ja, und daneben ein Sichverlieren an Träumereien, keine Beständigkeit mehr, nur ein leises Schwanken wie unter leichtem Fieber. Ende Juli zog er Filzstiefel an und meinte zu seiner Entschuldigung, die feuchte Kälte zöge ihm sonst von den Füßen in die Nieren hinauf. Zudem wäre ihm seine Stimme jetzt so häufig belegt. Wie hochfahrend sprach er von einer Stimme! Er besaß gar keine mehr. Nur eine so tonlose – wie sie in ihm sprach. Da waren viele tonlose Stimmen, die mahnenden, die warnenden, die verzagenden und die ermutigenden – so viele ein Mensch nur haben kann. Doch an dem Tag, da er das Wallisaarsche Gespann getroffen hatte, mußte eine bei ihm fehlen. Denn riet ihm irgendeine Stimme, nach Drostenholm zurückzufahren? Nein. Den ganzen Tag verbrachte er mit Flüchtigkeiten und Träumereien in Tidenküll, und als hätte er seit dem neuen Bauplan schon so etwas wie ein sicheres Herkommen und Heimkommen gefunden, machte er einen Spaziergang in seinen Park hinein, der unmerklich in die Heuschläge überging. Er fuhr bei strömendem Regen heimwärts, und doch fiel der Regen nicht so stark vom Himmel und war es nicht so dämmerig, als daß er nicht hätte gewahren können, wie die Pferde einer alten Spur folgten. Nicht seiner eigenen vom Morgen her – die wäre wohl auch längst ausgelöscht worden –, nein, einer neuen, einer ganz frischen Spur. Ob Besuch im Haus wäre? fragte er die Magd, die ihm aus dem Mantel half.
Nein, gab die zur Antwort. Es wäre Besuch dagewesen, aber schon wieder weggefahren.
Wer?
Der Wallisaarsche Baron.
Es lag ein wenig Hast in seinen Schritten, als er in sein Zimmer strebte. Dorthin natürlich, wohin auch sonst? Nun, er hätte sich denken können, daß er, ohne zu säumen, Ovelacker aufsuchte. Doch er tat es nicht, er ging in sein Zimmer, gerade so, als ob ebensoviel dringliche Veranlassung wäre, dorthin zu gehen. Und als ihm beim Öffnen der Tür die weißen Vierecke der angekommenen Briefe vom Tisch her zuleuchteten, wußte er, daß es sich tatsächlich so verhielt. Da lag mancherlei: Rechnungen, Anfragen, Angebote von Baubedarfshandlungen, irgendein Gruß eines Bekannten oder Verwandten – aber in Wahrheit nur der eine Brief, nach dem er sofort griff und den er stehend las.

Die Magd öffnete leise die Tür und trat ein, weil er auf ihr Klopfen ein Herein gemurmelt hatte, ohne es zu wissen. Er beachtete sie nicht, er sah sie nicht, er las, las zweimal nacheinander den kurzen Brief:
Die Ritterschaft beehrte sich mitzuteilen, daß sie mit Dank von seinem Schreiben Kenntnis genommen hätte und die Gründe, die ihn zu seinen Darlegungen veranlaßt, vollauf zu würdigen wüßte. Der ritterschaftliche Ausschuß hätte es nach Kenntnisnahme aller Umstände und in Erwägung der Pflichten der Ritterschaft gegenüber ihren Mitgliedern und dem Lande für richtig befunden, den Herrn Kreisdeputierten damit zu beauftragen, die Stellungnahme der Ritterschaft dem Grafen von Ovelacker persönlich zu übermitteln und ihn der tiefsten Anteilnahme zu versichern. Nach dem schweren Verlust, den er unter so tragischen Umständen erlitten, galt diese auch ihm, dem Empfänger dieses Briefes und nahen Verwandten des Opfers. In ausgezeichneter Hochachtung . . . Unterschrieben . . . gesiegelt – da hielt er es in den Händen.
Das erste, was der junge Reuter tat, war, daß er sich die kalten Hände rieb. Es klang wie ein Rascheln. Er tat es, um das Blut in die klammen Finger zu locken. Was dachte er? Gar nichts. Er ging umher und wunderte sich mit einem Mal, daß er nicht allein war, und schaute der Magd zu, die sich im Zimmer zu schaffen machte. Ob er jetzt Tee trinken wollte, wurde er gefragt. Er antwortete damit, daß er fragte, wo der Herr sei.
Das wüßte sie nicht genau. Vorhin wäre er hinausgegangen. Sie hätte ihn nicht zurückkommen sehen.
Ob er weit weg gegangen wäre? So etwas sähe man ja der Kleidung an, meinte er.
Das wüßte sie nicht. Wahrscheinlich nur in den Hof hinüber.
Sie konnte gehen. Aber von der Tür her fragte sie noch einmal, wohin sie den Tee bringen sollte.
In das Bücherzimmer, sagte er, ohne nachzudenken; so hieß die Bibliothek bei den Leuten.
Er selber aber machte keine Anstalten, dorthin zu gehen. Er ging umher und sah aus dem Fenster und dachte sogar einen Augenblick nach Tidenküll hinüber, wo der Regen die brandgeschwärzten Ruinen wusch – den Rest, der von ihnen vorhanden war. Die meisten Steine hatte er bei dem neuen Haus mit verbrauchen lassen. Sogar einen alten barocken Kaminsims, der nicht entzweigegangen war, obwohl er bei dem Brande aus einem Stockwerk ins andere gefallen war. Warum er an den dachte? Er dachte an die Engel, die aus dem Stein herausgehauen waren, Engel – aus Stein, aus dem schwersten

Los, das eine Gestalt treffen kann. Angelika hatte sich in dieses Gesims verliebt, als sie die Ruinen durchstöberten, und ob es ihn auch in vieler Hinsicht Mühe gekostet – er hatte die Engel mit einmauern lassen. Immer wieder wurde wohl so das zarteste, oftmals schon dieser Erde entrückte Leben in das härteste aller irdischen Lose gefesselt und blieb da, bis ein Feuer es löste.

Woran er sonst noch dachte? Er wußte es nicht. Woran kann man in einer großen Besorgnis denken? Die Sorge allein will gesorgt sein. Und das tat er. Sein an der Jurisprudenz geschultes Gehirn faßte nicht, worin sie lag. Sie lag in dem Brief, in diesem höflichen Brief, aber von dort war sie schon längst ein Stück seines Selbst geworden. Nach einer Weile ging er aus dem Zimmer. Als er einer der Mägde ansichtig wurde, die langsam – wie schlaftrunken, sah es aus – die Messingteile des Treppengeländers mit einem rotsamtenen Schnüren putzte, fragte er sie: Wo der Herr sei. Sie hob ihr rundes, ausdrucksloses Gesicht zu ihm auf und gab zur Antwort, sie wüßte es nicht. Dabei hörte der junge Reuter im selben Augenblick, daß Ovelackers Schritte sich von unten her näherten. Er stand ein ganzes Stockwerk höher als der, der jetzt anfing, die Treppe hinaufzusteigen, und rief ihn an. Was er zu ihm sagen wollte, wußte er nicht. Als er einmal angefangen hatte zu sprechen, wurde daraus die Bemerkung, er wollte jetzt in der Bibliothek seinen Tee trinken gehen, und damit wandte er sich zum Gehen.

Ovelacker nickte zur Antwort und grüßte ihn mit der Hand. Als er das Ende der Treppe erreicht hatte, war der junge Reuter schon hinter der nächsten Tür.

Ein guter Bescheid, dachte er bei sich selber – ein guter, nicht wahr? Ein Bescheid, der ihm ein Lächeln auf dem Gesicht zurückgelassen hatte. Zwar schien es ein etwas anderes Lächeln zu sein, als er sonst lächelte, doch immerhin ein Lächeln . . . Ein verlorenes, ein wenig ratloses, ein Lächeln, wie es vielleicht das Nichtbegreifenkönnen vor sich gezogen hatte. Ein Lächeln mit ein wenig Scham darin, gut, aber auch mit ein wenig Schreck, der nicht weiß, was er jetzt beginnen soll. Ein irrendes Lächeln . . .

Unversehens überfiel ihn die Vorstellung von dem rotblustigen Herrn von Rechenberg, dem so sicher in seine Haut Geborenen, der dieses Lächeln auf das Gesicht gerufen hatte. Konnten es gute Worte gewesen sein? Hatte er auch vor wenigen Augenblicken noch das Gegenteil angenommen – jetzt mit einem Mal war er fest davon überzeugt, daß es kein guter Bescheid gewesen war.

Da trat Ovelacker ein. Der junge Reuter machte es sich willentlich zur Aufgabe, nicht sogleich seine Tasse hinzustellen und ein Ge-

spräch anzufangen, sondern dazustehen und langsam und nachlässig seinen Tee zu schlürfen. Schließlich aber – Guten Tag sagen mußte er. Und nach so viel Vorsätzen tat er es so, wie er es sonst niemals getan hatte: mit etwas wie geheimnisvoller, unverbrüchlicher Schweigsamkeit und Kürze. Ja, als wäre es schon zuviel, wenn er den Sinn der Geste in Worte faßte, deutete er stumm auf die Teekanne und die zweite Tasse daneben.
Ja, bitte, sagte Ovelacker und ließ sich in den Sessel fallen. In den Ohren des jungen Reuter klang das alles sehr laut.
Er hätte Besuch gehabt, meinte Ovelacker und sah lächelnd zu dem jungen Reuter auf – wie von der Treppe her, dachte der, und mit einem Mal kam ihm dieses Lächeln unheimlich vor. Wie töricht er sich selber dabei erschien – er hatte Angst, daß es in den nächsten Sekunden in ein Wahnsinnsgelächter zersplittern könnte. Ich hörte schon, meinte er einlenkend und beflissen, als könnte er nur noch durch Nachgiebigkeit etwas Fürchterliches abwenden.
Weißt du auch, wer es war?
Ja, das hätte er von der Magd schon gehört, und auf seinem Zimmer hätte er einen Brief vorgefunden, der diesen Besuch ankündigte.
Eine Weile stand auf Ovelackers Gesicht tiefer Ernst. Und was für eine Antwort hast du auf deine Anfrage bekommen? fragte er dann, als er zum Thema überging, sogleich wieder lächelnd.
Der junge Reuter räusperte sich und gab mit seiner leisesten Stimme Auskunft: Daß die Ritterschaft voller Teilnahme wäre, daß die Frage im Ausschuß besprochen worden wäre, daß man den Kreisdeputierten beauftragt hätte . . . Auskunft über den Inhalt in jeder Zeile des Schreibens. Und was hatte der Wallisaarsche dir mitzuteilen? fragte er am Ende.
Ovelacker sah ihn an mit einem Lächeln, das von etwas Ungeheuerlichem und Unmöglichem selber gestreift schien. Es genügt wohl, wenn ich es dir dem Sinne nach wiederhole, meinte er dann. Nun war es, als würfe das, was er wiederzugeben hatte, einen leichten Schatten über sein Gesicht, und der Schatten wurde, je länger er sprach, immer dichter und tiefer – bis zum Schluß, wie durch einen Spalt, wieder das Lächeln über seine Züge glitt. Dem Sinne nach. Die Verkleidungen waren manchmal ein wenig umständlich, der Rechenberg hatte nicht genug Zeit gehabt, sie sich anzupassen. Dergleichen will ja auch gelernt sein . . . Nun aber, dem Sinne nach war, was er sagte: Die Ritter- und Landschaft beehrte sich, mir zu versichern, daß sie mit der tiefsten Anteilnahme verfolgte, wie ich für die Erfüllung einer Pflicht, die dem Lande zugute gekommen wäre, den unsinnigsten und unbilligsten Gerüchten in Rede und

Schrift und den schändlichsten Anschlägen auf mein Leben, auf das Leben meiner Nächsten und auf die Sicherheit meines Eigentums ausgesetzt wäre. Sie glaubte aber einer höheren Pflicht zu folgen, wenn sie bei dem gegenwärtigen Stand der Landesinteressen und der Beziehungen zu dem Mehrheitsvolk, die auf keinen Fall verschärft werden dürften, sondern entsprechend den gemeinsamen Interessen gegenüber der russischen Gewalt mit äußerster Behutsamkeit verbessert werden müßten, davon absähe, zu meiner Verteidigung aufzutreten.
Die Ritter- und Landschaft als die politische Führung des Landes im Sinne aller seiner Bewohner könnte sich deshalb nicht entschließen, die Schritte zu unternehmen, die, wie eine Zuschrift an sie bewiese, von ihr erwartet würden, und überließe sie der privaten Initiative, hätte sie doch sonst Grund zu befürchten, daß die nach den schweren Störungen der Revolutionszeit eben gerade sich wieder anbahnende Verständigung zwischen Deutschen und Undeutschen, die zum Zwecke gemeinsamer politischer und wirtschaftlicher Abwehr der Russifizierungsbestrebungen zu fördern das höchste Bestreben der Ritter- und Landschaft wäre, völlig und unverantwortbar dadurch scheitern müßte, daß die Ritter- und Landschaft als führende und vollziehende Vertretung des Deutschtums es übernähme, die privaten und durch Dienste im Heer Seiner Russischen Majestät geschädigten Interessen eines ihrer Mitglieder zu verteidigen, dessen Pflichterfüllung als Offizier der wiewohl unbillige, doch immerhin für die Interessen der Ritterschaft schädliche Ruf anhing, daß dieses Mitglied ein geschworener Feind des Mehrheitsvolkes sei.
Die Pflichten zu bestimmen, die den obersten Militärbehörden des Reiches durch die für mein Leben und für meinen Besitz bedrohliche Lage entstanden wären, käme der Ritter- und Landschaft nicht zu. Doch könnte sie sich, bis man sie eines anderen belehrt hätte, nicht der Vermutung verschließen, daß die Ursachen für die jetzt so bedrohliche Lage in der vorbehaltlosen Erfüllung der Pflichten eines Offiziers zu suchen wären. Darum sähe sie es auch als das Natürlichste an, wenn ich Gerechtigkeit und Schutz bei dem Herrn suchte, in dessen Diensten ich gestanden, als ich Ungerechtigkeit und Verfolgung auf mich geladen hätte.
Die Ritter- und Landschaft würde es auf das höchste zu schätzen wissen, wenn ich ihren Argumenten meine Einsicht nicht versagte, und votierte mir dafür im voraus ihren Dank . . .
Wie mit lückenlosem Gedächtnis hatte er die verschnörkelte Botschaft hergesagt. Nur dem Sinne nach hatte er sie angekündigt, aber es war, als hätte er den gar nicht mehr entkleiden können. Das Kleid

gehörte mit zu ihm. Nun war er still, wie nach einer großen Leistung. Auch der junge Reuter schwieg, das Kinn auf die gefalteten Hände gestützt.
Und was, meinst du, was ist das? fragte Ovelacker ihn mit einem Mal lächelnd – vor einem Gelächter, das auf der Lauer lag, glaubte der junge Reuter zu spüren. Er blieb ihm die Antwort schuldig; er wußte nichts zu sagen.
Ein Todesurteil, sagte Ovelacker. Er schnellte aus dem Sessel hoch. Seine Hände stießen sich von der Lehne ab, daß es sich wie von einem Schlag auf die Kruppe eines Pferdes anhörte.
Ein Todesurteil! wiederholte er und fing an, unrastig auf und ab zu gehen. Dann aber, in den Ohren des Freundes wie aus großer Entfernung nahend, kam es über seine Lippen: Aber auch damit muß man leben!
Der junge Reuter sah sich um. Ovelacker stand am Ende des großen Raumes. Er hatte kehrt gemacht und schritt auf ihn zu.
Auch damit muß man leben! wiederholte er und lächelte sein ratloses, irrendes Lächeln.
Er brauchte viele Tage, um ernst zu werden. Niemand konnte wissen, wie sein Gesicht aussah, wenn er allein war; in der Gesellschaft von Menschen aber hielt sich lange Zeit ein Lächeln auf seinen Zügen. Ein um so starreres Lächeln, je vertrauter der Mensch ihm war. Eines Morgens dann, wie nach einer nächtlichen Verwandlung in aller Stille, war die Maske gefallen. Man suchte das alte vertraute Gesicht – aber nein, es war auch jetzt nicht ganz das alte. In den Tagen und Nächten unter der Maske schien es noch härter und strenger und verschlossener geworden. Wie von einem Messer gekerbt, zogen zwei Falten die Mundwinkel hinab, die – nur scharfer Beobachtung sichtbar – in viele grämliche Fältchen zersprungen waren, als hätte die glatte Haut dort einmal nicht standhalten können, ohne zu reißen. Die tiefste Verwandlung des Gesichtes mochte eine senkrechte Falte bewirkt haben, die die Stirn zwischen den Brauen teilte und von der etwas wie ein düsteres Mißtrauen ausging. Dabei war Ovelacker ungewöhnlich still und in sich gekehrt. Er blieb höflich zu seiner Umwelt, mit einem Ausdruck sinnenden Horchens im Gesicht, aber nach jedem Gehör, das er der Umwelt schenkte, schien er gleich wieder weit, weit entfernt von ihr. Die Stallungen und die Brennerei, in der zugereiste Werkleute die neuen Maschinen aufstellten, waren ihm jetzt der liebste Aufenthaltsort. Noch nie hatte er sich so viel um seinen Besitz gekümmert, noch nie war er ein so beflissener Landwirt gewesen. Mit dem Verwalter zusammen ritt er auch das entlegenste Feld ab. Allein – und wie er nicht anders wollte: ohne Waffen

– ritt er nach Wargel hinüber und ließ sich dort mit allem bekanntmachen, was er während seiner Krankheit versäumt hatte. Dann, mitten im Sommer, unterbreitete er dem Verwalter einen Plan, für den Rest der Gutsarbeiter, die noch in mangelhaften Wohnungen auf dem Hof lebten, neue Häuser zu bauen. Sie sollten am Rande des Strandwaldes stehen und ein Geviert Land haben, darauf die Leute ihr Gemüse ziehen konnten. Auch von einem neuen Schulhaus, das günstiger und näher zum Hof gelegen wäre, ließ er Andeutungen verlauten. Mitten im Sommer! Der alte Thomasson staunte. Das waren Pläne, die man an langen Winterabenden schmieden konnte. Doch vielleicht war es gar nicht einmal so ausgefallen, an dergleichen jetzt zu denken. Der Sommer blieb regnerisch und kühl, die Feldarbeiten kamen nur langsam vorwärts und litten immer wieder durch Unterbrechungen, die das Wetter erzwang. Wie unter diesen Umständen das Korn reifen und trocken eingebracht werden sollte, war noch ein Rätsel. Und das Geld zum Bauen? fragte der Verwalter sich. Genug, wenn man für sich selber aufbauen konnte, was einem im vergangenen Herbst angezündet worden war. War jetzt die Zeit, den Brandstiftern auch noch neue Häuser hinzustellen? Wenn nicht alles täuschte, fiel die Kartoffelernte elend aus, und dann konnte man den Hoffnungen, die man auf eine gute Brennereikampagne gesetzt hatte, Lebewohl sagen. Nein, es war nicht die Zeit, Arbeiterwohnungen zu bauen, meinte er, aber davon gesprochen bedeutete zum Glück noch nicht, damit angefangen. Doch siehe, anscheinend war es dem Herrn ganz Ernst damit, denn es dauerte nicht lange, da zog der Landmesser Eylandt, dessen Großvater selig schon diesem Beruf gedient hatte, in eins der Gästezimmer des Gutshauses ein und begann, von zwei Gärtnerjungen bedient, am Waldrand Meßlatten und Marken einzurammen. Alle Karten, die es von Anno dazumal bis auf diese Zeit gab, wurden herausgeholt, und zum Schluß wurde auch er, der Verwalter, gerufen. Er konnte jetzt nur noch darauf achten, daß die Wahl der Landstücke für die Siedlung nach den Interessen des Hofes getroffen ward und – ebenso wichtig – daß sie nicht gar zu üppig ausfiel. Das alles tat er mit Ergebung und Gefaßtheit, vielleicht etwas zu bedächtig, als daß der Gutsherr es nicht hätte merken müssen, und nun fand Ovelacker es an der Zeit, zu sagen: Lieber Thomasson, geplant ist noch nicht gebaut. Gut, wenn auf dem Papier schon alles fertig ist, wenn wir einmal Zeit und Geld dazu haben!

Ja, niemals war der Gutsherr von Drostenholm so sehr mit fremden Schicksalen beschäftigt gewesen wie jetzt. Es konnte den Anschein haben, als verwendete er all das, was er an sich selber ersparte, für

andere. Vielleicht war dieses Leben mit der Umwelt und für die Umwelt bei ihm ein Ausgleich für die lange Zeit, da er nur die Innenwelt gekannt hatte.
Ja, vielleicht war diese Selbstlosigkeit in einem höheren Sinne eine Folge des letzten Todesurteils, das er über sich fällen gehört hatte. Aber war dieses Todesurteil dann nicht der Weckruf für ein neues Leben – ein Leben, an das weder er gedacht hatte noch diejenigen, die ihn totgesagt? Er konnte sich jetzt fragen, ob es so hatte sein müssen. Denn das Seltsame war ja, und auch er spürte das: diese Selbstlosigkeit war nicht und blieb nicht das, davon ihr zu Anfang mindestens ein großer Teil beigesellt war: die Suche nach Tätigsein an anderen, um nicht auf sich selber eingehen zu müssen, ein Sichwegbegeben vom Mittelpunkt zum Umkreis, der alle Rettungen verhieß, die nur denkbar waren. Nein, eher war es so, als winkte am Umkreis die Möglichkeit zu einer neuen, glücklicheren Lebensmitte, und alles, was heute noch ein Von-sich-selber-Absehen scheinen konnte, war in Wirklichkeit ein Hinblicken auf das künftige Selbst.
Er stand allein. Nun war auch die letzte Bindung, die ihn bislang immer noch in den unsichtbaren Reihen einer über das ganze Land verstreuten Schar gehalten hatte, abgefallen. Auf Tod und Leben, wie das Schicksal es verlangte, mußte er von nun an allein kämpfen. Freiwillig hatte er die Spitze seiner Schwadron verlassen, um sich dieser Schar anzuschließen, in der er wieder ein dienender Gefolgsmann sein wollte, und die Schar hatte ihn ausgestoßen und verleugnet. Was jetzt noch kommen konnte, kam ihm wie ein Nachhutgefecht vor, zu dem ein unbarmherziger Kommandeur ihn befohlen hatte. Er allein sollte die Nachhut sein, er allein sollte kämpfen. Die Truppe rückte weiter, er sollte den Rücken decken, ein Mann allein – geopfert von den Seinen. Aber das, wozu er ausersehen war, hatte doch nicht die unmenschliche Klarheit eines Befehls im Kriege. War dieser Befehl, der ihn opferte, nicht doch nur ein parlamentarischer Winkelzug? Immer wieder war er bemüht, dem Entschluß der Ritterschaft Gerechtigkeit widerfahren zu lassen. Manchmal erschien er ihm als Verrat und Degradierung, und dann bäumte sich sein Empfinden von Treue und Ehre dawider auf. Niemals, meinte er, würde er sich damit abfinden können. Zu anderen Stunden fand er den Beschluß unbarmherzig, aber weise; er mahnte an irgendeinen Ausspruch in dem Buch der Menschheit, da es hieß: es wäre besser, daß ein Mensch stürbe, als daß ganz Israel zugrunde ginge. Diese Worte im Gedächtnis, wollte er versuchen, sein ganzes künftiges Leben als einen Dienst zu leben, der sein Ich und sein Selbstbewußtsein verleugnete.

Was ihn am meisten demütigte, war, daß er erst jetzt von allem erfahren hatte. Seine Ahnungslosigkeit stempelte ihn in seinen eigenen Augen zu einem anmaßenden Phantasten und die, die ihn längst hatten fallen lassen, als er sich noch gehalten wähnte, zu ränkevollen Verrätern. Und daß er diese Demütigung durch eine Freundestat hatte empfangen, daß Freundestreue dazu hatte dienen müssen, diese Treulosigkeit aufzudecken – bei dem Gedanken daran brannte ihn die Scham! Der Staat hatte ihn totsagen wollen mit einem falschen Namen und falschen Papieren; die Ritterschaft verleugnete ihn vor den Türen ihres Hauses. Was war noch übrig geblieben von seinem Leben?
Gut, das Verlies war zugesperrt, er war der Gefangene darin, alles Sein war in Dunkel begraben. Da aber, als er den Aufruhr in sich mühsam beschwichtigt hatte, da erwachte die treue, alltägliche Welt zu einer neuen Wirklichkeit in ihm und er in ihr mit einem neuen, tieferen Anteil. Jeder Tod, den man über sein Leben verhängt, hatte ihn mehr von einer Gefangenschaft in seinem eigenen Geschick frei gemacht. Wenn er jetzt noch tätig und wirksam weiterleben wollte, stand ihm die ganze Welt, die der Besitz unter seine Obhut gestellt hatte, offen. Hier war ihm jeder Weg und jedes Leben unverwehrt. Und so war es wohl auch nur die gesunde, natürliche Schaffenslust eines Mannes, wenn er ihn einschlug und weiter beschritt. Auf diesem Weg war er erst zu töten, wenn sein leibliches Leben erlosch, und auch dann noch sicherte ihm jedes fremde Dasein, daran er sich Anteil erwirkte, eine niemals zu verleugnende Unsterblichkeit. Niemand vermochte die Tat ungeschehen zu machen; sie folgte dem nach, in dessen Namen sie geschah.
Und doch gab es einen Bereich, in dem seinen Entschlüssen so viel Hindernisse entgegenstanden, daß er sie nicht in die Tat umsetzte: zu dem alten Koiri ging er nicht! Noch wäre das für ihn das Eingeständnis gewesen, daß er alle Tode zu Recht verdient hätte. Nur das Fieber, meinte er, hatte ihm diesen Plan eingegeben. Wie hätte er seine Ausführung vor ihr verantworten können, deren Grab er jetzt so oft besuchte? Dieses Grab bedeutete ihm mehr denn je; dieses Grab war alles, was er von sich selber und von seinem Streben nach Glück übrig behalten hatte.
Der junge Reuter traf ihn zweimal in diesen Wochen, als er von einer Fahrt nach Tidenküll zurückkam, auf dem Wege vom Friedhof her. Einmal schaute er erst im letzten Augenblick auf, als der Wagen schon ganz nahe war, und hielt dann Schritt mit dem Gefährt, vom Pferd herab plaudernd; das andere Mal holte der junge Reuter ihn auf der Allee ein, und da sagte ihm sein Gefühl unabweisbar, woher

Ovelacker kam. Später begegneten sie einander nie mehr auf diesem Wege. Anscheinend wählte Ovelacker nach der zweiten Begegnung den Weg fortan durch den Buschwald, obwohl der zum Reiten weniger geeignet und die nahe Wand des Waldes nicht ohne die größere Gefahr für ihn war. Von dem, was sie vereint und – wie es schien – für ihr ganzes Leben zusammengegeben hatte, wollte jeder seinen Anteil ungeteilt behalten.
Womöglich hatte der junge Reuter das Todesurteil noch schwerer verwinden können als der, über den es gefällt worden war. Hätte er nicht schon durch die kleinen Freuden, die ihnen das Zusammensein gewährte, und durch die Freundschaft, die er für ihn empfand, Anteil an seinem Leben gehabt – durch seines Lebens größten Schmerz war er ihm unauflöslich verbunden und maß, was in diesem Leben geschah, immer mit der Liebe der Toten, in die er sich mehr hineingeahnt, als daß er gewußt hätte, wie tief sie gewesen war. Darüber aber brauchte er gar nicht zu grübeln; darüber hatte ihn, wenn nichts anderes, schon allein der Schmerz belehrt, den er bei Ovelacker gespürt. Der junge Reuter war dem Rang und der Herrschaft des Adels tiefer verpflichtet als der Graf von Ovelacker, und als Sproß eines Geschlechtes, das dieses Land niemals verlassen hatte, empfand er womöglich noch stärker, was die Verleugnung, die sein Freund durch das Korps der Ritterschaft erfahren, in diesem Lande zu bedeuten hatte. Irgend jemand hatte gesagt, entweder gäbe es einen politischen Adel, oder der Adelsstand wäre sinnlos geworden. Das schien ihm richtig zu sein, zumal in diesem Lande. Aber wenn das richtig war, ergab sich daraus die Frage nach dem Sinn der Existenz seines Freundes und, nicht weniger, ob dieser Beschluß der Ritterschaft, mit dem Ovelacker nach tagespolitischen Maßstäben geopfert wurde, unbedingt richtig gewesen war. Es gab für den jungen Reuter mehr als einen Grund zu der Befürchtung, daß die Ritterschaft, dieser Horst einer weithin schon versunkenen feudalen Welt, ihren Belagerern wieder einmal selber die Tore geöffnet hatte. Sie hatte die verläßliche, in Jahrhunderten bewährte Ehre des Korps gegen einen der Ihren zugunsten einer höchst ungewissen politischen Tageslosung verleugnet. Hinter dem Beschluß stand der verzweifelte Versuch, dieses Land mit den eingeborenen Völkern zusammen unter deutscher Führung dem russischen System zu entreißen. Glaubte sie an ihre Kraft dem Russischen Reich gegenüber und an ihre Macht über dieses eingeborene Volk, das seit Jahrzehnten selber machtlüstern war? Der deutsche Kanzler hatte gesagt, befreite Völker wären nicht dankbar und bescheiden, sondern anspruchsvoll; das hatte man in Reval und Riga anscheinend immer noch nicht ge-

nügend erkannt. Nein, der junge Reuter glaubte an eine Verständigung nicht. Esten und Letten würden im besten Fall so lange mit den Deutschen zusammengehen, wie sie deren politische Kraft und Erfahrung gegen das Russische Reich brauchten, und dann . . . Wie die nächste Front verlief, konnte niemandem unklar sein. Was geschah denn eben rundum in der Welt?

Am 8. Juli war die erste Duma auseinandergejagt worden, die mit ihren Reden all die politischen Verbrechen zu verantworten hatte, die im Juni und Juli verübt worden waren. Am 21. August war ein Attentat gegen den Ministerpräsidenten erfolgt, wie die Geschichte des Terrorismus es bis dahin kaum zu verzeichnen gehabt hatte. Am 22. August waren die Feldgerichte wieder eingeführt worden, und von diesem Tag an war die Zahl der Terroranschläge zurückgegangen – bis zur nächsten Gelegenheit. Die zweite Duma sollte erst im folgenden Jahre zusammentreten, bis dahin herrschten die Minister, ohne fragen zu müssen. Und hier im Lande? Immer noch tagte der ‚Baltische Conseil', um den Provinzen eine neue Verfassung zu geben, die einen Ausgleich zwischen Deutschen und Undeutschen schaffen sollte, aber es schien, als würde von den Gouverneuren und den Gouvernementsbehörden klüglich alles aufgeboten, was den Rat nicht zur Tat werden ließ. Der Entwurf einer neuen Verfassung, den die Ritterschaften eingebracht hatten, galt als begraben, für alle Zeit. Stand nun ein lieberaler Kurs in Aussicht? Eben nicht, eben war alles so konservativ oder so reaktionär wie nur je. Aber die kleine Landespolitik mußte sich ja wohl auch in die des großen Reiches einfügen, und nach den Umrissen, die sich da ahnen ließen, konnte der Tag nicht fern sein, da den Verbannten und Geflüchteten unter den Führern der Revolution die Begnadigung winkte. Die politische Verlegenheit Rußlands erwirkte sie ihnen, und ihre Folge mußte ein lieberaler Kurs in dem Lande der Esten und Letten – gegen die Deutschen sein. Soweit der junge Reuter es verfolgen konnte, bereitete sich das alles jetzt als ein kleines Werden in der großen Neuordnung zwischen den Mächten Europas vor. Die deutsch-russischen Bündnisverhandlungen waren, soviel er erfahren hatte, als gescheitert anzusehen, die Beziehungen zwischen den beiden großen Nachbarn unter dem wachsenden Einfluß der Großfürsten recht kühl. Um so herzlicher wurden die russisch-französischen. Welcher Generalstab hätte da nicht die Sicherung so unsicherer Grenzmarken gegen Deutschland, wie die baltischen Provinzen es waren, verlangt? Die Militärpolitik mußte entweder eine Verständigung mit den Esten und Letten gegen die baltischen Deutschen suchen, die seit Jahrzehnten, solange es ein geeintes Deutsches Reich im Westen

gab, verdächtigt wurden, im geheimen großdeutsche Ziele zu verfolgen – oder alle Bewohner des Landes mußten in den Fernen Osten ausgesiedelt werden. Welche politische Schule war mächtiger in Rußland: Zivilpolitik oder Militätpolitik? Nur wer an die Aufrichtigkeit von Trinksprüchen glaubte, würde sich bei der Antwort darauf besinnen müssen.
Was aber wäre ihn die ungewisse, dunkle Zukunft angegangen, wenn er nicht ein Sohn dieses Landes gewesen wäre und der Freund des Mannes, der als ein Stäubchen zwischen ebendiesen Mächten ins Nichts gewirbelt werden sollte! Der Staat hatte diesem lästigen Helden den Tod angetragen, um ihn los zu werden, weil man sich, wenn man ihn in Schutz nahm und ihn in den Ehren hielt, die er verdiente, die Völker vergrämte, deren Staatstreue in der allernächsten Zeit vielleicht schon schwer ins Gewicht fiel. Die Ritterschaft hatte ihn verleugnet, weil er vor den Augen derer, mit denen man ein Bündnis suchte, einfach nicht in ihren Reihen stehen durfte. Die Wichtigsten für die Politik im Lande, die fortwährend von hüben und drüben Umworbenen, waren weder die Russen noch die Deutschen. Die Undeutschen waren es, und danach gebärdeten sie sich. Der junge Reuter brauchte sich nur erzählen zu lassen, welch einen Mythos vom Henker sie geschaffen hatten. Aber der Henker in ihrem Mythos war zu groß und dämonisch, als daß sein Freund diese Gestalt hätte ausfüllen können, meinte er. Doch mit der Zeit, das war bei ihm etwas wie eine Hoffnung in aller Hoffnungslosigkeit der Entwicklung – mit der Zeit würde der Freund vielleicht so groß werden, daß er sich von der mythischen Gestalt lösen und über sie hinauswachsen konnte, um dann wieder sein eigenes, wirkliches Leben zu leben und niemand anderer mehr als er selbst zu sein.

Der große Regen hatte aufgehört. Lag es auch schon wie eine Herbstahnung im Lande, die sich mit den längeren dunklen Nächten einschlich – die Arbeiten, die beendet werden mußten, ehe der Winter hereinbrach, kamen jetzt rüstig voran. Wenn nur noch die Felder und Weiden schnell abtrocknen wollten! Vielleicht, erwog der junge Reuter, vielleicht würde es nicht einmal nötig sein, daß er durch eine Seitenpforte Einzug in seinem Hause hielt. Mit einem Mal hatte es den Anschein, als wollte sich alles im Nu vollenden. Daß nun aber so vieles, beinahe zuviel, an einem Tage geschah, erheischte immer häufiger Fahrten nach Tidenküll, etliche Male in die Kreisstadt, ja einmal sogar bis nach Riga. Er sah viel und hörte viel, nur bemühte er sich, das meiste zu übersehen und zu überhören oder, wenn ihm das nicht gelang, wieder zu vergessen. Was ihm willkommen war, das

brachten ihm Fuhrleute von der Bahnstation ins Haus: Kisten voll mit väterlichem und mütterlichem Erbe, das bis jetzt in Riga gestanden. Das, hatte er sich vorgenommen, sollte sein erstes in dem neuen Hause sein: daß er um sich versammelte, was ihm von der Vergangenheit überkommen war und worauf er sich freute wie auf eine Wiederkehr seiner Jugend. Damals hatten die Dinge, die nun in Kisten begraben waren, einen mächtigen Zauber auf das empfängliche Gemüt ausgeübt. Insgeheim wunderte er sich jetzt, wenn die Kisten eintrafen. Wie, konnte es sein, daß diese kleinen, unansehnlichen Behältnisse Dinge bargen, die ihn einst so groß und kostbar gedünkt? Sogar die strahlenden Uhren mit dem ganzen wandelnden Firmament auf schimmernd blauem Email unter einem Glassturz? Zuweilen überfiel ihn der Argwohn, daß alles, was die frühen Jahre seines Lebens groß und glänzend umgeben hatte, sich klein und blind ausnehmen könnte, wenn er es jetzt noch einmal erblickte. Doch es sollte geschehen, und schon jetzt lud er sich Ovelacker zu dieser Weihe seines neuen Hauses ein. Es würden so viele Feste kommen, wie er Tage zum Auspacken der Kiste brauchte.
Ohne daß jemand es merken sollte, begann er jetzt schon zu sammeln und zu sichten, was er in den Wochen auf Drostenholm um sich her verstreut. Doch da nun der Abschied nahe war, spürte er: mehr als ein halbes Leben von dem glücklichen Ganzen, mit dem er im Juni eingezogen war, ließ er zurück. Mit dem, was ihm geblieben war, zog er in Tidenküll ein. Schon daß er dort die Nachbarschaft dieses einen Zimmers würde entbehren müssen! Wie fürsorglich er auch dort sein Haus einrichten mochte – dieses Zimmer blieb hier. Es lebte kein Leben in diesem Zimmer hier, gewiß, aber da drinnen war es, als stünde die Zeit still, angehalten zwischen Leben und Tod. Sooft er es betreten, hatte er das gespürt. Nun aber konnte sich auch dieses Zu-Gast-Sein nicht wiederholen, er war ausgeschlossen von diesem Bereich. Zweimal hatte er versucht, Einlaß zu finden, aber beide Male war die Tür verschlossen gewesen, und eine von den Mägden, die er so unbefangen und beiläufig wie nur möglich gefragt, hatte ihm die Auskunft gegeben, sie wüßte nichts von einem Schlüssel zu dieser Tür.
Der von ihm wissen mußte, den wagte er nicht zu fragen. Keine Unbefangenheit hätte dazu ausgereicht. Irgendwann, vertröstete er sich, wie auf eine neue Magie, irgendwann würde ihm diese Tür von selber aufspringen. Wenn er mit Ovelacker zusammen war, kam es höufig vor, daß er fortwährend an die Tür dachte, an nichts als an diese Tür – aber seine Lippen öffneten sich darüber so wenig wie sie. Häufige Fahrten, lange Wege – zweimal schon hatte er den Doktor

getroffen und hinterher zu erzählen gewußt, Don Quichotte (so nannte der junge Reuter den Doktor) ginge jetzt auf Reisen. Dreimal war diese Ankündigung ergangen, da kam der fahrende Ritter selber, um Abschied zu nehmen.

Seltsamer Mann! Nun war er vom Pferde gestiegen und stand vor der Treppe, ein Weilchen innehaltend und sich umschauend, als fragte er: Bin ich hier richtig? Seine gerunzelte Stirn und die erhobene Nase deuteten an, daß er irgend etwas zu wittern meinte – was, mochte der Himmel allein wissen. Dann erst stieg er die Stufen hinauf. Gewürfelte Beinkleider trug er heute und eine gewürfelte Jacke, eine wahre Festtagskleidung, aber sein Gesicht drückte den trübseligsten Werktag aus, so sichtbar runzelig und welk. Ein alternder Sonderling. Keinen von den beiden Bewohnern des Gutshauses, die auf ihn warteten, fragte er, wie es ihm ginge, obschon sie beide unfreiwillig enge Beziehungen zu seinem Beruf unterhalten hatten, Ovelacker erst in jüngster Zeit. Er führte sich damit ein, daß er um die Apfelbäume zu klagen begann. All ihre Früchte, die ‚Antonowka' und die ‚Schönen von Boskop', würde man ihm während seiner Abwesenheit von den Zweigen stehlen – halb reif, das schien ihn am meisten zu erbosen. Ob er sich denn gar nicht auf seine Reise freute, und wohin er eigentlich fahren wollte, lenkte man ihn von den Äpfeln ab.

Wenn er hierher nach Drostenholm käme, hätte er gar keine Lust, jemals wegzufahren. – Ovelacker ließ auf sich beruhen, wie das gemeint war. Ob er sich hier so wohl fühlte, der Doktor? Der Ton, in dem er diese Bemerkung getan, hatte sich für eine Huldigung viel zu besorgt angehört. Aber auch wenn er es wahrmachte und wegfuhr (woran gar kein Zweifel sein konnte, denn er folgte damit nur einer Gewohnheit, die das ganze Kirchspiel kannte) – selten war jemand weniger unternehmungslustig auf Reisen gegangen. Seitdem er den Pastor verloren hatte, welkte der Doktor dahin. Er entbehrte das feine Gift der gegnerischen Meinung, gegen die er sich hatte auslassen können, ohne sie jemals zu erschüttern, denn sie war ein felsenfester Glaube gewesen. Ihm fehlte die gute Zuflucht, wenn er seiner selbst überdrüssig war, das gastliche fromme Haus, das eine unendliche Sicherheit geschenkt hatte. Und vor allem fehlte die Pastorin, die ihn wie einen guten, aber etwas schrulligen Jungen gehalten hatte. Ihm fehlte irgendeine große Veränderung, eine Bekehrung, eine Stunde Sauls. Zuweilen hatte er an eine Übersiedlung in die Stadt gedacht, aber diese Veränderung hatte ihm selber nicht genügt. Das wäre zu wenig – nur eine Ausflucht, hatte er sich eingestanden. Und so war die große Veränderung nicht gekommen. Jedes bißchen Eifer, das er für sich selber hätte aufwenden können, verzehrten seine täglichen Pflichten; es waren schwere darunter, bei aller Unbemerktheit, kleine, schwere, ruhmlose Pflichten. Und wer, fragte er sich jetzt, wer oder was gab einem die rechten Worte auf die Lippen, um mit solchen Pflichten fertig zu werden? Ach ja, so konnte es angehen . . .

Nun wollte er sich aber doch, bevor er wegfuhr, noch einmal die Lungen seines letzten Patienten anhören, meinte der Doktor nach einer zerstreuten Unterhaltung am Teetisch, bei der es den Anschein gehabt hatte, als weilte er mit seinen Gedanken häufig anderswo. Tatsächlich, der Graf wäre der letzte, den er sich vornahm. Morgen wollte er packen, und übermorgen wäre er schon über alle Berge. Der vorletzte Fall, so spann er das Gespräch weiter aus, als er mit Ovelacker in dessen Schlafzimmer ging, wo er die Untersuchung vornehmen wollte, der vorletzte Fall wäre etwas schwierig gewesen. Das möchte er von diesem letzten nicht hoffen, und ehrlich gesagt, sähe der Graf nicht danach aus; er hätte sich prächtig erholt. Ja, genau besehen hinge dieser vorletzte Fall sogar mit dem letzten zusammen, verhältnismäßig eng sogar, ursächlich, wenn man so sagen wollte, jedenfalls wäre das für kurze Zeit die Ansicht der Behörden gewesen . . . Hoppla! Warten Sie, ich helfe Ihnen!

Seltsamer Mann! Da stand er, eintönig dozierend, etwas Unsichtbares anstarrend: einen Punkt, der ihm zwischen den Augen saß, und achtete der Falte nicht, die sich Ovelackers Gesicht noch schärfer als sonst zwischen den Brauen eingekerbt hatte. Und doch bemerkte er, wie dem, den er geheißen, seinen Oberkörper zu entblößen, ein Knopf in weitem Bogen aus der Manschette sprang. Er hob ihn mit nachlässigem Griff auf, so daß er ihm dabei noch etliche Male entfiel, und redete weiter, redete und redete, was er auch tat. Redete mit dem Höhrrohr in der Hand, und wenn er es auf die Brust aufstemmte, redete weiter nach der andeutenden Gebärde: der Graf möge so freundlich sein, sich auf das Ruhebett zu legen, damit er die Lungentöne auch beim Liegen abhorchen und die Vernarbung der Wunde einer Prüfung unterziehen könnte. Redete mit einer geradezu einschläfernden Gleichmäßigkeit und Unaufhörlichkeit, als wäre der halb entblößte Mensch, dem er sich widmete, völlig wehrlos, solange er als Arzt mit ihm umging. Und Ovelacker tat wahrhaftig keinen Einwurf, wehrte kein einziges Mal ab und vergewisserte sich nicht mit einer einzigen Frage. In seinem Willen und seinem Widerwillen gelähmt, mußte er über sich ergehen lassen, wovon der Doktor zu erzählen für gut befand . . . Von einem alten Bauern, seinem vorletzten Fall. Der war von dem Menschenschlag, wie er in der guten alten Zeit hierzulande lebte – eine Kindheitserinnerung jetzt, da man über diese Zeit weit hinaus war. Natürlich ging dieser Schlag Leute sonst nicht zum Arzt. Wozu auch! Wenn er krank war, heilte er sich selber mit allerlei Kräutern; wenn es ans Sterben ging, wußte er, daß wider den Tod kein Kraut gewachsen ist, und machte anderen und sich selber nicht erst noch Umstände. Einzig den Wundarzt konnten diese Leute nach einem Unglück mit der Sense oder mit der Axt nicht entbehren, aber dergleichen kam zu selten vor, als daß man mit Menschen, wie dieser alte Bauer einer war, häufig Bekanntschaft schließen konnte.

Der Alte war natürlich nicht zu ihm gekommen, sondern er, der Arzt, hatte zu ihm auf seinen Hof hinaus müssen, einen schönen, großen Hof, ob auch reichlich verfallen, und dazu noch ziemlich abgelegen. Als Gutachter war er zum ersten Mal hingekommen – auf den Koiri-Hof, vielleicht erinnerte der Graf sich noch dieses Namens. Man hatte den alten Bauern in die Stadt transportieren wollen, aber er war krank gewesen und glücklicherweise hatte man ihn zu Rate gezogen, bevor man ihn auflud. Aus der Fahrt war nichts geworden, Gott sei Dank, denn der Alte hätte sie nicht überleben können mit seinen entzündeten Lungen. In einem langen Regen, durch den er nach Hause gelaufen war, hatte er sich die Lungenentzündung geholt. Wahrscheinlich erinnerte der Graf sich noch des großen Regens im Juni. Am Johannisabend brach er herein wie die Sintflut. Nun ja, später hatte der Alte nicht mehr in die Stadt müssen und war zu Haus geblieben und hatte seine Krankheit prächtig überstanden. Daß sich an dergleichen eine Schwindsucht anschloß, kam häufig vor, namentlich wenn man in seinen Jahren stand. Als Arzt konnte er da nicht viel anderes tun, als den Leuten sagen, wie sie solch einem Kranken seine letzten Stunden lindern sollten; und das hatte er getan. Er war noch etliche Male dagewesen, nicht aus ärztlichem Ehrgeiz, behüte! nein, sondern weil er menschlich Anteil nahm. Ein schwieriger Fall, der Alte! Der wäre etwas für einen Studienfreund und Korpsbruder von ihm gewesen, der jetzt der Ritterschaftlichen Landesirrenanstalt vorstand. Partieller Wahnsinn oder wie man das bezeichnete, eine merkwürdige Gespaltenheit zwischen völligem Dunkel in gewissen Beziehungen zum Leben und zur Umwelt und anderseits völliger Klarheit. Ja, bei dem Alten steckte auch im Wahn eine eherne Folgerichtigkeit des Denkens und des Vorstellungsvermögens, gewissermaßen eine zweite, uns Vernunfbegabten fremde Vernunft. Und ein seltsamer Hof, dieser Koiri-Hof, falls der Graf ihn einmal kennenlernen sollte. Der Alte lebte da allein mit seinem Wahnsinn und einer Magd – einem Prachtmenschen, hatte es ihm geschienen –, die auch einen kleinen Jungen besaß; er wußte nicht, von wem. Der Wahnsinn aber war der merkbarste Hofbewohner, sobald man einmal mit dem Alten gesprochen hatte. Ein Wahnsinn, der Geselligkeit schuf – mit Toten. Haha! Das kam einem sonderbar vor, nicht? Bitte, ob er sich umdrehen wollte? Nun wollte er den Rücken vornehmen . . .

Merkwürdig, ja, mit Toten. Der Alte hatte um etliche Tote zu trauern, und die versammelte er auf seinem allmählich verfallenden Hof um sich. Den Totenhof nannten die Nachbarn das früher einmal weit und breit schönste Gesinde! Sobald man mit dem Alten gesprochen hatte, gingen einem die Augen auf für diese Gesellschaft, selbst einem Skeptiker und Rationalisten wie ihm! Und wenn ‚Augen' zuviel gesagt war, dann jedenfalls die Sinne, die Sinne – für diese übersinnliche Versammlung, haha! Bitte, wollte er jetzt einmal tief atmen und die Luft rasch ausstoßen? So . . . Ja, so weiter . . . Nun durfte man sich diesen alten Bauern beileibe nicht als einen friedfertigen, schon halb entrückten Patriarchen vorstellen. Es haftete viel von dieser Welt an ihm, er war ein starrsinniger, zäher, nüchterner Este, wie er im Buch steht, einer, der es nicht lassen konnte, sein Rätsel anzugehen. Viel Unerlöstes, ja, selbst in diesem Alter, aber daran hatten wohl die Toten um ihn herum schuld. Auch die waren seiner Meinung nach unerlöst, jammernde, fordernde, mahnende Schatten. Wie die junge Magd und ihr Kind in dieser halb aus Wirklichkeit und halb aus Wahn geschaffenen Welt zu gedeihen vermochten, war ihm nach allem, was die Magd von dem Alten erzählt hatte, unbegreiflich. Der Alte hielt darauf, daß die Dielen mit Stroh bedeckt waren, wie es der Volksglaube für die Zeit der heiligen Nächte, wenn die Toten wiederkehren, forderte. Ihm aber waren die Toten tagein, tagaus gegenwärtig, sogar jetzt, mitten im Sommer. Er redete mit ihnen, hatte die Magd erzählt, er redete in einem fort mit ihnen; er fragte sie um Rat und jammerte mit ihnen und wütete auf ihr Geheiß im Zorn, und alles, was er tat, Vernünftiges und Sinnloses, tat er auf Geheiß seiner Frau. Die soll vor Kummer um den Tod ihrer Kinder nicht bei Verstand gewesen sein, als sie starb. Viel Unerlöstes, ja, ja. Der Alte glich einem Stier, der seinen Feind auf die Hörner nehmen will – nur hatte die Krankheit ihm die Kräfte dazu geraubt. Aber nicht nur böser Wille bei ihm, nicht nur Haß, nein, sondern auch etwas wie eine geheimnisvolle Schicksalsgemeinschaft mit dem, in dem er den Schuldigen für all sein Unglück wähnte, mit dem Richter, der zweien seiner Söhne das Leben genommen und den dritten nach Sibirien verbannt hatte. Die Magd sprach viel von diesem dritten, weil sie auf seine Rückkehr wartete.

Es ist der jüngste von den dreien, glaube ich, sagte der Doktor mit übertriebener Beflissenheit beim Nachdenken, und das Mädchen meint, er könnte den Totenhof wieder lebendig machen. Vielleicht ist er der Vater von dem kleinen Jungen, der da auf dem Hof umherkriecht. Wann immer sie von ihm spricht, hat dieses Mädchen etwas unglaublich Schönes und Rührendes an sich. Ist wohl auch nicht leicht, Tag für Tag mit all den Toten, die da umgehen, und mit dem wahnsinnigen Alten zusammenzusein! Im Sommer geht es ja noch, aber wenn einmal der Winter kommt . . .! Für den Alten gibt es anscheinend keine Jahreszeiten mehr. Und wie sollte er auch! Die Toten fürchten keinen Winter. Er selber braucht auch keinen Winter mehr zu fürchten. Viel Zeit gebe ich ihm nicht. Ein paar Wochen vielleicht, aber es kann auch schon morgen zu Ende sein. Denken Sie, lieber Graf, er spricht fortwährend von dem Henker, den er sehen möchte; die Magd bestätigte es mir. Er redet mit ihm, während er da in seiner Kammer liegt. Einmal tröstete er ihn, daß er, der Koiri-Jaan, nicht anders habe handeln können, und dann schwelgt er wieder in irgendeinem wahnwitzigen Triumph und ruft alle seine Toten als Zeugen auf. Der Henker ist tot! schreit er, soweit er noch schreien kann, und schwenkt Papiere in der Hand, die er selber schwerlich zu lesen versteht. Ein gespenstischer Anblick, sage ich Ihnen, dieser Alte; einmal Hiob, ein ander Mal Saul. Ich habe mir seine Papiere angesehen. Lauter Antworten der Bittschriftenkommission am kaiserlichen Hof und zuletzt ein Schreiben vom Justizministerium. Sehr merkwürdige Briefe. Anscheinend ist der Alte weidlich ausgenutzt worden. In einem Brief der Bittschriftenkanzlei steht kurz und bündig: Seinem Gesuch könnte nicht entsprochen werden. Worum er da gebeten haben mag – weiß der Himmel! Es werden wohl andere für ihn gebeten haben, um etwas gebeten, was denen in ihren Kram paßte, und er hat sein Kreuzchen daruntergesetzt. Die nächste Antwort aus Petersburg ist noch ein wenig energischer. Darin steht: Nach Einholung eines Gutachtens der Provinzialverwaltung sähe man sich veranlaßt, ihm mitzuteilen, daß die Allerhöchsten Verordnungen zum Schutz der öffentlichen Sicherheit die Bewilligung seines Gesuches um Erlaubnis zur Errichtung eines Denkmals auf dem Grab der Verurteilten ausschlössen. Eine dritte Antwort, diese schon auf einem Vordruck, heißt ihn kurz und bündig, weitere Bittschriften in dieser Angelegenheit nicht mehr einzureichen. Und eine vierte – sie stammt aus dem Justizministerium und ist gar nicht alt – lautete etwa folgendermaßen: Dem Antragsteller wird hierdurch mitgeteilt, daß die Eröffnung eines Kriminalgerichtsverfahrens gegen den Rittmeister außer Dienst Nikolai Grafen von Ovelacker wegen Mißbrauches seiner Amtsgewalt in Verbin-

dung mit vorsätzlichem Mord und, daraus folgend, eine Klage auf Zahlung von Schadenersatz und Altersrente damit hinfällig geworden ist, daß der vorbenannte Graf von Ovelacker inzwischen verstorben ist.
Und deshalb schreit der Alte nun: Der Henker ist tot! . . . So, danke, lieber Graf, wir sind fertig. Alles in bester Ordnung. Mit diesen Lungen können Sie hundert Jahre alt werden. Sie haben sich erstaunlich herausgemacht, wenn ich bedenke, wie Sie damals hier lagen. Vielleicht störe ich Sie beim Ankleiden? Ich warte drüben beim Teetisch auf Sie, wenn es Ihnen recht ist . . .
Schon hatte der Doktor den Türgriff in der Hand und wollte hinaus. Flucht – anders konnte seine Eile nicht gedeutet werden; Flucht war schon das unaufhörliche Sprechen gewesen. An der Tür aber erreichte ihn das leise: Halt! das ihm wie ein Aufschrei aus endlich überwundener Wehrlosigkeit folgte.
Der Doktor drehte sich um und rieb sich die Stirn. Er mußte gegen das Licht sehen, das zu den Fenstern des Zimmers hereinfiel, und schien nur mit Mühe die Gestalt erkennen zu können, die sich halb entblößt von dem Ruhebett aufrichtete.
Der Vorgang hatte etwas jammervoll Gespenstisches an sich, denn der bleiche Oberkörper schien sich zu winden, ehe er sich aufzurichten vermochte und ehe der Mensch dasaß, mit gekrümmtem Rükken, die Ellbogen auf die Knie gestützt; die Schultern, die mit einem Mal spitz und mager schienen, stachen nach vorn, der Kopf bewegte sich nicht im gebeugten Nacken. Ich bin gestorben? fragte er langsam. Gestorben? Ich?
So saßen auf den Bildern der alten Meister die Toten, wenn sie am Jüngsten Tage auferstanden waren und sich verwundert zu fragen schienen, wie sie denn so lange hätten träumen können. an der Kathedrale zu Reims, die der Doktor gesehen hatte, saßen sie so zu langen steinernen Friesen gereiht, unter dem Weckruf der Engel.
Gestorben wäre er? und deshalb vor kein Gericht mehr zu bringen? Schon gut, sagte eine Handbewegung dem an der Tür wartenden Arzt, der jetzt gehen durfte. Ovelacker aber blieb sitzen, als der Arzt ihn verließ, wie aus einer Verzauberung erwachend, wie aus einem Traum, in dem ihm geträumt hatte, daß er gestorben wäre, während er doch lebte, nicht wahr? Lebte, ja!

Der Arzt wartete eine Weile, aber niemand kam. Auch der junge Reuter hatte sich zurückgezogen. Er war allein. Er zermarterte sich den Kopf, wie er es hätte besser anfangen können, aber ihm war es vorher nicht eingefallen und fiel es auch jetzt nicht ein. Immer wie-

der sah er auf die Uhr, und mit der Zeit wurde er unruhig, was er angerichtet haben könnte. Natürlich hatte er es verkehrt angefangen, sagte er sich, aber wie hätte er es besser anfangen sollen? Schließlich lernte man derartige Aufgaben nicht auf der Universität!
Es mochte schon eine halbe Stunde vergangen sein, seitdem er Ovelacker verlassen hatte. Wenn der jetzt nicht bald kam, ging er hinauf und suchte ihn – oder er ritt stillschweigend weg. Auch das kam in Betracht. Denn was sollte er sagen, wenn er zu ihm ginge? Einem Nervenarzt wären die kleinen Lügen geläufig gewesen, die zu solch einem Besuch gehörten. Da aber – seine Unruhe war schon zu groß geworden, als daß er noch länger allein mit ihr hätte sein können –, da hörte er Schritte, und gleich danach trat Ovelacker ein.
Lächelnd entschuldigte er sich bei dem Verlegenen. Er hätte gedacht, der junge Reuter leistete ihm Gesellschaft. – Sie sehen, ich lebe, und stellen mir ja das Zeugnis aus, hundert Jahre alt werden zu können!
Der Doktor wußte anfangs nicht, was er antworten sollte, das Lächeln Ovelackers kam ihm geisterhaft vor. Zum Schluß jedoch fielen ihm die Lungen ein, und er bekräftigte das lange Leben mit Übereifer. Nicht die leisesten Nebentöne wären beim Atmen zu hören gewesen, alles wäre so klar, wie es nur eben zu sein vermöchte. Ausstellen und für Geld zeigen könnte man solch einen Patienten!
Ja, er wäre bald eine Sehenswürdigkeit, gab Ovelacker mit einem lauten Lachen zur Antwort, bei dem es dem Doktor unbehaglich zu werden begann. Mit einem Mal aber legte er Ovelacker den Arm um die Schulter – zum ersten Mal, seitdem er ihn kannte! – und schien ihn eng umschlungen wegführen zu wollen.
Sehen Sie, lieber Graf, begann er ganz schlicht und sprach mit einer ungewohnt leisen und warm klingenden Stimme weiter, immer den Kopf geneigt und zu Boden blickend: Halten Sie mir Ungeschicklichkeiten zugute. Sagen mußte ich es, meine ich. Totgesagte bleiben lange lebendig. Alle waren wir in der ersten Hälfte des Lebens glücklicher, als wir es in der zweiten sind . . . Ich bin viele Male totgesagt worden, im Kaukasus damals; ja, leider, denn ich bin gar nicht so begierig auf eine lange zweite Hälfte, müssen Sie wissen. Bei Ihnen wird das alles noch ganz, ganz anders. Verlassen Sie sich auf mein Wort. Ich rede viel, zuviel, weiß ich, aber manchmal auch zur rechten Zeit. Sie fangen hinter dieser Art Tod ein neues Leben an! Ich bin nach meinem Tod nur mein eigenes unruhiges Gespenst geworden. Lassen wir das für ein ander Mal. Wenn Sie erlauben, reite ich jetzt los.
Nein, er wehrte die Begleitung ab. Die guten Wünsche für seine

Reise ließ er sich nachrufen, so eilig hatte er es mit einem Mal. Von unten her rief er noch, man möge vom November an den Punschkessel für ihn heizen, und dem Herrn von Reuter bäte er eine Empfehlung zu sagen. Dann war das Haus totenstill.

Der Doktor ging die Anfahrt hinunter zum Stall, um sein Pferd zu holen. Als er nach einer Weile davonritt, schlug er den Kirchweg durch den Buschwald ein. Die Allee sah ihn nicht, die Allee, die Ovelacker lange Zeit hinabschaute. Das war der vorletzte Tod. Nun konnte nur noch einer, der endgültige, kommen.

Man hatte jetzt nicht nur seine Ehre geopfert, sondern auch sein Leben, als wäre die Ehre nicht genug. Mit welcher Klinge wollte fortan eine Armee fechten, die in diesen schmählichen Handel um einen der Ihren eingewilligt hatte? Und welche Staatsgrundsätze gab es, die einem Bürger von seinem Namen und Rang solch ein Opfer zumuten durften? Nein, er wollte nicht gestorben sein, am allerwenigsten eines so schimpflichen Todes. Er wollte leben und sein Leben so glaubhaft und so wirklich machen, daß niemand es zu leugnen vermochte. Und sollte das auch um den Preis des Todes, eines guten ehrenhaften Todes geschehen!

Doch wie sehr er sich auch dagegen wehrte: die Welt war ihm verwandelt, wenn er um sich schaute. Zwar wußte er nicht, womit, worin und wohinein verwandelt, aber verwandelt war sie ihm durch jenen schändlichen Spruch. Vielleicht waren ihre Schatten tiefer und für ihn brüderlicher als sonst; oder der Boden, auf den sie gegründet war, dünkte ihn unsicherer als früher, ihr Himmel höher und nur eine schmale durchlichtete Endlichkeit vor der Finsternis des unendlichen Raumes, während in ihm zur selben Zeit eine Erinnerung an die Unterweisung in weit zurückliegenden Jahren aufstieg, da es gegolten hatte zu unterscheiden zwischen etlichen Philosophen und ebenso vielen Lehren, wie etwas wirklich ward: ob durch die Sache selbst oder nur durch ihre Wahrnehmung.

Für diese Stunden seines Lebens aber hatte nichts Gültigkeit, was forschende Geister früherer Zeiten einmal als Wahrheit erkoren hatten. Es gab keine andere Wahrheit und Wirklichkeit als die der inneren Erfahrung. Wer anders sollte etwas darüber aussagen dürfen, wo Tod und Leben waren, als der, der auf der Grenze dazwischen lebte und starb? Er erinnerte sich, daß der Doktor einmal einen sonderbaren Wunsch ausgesprochen hatte, in einer Unterhaltung an seinem Krankenbett, wollte es ihm scheinen. Und wie unbestimmt auch die Worte, die er gebraucht hatte, gewesen waren – sie ließen ihn ahnen, daß ihm früher beschieden worden war, worum der Arzt gebeten: daß es doch gewährt sein möge, ein Dasein so zu führen, daß das

Nichtsein, das darunter gähnte, hauchdünn von diesem Sein geschieden, etwas Großes, Gott Untertanes bliebe! Daß man sich in jeder Stunde vor unbegreiflich großen Fernen und Tiefen, vor heiligen, niemals entweihten Einsamkeiten wissen dürfte! Fernen und Tiefen und Einsamkeiten – dieses alles war sein Tod, den er befragte. Nicht die Vernunft, nicht der Verstand; die waren nur Spiegel, denen er seine eigenen Vorstellungen von etwas Künftigem hätte anvertrauen können, damit sie ihm zeigten, wie dieses Künftige sich heute noch vor seiner Ehre, vor seinem Stolz, vor den Rücksichten, die er sich selber gebot, und vor seiner Umwelt ausnehmen mochte. Nein, es waren der ruhende, nie angerührte Bereich eines Geheimnisses und das todumschlossene Nichtsein, aus dem er die lebendige Tat seines Daseins beschwor. Und, so war ihm gewiß, wann immer er sie nach dieser Herkunft vollzog, stand sie jenseits von Vernunft und zweifelnder Überlegung, mt der demütigen Kraft einer Auferstehung.

Er hätte sich keinen größeren Sieg wünschen können, der Graf von Ovelacker, aber es blieb ihm auch nicht verborgen, daß dieser Sieg keine Formel war, nach der sich alles fortan mühelos vollzog, sondern daß er unendliche Erneuerungen verlangte aus der lebendigen Seele. Kauß daß der Doktor davongeritten war und er am Fenster seines Zimmers stand, die ernste Allee hinabschauend, da ging die Verwirklichung eines Entschlusses gleichsam vor seinen Blicken her. Er sah sich selber auf dem einzigen Weg, den er von seiner Vergangenheit her noch nicht gegangen war: auf dem Wege zu seinem Gläubiger, der ihn einmal beklagte und sich ein ander Mal in wildem Frohlocken über seinen Tod erhob, – selber ein Sterbender! Welcher Mensch stand ihm näher, daß er vor ihm für sein Leben Zeugnis ablegte, als der, der die Nachricht von seinem Tod empfangen hatte? Und welche Stätte dieser Welt wartete mehr darauf, daß er sich, seinem Leben zum Zeugnis, Anteil an ihrem Leben erwirkte, als der Totenhof, wie die Leute das Gesinde des Alten nannten? Aber nein, nur um einem ehrgeizigen Willen Genüge zu tun, durfte er nicht für sein Leben zeugen; damit wäre er dem Geist der Auferstehung abtrünnig geworden. Wie hatte er ausgesehen, der Jüngste? Konnte er sich seiner unter den dreien noch erinnern? Als ob sein Wort noch etwas vermöchte! Sein Wort, ein Totenwort, oder das Wort eines von Reue Gepeinigten! Würde man es nicht so auffassen müssen? Gewiß. Aber das Mädchen wartete. Etwas unsäglich Schönes und Rührendes wäre an ihr, wenn sie von diesem letzten der Brüder spräche, hatte der Doktor gesagt. Ihr Kind kroch auf dem Hof umher,

‚kroch' . . . Der Ausdruck des Doktors ließ das förmlich sehen: ein Kind, ein vielleicht zwei- oder dreijähriger Wicht, zwischen verfallenden Mauern.

Von der Vergangenheit her bedrängten ihn Erinnerungen; was der Doktor ihm eben erzählt, wurde ihm gegenwärtig in Bildern, und weit in der Ferne, am Ende der langen Allee, wo der ernst gefaßte Weg eine Vereinigung im gedachten Raume fand, gewahrte er so deutlich, als betrachtete er ihn durch die hohle Hand, den Totenhof mit seinen geisterhaften Bewohnern und den zwei Lebendigen, der Magd und ihrem Kind. Dann stand, wie durchs Fenster gekommen, der bärtige alte Bauer mit seinem flehentlichen Blick und den mühsam Worte formenden Lippen vor ihm, so daß er, von der Gewalt der Einbildung am hellichten Tage erschreckt, unwillkürlich einen Schritt zurücktrat. Und vor den Fenstern baute sich noch einmal, in der Geistersphäre wiederholt, das vielköpfige Auditorium der Übeltäter vor ihm auf, so, wie er es von seinem Platz hinter dem Richtertisch erblickt hatte. Nun konnte er unter den vielen, die ihn verflucht, den einen suchen, der am Leben geblieben war, – damit er einmal mit diesem Leben, das er geschont hatte, seinem eigenen Leben helfen könnte, schien es, ja. In jedem Ja, das er zu dieser Stunde innerlich hörte, klang es wie ein Echo nach von jenem alles wagenden Ja, mit dem die Vernehmung der Gefangenen damals geendet hatte, von dem unerschütterlichen Ja des Leutnants Wladimir Karlowitsch Möller. Wo mochte Möller jetzt sein? Es hatte nichts genutzt, daß Charusin ihm damals versprach, er wollte in seinem Brief eine Lücke offen lassen, die er selber schließen könnte. Wie hätte der Oberleutnant das tun und was für eine Lücke hätte das sein sollen? Entweder war der Bericht Charusins lückenlos gewesen, oder Möller hatte die Lücke niemals bemerkt, denn er blieb – wohl für immer – stumm. An welchem Ende der Welt? Er würde es schwerlich erfahren, denn wenn Möller ihm einmal schreiben wollte, – würde dann nicht auch er die Auskunft erhalten, daß sein Rittmeister tot, ohne Wohnort und Anschrift auf dieser Welt wäre? Mit der Erinnerung an Möller, das war das Seltsame, meinte er sich auch der drei Koiri-Brüder besser zu erinnern. Es war, als umgäbe der Geist des Verteidigers die Angeklagten auch jetzt noch im Tode und als bewahrte er ihnen die Sphäre, wo das Bild deutlich wird. Ein schüchterner Jüngling war der jüngste von den dreien gewesen! Täuschte er sich nicht, dann gehörten auch Tränen zu seiner Gestalt, die mit den Vorstellungen so flüchtig verhaftet war, daß schon ein willentliches Bemühen, sie deutlich zu machen, ihr völliges Auslöschen bewirken konnte. Mit etwas wie Hingabe wollte ihr begegnet sein, absichtslos

wie der scheuesten Kreatur, keine Lockung überwand ihr Zögern. Das . . . das konnte er sein! – Gewiß war es das! sagte der stumm und reglos am Fenster Stehende zu sich selber und wußte nichts davon. Hinter keinem erhob Möllers Gestalt sich so mahnend wie hinter diesem. Es war, als verträte der Leutnant, obwohl er, zur Landflüchtigkeit verurteilt, fern von hier weilte, an diesem einen den Schutzgeist, die Vorsehung oder das unerbittliche Gesetz, das unter tausend Verschuldungen und Verstrickungen in sich selber nichts von seiner strengen Unabweisbarkeit verliert. – ‚Sie haben der norme du corps ein sittliches Grundgesetz entgegengestellt, das für Sie bindender war als die landläufige Auffassung von Ehre' . . . Das oder Ähnliches hatte Charusin zu dem gesagt, den er jetzt wie leibhaftig vor sich sah, in seiner ganzen Größe und blonden Vierschrötigkeit, mit den hellen Augen und dem schmal verschweigenden Mund, eingeschnürt in den hochgeschlossenen Uniformrock, von dem er sich bald danach befreit. Zugleich aber war es, als würfen alle Spiegel, in die jemals ein Bild von ihm selber gefallen war, das Bild zurück in dieser Stunde, denn vor der Erscheinung des Leutnants empfand er sich selber in aller Düsternis und aller Blässe seines Aussehens. Dachte er an sich selber in jener Nacht und sah aus allen Geschehnissen sein Bild zurückgeworfen, dann überkam ihn Bewunderung für den Mut des jungen Leutnants.
Was hatte sein sittliches Grundgesetz gegen die norme du corps aufgestellt? fragte er sich. Welche unabweisbare Forderung konnte es geben, die noch stärker war als der Anspruch der Ehre? Er dachte das nicht zu Ende. Klaffte hier am Ende die Lücke? fragte er sich erstaunt. Vielleicht, – nein, gewiß! Wohl hatte Charusin von diesem Grundgesetz gesprochen und Möller sich zu ihm bekannt, aber keiner hatte den Inhalt dieses neuen Gesetzes genannt. So viel wußte er: auf jeden Fall beugte es den Stolz und schloß das Eingeständnis von Schuld und Irrtum ein. Es setzte den Mut zum Widerruf voraus, den Mut zu einer völligen Einsamkeit.
Die Einsamkeit war es, die alles andere auslöschende Einsamkeit, in der er seinen letzten Weg vor sich sah. Es war die Einsamkeit, die er vorausahnte, was ihn schaudern und immer noch zögern ließ. Doch jetzt schon war es sein fester Vorsatz, über alles, was der Doktor erzählt hatte, zu schweigen. Nichts von seinem Wissen wollte er mitteilen, damit nicht die Kraft geteilt würde, die er einmal würde aufbringen müssen, wenn er sich zu diesem einsamen Weg überwand. Sein Wissen ungeteilt zu bewahren, gelang ihm an diesem Tage und an den folgenden leicht; denn wollte es dem jungen Reuter mitunter auch scheinen, als spielte auf Ovelackers Gesicht wieder das ge-

heimnisvolle Lächeln, – er war neben seinen häufigen langen Besuchen in Tidenküll von einer spürbaren Flüchtigkeit in allen Beziehungen zu den Menschen auf Drostenholm. Darin kündigte sich an, daß er es bald zu verlassen gedachte. Fertig! rief er Ovelacker dann auch andern Tages ohne Einleitung zu, fertig!, und strahlte dabei. Fertig waren die Räume seines Hauses, die ihn fortan beherbergen sollten; fertig waren Küche und Keller, fertig die Halle, die den Gast hinter der großen Eingangstür aufnahm, fertig war alles, worauf er gewartet. Eine Weile noch würden die Handwerker im Hause bleiben, um die übrigen Zimmer herzurichten, erklärte er später, aber worauf es ihm allein ankam: seine Wünsche waren erfüllt. Schon wirkten eine neue Mamsell und eine Schar von Mägden und Aushelferinnen in dem neuen Haus, alles stand bereit zu seinem Einzug. Den mußte der Freund unbedingt mit ihm halten. Der Verwalter war schon unterrichtet, daß ein Wagen das große Gepäck aus Drostenholm nach Tidenküll bringen sollte.

Etwas bleibt doch auch hier? fragte Ovelacker.

Natürlich, erwiderte der junge Reuter leise, und sein Gesicht übergoß Röte. Sonst fiel kein Wort über ‚das große Zimmer'. Es blieb verschlossen; er vergewisserte sich darüber, als keiner es sah.

Nein, vor dem jungen Reuter war leicht zu schweigen. Sein Leben war mit einemmal so ausgefüllt, daß er nichts von dem verlangte, was er hätte hinzutun können. Er war nicht mehr so recht anwesend auf Drostenholm, auch wenn er in den späten Nachmittagsstunden dahin zurückkehrte. Und er war auch tatsächlich noch nicht zurückgekehrt, als Ovelacker drei Tage nach dem Besuch des Arztes die Karte eines Besuchers hereingebracht wurde. Darauf stand ein belangloser Name, Konstantin Sirg oder so ähnlich, und daß der Träger dieses Namens dem Studium der Rechte oblag und einer Korporation ‚Vironia' angehörte. Die Universität war nicht genannt, doch mußte es sich wohl um Dorpat handeln. Kein Name konnte belangloser, keine Berufsbezeichnung unmaßgeblicher sein, wenn man sich vorstellen wollte, was für eine Bewandtnis es mit dem Studenten der Rechte Konstantin Sirg hatte. Nur die Korporation! Estonia, Livonia, Curonia, Neobaltia, das waren die Namen deutscher Verbindungen, deren Ovelacker sich von Gesprächen her zu erinnern vermochte. Die Vironia war ihm nicht bekannt. Überhaupt, – was konnte ein Fremder von ihm wollen? Mit Blitzesschnelle fielen ihm die Besuche ein, die in den Revolutionsberichten eine Rolle gespielt hatten, Besuche, die der Besuchte beinahe nie lebendig überstanden und über die er keine Auskunft mehr zu geben vermocht, wenn man ihn tot in seinem Zimmer gefunden hatte, an

dem offenen Fenster, durch das der Besucher entwichen war. Allerdings, es war noch nicht Abend, – die Zeit, in der solche Besuche gemacht worden waren; es war Mittag, heller Tag, gerade über die Stunde hinweg, von der an ein Besuch sich mit den Regeln des Anstandes vereinigen ließ. Immer wieder die Karte betrachtend, ließ er den Fremden endlich zu sich bitten.
Der junge Mensch, wenig älter als zwanzig Jahre, der gleich darauf in das Zimmer kam, mußte spüren, daß er schon mit dem ersten Schritt in das Feld eines argwöhnischen, starren Blickes trat, der auf sein Erscheinen gewartet hatte. Und da schon, in der ersten Sekunde, geschah das Seltsame: der Besucher hielt inne, er konnte nicht weiter. Der argwöhnische Blick schien ihn förmlich zu lähmen. Er verbeugte sich, sagte ein ungewisses: Erlauben Sie . . . und dazu seinen Namen. Als er den Kopf hob, hatte sich an der Haltung des Grafen immer noch nichts geändert. Die Rechte auf der Lehne eines Stuhles vor dem kleinen Schreibtisch, von dem er aufgestanden war, stand er leicht vornübergebeugt vor dem Fremden, der sich ihn viel älter vorgestellt hatte nach den Bildern, die er kannte, dazu grobschlächtig und von bärbeißigem Äußern, die Strenge, die auf seinem Gesicht lag, viel mehr mit Gewalt gepaart, als es hier bei dem Lebendigen wahrscheinlich war. Nur das düstere Feuer, das die Augen verfinsterte, war das Schreckeinflößende, darauf er nicht vorbereitet gewesen war. Bitte –! bedeutete die Hand des Grafen, die sich jetzt von der Lehne gelöst hatte, und der Blick des jungen Menschen hastete lange, bevor er sich setzte, zu einem Stuhl. Sehr befangen vernahm er die Aufforderung, auszusprechen, was ihn hierher geführt habe. Während sein Blick in wenigen Sekunden über alles, was von seinem Platz aus im Zimmer sichtbar wurde, hinwegirrte, setzte sich der Graf ihm gegenüber.
Es dauerte eine Weile, bis Ovelacker das Anliegen seines Besuchers zu hören bekam, und das nahm ihn für den jungen Menschen ein. Sein Argwohn verflog, und damit wich aus seinen Blicken die abweisende Schärfe, die den jungen Mann in seine Verlegenheit bannte. Er bäte um Entschuldigung, begann er ungelenk. Was er zu sagen hätte, wollte sehr überlegt sein . . . Diese Sätze kamen in einem harten und scharfen Deutsch, das bei Vokalen und Umlauten ins Gegenteil, in ein wehleidig klingendes Verweilen verfiel. Auch beherrschte er die Sprache nur unvollkommen, räumte der Fremde in demselben Augenblick ein, da Ovelacker die Pause überlang vorgekommen war.
Bitte, er könnte sich getrost Zeit lassen, kam es für den Besucher wenig überzeugend, als er den Kopf schon wieder gesenkt hatte, denn

immer noch fühlte er hinter der Bereitwilligkeit, ihn anzuhören, nur die Mühe, höflich zu bleiben.

Und mehr war es auch bei Ovelacker nicht. Der junge Mann hatte ihm einen guten Eindruck gemacht, und vorerst gab es nichts, was ihn hätte bestimmen müssen, abweisender zu sein. Sein Anzug konnte ohne Tadel hingehen, die Hände verrieten den Bücherleser, das Gesicht mit der Brille hätte in einem Hörsaal zu Göttingen oder Jena keinen Anstoß erregt, das semmelblonde Haar war glatt zurückgebürstet und ließ den Menschen fügsam erscheinen – vielleicht fügsamer, als er in Wirklichkeit war. Nur hatte sein Gesicht für dieses Alter etwas zu unfertige Züge, zu unfertige oder – wenn sie so blieben – allzu formlose, und die gaben ihm etwas Unerwachtes.

Er wäre der Sohn des Küsters in Alliklep, wenn er damit beginnen dürfte, hob der junge Mann an, und Ovelacker war im selben Augenblick verwundert über den scharfen, gesammelten Blick, der sich hinter den Brillengläsern auf ihn richtete und alle Behauptungen, das Gesicht sähe verschlafen aus, Lügen strafte. – Der Besucher hatte sofort gemerkt, daß dem Grafen nicht klar war, wo er diesen Ort zu suchen hätte, und fügte hinzu, Alliklep wäre das Kirchdorf in einem benachbarten Kirchspiel. – Zur Zeit studierte er in Dorpat die Rechte und verbrächte nur die Ferien zu Haus.

Soweit gut. Der Graf hörte zu, ohne auch nur einmal zu fragen. Er hörte, wie er ein Buch lesen konnte, ohne Anteilnahme, aber mit Geduld und Fleiß.

Er wäre ein überzeugter und begeisterter nationaler Este, wollte er freimütig bekennen, und hoffte, daß dieser Umstand die Bereitwilligkeit, ihn anzuhören, nicht vermindern möge. Seitdem er lesen und schreiben gelernt, hätte er sich der nationalen Sache zur Verfügung gestellt und vornehmlich in den letzten Jahren jede freie Stunde benutzt, um Studien zur Volkskunde zu treiben und dazu beizutragen, daß der große Schatz von Mären und Mythen, den das estnische Volk besäße, aufgezeichnet und künftigen Geschlechtern übermittelt würde. Von dieser Arbeit her wäre ihm die Achtung vor dem deutschen Anteil an der Bildungsgeschichte des estnischen Volkes selbstverständlich und, wie er gleich sagen wollte, die Entfremdung in den letzten Jahren besonders schmerzlich. Allein da die Geschichte des estnischen Volkes nicht unbegrenzt eine Bildungsgeschichte bleiben könnte, sondern auch eine politische Geschichte würde und werden müßte, dürfte man seinen persönlichen Enttäuschungen kein zu großes Gewicht beilegen. Eine andere Frage wäre natürlich, was in dem fortschreitenden politischen Mündigwerden als der Weg zur Freiheit und zur Selbstbestimmung angesehen würde. Da sähe er persönlich nicht gern die blutige Revolution mit all ihren unvermeidlichen Grausamkeiten und Unwahrheiten, sondern lieber eine Evolution der gebildeten estnischen Stände in friedlichem Verein mit den gegenwärtigen Machthabern. Das wäre die Ansicht einer Minderheit im estnischen Volke, wie er nicht verschweigen wollte. Aber von diesen Problemen abgesehen –, er hätte sie nur berührt, um dem Herrn Grafen zu versichern, daß er nicht mit dem Revolver in der Tasche gekommen wäre, sondern daß ganz unpolitische Gründe ihn zu einer ausgedehnten Bekanntschaft mit den Bewohnern der Kirchspiele in diesem Landesteil geführt hätten, nicht tagespolitische, nicht Verschwörungen und revolutionäre Umtriebe, um die Landbevölkerung mit der Gutsherrschaft zu entzweien. Nach der anfänglichen Mühsamkeit des Ausdrucks hatte der junge Student jetzt immer freier gesprochen. Der Schwung der Begeisterung für eine Sache, den man auch aus lahmenden Sätzen herauszuhören vermochte, hatte ihn geleitet. Anderen Blickes als bei seinem Eintritt sah er jetzt seinen stummen Zuhörer an und war erstaunt, einem freundlichen Nicken zu begegnen. Er sollte nur weitererzählen, meinte Ovelacker, es interessierte ihn sehr.

Allein, um der Sache willen, wie er zu den Bauern gegangen wäre, um auf ihre alten Märchen und Lieder zu lauschen, so allein, auch nur um der Sache willen, säße er jetzt hier.

Er wüßte ihm keine Lieder und Märchen zu berichten, hätte Ovelacker in der kleinen Pause, die der Erzähler machte, einwerfen können, aber er schwieg.

Das Anliegen habe sich nun freilich gewandelt, gestand der Student ein, aber für einen Patrioten wäre es im Grunde genommen das gleiche. Denn worauf zielten schließlich alle Bemühungen um das Bildungsleben und um die politische Macht ab? Doch nur auf die Wiederherstellung der Gerechtigkeit. Ihr zu dienen, in doppeltem Sinn: für den einzelnen und für sein Volk, schwebte ihm als Lebensaufgabe vor. Und deshalb säße er hier nicht von irgendeiner politischen Organisation geschickt, sondern aus freiem Antrieb, weil es zu seiner Lebensaufgabe gehörte. Er kannte seit vielen Jahren den Hof des Bauern Koiri und den Bauern selbst. Für den wäre er heute hierhergekommen. Nicht beauftragt von ihm, sondern von seiner eigenen Anteilnahme dazu veranlaßt.

Was war es, was den jungen Mann an dieser Stelle innehalten und zu seinem Zuhörer hinüberschauen ließ? Ovelacker wollte es scheinen, als spürte er einen zudringlichen Blick –, ohne daß er zu sagen vermocht hätte, was diesen Blick, der wenige Minuten vorher noch scheu gewesen war, so schnell hatte ins Gegenteil verwandeln kön-

nen. Er hatte nur mit der Wimper gezuckt, als dieser Name laut ward, aber er hatte sich nicht gerührt, so gern er auch hätte aufspringen mögen. Und jetzt verstünde der Herr Graf wohl, daß es ihm schwer geworden wäre, hierher zu kommen.
Nein! baute Ovelacker vor. Warum sollte es ihm schwer geworden sein, schwerer als zu irgendeinem anderen Unbekannten?
Aber er wäre eben nicht unbekannt, der Herr Graf, sagte der Besucher mit Bestimmtheit.
Dann müßte er ihn bitten, zu erklären, was für ihn das Erschwerende bei dieser Bekanntschaft gewesen wäre. Das Gesicht des Fremden drückte Verlegenheit aus. Hinter ihr aber, meinte Ovelakker zu erkennen, lag etwas wie die Pfiffigkeit und Schläue eines Bauernadvokaten, die sich, um nicht erkannt zu werden, von der Verlegenheit nur das Lächeln lieh.
Der Herr Graf wäre doch der Urheber von all dem Unglück, das im vorigen Winter über den alten Koiri-Bauern hereingebrochen, der . . .
Urheber? Urheber wäre um der Gerechtigkeit willen das Recht, das sein Gast so hoch gepriesen hätte, entgegnete Ovelacker.
. . . Der Richter über seine Söhne, das habe er gerade sagen wollen. Allerdings, das wäre er, und wenn es noch ein Gewissen gäbe, das unterschiede, was Recht und was Unrecht wäre, müßte es für das Unrecht immer schwer sein, vor seinen Richter zu treten!
Der junge Student nahm diese Entgegnung stumm hin und blickte zu Boden. Jeder Lebendige und jedes Volk hätte eine andere Auffassung von der Gerechtigkeit, hob er von neuem an, darin würde der Herr Graf ihm gewiß zustimmen. Er mit seiner patriotischen Auffassung möchte die patriotische Auffassung des Herrn Grafen nicht verletzen. Außerdem aber gäbe es eine einzige noch nicht geoffenbarte Gerechtigkeit, auf die alle Völker warteten, daß die sie von ihrem Unrecht erlöse. Glaubte man, daß die eigene Auffassung von der Wahrheit und Gerechtigkeit der absoluten am nächsten käme, dann müßte man mit Ehre und Gewissen für sie kämpfen, allein schon aus Selbsterhaltungstrieb, wenn aus nichts Höherem. Ja, er wäre also der Richter gewesen über die Söhne des alten Bauern, und dadurch wäre er bekanntgeworden im ganzen Land, der Herr Graf. Durch eine andere Auffassung von Gerechtigkeit.
Es wäre nicht seine Auffassung gewesen, die er vertreten hätte, sondern die des Kriegsrechts, die Auffassung seiner Pflicht, die sich mit dem gedeckt hätte, was er mit seinem Gewissen hätte vereinigen können! warf Ovelacker leise ein, aber seine Stimme schien leise vor Heiserkeit. Ob sein Gast sich denn die Mühe gemacht hätte, die Un-

terlagen für den Urteilsspruch nachzuprüfen? fügte er hinzu.
Ja, gab der zur Antwort, das hätte er, soweit die Unterlagen zugänglich gewesen wären. Das Fehlende hätte er aus mündlichen Berichten ergänzt.
Auf mündliche Berichte unverläßlicher Zeugen könnte ein Feldgericht nichts geben, das wüßte er als Student der Rechte. Die Entscheidung läge bei dem Sachverhalt und bei dem corpus delicti. Gegen die vermöchte der glühende Patriotismus nichts! Aber wenn er nun bitten dürfte, den Zweck seines Besuches zu erfahren?
Der . . . Er hätte wirklich nicht die Absicht gehabt, Schuld und Unschuld der Gerichteten zu erörtern, und er wüßte, daß deutschfeindliche Stimmungsmache sich der Ereignisse im Dezember eifriger bemächtigt hätte, als die Wahrheit zulassen könnte; allein beim politischen Kampf wäre man in der Wahl der Mittel oftmals bedenkenlos, und man müßte auch damit rechnen, was auf das ungebildete Volk, das man in eine politische Willensschulung nähme, Eindruck machte. Er stünde hier für den alten Bauern, da man die Toten doch nicht wieder lebendig machen könnte, und einzig und allein für dessen Gerechtigkeit setzte er sich ein. Der alte Koiri wäre alt und krank, und vielleicht hätten diejenigen recht, die da sagten, er läge auf dem Totenbett. Auf seine letzten Tage finge nun aber auch noch die Armut an, ihn zu drücken, denn das Urteil hätte ihn seiner Ernährer im Alter beraubt. Ob der Herr Graf – so eng verbunden seine Wirksamkeit ja nun doch mit dem bitteren Schicksal dieses armen alten Menschen wäre – sich nicht dazu verstehen könnte, ihm eine gewisse Rente auszusetzen. Und weiter: ob der Herr Graf nicht seine Stellung und seinen Einfluß aufbieten wollte, um die Begnadigung des jüngsten der Söhne, der nach Sibirien verbannt worden wäre, zu erwirken. Sein Wort, des Richters Wort, vermöchte doch das meiste!
In den ersten Augenblicken starrte Ovelacker seinem Besucher ins Gesicht, als müßte er gewaltsam erkunden, ob der das wirklich gesagt hatte. Dann lehnte er sich in seinen Stuhl zurück. Aufzustehen war alles, was er wünschte, und der ebenso stumme Gegenbefehl hieß: sich nichts anmerken zu lassen! – Der Besucher sah ihn gespannt an, was er sagen würde.
Doch nun hielt er es nicht mehr aus. Er stand auf, langsam, wie mit zerstreuten Gedanken, und suchte unter den Papieren auf dem Schreibtisch das Zigarettenbehältnis hervor. Stumm streckte er es seinem Gast hin; der dankte; nein, er rauche nicht; stumm zündete er sich selber eine Zigarette an.
Und warum, meinen Sie, warum sollte ich das tun? fragte er den jun-

gen Mann, der wortlos allem zugesehen hatte. Warum? wiederholte er dringlicher und blickte ihn starr an.
Er hätte das schon gesagt, meinte der ein wenig kleinlaut; der Herr Graf wäre sozusagen der nächste . . .
Und warum? Warum? forschte Ovelacker ihn unnachgiebig aus. Seine Stimme zitterte. Warum ist es nicht die Armenfürsorge der Gemeinde, warum sind es nicht die Verwandten? Warum ist es nicht der Pastor? Warum, meinen Sie?
Der junge Mensch blieb stumm. Endlich, nach langer Zeit, gestand er ein, er hätte nur an ihn gedacht, den Grafen.
Und warum? kam es eigensinnig von Ovelacker zurück. Ich will es Ihnen sagen, ereiferte er sich, und schon stand er vor dem jungen Mann, der hin und wieder versuchte, zu ihm aufzublicken, bis er schließlich aufstand und stehend zuhörte. Ich will es Ihnen sagen. Weil Sie mich, all Ihre schönen Meinungen über die Gerechtigkeit in Ehren, eben doch für den halten, der persönlich schuld ist, für den Henker, wie ich in den Äußerungen Ihrer Gerechtigkeit die Ehre habe zu heißen, weil ich ein Deutscher bin! Hätte zufällig ein Offizier russischer Nationalität diese Urteile gefällt, dann hätten alle eine Zeitlang gemurrt und sich zum Schluß damit abgefunden. Aber weil es sich so traf, daß es ein Deutscher war, wird eine gerechte Sühne zum erblichen Unrecht erhoben! Man sagt mir Haß, Grausamkeit, Blutdurst und weiß Gott, was noch alles nach! Ich zweifle keinen Augenblick an Ihrer persönlichen Ehrlichkeit, aber ich halte Sie nicht für berufen, ein Gutachten darüber abzugeben, ob mein Urteil damals, das ja gar nicht nur meins war, sondern das Urteil von fünf, fünf! Offizieren, gerecht war oder nicht. Nach den Beweismitteln, die Sie kennen müssen, war es das. Und trotzdem sollte ich es jetzt damit widerrufen, daß ich unter allen Anzeichen eines schlechten Gewissens dem alten Bauern ein Sühnegeld zahle und seinem nach Sibirien verbannten Sohn die Begnadigung erwirke? Nein! Haben Sie die gleiche Bitte schon an die anderen vier Richter ergehen lassen? Wenn ich schuldig geworden bin – lieber Herr, Sie ahnen nicht, wie! So schuldig wie Sie und jeder andere, der dazu ausersehen ist, an fremdem Schicksal teilzuhaben, und so, wie es sich in Ihrem Leben noch nicht ereignet hat. Der Himmel mag Sie davor bewahren. Bitte, nehmen Sie doch Platz! forderte Ovelacker den Besucher mit einemmal murmelnd auf, als bemerkte er jetzt erst, daß er vor ihm stand.
Der junge Mann sank gehorsam in den Stuhl, der hinter ihm stand. Ovelacker kehrte mit gesenktem Kopf zu dem seinen zurück. Warum hatte er überhaupt eine Schuld zugegeben? fragte er sich,

warum? – Und wenn auch mit dem Vorbehalt, daß der junge Mann keine Ahnung von ihr hätte?
Ich stimme Ihnen gern zu, es gibt ein Gesetz der Gerechtigkeit, das so, wie es zwischen den einzelnen in Anwendung steht, auch zwischen den Völkern gelten soll, obschon ein großer Weiser gesagt hat, Ungerechtigkeit wäre des Lebens Norm, meinte er leise zu seinem Gegenüber. Und das Recht, wie wir Menschen es erkennen und danach Gericht halten, wird unweigerlich mit der Schuld verknüpft, in die alles menschlich Erkannte und Ausgeübte verbannt ist. Das alles sagt nichts gegen die Berechtigung zum Erkennen des Rechtes und zur Pflege des Gerichts. Die Berechtigung geben Herrschaft und Berufung. Recht an sich und Recht, das ein Staat als verbindliche Norm für seine Bürger aufstellt, sind leider nicht dasselbe. Und Kriegsrecht, nach dem wir damals unsere Urteile gefällt haben, ist nur das Recht, das die Notwehr des Staates als verbindliches Gesetz aufstellt – wie weit entfernt von der Norm des Rechts an sich, das zu beurteilen ist nicht Sache der Richter, die in diesem Falle das Dasein des Staates schützen sollen, der eine sittliche Ordnung vertritt. Vielleicht, ja, vielleicht ist es nur das Recht des Stärkeren. Ihm zu dienen ist – trotzdem hier offenkundig Macht und Gewalt dem Recht gesellt sind –, solange erlaubt, als die sittliche Idee den Primat hat. Aber ich begreife, Sie mögen nicht viel davon halten, da Ihr Volk seit vielen Jahrhunderten das schwere Schicksal trägt, der schwächere Teil zu sein, der mit allen Mitteln – und wäre es auch die Entfesselung der Anarchie – gegen den Stärkeren und seine Auffassung von Recht kämpft.
Der Besucher hatte stumm zugehört. Bisweilen hatten seine Lippen sich bewegt, als spräche er mit oder als formte er lautlos einen Einwand, der ungesagt blieb, weil Ovelacker ihm keine Zeit dazu ließ. Jetzt fragte er nach einer kleinen Weile, ob der Herr Graf diese Ansichten auch für die Stellung der Deutschen hier im Lande geltend machen wollte.
Aber ja! War Ovelackers Antwort. Noch glauben wir alle ja an den baltischen Landesstaat unter deutscher Führung.
Das, bekannte der Besucher leise und mit einer gewissen spöttischen Verzweiflung über die Unwegsamkeit, in die ihre Ansichten auseinandergingen, das wäre, was sie als nationale Esten ‚das messianische Bewußtsein‘ der Deutschen nennten. Etwas, dessen Berechtigung sie nicht einzusehen vermöchten.
Das hätten die Juden bei dem Messias auch nicht vermocht!
Aber den Rang der Gottgesandtheit wollten die Deutschen sich doch nicht selber zumessen?

Ob sie das wollten? Nein, sie müßten das und hätten das gemußt! So wie die Kreuzzüge unter dem Ruf: Gott will es! aufgebrochen wären in die Heiligen Lande, so wäre die abendländische Ritterschaft in dieses Land der Jungfrau gezogen. Geschichte jener Zeit wäre immer mit einem religiösen Impuls geleistet worden; daran könnte nichts ändern, daß dem Kreuz des Bekenners auch des Kaufmanns Waage gefolgt wäre.
Aber die Ritter der Kreuzzüge säßen nicht mehr in Palästina und herrschten dort über das eingeborene Volk, wandte der Besucher ein.
Nein, leider nicht, räumte Ovelacker ein; vielleicht sähe es deshalb nicht zum besten in Palästina aus; vielleicht auch gehörte dieses Land zu sehr der Menschheit, als daß ein Teil von ihr, die seine Stätten heilig hielt, darüber herrschen dürfte. Hüten, ja, das täte die ganze Christenheit, aber nicht herrschen. Nur vermöchte er nicht zu sehen, wie denn die Deutschen hier im Lande überhaupt noch leben und in der Ausübung ihrer Verwaltungsrechte, die ihnen die Verfassung zusprach, eine Berufung sehen sollten, wenn sie nicht zugleich ein Recht und eine Pflicht im höheren Sinne darin sähen, eben eine Berufung, die über die rein administrative Betrauung mit einem Amt hinausging.
Aber die Esten, ein Volk von mehr als einer Million Menschen, hielten dieses Land ebenfalls heilig und möchten nicht, daß Eindringlinge darüber herrschten und das Unrecht ihrer blutigen Eroberung verewigten. Die Zeit, da die Geschichte von religiösen Kräften gestaltet wurde, wäre längst vorbei, wollte er meinen. Nun ordneten sich die Geschicke der Völker nach dem Raum, den sie bewohnten; der Geist des Stammes zöge die Grenzen. Nicht eine himmlische Jungfrau steckte das geschichtliche Ziel, sondern das Bewußtsein der Nationalität. So wüßte er mit dem messianischen Bewußtsein der Deutschen in diesem Lande nichts mehr anzufangen. Vielleicht hätte das Geltung in einer Zeit haben dürfen, da eisenbewehrte Reiter, die in steinernen Burgen wohnten, auf Hirtenvölker gestoßen waren, die nur die Wolle und das Leder als Bekleidung gekannt und sich Hütten aus den Bäumen des Waldes geschlagen hatten. Jetzt aber, jetzt wäre dieses Volk selber mündig geworden, jetzt schaffte man sich mit einem messianischen Bewußtsein nur noch das Odium, von einem unbelehrbaren Eigennutz besessen zu sein. – Der Herr Graf möge verstehen, damit wollte er nicht für die blutigen Neuerer der Revolution Partei ergreifen . . .
Aber für wen denn? fragte Ovelacker.
Für das zur Selbstherrschaft und zur Selbstbestimmung über sein

Schicksal reif gewordene estnische Volk! sagte der junge Mann voller Überzeugung.
Und das verweist uns Deutsche hier des Landes?
Darüber wäre noch nichts beschlossen worden.
Noch nicht! warf Ovelacker ein. Aber beschlossen, fuhr der junge Besucher unangefochten fort, beschlossen worden wäre eine gerechtere Verteilung des Landes, eine eigene Leitung der Geschicke, ein Sturz der deutschen Diktatur, wie sie eben noch auf allen Gebieten herrschte. Frei müßte das Estenvolk werden, mit allem was Freiheit in sich schlösse, dafür setzten sie ihr Leben und ihre Zukunft ein.
Er wollte ihm nur zu einer Frage antworten, die er vorhin berührt hätte, begann Ovelacker. Über das messianische Bewußtsein ließe sich nicht streiten. Wer es hätte, dem könnte man es nicht nehmen, wenn er sich auf die Sendung und auf sein Werk beriefe. In dieser Beziehung möchte er ihm raten, einmal die Verdienste der Deutschen um dieses Land und das eingeborene Volk genau zu studieren, wenn es auch unter seinen Volksgenossen Sitte geworden wäre, den baltischen Grundherrn der Gegenwart so zu schmähen, als wäre er der verantwortliche Urheber für die fehlerhafte Weltordnung in vergangenen Jahrhunderten. Diese Verdienste wären nicht durch Gewaltherrschaft erworben worden und wären mit nur so viel Eigennutz gepaart gewesen, wie ihn vergangene Zeiten auf der ganzen Welt dem Herrn und Edelmann zugesprochen hätten. Und außerdem wäre der baltische Grundherr einer der wenigen auf der Welt gewesen, der gegen seinen eigenen Vorteil Neuerungen und Verbesserungen eingeführt hätte unter der Macht eines Ideals, das anderswo nicht so hell geleuchtet hätte wie hier, nicht in Rußland, auch im Deutschen Reiche nicht. Er solle nur einmal daran denken, daß die Leibeigenschaft hierzulande ungefähr fünfzig Jahre früher aufgehoben worden wäre als im Russischen Reiche, ja noch früher als in manchen Landschaften Deutschlands –, von eben jenen als Blutsaugern verschrieenen selbstsüchtigen baltischen Junkern! Aber auf all dieses wollte er ihm gar nicht ausführlich Antwort geben. Nur auf eins: auf die Liebe zu diesem Land. Sein Gast hätte von der Liebe des estnischen Volkes gesprochen; er wollte von der Liebe der Deutschen zu diesem Land sprechen und wäre gewiß: wenn irgendwo eine Rechtfertigung zu finden wäre für alle Schuld, die Deutsche dieses Landes auf sich geladen hätten, dann wäre sie in der Liebe zu diesem Lande zu suchen. Er hoffte, sein Besucher verstünde ihn: nicht Eigenliebe meinte er, nicht die Liebe zu dem Besitzanteil am Lande, der die Herrschaft trägt – nein, die Liebe schlechthin, die unbegreifliche, die unter allen Opfern, unter Hunger und Pestilenz und Tod

nur immer noch größer geworden wäre, immer noch brennender und lebendiger, so, wie ein Kind seinen Eltern um so lieber wird, je mehr sie fürchten müssen, es zu verlieren. Wenn sein Gast behaupten wollte, daß all die Geschlechter von Deutschen, die hier gelebt hätten, nur landfremde Ausbeuter gewesen wären, Fronvögte und Magnaten wie im innersten Afrika, dann ... – Ovelacker suchte nach Worten – dann müßten alle Toten gegen ihn aufstehen, vollendete er schließlich. Alle Toten, die für dieses Land in den Tod gegangen wären, und dazu alle Lebendigen, die ihm noch dienten. In der Liebe zu diesem Land, in das die Geschichte sie gerufen hätte, dürfte jeder Deutsche sich mit einem Esten messen. Das lehrte, wenn nichts Jetziges, das Gewesene, die Geschichte, der Blutzoll, den die Deutschen hier entrichtet hätten. Immer aber, sagte er mit einer seltsamen Gelassenheit, die das Folgende so eindringlich machte, immer aber sind die Schlafenden, als sie erwachten, aufgestanden gegen die, die für sie gewacht und sie geweckt haben. Immer sind denen, welche Geschichte gemacht haben, ihre Schulden vorgehalten worden von jenen, die nach langer Zeit der Anteillosigkeit an der Geschichte in ihre Aufgabe einrückten. Immer hat der geschichtslose Bauer die Hand erhoben wider den Ritter, der gezwungen war, Geschichte über seine Felder zu führen; immer haben die Neuen die Alten verdammt, immer war das so, und am meisten dann, wenn der Wechsel zwischen alten und neuen Herren der Geschichte mit einem Wechsel zwischen zwei Zeitaltern der Menschheit zusammenfiel. Der Tätigste wird der am meisten mit Schuld Beladene, und wer das irdische Schicksal macht, fehlt am meisten wider die himmlische Gerechtigkeit, die nirgends hier auf Erden beheimatet ist. Was meinen Sie, wieviel Schuld werden die Führer des estnischen Volkes einmal auf sich geladen haben, wenn sie dieses Volk auch nur zwanzig Jahre lang in der Freiheit und Selbständigkeit, die es begehrt, zwischen anderen, viel mächtigeren Völkern geführt haben? In wieviel Schicksale wird dann der Anspruch darauf, Freiheit und Selbständigkeit zu wahren, schmerzlich eingegriffen haben! Wieviel Male wird das Gesetz der Gerechtigkeit oder auch nur das Recht gebrochen worden sein, das Sie jetzt gegen uns Deutsche verkünden? Wieviel Waisen und Witwen wird dann schon das Streben danach, sich in dem Raum zu behaupten, in dem die Geschichte gemacht wird, verschuldet haben, wieviel Armut und Unglück entstehen, wieviel Verwünschungen haben aussprechen lassen! – Soweit ich unterrichtet bin, möchte die Ritterschaft nichts lieber, als daß das estnische Volk sich mit den Deutschen in die Führung der Landesgeschicke und in die Verantwortung teilt.

Ja, davon hätte er gehört, murmelte der Besucher. Es schien, als wollte er Ovelacker in allem, was der zuvor gesagt hatte, nicht widersprechen, sei es nun, daß er sich seiner Meinung angeschlossen hatte, oder daß er es für aussichtslos hielt, darüber zu streiten. Er sah eine Weile nachdenklich vor sich hin, dann fragte er noch einmal zögernd, ob der Bescheid, den er vorhin für den Koiri-Bauern erhalten hätte, wirklich das letzte Wort des Herrn Grafen gewesen wäre.

Ovelacker sah ihn mit einem erstaunten Blick an. Warum zweifeln Sie daran? fragte er. Und dann, wie in einer Eingebung, begehrte er zu wissen, wann sein Besucher den alten Bauern das letzte Mal gesprochen hatte. Das wäre schon geraume Zeit her, gab der junge Mann zur Antwort. Und, wenn er das ehrlich sagen dürfte, nur weil es ihm zu bedrückend wäre, hilflos mit ansehen zu müssen, wie alles dort auf dem Hof zugrunde ging, wäre er nicht hingegangen. Er erinnerte sich des Hofes ja noch aus der guten Zeit, als dort Wohlstand und Zufriedenheit geherrscht hätten. Seit jenem Dezembertag im vorigen Jahr wäre es, als hätte eine Lawine alles verwüstet.

Das alles bedachte Ovelacker nach der ersten Auskunft gar nicht mehr. Sein Besucher war also seit geraumer Zeit nicht mehr auf dem Hofe gewesen . . . Von seinem ‚Tode' wußte er anscheinend nichts. Wie hätte er sonst auch zu ihm kommen können! Er hätte doch dieser Totsagung entnehmen müssen, daß er, der Richter, jetzt am allerwenigsten Einfluß besäße!

Meinen Sie, daß ich eine Veranlassung hätte, mein Urteil – wenn Sie der Ansicht sind, daß es wirklich nur mein Urteil war – zu widerrufen? fragte er den Besucher.

Das wüßte er nicht, gab der zur Antwort, unschlüssig, was der Graf mit dieser Frage bezweckte. Ja, Mitleid haben könnte der Graf wohl, fügte er später hinzu. Mitleid mit dem Vater und Mitleid schließlich auch mit dem Sohn, wenn er den nicht für einen Schwerverbrecher hielte.

Man hätte ihn vor Gericht, den Indizien nach, für nichts anderes halten können und sein Leben nur um seiner Jugend willen geschont, sagte Ovelacker.

Aber wenn er das nun, allen Indizien zum Trotz, nicht gewesen ist? Wenn der Vater recht gehabt und mit dem Alibi die lautere Wahrheit erbracht hat? entfuhr es dem jungen Mann erregt. Wie, wenn nun auch die Erschießung der anderen ein Justizmord gewesen ist? Dafür gibt es mindestens ebensoviel Wahrscheinlichkeit wie für die Annahme, daß sie wirklich schuldig waren. Was dann?

Solange es Gerichte gibt, hat es Fehlurteile gegeben. Und jedes Fehlurteil ist ein zum Himmel schreiendes Unrecht der fehlerhaften menschlichen Rechtsprechung. Ich bin der letzte, der das nicht zugeben wollte. Mit Wahrscheinlichkeit allein aber sind die noch niemals bewiesen worden, entgegnete Ovelacker gefaßt. Zudem vergessen Sie, daß die drei doch immerhin, waren sie vielleicht auch nicht Mörder, Plünderer gewesen sind. Und auf Plünderung oder die Beihilfe dazu und auf unerlaubten Waffenbesitz stand nach den Bestimmungen des Kriegsrechts die Todesstrafe. Die Todesstrafe auch für den minderjährigen Jüngsten der drei, der in Tatgemeinschaft mit Volljährigen angetroffen worden war. Vergessen Sie nicht: die drei trugen, als sie festgenommen wurden, ein wahres Arsenal von Waffen bei sich, und dazu in einem Beutel die Schmuckstücke und Wertsachen zweier Familien –, Gegenstände, wie man sie nur Toten entwenden, aus den Taschen nehmen, vom Finger streifen kann! Wie aber, wenn all die Morde und Brandstiftungen und Grausamkeiten gegen die Deutschen, die in der Revolution geschahen, auch nur auf einem Irrtum beruhten? Noch dazu auf einem Irrtum, den man wider besseres Wissen genährt hat, wissentlich und willentlich – ‚um einen politischen Willen zu schulen', wie Sie vorhin sagten? Wer hat da Mitleid und revidiert das Urteil, frage ich Sie? Wer sühnt diese Schuld, die nicht nur in der Ausübung, sondern schon wissentlich im Vorsatz liegt? Wer macht die Männer wieder lebendig, die ich damals in eben diesem Zimmer hier gefunden habe, tot, grausam erschossen, dort, dort, hinter diesem Stuhl, hinter dieser Tür . . .? rief Ovelacker und zeigte auf die Stellen, da er beim ersten Betreten des Hauses die Toten gefunden hatte. Ich habe Mitleid mit jedem Leid, begann er dann wieder leise, weil ich selber, durch den politisch geschulten Willen Ihrer Volksgenossen das Leiden kennengelernt habe! Ich habe Mitleid, und wo ich Leid lindern kann, werde ich es tun. Man soll nur nicht annehmen, daß ich damit widerrufe, was ich als meine schwere Pflicht habe tun müssen.

Lassen Sie es sich daran genügen, mein Herr, sagte er unversehens mit klarer, nüchterner Stimme und stand auf. Was ich tun kann, werde ich tun, aus Nächstenliebe, wenn Sie so wollen, aber nicht als Widerruf –, nicht als Widerruf! gebe ich Ihnen zu bedenken. Nur vermag ich so wenig, fügte er mit einer seinem Besucher unverständlichen Bescheidenheit hinzu.

Diese Bereitwilligkeit jedoch genügte dem jungen Menschen schon, sich seine Zufriedenheit über Gebühr anmerken zu lassen. Er lächelte, als hätte man ihm eine Schmeichelei gesagt, und genoß dem Anschein nach, daß der Graf fortan gewillt war, das Leid des alten Bauern zu lindern.

Ovelacker mußte das sehr zuwider sein, denn während er die Tür

öffnete und den Besucher hinausgeleitete, sah er geflissentlich an ihm vorbei. Bitte, bitte, war die zerstreute Antwort auf alle Reden des Fremden, und die waren länger und eifriger, als man hätte erwarten können.
Niemals hätte er sich denken mögen, daß der Herr Graf bei dem Unglück des Bauern teilnahmslos bleiben würde, alle erwarteten von ihm, daß er dem alten Koiri helfe, alle, das ganze Land, seine Gesinnungsgenossen und Freunde . . . brachte er in einem wirren Wortschwall vor.
Aus Nächstenliebe, aus Nächstenliebe! schnitt Ovelacker ihm seine Rede ab.
Da lächelte der junge Mann ihn verschmitzt an. Ovelacker kam es vor, als wollte er mit diesem Lächeln ausdrücken: Gut, sagen wir: aus Nächstenliebe! Einigen wir uns darauf und tun so, als wäre die gemeint, da es die Rechthaberei nicht zuläßt, den richtigen Ausdruck zu wählen!
Ich werde Ihren Besuch danach einschätzen, ob Sie aus der Unterredung mit mir ein politisches Märchen machen, das Ihnen geeignet scheint, ‚den nationalen Willen zu schulen', oder ob Sie bei der Wahrheit bleiben, sagte er zum Abschied. Ich würde es für einen traurigen Ehrgeiz halten, wenn auch Sie zu der mythischen Gestalt etwas beitragen wollten, die ich dem Irrtum verdanke. Sie haben ja Verstand und Gelegenheit, ihn zu berichtigen!
Vielleicht begriff der junge Mensch den Sinn dieser Rede noch nicht, aber er empfand, daß sie ihm auf den Weg mitgegeben wurde. Überrascht, vermochte er seine Sprachkenntnisse nicht sogleich auszunutzen. Er stammelte ein verlegenes: Ja . . . ja . . . und stülpte sich mit einer seltsam linkischen Bewegung einen feierlichen schwarzen Plüschhut vom Nacken her auf den Kopf. Dann streckte er dem Grafen mit treuherzigem Eifer die Hand entgegen, und nach einem kundschaftenden Blick durch die ganze Halle ging er zur Tür hinaus. Draußen, das war das erste, rückte er noch viele Male den Hut zurecht, bis er ihm fest in der Stirne saß, und ging mit langen, weite Gänge gewohnten Schritten die Allee hinab. Um diese Zeit begann es zu dämmern, und hinter den aufsteigenden Nebeln ging der Mond aus dem schwarzen Verlies des Waldes hervor.

Ovelacker sah ihn durch die Zweige der Bäume im Park und genoß die feuchte Kühle der Nebelschwaden, die unter seinem Licht zu fließen und sich in jeder Senke um ein Lager zu drängen begannen. Er hatte in dem Zimmer, darin er mit dem Besucher gesessen, nicht sogleich wieder verweilen wollen. Sein Widerwille gegen die Atmosphäre des Zimmers hätte ihm Achtung abnötigen können vor der Penetranz dieses Fremden. Aber kaum hatte er im Freien die weite Runde des Parkes betreten, die das Schicksal ihm einmal zum Kreuzweg bestimmt, da dachte er gar nicht mehr an ihn zurück. Dachte nicht mehr an ihn und dachte doch unaufhörlich an die Zukunft, die der Fremde ihm durch das Versprechen abgenötigt.

Er ging langsamer, als er die Kehre erreichte, die der Weg unter dem einer Wand gleichen Dunkel der nahen Büsche beschrieb. Ihm war, als dürfte er sich eine Prüfung nicht schenken und müßte sich allein Gefahren weihen, die immer noch hier warten mochten. Aber, grübelte er, konnte sein Weg, wenn er aus diesem Bereich des Parkes zurückkehrte, in dem die Erinnerung und das Bewußtsein vom Tode sich ihm beinahe körperlich spürbar aufdrängten –, konnte sein Weg da noch weiter führen als bis ins Gutshaus? Weiter als bis in die Pflichten, die er bislang auf sich genommen? Konnte er von dorther, wo einmal der Haß ihm aufgelauert hatte, zu dem langen, ruhmlosen Weg der Nächstenliebe aufbrechen? Zu dem Weg der bitterlichsten Selbstverleugnung? Ließ ihn das Bild des Menschen, das von der Schattenwand des dunklen Gebüsches immerdar auf ihn zustürzen würde, vorbei zum Totenhof, damit er ein Leid dort linderte, wo niemand vermocht hatte, das Leid um die zu stillen, die hier von der Kugel getroffen ward? Mit einemmal wünschte er, der Besucher wäre nie gekommen. Nicht daß er sich in seiner Schuld gefühlt hätte, nein! aber er trauerte um die nicht rein und unbedingt gebliebene Möglichkeit einer Bewährung. Unversehens überfiel ihn der Argwohn, daß er, wenn er das Versprechen ihm gegenüber hielt, fortan niemals mehr ganz sicher wissen würde, ob er den Weg, an den er ja schon längst vor seinem Kommen gedacht hatte, am Ende wirklich aus eigener Kraft gegangen war oder nur als der Schuldner eines Versprechens, das zu brechen er sich geschämt. Diese Trauer aber kam ihm schon nach wenigen Schritten wie ein allzu eifersüchtiger und ehrgeiziger Stolz auf sein neues Leben vor. Er erschrak vor den Gefahren einer so bewußten Auferstehung aus dem Grab seiner Verleugnung, er erschrak vor dem Alleinsein, vor seiner Macht und seiner Gewalt in der kleinen Welt seines Besitzes und spürte, daß nichts ihm zum Segen gereichen konnte, wenn er es nicht nur um der Sache willen tat. Schon hätte er wieder um Namenlosigkeit bitten mögen und um Ohnmacht, um Armut und um einen verbrüdernden Dienst, um ein frommes, einfältiges Erleiden an Stelle der herrischen, wägenden Tat.

Mit solchen Gedanken blieb er stehen und blickte zurück. Er hatte das weite Rund hinter sich gelassen, das der Weg hier beschrieb. Jen-

seits der großen Rasenfläche kehrte der Weg in das Dunkel ein, aus dem er gerade hervorgegangen war. Und dort . . .
Ein heiliger Schrecken durchglühte ihn, ein Schrecken, der es gar nicht mehr zuließ, daß er sich anstrengte und sich prüfte –, ein Schrecken, in dem er sich kaum mehr empfand und nur fühlte, daß er dem Engel gegenübergestellt war, Auge in Auge, hingebannt vor der Liebe kristallenes Herz.
Sie hatte ihn vorüber gelassen. Nun, sah er, stand sie dort im Dunkel unter den Bäumen und Büschen; nun sah er sie überdeutlich, durch keine Ferne getrennt von der Gewalt der Erscheinung, wie sie sich von dieser Erde abzustoßen schien in den unendlichen Raum; nun sah er wieder das gebeugte Knie der Andacht vor dem unbegreiflichen Rätsel, dem alles Leben und auch ihr Leben geweiht war.
Und dann –, er ging um diese Zeit schon wie träumend weiter, dem Haus entgegen, das gleich der Finsternis selbst aus den Kronen der Bäume emporwuchs, ging weiter mit der um Erschreckendes und ganz Fernes geweiteten Sicht eines Menschen, der in langen Fasten geläutert ward und dem das Dunkelste mit einemmal durchdringlich, das anscheinend tiefst Vergrabene in die Nähe gerückt scheint –, dann war er nur noch dessen inne, daß sie ihn vorüber gelassen hatte, vorüber auf den Weg der Selbstverleugnung. Und er sah in der Ferne das Haus und die Toten, die der Engel versöhnen mußte; er sah die Schuld, in die sein Leben gestürzt ward, als er der Pflicht sein Antlitz leihen mußte und die Richtstätte zum Besitz erhielt. Von da an, ward ihm klar, hatte das hohle Recht der Gewalt seinen Richter bis auf den Tod verleugnet, und der Gemeinschaft der Seinen war er eine Bürde geworden. Worauf hatte die Ritterschaft sich berufen können, als sie das Opfer der Verleugnung von ihm verlangte? Auf das Gebot der politischen Macht, die immer nur unter Opfern erworben und erhalten wird, hätte er sich antworten können. Ihm aber kam wieder in den Sinn, was er dem Fremden am Nachmittag geantwortet hatte, und er antwortete auch sich selber so: Auf die Liebe, auf die Liebe zu diesem Land! Und während ihn der Spott des Fremden über das ‚messianische Bewußtsein‘ der Deutschen noch einmal anflog, hieß er gut, daß er geopfert worden war. Er war bereit, fortan als eine ruhmlose Würde auf sich zu nehmen, daß er schon einmal in seinem Leben gestorben war für dieses Land, und er war bereit, noch viele, viele Male zu sterben.
Nun bekam es auch einen neuen Sinn für ihn, daß hier im Lande Schwert und Kreuz bis auf diesen Tag vereint geblieben waren. Jetzt, dachte er, jetzt mußte auch er nach langen Jahren, da er in fremden Diensten den Degen geführt hatte, das Kreuz für dieses

Land auf sich nehmen, um seines eigenen Lebens willen und, wenn er darunter stürbe, damit die seinen hier leben konnten, und nicht nur die Deutschen, alle, das ganze Land.

Das Dunkelste wurde in diesen Stunden durchdringlich, das tiefst Vergrabene in die Nähe gerückt. Ihm war, als verweilte die unendliche Macht, die die Schicksale antreibt, ganz ungeteilt bei dem seinen. Denn an diesem Abend noch wurde ihm das Vergangene zu bestürzender Gegenwärtigkeit in dem Brief, der fast zwei Wochen gebraucht hatte, um ihn zu erreichen, und der wie für diese Stunden geschrieben schien, daß er eine Lücke schlösse, die der Schreiber sich einst selbst ausgebeten hatte –, einem Brief des Leutnants Wladimir Karlowitsch Möller.

Er hatte – seltsame Fügung! – keine Minute früher kommen können als eben jetzt, da Ovelacker die Anfahrt hinaufschritt. Und daß dieser Brief, der keinen Vermerk eines Absenders trug, unter dem grün abgeschirmten Schein der Leselampe, die eine Magd dem Heimkehrenden vorangetragen hatte, zu dieser Stunde geöffnet und nicht, wie alle übrigen, achtlos zur Seite gelegt wurde, verdankte er nur dem Markenbild der Germania, unter dem er den langen Weg zurückgelegt hatte. Der Brief und die Hand, die ihn hielt, die Lampe, deren dämmeriges Licht jenseits der Sammlung, die ihr Schirm gab, den Tisch mit seinen Bildern und die Umrisse der nächsten Gegenstände mehr ahnen als erkennen ließ –, minutenlang schien all das wie im Zwielicht einer stillen Sommernacht zu liegen, zwischen Ebbe und Flut. Wenn Leben in all dem war –, in diesen Minuten verschwieg es sich, weil nichts anderes sprechen konnte als der Brief, der mit der Überschrift: Mein verehrter Graf! begann und ohne jede Erklärung, wo der Schreiber sich befand und wie er dahin geraten war, sogleich das Anliegen aussprach, um dessentwillen er zur ungewohnten Feder gegriffen hatte.

Ich habe, hieß es da, den Kameraden Charusin, der mir bei der letzten Begegnung in Sankt Petersburg sagte, daß er Ihnen schreiben wollte, gebeten, eine Lücke in seinem Brief offen zu lassen. Er hat mir das versprochen. Doch ich weiß nicht, ob wir uns damals verstanden haben, ja ob wir überhaupt wissen konnten, was diese Lücke war. Jetzt weiß ich es, wenn ich es nicht gewußt haben sollte. Sie werden mittlerweile erfahren haben, was sich nach Ihrem Abschied von uns ereignet hat. So kann ich mir alle Vorbemerkungen schenken.

Ich bitte Sie um Verzeihung, daß ich damals nicht darüber geschwiegen habe, wie unser einstimmiges Urteil zustande gekommen war.

Haben Sie Verständnis für meine Handlungsweise! Ich habe nicht schweigen können! Ich gebe heute freiwillig zu, daß ich mich gegen das Gebot der Ehre vergangen habe. Wenn der Geltungsbereich der Ehre auch niemals abgesteckt worden ist –, sie ist doch auch so etwas wie eine für das ganze Leben getroffene Vereinbarung, was man tun darf und was nicht.

Ich lebte schon unter einem neuen Gesetz, als ich damals, allem Anschein nach, das alte noch für verbindlich erachtete, denn ich hatte ja meinen Dienst noch nicht quittiert. Daraus kann man mir einen Vorwurf machen, ich weiß es. Ich hätte sogleich meinen Abschied nehmen müssen. Diese Schuld erkenne ich freiwillig an, für sie muß ich um Verzeihung bitten, wenn sie, wie ich befürchten muß, in mehr als nur in mein Leben eingegriffen hat.

Ich habe damals gehofft, das neue Gesetz mit dem alten, unter dem ich Leutnant geworden war, vereinigen zu können. Ich mußte sehr bald bemerken, daß dies nicht möglich war. Vielleicht schon deshalb, weil meine Kameraden nach jener Nacht zu wachsam und argwöhnisch mir gegenüber geworden waren. Ich bin einem Duell mit unserem Kornett ausgewichen, solange es überhaupt möglich war, wie sehr auch seine Herausforderungen meinen Stolz verletzten. Ich scheute mich, dem Moloch einer Ehre, an die ich nicht mehr glaubte und der ich mich nicht mehr verpflichtet fühlte, abermals eine Gelegenheit zu bieten, in mein Schicksal mit einer Blutschuld einzugreifen. Meine eigene Schuld an den drei Brüdern dünkte mich schon viel zu schwer.

Erst als sich mir gar kein anderer Ausweg mehr bot, als eine Beleidigung erfolgte, wie ich nie zuvor einer ausgesetzt gewesen war –, da erst habe ich zur Waffe gegriffen. Aber auch da hätte ich den Kornett nicht gefordert, wenn nicht Zeugen diese Beleidigung mit angesehen hätten. Ohne die Zeugen hätte ich mich noch einmal verleugnet, wie schwer es mich auch angekommen wäre. Nun aber zerbrach mein Vorsatz, meine Ehre darein zu setzen, vor diesem immer wieder auf mich eindringenden Menschen ehrlos zu scheinen. Ich ließ ihn fordern.

Das traurige Ergebnis des einmaligen Kugelwechsels kennen Sie. Ich kann Ihnen und mir ersparen, die Verfassung zu schildern, in der ich mich nach jenem unglücklichen Duell befand. Genug, wenn ich sage, daß ich wochenlang gesonnen war, den Fehlschuß des Kornetts mit eigener Hand zu berichtigen. Ich reiste halb freiwillig, halb gezwungen ins Ausland, um das Verhängnis, dem ich erlegen war, hinter mich zu bringen. Eine Zeitlang lebte ich in der Schweiz, dann siedelte ich nach Deutschland über. Ich war immer am Rande der

Finsternis, mochte nun der letzte Streifen unter dem Licht Homburg oder Gotha heißen oder das lange, schöne Tal des Rheins sich hinabziehen, in dem man traurig wird, wenn man allein ist. Ich wurde an mir selber und an allem, was ich dachte, irre. Gestand ich mir ein, ehrlos gehandelt zu haben und ehrlos zu sein, so wußte ich mich gleich darauf zu überzeugen, daß Ehre, wie ich sie aufzufassen gelernt hatte, nichts mehr war, woran ich mich in meinem Leben halten konnte. Dienste in einer Kolonialarmee anzunehmen, wie es andere in meinem Fall getan hätten, gleichgültig, welche Nation diese Armee vertrat, widerstrebte mir aufs äußerste. Eher hätte ich verhungern mögen. Denn mir lag nichts daran, Soldat zu sein um des Soldatseins willen. Ich verlangte mehr für meinen Beruf. Nicht nur eine äußerliche Würde des Standes, nicht ein lohnendes Auskommen, nicht Ehren, die sich in Achselstücken spiegeln, sondern etwas viel Umfassenderes: einen inneren Standort, ein neues Lebensgesetz. Dieses alles meinte ich am ehesten in dem Land finden zu können, in das ich geflohen war, in Deutschland. Dieses fremde Land aber – das war etwas Überwältigendes – erkannte, erlebte und empfand ich mehr und mehr als meine Heimat! Sie werden wissen, daß meine Vorfahren nicht in Rußland beheimatet waren, sondern in Deutschland, so wie die Vorfahren Ihres Geschlechtes nach Rußland aus dem Lande kamen, in das Sie nun, verehrter Graf, zurückgekehrt sind. Es mag sein, daß Sie in den letzten Wochen, da ich die Ehre hatte unter Ihrem Kommando zu stehen, etwas Ähnliches erlebt haben wie ich in der Zeit, da mir mit einemmal die Augen für Deutschland aufgingen, und daß ich Ihnen damals unrecht tat in meinen Ansichten über Staatstreue, Unvoreingenommenheit und Selbstlosigkeit beim Dienst. Solche Ansichten kann ein junger Leutnant haben, der zuweilen russischer als die Russen selber sein möchte. Er bereut sie jetzt mit dem ganzen Eifer eines Bekehrten.
Da aber gerade, als ich etwas so Teures wie die Heimat wiedergefunden hatte, da streifte mich abermals das Verhängnis und drohte, mir das einzige, was ich nach allem Umherirren gewonnen hatte, auf besonders schmähliche Art und Weise zu entreißen.
Es war in Koblenz, einer Stadt am Rhein, die einige Berühmtheit genießt durch die Festungswerke, die dort aus alten Zeiten erhalten sind. Ich hatte mich schon zweimal vorher für kurze Zeit dort aufgehalten. Nun wurde mir dort in den frühen Abendstunden eines Tages zu Anfang des Sommers in meinem Hotel ohne weitere Förmlichkeiten ein Hauptmann gemeldet. Er wünschte mich zu sprechen, er hätte einen dienstlichen Auftrag. Die Ortskommandantur ließ mir unter Zusicherung von Stillschweigen übermitteln, man erachte es

für wünschenswert, daß ich die Stadt mit dem nächsten Zuge verließe, damit man nicht die Rücksichten außer acht zu lassen brauchte, die vorerst durch meinen Rang und meine Familie geboten schienen. Das Ansinnen erklärte sich entweder aus einer Verwechslung oder einer ganz unsinnigen Verdächtigung. Dieses festzustellen, führte ich, anstatt den Ort zu verlassen, eine Aussprache mit dem Kommandanten herbei, einer grauen Exzellenz, die mich sehr an den verewigten Feldmarschall gemahnte. Und von diesem Gespräch an datiere ich meine Ehrenrettung vor mir selber. Es war der große Glücksfall meines Lebens: der Anfang der Bekanntschaft mit dem Geist der deutschen Armee, in der ich, wie ich hoffen darf, fortan zu dienen die Ehre haben werde.
Ich habe dem ehrenrührigen Verdacht, die Aufgaben eines Geheimagenten unter dem Schein eines harmlosen Rheinreisenden zu verbergen, die größte Offenheit entgegengesetzt und erzählt, warum ich mich jenseits der russischen Grenzen aufhielt. Wie es kam, daß man mir glaubte, vermag ich nicht zu erklären. Ich weiß auch nicht, ob ich so viel Eifer verdient habe, wie man ihn mir später in einem immer weiteren Kreis von Offizieren dieser großen Garnison bewies: vergessen zu machen, was die Bekanntschaft herbeigeführt hatte. Eins nur weiß ich mit Sicherheit. Ich war hier zum erstenmal wieder in eine Gemeinschaft eingetreten, die äußerlich einige Ähnlichkeit mit der besaß, die ich gerade verlassen hatte; ihr innerstes Gesetz aber fing erst dort an, wo ich an dem Gesetz, unter dem ich mich bis zum Leutnant heraufgedient hatte, irre geworden war: bei der Ehre. Ich hatte Ehre achten, von anderen und von mir selber fordern gelernt als die ‚Schamhaftigkeit des Mannes', als das Befolgen aller Pflichten, die einem Ehrenmann zukommen, als die Erfüllung aller Gebote der Ritterlichkeit. Ich hatte mich in einer Nacht einmal gefragt, ob man von mir erwarten durfte, daß ich den Anspruch der Ehre erfüllte, wenn mein Gewissen widersprach. Konnte es eine Ehre ohne Gewissen und ein Gewissen ohne Ehre geben? Ich hatte in jener Nacht nicht den Mut zur Antwort gehabt und in die Forderung der Ehre eingewilligt, weil sie die Auffassung der Mehrheit vertrat. Ich glaube, daß ich damals Ehre mit Karriere verwechselt und mir nur der Karriere zuliebe ersparte, auf der Antwort zu bestehen. Welche Entscheidung es war, die mir solche Fragen abnötigte, wissen Sie, verehrter Graf. Später aber war die Frage selber die Entscheidung. Und bis zu dem Tage, da ich mich von meinem Kameraden Charusin verabschiedete, schien, wenigstens nach unserem Wissen und der herkömmlichen Auffassung, keine Lösung möglich zu sein.

Und sie ist wohl auch in Wahrheit nicht möglich, wenn die Entscheidung einmal mit ganzem Ernst gestellt wird. Angesichts des Todes. Jedenfalls ist nach meiner Ansicht die Ehre, die ich als Leutnant der russischen Armee kannte, nichts, womit man vor dem Tode, ob man ihn nun erleiden oder befehlen soll, bestehen kann. Denn ist die norme du corps, von der Charusin sprach, mehr als eine heiliggesprochene Satzung des Standes? Sie muß aber mehr sein als ein Standesgesetz, auf daß Himmel und Hölle an ihr zuschanden werden können und auf daß sie den Tod, wo er auch sei, groß und gerecht macht. Kann die Ehre einer Armee auf den Waffen ruhen? fragte ich mich. Nein. Nicht immer sind es und waren es die ehrenvollen Waffen, die den Sieg davongetragen haben. Die Ehre einer Armee ist die Ehre ihrer Nation, die sie aufgestellt hat. Hat die Nation keine Ehre, dann sind es Söldner, die ihr Dienste leihen, welche sie morgen zurückfordern können. Dem Vaterland aber fordert man nichts ab und nichts zurück.
Die Ehre des Degens muß mehr sein als der Ruhm, den die Waffe erringt. Sie muß von dem, der den Degen führt, tiefer Besitz ergreifen als nur in Rücksichten auf seinen Stand. Sie muß ihn in ein sittliches Gesetz binden, das stärker ist als der Tod und dauernder als das Glück. Sie muß die Zucht des Gehorsams, der dem Manne abgefordert wird, zu einem Sinnbild erheben für einen viel tieferen und größeren Gehorsam – vor dem, dessen Name verschwiegen sei. Ich glaube, die Ehre ist ein Glaube, und für meine Augen und für mein ganzes künftiges Leben hat dieser Glaube seinen Ausdruck gefunden in den Insignien von Degen und Bibel, den Insignien eines preußischen Offiziers.
Lassen Sie es daran genug sein, mein verehrter Graf. Ich habe Ihnen nur sagen wollen, daß nach unserer alten Auffassung von Ehre die Widersprüche zwischen Pflicht und Gewissen, vor die ich in jener Nacht des Feldgerichtes gestellt wurde, überhaupt nicht gelöst werden konnten, ohne das Gewissen zu verletzen.
Unser Kamerad Charusin sagte mir bei jener letzten Unterhaltung in Sankt Petersburg: ich hätte das Recht der freien Persönlichkeit gegenüber der norme du corps geltend gemacht. Das stimmt nicht. Oder das preußische Offizierskorps besteht aus lauter freien Persönlichkeiten – und hat dabei doch eine Norm und ist ein corpus, wie er wohl nur in Jahrhunderten sich zu bilden vermag. Es hat seine innere Überlieferung, ein sittliches Fundament. Das hat unser russisches Offizierskorps nicht. Dieses hat nur die Tradition der äußeren Macht. Es hätte also, bin ich überzeugt, eine preußische Lösung für die Widersprüche in jener Nacht gegeben. Ich ahnte sie damals

schon, aber ich war nicht stark genug –, und wir alle waren Offiziere der russischen Majestät.

Ich nehme von Ihnen, mein hochverehrter Graf, mit ehrerbietigen Grüßen Abschied als Ihr immer ergebener Wladimir Karlowitsch Möller.

Am Ende des Blattes, auf dem der Schreiber unterzeichnet hatte, folgte eine Nachschrift von wenigen Zeilen. Sie lautete:

Das eine aber, wofür es keine Lösung gegeben hat: der Tod von nach meiner Überzeugung Unschuldigen, das zerstörte Leben eines nach Sibirien Verbannten. Wer wäre anmaßend genug, gutzuheißen, wenn die Vorsehung zu der Erleuchtung eines Menschen das Leben dreier auslöscht? Ich gestehe: um Ihretwillen habe ich die Möglichkeiten, durch einflußreiche Bekannte in der Residenz die Wiederaufnahme des Verfahrens gegen die drei Brüder erwirken zu lassen, vorerst verabsäumt. Aber lassen Sie doch tun, was möglich ist, um das zu erwirken! Jedenfalls so weit, wie es dem einzigen Überlebenden nützlich sein kann. Sie sind unschuldig gewesen, die drei, ich könnte mit meinem Leben dafür einstehen! Völlig unschuldig, ja!

Ovelacker wollte die Blätter schon wieder zusammenfalten und beiseite legen, da hielt er inne. Er mochte sich von ihnen noch nicht trennen und legte sie, die Falten glättend, auf den Tisch unters Licht. Einer, der ihn beobachtete, hätte sich gewundert. Unverwandt auf das oberste der Briefblätter starrend, nickte er vor sich hin, nickte, nickte, allem Anschein nach grenzenloser Zustimmung voll. Sein Blick, der allen von den schweren, gedrungenen Zeilen galt, erhaschte hier und da ein einzelnes, als haftete sich das von selber an, ein Wort ohne den Zusammenhang: Insignien . . . preußisch . . . eine Lösung . . . während der Geist dieses einzelne sogleich in die ganze Erzählung einordnete, die in Wirklichkeit über diese Blätter hinausging. Ihr Inhalt lebte in seiner Erinnerung mit Worten, deren Ton ihm im Ohr haftete, mit Worten, deren Sinn ein Teil von dem Sinn war, den er selber gesucht. Er nickte zu dieser Lösung: Gut, er war auf einem neuen Ufer, der Leutnant . . . Und er ertappte sich mit einemmal dabei, daß er die Nachschrift noch einmal Wort für Wort las: Das eine aber, wofür es keine Lösung gegeben hat . . . Seine Lösung –, die hatte Möller in seinem Brief scheinbar vorweggenommen. Er würde sie ihm später einmal mitteilen, dem preußischen Offizier.

Aber ob er's dann noch war? Er hatte niemals Anlaß gehabt, an Möllers Zähigkeit und Beständigkeit zu zweifeln. Und doch, meinte er jetzt, konnte das noch nicht sein letzter Schritt und das Ufer des Zieles sein. Irgendwann mußte das Zeitalter ihn einholen auf dem romantischen Wege, dem er sich ‚mit dem ganzen Eifer des Bekehrten' verschrieben.

Er war beim Geiste Scharnhorsts eingekehrt, als das nüchterne Reglement Suworows ihn unbefriedigt gelassen hatte; er hatte in jener eisgrauen Exzellenz zu Koblenz noch einen Abglanz des als Soldat großen und als Mensch frommen Feldmarschalls von Moltke gesehen. Aber glichen die heute mit frisch-fröhlichem Lärm marschierenden Enkel dieser Männer noch wirklich ihren stilleren Ahnen, die des Fluches bewußt waren, den die Waffe heraufbeschwört?

War Möllers neue Ehre wirklich die Ehre der preußischen Armee? Verwaltete diese wirklich Degen und Bibel als tägliches Rüstzeug, oder waren die bei ihr nur die Attribute auf dem Epitaph über eine große und ruhmvolle Vergangenheit? Ihn wollte dünken, die Gefahr läge nahe, daß Möller auf der Flucht vor seiner verworrenen, ohne Halt gelassenen Gegenwart Obdach in einer allzu vergangenen Vergangenheit gesucht hatte. Und von dorther würde er sich mit schmerzlicher Ernüchterung – in der er dann auch lernen mußte, Unschuld nicht mit Entschuldbarkeit zu verwechseln – zu einem neuen, gegenwärtigen Dasein durcharbeiten müssen –, ein Weg, der ihn vielleicht zu seiner eigenen Überraschung hinausführte aus dem, was er heute noch ein endgültiges Ziel wähnte. Er hatte Zeit. Sein Leben ging ja erst in den Mittag. Und jeder Tag hat seine Länge.

Eine sonderbare Innigkeit lag in dem Blick, mit dem er die Blätter betrachtete. Er sah aus, als wäre er mit allem versöhnt. Dann lehnte er sich im Stuhl zurück und strich sich mit der Hand über die geschlossenen Augen. Als er sie wieder öffnete, blieb er unbeweglich sitzen und starrte auf die Wand des kleinen Sekretärs, die vielerlei Schubladen barg. Der Lichtschein reichte nicht über die Platte hinaus, und hinter ihr lag tiefe Dämmerung, in der die Ranken aus hellerem Holz, die in das teefarbene Braun des Mahagonis eingelegt waren, geheimnisvoll lebendig über die ganze Wand strebten. Ihm war, als begänne hinter diesem Zauberrankwerk erst wieder die wache, wirkliche Welt. Hier träumte er, oder er erlebte dies alles schon zum zweiten Mal. Wie oft schon waren seine Wünsche diesem Augenblick vorausgeeilt! Nun war er gekommen, der Augenblick, und blieb; jetzt gab es nichts mehr zu wünschen. Ein letztes noch, aber wie nah war er auch dem! Und wenn dieses Letzte geschah, würde er wohl auch das Empfinden haben, es geschähe ihm zum zweiten Mal.

Nun horchte er auf. Schritte im Gang, der leise Schritt des jungen Reuter! Er hatte so viel Zeit, die Papiere zusammenzufalten und wegzulegen; dann wurde geklopft, und gleich danach stand der Freund vor ihm.

Er kam mit einem Ungestüm, das man sonst nicht an ihm kannte und das nur etwas Dringliches bedeuten konnte. Ovelacker war erst aufgestanden, als der Freund ihm schon die Hand hinstreckte, und setzte sich dann gleich wieder an den Tisch. Daß der junge Reuter morgen ins eigene Haus übersiedelte, wußte er, und er hatte ihm schon das Geleit zugesagt; unvermutete Hindernisse, auf die er nicht gefaßt gewesen war, hatten sich anscheinend nicht ergeben; was also hatte ihn bewogen, hier so stürmisch Einlaß zu suchen?
Nichts, allem Anschein nach. Er setzte sich in einen Sessel, der dem Lichtschein entrückt war, schlug die Beine übereinander und rieb sich die mageren Hände, daß es anzuhören war, als lärmte eine Heerschar von Grillen. Ovelacker starrte mit geneigtem Kopf in die goldene Helle auf dem Tisch.
Der junge Reuter betrachtete ihn.
Hast du etwas Neues gehört? fragte Ovelacker dann, ohne sich umzuwenden.
Der Freund stützte das Kinn auf die Hände. Ja, höre . . ., begann er, aber weiter kam er nicht. Nach einer Weile fuhr er unschlüssig fort: Deshalb kam ich auch gleich zu dir. Ich bin nämlich eben erst zurückgekommen . . .
Es war, als wölkte ein schwärzlicher Staub im Zimmer. Die Stimme wurde darin hohl und noch heiserer. – Etwas Merkwürdiges hat sich zugetragen, begann der junge Reuter von neuem und räusperte sich, als belegte der Staub ihm die Stimmbänder.
Ovelacker saß da und starrte weiter auf den Tisch. Vielleicht war sein Kopf noch ein wenig mehr geneigt. In der Hand, die auf der Lehne des Sessels ruhte, zuckte es unter der gespannten Haut.
Ja, bestätigte der unentschlossene Gast sich selber mit einem tiefen, hörbaren Atemzug. Sein Kinn und seine Hände waren wie aus Stein zusammengefügt; den Blick hatte er niedergeschlagen. Wenn man ihn sah, hätte man denken können, daß er mit geschlossenen Augen dasaß. – Du bist totgesagt worden, weißt du das?
Ich weiß es, kam im nächsten Augenblick die Antwort, sehr ruhig, in den Lichtschein hinein gesprochen, und als der junge Reuter die Gestalt des Freundes jetzt ebenso unbewegt vor dem Licht gewahrte wie im Schweigen, war ihm, als tönte das Licht.
Ach, das weißt du? murmelte er überrascht.
Ja! war die Antwort. Ich bin tot, das weiß ich. Die glaubwürdigste und höchste Instanz, die es für die Leute auf dieser Welt gibt, hat es verkündigt. Nicht gerade der Kaiser, aber des Kaisers Minister.
So, das weißt du alles! wiederholte der junge Reuter. Ich dachte . . . Und was weiter?

Es ist eine seltsame Geschichte, begann er widerstrebend.
Erzähle!
Meinst du? fragte er den ruhigen Lichtschein über dem Tisch. Ich habe sie heute erfahren, gestern hat sie sich zugetragen, um die Mitternacht. Die ganze Gegend steht in hellem Aufruhr, ich habe so etwas noch nie erlebt. Es ist beinahe mittelalterlich!
Es handelt sich nämlich um den alten Bauern, von dem ich dir schon einmal erzählte, begann er vorsichtig und ließ Ovelackers Gestalt dabei nicht aus den Augen. Die bewegte sich jetzt so wenig wie zuvor. Zwar spürte Ovelacker den Blick und hörte aus der Stimme heraus, daß der Freund jetzt auf ihn einsprach, aber er wandte sich ihm nicht zu. Es hat sich folgendes zugetragen, begann der Erzähler mit einer Stimme, die harmlos klingen sollte: Gestern nacht, kurz nach Mitternacht, wurden etliche Leute in dem Kirchspielsdorf Alliklep darauf aufmerksam, daß auf dem Friedhof irgend etwas vor sich ging. Man sah dort einen schwachen Lichtschein und hörte ein Gemurmel, als ob mehrere Leute leise miteinander sprächen. Zuweilen klirrte es wie von einem Spaten, dann hackte und knirschte es, man hörte, wie Steine geworfen wurden, die Erde dröhnte, als schachtete dort jemand ein Grab aus, zwischendurch aber wurde es bis auf ein Prasseln, bei dem man vermuten konnte, es würfe jemand Erde mit einem kräftigen Schwung aus einer Grube heraus, wieder ganz still. Die das hörten, weckten andere; die anderen weckten noch andere; die noch anderen endlich den Landwächter, den Pastor und den Küster. Und durch den Pastor angefeuert, zogen die Leute nach einem schnell verabredeten Plan auf den Friedhof. Wie das alles zuging, kann man sich vorstellen, wenn man unsere Leute kennt und bedenkt, daß dies alles zwischen zwölf und zwei Uhr nachts geschah. Man fand auf dem Friedhof einen einzigen Menschen – den alten Bauern Koiri, mit allerlei Handwerkszeug, einem Spaten, einer Hacke, Brecheisen, Hammer und etlichen fünfzölligen Nägeln, völlig von Sinnen. Er stand in einer schon mannstiefen Grube, dort, wo das Grab seiner Frau gemacht worden war. Bei dem Licht einer Stall-Laterne war er an der Arbeit und, wiewohl schon völlig erschöpft, immer noch verbissen damit beschäftigt, das Erdreich auszuheben, um an den Sarg zu gelangen. Er weigerte sich heraufzukommen –, nicht bösartig oder tobsüchtig, nein, nur völlig besessen von dem Ziel, das er sich für diese Stunde gesteckt. Als der Pastor, der wie aus den Wolken gefallen war, ihn fragte, was denn das zu bedeuten hätte, gab er eine Auskunft, die die Männer grausen machte. Er erzählte: Man hätte ihm aus Petersburg geschrieben, der Henker wäre tot, und da hätte er sich über Gottes Gerechtigkeit gefreut und

nichts mehr begehrt, als sterben zu dürfen. Dann aber hätten die Nachbarn ihm gesagt, das stimmte nicht, der Henker lebte so lebendig wie nur je, und er hätte das glauben müssen, weil diese Leute ihn mit eigenen Augen gesehen hätten. Und nun hätte sein Weib, das mitsamt den beiden Söhnen bei Tag und bei Nacht um ihn wäre, ihm keine Ruhe mehr gelassen. Immer wäre sie an sein Bett gekommen und hätte ihm zugeflüstert, jetzt müßte er dem Henker etwas antun. Er hätte gar nicht mehr schlafen können. Bei Tag und bei Nacht hätte sie ihm in den Ohren gelegen –, das Weib, das da unten in der Grube in dem gewiß schon vermoderten Fichtenholzsarg lag! –, daß er das Beil oder die Sense, einen Stein oder einen Knüttel oder einen Nagel nehmen und den Henker totschlagen müßte –, immerfort, immerfort! Er hätte es schließlich gar nicht mehr aushalten können, soll der Alte da in der Nacht über die Tote geklagt haben. Denn er hätte das nicht tun wollen, um keinen Preis! Gott sollte Richter sein zwischen dem Henker und ihm! Das hätte auch Olli immer gesagt, wenn ihm böse Gedanken gekommen wären.
Zuletzt hätte er die Qual nicht mehr aushalten können. Auf die Brust gesprungen wäre sie ihm und hätte ihn gewürgt, mit schrecklichen Drohungen, wenn er nicht tun wollte, was sie befähle. Die Söhne wären ganz still gewesen. Sie hätten um sein Bett gestanden und nichts verlangt – nichts verlangt, aber auch der Mutter nicht gewehrt, wenn sie raste. Überhaupt wären sie ihm sehr kummervoll erschienen, die beiden, hätte der Alte erzählt. – Er hätte alle Bannsprüche gesagt, die er gegen Geister kennte; sie hätten nichts geholfen. Er hätte die Diele mit Nägeln und Scherben bestreut; sie wären trotzdem gekommen. Darüber hingeschritten wären diese Toten, am allerleichtesten die Frau. Da wäre er auf den letzten Ausweg verfallen, den man von alters her kannte: Solch unseligen bösen Toten müßte man mit starken Nägeln die Füße an das Sargholz heften. Dann vermöchten sie nicht mehr zu kommen. Dieses zu tun wäre er hier, und man sollte ihn um Gottes willen nicht stören. Gleich hätte er den Sarg erreicht und wollte sein Werk im Namen des Vaters und des Sohnes und des Heiligen Geistes vollenden. Gelänge es nicht, dann hätte er Angst, nach Hause zurückzukehren. Denn noch schrecklicher würde sie dann zu ihm sein und noch ärger in ihn drängen, das Böse zu tun, das er nicht über sich brächte. Nein, er wollte dem Henker kein Leid antun, Gott sollte Richter sein, Gott allein!
Als der junge Reuter so weit gekommen war, wunderte er sich über sich selber, wie er das hatte erzählen können. Und wie ging die Sache aus? fragte Ovelacker nach einer Weile.
Sie muß wohl friedlich ausgegangen sein, meinte der junge Reuter,

mit Gutzureden und Ermahnungen und Tröstungen, denn jetzt, heißt es, ist der Alte wieder zu Haus. Nur soll er einen Blutsturz bekommen haben. Und die Magd schläft bei ihm in seiner Kammer, damit er nicht mehr so allein ist. Die Leute sagen, er läge auf den Tod danieder. Aber eine Aufregung ist das im Kirchspiel! Wo man zwei beisammen sieht, kann man wetten, sie sprechen nur darüber.
Wo liegt eigentlich dieser Hof? fragte Ovelacker.
Der junge Reuter wußte das ungefähr, weil sein Verwalter es ihm beschrieben hatte, aber auch nur ungefähr, der Gegend nach; den Weg dahin hatte er nicht angeben können.
Mit einemmal schnellte Ovelacker aus dem Stuhl hoch. Der junge Reuter schrak zusammen.
Ich glaube, es ist bald Essenszeit! sagte er, es klang seltsam tönern, und ging aus dem Zimmer. Als er schon draußen war, im Dunkel oder im Halbdunkeln, denn die nächste Lampe leuchtete weit entfernt, sagte er noch etwas, was wie eine Verheißung klang: er würde gleich wiederkommen.
Gleich danach aber, und noch geraume Zeit später, ging er rastlos in seinem Schlafzimmer auf und ab. Wenn er an den Fenstern angelangt war, blieb er für etliche Sekunden stehen und schaute hinaus, wo Nacht lag, beinahe völlig finstere Nacht. Die Kronen der nächsten Bäume waren noch eben zu erkennen, eine ungeschlachte Finsternis, finsterer als der Himmel. Bläuliche und mondfarbene Sterne, die ein geduldiges Auge förmlich eilen sah, blitzten frohlockend. Nein, sagte er sich, es war zu dunkel. Selbst für einen, der den Weg ganz genau kannte. Und wenn er mitten in der Nacht dort ankam –, wer würde wach sein? Vielleicht der von den Geistern Gepeinigte. Aber welch ein neuer Schrecken für den, wenn sein Henker in der Nacht zu ihm kam, der Totgesagte und doch Lebendige! Er lag auf den Tod danieder, erzählten die Leute. Sollte das heißen, daß er im Sterben lag? Oder nur, daß er von diesem Lager nie mehr aufstehen würde? Wie es sich auch verhalten mochte, viel Zeit war ihm nicht mehr geblieben.
Mit einemmal hielt er auf seinem Weg inne und blickte so unverwandt vor sich hin, als sähe er jemandem fest ins Gesicht. Pjeschkow und Potapow –, waren die es nicht gewesen, die ihn damals in der Nacht hereingeführt hatten? Der Notar war im Zimmer gewesen und hatte ihn mitleidig angeblickt, den Alten. Wie deutlich er sein Bild aus jenen Sekunden bewahrte! Heute noch klang ihm sein Stammeln im Ohr. Mit einemmal fiel ihm so manches ein: Wie er auf der Bank gesessen hatte im Gerichtssaal! Wie er im Wald, als er mit dem Doktor zum Strand hinuntergeritten war, auf dem Weg gestan-

den hatte und der Doktor auf ihn hatte anlegen wollen! Und dann, unten im Park, als er ihn angerufen hatte! Und dann . . . wieder im Park, als der Bär, der erst ihr erschienen war und dann ihm selber in seiner Hilflosigkeit und Wehrlosigkeit am Boden. Das war das letzte Mal gewesen. Später hatte er ihn nie mehr zu Gesicht bekommen. Wäre es geschehen, so hätte es seinen Tod bedeutet; dann hätte der Alte dem Begehren der Toten willfahren und sich selber zum Richter über den Richter seiner Söhne machen müssen. Wußte er jetzt, warum der Alte sein Leben geschont hatte, als es in all seiner Wehrlosigkeit so wohlfeil dort unten im Park lag? – Das war es, was er so oft gefühlt hatte: daß er und dieser Alte unzertrennlich sein würden, bis einer von ihnen diese Welt verließ. So unzertrennlich, wie Gläubiger und Schuldner zusammengehörten. Aber erlosch eine Schuld, wenn ihr Gläubiger starb? Ja. Es wäre denn, der hätte einen Nachfolger für seine Forderung erkoren. Nun gab es für die Forderung dieses alten Bauern keinen Nachfolger mehr. Sie war an sein Leben geknüpft und erlosch mit diesem Leben, oder sie wurde gestundet bis zu der Stunde des großen Gerichtes über die Lebendigen und die Toten, derer er in seiner Ohnmacht auf dieser Welt sich getröstet. Jählings überfiel ihn die Frage, wozu er denn dorthin wollte und wie er sich dem Alten verständlich machen, ja was er ihm überhaupt sagen wollte. Doch mit einer Leichtfertigkeit heiligen Ernstes wehrte er diese Frage ab. Wozu? Einmal die Hand ihm drücken konnte er, einmal ihm danken, daß er allen Versuchungen widerstanden hatte. Mehr nicht? Ja . . . Er konnte ihm sagen, daß er versuchen wollte, dem Hof wieder einen Bauern zu verschaffen. Einen Koiri-Bauern, einen jungen. Nun hätte er genug gebüßt. Ja, dies und das, der Gründe waren genug, er brauchte sich nicht zu fragen. Jenseits aller Gründe von Gnaden der Vernunft war ein seltsames Zutrauen in ihm, daß es richtig wäre, was er tun, und richtig, wie er es tun würde. Aber es eilte. Diese Mahnung verließ ihn nicht. Es eilte. Die Zeit, die er bei Rechnereien über Wegstrecken und Zeiten, heimlichen Wegen zu heimlichen Zeiten, verbrachte, war verlorene Zeit. Als ob später nicht doch überall bekannt werden würde, wo er gewesen wäre! Später, ja; was später sein würde, ging ihn eben nichts an. Nur konnte er morgen nicht mit dem Freunde erst nach Tidenküll fahren und dann auf dem Heimweg diesen Hof suchen, von dem niemand recht wußte, wo er lag. Vielleicht war es dann schon zu spät, ja, bestimmt war es dann zu spät; irgendeine sonderbare Unruhe, die von der nüchternen Vernunft gar nicht zu fassen war, trieb ihn zur Eile. Warum aber wollte er sich auf Nüchternheit und Vernunft berufen? Schon von dem Augenblick an, da er dem Geist des Engels an der Stätte, wo

Angelika starb, gegenübergestanden hatte, war sein Weg wie in Traum und Trunkenheit gebannt worden. Vom Traum war ihm die mühelose Sicht ins Weite zuteil geworden, von der Trunkenheit die Überwindung der Schwere.

Er kam nicht gleich zu dem Freunde zurück, nicht bald und nicht spät –, eine Magd mußte ihm sagen, daß der Abendtisch gedeckt stünde und der Gast wartete. Dann erst kam er, ohne irgendeine Begründung für sein langes Ausbleiben zu geben. Wortlos nahm er seinen Platz ein, der junge Reuter rückte zu seiner Rechten nach. Eben war die Magd aus dem Zimmer gegangen, nachdem sie die Lichte, die auf den silbernen Leuchtern standen, noch einmal frisch geschnuppt hatte. Dem scheidenden Gast zu Ehren hatte die Mamsell ungeheißen ein festlicheres Mahl anrichten lassen. Ovelacker ergriff eine Schüssel . . . Da legte der junge Reuter dem Freunde die Hand auf den Arm. Überrascht blickte Ovelacker ihm ins Gesicht.

Dieses Gesicht war sehr blaß und sehr ernst. Er bäte, ihm zu verzeihen, sagte er mit seiner heiseren Stimme noch ein wenig unfreier als sonst, jetzt aber durch mehr als durch die Zerstörung der Krankheit, durch Leiden und Mitleid gefesselt. Er verstünde sich selber nicht ganz, wie er ihm vorhin diese Geschichte hätte erzählen können. Ovelacker griff mit der Linken hinüber zur Rechten, auf der die beschwichtigende Hand lag, und wehrte zum fassungslosen Staunen des Freundes mit einemmal alle Entschuldigungen ab.

Wie anders hatte der junge Reuter sich diesen Abend gedacht, an dem er seine letzte Mahlzeit mit einem Würgen in der Kehle hielt. Nun aber, fand er, war einfach nicht mehr wegzudeuteln, daß Ovelacker nicht ganz bei sich selbst sein konnte. Wann jemals früher wäre er auf den Einfall gekommen, mitten während des Essens den Pferdepfleger in die Halle zu bestellen – so bald wie nur möglich, er hätte mit ihm zu sprechen –, ohne danach auch nur mit einem Sterbenswort anzudeuten, was ihn zu dieser Neuerung in den Sitten bewogen! Etliche Male trank er dem Freunde zu, ohne daß der mit Sicherheit wußte, ob er ihn denn auch wirklich gesehen hatte –, so fremd waren seine Augen, mit einem fiebrigen Glanz, und so unstet ihr Blick, der im Kreise irrte. Jedes Gegenteil von Ruhe und Sammlung schien er zu suchen, als wäre es ihm hilfreich, und als die Magd den Pferdepfleger ankündigte, kürzte er den Nachtisch und eilte hinaus in die Halle. Daß er bäte, ihn zu entschuldigen, war eine gemurmelte Andeutung geblieben.

Was er draußen in der Halle mit dem Pferdepfleger besprach, hörte der junge Reuter nicht. Er hatte auch gar nicht Zeit, darüber nachzudenken, denn Ovelacker kam bald zurück und setzte sich wieder

zu Tisch. Kaum aber hatte er bemerkt, daß der Freund mittlerweile mit dem Essen fertig geworden war, da schlug er vor, die Mahlzeit aufzuheben und den Kaffee, den es heute wie an einem Feiertag gab, in einem anderen Zimmer zu trinken. Er bestimmte dazu den größten aller Räume, die Bibliothek, als hätte er schon bei der Wahl im Sinn gehabt, was er dann, die zerbrechliche Tasse in der Hand, unablässig tat: auf und ab zu wandern, auf und ab –, während der junge Reuter wie in einem aberwitzigen Zwange nichts anderes tun konnte, als ihm vom Sessel mit einem trüben Blick auf allen seinen Wegen zu folgen: stumm, unbeweglich, wie das Gewicht einer Uhr, das den Pendel in Zeit und Ewigkeit an sich vorbeiziehen läßt und, selber fast reglos, alle diese Wege im Gange hält.
Der alle diese Wege im Gange hielt!
Selbstanklagen waren es, die ihn später, als er sich von Ovelacker mit der Ausflucht verabschiedet hatte, ihm wäre noch mancherlei zu packen verblieben, allein in seinem Zimmer, zwischen den unfertig umherstehenden Koffern, zur Untätigkeit lähmten.
Jetzt, in der Stille des Hauses, wollte es ihm so vorkommen, als hätte er diesen Abend nur geträumt. Aber nein, wenn ihn auch alles wie ein Alptraum und wie verhext dünkte – er wußte genau, wann das angefangen hatte. Im Geiste versuchte er noch einmal, dem Manne ins Gesicht zu schauen, der sich von seinem Platz am Schreibtisch erhoben hatte. Auch der schon, und nicht nur der andere, der nach dem Bericht auf dem Zimmer geflohen war – auch der schon hatte etwas Sonderbares an sich gehabt, als wäre er Geistern begegnet oder als hätte er seinen eigenen Tod wahrschauen müssen! War in seiner Abwesenheit irgend etwas geschehen, wovon er nichts wußte? Woher hatte er eigentlich erfahren, daß die Regierung ihn für tot erklärt hatte?
Es kam ihm wieder in den Sinn, wie sie einander kennengelernt hatten und was alles seitdem geschehen war. Hatten sie es geteilt? Nein, antwortete sich der junge Reuter. Immer war Entfernung zwischen ihnen geblieben, ein Raum, gerade breit genug, daß darin die Hitze oder die Kälte der ersten unmittelbaren Empfindungen ihr Mittel finden und sich ohne Gefahr durch Flammen und durch Fröste einander angleichen konnte. Und so sehr er diese Entfernung sonst liebte, weil sie einen gewissen Schutz bot – war sie es etwa, die ihn bislang nicht hatte ganz klar sehen lassen? Verbarg sie ein zweites Gesicht, einen anderen Menschen als den, den er kannte? Hatte sie ihm Eigenschaften verhehlt, die das Antlitz des Henkers formten und die Mythe nährten? – Eine fürchterliche Frage des Mißtrauens; er grübelte darüber solange er wach war. Er grübelte über alles, was er

wußte und kannte, angefangen von den Erzählungen des Notars. Es konnte kein tieferes Bangen um einen Menschen geben, als es an diesem Abend in ihm war, kein ratloseres. Ihm war vor dem nächsten Tag schon so bange wie vor dem ganzen künftigen Leben, das sich in eine ungewisse Nacht hinein verlor. Was konnte den Menschen retten, den die Geister der Toten den Lebendigen abforderten? Wo war der noch sicher, wenn nicht einmal, wie es heute abend geschienen hatte, vor sich selber? Mit einem Wust von Gedanken, der allmählich in unruhige Träume überging, dämmerte er ein.

Er wachte auf – wann? das bedachte er nicht – in dem Wahn, Pferdegetrappel vernommen zu haben und ein Stampfen und Schnauben, das sich ihm schon in den nächsten Minuten in den Takt dahineilender Züge verwandelte; aber die Fahrt währte nicht lange, da wurde er wach –, wach von einem gellenden Gelächter, wie er meinte, und seine Stirn beschlug schweißfeucht von Entsetzen und Angst. In der Finsternis lag er aufgestützt im Bett und lauschte, lauschte, lauschte mit angehaltenem Atem und einem Herzen, das ihm beinahe die Brust zerschlug. Dann hörte er in der Ferne das Wiehern eines Pferdes verhallen –, eines Pferdes, das einmal in der Nähe gewesen sein und ihm mit seinem Wiehern ein Gelächter vorgetäuscht haben mochte.

Gewißheit darüber zu haben, wie der Schreck zustande gekommen war, beruhigte ihn, aber auch diese Ruhe hatte einen Keim der Unruhe in sich, ein neues, fruchtloses Fragen: was denn ein Pferd mitten in der Nacht zu bedeuten hätte, wer da weggeritten oder weggefahren wäre. Er sah nach der Uhr, es war kurz nach halb vier, immer noch finstere Nacht. Der Pferdeknecht fiel ihm ein, der Pferdeknecht, der am Abend gerufen worden war. Am Abend . . . Träumte er und träumte von einem zweiten Traum? Fassen konnte er nicht, daß dieser Abend wirklich gewesen war.

Da ritt er nun in der Nacht umher. Was hatte das zu bedeuten? Wohin? Wozu? Ob es tatsächlich Ovelacker gewesen war, der auf dem wiehernden Pferde gesessen hatte? Mein Gott! dachte der junge Reuter, ratlos, was da geschah und wozu es geschehen sollte; und nach einem Tag, da er von Geistern als von etwas Wirklichem vernommen hatte, flog ihn der Wunsch an, es möge doch gewährt sein, dem, der von dannen ritt, einen guten Geist nachzuschicken, den einen, den einen . . .

Der aber hatte ihn ja vorübergelassen auf diesen Weg; in seinem Auftrag ritt er jetzt durch die Nacht.

Das Pferd schnoberte und trug den Kopf gesenkt, als wollte es sich nicht auf den Reiter verlassen, sondern aus dem schwarzen feuchten Nachtboden wittern, wohin sein Weg ging. Ovelacker ließ es gewähren. Er spähte zur Linken hin, wo der Tag bald anbrechen würde, denn für das letzte Stück seines Weges, über das ihm die Karte nichts hatte sagen können, brauchte er das Licht. Wege hatte er eingezeichnet gefunden, auch Gesinde, vier oder fünf, aber welches von ihnen der Koiri-Hof war, galt es später zu erfragen, wenn er nicht nach den vielen Schilderungen, die er erhalten hatte, gleich den richtigen fand: den ‚allmählich zerbröckelnden', wie der Verwalter gesagt, den Totenhof, nach des Doktors Erzählung, auf dem das kleine Kind umherkroch.

Er hatte keinen Schlaf gefunden in dieser Nacht. Das meiste war ein dumpfes Dämmern gewesen. Aber auch wenn er die Augen geschlossen, hatte eine nicht abreißende Folge von Bildern und Gesichtern in der Finsternis gestanden, für die seine Stirn eine zu enge Behausung war. Sie hatte angefangen zu schmerzen, als würden die inneren Wände wundgerieben. Die kühle Nachtluft jetzt war eine Linderung, Besänftigung das undurchbrochene Dunkel, in dem er gar nichts zu erkennen begehrte. Er hatte das Gefühl, auch sein Kopf wäre ausgefüllt von dem feuchten, kühlen Dunkel um ihn herum, und die Augen waren offene Schleusen, durch die alles Innere mit dem Äußeren in Verbindung stand. Hin und wieder verdichtete sich die Finsternis in ihm zu einem Gedanken: wohin er jetzt ritt, und was er dort wollte – aber er ließ solche Gedanken schnell wieder fahren, hinaus in das dunkle Meer zwischen Mitternacht und Morgen, in dem Bäume und Büsche, wie von heimlichen Gezeiten getragen, vorüberschwammen.

Als er unweit der Kirche die große Landstraße überquert hatte und zum erstenmal auf fremder Gemarkung ritt, brach das Morgengrauen mit einem zähen Sichverengen der Landschaft an. Mit dem ersten fahlen Lichtschimmer von Osten her wurde sie wieder in ein Maß gebannt, hatte Fernen und Nähen und Stimmung.

Von den greisen Bäumen in der Feldmark her quarrten heiser die Krähen; dann waren es Hunde, die durch die Ferne blafften, und es konnte geschehen, daß ihm ein kleiner Vogel schwirrend über den Weg flog. Eine ganze Weile gewahrte er überall Leben und Morgenregsamkeit –, aber dann wurde es wieder so still, als kehrte die Nacht zurück, die doch eben aus den rosig glühenden Wolken zum Weichen gebracht ward. Diese Zeit zwischen Nacht und Tag hatte die seltsamste Stille, eine unentschlossene Stille, die danach verlangte, laut zu werden, und es doch nicht wagte. Es war, als stünde alles mit einem zum Schreien weit geöffneten Munde und verhielte den Atem, bis ein Zeichen käme oder ein übermächtiger Entschluß. Und währenddessen legte sich der Tau auf die große Offenheit, so eisig, daß es brannte und ein Dunst aufzusteigen schien wie Rauch. Schweigsam und von seinem Feuer gelähmt flogen die Krähen durch den Himmel, der hinter ihnen leer und verlassen lag, als wartete er nur darauf, daß ihn der Flug der torkelnden schwarzen Scharen abermals beschrifte. Nun aber öffnete sich überall zwischen dem Fernsten und dem Nächsten eine ungeheure zitternde Dunstblüte, die langsam ihre weißen, schwadenhaften Kelchblätter zum Himmel aufschlug. Als diese Blätter sich völlig geöffnet hatten und losgerissen von ihrem Blütenkorb hoch oben als Wolken davonzogen, lag auf dem Grunde eine ungeheure nackte, keusche und harte Klarheit. Und das war der Tag, ehe die Sonne kam, von der ein unausdenkliches Werk der Liebe und des Wärmens zu erhoffen sein mußte: eine Seele für diesen vollkommenen Leib. Dann auch erst würde sich ihm die Zunge lösen.

Ein Schrecken bemächtigte sich seiner, als er – es mochten wohl schon zwei Stunden nach dem Aufbruch vergangen sein – zum erstenmal Häuser erblickte. Zwar lagen sie noch weit in der Ferne, aber es waren Wohnhäuser, das erkannte er sogleich, und nicht nur die kleinen Scheunen, die das Heu aus dem Bruchwald bargen. Um einen Hauch dunkler als die silbrige Frühe stieg der Rauch aus ihren Schornsteinen empor. Menschen waren noch nicht zu sehen, aber die Felder, die um die Häuser herum lagen, waren denen wie eine stumme Gesellschaft. Nachdem er eine zweite Landstraße gekreuzt hatte, begann der Weg allmählich abschüssig zu werden und führte gerade auf die Häuser zu. Um jedes der weithin verstreuten Gesinde zu erreichen, mußte er sich später noch häufig verzweigen. Ovelakker verhielt das Pferd und überlegte. Nein, dorthin wollte er nicht! Ihn befiel die Scheu vor Menschen, Scheu vor seiner Frage nach dem richtigen Weg, die sich gleich in vier, fünf Gesinden herumsprechen würde, Scheu vor neugierigen Blicken und argwöhnischen Verhören. Lieber wollte er allein weitersuchen, bis er den richtigen Hof fand, oder bei einer abgelegenen Kate um Auskunft bitten, irgendwo dort, wo seine Frage noch eine Weile bei wenigen Menschen blieb. Sonst aber konnte er . . . Zurückreiten? Jäh, daß das Pferd unter ihm zu tänzeln begann, drehte er sich um, wie gerufen, und schaute dorthin, woher er gekommen war. Er hätte nicht blasser werden können, als er schon war, aber ein Gefühl des Traumhaften nahm immer noch zu. Ringsumher war ihm alles fremd: Bäume, Felder, Häuser; fremd und wie über sich selbst hinaus gesteigert war ihm sein eigenes Dasein. Bald würde die Sonne aufgehen. Schon glichen die flockigen Wolken über dem östlichen Horizont einem riesigen Strauß erblühender Rosen. Und die kalte Luft, die er einatmete, füllte ihm die Brust als etwas Berauschendes zu dem Rausch hinzu, in dem er sich seit dem vergangenen Abend befand. Unablässig versuchte er zu fassen, klar und nüchtern zu fassen, daß er es war, der hier im Sattel saß. Es gelang nicht. Und mit einemmal, wie aus einer panischen Angst, daß doch noch eine Einflüsterung Macht über ihn gewinnen könnte, riß er sein Pferd auf einen schmalen Feldweg zur Linken, ließ die Häusergruppe in der Ferne zur Rechten liegen und sprengte, als müßte er schnell einen Kreuzweg hinter sich bringen, ins Ungefähr hinein, in dem ein Wasserlauf zwischen dichtem Gebüsch seine Richtung kreuzte. Was hinter der Wand dieses Buschwerks lag, wußte er nicht. Er erfuhr es erst, als der Schritt des Pferdes hohl zu klingen begann und er die Knüppelbrücke erreicht hatte, die in dem dunkelblättrigen, feucht duftenden Gebüsch, wie in eine gewaltige Mauer eingelassen, dalag. Nun erblickte er ein Tal, und darin lag, durch eine Wiesenbreite von dem Saum des Waldes jenseits der Sohle getrennt, ein großes, im Viereck gebautes Gesinde, auf das der abschüssige Weg vor ihm zwischen brachen Feldern gerade zuführte.

Hier war es, wo ihn zum erstenmal der Tod anwehte, kühler als jeder irdische Morgen, wie ein Luftzug aus einer geöffneten Gruft. Alle Felder hier waren unbestellt, die Äcker mannshoch überwuchert von Hederich und Disteln –, ein Meer von schwefeligem Gelb, in dem das Trauerviolett der Disteln zu dieser frühen Stunde noch nicht voll erglühte. Zur Rechten – das sah er, als ein schmaler Sattel in der Halde ihm einmal den Blick dorthin freigab – kündigte eine Gruppe eng beieinander stehender Bäume ein anderes Gehöft an; aber er dachte nicht daran, sich dorthin zu wenden, auch nicht, als ein schmaler, tief ausgefahrener Feldweg zu diesem Gesinde abbog. Er ritt die Halde hinab, immer tiefer, bis er so weit gekommen war, daß der große silbergraue Hausgiebel mahnend vor ihm aufstieg. Da hielt er das Pferd an und stieg aus dem Sattel. Es war ein kraftloses Sich-hinabgleiten-Lassen vom Pferde, neben dem er noch lange Zeit mit schlaffen Knien stehen blieb. Verloren sah er vor sich hin. Er wußte nicht, woher, aber von dem Augenblick an, da dieses große Gehöft auftauchte, hatte er gefühlt: dies war sein Ziel –, und hatte es sich doch nicht eingestehen wollen, hatte seinen Anblick gemieden, hatte auf die bunte Mauer des Waldes in der Ferne geschaut und die brachen Felder so zu betrachten versucht, als hätten sie nichts anderes zu klagen als ihre Brache. Und als er jetzt auf die verwitterten Mauern des Hofes schauen mußte, weil sie das ganze Blickfeld einnahmen, auf die silbrigen Dächer, in denen sich die Fäulnis wie ein heißhungriger Grind weiterfraß, auf die nackten Gerippe der Firsthölzer bei den kleinen Schuppen, unter denen das faulende Stroh weggerutscht war und, wie eine Schneewächte, über den Türen aufgestaut hing, auf die Wagen, die da unter freiem Himmel standen und verdarben, auf den großen Hofplatz, der bei einem anderen Gesinde selbst nach dem Einfahren des Korns nicht von so viel Halmen besät sein konnte, auf den Kranz aus abgefallenem Mörtel, der um jedes der untermauerten Häuser lag –, da war ihm, als sähe er zum ersten Male wieder sich selbst ins Gesicht, ohne Betrug und Beschönigung, und der Hof stand dort wie ein wildes, langgezogenes Jammergeheul oder wie ein erstickter Seufzer, für den es keine Hoffnung mehr gibt. Das graue, nüchterne Morgenlicht ersparte dem Auge nichts von der Verwüstung. Nicht an der verwitterten Scheune und nicht an den Ställen, deren Türen mit einem dagegengestemmten Balken geschlossen waren, nicht an den zerbrochenen Scheiben und den wenigen heilen, die erblindet waren, und nicht an dem Schleifstein, der auf abgefaulten Füßen nicht zu stehen vermocht hatte und jetzt wie hingeschleudert dalag: ein Aas, von dem bis auf das rostrote Eisen und den ungenutzten großen Stein alles verfault war. Den Brunnen umblühte ein dichtes Gebüsch von Kamillen und Hahnenfuß, als würde mit seinem Wasser niemand mehr getränkt; alles Hölzerne an ihm war zersplittert und zerschunden. Und ob nur hier so schwer von Trübsinn und Gram –, die Luft drückte den Rauch hernieder, der auf anderen Gehöften kerzensteil aus den Essen kam. Es mußte schlechtes Holz sein, das da drinnen verbrannte, feuchtes und krankes, zur Unzeit geschlagen. Wie mit Schwefel gewürzt strich der Rauch gelb und stickig zwischen den Mauern einher. Man hätte den Kreis suchen mögen, den Kreis rund um das Haus und die Felder, in den einmal gebannt worden war, was hier lag: der Tod, der Verfall, eine schleichende Auszehrung der Gestalt, der die Kraft genommen war, sich zu erhalten.

Ovelacker hatte das Pferd am Torpfosten festgebunden. Er stand da, blickte in den Hof hinein und zurück auf die Lehne der brachen Felder und schien unentschlossen, ob er weiter vordringen sollte. Er atmete schwer. Ohne es zu wissen, reckte er den Kopf und holte so tief Luft, wie es ihn verlangte. Mit einemmal dann stieß er sich von dem Pfosten ab und ging wie mit erfrorenen Füßen und mit tauben Schritten tiefer in den Hof hinein.

Er ging, ohne noch einmal stehen zu bleiben, in das Haus hinein, das ihn das Wohnhaus dünkte; aus seinem Schornstein quoll Rauch, zu seiner Tür führten ein paar morsche Stufen hinauf. Und sein Ent-

schluß, ein Ende zu machen und endlich auszuführen, was er sich vorgenommen hatte, war so groß, daß er gar nicht mehr wußte, wie er alles tat.
Er klopfte leise an eine braune Tür, von der die Farbe abblätterte, aber es öffnete niemand. Auch als er lange Zeit gewartet und das Pochen wiederholt hatte, zeigte sich kein Mensch. Da trat er ungebeten ein. Er ließ die Tür offen, damit Licht in den Vorraum fiel, den er jetzt betrat und der sonst ganz dunkel lag –, wie von Schlangen gehütet. Denn von der Decke herab und von den rohen Wänden her schoß verhärtetes Riemenzeug gegen ihn vor. Abermals hielt er inne, er stand vor einer zweiten Tür, doch abermals kam ihm niemand entgegen, und keine Stimme wurde von drinnen laut. Die zweite Tür war nur angelehnt, ein warmer Hauch strich durch den Spalt, und dazu vernahm er ein eintöniges Geräusch, als zitterte der Deckel über einem Topf, dessen Inhalt am Sieden war. Der warme Hauch und das Geräusch kamen aus einem neuen Dunkel.
Aber es war nur eine Dämmerung, tiefe Dämmerung in einer unaufgeräumten Küche. Er betrat sie, als er auch die zweite Tür geöffnet hatte. Dämmerung über einem fußhohen Belag von altem Stroh, das bei jedem Schritt sprühte und knisterte. Die Tür war hinter ihm zugeglitten. Seine Augen konnten sich nur allmählich an diesen Raum gewöhnen, in dem es niemals richtig Tag zu werden vermochte. Rechter Hand von der Tür war ein schmales Fenster in der Wand, durch das ein schwacher Lichtschein gerade auf den Herd fiel. Vor dem Herd lagen Reisig und die Stücke eines alten Zaunes, um das schwelende und zischende Feuer zu nähren. Als einziges stand ein großer schwarzer Kessel auf dem Feuer, in dem es brodelte und unter dessen Deckel hervor ein weißgelblicher Schaum zischend auf die Herdplatte floß. Der verdampfende Schaum erfüllte den ganzen Raum mit einem säuerlichen Brodem. Gleich neben dem Herd zur Rechten führte eine Tür in einen angrenzenden Raum, und gegenüber zur Linken . . . dort – das fühlte er mehr, als daß er es durch das Klappern des Deckels auf dem Topf vernehmen konnte –, dort waren Menschen! Die Tür aus der Küche in jenen Raum stand nur angelehnt; ihm kam es vor, als sickerte durch den schmalen Spalt ein Lichtschein.
Hatte denn niemand ihn gehört? Oder wurde hier, wenn man sein Kommen gehört, jemand erwartet, der so bekannt und so vertraut war, daß er wie ein Kind des Hauses ein- und ausgehen durfte? Alles blieb so still, daß er es überdeutlich hören konnte, als weit in der Ferne – vielleicht aus den Ställen – ein Hahn zu krähen begann. Dreimal. Und mit einemmal, als wäre dieses das Zeichen gewesen,

fing hinter der Tür, der er sich bis zur Schwelle genähert hatte, eine dünne, fistelnde Stimme zu sprechen an. Eintönig, als läse sie vor, kam Wort um Wort mit der gleichen Betonung, ein Geriesel von Worten, die einen frommen Sinn haben mochten. Ihm ging die Bedeutung nicht auf. Bevor er es wußte, hatte er die dünne Klinke in der Hand, zog die Tür langsam in den Küchenraum hinein auf und betrat auf dem Lichtkeil, der ihm entgegen kam, eine dumpfe, heiße, niedrige Kammer.

Das erste, was er erblickte, war eine hochgewachsene Frauengestalt. Sie stand dicht neben der Tür zur Rechten und kehrte ihm den Rükken zu, regungslos. Aber mochte auch die dünne Stimme der Vorleserin, ohne innezuhalten, in das Schweigen rieseln, sie hatte gehört, daß jemand gekommen war! Sie kehrte sich langsam zu ihm um, sie . . . Sie hatte jemand anderes erwartet! Ovelacker sah, wie ihr Gesicht, in dem zuerst etwas wie eine traurige, bedeutsame Mahnung, leise zu sein, gelegen hatte, sich in einem nicht auszudenkenden Schrecken verzerrte. Der Mund klaffte auf wie zu einem Schrei, und die Arme, die unter einem großen Umschlagtuch verborgen gewesen waren, griffen verstört zum Kopf, ihn zu schützen, indes die ganze Gestalt sich zurücklehnte und rückwärts, um jeden Preis rückwärts zu entweichen versuchte. Das aber gelang ihr nicht. Sie hatte am Fußende eines breiten Bettes gestanden, neben dessen Kopfende, beim Schein dreier Kerzen, ein Buch auf den Knien, ein uraltes, verkrümmtes Weib saß, mit rotgeränderten Augen hinter einer Brille. Und in dem Bett, so flach ausgestreckt, daß man den Körper sich beinahe gar nicht abzeichnen sah unter der Decke, lag ein uralter Mann mit bärtigem, wachsbleichem Gesicht.

Alles geschah gleichzeitig in dem flackernden Licht der drei Kerzen: Die Gestalt der Frau am Fußende des Bettes kauerte sich mit vor Entsetzen verzerrtem Gesicht und Händen, die sich in einer Bewegung der Abwehr und Angst erhoben, tief in die Ecke, immer kleiner werdend, als suchte sie an der Erde Schutz. Dem alten Weibe auf dem Schemel neben dem Kopfende entfiel das Buch. Das Rascheln der Seiten hörte sich an, als stieße ein Fuß in welkes Laub. Wie gebannt blieb die Alte auf ihrem Schemel hocken, das runzelige Antlitz halb zur Tür gewandt. Ihn zahnloser Mund stand weit offen, aus seiner Tiefe irrte etwas hervor, was ein Seufzer und Juchzer zugleich war: die Stimme des Schreckens selbst, den alle Sinne verlassen hatten. Nur die Gestalt unter der Decke regte sich nicht. Nichts an dem wächsernen Haupt verzog sich. Schatten, die ihm die flackernden, wie Lanzenspitzen nach allen Seiten zielenden Flammen der Kerzen warfen, spielten in seinem Bart. Und zu diesem Schrecken und die-

ser Unberührtheit erhob Ovelacker, indes er leise ein paar Schritte weiter vortrat, ohne daß er es wußte, beschwichtigend die Hand. Nun stand er neben dem Bett. Die Alte starrte ihn immer noch an; die Frau war aus der Ecke hervorgekommen und hielt sich dicht neben der Tür, ihn anschauend, immerfort ihn anschauend. Die Magd! wußte Ovelacker im selben Augenblick; es war ein Mädchen von seltsam ernstem Blühen. Habt keine Angst! flüsterte er. Wie oft hatte er sich diese Worte heute nacht zurechtgelegt! Jetzt aber, da er sie sprach, wußte er es nicht mehr. Sie kamen ihm über die Lippen, ohne daß er sie hatte sagen wollen. Nach diesen Worten schien die Magd wieder zu Leben zu erwachen, man sah es an einem Zittern in dem großen dunklen Tuch, das sie um sich geschlagen hielt, und die verkrümmte Alte, die von ihrem Schemel halb aufgestanden war, setzte sich mit einem leisen Ächzen wieder hin. Ängstlich schnell richtete ihr Blick sich auf das Bett mit dem Kranken. Es hatte den Anschein, als wollte sie sich überzeugen, daß sein Kopf noch da war, aber sie fand noch nicht die Ruhe, bei dem Anblick zu verweilen. Unaufhörlich sah sie zu Ovelacker auf, der neben dem Bettrand stand. Auch das Mädchen, das weiterhin an der Tür verharrte, ließ keinen Blick von ihm. Ovelacker aber entging das alles. Ohne die beiden Menschen neben sich zu beachten, starrte er in das Antlitz zwischen den Kissen. Sollte das der Mensch sein, den er . . .? Er setzte sich. Das Bett gab unter seinem Gewichte tief nach, und der Daliegende ward ihm um ein weniges näher gerückt.
Er starrte auf die Hände, die willenlos gefaltet auf der Decke ruhten, magere Hände, wie aus schrundig gewordenem verwittertem Elfenbein, die gebrochenen Nägel wie Krallen. Aber das Haupt, darum das Barthaar wie eine grauweiße Wolke lag! Wie ausgekerbt war es mit seinen Furchen und Falten und abgemagert bis auf die Haut, die sich wächsern über die Knochen spannte. Die geschlossenen Augen waren zwei dunkle Hügel unter den buschigen Brauen. Der Mund war nicht zu erkennen. Stoßweise zitterte hin und wieder der Bart dort, wo er sein mußte, und der Adamsapfel in dem nackten dünnen Hals bewegte sich schwach.
Sollte das der Mensch sein, den er . . .? Er richtete sich auf. Seine Hand winkte dem Mädchen, das inzwischen immer noch nicht näher herangekommen war. Jetzt sollte sie es tun, und doch war es nur ein halber Schritt, den sie tat.
Ist das . . . ist das der alte Koiri? fragte Ovelacker.
Sie sagte kein Wort. Sie nickte nur, viele Male.
In diesem Augenblick aber stieß der Kranke einen Seufzer aus. Ovelacker war aufgesprungen. Alle schauten sie auf das Bett.

In dem Gesicht des Kranken hatten sich die Augen aufgetan. Sie starrten nach oben, richtungslos, und erst allmählich schien ein Wille ihren Blick zu lenken: zu der Alten hin, die sich mit Seufzen und Klagen näher drängte; dann zum Fußende hin, wo sie trotz der größeren Entfernung sogleich das Mädchen zu gewahren schienen; und dann kam in den Blick eine lange Starre. Er hatte Ovelacker gefunden.

Staunend öffnete sich der bärtige Mund, ungläubig weiteten sich die Augen, unter der Decke wurde es lebendig. Sie hob sich über einem kraftlosen Knie, das sich beugen wollte. Der Atem pfiff und rasselte in der eingefallenen Brust. Und der Bart lichtete sich über dem Munde, der sich unaufhörlich auftat und wieder schloß. Wie lange das währte, wußte niemand, denn der Augenblick, bevor es mit allem zu Ende war, löschte jede Erinnerung aus.

Mit einemmal, wie von einem Schlag getroffen und wie mit Kräften begabt, für die sein todesmatter Leib nicht allein die Quelle sein konnte –, wie aus übermächtigem Schrecken und aus Freude zugleich zuckte der Sterbende zusammen, und im nächsten Augenblick lehnte er, auf die Ellbogen gestützt, zwischen den Kissen. Mit glühenden Augen starrte er Ovelacker an, in einem Erkennen, darin er keine Worte fand, und sein Gesicht verklärte sich in ein entzücktes Lächeln, das nur eines von den dreien hier in der Kammer kannte – oder wiedererkannte: die junge Magd. Es war das Lächeln, das sie früher einmal auf seinem Gesicht erblickt hatte, an dem Abend, da er zum erstenmal ihren Knaben gesehen. Es war das Lächeln seiner größten Hoffnung, und in diesem Augenblick gab es niemand, der sie ihm raubte.

Oh, mein Gott! entrang es sich ihm langsam, Wort für Wort, mit langen Pausen dazwischen, während sein Mund zitterte und die Stirn sich mit schweren Schweißperlen beschlug. Und noch einmal, nicht wie aus dem Mund eines Menschen allein, sondern eines ganzen staunenden, erlösten Menschengeschlechtes: Mein Gott, mein Gott! Der Herr ist . . .!

Der Fall zurück in die Kissen entriß ihm das Wort. Sein Mund aber blieb offen, die Augen standen weit aufgetan, aus dem Bart spielte ein Schatten über die wächserne Haut, und wo der Schatten einmal hinübergehuscht war, entspannte sie sich zu einer unsagbaren Sanftheit, in die nach kurzer Zeit das ganze Antlitz gebettet lag. Nur in den Händen zuckte es noch, zugreifend und lösend, wollte es scheinen, bis die Alte sie, eine jede einzeln, zum Kinn hinaufführte, faltete und den staunenden Mund damit schloß.

Dann kauerte sie sich auf den Schemel vor die drei Kerzen, hob das

Buch auf, rückte die Brille zurecht und begann in den Seiten zu blättern. Keinem von den beiden anderen Menschen, die hinter ihr standen, schenkte sie auch nur einen Blick. Sie starrte in das Buch; ihre Hände hatten aufgehört, in den Seiten zu blättern. Und ohne daß man sie hätte Atem holen hören, kamen ihr mit einemmal Worte über die Lippen, in eintönigem Fisteln, wie ein dünner herbstlicher Regen in der Stille der Nacht.

Ovelacker nahm das Mädchen am Arm und ging mit ihm leise hinaus.

Er blieb nicht mehr stehen, bis er draußen war, und auch dort tat er noch etliche Schritte, um nicht die Stimme zu hören, die aus der Kammer drang. Das Mädchen war gefolgt. Wartend stand es hinter ihm, in das große Tuch gehüllt, das an eine Trauertracht gemahnte, an Waisentum und Witwenschaft.

Die Sonne war aufgegangen und schien auf das breite Dach der Scheune. Der Hof lag im Schatten. Aus dem Stall krähte immer noch der Hahn, und dazwischen war ein Kettenrasseln zu vernehmen. Unter der Regentraufe, wo sich von dem Tau, der vom Dach getropft war, eine seichte Lache gesammelt hatte, hockte eine Bachstelze knicksend im Bad.

Weißt du, wer ich bin? fragte Ovelacker das Mädchen. Er hatte sich, wie unschlüssig, nur halb zu ihr umgewandt.

Sie nickte und zog dabei ihr Tuch fester um die Schultern. Er sah, daß sie sehr ordentlich und sauber war. Nur eine Haarsträhne, die sich gelöst hatte, hing ihr ins Gesicht hinein, in dem so viel Schatten lagen, wie sie dunkle Nächte verwacht. Der Morgenwind ließ das Haar hin und her wehen, bis sie es, mit einer Hand aus dem Tuch hervorgreifend, zurechtstrich.

Brauchst du Hilfe hier auf dem Hof? fragte er sie.

Ach nein . . ., flüsterte sie nach langer Zeit verlegen.

Ich werde schreiben, daß der . . . der Junge kommt! fügte er in seinem mühsamen Estnisch hinzu, ohne auch nur im mindesten zu zögern, ohne daß sein Stolz sich dawider empörte. Nein, freundlich geschah es, und mit einem Vertrauen in der Stimme, als besprächen sie hier ihre seit langer, langer Zeit gemeinsamen Sorgen.

Ist es dir recht?

Sie nickte und sah ihn zum erstenmal offen an. Es war ein schönes, starkknochiges Gesicht voller Heimlichkeiten.

Denn so kann es hier doch nicht immer bleiben, fügte er hinzu.

Nein, gab sie leise zu.

Und was willst du tun, bis er zurückkommt? – Er hatte gemeint: wie

sie mit der Wirtschaft zurechtkommen wollte, da sie doch ganz allein war und noch für ein Kind sorgen mußte.
Warten . . ., war alles, was sie über die Lippen brachte. Überdem begann, bis auf den Hof hinaus deutlich vernehmbar, ein morgenmunteres Kind schallend nach der Mutter zu rufen. Das Mädchen schrak zusammen und wandte sich unwillkürlich zur Tür; dann aber schienen sie Bedenken anzukommen, ob sie den fremden Herrn so einfach stehen lassen durfte, und sie hielt inne, entschlossen, hier zu bleiben, bis der Herr sie entließ, mochte sich das fröhliche Rufen des Kindes auch wider die frommen Psalmen am Totenbett vergehen. Ovelacker aber winkte ihr grüßend zu und ging zum Hof hinaus. Als er bei seinem Pferd angekommen war, hatte sich die Tür schon lautlos hinter dem Mädchen geschlossen. Das Kind war verstummt, und das ganze Anwesen lag wie ausgestorben unter der Morgensonne. Nur der Rauch aus dem Schornstein zeugte für das Leben darin. Bläulich entquoll er dem Mauerwerk, und je höher er in den Himmel stieg, um so rosiger strahlte er auf, bevor er sich in der herben Luft verlor.

Klassische Romane und Erzählungen

dtv

2025 J. K. A. Musäus: Volksmärchen der Deutschen. Mit 300 Illustrationen von Ludwig Richter u. a. Dünndruck-Ausgabe
2026 Johann Wolfgang Goethe: Wilhelm Meisters Lehrjahre. Dünndruck-Ausgabe
2027 Fjodor M. Dostojewskij: Die Dämonen. Dünndruck-Ausgabe
2028 Charles Dickens: Weihnachtserzählungen. Mit den Zeichnungen der Erstausgaben. Dünndruck-Ausgabe
2029 Maxim Gorki: Foma Gordejew. Eine Beichte. Das Werk der Artamonows. Dünndruck-Ausgabe
2030 Gottfried Keller: Die Leute von Seldwyla. Dünndruck-Ausgabe
2031 Clemens Brentano: Märchen. Dünndruck-Ausgabe
2032 Romain Rolland: Johann Christof. 3 Bände. Dünndruck-Ausgabe
2033 Heinrich von Kleist: Sämtliche Erzählungen und Anekdoten
2034 Gottfried Keller: Der Grüne Heinrich. Erste Fassung. Dünndruck-Ausgabe
2035 Maxim Gorki: Konowalow und andere Erzählungen. Dünndruck-Ausgabe
2036 Charles Dickens: Große Erwartungen. Mit 21 Illustrationen von F. W. Pailthorpe. Dünndruck-Ausgabe
2037 Märchen der Welt. Band 1. Südeuropa. Dünndruck-Ausgabe
2043 Fjodor M. Dostojewskij: Die Brüder Karamasow. Dünndruck-Ausgabe
2044 Gustav Freytag: Soll und Haben. Dünndruck-Ausgabe
2045 Leo N. Tolstoi: Anna Karenina. Dünndruck-Ausgabe
2046 Leo N. Tolstoi: Krieg und Frieden. 2 Bände. Dünndruck-Ausgabe

Romain Rolland: Johann Christof

dtv

Ein wieder-entdeckter Europäer: ›Johann Christof‹

Romain Rolland:
Johann Christof
Vollständige Ausgabe in 3 Bänden
Mit einem Nachwort von W. Göbel
Dünndruck-Ausgabe
2032 / DM 39,80

Die lang erwartete Roman-Gestalt eines erneuerten europäischen Denkens – auch der Deutsche Taschenbuch Verlag hat sie nicht in der Gegenwart entdeckt. Sondern in den Jahren vor dem Ersten Weltkrieg.

Es ist Romain Rollands großartiges, durch Beethovens Geistesgut beeinflußtes Epos vom deutschen Musiker ›Johann Christof‹, für das er 1915 den Nobelpreis für Literatur erhielt.

Ein deutsch-französisches Zeitbild von wunderbarer Schärfe. Ein epochales Bildungsabenteuer wie Goethes ›Wilhelm Meister‹, Kellers ›Grüner Heinrich‹ oder Thomas Manns ›Doktor Faustus‹. dtv bringt den bisher vergriffenen Romanzyklus vollständig in drei Dünndruckbänden heraus – ein Lese-Ereignis, von dem schon Ernst Robert Curtius sagte: »Die Tausende von Menschen, denen Johann Christof ein Freund geworden ist, haben das Buch nicht so sehr als künstlerisches wie als menschliches Erlebnis empfunden . . .«